Regina Wall

Elementarteilchen küssen besser

Über das Buch

Erotisch prickelnd, witzig und warmherzig – eine wunderbare Liebeskomödie.

Was tun, wenn man auf einer Kreuzfahrt durch die Karibik permanent einem fremden, aber höllisch attraktiven Mann - wortwörtlich - über die Füße stolpert, weil einem die peinlichsten Missgeschicke passieren? Die leidgeprüfte Quantenphysikerin Linda Martin hat aufgrund schlechter Erfahrungen schon lange den Männern abgeschworen. Doch dieses Prachtexemplar kann sie einfach nicht ignorieren, da sie durch einen versehentlich vertauschten Koffer einen kurzen Blick in dessen Gepäck voll pikantem Chippendales-Zubehör werfen konnte. Seither quält sie die Frage, ob Philipp Graf wirklich nur ein seriöser Rechtsanwalt auf Gratifikationsfahrt ist oder doch eine verruchte, dunkle Charakterseite vor seinen Kollegen verheimlicht. Umso mehr irritiert sie, dass er in ihr anscheinend mehr als nur eine graue Maus mit Figurproblemen sieht. Das zeigen ihr seine geduldigen, wenn auch äußerst charmanten Annäherungsversuche. Soll sie darauf eingehen oder doch lieber das Feld für seine attraktive, aber sehr ehrgeizige Kollegin Desirée räumen? Die macht nämlich hartnäckig ihre Ansprüche aus einer früheren Affäre auf ihn geltend und versucht, mit intriganten Mitteln seine damalige Leidenschaft zu ihr wieder anzuheizen …

Über die Autorin

Regina Wall liebt es schon von klein auf, sich in der Welt der Bücher zu verlieren. Deshalb machte sie ihr Hobby zum Beruf und studierte Bibliothekswesen. Als sich 2004 eine Idee zu einer Geschichte hartnäckig in ihrem Kopf festsetzte, war der Grundstein zu ihrer ersten Liebeskomödie gelegt.

Leserstimmen bei Amazon

„Die unterschiedlichen Perspektiven haben mir sehr gut gefallen, so konnte man sich sowohl in Linda als auch in Philipp sehr gut hineinversetzen. Ich hatte oft ein Grinsen im Gesicht und musste Schmunzeln. Die Geschichte ist sehr humorvoll und spritzig erzählt. Linda tappt aber auch wirklich in fast jedes Fettnäpfchen. Dazu das Gefühlschaos, das so treffend, mal lustig und mal warmherzig geschildert wurde." (Bücherwurm)

„Ich muss sagen, dass ich sehr viel Spaß beim Lesen hatte, was zum einen daran liegt, dass Regina Wall einen unglaublich tollen und flüssigen Schreibstil hat und zum anderen daran, dass sie unglaublich humorvoll im Stil von Autorinnen wie Susan Elizabeth Phillips und Rachel Gibson schreibt." (AnLi)

Bisher von Regina Wall erschienen:

- ***Elementarteilchen küssen besser***
- ***Sommersprossen zum Dessert***
- Die *Pitbulls* – heiß auf Eis!
  Band 1: ***Auf die Plätze, Kuss – und Tor!***
  Band 2: ***Heiße Küsse eisgekühlt***

Erhältlich bei Amazon und unter www.regina-wall.de
*** Weitere Romane in Vorbereitung ***

Regina Wall

Elementarteilchen küssen besser

Roman

Michael J. Franklin

2. Auflage

Published by Michael J. Franklin, Hügelsheim
www.regina-wall.de

Buchcover: Maike Rogge und Regina Wall
Umschlaggestaltung: Regina Wall
Bildelemente von www.pixabay.com/

ISBN 978-3-941101-20-3

*Dieser Roman ist Roger Cicero mit Band gewidmet,
dessen Lieder mich in meinem Herzen und
meiner Seele berühren (siehe Anhang).*

Prolog

SOMMER VOR VIERZEHN JAHREN

Chris ...

Der Frauenschwarm. Der feuchte Traum aller wild schlagenden Mädchenherzen. Groß, durchtrainiert – eine richtige Sportskanone. Sein Lächeln ließ den härtesten Eisberg von Lehrerin schmelzen. Sein Charme war legendär.

Mit einem halb vollen Bierglas in der lässig abgewinkelten Hand schob er sich gut gelaunt durch die Menge und begrüßte grinsend die lachenden und tanzenden Gäste.

Seine Gäste.

Mehr als ein Mädchen verfolgte mit konzentriertem Blick, hungrigen Augen und geröteten Wangen seinen Weg quer durch das große Wohnzimmer seiner Eltern. Dabei wurde jede Konkurrentin, die das Glück hatte, mit ihm sprechen zu dürfen, mit einem eifersüchtigen Blick bedacht. Gierig wurden seine knackig sitzenden Jeans in Augenschein genommen – und natürlich auch der athletische Oberkörper in seinem engen T-Shirt, dessen kurze Ärmel wie bei James Dean an den Schultern hochgerollt waren und eine eckige Zigarettenschachtel beherbergten. Von wem die weiblichen Gäste heute Nacht träumen würden, stand außer Zweifel.

Schüchtern in eine Ecke gelehnt, ein Glas Cola in der Hand, stand sie atemlos in der von Zigarettenrauch und Alkohol geschwängerten Luft und fragte sich wohl schon zum tausendsten Mal, wie sie hierhergekommen war ... wie es das Schicksal bewerkstelligt hatte, dass Chris sie ... tatsächlich *sie* ... gefragt hatte, ob sie auch zu seiner „Sturmfreie-Bude-Party“ kommen wolle. Stotternd hatte sie darauf ein verdrücktes „Ja“ hervorgebracht, bevor sich ihre Gedanken überschlugen.

Sie hatte vorher natürlich schon seit geraumer Zeit einige wenige aus ihrer Klasse prahlen hören, sie seien zu der berüchtigtsten Party des Jahres eingeladen, auf der nur ausgewählte Gäste erscheinen durften. Mit unerfüllter Sehnsucht in ihrem Herzen hatte sie daraufhin unrealistischen Tagträumen nachgehangen, in denen sie wie Aschenputtel den lang ersehnten Ball besuchen durfte, um mit dem gut aussehenden Prinzen zu tanzen.

Es war ihr allerdings auch schmerzhaft bewusst gewesen, dass sie allein durch ihre Sonderstellung in der Klasse keine noch so geringe Chance auf eine Einladung hatte. Dafür war sie als Klassenbeste viel zu uncool – und zu unbeliebt. Als Chris sie dann doch fragte, hatte sie das Gefühl, kurz vor dem Hyperventilieren zu stehen.

Um an diesem Abend hierherkommen zu dürfen, hatte sie einiges ausgestanden. Sie hatte ihre Eltern nicht belügen wollen, da sie ihr sowieso nicht abgenommen hätten, dass sie bei der Pyjamaparty einer Freundin eingeladen worden war, weil sie schlicht und ergreifend keine einzige Freundin hatte. Deshalb beschrieb sie ihnen eine harmlose Variante dieser Feier und stellte zwei Tage lang auf stur, bis ihre entnervten Eltern endlich nachgaben.

Wider alle Vernunft glimmte jetzt, da sie als stille Beobachterin im schummrigen Licht weniger Lampen dastand, ein kleiner Hoffnungsschimmer in ihrer Brust auf … dass sie nämlich durch dieses Privileg vielleicht endlich von ihren Mitschülern akzeptiert und in die Klassengemeinschaft integriert werden würde – was ihr bisher nicht zuteil worden war.

Nervös strich sie mit der Zungenspitze über ihre Lippen und anschließend automatisch über die kantige Stahlkonstruktion, die ihre Zähne bedeckte.

Resigniert seufzte sie. Die verhasste Spange hatte sich leider nicht wie durch ein Wunder in der letzten halben Stunde in Nichts aufgelöst. Es war schrecklich, sich beim Lächeln immer wie der Beißer aus den James-Bond-Filmen mit Roger Moore vorzukommen.

Während Will Smith über die sündhaft teure Stereoanlage von Chris' Vaters den Auftritt der *Men In Black* zelebrierte, wischte sie sich wie so oft eine ihrer feuchten Handflächen an ihrer Jeans ab – die Einzige, die sie neben einer ganzen Reihe von altbackenen Stoffhosen besaß, und ihre erste Wahl, als sie sich heute zu diesem besonderen Anlass angezogen hatte. Dann zupfte sie nervös am Saum ihres weiten T-Shirts, das ihre von Hormonen aufgepumpten Brüste leider nur unbedeutend kaschierte. Es war manchmal nicht leicht, ein gut entwickelter Teenager zu sein.

Automatisch strich sie sich prüfend über ihr Haar. Okay, alles noch da, wo es sein sollte, beruhigte sie sich herzklopfend. Sie konnte nicht mehr zählen, wie oft sie schon nach dem einzigen Augenpaar Ausschau gehalten hatte, nach dem sie sich insgeheim verzehrte. Vielleicht blickte er zufällig in ihre Richtung – damit sie ihm ein Lächeln von seinen unglaublichen Lippen stehlen konnte.

Ein flachbrüstiges Mädchen aus ihrer Klasse lief an ihr vorbei, dem sie mit geschlossenem Mund zulächelte. Ein leichtes Lippenverziehen, das man im entferntesten Fall als Lächeln interpretieren konnte, war die Antwort. Doch nicht einmal dieses unfreundliche Verhalten konnte ihre Glückseligkeit darüber dämpfen, dass sie von Chris persönlich eingeladen worden war. Sie hätte nicht glücklicher sein können.

Außer vielleicht ... wenn Chris sich vor allen Augen mit ihr unterhalten würde ... und über einen ihrer Scherze lachte ...

Als wenn sie jemals so selbstsicher und schlagfertig gewesen wäre, überhaupt eine witzige Bemerkung zustande zu bringen ...

„Schön, dass du kommen konntest."

Erschrocken fuhr sie herum und sah Chris keine zwanzig Zentimeter neben sich stehen und sie freundlich anblicken. Sie hatte ihn nicht kommen sehen und fühlte sich völlig überrumpelt. *Lächle, schalte die Blockade in deinem Hirn ab und dafür deinen Grips an und bedanke dich für die Einladung*, mahnte sie sich innerlich.

„D-d-danke für die Einladung, Chris."

„Gern geschehen. Du hast dich noch gar nicht von den Knabbereien bedient. Soll ich dir was holen?"

„N-nein, danke", stotterte sie, da sie vor Aufregung keinen Bissen herunterbekommen hätte. Sie wollte ihn nicht gehen lassen, sondern jede Sekunde mit ihm genießen. Sekunden, von denen sie die nächsten einsamen Monate in ihren Träumen zehren würde.

Nach kurzem Small Talk fragte Chris sie, ob sie überhaupt schon das Haus seiner Eltern gesehen habe. Als sie schüchtern den Kopf schüttelte, legte er seine Hand an ihren Ellenbogen - oh, welch heiße Schauer jagten dabei unablässig über ihren Rücken! - und manövrierte sie durch die wogende Menge zur Treppe, nicht ohne ihr einige seiner Freunde vorzustellen. Sie fühlte sich wie im siebten Himmel.

Nachdem er ihr ein paar Zimmer gezeigt hatte, führte er sie schließlich in sein eigenes Reich. Ein Hauch von Zigarettenrauch lag in der Luft. Es wirkte so cool und so - männlich. Sie hatte das Gefühl, vor Aufregung sterben zu müssen.

„Weißt du eigentlich, dass ich von dir ziemlich beeindruckt bin?"

Erstaunt blickte sie in seine schönen blauen Augen und schüttelte den Kopf.

„Doch, wirklich. Deine schulischen Leistungen sind mehr als bemerkenswert und ... du hast schöne Augen." Dabei näherte er sich ihr und drückte sie sacht von innen an die geschlossene Zimmertür, durch die der Partylärm nur noch gedämpft zu hören war.

Ihr Herz schaltete augenblicklich zwei Gänge höher und begann in einer Geschwindigkeit in ihrem Brustkorb zu rasen, die einem Rennpferd auf der Zielgeraden Konkurrenz gemacht hätte.

Sein Gesicht näherte sich ihrem, während er ihr kleine Komplimente zuflüsterte und nachdrücklich auf Tuchfühlung ging. Ihr erster Kuss! Sie bekam gleich ihren ersten Kuss. Und dann noch von Chris, in den sie schon so lange heimlich verliebt war!

Obwohl sie sich in den letzten beiden Jahren nichts sehnlicher gewünscht hatte, als genau dies zu erleben, machte sich plötzlich eine schreckliche Panik in ihrer Brust breit. Chris wollte sie küssen. Aber wie sollte das mit ihrer schrecklichen Zahnspange nur gehen, wegen der sie schon mehr als genug Komplexe hatte? Würde er sie nicht deswegen auslachen? Automatisch presste sie die Lippen zusammen. Nein, beruhigte sie sich selbst, er hatte sie schließlich schon oft genug damit gesehen. Wenn er es nicht wollte, würde er jetzt nicht genau das tun, was er gerade tat.

Sein Atem strich über ihre Wange, dann federleicht über ihre Lippen. Er roch nach Zigaretten und schalem Bier. Aber das störte sie nicht. Wenn sie nur nicht so verkrampft gewesen wäre!

Dann endlich legten sich seine Lippen auf ihre und begannen, leicht daran zu saugen, um sie dann immer fordernder zu küssen. Sie war froh, dass er sie dabei an die Tür presste, sonst wäre sie vor lauter Glückseligkeit glatt abgehoben.

Doch dann ließ er sie abrupt los, machte einen Schritt rückwärts und bedachte sie mit einem hämischen Grinsen. „Alles klar, das wollte ich nur wissen. Mich hat es schon immer interessiert, ob du beim Küssen genauso talentiert bist wie in Mathe. Aber jetzt bin ich beruhigt, dass du nicht in jedem Bereich die Beste bist. Tom hat schon immer behauptet, dass unsere hochbegabte Stahlfresse garantiert nicht besser küssen kann als ein toter Frosch. Jetzt kann ich ihm gleich erzählen, dass er recht damit hatte.“ Mit diesen Worten schob er sie beiseite und öffnete die Tür – und kehrte grinsend zu seiner Party zurück.

Wie unter Schock starrte sie noch auf die Stelle, an der sein schönes Gesicht diesen kalten und arroganten Ausdruck bekommen hatte. Dann schossen ihr plötzlich Tränen in die Augen, die ihre Sicht verschwimmen ließen. Doch das half nicht viel, um diese Maske der Verachtung auszuradieren, die sich schon viel zu tief in ihr Herz eingebrannt hatte. In ihrer gedemütigten Brust zerrten verzweifelte Schluchzer, die einen Weg ins Freie suchten.

Ich muss hier raus!, war ihr einziger Gedanke, den sie auch sofort in die Tat umsetzte. Auf dem tränenblinden Weg zur Haustür hörte sie viele ihrer Mitschüler lachen …

Schadenfroh lachen.

Erster Tag – nachmittags

Du wolltest mich überraschen,
tja, das ist dir gelungen. [3/12]

Der Deckel ihres Trolleys klappte auf – und mit ihm ihre Kinnlade nach unten.

Was war das?!! Wie kam dieses ganze Zeug in ihren Urlaubskoffer?

Schockiert und doch seltsam fasziniert betrachtete sie, was sich ihrem Auge darbot. Dinge, die sie noch nie gekauft oder sich hatte schenken lassen, die sie in ihrem ganzen Leben noch nie benutzt, geschweige denn zwischen die Finger bekommen hatte.

Dinge, die sie nicht mal in natura gesehen hatte.

Faszinierende Dinge, die definitiv ein leichtes Kribbeln in ihrem Bauch verursachten …

DREI STUNDEN FRÜHER …

Du meine Güte, ist der riesig!!, dachte Linda erstaunt, während sie versuchte, ihren undamenhaft aufgesperrten Mund wieder unter Kontrolle zu bekommen.

Das war wirklich eine Überraschung. Seit fast einem Jahr war sie nun schon gespannt, womit ihre zwei Freundinnen sie zu ihrem dreißigsten Geburtstag überraschen wollten. Die ganzen Andeutungen, die Geheimniskrämereien und die wissend-schmunzelnden Blicke hatten endlich ein Ende.

Hier stand sie nun. Vor einem imposanten Luxusdampfer, der die überdimensionalen Wolkenkratzer einer Großstadt fast noch übertraf.

Majestätisch. Monströs. Gigantomanisch.

„Du kannst deinen Mund jetzt wieder zumachen und mir mit den Koffern helfen“, grinste Bettina ihr frech zu. „Und, Linda, was sagst du? Ist das eine Überraschung?“

„Das kannst du laut sagen“, gab diese überwältigt von sich und strich sich eine aschblonde Strähne hinters Ohr, die sich aus ihrem Knoten gelöst hatte. Auch wenn jeder Mensch wusste, wie sich ein Schiff auf dem Wasser hielt, ohne unterzugehen, war Linda doch von diesen vielen Tausend Tonnen Stahl der *Santa Cruise* beeindruckt, die da so mühelos vor ihr im Wasser schwammen.

„Dann hatten wir den richtigen Riecher. Diese zwei Wochen wirst du nie vergessen, das verspreche ich dir.“

Anna lächelte Linda glücklich an und nickte zustimmend.

Dann erzählte Betty weiter: „Auf diesen Kreuzer passen knapp 2500 Passagiere. Das ist schon beeindruckend. Wenn ich mir diesen Koloss aus Stahl ansehe, kann ich mir nicht vorstellen, wie groß dann das größte Kreuzfahrtschiff sein muss, das demnächst vom Stapel laufen soll und mit 6000 Passagieren über die Weltmeere schippern kann." Ungläubig schüttelte Betty ihren Kopf.

Anna und Betty zählten schon seit fast zehn Jahren zu Lindas besten (und auch einzigen) Freundinnen. Vor zehn Monaten hatten sie Linda eröffnet, eine ganz besondere Überraschung für deren dreißigsten Geburtstag planen zu wollen. Nämlich einen unvergesslichen Urlaub zu dritt.

Sie seien alle ungebunden, verdienten gut und hatten – bis auf zwei verlängerte Wochenenden – noch nie einen gemeinsamen Urlaub verbracht. Linda solle ihnen ein Preislimit setzen und ihnen mitteilen, welche Art von Urlaub sie auf überhaupt gar keinen Fall und nie und nimmer machen wolle. Den Rest würden sie erledigen.

Linda hatte sich gegen Rucksackurlaub in Indien, Abenteuertour durch den Dschungel und Zelten in Schottland entschieden. Mit breitem Grinsen waren die beiden dann wieder abgezogen und hatten sich in die Planung gestürzt. Egal, wie oft sie Bettina und Anna löcherte, die beiden hielten absolut dicht. Das Einzige, was sie wusste, war die Tatsache, dass sie einen Reisepass benötigte und wann sie im Oktober Urlaub beantragen musste.

Erst vor einer Woche hatten die beiden ihr per E-Mail eine Liste mit Dingen geschickt, die sie für diese Zeit unbedingt einpacken sollte. Wohin die Reise ging, wusste sie bis dahin aber immer noch nicht.

Also packte sie alles brav in einen Trolley, der die Dimensionen eines wuchtigen Koffers auf Rädern hatte, schnappte sich ihren großen Rucksack und stieg in Bettinas Auto, die sie alle zum Flughafen kutschierte.

Beim Einchecken erfuhr sie immerhin so viel, dass sie in Miami landen würden. Ob sie allerdings dort Urlaub machten oder nur umstiegen, bekam sie aus ihren Freundinnen nicht heraus.

Als sie spätabends ankamen, fuhren sie mit einem Shuttle-Bus in ein Hotel, das in der Nähe des Flughafens lag und in dem sie nur eine Nacht verbringen sollten.

Nachdem sie am nächsten Morgen nach einem gemütlichen

Frühstück ihre Koffer am Bahnhof von Miami in Schließfächern deponiert hatten, verbrachten sie den Tag bei einem Stadtbummel, bis sie am frühen Nachmittag wieder ihr Gepäck in ein Taxi luden und weiterfuhren. Linda platze fast vor Neugierde.

Erst als sie vor einer riesigen Halle anhielten und Linda das große, schwimmende Hotel erblickte, wusste sie, was in den nächsten zwei Wochen auf sie zukommen würde. Obwohl … ganz stimmte das nicht. Sie hatte nämlich noch nie eine Kreuzfahrt auf einem Luxusdampfer erlebt.

„Ich freue mich schon so!", strahlte Anna mit rosigen Wangen und glänzenden Augen.

„Meinst du, Michael hält es zwei Wochen ohne dich aus?", stichelte Betty liebevoll. „Er kann ja so schon kaum die Finger von dir lassen."

„Tja, muss er wohl … auch wenn ich ihn schmerzhaft vermissen werde", gab Anna wehmütig zurück und wischte sich mit der Hand über die feuchte Stirn. Die Schwüle war unerträglich. „Aber immerhin gibt es Handys. Dann kann ich in Küstennähe wenigstens mit ihm telefonieren. Wer hätte noch vor einem halben Jahr gedacht, dass mir ein so hinreißender Mann über die Füße stolpert."

„Ich habe bei euch beiden ein wirklich gutes Gefühl. Aber hilf mir mal kurz mit meinem Koffer." Betty fluchte über ihre Angewohnheit, nur das Nötigste für den Urlaub einpacken zu wollen, aber sich dann doch wieder mit dem größten und unhandlichsten Koffer herumschlagen zu müssen.

Als das ganze Gepäck aus dem Taxi ausgeladen war, erschien schon jemand vom Schiffspersonal, um ihre Koffer zum Verladen einzusammeln. Dankbar übergaben sie ihm alles bis auf die Rucksäcke und wandten sich zum Eingang der klimatisierten Halle, um sich einzuchecken.

Plötzlich blieb Bettina wie angewurzelt stehen und gab einen deftigen Fluch von sich. Hektisch drehte sie sich auf dem Absatz um und spurtete raus aus der Halle, hin zu den Koffersammelplätzen.

„Das wäre erledigt!", stöhnte sie erleichtert, als sie wieder zurückgekehrt war. „Vorhin habe ich nämlich glatt vergessen, die Banderolen mit unseren Namen und Kabinennummern an den Gepäckstücken zu befestigen. Die Koffer waren aber zum Glück noch nicht eingeladen. Ich habe absichtlich bis zur letzten Minute gewartet, damit du nicht mitbekommst, wohin die Reise geht", fügte sie an Linda gewandt hinzu.

Da jetzt schon viele Hundert Passagiere darauf warteten, endlich an Bord gehen zu dürfen, herrschte in der Halle ein enormes Gedränge und der riesige Raum summte wie ein Bienenstock. Wenigstens war die Raumtemperatur im Gegensatz zu der Schwüle draußen auf ein angenehmes Niveau heruntergekühlt.

Als die drei Frauen sich ans Ende einer Schlange gestellt hatten, setzte Linda ihren vollen Rucksack keuchend ab. „Du liebe Zeit! Ich glaube, in meiner Tasche haben sich drei Elefanten versteckt, um als blinde Passagiere mit an Bord geschmuggelt zu werden." Mühsam versuchte sie, zu Atem zu kommen und von niemandem angerempelt zu werden. „Wenn wir es heute tatsächlich noch auf das Schiff schaffen, sind wir wirklich urlaubsreif."

„Sag nix, das habe ich mir auch etwas anders vorgestellt", meinte Bettina schwer atmend, stellte sich auf die Zehenspitzen und spähte mit ihrer bemerkenswerten Körpergröße von einem Meter neunundsiebzig über die Köpfe der Passagiere vor ihr, um die Entfernung zum Check-in-Schalter abzuschätzen.

Linda ließ ihren Blick über Bettys lange Beine gleiten, die durch ihre kurzen Shorts noch endloser wirkten. Was würde sie dafür geben, auch so wunderbar groß und grazil zu sein wie ihre Freundin!

Betty wirkte durch ihr bestimmtes Auftreten geschäftsmäßig kompetent, durch ihr ansprechendes Äußeres aber auch überzeugend feminin. Sie hatte schon immer verstanden, beides glaubhaft in Einklang zu bringen.

Linda war noch nicht einmal einen Meter fünfundsechzig groß und musste sich deshalb unter ihren durchweg männlichen Kollegen in vielen Bereichen mit kühlem Blick und scharfem Verstand deutlich hartnäckiger behaupten. Sie liebte ihren Beruf, sie liebte auch ihre Stelle an der Universität Hamburg. Aber es war nicht immer leicht, gegen eingefahrene (männliche) Vorurteile anzukämpfen, wenn es um erfolgreiche Frauen in naturwissenschaftlichen Berufen ging.

„Oh schaut, jetzt kommt Bewegung in die Menge. Ich hoffe, dass wir bald dran sind." Bettina reckte wieder einmal ihren langen Hals und fuhr sich mit der Hand durch ihre rötlich-blonde, fransig geschnittene Mähne.

„Ich bin schon sehr gespannt, wie unsere Kabine aussieht. Meint ihr, wir haben genug Platz, für unser ganzes Gepäck, ohne dass wir uns im Urlaub ständig auf den Füßen herumtrampeln?", fragte

Anna mit großen Augen in die Runde und strich mit einer Hand über ihre dunklen Locken. Sie war noch ein paar Zentimeter kleiner als Linda und noch etwas rundlicher. Mit ihrem ruhigen, ausgeglichenen Wesen hatte sie als Älteste von vier Schwestern schon viele stürmische Wogen geglättet – und bildete in diesem Trio deshalb auch den ruhenden Pol.

Linda zuckte die Achseln und meinte nur: „Das kommt darauf an. Wenn die Kabinen so klein sind wie auf einer dieser schwedischen Fähren, auf der ich mal eine Nacht verbracht habe, dann haben wir in diesen zwei Wochen mit Sicherheit nichts zu lachen. Damals haben wir in einer Vier-Quadratmeter-Kabine mit vier Leuten übernachtet."

Anna warf ihr einen entsetzten Blick zu. „Wie soll denn das gehen? Da passen doch noch nicht mal zwei Doppelstockbetten mit einem kleinen Bereich zum Durchlaufen rein!"

„Doch, wenn die Fußenden der Betten im rechten Winkel abwechselnd übereinander angebracht sind."

„Das wird hier garantiert nicht so sein", klärte Betty die beiden auf. „Schließlich haben wir Beispielfotos von den Kabinen gesehen. Wir haben ein normales französisches Doppelbett drinstehen."

„Und wo schlafe ich dann? Im Schrank?", meinte Linda trocken.

„Nein, das ist eine Überraschung. Du wirst es gleich zu sehen bekommen, wenn wir diesen Wahnsinn endlich hinter uns gebracht haben ... es kann sich also nur noch um Stunden handeln", seufzte Bettina frustriert. „Ach ja, wie sieht's aus, Linda, hast du dich an unser Verbot gehalten, irgendwelche Fachliteratur oder gar deinen Laptop in den Urlaub mitzunehmen?"

Mit einem gottergebenen Seufzen nickte Linda und sagte mit gedämpfter Stimme: „Aber es ist mir verdammt schwergefallen, das kann ich euch sagen. Ich komme mir wie amputiert vor."

Bettina zog die Mundwinkel nach oben und beugte sich vertraulich vor: „Das glaube ich dir aufs Wort. Aber wir mussten so radikal sein, sonst würdest du nämlich zwei Wochen lang in deiner Kabine sitzen, über Literatur zu Quarks, Leptonen und diesen anderen Dingern brüten und womöglich noch an deiner Habilitation arbeiten. Und das können wir nicht zulassen, stimmt's Anna?"

„Genau." Das Reden überließ sie ganz gerne Betty, die sowieso nichts lieber tat. Langsam rückten sie der sich bewegenden Schlange nach.

„Na, so schlimm bin ich nun auch wieder nicht", verteidigte sich

Linda.

„Nein, du bist noch viel schlimmer“, war das Einzige, das Bettina erwiderte, bevor sie wieder einmal mit einem kurzen Blick den Abstand zum Schalter abschätzte.

„Du hast doch aber auch deine Doktorarbeit in Rekordzeit beendet, ohne dass wir dir ständig vorgeworfen hätten, mit deiner Fachliteratur und deinem Notebook ins Bett zu gehen.“

„Das stimmt. Der große Unterschied zwischen uns beiden ist aber der, dass du wirklich mit deinen Büchern im Arm einschläfst, während ich in der Zeit auch immer wieder mal einen richtigen Kerl zwischen meinen Schenkeln hatte.“

Da war es wieder … dieses Thema.

Da Linda nicht schon wieder über ihr nicht vorhandenes Sexleben diskutieren wollte, zog sie einen Fluntsch und strich wieder eine widerspenstige Haarsträhne aus dem Gesicht.

„Du liegst uns beiden am Herzen“, begann Bettina versöhnlich, während Anna so heftig zustimmend nickte, dass ihre kurzen, dunklen Locken nur so flogen, „und wir ertragen es manchmal einfach nicht, wie du dich in deine Arbeit vergräbst, nur weil du einsam bist. Irgendwann kannst du in deinem durchorganisierten, voll strukturierten Leben gar nicht mehr abschalten und stirbst mit vierzig entweder an einem Herzinfarkt oder an Zärtlichkeitsmangel. Unddasmachtunsnochganzwahnsinnig!“ Wenn Bettina sich in Fahrt geredet hatte, quasselte sie manchmal so schnell, dass man sie fast nicht mehr verstand. „Du sollst einfach mal die Möglichkeit haben, du selbst zu sein und neue Leute kennenzulernen, die nichts von deinem Dreihundert-Punkte-IQ wissen und dich nicht von vornherein als Intelligenzbestie abstempeln, wie es schon so viele in deinem Leben getan haben.“ Kurz holte Betty nach diesem langen Satz Luft. Aber nur kurz. „Und genau deshalb haben wir beschlossen, zu deinem runden Geburtstag einen Wahnsinnsurlaub zu buchen, in dem du mal so richtig abschalten und deine Seele baumeln lassen kannst – ohne Termine, ohne Hektik, ohne Habilitation. Und in dem du die Möglichkeit hast, ungezwungen andere Menschen kennenzulernen. Ganz ohne Vorurteile.“

Puh, das hörte sich für Linda wie ein schrecklicher Albtraum an, aus dem sie schweißgebadet mit einem Schrei auf den Lippen erwachte. Zweifel breiteten sich auf ihrem Gesicht aus, während sie zwischen den beiden hin und her schaute.

Das Leben hatte sie in dieser Beziehung geprägt. Warum sollte es ihr auf diesem Schiff anders ergehen als sonst? Aber sie würde es – ihren Freundinnen zuliebe – versuchen, da sich die beiden immer so rührend um sie kümmerten und die wichtigsten Menschen in ihrem Leben darstellten. Obwohl Linda grundsätzlich von einem Scheitern der Mission ausging. „Ich werde mir Mühe geben, ganz ehrlich", versprach ihnen Linda mit schlechtem Gewissen.

Sie hatte die beiden mitten im Studium kennengelernt. Die zwei Jahre ältere Bettina büffelte damals gerade für ihre Maschinenbauprüfungen und hatte bei allen Freizeitaktivitäten Anna in ihrem Schlepptau. Heute arbeitete Betty in der Entwicklungsabteilung eines großen Automobilzulieferers. Und Anna war nun mit ihren mittlerweile vierunddreißig Jahren als führende Chemikerin in der Forschung eines pharmazeutischen Unternehmens tätig.

Seit ihrem ersten, zufälligen Zusammentreffen war Lindas Leben nicht mehr so, wie es einmal war. Bettina hatte mit ihrem offenen und einnehmenden Wesen Lindas Schutzmauern niedergewalzt, wie ein Bulldozer auf Kollisionskurs. Schutzmauern, die sie ihr Leben lang gehegt und gepflegt hatte, um sich vor emotionalen Verletzungen und Enttäuschungen zu schützen. Verletzungen seitens ihrer früheren Mitschüler, Enttäuschungen durch ihre Eltern. Von da an waren die drei eine eingeschworene Gemeinschaft, die sich als weibliches Kleeblatt an einer Männer dominierten, technischen Universität durchsetzte.

Endlich waren sie am Schalter angekommen. Nach einer kurzen und schmerzlosen Anmeldung durften sie bald darauf über eine breite Gangway zum Schiff hochgehen. Linda atmete aufgeregt ein. Wenn man dem Luxusliner so nahe war, wirkte er noch weißer und imposanter als aus der Entfernung. Linda fühlte sich wie in einem Traum und zwickte sich unauffällig, während sie sich Schritt für Schritt einem Urlaub näherte, den sie noch nicht einmal im Entferntesten einschätzen konnte.

Würde sie es wirklich schaffen, abzuschalten und ganz sie selbst zu sein? Eine Frau, die nur nach ihrem Auftreten und ihrem Äußeren beurteilt wurde, nicht aber nach ihrem Intellekt – wie es schon ihr ganzes junges Leben lang war? Sie würde es versuchen. Aber sie würde sich nicht verstellen, das schwor sie sich. Entweder kamen die Leute so mit ihr aus, wie sie war, oder sie sollten es bleiben lassen.

Am Ende der Gangway mussten sie kurz warten, bis von einem Ehepaar vor ihnen ein Willkommensfoto mit Tänzern in exotischen

Kostümen gemacht worden war. Als sie drankamen, rückte Betty in die Mitte, schloss ihre beiden Freundinnen in ihre langen Arme und grinste gut gelaunt in die Kamera, während sich zwei südamerikanische Tänzer mit durchtrainierten Körpern in eng anliegenden Kostümen an Annas und Lindas Seite in Position stellten.

Natürlich konnte Betty es sich nicht nehmen lassen, ihren Freundinnen ins Ohr zu raunen: „Die beiden würde ich auch nicht von der Bettkante stoßen – aber bei meinem Glück sind die zwei garantiert vom anderen Ufer."

Als sie weitergingen, erblickten sie vor sich an die fünfzig uniformierte Crewmitglieder, die Spalier stehend die ankommenden Passagiere begrüßten, um sie einzeln zu ihren Kabinen zu führen.

Das war schon … beeindruckend. Keine Frage.

Mit großen Augen folgte Linda dem livrierten Zimmermädchen, das sich mit traumwandlerischer Sicherheit durch ein Gewirr von vornehm eingerichteten Räumlichkeiten, Treppen und endlosen Gängen bewegte, bis sie zu viert vor einer Kabinentür standen.

Ob ich die jemals wieder finde?, fragte sich Linda, während das Zimmermädchen die Tür mit der Gästekarte öffnete und sie einließ.

Als sie wieder alleine waren, schauten sie sich in der schön eingerichteten Kabine neugierig um, die verblüffend einem gut ausgestatteten Hotelzimmer glich. Lindas Frage, auf die die anderen beiden bereits gewartet hatten, ließ nicht lange auf sich warten: „Und wo ist das dritte Bett?"

„Tja, meine liebe Linda, das ist unsere Überraschung zu deinem Geburtstag", meinte Bettina feierlich, während Anna strahlte wie eine Sonne.

„Ah, ich verstehe. Ich darf in der Badewanne schlafen. Und wenn es keine gibt, stelle ich mich einfach in die Dusche und wickle mich in den Vorhang."

„Nein. Viel besser! Du hast deine eigene Kabine!!" Annas Strahlen wurde – wenn das überhaupt möglich war – noch ein bisschen intensiver.

„Ich …", kam es stockend von Linda.

„Genau, du hast eine eigene Kabine. Den Einzelkabinenaufschlag haben Anna und ich als Geburtstagsgeschenk für dich übernommen, …"

„Aber das kann ich doch nicht annehmen!", rief Linda überrascht, während beide gutmütig abwinkten.

„... damit du in diesem Urlaub wirklich deine Ruhe hast – und bei Bedarf auch die nötige Ungestörtheit.“

Ihr süffisantes Grinsen ließ bei Linda alle Alarmglocken schrillen. „Wofür sollte ich eurer Meinung nach genügend Ungestörtheit haben, wenn ich nicht mal mein Notebook mitnehmen durfte?“

„Na ja, man weiß ja nie, ob du auf diesem riesigen Schiff nicht vielleicht jemanden kennenlernst, der nichts über dich weiß und dich nett und attraktiv findet – einfach so, wie du bist. Du weißt, ich glaube an Schicksal – auch wenn du es nicht tust. Falls der Richtige für dich hier an Bord ist, wirst du ihm mit Sicherheit begegnen. Und das nicht nur einmal. Und wenn das der Fall ist und es zwischen euch funkt, kannst du mit ihm in deiner Kabine verschwinden und ungestört eine schöne Zeit verbringen, ohne dass wir ständig über euch stolpern. Du musst einfach auf andere Gedanken kommen – und dazu gehört auch, dass du nach endlosen Jahren der Enthaltsamkeit mal wieder dein Sexleben aufpolierst.“

'Mal wieder' ... das war der Witz schlechthin.

Anna, die Lindas schockierten Gesichtsausdruck bemerkte, beruhigte sie gleich: „Wir wollen dich nicht unter Druck setzen, ...“

„Das ist aber sehr nett von euch ...“, erwiderte diese sarkastisch.

„... aber wir möchten dir einfach die Möglichkeit geben, dich zurückziehen zu können, wenn du wirklich jemanden Nettes kennenlernst – oder einfach nur deine Ruhe vor uns Quasselstrippen haben möchtest.“ Mit letzter Bemerkung spielte sie vermutlich auf Bettys loses Mundwerk an, das im Falle ihres Ablebens gesondert entsorgt werden musste.

Unsicher, ob sie sich nun bedanken oder doch lieber schreiend vom Schiff springen sollte, schaute Linda ihre Freundinnen verzweifelt an. „Ihr wisst schon, dass ich das nicht kann ...“

„Du meinst, dich auf den bestaussehenden Mann des Schiffes zu stürzen und ihn in dein Bett zu zerren?“ Linda nickte in Bettinas Richtung. „Das macht nichts. Wir wollten dir einfach nur eine solche Möglichkeit bieten. Eine Insel. Eine Oase. Nenn es, wie du willst. Ob du sie nutzt, bleibt dir überlassen. Im schlimmsten Fall bist du in zwei Wochen so entspannt und erholt, dass dich deine Kollegen nicht mehr für die karrieregeile Quantenphysikerin halten wie bisher, sondern vielleicht auch als aufgeschlossene Mitarbeiterin erleben, mit der man sogar herumflachsen kann.“

„Haha, dafür muss schon viel passieren“, meinte Linda trocken.

„Wie hat Rudi Carell schon gesungen? *Lass dich iiiiberraschen,*

schon wird es gescheh'n ...", sang Betty übermütig.
Plötzlich klopfte es. Anna öffnete die Tür und ließ einen Angestellten herein, der zwei Koffer neben das Bett stellte und sich gleich darauf wieder verabschiedete.
„Wie sieht's aus? Sollen wir uns deine Rückzugsmöglichkeit für ruhige Stunden mal anschauen?", fragte Bettina fröhlich.
Lindas Kabine war das spiegelbildliche Pendant der ihrer Freundinnen. Nur der Gemäldedruck über dem Beistelltischchen, neben dem zwei schwere Sessel standen, hatte ein anderes Motiv und der Bettüberwurf ein dezenteres Muster. Ihr Gepäck war zum Glück auch bereits eingetroffen.
Kaum dass sie sich überall umgesehen hatten, zog Bettina schon eine Sektflasche hinter ihrem Rücken hervor, die sie wohl heimlich in Miami gekauft hatte, und ließ den Korken fliegen.
„Auf dich, auf unseren Super-Wahnsinnsurlaub und darauf, dass uns die heißesten Männer dieses Schiffs über den Weg laufen – Anna ausgenommen, die ist ja schon versorgt", lautete Bettinas Trinkspruch, während sie erst Linda, dann Anna mit einem Zahnputzbecher zuprostete.
Nach dem ersten Schluck konnte Linda nicht anders und bedankte sich bei ihren zwei Wohltäterinnen, indem sie die beiden lang und innig an ihre Brust drückte.
„Noch eine für diesen Urlaub enorm wichtige Frage: Was hast du als Lesestoff dabei?", fragte Bettina neugierig.
Erstaunt blickte Linda sie an: „Kurz vor dem Urlaub kam die Biografie von Frank Sinatra per Post, die ich in Amerika bestellt hatte. Die habe ich mitgenommen."
„Zeig mal her."
Verwundert kramte Linda das Buch aus ihrem Rucksack und zeigte es Betty, die es an sich nahm und kurz darin blätterte. „Ich konfisziere hiermit deine Urlaubslektüre. Anna!"
Die so Gerufene flitzte mit der Biografie aus der Kabine, woraufhin sie zehn Sekunden später mit einem Taschenbuch in der Hand wieder erschien und es Bettina in die Hand drückte. Diese reichte es Linda und meinte nur mit einem schiefen Grinsen: „*Das* wird jetzt dein Schmöker für die nächsten zwei Wochen sein. Dabei kommst du wirklich auf andere Gedanken. Wir haben ihn extra für dich aus Annas riesiger Liebesroman-Sammlung ausgesucht."
Kritisch beäugte Linda das bunte Cover. „*Vorsicht, frisch verliebt* von Susan Elizabeth Philipps. Das ist nicht euer Ernst!"

„Doch, das meinen wir bierernst. Du wirst es mögen. Es handelt von einer beruflich sehr erfolgreichen Frau, die alles in ihrem Alltag unter Kontrolle hat, auch ihr Gefühlsleben. Kommt dir das bekannt vor?“ Ein breites Grinsen zierte Bettys hübsches Gesicht. „Erst als sie diesen wahnsinnig gut aussehenden Schauspieler und Villenbesitzer in der Toskana kennenlernt, der ihre schon lange schlummernden Hormone in Wallung bringt, merkt sie, was in ihrem Leben gefehlt hat. Es wird dir guttun, ein Buch einfach nur zur Unterhaltung zu lesen und nicht, um dich weiterzubilden.“

„Ihr zwei habt wirklich einen Schuss“, meinte Linda nur kopfschüttelnd und legte das Buch auf ihren Nachttisch. „Jetzt müssen wir nur abwarten, ob ich überhaupt Zeit dafür habe. Vielleicht bin ich so beschäftigt, allerlei Verehrer abzuwimmeln, dass ich gar keine Ruhe zum Lesen finde.“

„So gefällst du mir schon besser“, lachte Bettina lauthals heraus, während Anna nur still vor sich hin schmunzelte.

„Wir sollten uns wohl doch bald dranmachen, unsere Koffer auszupacken. Wir wollen schließlich vor dem Abendessen noch das Schiff erkunden“, meldete sich Anna ruhig zu Wort. „Und ein Informationstreffen findet anscheinend auch noch vorher statt, wie ich in der Bordzeitschrift gesehen habe.“

„Ja, du hast recht, lassen wir lieber keinen Stress aufkommen. Wir sehen uns dann, wenn wir fertig sind“, sagte Bettina und zog Anna aus der Kabine.

Überwältigt von den ganzen Eindrücken, setzte sich Linda auf ihr französisches Doppelbett, das sie nun für zwei Wochen ganz für sich alleine hatte. Sie freute sich sehr, eine eigene Kabine zu haben, auch wenn sie über die wahren Gründe dafür nicht wirklich glücklich war.

Erster Tag – nachmittags

Mich hielten viele nur für so 'n Trottel. 3/10

Männer waren ein spezielles Thema in ihrem Leben, das sie schon vor langer Zeit abgehakt hatte. Schon früh hatte Linda feststellen müssen, dass sie unbeliebt und ungewollt war. Das bezog sich nicht auf ihre Eltern, die sie mit Disziplin und festen Regeln zu Ehrgeiz und Erfolg erzogen hatten. Nein, diese Ablehnung hatte sie ungefiltert viele Jahre von ihren Mitschülern ertragen müssen.

Schon von Anfang an war allen klar, dass sie anders als die anderen war. Nicht nur, dass sie bei der Einschulung problemlos mit der zweiten Klasse begonnen hatte, nein, sie konnte dort den Stoff auch schneller aufnehmen, verarbeiten und anwenden als die anderen. Und das änderte sich auch bis zum Abitur nicht. Demzufolge war sie bei den Mitschülern als Streberin verschrien. Ungewollt war sie der Liebling der Lehrer, die sie zu allem Überfluss auch noch gerne aufriefen, um den anderen Schülern deren Unzulänglichkeit vorzuführen und zu zeigen, wie schnell Linda die überaus gekonnten Erklärungen des Lehrers verstanden hatte. Sie empfand dieses Verhalten immer als widerwärtige Selbstbeweihräucherung, die sie zutiefst verachtete. Maßnahmen wie schlechte Noten in Arbeiten oder absichtlich gegebene, falsche Antworten änderten nichts in Lindas Verhältnis zu den Mitschülern. Es wurde – wenn überhaupt möglich – nur noch schlechter.

Als Folge dessen zog sie sich zurück und kapselte sich immer mehr von den anderen ab. Da sie sich irgendwann resigniert in ihr Schicksal fügte, hatte sie dementsprechend wenige Kontakte, die das andere Geschlecht betrafen – außer diesem einen unsäglich peinlichen Mal auf dieser Party. Demzufolge gab es für sie auch keine weiteren diesbezüglichen Erfahrungen zu sammeln.

Ihre weltfremden Eltern, die als Wissenschaftler in so trockenen Bereichen wie Historische Sprachwissenschaft und Theoretische Grammatik des Deutschen promoviert und habilitiert hatten, waren ihr in solchen Momenten auch keine Hilfe. Sie betonten immer wieder, dass man sich im Leben nur auf sich selbst verlassen könne und es wichtiger sei, Erfolg im Beruf zu verbuchen, als sich darüber aufzuregen, was andere über einen dachten. Sie solle die anderen links liegen lassen und sich auf ihr Abitur konzentrieren. Punkt.

Während des Studiums war sie dann – nach dieser Vorgeschichte verständlich – nicht gerade vorgeprescht, um die versäumten Männerbekanntschaften und die damit zusammenhängenden Erfahrungen nachzuholen. Zwei Studenten hatten sich zwar für sie interessiert. Doch sobald Linda spürte, dass zwischenmenschlich etwas von ihr gefordert wurde oder sie selbst jemanden attraktiv fand, fühlte sie sich emotional unsicher, blockiert und schlichtweg überfordert.

Und dann passierten immer diese Dinge …

Unangenehme Missgeschicke.

Sachen fielen herunter oder zerbrachen. Gegenstände lagen ihr im Weg, über die sie stolperte. Einmal klemmte sie sogar den Finger eines Kommilitonen in einem Laborgerät ein, nur weil er sie arglos gefragt hatte, ob sie ihn in die Mensa begleiten wolle.

Trotz besseren Wissens ließ sie sich, als sie mitten in den Vorbereitungen für die Abschlussprüfungen steckte, von einem Studenten umwerben und gab seinen Schmeicheleien nach. Doch als er ihr am Abend ihrer Verabredung einen Abschiedskuss geben wollte, passierte es wieder. Sie hob ruckartig den Kopf und stach ihm mit ihrer Nasenspitze ins Auge. Dann versuchte er es erneut, sie verkrampfte und blieb reglos stehen, um sich erwartungsvoll küssen zu lassen. Doch nach einer Weile hielt er inne, schaute sie an und meinte enttäuscht, das hätte er sich anders vorgestellt. Sie würde genauso leidenschaftlich küssen wie eine jahrtausendealte Mumie.

Von da an hatte sie sich geschworen, sich nur noch auf ihre Prüfungen und ihre Karriere zu konzentrieren, denn kein Elementarteilchen konnte einen derart enttäuschen.

Mittlerweile war sie - trotz ihres noch jungen Alters - fast schon eine Koryphäe auf ihrem Gebiet. Auch wenn es an ihrem Institut Neider und böse Zungen gab, die ihr den beachtlichen Erfolg missgönnten, war ihre Meinung national wie auch international gefragt und respektiert. Dementsprechend selbstsicher und kompetent fühlte sie sich, wenn sie einen Vortrag bei einem Kongress hielt und die anschließenden - zum Teil auch kritischen - Fragen fachkundig beantwortete.

Ganz im Gegensatz zu ihren privaten Katastrophen.

Linda bemerkte, wie sie gedankenverloren auf das Muster des Teppichs starrte, während sie ihren Gedanken freien Lauf ließ. Ruckartig stand sie auf und schüttelte die unangenehmen Erinnerungen ab. Sie wollte lieber schnell den Koffer auspacken und sich nach diesem heißen Tag unter der Dusche erfrischen, bevor sie sich wieder mit Bettina und Anna traf.

Energisch packte sie den schweren Trolley am Griff und wuchtete ihn auf ihr Bett. Aus ihrer Hosentasche nahm sie den Schlüssel für das Schloss, das den Reißverschluss für die Anreise zusammenhielt, und wollte aufschließen. Überrascht bemerkte sie jedoch, dass die zwei Reißverschluss-Zipper nur mit einer Schnur zusammengebunden waren.

Oh, das darf doch nicht wahr sein, dachte sie entsetzt. *Der Koffer wird doch wohl nicht auf dem Flug hierher aufgegangen sein!*

Fahrig versuchte sie, den Knoten zu lösen. Als sie den Reißverschluss voll böser Vorahnungen in beide Richtungen bis zum Anschlag aufzog und den Deckel öffnete, hätte sie nichts mehr überraschen können, als das, was sich wie auf einem Silbertablett ihren verdutzt aufgerissenen Augen präsentierte.

Er hasste Schiffe.

Nein, das stimmte so nicht. Er hasste die Zeit, die er brauchte, um sich an die permanente, sanfte Schaukelbewegung zu gewöhnen, mit der sofort ein flaues Gefühl in seinem Magen einsetzte, sobald er ein Wassergefährt betrat. Die Magensäfte begannen zu rumoren, um das, was sich noch darin befand, von einer Seite zur nächsten zu wälzen und wieder zurück. Schon bald drückte der Mageninhalt nach oben, schob sich die Speiseröhre hinauf und konnte nur mit aller verfügbarer Beherrschung wieder zurückgedrängt werden.

Normalerweise versuchte er, auf Fähren die gesamte Fahrtzeit an Deck zu verbringen, um sich den kalten Wind um die Nase wehen zu lassen, damit er nicht ständig mit dem Kopf über der Kloschüssel hing. Bei allen anderen Reisen musste er die unangenehmen ersten zwei Tage überleben, die sein Körper – trotz Pillen gegen Reisekrankheit – brauchte, um wieder normal zu funktionieren. Aber dann war er wenigstens wieder voll einsatzfähig.

Im Moment fühlte er sich jedoch schon wieder so elend, dass er am liebsten gleich das Schiff mit Sack und Pack verlassen hätte. Andererseits freute er sich sehr darauf, zwei Wochen lang von einem wunderbaren Fleck der Karibik zum nächsten zu schippern.

Verdammt, wo waren nur seine Tabletten? Er sollte noch mal eine nehmen und sich dann etwas hinlegen. Die letzten Wochen waren in seiner Firma sowieso schon stressig genug gewesen – und der lange Flug mit der Zeitumstellung forderte zusätzlich seinen Tribut. Diesen Urlaub hatte er sich mehr als verdient.

Nach einem herzhaften Gähnen warf er sich eine Tablette ein und legte sich auf sein Bett. Jetzt wollte er nur noch eine Runde schlafen. Vielleicht würde sich dann auch das mulmige Gefühl in seinem Magen legen.

Erster Tag – nachmittags

Ich bin ein … gestählter Don Juan,
ein Bild von einem Mann, so steh ich vor dir … [1/1]

Erstaunt und leicht schockiert blickte Linda immer noch auf den Inhalt des schwarzen Trolleys, von dem sie mittlerweile wusste, dass er definitiv nicht ihr gehörte.

Gedankenverloren, mit einem ungewohnten Kribbeln im Bauch, strich sie mit ihren Fingersitzen über das kühle Metall und den matt glänzenden Stoff und fragte sich, was das wohl für ein Mensch war, der solche Dinge mit in seinen Urlaub nahm: ein Paar Handschellen, eine amerikanische Polizistenmütze wie sie die Chippendales trugen (nicht, dass sie schon einmal das Vergnügen gehabt hätte, sie live zu erleben), einen schwarzen Männerstring und eine extragroße Packung Kondome der Größe L.

Von Neugierde überwältigt ließ sie das harte Metall der Handschellen durch ihre Finger gleiten und überprüfte den Verschluss. Auch wenn man ein Schlüsselloch erkennen konnte, war es dennoch möglich, die Handschellen selbst zu öffnen – auch wenn man gefesselt war.

Ein leichter Schauder rieselte über Lindas Rücken, da sie noch nie mit solchen Accessoires zu tun gehabt hatte und in dieser Beziehung unerfahren wie ein Baby war. Anschließend hielt sie vorsichtig den Herrenstring hoch und faltete ihn wieder mit hochrotem Kopf zusammen, um ihn da zu verstauen, wo er gelegen hatte. Nachdem sie nochmals zitternd Atem geholt hatte, schloss sie den Deckel sorgfältig und zog das Schnürchen durch die Reißverschluss-Zipper.

Als sie das Äußere des Koffers betrachtete, merkte sie, dass er ihrem eigenen zum Verwechseln ähnlich sah. Nur eine der Außentaschen war etwas kleiner. Ratlos blickte sie auf die Banderole, auf der sie allerdings ihren eigenen Namen mit ihrer Zimmernummer entdeckte.

Das konnte doch nicht sein!

Nach weiterem Suchen fand sie einen kleinen Adressanhänger, auf dem ein anderer Name stand: Philipp Graf.

Aha!

Wie aber kam ihre Banderole an Philipp Grafs Trolley? Vermutlich hatte Betty sie an das falsche Gepäckstück geklebt, nachdem sie überstürzt zu der Sammelstelle vor der Halle gehastet war.

Aber welcher normale Mensch würde solches Sexspielzeug mit in den Urlaub nehmen? Entweder ein Ehepaar, das Ablenkung vom Alltag brauchte und hier auf dem Schiff die zweiten Flitterwochen verlebte. Oder – und das fand sie weitaus wahrscheinlicher – das Zubehör gehörte einem Macho-Single, der mit seinem großspurigen Verhalten und schmierigen Lächeln viele Frauen ins Bett locken wollte, um zwei Wochen hemmungslos herumzuvögeln.

Oh, wie hasste sie diese Typen mit ihrem gönnerhaften Auftreten, die jede Frau nur auf die Funktion eines Betthäschens reduzierten.

Obwohl … manchmal hatte sich Linda auch schon sehnlichst gewünscht, einfach nur als solches wahrgenommen zu werden, um als Objekt der Begierde in beidseitigem Einvernehmen nach Lust und Laune missbraucht zu werden.

Wieder merkte sie, wie ihre Wangen warm wurden.

Vor ihrem geistigen Auge stellte sie sich Philipp Graf als testosteronstrotzenden Deckhengst mit durchtrainiertem Körper, strahlend blauen Augen und regelmäßigem Blendax-Lächeln vor, der jede Frau vernaschte, die ihm über den Weg lief.

Wie er wohl reagieren würde, wenn sie ihm den Trolley persönlich vorbeibrächte? Peinlich berührt wäre er garantiert nicht, wenn er mitbekäme, dass sie über den Inhalt Bescheid wusste. Wahrscheinlicher wäre sogar, dass er sich unverschämt lächelnd bei ihr bedankte und sie mit einer schlüpfrigen Bemerkung in seine Kabine einlud.

Nun, dieser Trolley warf immer noch die Frage auf, wo ihr eigener geblieben war. Es gab nur eine Möglichkeit, es herauszufinden. Nachdem sie in der Bordzeitung die Durchwahl für die Rezeption gefunden hatte, meldete sie dort den Verlust ihres Koffers und nannte der Angestellten den Namen des Trolleybesitzers.

„Wenn Herr Graf bei mir in der Nähe wohnt, kann ich ihm den Trolley auch gerne persönlich vorbeibringen. Dann kann ich meinen gleich mitnehmen, falls er bei ihm gelandet sein sollte“, meinte Linda am Telefon.

„Das geht leider nicht. Ich darf Ihnen die Kabinennummer nicht geben. Aber ich werde gleich jemanden zu Ihnen schicken, um das Gepäckstück abzuholen“, klärte sie eine freundliche Stimme mit leichtem Akzent auf.

Dankend legte Linda auf und machte es sich gähnend auf ihrem

Bett gemütlich. Langsam wurde sie Opfer der enormen Zeitverschiebung.

Keine zehn Minuten später klopfte es schon an die Tür. Vor ihr stand ein kleiner stämmiger Mann in Uniform, der ein dezentes Namensschild mit dem Aufdruck 'Manuel' trug und ihr in gebrochenem Deutsch erklärte, dass er nun den falschen Trolley mitnehmen würde.

Kurzerhand entschied sich Linda, ihrer Neugierde nachzugeben. „Ich komme mit, vielleicht hat Herr Graf zufällig meinen Koffer, dann kann ich ihn gleich mitnehmen."

Nachdem der Angestellte nur zustimmend mit den Schultern gezuckt hatte, folgte sie ihm den endlosen Gang entlang, der - sehr maritim - in Weiß- und Blautönen gehalten war. Doch schon nach knapp zwanzig Metern blieb er stehen und klopfte. Überrascht, dass Philipp Graf auf demselben Deck wohnte, bereitete sich Linda auf seinen Anblick vor.

Als niemand reagierte, klopfte Manuel erneut. Bevor er allerdings nach kurzem Warten seinen Generalschlüssel zücken konnte, wurde die Tür geöffnet. Linda blinzelte verwundert mit den Augen.

Vor ihnen stand ein großer Mann mit braunen Haaren und konservativem Haarschnitt. Sein weißes Hemd war leicht zerknittert und die Krawatte in einem lockeren Knoten um seinen Hals gebunden. Die kantige Hornbrille mit abgerundeten Ecken saß leicht schief auf der Nase, was er mit einer routinierten Handbewegung korrigierte. Aufgrund seiner verschlafenen Augen und den dunklen Schatten darunter nahm sie an, dass sie ihn gerade bei einem dringend benötigten Nickerchen gestört hatten. Jedoch wirkte er durch seine müde Blässe und der Art, wie er leicht geblendet gegen das Flurlicht blinzelte, so ganz anders, als sie es sich vorgestellt hatte.

Normal. Harmlos. Fast schon verletzlich.

„Kann ich Ihnen helfen?" Seine tiefe Stimme war vom Schlafen noch leicht belegt und etwas kratzig. Er räusperte sich kurz.

Das Bild, das sie sich von diesem scheinbaren Draufgänger gemacht hatte, passte so gar nicht zu der Wirklichkeit, die jetzt direkt vor ihr stand. Ihn hätte sie zuletzt in Verdacht gehabt, verruchte Utensilien für ein leidenschaftliches Schäferstündchen in die Karibik zu schmuggeln. *Nun gut,* dachte sie, *jeder so, wie er es mag.* Sie wollte diese Angelegenheit jedenfalls hinter sich bringen, damit sie so schnell wie möglich ihr Gepäck bekam und sich endlich duschen konnte.

Bevor Manuel mit einer Erklärung loslegen konnte, meinte Linda nur: „Ihr Koffer ist auf meinem Zimmer gelandet. Also, ich meine natürlich in meiner Kabine. Meine Freundin hat wohl vor dem Einchecken meine Banderole aus Versehen an Ihrem Trolley befestigt. Und Ihre eigene muss wohl in dem Getümmel abgerissen worden sein."

„Oh ..." Er blinzelte überrascht und beugte sich zu dem Trolley hinunter. „Ja, das ist tatsächlich meiner. Der Adressanhänger stimmt und die Schnur am Verschluss auch. Ich hatte in der Eile des Packens das Schloss nämlich nicht gefunden."

„Dann ist ja alles in Ordnung", begann Linda. „Sie haben wohl nicht zufällig meinen Koffer bei sich stehen?"

„Nein, leider nicht. Es wurde noch gar kein Koffer geliefert. Und da ich eingeschlafen bin, habe ich auch nicht bemerkt, wie die Zeit vergangen ist." Er blickte kurz auf seine Armbanduhr. „Wie sieht ihr Koffer denn aus?"

„Fast genauso wie Ihrer. Deshalb habe ich es auch anfänglich nicht bemerkt. Erst als ich ihn öffnen wollte, fiel mir die unterschiedliche Größe der Vordertasche auf und die Schnur am Reißverschluss."

Manuel, der die ganze Zeit still und höflich lächelnd dagestanden hatte, verstand, dass ihr Koffer noch vermisst wurde, und versprach ihr, sich darum zu kümmern.

Nach einer kurzen Verabschiedung, bei der sich Philipp nochmals bei Linda bedankte, schloss er seine Tür und lehnte sich erschöpft dagegen. Gedankenverloren rieb er sich erst seinen Nacken, dann seine Augen hinter der Brille. Er fühlte sich immer noch wie gerädert.

Immerhin hatte er schon sein Gepäck, wohingegen diese Blondine mit der leicht rauchigen Stimme wohl noch eine Weile darauf warten musste.

Er dachte an ihre Augen, mit denen sie ihn anfänglich gemustert hatte. Ein so intensives Grün hatte er vorher noch nie bei einem Menschen gesehen. Oder hatte er sich durch das Flurlicht täuschen lassen?

Die Art, wie sie ihn angesehen hatte, fand er etwas irritierend. Er war sich vorgekommen, als ob sie ihn in Bezug auf etwas einschätzen wollte, von dem er nichts wusste – wie eine Promenadenmischung, die zufällig bei einem Hunde-Schönheitswettbewerb voller kunstvoll frisierter Pudel gelandet war. Am Schluss hatte diese Frau dann aber doch etwas enttäuscht gewirkt, was seiner Meinung nach nicht nur auf den fehlenden Koffer zurückzuführen war.

Ihre ansonsten sachlich-unterkühlte Ausstrahlung wurde nicht nur von ihrer korrekten Freizeitbekleidung und ihrem streng nach hinten gekämmten Dutt hervorgerufen, der die feinen Linien ihres Gesichts hervortreten ließ. Nein. Es lag auch daran, dass sie ihn während dieser Begegnung kein einziges Mal angelächelt hatte – obwohl sie einen schön geschwungenen Mund hatte, der auch ohne Lippenstift überaus sinnlich wirkte. Sie hatte, wie sie da vor seiner Tür gestanden hatte, so kühl auf ihn gewirkt, dass es ihn bei diesen karibischen Temperaturen beinahe gefröstelt hätte.

Und doch … irgendetwas an ihrem kühlen, geschäftsmäßigen Tonfall hatte ihn aufhorchen lassen. Etwas für ihn nicht Fassbares hatte unterschwellig mitgeschwungen …

Frustriert rieb sich Philipp über seinen Magen. Das flaue Gefühl hatte sich noch nicht gelegt, auch wenn er zwischenzeitlich etwas davon abgelenkt worden war.

Wenn er noch eine Runde schlafen und sich danach unter der Dusche erfrischen würde, würde er sich sicher etwas besser fühlen. Dann hatte er hoffentlich auch die Kraft, das Nötigste für die erste Nacht auszupacken.

Das Abendessen würde er vermutlich ausfallen lassen.

„Wie, ihr habt keinen einzigen der vielen Ausflüge auf dieser Reise gebucht? Sollen wir die ganzen vierzehn Tage auf dem Schiff rumsitzen, uns langweilen und die vielen Sehenswürdigkeiten der Karibik verpassen?" Eine leichte Panik stieg in Linda hoch. Sie wollte unbedingt etwas vom Land und von der exotischen Natur sehen, wenn sie schon einmal hier ihren Urlaub verbrachte.

„Nein, beruhige dich", meinte Anna mit ihrer angenehmen, melodiösen Stimme und nahm Linda die Bordzeitung aus der Hand, in der diese die Übersicht aller Ausflüge studiert hatte. „Betty hat eine Freundin, die schon öfter auf Kreuzfahrten war. Als sie uns erzählte, wie es bei diesen Landgängen zugeht, war uns klar, dass wir das nicht mitmachen wollen …"

„Genau", unterbrach Bettina Annas Begründung und führte sofort einen passenden Vergleich an. „Es geht an solchen Tagen zu wie bei der Massentierhaltung. Man trifft sich irgendwo im größten Theatersaal des Schiffs, in den achthundert Leute passen, von wo man farblich nach Gruppen sortiert zum Auschecken aufgerufen und anschließend in mehrere Busse gepfercht wird, die einen zu den Sehenswürdigkeiten bringen, von denen man eh nicht viel mitbekommt, da sich so viele Touristen drum herum drängeln, dass man noch nicht mal ein Foto schießen kann. Der Rückweg ist um nichts angenehmer, nur dass man sich vor dem Schiff wieder in eine elendslange Schlange einreihen darf, um sich mit Reisepass und Bordkarte zurückzumelden und fix und alle am Pool anzukommen, nur um sich wieder erholen zu müssen. Und dafür bist du bei jedem Ausflug auch noch eine ordentliche Stange Geld los. Undsowaswolltenwirdirnichtantun."

Als Bettina kurz Atem holte, fragte Linda mit gerunzelter Stirn: „Und was habt ihr stattdessen vor?"

„Da in deinem Leben sowieso dein kopflastiger Beruf mit einem klar definierten Tätigkeitsfeld und einer erfolgsorientierten Karriere im Mittelpunkt steht, haben wir uns gedacht, dir würde etwas Spontaneität und Abenteuerlust guttun."

„Oh, bitte nicht ..." In Linda ging bei diesem Gedanken alles auf Abwehr, sodass sie ein dementsprechendes Gesicht machte.

„Du musst definitiv lockerer werden und alles ohne Erwartungen auf dich zukommen lassen. Du kannst nicht immer genau planen, was dir im Leben passieren soll. Und das werden wir in entspannter Atmosphäre üben, wenn wir unsere Landausflüge auf eigene Faust per Taxi oder zu Fuß machen."

Linda machte ein unglückliches Gesicht. „Wenn es denn sein muss. Aber mir wäre bedeutend wohler in der Haut ..."

„Lass dich einfach überraschen", unterbrach sie Annas sanfte Stimme, während sie Linda ihre Hand auf den Arm legte.

„Das ist genau das, wovor ich Angst habe", gestand diese.

Eine Stunde später hatte Linda endlich ihren Trolley und war frisch geduscht und angezogen für die Einführungsveranstaltung bereit. Die war dann auch kurz und knapp in einer halben Stunde erledigt, wobei die Dame in ihrer schicken Uniform vorne auf der Bühne noch alle darauf aufmerksam machte, dass die übliche Seenot-Rettungsübung am nächsten Morgen nach dem Frühstück stattfinden würde. Und sie sei für alle Passagiere Pflicht.

Linda konnte es sich nicht verkneifen, Bettina zuzuflüstern: „Und wenn der Kahn heute Nacht absäuft, haben wir leider alle Pech gehabt", worauf die Angesprochene nur zustimmend grinste.

Gemütlich schlenderten sie anschließend durch die langen Gänge der Einkaufspassagen, die im goldenen Licht der Strahler in warmen Erdtönen leuchteten. In der Mitte öffnete sich eine Art Atrium, das Ausblick auf drei Decks mit Publikumsattraktionen freigab, die über frei hängende, gläserne Fahrstühle zu erreichen waren. Anhand von Lageplänen informierten sie sich über die Freizeitangebote an Bord und bewunderten gleichzeitig die elegante Einrichtung.

„Hier sieht alles aus wie in einem vornehmen Hotel. Man kann kaum glauben, dass man sich auf dem Wasser fortbewegt." Bettina schüttelte ungläubig den Kopf, während sie ein aufwendiges Kunstwerk aus Mosaikfliesen betrachtete.

„Aber ein bisschen merkt man das Schlingern auf den Wellen schon. Zum Glück ist keiner von uns seekrank", feixte Linda.

Das Restaurant war in einem so großen Saal untergebracht, dass man die Tische kaum zählen konnte. Überrascht stellte Linda fest, dass die Höhe des Raums in zwei Ebenen aufgeteilt war, sodass manche Gäste beim Abendessen wie auf einem Balkon residierten und auf die anderen Tischgruppen hinabsehen konnten. In der Mitte des Saales hing fünf Meter über ihren Köpfen ein gigantischer Kronleuchter, der aus unzähligen, fein geschliffenen Glassteinen bestand und alles in den Schatten stellte, was Linda je in ihrem Leben gesehen hatte. Der Boden war mit kurzflorigem Teppich in königlichem Dunkelblau ausgelegt. Nur die Gänge zwischen den Tischgruppen bestanden aus Granitboden. An zwei Längsseiten des Saals standen lange Tische, die sich unter dem reichhaltigen Angebot an verschiedensten Speisen bogen. Viele Passagiere drängten sich schon mit Tellern davor, um sich von den verlockend duftenden Gerichten zu bedienen, während voll beladene Kellner mit Getränken um die Tische wuselten.

Die drei Freundinnen suchten nach ihrem reservierten Tisch, an dem schon fünf weitere Gäste saßen. Nach einer kurzen Begrüßung bedienten sie sich an einem der Buffets und saßen kurz darauf zufrieden mit fantasievollen Leckereien an ihrem Platz.

Ein Kellner, der sich als Pierre vorstellte, eilte auf sie zu und erklärte, dass er sie auf dieser Reise abends mit Getränken versorgen würde. Die schnelle, aber doch etwas geleierte Ansprache legte den Schluss nahe, dass er dies in seinem Leben schon zu oft hatte machen müssen. Außerdem schien sein ganzer Körper wie unter

Strom zu stehen, da noch eine zweite Essensschicht folgte und in der kurzen Pause dazwischen der gesamte Saal neu eingedeckt werden musste. Linda fiel Bettys passender Vergleich mit der Massentierhaltung ein.

Dann endlich begannen die drei Freundinnen, vor lauter Glückseligkeit seufzend die Köstlichkeiten zu probieren und sich mit ihren Tischnachbarn, einem älteren Ehepaar und einer dreiköpfigen Familie, zu unterhalten.

Martha Jäger, eine weißhaarige Frau um die siebzig, tätschelte gerade den Arm ihres Mannes, als sie Anna strahlend erzählte, dass sie beide schon zum neunten Mal eine Kreuzfahrt unternahmen. Außerdem hätten sie in diesem Jahr Goldene Hochzeit, die sie auf dem Schiff feierten.

„Nicht wahr, Erwin?!", suchte sie bei ihrem Mann mit lauter Stimme nach Bestätigung, da dieser die ganze Zeit ungerührt über seinen Teller gebeugt dagesessen und gegessen hatte. Er hielt sich eine Hand hinter die Ohrmuschel und gab ein gebrummtes „Mmh?" von sich.

„Ich habe von unserer Goldenen Hochzeit erzählt", klärte ihn seine Frau noch etwas lauter auf.

Diesmal kam ein zustimmendes „Mmh", das sich vom Ersten nur durch die Tonhöhe unterschied, wonach er sich gleich wieder seinem Teller zuwandte.

„Mein Mann weigert sich, ein Hörgerät zu tragen, da er von diesem neumodischen Schnickschnack nichts hält. Außerdem sagt er immer, beim unqualifizierten Geschwätz der meisten Leute würde er sowieso nichts verpassen." Sie blickte verschmitzt in die Runde. „Und das, wo ich mich doch immer so gerne mit jemandem unterhalte."

Außer einem unverbindlichen Lächeln reagierte die Familie bestehend aus einer Frau mit verkniffenem Mund, einem fast kahlköpfigen Mann und einem Jugendlichen von vierzehn Jahren nicht. Betty hingegen ging sofort auf Martha Jägers Bemerkung ein und verwickelte sie in ein angeregtes Gespräch, das die alte Frau – so redselig wie sie war – erfreut begrüßte.

Da Betty kommunikationsmäßig versorgt war, wandte sich Anna Linda zu und meinte: „Ich bin wirklich froh, dass du deinen Trolley wieder hast. Er hätte ja auch aus Versehen am Quai stehen gelassen worden sein. Dann hättest du dich hier in den Schiffsboutiquen neu einkleiden müssen."

Linda nickte nur bestätigend, während sie genussvoll ein Stück Hühnchen in Madeirasoße auf der Zunge zergehen ließ.

„War der andere Typ wenigstens angemessen dankbar, als du ihm den Koffer wieder zurückgebracht hast?“, fragte Bettina mit vollem Mund, als sie mit ihrem Gespräch fertig war. Sie schien eine multitaskingfähige Antenne für neue Informationen zu besitzen.

„Ja, ich denke schon.“ Linda dachte an Philipp Grafs verschlafenen Blick und die leicht verwuschelten Haare, als er die Tür geöffnet hatte. „Er hatte es allerdings noch gar nicht bemerkt, weil er geschlafen hatte. Zuerst schien er etwas verwirrt, dann aber erleichtert. Das kann ich ihm nicht verdenken, wenn ich mir vorstelle, was er alles eingepackt hat, um seinen Urlaub aufzupeppen.“

Uuups! Linda bereute ihre unvorsichtige Bemerkung sofort.

„Du hast in seinen Koffer geschaut!!“, rief Anna mit weit aufgerissenen Augen.

„Was kann ich dafür?! Ich dachte doch, es wäre meiner! Die beiden sahen sich wirklich zum Verwechseln ähnlich“, verteidigte sich Linda. „Erst als ich den Deckel aufklappte, stellte ich fest, dass es nicht meiner war.“

„Und, was war so Bemerkenswertes drin?“, fragte Bettina neugierig.

Linda blickte ihre Freundin kurz an und überlegte sich, ob sie es den beiden wirklich erzählen sollte. Sie konnte sich nämlich schon genau ausmalen, welche Bemerkungen es nach sich ziehen würde. „Auf seinen Kleidungsstücken lagen ein Paar Handschellen, eine große Packung Kondome, ein schwarzer Herrenstring und eine amerikanische Polizistenmütze.“ Linda wartete mit hochgezogenen Augenbrauen auf eine Reaktion.

Anna starrte sie nur mit offenem Mund an. Betty hatte nicht nur die linke Augenbraue, sondern auch noch einen Mundwinkel zu einem süffisanten Grinsen hochgezogen. „Pikant, pikant“, gab sie von sich und konnte sich natürlich nicht verkneifen zu fragen: „Und, wie hat er ansonsten ausgesehen?“

Er hatte schöne braune Augen, die an den Rändern Spuren von vielen Lachfältchen aufwiesen. Außerdem hatte sein verletzlicher Blick direkt nach dem Aufwachen mein Herz gerührt. „Braune Haare, Brille. Hemd, Krawatte. Normal. Also nicht, wie man sich einen draufgängerischen Perversling vorstellt.“

„Na ja“, meinte Bettina verschmitzt, „pervers würde ich es nicht nennen, wenn ein Mann für mich einen Strip hinlegt, an dessen

Ende er nur noch mit String, Mütze und Handschellen dasteht, um mich zu verhaften."

Erster Tag – abends

Denn es geht alles schief, was nur kann.
Das ist Murphys Gesetz. [1/10]

Philipp bereute es schon wieder fast, seinem Freund und Kollegen Simon nachgegeben zu haben. Damit der bemitleidenswerte Seekranke nicht den ganzen Abend alleine in seiner Kabine verbringen musste, hatte Simon vorgeschlagen, Philipp könne doch abends statt eines opulenten Menüs nur eine klare Suppe essen, was dieser eine halbe Stunde zuvor noch für eine gute Idee gehalten hatte. Die zusätzliche Stunde Schlaf und die vermeintliche Wirkung der Tabletten hatten ihn in Sicherheit gewogen.

Nun saß Philipp vor seinem Teller am Tisch mit seinen Kollegen und spürte schon nach zwei Löffeln, wie sich sein Magen verschloss. Allein die schweren Essensdüfte, die den Saal beherrschten, verursachten bei ihm erneut ein flaues Gefühl.

„Diesen Urlaub haben wir uns wirklich hart erarbeitet ..."

„Da hast du absolut recht! So einen Stress wollte ich nicht ständig haben ..."

„Wenn ich da an die Verwechslung der Vorkommastellen des ersten Angebots denke! Das hätte alles in einer ziemlichen Katastrophe enden können ..."

„Aber es ist zum Glück gut gegangen und jetzt sind wir hier! An einem der schönsten Flecken der Erde! Dank unseres Chefs!!"

Alle hoben ihre Gläser und prosteten einem älteren Herrn in dunkelgrauem Anzug zu, der freundlich in die Runde blickte. „Das war wirklich gute Teamarbeit. Vielen Dank."

Philipp versuchte sich an einem Lächeln und prostete mit seinem Wasserglas zu, ohne etwas daraus zu trinken. Dann starrte er einfach nur konzentriert geradeaus, um seine aufkeimende Übelkeit in Schach zu halten, und überlegte, ob er nicht doch lieber wieder in seine Kabine gehen sollte.

Eine Hand legte sich auf seinen Unterarm. „Du siehst immer noch so blass aus. Kann ich dir helfen?", fragte Desirée, seine Kollegin aus der Marketingabteilung – und einzige Frau in dieser Männerrunde.

„Nein, es geht schon", meinte Philipp, während er sich ein leichtes Grinsen abrang. „Ich weiß jetzt immerhin, wie sich eine Frau zu Beginn ihrer Schwangerschaft fühlt, wenn sie keine Essensdüfte verträgt. Ich gehe wohl besser wieder in meine Kabine."

„Soll ich dich hinbringen?", bot sie ihm an und legte schon die Gabel beiseite.

„Nein danke, iss nur ruhig weiter. So schlimm ist es zum Glück nicht." Bevor er aufstehen konnte, wurde seine Aufmerksamkeit von einem Tumult zwei Tische weiter angezogen, bei dem zwei Gäste aufsprangen und hektisch mit ihren Servietten hantierten. Als er genauer hinsah, bemerkte er, wie sich einige Personen bemühten, eine Flüssigkeit vom Tisch aufzuwischen, die sich anscheinend zu allem Überfluss noch über den Schoß zweier anderer Passagiere ergossen hatte. Dabei entdeckte er auch seine blonde Kofferfee. Mit hochrotem Kopf tupfte diese hastig auf der Tischdecke herum, während sie sich wortreich entschuldigte. Was gesprochen wurde, konnte er nicht verstehen. Aber er merkte, dass ihr der Vorfall ziemlich peinlich war.

Schau an, dachte er, sie ist wohl doch nicht so unterkühlt, wie er sie vor seiner Tür erlebt hatte. Ihre Augen blitzten, während sie sich beim Saubermachen über den Tisch beugte. Sie trug ein meergrünes Wickeltop, das sich züchtig und sittsam um ihren kurvenreichen Oberkörper schmiegen sollte. Anständig. Ohne viel Aufsehen.

Nur, dass weder das Top noch ihr Körper von dieser Zielvorgabe wussten und bei jeder Bewegung mehr gewährten, als beabsichtigt war. Zum Beispiel Einblicke in ihr üppiges Dekolleté mit verheißungsvollen Tiefen …

Um die reizvolle Wirkung noch abzurunden, hatten sich - wie er fasziniert bemerkte - zwei blonde Strähnen aus ihrem strengen Haarknoten gelöst, die nun rhythmisch lockend über ihre Wangen strichen.

Als sie sich wieder auf ihren Platz setzte, hatte sie ein entschuldigendes Lächeln auf den Lippen, das ihren gesamten Gesichtsausdruck veränderte. Plötzlich war die nüchterne Sachlichkeit verschwunden und machte Platz für Herzlichkeit und Wärme.

Genau in diesem Moment machte sich bei Philipp ein eigenartiges Gefühl in der Magengegend breit, das eindeutig nichts mit seiner Seekrankheit zu tun hatte.

Als sie ihren Blick wieder auf ihren Teller senkte, runzelte sie leicht ihre Stirn, was ihn etwas irritierte. Über was sie wohl gerade nachgrübelte? Über ihr Missgeschick?!

Ein Penny für ihre Gedanken!

Er stellte verwundert fest, dass er sich darauf freute, sie auf dieser Reise noch häufiger zu sehen. Und wenn es nur abends beim Essen war.

„Entschuldigt mich bitte, ich gehe wieder in meine Kabine." Seine Kollegen blickten von ihren Gesprächen auf. „Ich ertrage den Essensgeruch nicht. Morgen Abend ist es vermutlich schon wieder besser", fügte er entschuldigend hinzu.

Als er ging, beobachtete Linda aus dem Augenwinkel, wie er sich zwischen den Tischen zum Ausgang hindurchschlängelte. Sie war wirklich unmöglich! Kaum hatte sie ihn zwei Tische weiter erblickt, hatte sie an seine dunklen Augen denken müssen, die sie an flüssige Zartbitterschokolade erinnerten. Matt glänzend und zum Niederknien. Natürlich musste sie auf der hektischen Suche nach dem Salzstreuer mit der Hand gegen ihr großes Glas randvoll mit Wasser stoßen, das sich dementsprechend schwungvoll über den ganzen Tisch ergossen hatte. Was für ein Schussel sie doch war! Dafür gab es keine Worte.

Erneut spähte sie kurz auf seinen Rücken. Er trug ein braunes Sakko, das eine Nuance heller war als seine dunklen Haare, und hielt sich beim Laufen sehr gerade. So, wie sie ihn heute erlebt hatte, wirkte er überaus korrekt, fast schon langweilig – so, als ob er kein Wässerchen trüben könnte.

Wieder einmal rätselte sie, wie der Inhalt seines Koffers zu der äußeren Erscheinung dieses Mannes passte. Sie hatte natürlich schon von Fällen gehört, bei denen ruhige, sympathische Nachbarn sich nach dreißig Jahren als Höschen-Fetischisten oder SM-Liebhaber entpuppten. Stille Wasser waren bekanntlich tief.

Trotzdem – wenn sie an sein Auftreten bei ihrer ersten Begegnung dachte, konnte sie sich an nichts Verschlagenes, Abwartendes oder Provozierendes erinnern, das sie – mit ihrer wenigen Erfahrung – in einem solchen Fall erwartet hätte. Er hatte einen aufrichtigen, offenen Eindruck auf sie gemacht.

Sie wusste nicht, warum sie ihr Glas heute umgestoßen hatte. Normalerweise passierte ihr das, wenn sie in jemanden unglücklich verliebt war und sich nicht traute, den ersten Schritt zu tun. Doch von diesem Philipp Graf wollte sie schließlich nichts. Gut, er sah nicht schlecht aus, war groß und hatte eine gute Figur. Außerdem hatte er gerade in ihre Richtung geschaut, als sie ihn entdeckt hatte. Aber so viel sie sagen konnte, hatte er sie nicht einmal direkt angesehen. Vermutlich irritierte sie nur die Diskrepanz zwischen seiner äußeren Erscheinung und seinem frivolen Geheimnis, das sie - wie sie zugeben musste - mehr faszinierte, als ihr lieb war. Mit einem leisen Seufzen wandte sie sich wieder ihrem halb vollen Teller zu und versuchte, dem Tischgespräch zu folgen.

Erster Tag - abends

Es gibt Diana, Sylvana und Tatiana,
in New York, Paris, an der Copacabana.
Erlaubt ist was gefällt, ein Mann von Welt
hüllt sich nie in Alltagsgrau.
Ich bin kein Mann für eine Frau. [1/2]

Als die drei Freundinnen mit dem Essen fertig waren, verabschiedeten sie sich von ihren Tischnachbarn und wünschten allen noch einen schönen Abend. Dann gingen sie an Deck, um die letzten Minuten ihres ersten Sonnenuntergangs in der Karibik mitzuerleben.

Das Meer lag wie poliert vor ihnen und spiegelte den rotgoldenen Schein der untergegangenen Sonne wider, der sich in allen Rottönen über den blauen Himmel ergoss. Es war unvergleichlich schön!

In einer schwermütigen Sekunde fragte sich Linda, wann sie das letzte Mal bewusst einen Sonnenuntergang erlebt hatte. Wann sie sich die Zeit genommen hatte, ihn zu genießen ... Es war schon erschreckend, stellte sie fest, denn sie konnte sich nicht wirklich daran erinnern. Es war einfach schon zu lange her.

Während Linda die angenehm kühle Meeresbrise genoss und dabei sinnierte, wie diese Reise wohl für sie verlaufen würde, versuchte Betty, Anna zu überreden, auf Entdeckungsreise zu gehen, um wenigstens einen kleinen Teil des Schiffsangebots am ersten Abend kennenzulernen. Irgendwann stimmte diese lachend zu, die herrliche Seeluft zu verlassen - und Linda ließ sich von den zu erwartenden Verlockungen mitziehen.

Nach einer Stunde hatten sie schon unzählige Bars besichtigt, die

Auslagen von Boutiquen und Souvenirläden betrachtet und das Buffet-Restaurant entdeckt, in dem sie sich tagsüber bei freier Sitzplatzwahl bedienen konnten.

Als sie wieder einmal an einer Bar vorbeikamen, die diesmal im Stil eines Westernsaloons eingerichtet war, meinte Betty, dass sie genau hier gerne etwas trinken würde. „Ich bekomme fast kein Wort mehr raus, weil mir die Zunge am Gaumen festklebt."

Anna riss ihre Arme theatralisch in die Höhe und rief: „Gott bewahre, dass wir heute Abend zu ungastlichem Schweigen verdammt sind! Da müssen wir natürlich unbedingt etwas dagegen unternehmen."

Lachend hakte sich Betty bei ihren Freundinnen ein und zog sie in die Bar. Nachdem sie es sich auf Barhockern an einem Stehtisch gemütlich gemacht hatten – Anna wäre mit ihren kurzen Beinen fast nicht hochgekommen –, bestellten sie etwas zu trinken und unterhielten sich über die Ausflugsziele in den nächsten Tagen.

Als Anna danach einen Witz über einen Kapitän zum Besten gab, der nach zweijähriger Abwesenheit zu seiner schwangeren Frau heimkehrte, schaltete sich Linda ein: „Ah, apropos! Ich kenne auch einen." Linda, die sich sonst nie Witze merken konnte und demzufolge auch nie welche erzählte, grinste breit. „Zwei Quantenphysiker treffen sich in einem dunklen Tunnel. Da fragt der eine …" Sie stockte, als sie die missbilligend in Falten gelegte Stirn Bettys bemerkte. „Was ist? Ich habe letztens zwei Kollegen belauscht, als sie …"

Betty ergriff Lindas Hand und meinte in einem für sie untypisch langsamen Tempo, so als wolle sie einem kleinen Kind etwas erklären: „Falls du es noch nicht bemerkt haben solltest: Wir sind im Urlaub. Du hast deinen Laptop zuhause gelassen, ebenso deine Fachbücher, … das Institut und die Kollegen sowieso. Du hast einen tollen Frauenroman zur geistigen Zerstreuung bekommen und hier auf dem Schiff ein fast unüberschaubares Angebot zur seelischen und körperlichen Erholung. Gerade weil du, was deine Arbeit angeht, extrem rückfallgefährdet bist, möchte ich in diesem Urlaub kein einziges Wort darüber hören, verstanden? Und ich meine auch wirklich *kein einziges* Wort! Ich rede ja auch nicht ständig von Life-Cycle-Management, Prozessoptimierung und Simulationsprogrammen zur Absicherung von Produkteigenschaften – oder Anna von chemischen Verbindungen, die ich nicht mal aussprechen kann, geschweige denn weiß, was sich dahinter verbirgt."

Linda verdrehte übertrieben die Augen. „Dann entgeht euch eben ein wirklich guter Witz."

Während sich Bettina noch speziell über den Punkt mit der körperlichen Erholung ausließ, blickte Linda von ihrer Weißweinschorle auf und hätte sich fast verschluckt.

Da war er wieder.

Anna, die Lindas verändertes Verhalten bemerkte hatte, fragte, was los sei. „Nichts. Ich meine, mit mir ist nichts. Ich habe ihn nur gerade eben da vorne gesehen."

Wie auf Kommando schauten Anna und Bettina zum Eingang, als Philipp Graf – immer noch blass um die Nase – auf eine Gruppe Männer im Alter von schätzungsweise dreißig bis fünfundvierzig Jahren zulief. Er wurde mit viel Hallo begrüßt, wobei einer der Männer ihm ein frisch gezapftes Bier in die Hand drücken wollte, das er dankend ablehnte. Als die Gruppe sich teilte, trat eine Frau vor, um ihre Hand auf sein Revers zu legen und ihn etwas zu fragen. Ein Lächeln und ein kurzes Nicken waren seine Antwort. Danach wechselte er ein paar Worte mit einem der Männer und lächelte noch einmal kurz, bevor er wieder hinausging. Alle drei Augenpaare der Freundinnen folgten ihm, bis er nicht mehr zu sehen war.

„Alles klar. Wie hattest du ihn noch mal beschrieben? Braune Haare, Brille, ganz normal? Allerdings hast du seine muskulösen Schultern und seinen knackigen Hintern völlig unterschlagen. Gut, er könnte sich einen besseren Friseur zulegen, aber der ganze Rest ist doch sehr ansprechend, findet ihr nicht?" Bettina schaute die anderen beiden fragend an und strich sich eine rotblonde Strähne aus der Stirn.

Während Anna nur verzückt lächelte, meinte Linda mit gerunzelter Stirn: „Findest du?"

„Schon. Bei dem würde ich glatt zweimal vom Dessert naschen."

Linda, die von Philipps Erscheinen abgelenkt war, fragte nur erstaunt: „Was für ein Dessert?"

„Na, 'vom Dessert naschen'. Kennst du den Ausdruck etwa nicht?"

„Klar doch, wenn ich zu Mittag gegessen habe …"

„Mit 'Dessert' meint Betty natürlich Philipp", schaltete sich Anna ein.

„Ach so, so ein Dessert … ich war gerade abgelenkt, deshalb habe ich dich falsch verstanden." Linda nahm noch mal einen

Schluck von ihrem Glas, um ihre Verlegenheit zu überspielen. Manchmal war sie wirklich schwer von Begriff und fühlte sich wie eine weltfremde Wissenschaftlerin. Sie musste besser aufpassen, damit sie mit ihren fast dreißig Jahren nicht immer noch wie ein unschuldiges Milchmädchen wirkte.

Sie stellte fest, dass Betty immer noch über Philipps Aussehen quasselte: „... und sieht er mit seinem schmalen Gesicht, der geraden Nase und dem athletischen Körper nicht wie dieser Schauspieler aus, für den Annas jüngste Schwester so schwärmt?" Betty schnalzte anzüglich mit ihrer Zunge. „Mmh ... wenn mir bloß der Name einfallen würde ..." Betty hatte grundsätzlich Probleme, Schauspieler zu erkennen und auseinanderzuhalten. Doch sich auch noch an deren Namen zu erinnern, stellte eine fast unlösbare Aufgabe für sie dar. „Also, wenn ich nicht auf blonde Typen stehen würde, hättest du in mir eine ernst zu nehmende Konkurrentin. Das kann ich dir aber versprechen, Linda."

„Aber ich will ja gar nichts von ihm. Offensichtlich unternimmt er diese Kreuzfahrt mit seinen Freunden doch nur, um sich auf das Heftigste zu amüsieren. Die sind wahrscheinlich alle nicht besser. Und das kann ich nicht brauchen. Du hast doch gesehen, was für ein Püppchen mit kurzem *Röckchen* und kleinem *Blüschen* sich an seinen Hals geworfen und mit ihm geflirtet hat."

Zweiter Tag – morgens

Du hast mal gesagt, ich sei anders. 3/7

Obwohl sie am Abend zuvor todmüde in ihre Koje gefallen war, wachte Linda von den ersten Sonnenstrahlen auf, die den dezent gemusterten Vorhang ihres Fensters von außen in ein warmes Licht tauchten. Sie hatte unruhig geschlafen – wie jedes Mal, wenn sie die erste Nacht in einem fremden Bett lag. Doch nun war sie mit einem Schlag hellwach und starrte die unregelmäßigen Lichtflecken an, die die aufgehende Sonne auf den Vorhang zeichnete.

Sie freute sich auf diesen Urlaub. Ja, wirklich. Sie freute sich mehr, als sie noch vor einer Woche erwartet hatte. Alles war so neu. Nicht nur die karibische Kultur und deren Bewohner. Nein, auch die Art zu reisen. Auf einem riesengroßen Schiff mit den Annehmlichkeiten eines Fünfsternehotels von einem Hafen der Karibik zum nächsten zu fahren. Auch wenn sie gestern ein kleines, aufkeimendes Angstgefühl hatte bekämpfen müssen (okay, es war schon fast eine mittelgroße Panikattacke gewesen), fühlte sie sich nach der ersten Nacht entspannt, gelöst und beinahe unternehmungslustig. Das war für Linda ein ungewohntes und deshalb fast schon überwältigendes Gefühl der Freiheit.

Eine Kabine für sich allein zu haben, hatte schon etwas - auch wenn sie sich zuhause darauf gefreut hatte, mit ihren Freundinnen ein Zimmer zu teilen und morgens im Bett liegend zu tratschen. Wie bei einer Pyjamaparty, die sie als Jugendliche nie besucht hatte. Aber einen Schuss hatten die beiden trotzdem. Linda schmunzelte bei der Erinnerung an die strahlenden Gesichter ihrer Freundinnen, als sie ihr von ihrer eigenen Kabine erzählt hatten.

Was glaubten sie eigentlich? Dass Linda, die zuhause schon enorme Hemmungen hatte, einen Mann anzusprechen, der kein Kollege war, urplötzlich im Urlaub all ihre Schüchternheit über Bord warf und auf Männerfang ging?

Sie verstand schon, dass ihre Freundinnen es nicht mit ansehen konnten, wie Linda sich einsam und alleine zwischen ihren Büchern vergrub und nur für ihre Arbeit lebte - vor allem da die beiden immer wieder Beziehungen hatten, die sie (wenn auch bei Betty nur kurzfristig) ausfüllten und befriedigten. Immerhin war Anna nun schon seit fast einem halben Jahr mit Michael zusammen, einem herzensguten Mann und Sachbearbeiter bei einer Versicherung.

Linda hatte sich früher natürlich auch einen Mann an ihrer Seite gewünscht, der sie als attraktive Frau begehrte - obwohl sie mit ihren rundlichen Hüften weit von den Idealmaßen eines Models der Kleidergröße *Zero* entfernt war. Ihr großer Wunsch war immer gewesen, jemanden zu finden, der ihren Intellekt schätzte und tolerant genug war, ihre über die einsamen Jahre intensiv gepflegten Marotten zu tolerieren.

Doch das war immer ein Traum geblieben.

Am Schlimmsten empfand Linda die lästige Kennenlernphase mit den unvermeidlichen Fragen: *Ist er überhaupt an mir interessiert? Wer macht den ersten Schritt und vor allem wie sollte dieser bewerkstelligt werden? Oder will er nur eine schnelle Nummer im Bett und stößt mich dann wieder verächtlich von sich, sobald er mich auch nur etwas näher kennengelernt hat?* Mit dieser Enttäuschung und den zwangsläufig darauf folgenden emotionalen Verletzungen hatte sie schon seit langer Zeit abgeschlossen – und wollte ihren schönen Urlaub damit nicht belasten.

Ihr ging es gut. Sie hatte es in ihrem Leben zu etwas gebracht – trotz neidischer Mitschüler und Kollegen, die ihr unzählige Steine in den Weg gelegt hatten. Sie hatte einen Beruf, in dem sie erfolgreich war und ihr Wissen von vielen Kollegen geschätzt wurde. Sie lebte in einer schönen Zweizimmerwohnung und hatte zwei gute Freundinnen, die mit ihr durch dick und dünn gingen. Was brauchte sie also mehr?

Zärtlichkeit, Leidenschaft und Liebe, flüsterte eine leise Stimme in ihrem Hinterkopf, die sie in solchen Momenten gewissenhaft ignorierte.

Als sie einen Blick auf die Uhr warf, stellte sie fest, dass es die ideale Zeit zum Joggen war. Voller Energie stand sie auf und war schon nach zehn Minuten zum elften Deck unterwegs, das für ihr Vorhaben geeignet schien und das sie – statt mit dem Fahrstuhl – zur Aufwärmung über unzählige Treppen erreichte.

Es waren nur wenige Passagiere unterwegs und noch weniger Jogger. Ja, so gefiel ihr das. Die frische Luft strömte in ihre Lunge, die sich im immer gleichen Rhythmus füllte und leerte. Der etwas fischige Geruch nach Algen wurde von einer salzigen Brise verstärkt und kitzelte sie in der Nase, bis sie niesen musste. Und die überwältigend blaue Endlosigkeit des Meeres beeindruckte ihr Gemüt gleichermaßen, wie sie es beruhigte. Während die intensiver werdenden Sonnenstrahlen ihren Körper wärmten, drehte sie unablässig ihre Runden. Mit dieser monotonen Beschäftigung schaffte sie es immer, abzuschalten und ihre Mitte zu finden – egal, welchen Herausforderungen sie sich im Alltag stellen musste.

Nach einer dreiviertel Stunde beschloss Linda, dass es für heute genug sei, ging zurück in ihre Kabine, die sie zu ihrem Erstaunen auf Anhieb wiederfand, und klopfte zwanzig Minuten später frisch geduscht bei Bettina und Anna, um sie zum Frühstück abzuholen.

Als Anna ihr – zwar angezogen, aber mit noch vom Schlafen verwuschelten Locken – öffnete, meinte diese nur trocken: „Betty liegt noch im Bett. Ich konnte sie noch nicht dazu überreden aufzustehen."

„Hmpflo", grunzte es zwischen zwei Kissen hervor, was wohl soviel heißen sollte wie 'Hallo'. Als Bettina verschlafen den Kopf hob und Linda musterte, meinte sie nur verächtlich nuschelnd: „Du schiehscht ausch, wie ausch dem Ei gepellt. Viel zu auschgeruht, viel zu frisch, viel zu energiegeladen. Du warscht unter Garantie schon joggen, schtimmt'sch oder hab' ich recht?"

Linda nickte nur grinsend, während sich Bettina wieder mit einem gestöhnten „Bischt du tüchtig. Einfach widerlich!" in die Kissen sinken ließ ob dieser Verschwendung an Energie.

Zur allgemeinen Verwunderung saßen sie trotzdem kaum eine halbe Stunde später im überfüllten Buffet-Restaurant beim Frühstück, nachdem sie sich drei Sitzplätze erkämpft hatten.

„Puh, wenn das die nächsten zwei Wochen so weitergeht, nehme ich trotz all-inclusive fünf Kilo ab, weil ich nicht zum Essen komme – obwohl mir das sicher gut zu Gesicht stehen würde", stöhnte Anna.

„Mit deiner ersten Bemerkung könntest du recht haben", stimmte ihr Betty augenzwinkernd zu. „Es geht hier schlimmer zu als auf einem überfüllten Weihnachtsmarkt. Morgen versuchen wir es früher. Vielleicht ist es am Anfang der Frühstückszeit nicht ganz so voll." Als sie die ungläubigen Blicke ihrer Freundinnen auf sich spürte, zuckte sie nur mit ihren hübschen Schultern und erwiderte frech: „Okay, okay, ich bin heute nicht aus den Federn gekommen. Das heißt, ihr müsst mich morgen entweder früher aus dem Bett werfen oder wir kommen erst am Ende der Frühstückszeit ins Restaurant. Vielleicht ist da weniger los. Auf diese Gangverstopfer mit Orientierungsproblemen, die keinen blassen Schimmer davon haben, wo ihr Sitzplatz oder der Kaffeeautomat ist, kannichnämlichgutundgerneverzichten."

Nach dem Frühstück gingen sie in die Kabinen, um sich für den Pool umzuziehen. Doch kaum hatten sie die Türen geöffnet, als eine laute Durchsage durch alle Lautsprecher zu hören war, der eine ohrenbetäubende Sirene folgte.

Erschrocken blickten sie sich an, bis sie verstanden, dass es sich nur um die angekündigte Seenot-Rettungsübung handelte und die Stimme sie in fünf Sprachen darüber informierte, dass die Teilnahme Pflicht sei. Sie sollten sich mit angelegten Rettungswesten, die sie in ihren Schränken finden würden, am Sammelpunkt einfinden, den sie dem Plan an der Innenseite der Kabinentür entnehmen konnten.

Mit klopfendem Herzen öffnete Linda ihren Kleiderschrank und entnahm ihm eine der zwei unübersehbaren Westen, die sie schon am ersten Tag bemerkt hatte: Sie waren orange, groß und klobig, da sie aus unhandlichen Styropor-Zylindern bestanden. Als sie mit

Bettina und Anna die Treppen zum Sammelpunkt hinaufging (die Aufzüge waren verständlicherweise gesperrt), musste Linda fast schon lachen. Alle Passagiere, die gerade unterwegs waren, sahen aus wie vor sich hin wackelnde Michelin-Männchen. Besonders zwei ältere, füllige Damen vor ihnen wirkten wie eine besonders gut gelungene Karikatur aus einer Tageszeitung.

Am Sammelpunkt angekommen wurden alle Passagiere vom Schiffspersonal in lange Schlangen sortiert, wobei darauf geachtet wurde, dass Frauen und Kinder ganz vorne standen. Linda hatte nicht gewusst, dass das immer noch ein eisernes Gesetz auf See war, und fühlte sich um knapp hundert Jahre auf die Titanic zurückversetzt.

Während das Personal den Sitz der Rettungswesten überprüfte, standen vorne zwei Männer in Uniform, die – begleitet von der schon bekannten Stimme über Lautsprecher – wie im Flugzeug pantomimisch Instruktionen gaben, was im Notfall zu tun war – und das jeweils fünfmal: in Englisch, Deutsch, Französisch, Spanisch und Italienisch.

Es war einfach unglaublich.

Als die Rettungsübung offiziell für beendet erklärt worden war, hatte sich Bettina schon mit einem netten Mann Mitte vierzig und Anna mit einer älteren Dame angefreundet, die sich angeregt unterhielten. Wie Linda die beiden um ihre Kontaktfreudigkeit beneidete!

Gut gelaunt rief Bettina: „Und jetzt zurück zu den Kabinen, damit wir diese orangefarbene Monstrosität loswerden!“, woraufhin der Mann und die ältere Dame zustimmend lachten und sich mit ihnen auf den Weg zurückmachten.

Nachdem sie kurz darauf am Pooldeck drei der unzähligen Liegestühle ergattert hatten, lagen sie erschöpft vom anstrengenden Morgen, dafür aber eingecremt unter zwei Sonnenschirmen und dösten vor sich hin. Doch schon nach kurzer Zeit setzte sich Linda auf und betrachtete ihre Umgebung: die vorbeischlendernden und im Pool planschenden Passagiere, die kleine Palme, die einsam und verlassen am Rande des Beckens stand und für karibische Stimmung sorgen sollte, und das spiegelglatte, azurblaue Meer – so viel sie davon von ihrem Platz aus erkennen konnte. „Mädels, ich dreh mal eine Runde hier auf dem Deck“, meinte Linda halblaut.

Anna öffnete die Augen und blinzelte zu Linda hinüber. „Dir ist langweilig, mh?“

Linda verzog ihr Gesicht zu einer leichten Grimasse. „Schon. Ich bin es nicht gewohnt, einfach nur untätig rumzuliegen. Wenn ich meine Unterlagen dabei hätte oder wenigstens mein Notebook …" Sie warf einen kurzen Blick auf Bettina, die mit geschlossenen Augen und leicht geöffnetem Mund entspannt auf ihrer Liege lag.

„… dann wäre es aber auch kein Urlaub, nicht wahr?", meinte Anna mit verständnisvoller Stimme. „Du könntest dir doch den Roman aus deiner Kabine holen, den wir dir zum Lesen gegeben haben."

„Mmh", machte Linda unentschlossen. „Ich glaube, ich schaue mich erst mal ein bisschen um. Schließlich war ich noch nie auf einem so großen Schiff."

Mit den Worten „Wie du willst" entließ Anna ihre Freundin, während von Bettina nur ein leichtes Schnarchen zu vernehmen war.

Nachdem Linda das Pooldeck und noch zwei weitere erkundet hatte, wusste sie genau, wo sich neben einer weiteren Pool-Landschaft noch ein Spielfeld für Ballspiele, die offizielle Jogging-Bahn und vier Whirlpools befanden. Das war doch schon mal was!

Auf dem Rückweg zu ihrer Liege besorgte sie an der Poolbar drei alkoholfreie Cocktails, mit denen sie ihre Freundinnen überraschte.

„Ihr müsst mit mir etwas nachsichtig sein", begann Linda, als sie sich auf ihren Platz setzte und die Gläser an gierige Hände verteilte, „denn ich habe in meinem ganzen Leben noch keinen Erholungsurlaub gemacht. Ich weiß eigentlich gar nicht, wie das geht."

„Jetzt hör aber auf", wurde Linda von einer schläfrigen Bettina unterbrochen, die an ihrem Cocktail nippte und eine klebrige Strähne ihres rotblonden Haares aus der Stirn wischte.

„Doch, das ist leider so. Meine Eltern haben mich im Urlaub immer durch die wichtigsten Museen der Welt geschleift, wobei sich mein schrulliger Vater liebend gerne als Privatführer produziert hat. Geschichtsinteressierte Fachidioten als Eltern sind manchmal wirklich eine Strafe." Sie seufzte kurz, als sie merkte, dass sie von dem Status eines Fachidioten auch nicht mehr so weit entfernt war. „Historische Bauten, alte Ruinen und gut erhaltene Schlösser gehörten auch zu den beliebtesten Ausflugszielen auf unseren Reisen – egal ob in Griechenland, Italien, Frankreich oder England. Ich kann dir sagen, aus wie vielen Steinen das Kolosseum in Rom gebaut worden ist oder wie hoch genau die Akropolis in Griechenland ist. Da war nichts mit Ausruhen und Entspannen. Oh, nein!

Der Jahresurlaub dient ausschließlich der geistigen Fortbildung, wie meine Eltern immer sagten." Linda machte eine kurze Pause, bevor sie fortfuhr: „So absonderlich meine Eltern schon immer waren, wundert es mich auch nicht, dass sie einen ebenso abstrusen Namen für ihr einziges Kind ausgesucht haben. Als wenn sie mich für etwas bestrafen wollten – obwohl ich mir sicher bin, dass meine Mutter es in ihrer Liebe zu Wagners *Ring der Nibelungen* nur gut gemeint hat."

„Deshalb nennst du dich schließlich auch Linda", meinte Betty, während sie an ihrem Cocktail schlürfte und einem gut gebauten, männlichen Passagier in knapp sitzender Badehose nachblickte.

Und Anna fand mit einem Lächeln in den Augen auch noch einen tröstlichen Gedanken: „Aber durch all die Reisen hast du wenigstens etwas von der Welt gesehen – und Betty und ich haben dich immer als unseren privaten Kunstführer dabei, wenn wir mal zusammen unterwegs sind."

Linda lachte. „Da hast du schon recht – ihr habt wirklich Glück. Aber ich kannte es als Kind nicht anders. Deshalb müsst ihr mir auf dieser Reise einfach etwas Zeit geben. Allein die Vorstellung, mich faul auf einer Liege in der Sonne zu räkeln, jagt mir ungeahnte Schauer über den Rücken. Ein ungewohnter Gedanke." Linda schüttelte sich leicht, woraufhin Betty und Anna zu lachen begannen.

„Und wie willst du deinen ersten Tag nun verbringen?"

Linda überlegte. „Ich glaube, ich werde jetzt erst einmal eine Kleinigkeit essen, mich danach kurz hinlegen, um mich schon mal langsam an die sonderbare Untätigkeit zu gewöhnen, und dann im Fitness-Zentrum vorbeischauen. Vielleicht haben die dort ein paar Geräte, an denen ich meine überschüssige Energie abbauen kann. Dann werde ich wohl in einen der Whirlpools hüpfen, um mich danach richtig durchkneten zu lassen."

„Das hört sich gut an – bis auf das Fitness-Zentrum. Meinst du, ich darf mich dir anschließen oder möchtest du lieber deine Ruhe haben?", fragt Anna.

„Nein, ich würde mich über deine Gesellschaft sehr freuen", lächelte Linda ihrer Freundin zu. „Und was machst du, Betty?"

„Ich werde mal den Markt sondieren, ob es auf diesem Schiff ein paar sexy Kerle gibt, die größenmäßig wenigstens mit mir mithalten können. Die kleineren Exemplare sollten sich mal an meiner Körpergröße ein Beispiel nehmen und sich bei Regen auf den Misthaufen stellen, damit sie Dünger von unten kriegen und besser wachsen."

Endlich ging es ihm etwas besser. Noch nicht gut, aber doch immerhin stabiler als am Anfang der Reise.

Tagsüber hatte er immer wieder versucht, sich in eine ruhige Ecke an Deck zurückzuziehen, um sich die frische Luft um die Nase wehen zu lassen. Leider schien er aber stets vom Pech verfolgt, da es selbst dort manchmal zuging wie auf einem marokkanischen Basar. Und das vertrug er heute einfach noch nicht! Schließlich war er auf dem kleinen Balkon seiner Kabine gelandet und hatte versucht, ein Buch zu lesen.

Während er sich nun die Hände in seinem klitzekleinen Badezimmer wusch, schaute er in die müden Augen, die ihn aus dem Spiegel anblickten. Seine Gesichtsfarbe ähnelte zwar noch fatal an ein Stück alten Camembert, dennoch fühlte er sich schon deutlich besser als am Abend zuvor. Mit zwei Händen schaufelte er sich kaltes Wasser ins Gesicht, um seinen Kreislauf in Schwung zu bringen.

Das Abendessen heute würde er sich zur Sicherheit in seine Kabine schicken lassen. Er traute der Stabilität seines Magens noch nicht, was die unterschiedlichen Ausdünstungen der Warmhaltebehälter im Speisesaal anging. Eine leichte Suppe mit etwas Brot. Das sollte genügen.

Morgen würde er allerdings am Ausflug nach Santiago de Cuba zusammen mit seinen Kollegen teilnehmen, komme, was da wolle. Er hoffte nur, dass mit seiner Rückkehr auf das Schiff nachmittags nicht auch die Übelkeit zurückkehrte.

Müde griff er nach dem Telefon und bestellte sein Abendessen.

Zweiter Tag – abends

Und die Diät, von der du so viel erwartest,
bringt dir in Zukunft ja vielleicht sogar Glück. [3/7]

Das Abendessen war fantastisch. Das Buffet strotzte nur so von silbernen Platten, auf denen italienische Köstlichkeiten optisch sehr ansprechend präsentiert wurden. Dazwischen standen Vasen mit exotischen Blumengestecken und geschnitzte Figuren, die sich auf den zweiten Blick als Melonen, Rettiche oder Karotten entpuppten.

Die meisten Gäste verließen das endlose Buffet mit Tellern, die so vollgepackt waren, dass man an der guten Erziehung mancher Hungriger zu zweifeln begann. Betty gehörte eindeutig nicht zu den Zweiflern.

„Das sieht alles so lecker aus, dass ich mich einfach nicht beherrschen konnte. Ich musste von allem etwas zum Probieren nehmen", gab Betty selig von sich und steckte die erste Gabel mit Antipasti in ihren hübschen, herzförmigen Mund. Genussvoll schloss sie die Augen und gab einen tiefen Seufzer von sich.

Martha Jäger, die zum Abendessen ein vorteilhaftes, taubenblaues Sommerkleid trug, blinzelte verschmitzt in Lindas Richtung und quittierte Bettys Seufzer mit einem verständnisvollen Nicken. Ihr Mann schien im Gegensatz zu ihr nur am Essen interessiert zu sein und die Familie Hotzinger war noch gar nicht eingetroffen.

„Du hast es ja auch gut", gab Anna neidisch von sich, deren Teller deutlich übersichtlicher arrangiert war. „Selbst wenn du wie ein Scheunendrescher frisst, nimmst du kein Gramm zu. Ich dagegen habe nur vom Hinschauen zwei Kilo mehr auf den Hüften." Als Linda auf ihren kaum gefüllten Teller blickte und zustimmend meinte, ihr erginge es auch nicht besser, machte Anna nur eine wegwerfende Handbewegung. „Sei nicht albern. So viel Sport, wie du treibst, könntest du dich die nächsten zwei Wochen durch alle Leckereien durchfuttern und wärst immer noch genauso schlank wie jetzt."

Martha schien sich mit der Weisheit ihres Alters königlich über die leise geführte Diskussion zu amüsieren, da sie mit einem breiten Lächeln nur stumm dasaß und dem Gespräch ungeniert folgte.

„Haha, dass ich nicht lache! Ich habe jetzt schon einen dicken Po von den Ausmaßen eines plüschigen Sofakissens. Ich traue mich kaum, enge Röcke anzuziehen, weil er dann noch voluminöser wirkt", gab Linda trocken zurück.

Annas Blick ruckte abrupt vom Teller nach oben, wobei ihre dunklen Locken federnd hin und her wippten und sich ihre Augen in heller Empörung vergrößerten. „Für deine weiblichen Rundungen kombiniert mit dieser schlanken Taille würden die meisten Frauen gnadenlos töten!"

Energisch schüttelte Linda den Kopf: „Wenn ich wenigstens so groß wie Betty wäre, dann würden sich die Pfunde optisch etwas verteilen. Aber nein. Ich bin klein, rund und habe fatale Ähnlichkeit mit einer unscheinbaren grauen Maus."

„Oh Herr, verschone uns! Jetzt kommt wieder die altbekannte Leier", stöhnte Betty zwischen zwei Bissen. „Du leidest wirklich an eklatanter Fehleinschätzung, was deine Ausstrahlung betrifft. Ich glaube, Anna und ich hatten gar nicht so unrecht." Betty beugte sich vertraulich zu Linda vor. „Dir fehlt wirklich ein Mann. Ein toller Hengst, den du mit deinen erotischen Kurven völlig um den Verstand bringen kannst und der dir im Gegenzug dazu mal so richtig zeigt, wo's langgeht - und vor allem wie."

Nun war es an Linda, die Augen zu verdrehen. „Kein Kommentar."

„Apropos, wenn wir schon von einem tollen Hengst sprechen: Hast du heute eigentlich schon den süßen Kerl mit den Handschellen gesehen?" Betty warf Linda einen zuckersüßen Blick zu, während Anna sie mit einem sanften „Lass sie doch" erfolglos zurückzupfeifen versuchte.

„Nein, zufällig noch nicht", gab Linda reserviert zurück, da sie merkte, wie ihr bei dem Gedanken an Philipp schon wieder die Hitze in die Wangen kroch. Warum konnte Betty nicht endlich damit aufhören? Ihr waren solche Gesprächsthemen immer peinlich - vor allem, weil Betty stundenlang darauf herumritt und sie in epischer Breite auszuwalzen pflegte.

Glücklicherweise hatte Linda schon beim Betreten des Speisesaals bemerkt, dass er heute nicht an seinem Platz saß. Sonst wären womöglich wieder Gläser umgekippt oder Gabeln mit Soße vom Tisch gefallen und sie hätte Anna mit einem fadenscheinigen Grund bitten müssen, ihre Plätze zu tauschen. Dann wäre sie wenigstens mit dem Rücken zu Philipp Graf gesessen und hätte ihn nicht permanent im Blickfeld gehabt. Jetzt konnte sie sich wenigstens in aller Ruhe auf ihr Essen konzentrieren.

Als Linda aufsah, bemerkte sie, dass Anna aufgehört hatte zu essen und völlig verdattert an ihr vorbeistarrte. „Was ist passiert, Anna?", fragte Linda und drehte sich in die fragliche Richtung um, ohne etwas Ungewöhnliches entdecken zu können.

„Das war gerade echt irre", meinte Anna, als sie sich von ihrer Überraschung erholt hatte. „Da hat eben ein Kellner zwei benutzte Teller auf diese hübsche, barocke Kommode gestellt, eine der kleinen Schubladen aufgemacht und die ganzen Essensreste reinfallen lassen." Sie schüttelte ungläubig den Kopf, während Betty und Linda ihr mit hochgezogenen Augenbrauen zuhörten. „Das hat irre ausgesehen ... da! Da kommt noch einer und macht dasselbe. Kann das vielleicht eine ungewöhnliche Art von Müllschlucker sein?"

Nachdem sie den Vorgang noch zweimal beobachtet hatten, stimmten sie Anna zu. „Du hast recht. Vermutlich gelangt das Essen über eine überdimensionale Rutsche in einen Müllcontainer tief im Bauch des Schiffs."

Betty nickte zustimmend mit vollem Mund und nuschelte nur ein kaum verständliches „Irre".

Nach dem Essen schlenderten die drei Freundinnen über mehrere Decks und ließen sich von einer Varieté-Ankündigung dazu verleiten, sich die Show im großen Theatersaal anzusehen. Linda war fasziniert von der Leichtigkeit und Eleganz, mit der die Künstler wie in Las Vegas ihre akrobatischen Kunststücke vorführten und ein geheimnisvoller Zauberer im langen schwarzen Umhang Blumen und sogar hübsche, junge Damen verschwinden ließ. Die zwischendurch auftretende Tanztruppe heizte mit südamerikanischem Temperament die Stimmung an und der pantomimische Clown sorgte zusätzlich für Lachtränen und Begeisterungsstürme im Publikum.

Linda fühlte sich seit langem zum ersten Mal herrlich entspannt und fernab von den Problemen des Alltags. Sie war richtig glücklich!

Nach der Vorstellung umarmte sie spontan ihre Freundinnen und dankte ihnen aus ganzem Herzen für diese Reise. „Und jetzt machen wir einen Zug durch die Kneipen auf diesem Schiff - und ich zahle!"

Dritter Tag - morgens

Ich bin ... ein Schrauber, ein Dreher,
ein Ganz-Früh-Aufsteher. [1/1]

Als Linda wieder von warmen Sonnenstrahlen geweckt wurde, kämpfte sie mit dumpfem Kopf und schweren Lidern gegen das warme Licht an. Sie hatten am Abend zuvor eindeutig zu lange gefeiert. Seufzend drehte sie sich vom hellen Vorhang weg, zog die Decke halb über den Kopf und schloss wieder die Augen. Wenigstens hatte sich Lindas Alkoholkonsum in Grenzen gehalten. Dadurch hatte sie immerhin nicht den Eindruck, in ihrem Kopf eine scharfe Bombe ticken zu hören, die bei der geringsten Bewegung in einem schmerzhaften Knall hochzugehen drohte. Vorsichtig hob sie den Kopf, stellte aber erleichtert fest, dass heute Nacht kein tonnenschweres Rhinozeros darauf gesessen hatte und sie demzufolge auch keinen Schmerz verspürte.

Nicht in Grenzen gehalten hatte sich die ausgelassene Stimmung bei dem gut gelaunten Kleeblatt. Betty war zu ihrer Höchstform aufgelaufen, Anna war gleich mit von der Partie gewesen und Linda hatte sich wie immer von den beiden mitreißen lassen. Sie hatten so viel gelacht und herumgealbert - wie früher auf den Studentenfesten. Bevor Linda völlig erschöpft ins Bett gefallen war, hatte sie noch eine Halstablette lutschen müssen, so ramponiert hatten sich ihre Stimmbänder angefühlt. Es war ein herrlich sorgloser Abend für sie gewesen!

Langsam schwang sie ihre Beine über die Bettkante und richtete sich auf. Ihrem Kopf ging es in Anbetracht der Umstände immer noch ziemlich gut. Dann konnte sie heute Morgen auch wieder joggen gehen. Gut.

Gesagt getan.

Nach der anschließenden Dusche, schaute Linda im Restaurant vorbei, in dem das Frühstücksbuffet aufgebaut war, und stellte angenehm überrascht fest, dass kaum Gäste anwesend waren. Da sie Betty und Anna nach dem letzten Abend noch etwas Ruhe gönnen wollte, setzte sie sich an einen leeren Tisch am Fenster im hinteren Teil des Raumes. Wie sie schon beim Joggen gesehen (und gespürt) hatte, waren sie in der Nacht in der Bucht von Santiago de Cuba eingelaufen. Nun war sie schon sehr auf Land und Leute neugierig und freute sich mit einer solch entspannten Sorglosigkeit auf die für sie neue Kultur dieser Insel, wie sie es im Zusammenhang mit einer Urlaubsreise noch nie erlebt hatte.

Sie blickte auf die malerische Küste Kubas im goldenen Morgenlicht, in deren Hintergrund sich dunkle Berge gegen den tiefblauen Himmel abhoben. Rechter Hand lag die Einfahrt zur Bucht, die nun den Blick auf das offene Meer preisgab. Das Wasser war spiegelglatt und von einem dunklen Blau. Nur ein kleines Fischerboot zog eine Schneise durch das ruhige Wasser, um sich der bunten Betriebsamkeit des örtlichen Hafens zu nähern. Über alle Maßen mit sich und der Welt zufrieden genoss sie vor diesem Panorama ein leichtes Frühstück, während sie gedankenverloren mit ihrem fest zusammengedrehten Dutt spielte.

Auch wenn ihr zuhause die Decke ihrer Zweizimmerwohnung gelegentlich auf den Kopf fiel und sie deshalb die Gesellschaft netter Menschen durchaus suchte, brauchte sie dennoch hin und wieder ein paar ruhige Minuten für sich, in denen sie ihren Gedanken nachhängen konnte. Und dies war der perfekte Moment.

Sie hätte ja liebend gerne an einem der organisierten Ausflüge teilgenommen. Man brauchte sich um nichts zu kümmern, wurde zu den Sehenswürdigkeiten gefahren und wieder zurück zum Schiff. Das empfand Linda als sehr angenehm und beruhigend. Alles war geregelt.

Genauso war in ihrem Leben alles Wichtige geregelt und ordentlich geordnet. Nicht nur Lindas Unterwäsche im Schrank und ihre Steuerunterlagen im Ordner, sondern auch alle beruflichen und privaten Termine, ihre Freizeit und ihre sportlichen Aktivitäten.

Ordnung bedeutete für Linda Sicherheit. Ihre Mutter hatte in einem Gewaltakt biblischen Ausmaßes Haushalt, Karriere und ihr einziges Kind unter einen Hut gebracht. Und sie war mit ihren perfektionistischen Ansprüchen auf allen drei Gebieten mehr als erfolgreich gewesen. Lindas Vater war seiner Frau dabei keine große Hilfe, da er kein Gespür für praktische und alltägliche Dinge hatte und einem zerstreuten Professor nicht ähnlicher sein konnte als ein Ei dem anderen.

Und obwohl sie die indoktrinierte Lebensweise ihrer Mutter als Jugendliche gehasst und sich dagegen aufgelehnt hatte, fühlte sie sich in einer geordneten Welt trotzdem auf angenehme Weise aufgehoben. Vielleicht liebte sie genau aus diesem Grund auch die Mathematik, in der es feste Regeln, klare Ordnungen und logische Strukturen gab. Eins plus eins ergab immer zwei, egal, wie man es drehte und wendete. Es gab keine Überraschungen.

Linda seufzte leise. Wenn Betty und Anna auf einen spontanen Ausflug im Alleingang bestanden, würde sie ihren Freundinnen zuliebe mitmachen – auch wenn sie davon wenig begeistert war. Aber sie würde es schon überleben. Vielleicht war es gar nicht so schlimm, wie sie es sich vorstellte, tröstete sie sich.

Als sie schon aufstehen wollte, bemerkte sie am anderen Ende des großen Raumes Philipp Graf, der mit einem Glas Tee und einem Stückchen Brot auf einen kleinen Tisch zusteuerte.

Ein bisschen blass war er schon, fand Linda, was aber auch an der Entfernung und den Lichtverhältnissen liegen konnte. *Na, der muss ja einen mordsmäßigen Kater haben, wenn er von dem reichhaltigen Frühstücksangebot nur Tee und ein Stück trockenes Brot runterbekommt,* dachte sie und war froh, dass sie so weit von ihm entfernt saß. Vermutlich hatte er sich in der letzten Nacht mit seinem Spielzeug etwas übernommen, getreu dem Motto: Toll trieben es die alten Römer.

Da er sich mit dem Rücken zu Linda an einen Tisch setzte, konnte sie sich entspannen und - ohne gesehen zu werden - durch den zweiten Ausgang des Restaurants verschwinden, um ihre zwei Freundinnen aus den Federn zu schmeißen.

Dritter Tag - tagsüber

Ich hör ihr zu und schau sie an,
weil ich mir nicht mehr vorstellen kann,
dass wir mal unzertrennlich waren. [3/6]

„Oh, schau nur!" Desirée zeigte mit ihrem schlanken Finger auf die Engelsfigur, die die Kathedrale von Santiago de Cuba zierte. „Wie schön."

Sie schlenderte mit Philipp und einigen Hundert anderen Passagieren, die sich für den Ausflug angemeldet hatten, über den Platz vor der Kathedrale. Im Schatten einiger Bäume saßen Menschen auf Bänken, die eine Pause von der heißen Sonne Kubas brauchten.

„Es ist schön, dass es dir wieder besser geht. Und dass ich diese Reise mit dir verbringen kann, Philipp. Du hast mir in Rom gefehlt. Und danach waren wir beide so eingespannt, dass ich dich kaum zu Gesicht bekommen habe." Sie lächelte ihn süß von unten herauf an.

„Ja, das stimmt. In der Firma war in letzter Zeit der Teufel los", erwiderte Philipp neutral. „Wie hat es dir in Rom gefallen?"

„Gut. Die Arbeit, für die mich unser Chef hingeschickt hatte, war wie erwartet eine enorme Herausforderung. Aber Herausforderungen liebe ich, das weißt du ja." Verschmitzt blinzelte sie ihm unter dem Schirm ihrer weinrot-karierten Mütze von Lacoste zu.

„Ja, das weiß ich", meinte er leicht lächelnd.

„Weißt du, was mir in Rom am meisten gefehlt hat?"

„Nein."

„Die kreative Zusammenarbeit mit dir."

Blitzartig schossen Bilder von schnellem, verschwitztem Sex durch Philipps Kopf. Desirées glühende Augen, die seine Haut versengten. Ihre unerschöpfliche Fantasie, die ein Feuer in seinen Lenden entfachte, das ihn innerlich zu verbrennen drohte. Der leidenschaftliche Höhepunkt einer kurzen, intensiven Affäre, die ihn fast auffraß, der er entkommen musste. Da war es ihm gerade recht gewesen, dass Desirée für das große Auslandsprojekt einige Monate nach Rom musste. Damals vor einem halben Jahr hatten beide ihre Affäre bewusst geheim gehalten, um Klatsch und Tratsch in der Firma zu unterbinden. Heute war Philipp froh darüber.

„Genau die kreative Zusammenarbeit wie in den Wochen vor meiner Abreise, in der wir das internationale Recht, unsere Produkte und deren Vermarktung diskutiert hatten." Nun schlich sich in Desirées Stimme eine sinnliche Note. „Liegend in einem großen Himmelbett mit weißen Vorhängen, mit nichts anderem bekleidet als einem Lächeln. Ich denke gerne an die Zeit."

Desirée spielte auf ein in jeder Hinsicht kreatives Wochenende an, das sie beide in einem Romantikhotel verlebt hatten, um sie auf ihren Aufenthalt in Rom vorzubereiten. Es war Desirées Idee gewesen. Warum sollten sie ein ganzes Wochenende in einem nüchternen Büro auf unbequemen Schreibtischstühlen planen, besprechen und diskutieren, wenn sie es genauso gut in einem Hotelzimmer tun konnten? Gespickt mit lustvollen Pausen, die beide zur geistigen Erholung benötigten.

Philipp konnte sich noch gut erinnern, wie Desirée nackt und verschwitzt nach einer dieser Pausen neben ihm gelegen und über den italienischen Verbrauchermarkt doziert hatte. Irgendwann sprang sie wie elektrisiert auf und ging dabei auf und ab. Die kurzen, dunklen Haare steckte sie hinter ihre Ohren und gestikulierte zu ihrem Vortrag energisch mit den Händen. Desirée umgab immer eine nervöse Energie, die das ganze Zimmer füllte und einen mitriss. Wenn sie eine Idee hatte, reichte es ihr nicht, sie laut auszusprechen. Sie hatte gleichzeitig schon ein ganzes Konzept im Hinterkopf, das sie einem darlegte.

Philipp war damals fasziniert auf dem Bett gelegen und hatte sie beobachtet. Diese Leidenschaft, diese Hingabe an eine Sache waren mehr als anziehend. Ihre kleinen, festen Brüste wippten bei jedem Schritt und lenkten seine Aufmerksamkeit von ihren Worten auf die rastlose Energie, die sie umgab. Als sie noch ihre Lesebrille aufsetzte, um ihm etwas vorzulesen, das ihre Argumentation untermauerte, konnte er nicht mehr an sich halten. Der Kombination von purer sinnlicher Nacktheit und einer kleinen, eckigen Hornbrille konnte er nicht widerstehen. Er zog sie auf das Bett und ließ sie ihre Argumente vergessen.

„Und, bist du?" Desirée blickte ihn direkt an.

„Was meinst du? Ich war kurz abgelenkt, entschuldige."

„Ich wollte nur wissen, ob du gerade eine Beziehung hast. Sonst könnten wir vielleicht mal wieder zusammen essen gehen?"

Simon trat in dem Moment auf die beiden zu und fragte: „Ich gehe jetzt mit der Gruppe in die Kathedrale. Macht ihr bei der Führung mit oder bleibt ihr noch hier und schaut euch um?"

„Ja, ich begleite dich." Simons Frage gab Philipp die Chance, Desirée nicht antworten zu müssen. „Was ist mit dir, Desirée?"

„Ja, ... klar komme ich mit", meinte sie mit einem kurzen Zögern, lächelte beiden dann aber gleich wieder zu.

Philipp hatte das enttäuschte Aufblitzen in ihren Augen bemerkt und konnte sich des Eindrucks nicht erwehren, dass sie noch ganz gerne länger mit ihm allein geblieben wäre.

„Der Taxifahrer war doch süß, oder etwa nicht?!", meinte Betty begeistert, als sie die Gangway des Schiffes hochgingen, nachdem sie sich bei der Crew mit ihrer Gästekarte und dem Reisepass zurückgemeldet hatten.

„Ja, das stimmt", lachte Linda. „Und du hast gleich wieder Brüderschaft mit ihm getrunken."

„Das Beste war aber immer noch, als Betty ihn mit einem Englisch-Spanisch-Französisch-Kauderwelsch gefragt hat, ob er mit uns eine Stadtrundfahrt machen würde", erinnerte sich Anna. „Dass er uns dann noch gefragt hat, ob er uns zum *Castillo San Pedro de la Roca* außerhalb von Santiago de Cuba fahren solle, war echt ein Glückstreffer. Es war dort einfach traumhaft! Allein diese Aussicht!"

„Der wollte doch einfach nur ordentlich an uns Weibern verdienen", frotzelte Linda gutmütig.

„Das kann schon sein. Aber so hatten wir noch einen einheimischen Fremdenführer auf der Burganlage und einen Privatchauffeur bis zum Schiff. Er hat den Tag mit uns garantiert genauso genossen wie wir mit ihm. Dafür hat er sich einfach zu gut mit unserem Rotschopf verstanden." Anna zwinkerte Betty zu. „Vermutlich hat er ihr beim Bezahlen auch seine Telefonnummer oder E-Mail-Adresse zugesteckt." Für diese Bemerkung erntete sie einen freundschaftlichen Klaps. Neugierig wandte sich Anna Linda zu. „Wie fandst du unseren Ausflug auf eigene Faust? War es wirklich so schlimm, wie du befürchtet hattest?"

Linda musste lächeln. „Nein, es war nicht so schlimm. Ich hätte das nicht alleine durchstehen können, aber mit euch war es ganz spaßig. Auf der Burg war zwar auch viel los - um die Touristenmengen kommen wir bei selbst geplanten Touren vermutlich ebenso wenig herum wie bei den organisierten –, aber es wäre mit der vom Schiff ungleich schlimmer gewesen. Als die Massen von Leuten im Zentrum waren und eine Führung durch die Kathedrale bekommen haben, waren wir schon auf der Burg. Und als wir dort fertig waren und in die Innenstadt gefahren sind, haben die sich zum *Castillo* aufgemacht. Es hat also genau gepasst."

Anna und Betty nickten zustimmend im gleichen Takt und sahen dabei aus wie ein altes Ehepaar, das schon fünfzig gemeinsame Jahre auf dem Buckel hat.

„Und du weißt wirklich nicht, was Michael für eine Überraschung für deine Rückkehr plant?", fragte Betty neugierig, als sie schon fast ihre Kabinen erreicht hatten. Sie spielte auf Annas Telefonat mit ihrem Freund an, das sie im Schatten vor der Kathedrale geführt hatte.

„Nein, keinen blassen Schimmer. Aber es muss wohl etwas sein, das ich mir schon lange gewünscht habe", vermutete Anna.

„Du Glückspilz", freute sich Linda für ihre Freundin.

„Ja, ich bin auch schon gespannt, wie ein Flitzebogen." Anna hatte rosige Wangen vor Vorfreude.

„Vermutlich erweitert er deine Bücherecke um weitere zehn Meter Regale, damit du endlich einen würdigen Platz für deine Unmengen von Liebesromanen hast, die schon seit Urzeiten in den Ecken stapeln."

„Oh, meinst du wirklich?!" Diese Idee schien Anna zu begeistern. „Es gibt da so ein tolles System, bei dem man zwei gesonderte Regale vor dem festgeschraubten Bücherschrank auf Schienen hin und her schieben kann. Dadurch hat man deutlich mehr Stauraum als bei einem konventionellen Regal. Ich glaube, ich habe das mal in Michaels Gegenwart erwähnt."

„Aber mal ehrlich: In dem Tempo, in dem du die Bücher verschlingst, wird dir das auch nur für das nächste Jahr reichen. Danach musst du dich wieder nach einer neuen Regallösung umschauen", spottete Betty, „oder die Wohnung nebenan für die Einrichtung einer Privatbibliothek anmieten."

Dritter Tag - abends

Er schaut sich unauffällig um, sucht deine Nähe. 3/2

„Ich werde mir noch schnell einen leichten Pulli aus meiner Kabine holen, damit wir später an Deck gehen können. Nachts frischt der Wind doch ziemlich auf", meinte Linda zu Anna, die Betty schon in die Bar *Aurora* folgen wollte. „Ich komme gleich nach. Bis dann."

Anna nickte lächelnd.

Auf dem Rückweg von ihrer Kabine ließ sich Linda etwas mehr Zeit und schlenderte wie viele andere Passagiere auch an den Schaufenstern einiger Läden vorbei. Dabei blieb sie wieder vor diesem Kleid stehen, das sie vor dem Abendessen entdeckt hatten und das Linda sich nicht einmal in ihren wildesten Träumen vorstellen konnte zu tragen.

Es war viel zu gewagt geschnitten, um zu ihrer Figur zu passen. Vermutlich wirkten ihre Hüften darin so ausladend wie bei einem der üppigen Freudenmädchen aus den alten Western, die in der hundertsten Wiederholung im Fernsehen liefen. Außerdem hätte sie aus Angst, ihre Brüste würden - flupp - aus dem tiefen Ausschnitt rutschen, es nicht gewagt, sich vorzubeugen.

Linda schüttelte automatisch den Kopf, während sie immer noch den aufreizenden Schnitt betrachtete. Und überhaupt würde sie sich in einem so femininen und verführerischen Kleid genauso fremd vorkommen wie eine Nonne in einem Freudenhaus. Sie hätte das Gefühl, alle Männer würden ihr sabbernd und hechelnd hinterher starren. So im Mittelpunkt zu stehen war sie überhaupt nicht gewohnt.

Halt!

Wie ihr gerade entsetzt bewusst wurde, ging sie davon aus, dass sie in diesem Kleid sensationell aussehen würde. Ein kleiner Teil in ihrem Herzen schien danach zu lechzen, als Femme fatale von attraktiven Männern wahrgenommen zu werden. *Du meine Güte, so dringend nötig hast du es nun wirklich nicht!*, schalt sie sich in Gedanken.

Das Kleid wirkte viel zu modisch und extravagant *und vor allem* war es mit dem tiefen V-Ausschnitt viel zu sinnlich geschnitten, als dass es zu ihrem nüchtern-sachlichen Charakter passte. Dann schon eher zu Mae West, die einen attraktiven Mann auch auf die zum Kleid passende Art begrüßen konnte: „Ist das ein Revolver in Ihrer Tasche oder freuen Sie sich nur, mich zu sehen?"

Nein, nein, schlag dir das nur aus dem Kopf. Die leichte Sommerhose mit dem schlichten T-Shirt, die sie gerade trug, passte bedeutend besser zu ihr als dieses sündige Etwas im Schaufenster. Solch ein Kleid könnte Betty tragen, aber nicht sie. Ja, für Betty war das sicherlich etwas. Sie sollte ihr ans Herz legen, es einmal anzuprobieren.

Zufrieden mit ihrem Vorsatz, ging sie langsam weiter und wurde von einem zerstreuten, älteren Herrn leicht angerempelt.

„Oh, verzeihen Sie, meine Dame", murmelte er und zockelte weiter. Der Anblick seiner Rückseite gepaart mit seinem schlurfenden Gang erinnerte Linda an einen Neandertaler im Armani-Anzug. Obwohl er gut gekleidet war, wirkte er doch ein bisschen verlottert. Er hielt die Schultern beim Gehen etwas nach vorne geschoben, was ihm eine leicht gebückte Körperhaltung einbrachte. Der Kopf mit den fransigen, ergrauten Haaren steckte dadurch optisch direkt zwischen den Schultern, während die seitlich leicht abstehenden Arme bei jedem Schritt hin und her schwangen. Seine Zehenspitzen zeigten extrem nach außen, was seine kurzen Beine in eine leichte O-Form zwang. Dadurch hatte man den Eindruck, zwischen seinen Schenkeln würde eine übervolle Windel hängen. Das passte zu seinem Gesamtbild wie die berühmte Faust aufs Auge.

Während sie den Mann noch fasziniert beobachtete, bemerkte sie, dass ihm ein kleiner Gegenstand aus dem Sakko fiel, während er in der Innentasche nach etwas suchte.

„Moment mal", rief Linda, bevor sie zurückhastete, um den Gegenstand aufzuheben. Doch der Mann hatte sie nicht gehört.

Als sie sich eifrig mit dem verloren gegangenen Kugelschreiber in der Hand aufrichtete, knallte plötzlich ein langer, harter Gegenstand seitlich an ihren Kopf. Mit einem überraschten Aufschrei ging sie zu Boden wie ein zweitklassiger Preisboxer. Tränen schossen in ihre Augen und funkelnde Glühwürmchen schwirrten hektisch über die verschwommene Decke. Während es noch heftig in ihrer Schläfe pochte, kniff Linda die Augen kurz zu, um das Karussell in ihrem Kopf zu stoppen und wieder klarer sehen zu können.

Als sie sie erneut öffnete, hätte sie die Augen am liebsten gleich wieder geschlossen, da plötzlich Philipp Grafs erschrockenes Gesicht über ihrem erschien.

„Oh Gott, entschuldigen Sie bitte! Ich habe Sie nicht gesehen", drang seine bestürzte Stimme an ihr Ohr, während er sich seine verrutschte Hornbrille wieder zurück auf die Nase schob.

Vorsichtig half er ihr, sich aufzusetzen, und ließ sich auf einem Knie vor ihr nieder, um sich ihre Prellung genauer anzusehen. „Ich war mit dem Flipchart auf dem Weg in den Konferenzraum, habe mich dabei kurz zu einem Kollegen umgedreht und wollte dann weitergehen. In dem Moment waren Sie plötzlich vor mir und haben das Teil mit voller Wucht an den Kopf bekommen!" Echter Schmerz verzog sein Gesicht. Wenigstens tat es ihm aufrichtig leid.

„Ist schon okay", versuchte Linda abzuwiegeln, um so schnell wie möglich wieder weg von ihm und hin zu ihren Freundinnen zu kommen.

„Nein, ist es nicht. Soll ich Sie zum Schiffsarzt bringen, damit er Sie untersuchen kann?", fragte Philipp, während er sie mit besorgten Augen musterte. Andere Passanten waren stehen geblieben und beobachteten die Szene aus einiger Entfernung.

Linda, der der ganze Wirbel um ihre Person peinlich war, merkte zu allem Überdruss, dass er nicht so schnell von ihrer Seite weichen würde. Jedenfalls nicht, bis sie gut aufgehoben und versorgt war.

„Nein, nicht nötig. Danke. Meine Freundinnen warten in einer Bar hier in der Nähe auf mich. Dort bekomme ich sicher auch etwas Eis zum Kühlen."

„Sind Sie sich sicher?", fragte Philipp besorgt und beobachtete ihre Reaktion.

Automatisch dachte Linda als alte Lateinschülerin nur: *Schöne Alliteration – vier S als Anfangsbuchstaben hintereinander hört man in normalen Gesprächen selten*, während sie mit geschlossenen Augen nur kurz nickte und ihm dann wieder in sein besorgtes Gesicht blickte.

„In Ordnung." Philipp nickte. Jesus, Maria und Josef, war ihm das peinlich! Da rannte er unschuldige Frauen um, nur weil er sich darüber freute, dass er sich auf dem Schiff eingewöhnt hatte und es ihm endlich besser ging. Simon hätte ihn nicht ablenken dürfen, während er mit diesem langen Mordinstrument durch die viel benutzen Gänge lief. Er machte sich schreckliche Vorwürfe.

„Jetzt geht es wieder, glaube ich“, meinte Linda und versuchte, sich wackelig aufzurichten. Ein paar Haarsträhnen hatten sich aus ihrem festen Knoten gelöst, die sie routiniert hinter ihr Ohr strich.

„Warten Sie kurz. Ich lehne das Flipchart an die Wand, damit sich nicht noch mehr Unschuldige daran verletzen.“ Zehn Sekunden später war Philipp wieder bei Linda und stützte sie, als sie benommen auf die Füße kam. Dass er sie dabei fest um die Taille packte, fühlte sich für Linda seltsam ungewohnt an.

„Wohin müssen Sie denn?“, fragte Philipp, während er der Einfachheit halber ihren rechten Arm über seine Schulter legte und sie mit der linken Hand an ihrer Hüfte führte.

„Ähm …“ Linda versuchte, sich blinzelnd zu orientieren. „Die Bar liegt hier in diese Richtung. Sie heißt *Aurora*.“

Langsam gingen sie zwischen anderen Passagieren den Gang entlang. Während Philipp ihr – ihre Hüfte fest an seine Seite gedrückt – Halt gab, atmete sie hin und wieder einen erfrischend-würzigen Duft ein, der von seinem Aftershave herrühren musste. So nahe war sie einem Mann schon lange nicht mehr gewesen, sinnierte sie. Wahrscheinlich würde sie den Abdruck seiner Handfläche an ihrer Hüfte noch die nächsten zwei Stunden spüren. Doch bevor sie den Gedanken fortführen konnte, kam schon die gesuchte Bar in Sicht.

„Vielen Dank, Herr Graf, ich kann jetzt allein …“, begann Linda, die keine Lust auf Bettys spitzfindigen Kommentar hatte, wenn sie in den Armen ihres süßen Handschellen-Kerls in die Bar gewankt kam … obwohl ihr überraschtes Gesicht sicherlich Gold wert wäre.

„Sie können im Moment gar nichts alleine“, unterbrach Philipp sie fast schon forsch. „Sie glauben doch wohl nicht, ich lasse Sie alleine über dieses riesige Schiff schwanken, bevor ich nicht weiß, dass Sie da angekommen sind, wo Sie hingehören.“

„Scht!“ Unwillkürlich machte sie ein schmerzverzerrtes Gesicht. „Schreien Sie mir doch nicht so ins Ohr. Ich habe gerade einen Schlag von Ihnen abbekommen, der selbst ein ausgewachsenes Nashorn umgehauen hätte. Ich vertrage solche Lautstärken noch nicht.“

Philipp blickte schuldbewusst drein und murmelte ein zerknirschtes „Entschuldigung“, während er sie vorsichtig in die Bar führte.

Als Anna die beiden auf ihren Tisch zukommen sah, sprang sie sofort von ihrem schweren Plüschsessel auf und lief ihnen besorgt entgegen. „Was ist denn passiert? Bist du verletzt?“

„Nein, geht schon“, murmelte Linda und sank erschöpft in die Polsterecke, aus der sich Betty mittlerweile auch schon erhoben hatte.

„Sie untertreibt“, stellte Philipp klar.

„Ja, das ist typisch für Linda. Das kennen wir schon ...“, meinte Betty trocken, wobei ihr Gesichtsausdruck ihre gleichgültigen Worte Lügen strafte.

„Ich habe sie nicht gesehen und sie dann mit dem Metallfuß meines Flipcharts voll an der Schläfe getroffen, woraufhin sie zu Boden gegangen ist“, beschrieb Philipp den Unfall und wandte sich mit den Worten „Ich kümmere mich um Eis“ an die Bar.

„Na, du machst aber Sachen“, meinte Anna mit sorgenvoller Stimme und setzte sich vorsichtig neben Linda. „Wie geht es dir?“

„So la la.“

„Meine liebe Linda, das ist auch eine Art, einen Mann kennenzulernen“, gab Betty ironisch von sich. „Lass dich einfach von jedem gut aussehenden Typen niederschlagen, der dir über den Weg läuft - und schon hast du die freie Auswahl.“

„Haha“, antwortete Linda mit geschlossenen Augen und versuchte sich an einem schiefen Lächeln.

„Aber du musst zugeben, dass das mehr als Zufall ist, dass derselbe Typ, der durch ein Versehen auch schon deinen Koffer auf seinem Zimmer hatte, dich zusätzlich noch auf diesem riesigen Schiff mit einem Flipchart umnietet. Dabei hat das Schicksal seine Hand im Spiel, da kannst du sagen, was du willst.“ Linda war nur froh darüber, dass Betty nichts davon wusste, dass sie ihm beim Frühstück auch schon begegnet war.

Da Philipp mit einem mit Eis gefüllten Tuch zurückkam, verstummte Betty und lächelte ihm nur freundlich entgegen. Er gab Linda das Eispäckchen und nahm eine kleine Taschenlampe aus seiner Sakkotasche.

„Nicht erschrecken. Ich möchte nur kurz nachschauen, ob Sie eine Gehirnerschütterung haben könnten.“ Mit diesen Worten beugte Philipp sich leicht über Linda und zog ihre Augenlider nacheinander hoch. Auf seine Frage hin, ob ihr übel oder schwindelig sei, verneinte sie.

„Bist du Arzt, dass du dich in diesen Dingen auskennst?“, fragte Betty und benutzte gleich das vertraute 'Du'.

„Nein, Rechtsanwalt. Aber ich habe früher so nebenbei ein paar medizinische Details aufgeschnappt", meinte Philipp nur. „Vielleicht solltet ihr sie heute Nacht zur Sicherheit mal wecken, ob alles mit ihr in Ordnung ist."

„Es ist wirklich sehr nett von dir, dass du unserer Freundin so geholfen hast", meinte Betty dankbar.

„Ja", lachte Philipp trocken auf, „nachdem ich sie brutal niedergeschlagen habe, mache ich das doch gerne".

„Setz dich doch kurz. Ich heiße übrigens Betty. Und das sind Linda und Anna."

„Philipp", stellte sich der Angesprochene vor und nickte beiden zu, als er sich auf den freien Platz neben Linda niederließ, die noch mit geschlossenen Augen dasaß.

Sieh einer an, dachte er mit einem kurzen Seitenblick auf sein Opfer. Seine Kofferfee hieß also Linda. Klang weich und faszinierend. Obwohl er Lindas vom Sport durchtrainierte Muskeln gespürt hatte, als sie in seinen Arm geschmiegt neben ihm hergegangen war, fühlte sie sich doch weich und rund an. Wohlgeformte Hüften und ansehnliche Brüste, die sich gegen seine linke Körperhälfte gedrückt hatten. Genauso, wie er es liebte. Widerwillig gestand er sich ein, dass er die Situation mehr genossen hatte, als er vielleicht sollte.

Mit Frauen, die sich zu Mannequinfiguren abmagerten, hatte er selten etwas anfangen können. Desirée war eine Ausnahme gewesen, da sie in einem von Philipps hungrigen Momenten gekonnt ihre Reize und ihre Hartnäckigkeit eingesetzt hatte. Deshalb hatte ihn damals die Glut ihrer Leidenschaft einfach mitgerissen …

Als er einen zweiten kurzen Seitenblick auf Linda neben ihm warf, unterdrückte er einen leichten Schauder, der ihm den Rücken hinunterrasen wollte. Ein seltsam widersprüchliches Gefühl breitete sich in seinem Bauch aus. Einerseits kannte er diese Frau überhaupt nicht, die den Eindruck auf ihn machte, mit jeder Lebenslage – ohne insbesondere männliche Hilfe – souverän zurechtzukommen. Andererseits weckte sie – wie sie nun durch seine Schuld verletzt neben ihm saß – einen so übermächtigen Beschützerinstinkt in ihm, wie er ihn noch für keine Frau empfunden hatte …

Außerdem duftete sie, wie er festgestellt hatte, leicht nach süßer Vanille, was ihn angenehm an seine Kindheit erinnerte. Jedes Jahr vor Weihnachten hatte er mit seiner Mutter in der Küche stundenlang Vanillekipferl, seine liebsten Weihnachtsplätzchen, in Form gerollt. Nicht einmal sein vier Jahre älterer Bruder hatte seine Geduld und sein Durchhaltevermögen besessen. Diese Begeisterung erlosch auch nicht, als er sich zu einem coolen Teenager entwickelte, dessen Freunde bessere Dinge zu tun hatten, als der Mutter bei der Weihnachtsbäckerei zu helfen. Das hatte sich allerdings alles schlagartig geändert, als er sechzehn war …

„… und weil wir noch nie in der Karibik waren, haben wir beschlossen, eine Kreuzfahrt zu buchen", hörte er Betty vergnügt vor sich hin plappern, während Anna stumm neben ihr saß und ihn aus unerfindlichen Gründen anstrahlte, als könne sie damit einen Preis gewinnen. Soweit er das richtig einschätzte, war sie der ruhende Pol des Dreigespanns. „Bist du auch mit Freunden unterwegs oder mit deiner Familie?"

Linda, die das Gespräch mit geschlossenen Augen und Eisbeutel an der Beule verfolgt hatte, stöhnte innerlich auf. Betty war wieder einmal auf Verkupplungsmission: Informationen über das infrage kommende Subjekt auskundschaften, sein Umfeld infiltrieren und dann eine Strategie zurechtlegen, um das Kaninchen der Schlange zum Fraß vorzuwerfen. Und Linda war grundsätzlich immer das Kaninchen. Betty wäre ein erfolgreicher Brigadegeneral geworden.

Während Philipp davon erzählte, dass er als Rechtsanwalt bei einer renommierten Firma für medizinische Geräte arbeitete und nach einem erfolgreich abgeschlossenen, internationalen Projekt eine Gratifikationsfahrt mit seinen Kollegen unternahm, beobachtete Linda ihre Freundinnen zwischen halb geöffneten Augenlidern. Sie hatte das Gefühl, dass beide gleich zu sabbern anfingen, wenn Philipp auch nur noch einen weiteren Satz sagen würde, so hingerissen schienen sie von ihm zu sein. Vielleicht sollte sich Linda – trotz ihres Zustands – um ein paar Auffangschalen bemühen?

Als Philipp noch von seiner Seekrankheit zu Beginn der Fahrt erzählte – *Aha, deshalb hatte er so schlecht ausgesehen!* –, fraßen sie ihm aus der Hand. Doch dieser schien das zu ignorieren und wandte sich zu Linda, um sie zu fragen, wie es ihr ginge, da er sich noch um sein herumstehendes Flipchart kümmern müsse.

„Schon ganz gut", gab sie zurück, obwohl sie immer noch einen dumpf pochenden Kopfschmerz verspürte. „Ich werde mich am Besten in meiner Kabine mit einem Aspirin ins Bett legen."

„Aber leider ersetzt ein Aspirin im Bett keinen Mann mit fähigen Fingern", gluckste Betty gut gelaunt und klatschte die Hände zusammen. „Dann verfrachten wir dich mal in deine Kajüte."

„Ich helfe euch", meinte Philipp hilfsbereit und stand auf. Bevor sie reagieren konnte, lag Lindas Arm schon wieder auf seiner Schulter und seine Hand auf ihrer Hüfte, während er sie zum Ausgang bugsierte.

„Nein, du kannst dich ruhig um deine Geschäfte kümmern, ich komme schon allein zurecht“, versuchte Linda ihn zu überzeugen.

„Kommst du nicht“, war Philipps einziger Kommentar.

„Aber dein Flipchart …“

„… kann warten.“

So ungern sie es zugeben musste: Er hatte recht. Sie war für seine stützenden Arme doch dankbarer, als sie zuerst zugeben wollte, da der Weg zu ihrer Kabine ziemlich weit war. Als sie vor ihrer Tür standen, meinte Philipp überrascht: „Oh, wir sind fast Nachbarn. Meine Kabine liegt gleich da vorne.“

„Sieh einer an“, meinte Betty nur süffisant. „Das Schicksal treibt schalkhaft sein Spiel.“

Philipp blickte sie fragend an. Da sie aber nur lächelnd schwieg, zuckte er innerlich mit den Achseln und führte Linda zu ihrem Bett.

„Falls ihr kein Aspirin haben solltet, kann ich euch gerne von meinem etwas geben“, meinte Philipp abschließend.

„Nein, danke. Das ist lieb von dir.“ Anna lächelte ihn warm an. „Ich habe im Urlaub immer eine ganze Packung dabei.“

„Alles klar.“ Philipp stand noch etwas unschlüssig im Türrahmen, während Anna ihre Freundin fürsorglich zudeckte und Betty die Vorhänge zuzog.

Wie bestellt und nicht abgeholt, dachte Linda und überlegte, wie er mit der Polizeimütze aussah. Mit wem er wohl heute Nacht sein Spielzeug auspackte? „Danke“, sagte sie halblaut und schenkte ihm ein kleines Lächeln.

„Gern geschehen – und entschuldige bitte noch mal meine Ungeschicklichkeit“, gab er zurück, bevor er sich zum Gehen wandte. Und es hatte sich für Linda angehört, als meinte er es genauso aufrichtig und herzlich, wie er es gesagt hatte.

Bevor sich Philipp um sein Flipchart kümmerte, wollte er, wenn er nun schon mal hier war, noch etwas für die Besprechung morgen holen.

Kopfschüttelnd ging er den langen Gang zu seiner Kabine. Er hatte noch nie eine Frau geschlagen, geschweige denn sie dermaßen brutal umgerannt wie Linda gerade vorhin. Vor Entsetzen hatte er sich im ersten Augenblick wie gelähmt gefühlt. Erst ihre Weigerung, seine Hilfe anzunehmen, hatte seinen Kampfgeist zum Leben erweckt. Was musste sie von ihm halten, wenn sie glaubte, er ließe sie allen Ernstes in ihrem Zustand allein übers Schiff irren?

In seiner Kabine legte Philipp sein Sakko und die Krawatte ab und suchte nach Unterlagen, die er einem Kollegen zeigen wollte. Dabei fiel sein Blick auf eine Postkarte mit dem Schwarz-Weiß-Akt einer schlanken Frau mit langen dunklen Haaren und noch längeren Beinen, die - nur mit Stöckelschuhen und einem Paar Handschellen bekleidet - in einer verführerischen Pose abgelichtet war.

Unwillkürlich musste er lächeln, als er daran dachte, wie er reagiert hatte, als er seinen Trolley am ersten Abend nach dem Duschen geöffnet hatte.

Beim Anblick der Handschellen hatte er gestutzt. Als er dann die Polizistenmütze in die eine und die Packung Kondome in die andere Hand genommen hatte, überschlugen sich seine Gedanken.

Das war doch sein Trolley, hatte er überlegt. Das erkannte er nicht zuletzt an den Kleidern, die eingepackt waren. Aber wer hatte ihm diese Dinge untergeschoben? Er lebte allein in einer Zweizimmerwohnung und hatte dort auch alleine gepackt. Das Gepäck hatte nur eine Nacht verschlossen im Schlafzimmer gestanden, bis er zum Flughafen abgeholt wurde ...

In dem Moment hatte er zu lächeln begonnen. Jetzt wusste er zu neunundneunzig Komma neun Prozent, wem er das Willkommensgeschenk zu verdanken hatte. Neugierig hatte er ein Paar Socken zur Seite geschoben und einen Briefumschlag entdeckt ...

Wieder einmal nahm er die Karte und las, was auf der Rückseite geschrieben stand:

Nutze die Zeit!

Du warst schon zu lange enthaltsam und brauchst wieder ein bisschen Spaß in deinem Leben. Wir wünschen Dir einen Urlaub mit vielen Überraschungen und sexuellen Abenteuern, damit Du wieder als 'ganzer Mann' zu uns zurückkehrst!

Gruß, Ralf und Tobi

P.S.: Falls du vergessen haben solltest, wie man sich mit Frauen die Zeit vertreibt, haben wir dir ein paar Spielsachen als Anregung in Deinen Koffer gepackt. Also, nichts wie ran an die Bräute!!!

Erneut umspielte ein ungläubiges Lächeln Philipps Mundwinkel. Das waren doch zwei Spitzbuben! Deshalb hatten ihn seine beiden Freunde also unbedingt persönlich zum Flughafen bringen wollen.

Er kannte sie noch aus seiner Internatszeit, nach der sie ihm in der schwärzesten Phase seines Lebens bedingungslos zur Seite gestanden hatten. Dies verband sie bis heute in einer engen und vertrauensvollen Freundschaft.

Kurz vor der Abfahrt zum Flughafen hatte Ralf ihn – daran konnte er sich noch undeutlich erinnern – mit etwas abgelenkt, während Tobi seinen Koffer aus dem Schlafzimmer holen wollte. Vermutlich fand da die geplante Schmuggelaktion statt.

Philipp fand es fast schon rührend, wie sie ihn immer wieder zu überzeugen versuchten, neue Frauen kennenzulernen, ihm die Freundinnen ihrer temporären Freundinnen vorstellten oder ihn zu einer Zeitungsannonce überreden wollten, nach dem Motto: *Einsamer Paragrafenreiter sucht wilde Stute für intensive Reitstunden.* Aber zu mehr als einigen Kontakten in einem Chatforum für Singles hatte es bei ihm in letzter Zeit nicht gereicht.

Davon abgesehen, dass er in seinem Beruf zeitlich sehr eingespannt war, hatte er einfach keine Lust, nächtelang Singlebars nach flotten One-Night-Stands zu durchkämmen. Oder sich auf kurzfristige Beziehungen einzulassen, bei denen schon von vornherein klar war, dass sie nach ein paar wilden Nächten im Bett umso enttäuschter und ausgebrannter auseinandergingen. Davon hatte er während seines ersten Studiums und in den letzten Jahren mehr als genug gehabt. Und darauf war er weiß Gott nicht stolz.

Zum Teufel noch mal. Er war jetzt fast vierunddreißig und hatte keine Lust mehr, von der Hand in den Mund zu leben, was Frauen anging. Selbst bei seiner Affäre mit Desirée war ihm von Anfang an klar gewesen, dass sie nicht die Frau seiner Wahl war, wenn es darum ging, eine Familie zu gründen. Bei Desirée gab es nur Extreme. Er gab zu, dass er die kurze Zeit mit ihr, was Leidenschaft und abwechslungsreichen Sex anging, sehr genossen hatte. Aber irgendwann kam er sich in dem ganzen Gefühlschaos vor wie auf einer Achterbahn, die sein Adrenalin permanent hochjagte. Eine zufriedenstellende Beständigkeit und tief gehende Liebe konnte er bei Desirée nicht finden. Da kam ihm damals ihre Geschäftsreise nach Rom gerade recht. Aber bis jetzt war ihm zuhause die Richtige auch noch nicht über den Weg gelaufen. Deshalb hatte er seine Gefühle erst einmal auf Eis gelegt und sich Enthaltsamkeit geschworen, bis eine geeignete Kandidatin auf der Bildfläche erschien.

Er war in der Beziehung fast ein bisschen altmodisch. Vielleicht auch etwas zu romantisch. Er glaubte an Liebe auf den ersten Blick, auch wenn man manchmal noch drei weitere Blicke benötigte, um sich seiner Sache wirklich sicher zu sein. Nicht, dass er deshalb gerne Rosamunde-Pilcher-Filme im Fernsehen angesehen hätte. Nein. Schnulz und Schmalz, der schon fast aus dem Fernsehgerät triefte, waren für ihn nicht gleichbedeutend mit Romantik, die den Alltag versüßte und einer Beziehung Substanz verlieh.

Ein wehmütiges Lächeln umspielte seine Mundwinkel, als er an Linda dachte. Sie war die erste Frau, die ihn seit Langem wirklich faszinierte. Ihr Äußeres, ihr widersprüchliches Verhalten, ihre Natürlichkeit.

Immerhin war sie ihm auf diesem riesigen Schiff mit seinen fast zweieinhalbtausend Passagieren durch Zufall über den Weg gelaufen und hatte nach der Überschwemmung im Speisesaal so hinreißend gelächelt, dass sie in seinem Herzen auf Tauwetter geschaltet hatte. Sie hatte schon etwas. Wache, intelligente Augen und einen ganz schön sinnlichen Mund ...

Es blieb abzuwarten, ob sich ihre Wege in dieser Menschenmasse – außer beim Abendessen – noch mal kreuzten oder Linda wegen des Vorfalls heute Abend einen weiten Bogen um ihn schlagen würde.

Vierter Tag – nachts

Er übernimmt mit frischem Ton
die schleppende Konversation.
Darüber scheint auch sie ein wenig froh. 3/6

Irgendetwas hatte sie geweckt. Verwirrt hörte sie in die Stille. Doch sie konnte nicht ausmachen, was es gewesen war. Vermutlich Gäste, die auf dem Gang lautstark nach ihrem Zimmer gesucht hatten.

Nachdem Betty und Anna sie abends alleine gelassen hatten, war sie mit Gedanken an Philipp noch eine Zeit lang im Bett gelegen und hatte auf das Wirken der Schmerztablette gewartet. Die Erinnerung an seine besorgten, warmen Augen hatte sie nicht losgelassen, da sie so gar nicht zu dem Lebemann passten, der er zu sein schien. Über diesen Gedanken und mit dem Gefühl von Philipps

Hand auf ihrer Hüfte war sie schließlich eingeschlafen.

Nun lag sie hellwach im Dunkeln und bemerkte mit Bedauern, dass von diesem Druck nichts mehr übrig geblieben war. Sie tastete nach dem Lichtschalter. Null Uhr siebzehn. Sie konnte sich nicht erinnern, ob ihre Freundinnen nach ihr gesehen hatten. Vielleicht hatte sie den Weckversuch auch einfach verschlafen.

Ihrem pochenden Gefühl im Kopf schien es schon besser zu gehen. Trotzdem nahm sie vom Nachttisch noch eine Kopfschmerztablette und schluckte sie mit etwas Wasser herunter, damit sie bis zum nächsten Morgen durchschlafen konnte.

Doch an Schlaf war nicht zu denken. Kaum hatte sie sich herumgedreht, hörte sie ein lang gezogenes Quietschen aus der Nachbarkabine, das sie wieder die Augen öffnen ließ. Es folgte ein brunftiges Stöhnen unterbrochen von hechelnden Tönen, die von hohen Quiekgeräuschen rhythmisch begleitet wurden. Die gesamte Symphonie des Grauens steigerte sich in ein unmäßiges Crescendo der Disharmonien, um mit einem schwer gestöhnten Ausstoß der Erleichterung auszuklingen.

Du liebe Güte, das war ja nicht mehr menschlich! Nach diesem akustischen Paradebeispiel verstand Linda umso weniger, was an Sex so faszinierend und verlockend sein sollte. Aber immerhin war es jetzt in der Nachbarkabine wieder totenstill, dass sie weiterschlafen konnte.

Eine langweilige halbe Stunde und mehrere Hitzewallungen später (Anna hatte sie in ihrer mütterlichen Art wohl zu warm zugedeckt), hatte sie das dringende Bedürfnis, sich die frische Nachtluft um die Nase wehen zu lassen. Da Anna und Betty, wie sie feststellte, Lindas Gästekarte auf dem Beistelltisch vergessen hatten, musste sie sich nicht auf ihren Balkon beschränken.

Als sie warm angezogen an Deck trat, merkte sie sofort, dass es die richtige Entscheidung war. Die Luft war kühl und roch würzig, weshalb sie ein paar Mal befreit durchatmete. Dann trat sie an die Reling und schaute in die Nacht. Sie war undurchdringlich. Dunkler als dunkel. Der Himmel war vermutlich bedeckt, da keine Sterne auf sie herab leuchteten. Irgendwo vor ihr lag das pechschwarze Meer, wovon sie aber nichts erkennen konnte. Dafür lauschte sie dem regelmäßigen Rauschen in der Dunkelheit, wenn sich das Schiff auf seinem Weg zum nächsten Hafen durch die Wassermassen fraß. Nur wenn sie sich vorbeugte, konnte sie erahnen, wie die Wellen als helle Gischt am Schiff emporschlugen.

Als sie sich wieder aufrichtete, spürte sie, wie der seidige Wind zärtlich über ihre Haut strich, als ob zwei sanfte Hände ihr Gesicht hielten. Seufzend schloss sie die Augen und gab sich ganz diesem Genuss hin. Strähnen hatten sich aus ihrem Haar befreit, das sie zu einem losen Knoten zusammengesteckt hatte, und streichelten über ihre Wangen. Es war einfach herrlich!!

Mit geschlossenen Augen stand sie an der Reling und spürte, wie sich ein vorher nicht wahrgenommener Knoten in ihrer Brust öffnete und Platz für eine unglaubliche Freiheit machte, die sie in allen Zügen genoss.

„Da hatte wohl noch jemand das gleiche Bedürfnis wie ich", hörte sie eine Stimme halblaut sagen und drehte sich überrascht um.

Philipp stand ein paar Meter entfernt und lächelte sie - vermutlich - an. Richtig erkennen konnte sie das nicht, denn seine schwarze Gestalt hob sich scharf gegen die hellen Fenster des Schiffes ab. Nur an seiner tiefen, samtartigen Stimme konnte sie es erahnen.

Er schlenderte auf sie zu, stellte sich neben sie und legte die Unterarme auf die Reling. Jetzt erst konnte sie erkennen, dass er Jeans und ein dunkelblaues Kapuzen-Sweatshirt mit Aufdruck trug.

Er blickte sie verschmitzt durch seine Brillengläser an und fragte: „Na, konntest du nicht schlafen und hast deshalb in der Disco noch die Tanzfläche unsicher gemacht, während deine Freundinnen selig in ihren Betten liegen?"

„Nein, natürlich nicht!" Linda spürte wieder einmal, wie ihre Unsicherheit eine altbekannte Enge in ihrer Brust erzeugte. *Ade, du lieb gewonnene Freiheit!* Mühsam schluckte sie den flutartig in ihrem Mund entstandenen Speichel herunter und antwortete: „Ich bin durch irgendetwas geweckt worden und konnte nicht mehr einschlafen. Dann hatte ich das Bedürfnis, ein bisschen frische Luft zu schnappen."

„So ging es mir auch. Nachdem wir nach dem Abendessen eine Show angesehen hatten, waren wir noch in einer stickigen Bar. Als ich dann schließlich vor einer halben Stunde in der Kabine war, hatte ich das Gefühl, keine Luft zu bekommen. Es hat mich richtig nach draußen gezogen." Er betrachtete sie auf seine ruhige, direkte Art, die sie schon zuvor so verunsichert hatte. Sofort wich sie seinem Blick aus und starrte aufs Meer. Vergeblich versuchte sie, das Rasen ihres Herzens unter Kontrolle zu bringen.

Mit weicher Stimme fragte er: „Wie geht es deinem Kopf?"

„Gut, danke. Der Schmerz ist fast verschwunden. Ich habe aber trotzdem noch eine Tablette genommen, damit ich besser schlafen kann. Dann konnte ich aber doch nicht …" Linda hatte den Fehler begangen, kurz zu Philipp hinüberzusehen, weshalb ihr die Stimme bei der zweiten Hälfte des Satzes versagte. Schnell schaute sie wieder weg.

Was hat sie nur?, wunderte sich Philipp. *Mache ich sie etwa nervös?* So unsicher wie jetzt hatte er sie noch nie erlebt. Er hatte zwar keine Ahnung, was Linda beruflich machte, aber er war sich sicher, dass sie in ihrem Job äußerst kompetent war und bedingungslos ihren Mann stand. Umso seltsamer fand er ihr Verhalten jetzt. Das machte ihn allerdings auch neugierig. *Gut, dann lasse ich mir mit dir mehr Zeit und genieße einfach nur deine Gesellschaft*, dachte er. Vielleicht bekam sie in einem unverfänglichen Gespräch wieder sicheren Boden unter den Füßen.

„Und wie geht es deiner Seekrankheit?", fragte nun ihrerseits Linda, nachdem sie wieder zu ihrer Stimme gefunden hatte.

„Ich bin ganz zufrieden. Die ersten beiden Tage waren wie immer schrecklich. Aber jetzt geht es. Nur wenn ich in überfüllten, heißen Räumen bin, wird mir manchmal flau. Deshalb bin ich jetzt auch hier. Ich wollte einfach nur vorsorgen." Er grinste.

Linda bemerkte, dass Philipp schöne, regelmäßige Zähne besaß. Nur die zweiten Schneidezähne oben standen etwas schief, was seinem Lächeln die Perfektion nahm und es viel sympathischer wirken ließ.

Dann fragte er: „Was machst du eigentlich beruflich?"

„Beruflich?!" Linda wurde aus ihren Überlegungen gerissen und hörte wegen des abrupten Themawechsels sogar selbst die leichte Panik in ihrer Stimme. Was hatten ihr Betty und Anna eingebläut, was sie sagen sollte, wenn sie von einem gut aussehenden Mann gefragt wurde? Auf keinen Fall, dass sie in einem Institut für Quantenphysik promoviert hatte und nun in der Forschung tätig war, an ihrer Habilitation arbeitete und Vorlesungen hielt. Das schrecke die Männer nur ab, hatten sie gemeint. Die würden es nicht mögen, wenn Frauen schlauer seien als sie, und sie sich dadurch unterlegen fühlten. Betty und Anna hatten schon genug negative Erfahrungen sammeln müssen. Deshalb solle sie einfach irgendetwas sagen, was sie denken ließe, sie sei eine Sekretärin, die den ganzen Tag im Büro sitzt, Kaffee kocht und ihre Nägel poliert. So was mochten sie fürs Bett.

„Ich arbeite in einem Büro und sitze viel am Rechner", war das

Einzige, das ihr einfiel, ohne lügen zu müssen.

Er lachte kurz auf. „Du bist Sekretärin? Ja, das passt zu dir." Linda wollte ihm für seine Frechheit schon eine gepfefferte Antwort geben, als er fortfuhr: „Sekretärinnen leisten Großartiges in einem Betrieb. Sie sind enorm wichtig, sozusagen das Herz und die Seele der Firma, bei denen alle Fäden zusammenlaufen. Sie müssen mit klarem Kopf und überragender Kompetenz die Übersicht über Projekte, Termine und Mitarbeiter behalten – und gleichzeitig mit Millionenbeträgen jonglieren, ohne eine davon fallen zu lassen." Leise lachte er vor sich hin. „Unsere Chefsekretärin ist in der Beziehung einsame Spitze – und ein guter Mensch. Sie hat für die Probleme der Mitarbeiter immer ein offenes Ohr und kann fachkundige Ratschläge erteilen, weil sie schon so lange in der Firma arbeitet. Ich habe die größte Hochachtung vor ihrem Können." Wieder blickte er Linda auf seine irritierend direkte Art an. So hatte sie das natürlich noch nie gesehen und war fast schon besänftigt. „Du machst auf mich auch einen sehr korrekten Eindruck, so, als ob du deine Arbeit sehr genau und sehr ernst nimmst. Bei dir holen sich sicherlich auch viele Mitarbeiter einen kompetenten Ratschlag, oder?" Er zwinkerte ihr zu. Da er mit der letzten Bemerkung unwissentlich richtig lag, konnte sie die Frage ohne schlechtes Gewissen bejahen und nickte. „Und wie gefällt es dir auf diesem Kreuzer? Du bist nicht zufällig auch anfällig für Seekrankheit?", fragte Philipp scherzhaft.

„Nein, zum Glück nicht. Es ist aber meine erste Reise auf einem so großen Schiff – und eigentlich hätte ich sie mir auch gar nicht ausgesucht. Aber jetzt gefällt es mir trotzdem sehr gut."

„Was heißt 'nicht selbst ausgesucht'? Haben dich deine Freundinnen gefesselt, geknebelt und dann auf das Schiff verschleppt?"

„Ja, so könnte man es beinahe formulieren – nur auf die sanfte Tour." Linda musste fast ein bisschen lächeln. Philipp blickte sie mit hochgezogenen Augenbrauen fragend an. „Betty und Anna haben mir vorgeschlagen, zum Anlass meines dreißigsten Geburtstags einen besonderen Urlaub zu planen. Wir haben den finanziellen Rahmen festgelegt – und dann habe ich sie machen lassen." Mittlerweile konnte Linda hin und wieder zu Philipp blicken, ohne jedes Mal einen Herzstillstand zu riskieren. Das war immerhin schon ein Fortschritt!

„Und wann hast du gewusst, dass es aufs Schiff geht?", fragte Philipp neugierig.

„Als ich in Fort Lauderdale davor stand."

Philipp warf den Kopf in den Nacken und brach in schallendes Gelächter aus. Seine Zähne blitzten weiß in der dunklen Nacht, während der Wind seine sonst so korrekte Frisur zerzauste.

Linda konnte sich nicht erinnern, dass sie jemals ein männliches Wesen dazu gebracht hatte, lauthals über eine geistreiche – oder gar witzige – Bemerkung ihrerseits zu lachen. Aber es war ein gutes Gefühl und sie gab ein leises Lachen von sich.

Als er sich wieder beruhigt hatte, hingen ihm noch ein paar zusätzliche Ponyfransen seines längeren Deckhaars in die Stirn. Linda stellte fest, dass ihm das besser stand als die konservative Frisur, die er sonst immer trug.

Als sie schon eine ganze Weile über die vielfältigen Angebote des Schiffes geredet hatten, begann Linda zu gähnen. Sofort wurde Philipp ernst und meinte, sie brauche ihren Schlaf – und er mache sich große Vorwürfe, dass er sie so infam davon abgehalten habe. Da sie denselben Weg hatten, gingen sie schweigend nebeneinander her bis zu ihrer Kabine, vor der er sich verabschiedete.

„Es hat mich sehr gefreut, dass wir uns an Deck getroffen haben. Da das Schiff so klein und übersichtlich ist, werden wir uns sicher noch öfter über den Weg laufen. Bis morgen dann – spätestens beim Abendessen." Philipp hob mit einem abschließenden Lächeln die Hand zum Gruß und schlenderte den Gang entlang zu seiner Kabine.

Mit einem leisen Seufzen schloss Linda die Tür auf und trat in die dunkle Kabine.

Vierter Tag – morgens

Sie wohnt am Rande der Stadt,
Wo man zeigt, was man hat.
Und sie tut's – hmm. [1/11]

Als Philipp am Morgen aus der Dusche stieg und sich abtrocknete, stellte er erfreut fest, dass er zum ersten Mal richtig Hunger verspürte, seit er einen Fuß auf dieses Schiff gesetzt hatte. Das Joggen in der Früh hatte ihm gutgetan und die anschließende erfrischende Dusche auch. Nun war er fit für die Besprechung mit seinen Kollegen.

Er rubbelte seine Haare trocken und schlang sich das Badetuch um die Hüfte. Gedankenverloren trat er an die offene Balkontür und schaute auf das unglaublich blaue Meer der Karibik. Es war fast türkis und erstreckte sich in einem endlos glatten Spiegel bis zum Horizont. Die Luft war warm - noch nicht heiß - und enthielt einen Hauch von Krustentieren. Das Schiff hatte in der Nacht im Hafen von Ocho Rios auf Jamaika angelegt. Doch heute gab es nur Kurzausflüge, da sie nachmittags weiterfahren würden.

Linda schlich sich in Philipps Gedanken. Als er in der letzten Nacht an Deck gekommen war, war sie an der Reling gestanden - und er hatte sie sofort erkannt. Sie hatte ein jadegrünes Sweatshirt und bequeme, schwarze Leggings getragen, die ihr schönes Hinterteil eng umspannten und die schmale Taille vorteilhaft betonten. Als sie sich vorbeugte, um in die Gischt zu schauen, wäre er am liebsten hinter sie getreten und hätte seine Hände auf ihre Pobacken gelegt.

Da er sich eine solche Frechheit leider nicht erlauben durfte, war er einfach noch etwas stehen geblieben, um diesen Anblick zu genießen. Bei der Erinnerung daran spürte er wieder die aufgeregten Schmetterlinge, die hektisch in seinem Bauch flatterten.

Ihre dunkelblonden Haare hatte sie natürlich wieder zu einem Knoten zusammengesteckt. Wie sie wohl mit offenem Haar aussah?, sinnierte er. Sicherlich atemberaubend. Soweit er das bisher hatte erkennen können, hatte sie unglaublich dichtes, festes Haar mit natürlichen hellen Strähnen, die goldene Lichter in das Dunkelblond zauberten. Sie war eine natürliche Schönheit - durch und durch.

Er wünschte sich sehnlichst, mehr über sie zu erfahren und hinter ihren Schutzpanzer blicken zu dürfen. Und dass es sich um einen solchen handelte, war er felsenfest überzeugt. Er wusste nur noch nicht, wofür.

Irgendwie erinnerte sie ihn durch ihr distanziertes Auftreten an manche von Alfred Hitchcocks Filmheldinnen: Fast alle waren sie blond, kühl, undurchschaubar und voll unterdrückter Leidenschaft, die in den unterschiedlichsten Situationen durchbrach. Spontan fielen ihm dabei Kim Novak in *Vertigo*, Eva Marie Saint in *Der unsichtbare Dritte* oder Grace Kelly in *Über den Dächern von Nizza* ein. Er hatte tiefes Mitgefühl für Alfred Hitchcock, der Zeit seines Lebens seine blonden Hauptdarstellerinnen umschwärmt, aber nie eine Erwiderung seiner Gefühle erlebt hatte.

Es klopfte an seiner Kabinentür. Geistesabwesend sagte Philipp: „Herein" und drehte sich – zum Zimmermädchen, wie er vermutete – herum.

Doch herein kam eine junge Frau mit langen, dunklen Haaren, großen schwarzen Augen und einem Mund, bei dessen möglichem Verwendungszweck jeder Mann automatisch auf dumme Gedanken kommen musste. Ihre bronzefarbene Haut schimmerte im Morgenlicht und ihre schmalen Hüften wiegten sich bei jedem Schritt biegsam hin und her.

Sie war eine echte jamaikanische Schönheit.

„Good morning", begrüßte sie Philipp mit einem starken Akzent, fügte lächelnd ein *„Surprise"* an und gab ihm ein Blatt Papier, auf dem eine Faxnachricht gedruckt war.

Philipp, der sie mehr als überrascht begrüßt hatte, blickte auf das Blatt in seiner Hand und las eine Nachricht, die an ihn gerichtet war:

Lieber Philipp,

tja, da staunst du, was?!

Deine (Geschäfts-) Reise soll in jeder Hinsicht erfolgreich beginnen, deshalb schicken wir dir als Geschenk die hübsche Marcia aus Ocho Rios, mit der du anstellen kannst, wonach dir der Kopf (oder auch etwas anderes) steht. ;-)

Eine Stunde ist bezahlt. Wenn du ihre Gesellschaft länger genießen möchtest – kein Problem. Sie hat sich den ganzen Tag für dich freigehalten.

Viele Grüße

Ralf und Tobi

P.S.: Du kannst ihr vertrauen. Ihre Dienste wurden uns von einem Freund empfohlen.

P.P.S.: Sie ist übrigens spezialisiert auf Handschellen. Viel Spaß!!!

Völlig von den Socken blickte er von dem Fax auf und begegnete Marcias Blick, der sehr eindeutig enthüllte, was sie nun zu tun beabsichtigte.

Langsam begann sie, die Schleife ihres unauffälligen, dafür umso engeren Wickelkleids zu öffnen und eine Hälfte des Stoffs nach der anderen aufzuklappen, sodass sie ihren perfekten, nahtlos gebräunten Körper seinem Blick darbieten konnte. Sie trug außer einem schwarzen Spitzenstring nichts, was ihren grazilen Körper bedeckte. Die Veröffentlichung ihrer hinreißend geformten Brüste in einem Herrenmagazin hätte Millionen von Männern in sabbernde Idioten verwandelt. Die dunkelbraunen Brustwarzen, die sich Philipp klein und hart entgegenreckten, hätten jeden Mann auf Erden in den Wahnsinn getrieben.

Auch Philipp.

Wie in Zeitlupe ließ Marcia das Kleid über ihre Schultern rutschen, wobei sie sich Philipp auf ihren hochhackigen Absätzen mit wiegenden Hüften und sanft wippenden Brüsten näherte.

Philipps Körper war einfach gestrickt.

Er war ein Mann. Das sagte alles.

Und er hatte schon seit über einem halben Jahr keine Frau mehr gehabt. Nur seine fähige rechte Hand, die ihm in der größten Not ausgeholfen hatte.

So war es verständlich, dass sein Körper so reagierte, wie er bei einem solchen Anblick von Natur aus sollte: Sein Mund wurde trocken. Seine Hormone fingen an, verrückt zu spielen und alle Signale seines Körpers auf Sturm zu stellen. Sein gesamtes Blut schien sich genau an einer Stelle seines Körpers zu sammeln, um zum Angriff zu blasen.

O-oh! Allein der Gedanke an eine solche Tätigkeit verstärkte den Druck unter seinem zusammengesteckten Badetuch – unter dem es so schmerzhaft pochte, dass er befürchten musste, gleich zu explodieren.

Und Marcia kam immer näher auf ihn zu …

Eine animalische Gier machte sich in seinen Lenden breit und schien ihm den Verstand zu rauben. Lange würde er dem nicht widerstehen können. Er brauchte eine rasche Befriedigung seiner Bedürfnisse. Eine Befreiung seiner hormonellen Stauung. Eine honigsüße Erleichterung …

„… dann lebt sie ja wenigstens noch", flüsterte eine Stimme leise.

„Da bin ich aber froh. Es gibt nichts Unerquicklicheres als eine Leiche im Urlaub", machte jemand eine trockene Bemerkung.

„Meinst du, wir sollen sie wecken, um zu sehen, ob es ihr gut geht?" Das hörte sich zweifelnd an.

„Nee, lass sie ruhig schlafen", kam die beschwichtigende Antwort. „Sonst ist sie immer die Frühaufsteherin von uns Dreien. Jetzt soll sie auch mal in den Genuss kommen, bis zum Mittagessen im Bett zu bleiben." Das ganze Gespräch wurde in einem zischelnden Flüsterton gehalten. „Jetzt hast du dich davon überzeugen können, dass es ihr gut geht, nachdem du gestern Lindas Gästekarte vergessen hast mitzunehmen."

„Ach, jetzt bin ich also schuld?! Du hättest doch auch dran denken können!!! Als es mir eingefallen ist, war es schon zu spät."

„Schschsch! Ist schon gut. Du hast ja recht."

„Mmh." Die erste Stimme schien etwas besänftigt. Dennoch zögerte sie. „Mich würde schon interessieren, wie es ihrem Kopf geht."

„Wenn du sie zu früh weckst, bestimmt nicht besser. So, und jetzt raus hier, der Steward wartet draußen nicht ewig ..."

„Ihr flüstert ja so laut, dass ihr Tote damit aufwecken könnt", meldete sich Linda verschlafen zu Wort.

„Gratuliere, Anna, jetzt hast du's geschafft ...", sagte Betty nun wieder in normaler Lautstärke.

„Oh entschuldige, Linda, wir wollten nur nachsehen, ob es dir gut geht. Du hast so lange geschlafen, dass wir uns schon Sorgen gemacht haben ..."

„*Du* hast dir Sorgen gemacht. Ich war dafür, sie so lange schlafen zu lassen, bis sie von selbst aufwacht. Aber nein, du musstest unbedingt den Steward verrückt machen, dass er für uns aufschließt, damitwirnachschauenkönnen ..."

„Oh, haltet doch die Klappe ...", warf Linda gutmütig dazwischen und drehte sich in ihrem Bett auf den Rücken, während Betty dem Steward Bescheid gab, dass alles in Ordnung sei. „Die Schmerzen scheinen weg zu sein." Sie schüttelte versuchsweise den leicht angehobenen Kopf und ließ ihn wieder in ihr Kissen sinken. „Okay, ein bisschen merke ich noch was, aber das ist halb so wild. Ich kann heute trotzdem mit euch einen Landgang machen ..."

„Oh, nein, das kommt überhaupt nicht infrage!", unterbrach Anna ihre Freundin. „Du solltest dich heute schonen, damit du nicht in den nächsten Tagen noch unangenehme Nachwirkungen spürst."

„Da muss ich Anna ausnahmsweise mal recht geben", stimmte Betty zu. „Heute liegt das Schiff sowieso nur kurz vor Anker, wir haben also gar nicht mehr viel Zeit, uns ausgehfertig zu machen. Bis wir mit dem Taxi irgendwohin gefahren sind, müssen wir gleich wieder zurück. Da bleiben wir lieber auf dem Schiff und genießen den leeren Pool, weil alle anderen an Land sind."

„Wie viel Uhr haben wir denn?", fragte Linda erstaunt.

„Gleich elf."

Linda riss die Augen auf. „So lange habe ich noch nie geschlafen."

„Ja, das ist für dich wirklich erstaunlich. Du hast von gestern Abend gegen neun Uhr bis heute Mittag durchgeschlafen. Das macht stolze dreizehn Stunden", rechnete Betty.

„Na ja", schränkte Linda ein. „Zwischendurch war ich mal wach und konnte nicht mehr einschlafen. Da bin ich an Deck gegangen, um frische Luft zu schnappen." Dass sie dort nett mit Philipp geplaudert hatte, verschwieg sie lieber, da sie Betty nicht noch mehr Grund für ihr Schicksalsgeschwafel geben wollte. Nein, sie musste sich korrigieren. Eigentlich hatte er mit ihr geredet. Sie hatte die ganze Zeit über nur versucht, regelmäßig zu atmen, um nicht zu hyperventilieren.

„Hast du Hunger?", fragte Betty.

„Wie ein Wolf!", erwiderte Linda in dem Moment, als sich ihr Magen lautstark zu Wort meldete.

„Dann lass uns auf die Jagd gehen!"

Vierter Tag – nachmittags

Denn es geht alles schief, was nur kann,
und da kommt auch kein Schwein gegen an.
Denn so will es Murphys Gesetz. [1/10]

Auch wenn Linda fast nichts mehr von ihren Kopfschmerzen spürte, war sie dennoch froh, auf dem Schiff geblieben zu sein. Anstelle des Frühstücks hatte es für Linda ein reichhaltiges Mittagsessen gegeben, bei dem sie unter anderem ein Poulardenbrüstchen mit Orangen-Curry-Sauce gejagt und erfolgreich erlegt hatte.

Kaum lag sie unter einem großen Sonnenschirm in einer ruhigen Ecke in der Nähe des Pools, wunderte sie sich, wie erledigt sie schon wieder war, und schloss nur kurz die Augen. Als sie sie wieder öffnete, bemerkte sie, dass sie eine halbe Stunde gedöst hatte.

„Das ist ja unglaublich", entfuhr es ihr.

Anna blickte von ihrem Buch auf. „Was meinst du? Dass heute so unglaublich wenig am Pool los ist oder dass du nach einer so langen Nacht schon wieder geschlafen hast?“

„Letzteres, obwohl man, wenn man wirklich seine Ruhe am Pool haben möchte, wohl auf die Landausflüge verzichten sollte.“

Anna schob ihre Sonnenbrille in die großen Locken und beobachtete ein paar Passagiere, die sich einige Meter entfernt niedergelassen hatten. „Es ist schon erstaunlich. Obwohl das Schiff so riesig ist, laufen einem immer wieder dieselben Menschen über den Weg. Schau, da vorne ist das junge Pärchen, das auch in unserem Teil des Speisesaales sitzt, und dort diese Neureiche mit ihren zwei Kindern, die noch nie etwas von Regeln und Grenzen gehört haben. Genauso schlimm wie heute Morgen beim Frühstück.“ Verständnislos schüttelte Anna ihren Kopf.

Betty kam nass wie ein Pudel auf sie zu und schüttelte ihre Mähne in Lindas Richtung, dass das Wasser nur so spritzte. „Na, Schlafmütze, wieder aufgewacht?“ Sie nahm ihr Badetuch von der Liege, um sich abzutrocknen. „Das Wasser ist wunderbar erfrischend.“

„Ja, ich glaube, ich sollte auch mal reinhüpfen, bevor die Massen von Leuten wieder an Bord gehen.“

Es war wirklich herrlich. Linda schwamm ein paar Bahnen und ließ sich anschließend am Rand des Beckens im Wasser treiben. Langsam merkte man, dass sich die Liegestühle wieder füllten und es um das Schwimmbecken lauter wurde. Die Ausflügler kehrten zurück. Es musste wohl schon Zeit fürs Ablegen sein. Kurz darauf kehrte sie zu ihrem Liegeplatz zurück.

„Ich habe gar nicht bemerkt, dass es an diesem Pool ein Sprungbrett gibt. Am Becken gestern gab es keins, oder?“, fragte Linda neugierig.

„Nein“, meinte Anna, während sie kurz hinüberblickte, da sie noch nicht im Wasser gewesen war. „Oh, schaut, da will einer springen. Na, hoffentlich ist das Becken auch tief genug“, fügte sie scherzhaft hinzu.

Ein Mann mit einer Sportlerfigur – breite, muskulöse Schultern, schmale Hüften, lange Beine – stieg auf das Ein-Meter-Brett, stellte sich an den vorderen Rand, bis er sich mit seinen Zehenspitzen festkrallen konnte, und wippte ein paar Mal hoch und runter. Dann sprang er kraftvoll ab, zischte wie ein Pfeil durch die Luft und machte anschließend einen Vorwärtssalto, um danach mit dem Kopf voran ohne Spritzer ins Wasser einzutauchen.

„Erste Sahne“, meinte Betty anerkennend.

„Mmh", konnte Linda nur von sich geben.

Anna sagte gar nichts, weil sie den Mund fast nicht wieder zu bekam.

Linda wandte sich wieder ihren Freundinnen zu. „Ich hole mir etwas zu trinken. Wollt ihr auch was?"

„Oh ja, ein Wasser mit einer Zitronenscheibe, bitte", meinte Anna.

„Für mich auch", bestätigte Betty.

Als Linda sich ihren Weg an unzähligen Liegestühlen vorbei zur Poolbar bahnte, erblickte sie plötzlich Philipp, der von der anderen Seite des Decks in ihre Richtung steuerte. Ohne Brille und Anzug hätte sie ihn beinahe nicht erkannt. Erschrocken senkte sie den Blick und versuchte, ihren Fluchtinstinkt zu unterdrücken, der sie zum Losrennen verleiten wollte.

Sie versuchte, in einem leichten Bogen zur Bar zu gelangen, damit Philipp nicht auf sie aufmerksam wurde. Dummerweise hatte sie ihr Badetuch auf der Liege zurückgelassen und nicht – wie sie es sonst tat – um ihre Hüfte geschlungen. Sie wollte nicht, dass Philipp sie so sah. Verlegen zupfte sie an ihrem bügelverstärkten Bikinioberteil herum, das ihre Brüste verzweifelt in Position hielt, und strich sich prüfend über ihr Gesäß. Ihr Hintern war leider immer noch nicht kleiner geworden.

Sie riskierte noch einen vorsichtigen Blick aus den Augenwinkeln, um zu sehen, ob Philipp sie schon entdeckt hatte. Nein. Zum Glück schien er in eine andere Richtung zu schauen. Dann konnte sie getrost weiter …

Irgendetwas riss sie plötzlich von den Füßen, sodass sie der Länge nach heftig aufschlug. Scheiße, tat das weh!

Bevor sie auch nur reagieren konnte, wurde sie schon von helfenden Händen wieder auf die Beine gestellt und gefragt, wie es ihr ginge. Als sie sich umdrehte, stand Philipp mit einem anderen Mann neben ihr und besah sich ihre Knie. Gott, das war ihr jetzt aber totpeinlich! Er musste den Eindruck haben, dass sie völlig unfähig und tollpatschig war. In gewisser Weise hätte er sogar recht damit.

„Danke, es geht schon wieder", sagte sie peinlich berührt zu seinem Schlüsselbein, das direkt auf ihrer Augenhöhe lag. Kurz blickte sie hoch in sein Gesicht, spürte aber den prüfenden Blick und schaute sofort wieder an seiner Brust vorbei geradeaus. „Ich wollte nur etwas zum Trinken holen und habe nicht auf die Liege geach-

tet. Deshalb bin ich drübergestolpert."
„Kein Arzt?", fragte Philipp.
„Nein. Ich bin nicht so schlimm auf dem Boden aufgekommen, wie es vielleicht ausgesehen hat. Danke für die Hilfe." Noch mal riskierte sie einen kurzen Blick in seine Augen, die sie zweifelnd betrachteten.
„Darf ich dir dann vielleicht die Getränke besorgen?"
„Nein, ... nein, danke. Es geht schon." So schnell sie konnte, ging Linda weiter. Dass ihr linkes Knie doch mehr wehtat, als sie zugegeben hatte, versuchte sie beim Gehen zu kaschieren. Sie würde sich nicht umdrehen. Wahrscheinlich stand Philipp noch an derselben Stelle und schaute ihr nach, wie sie davonwackelte. Und dass er ungestraft die ganzen Ausmaße ihres Hinterteils erleben durfte und sich womöglich noch insgeheim darüber amüsierte, machte sie ziemlich wütend.
Philipp stand tatsächlich noch an derselben Stelle und blickte ihr versonnen nach. Was er in Wirklichkeit sah, gefiel ihm eindeutig besser als das, was er sich bei ihrem Anblick nachts an der Reling zusammenfantasiert hatte. Sie hatte wirklich eine tolle Figur ...
Reiß dich zusammen, mahnte er sich und wandte den Blick widerwillig ab. Sonst merkt jeder an Bord, wie sehr du dich freust, sie zu sehen.

Als Linda mit drei Plastikbechern, in denen jeweils eine Scheibe Zitrone lag, und einer großen Flasche Wasser bewaffnet den Rückweg antrat, haderte sie noch mit ihrer Schusseligkeit und fragte sich wieder einmal, wie sie diese überdimensionale Liege hatte übersehen können.
Kurz bevor sie bei Betty und Anna ankam, merkte sie, dass sich beide strahlend lächelnd mit jemandem unterhielten, der ihnen gegenüber auf Lindas Liege saß. Sie hielt wie festgeklebt inne.
Herr im Himmel! Warum konnte sie nicht jemand erlösen und ganz einfach erschießen? Sie hatte es so satt, diese ständigen Missgeschicke und die damit einhergehenden Demütigungen. Wenn sie gewusst hätte, dass dieses ganze Übel im Urlaub wieder so erbarmungslos zuschlagen würde, hätte sie sich vorher bei ihren Freundinnen krankgemeldet, wäre einfach zuhause in ihren sicheren vier Wänden geblieben und hätte sogar an ihrer Habilitation weiterarbeiten können!
Dann atmete sie tief durch und schritt mutig weiter.

„Linda, hast du eigentlich gewusst, dass Philipp diesen Wahnsinnsköpfer vorhin gemacht hat?!", begrüßte sie Betty, ohne sie zu Wort kommen zu lassen. „Ohne Brille und Anzug hätte ich ihn gar nicht erkannt, wenn er nicht direkt an unseren Liegen vorbeigegangen wäre und gegrüßt hätte." Das war Linda auch nicht neu. „Sein Chef hat ihn früher als die anderen von der Besprechung befreit, da er heute Nachmittag den Rat eines Rechtsanwalts nicht braucht. Das ist doch toll, oder?!"

Ja, toll! Sie lief vorsichtig zwischen Philipp, der auf der einen Liege saß, und ihren Freundinnen durch, die es sich wie ein siamesisches Zwillingspärchen auf der anderen bequem gemacht hatten, und setzte sich neben den Grund ihrer Nervosität.

Da Philipp dummerweise auf der anderen Hälfte ihres Badetuchs saß, konnte Linda es sich nicht um die Hüften wickeln, wie sie beabsichtigt hatte. Danach zu fragen, traute sie sich nicht, da es so warm war, dass sie nicht vorgeben konnte zu frieren. Er würde es sofort als Unsicherheit und Vertuschungsversuch werten. Und diese Blöße wollte sie sich ihm gegenüber nicht geben. Also lehnte sie sich an und schlug betont lässig die Beine seitlich unter, damit sie nicht aus Versehen mit seinem Knie zusammenstieß, das gefährlich nahe an ihrem eigenen parkte. In Wirklichkeit schlug ihr Herz bis zum Hals und sie hätte sich fast an ihrem Wasser verschluckt …

Das wäre noch was gewesen! Philipp, der ihr auf den Rücken schlagen musste, weil sie zu ersticken drohte und blau anlief!

„Philipp hat vorhin noch erzählt," wandte sich Betty lächelnd mit ihren Ausführungen an Linda, „dass er früher in einem Sportinternat war und – bevor er mit seinem Jurastudium begonnen hat – sogar deutscher Vizemeister im Schwimmen geworden ist. Das finde ich wirklich sehr beeindruckend."

Philipp, dem es etwas peinlich war, wie eine großartige Ware auf dem Basar feilgeboten zu werden, tat es mit einem Schulterzucken ab und meinte nur: „Das ist schon lange her. Ich schwimme jetzt nur noch zu meinem Privatvergnügen. Das reicht." Da er sich unter den Blicken der Freundinnen wie Frischfleisch fühlte, versuchte er, das Thema zu wechseln und fragte Linda, wie es ihrem Knie ginge.

„Es geht", meinte sie zuversichtlich, während Anna und Betty natürlich gleich nachhakten, was passiert sei. „Es war halb so wild. Ich habe vorhin nur eine Liege übersehen und bin dagegen gestoßen."

„Nur dagegen gestoßen“, bestätigte Philipp mit einem Augenzwinkern in Lindas Richtung, woraufhin sich ihre kühle Miene nur noch mehr verschloss. Die Tatsache, dass sie nun ein kleines Geheimnis hatten, schien ihr, wie Philipp amüsiert feststellte, nicht zu behagen. Schmunzelnd saß er am anderen Ende ihrer Liege.

Wie es wohl so ihre Art war, redete Betty wie ein Wasserfall und fragte Philipp erneut zu seinen Wettkämpfen aus. Irgendwie hatte sie sich in das Thema verbissen. Trotzdem nahm er sehr deutlich wahr, wie Linda sich neben ihm auf der anderen Hälfte des Liegestuhls rekelte und von ihrem Wasser nippte. Sein Blick streifte über ihre wohlgeformten Beine. Sie hatte glatte Haut und feste Muskeln.

Beinahe hätte er Bettys nächste Bemerkung überhört. Doch dann lächelte er ihr wieder freundlich zu und beantwortete alle ihre Fragen – hatte er dadurch doch immerhin einen Vorwand, noch etwas länger neben Linda sitzen zu bleiben.

Widersinnigerweise hätte er jedoch gleichzeitig am liebsten die Flucht ergriffen, wenn es nicht so unglaublich unhöflich gewesen wäre. Denn er fürchtete um seine Selbstbeherrschung, hatte er doch noch viel zu deutlich die stimulierenden Bilder von Marcia an diesem Morgen vor Augen.

Kurz darauf konnte sich Philipp verabschieden, ohne unfreundlich zu wirken. Mit der Aussicht, sich wieder beim Abendessen zu sehen, wandte er sich erleichtert zum Gehen. Bis zu seinem Liegeplatz musste Philipp langsam und konzentriert von eins bis achtundvierzig zählen, um sich von Linda abzulenken. Dann wickelte er zu aller erst sein Badetuch um die Hüfte und legte sich gemütlich hin. Nun konnte er sich dem Ansturm seiner Gefühle stellen.

Erleichterung war das Wort, mit dem Linda ihr Gefühl beschrieben hätte, als Philipp gegangen war. Erst jetzt konnte sie sich wieder entspannt auf der Liege breitmachen, die Augen schließen und abschalten.

Tja, wenn das nur so einfach gewesen wäre …

Ungewohnte Gedanken und Bildfetzen jagten durch ihren Kopf und ließen sie nicht zur Ruhe kommen. Dass Betty immer noch begeistert von Philipp schwärmte, half beim Abschalten nicht wirklich.

Irgendwann wurde es ihr zu viel. Sie setzte sich auf, schnappte ihre Shorts mit Top und entschuldigte sich unter dem Vorwand, sie würde noch eine Runde trainieren gehen, da das Mittagessen reichhaltiger ausgefallen sei, als sie beabsichtigt hatte.

„Übertreib's nicht!", war Bettys einziger Kommentar dazu.

Kurz darauf betrat sie die Fitness-Oase, die ihrem Namen allein durch mehrere kleine Gummipalmen und einer Tür, die den Saunabereich auswies, gerecht wurde. Erfrischendes Wasser und eine üppige, grüne Vegetation konnte man hier lange suchen. Andererseits war der Name auch wieder sehr zutreffend, wenn man davon ausging, dass dies wirklich der einzige Ort auf diesem riesigen Schiff war, der tatsächlich der Fitness vorbehalten war. Überall sonst ging es nur um grundlegende Urlaubsbedürfnisse wie Schlafen, Faulenzen und Völlerei.

Ansonsten war der Raum eher nüchtern und zweckmäßig eingerichtet, da jeder Quadratzentimeter ausgenutzt werden musste. Er beinhaltete die wichtigsten Geräte und Maschinen, mit denen man seinen Körper auch im Urlaub erfolgreich schinden konnte. Verspiegelte Wände schafften die optische Illusion, man würde in einem weitläufigen Fitnessraum trainieren. Indirekte Beleuchtung, die alles in angenehmes, goldenes Licht tauchte, und künstliche Minipalmen in den Ecken zauberten ein wenig karibische Urlaubsstimmung in die nüchterne Sachlichkeit. Dank der guten Klimaanlage war die Luft angenehm neutral, ganz ohne die zu erwartenden muffigen Ausdünstungen Sport treibender Menschen.

Glücklicherweise war nicht viel los. Nur eine Frau und drei Männer trainierten an den Geräten, während durch die Lautsprecher leise Popmusik rieselte.

Linda hatte sich nach einer kurzen Aufwärmphase an diversen Geräten auf dem Laufband abreagiert und saß nun am Butterfly, um ihre Brustmuskeln auf Vordermann zu bringen.

Dabei ließ sie ihre Gedanken fließen, wie sie es immer beim Trainieren tat. Dadurch erreichte sie fast schon einen meditativen Zustand, der ihr beim Abschalten half. Zuhause war das ihr Rettungsanker, um Abstand zur Arbeit zu gewinnen und nicht den ganzen Abend über wissenschaftlichen Problemen zu grübeln und nach Lösungen zu suchen.

Hier auf dem Schiff wurde sie von ihrer Arbeit glücklicherweise nicht verfolgt … nur manchmal von Überlegungen zu ihrer Habilitation … aber es gab ein anderes Thema, das sich sehr oft in ihre Gedanken schlich. Einen anderen Menschen, der … Aber darüber wollte sie nicht schon wieder nachdenken, beschloss sie und schob die flutartig auftretenden Gedanken energisch beiseite. Doch während ihre angewinkelten Arme sich öffneten und schlossen, musste sie doch wieder daran denken, wie sie – wie der größte Trampel überhaupt – über die Liege gestolpert war und Philipp ihr aufgeholfen hatte. An seine lachenden Augen, als er ihre Behauptung, sich nur das Knie gestoßen zu haben, Betty und Anna gegenüber bestätigt hatte.

Wieder überprüfte sie ihre Armhaltung, den Druck der Maschine auf ihre Unterarme und die notwendige Kraft, die sie aufwenden musste. Und wieder schoben sich Bilder von Philipp vor ihr geistiges Auge. *Schließ die Augen und konzentrier dich, um Gottes willen! Öffnen … schließen … öffnen … schließen …*

Als sie die Augen wieder öffnete, begegnete sie in einem der Spiegel einem blauen Augenpaar. Dummerweise wurde der Blick auf Lindas überraschtes Starren hin nicht abgewendet, sondern wurde noch eine Spur freundlicher mit einigen Lachfältchen in den Augenwinkeln.

Verunsichert senkte sie die Augen. Heute war nicht der geeignete Tag, um noch mehr Missgeschicke herauszufordern. Wer wusste schon, was Linda mit schweren Hanteln oder anderem Gerät anstellen konnte, wenn sie nicht aufpasste. Der Vorfall mit der Liege vorhin hatte ihr schon gereicht.

Als sie kurz darauf eine Bewegung am rechten Gesichtsfeldrand bemerkte, blickte sie automatisch dorthin. Vor einem Regal mit einer Auswahl an Kurzhanteln legte ein durchtrainierter Mann gerade eine davon zurück und schnappte sich ein blütenweißes Handtuch, mit dem er sich das Gesicht abwischte und es um den Nacken legte. Als ihre Blicke sich kreuzten, schien die Zeit für eine Sekunde stehen zu bleiben. Das waren die Augen, die sie im Spiegel beobachtet hatten.

Dann grüßte er sie freundlich.

Linda nickte überrascht in seine Richtung und widerstand dem Impuls, sich umzudrehen, ob vielleicht jemand anderes hinter ihr gemeint war. Daraufhin schlenderte er mit einer Trinkflasche an ihr vorbei in Richtung Ausgang.

Eine Gänsehaut zog sich über Lindas Arme, während sie reglos auf dem Sitz der Butterfly-Maschine saß und ihm hinterherblickte. Natürlich war es mehr als schmeichelhaft, dass er sie überhaupt wahrgenommen hatte. Aber wie sehr sie allein durch seinen Gruß aus der Fassung gebracht worden war, schockierte sie doch sehr. Sie musste, was zwischenmenschliche Dinge anging, noch viel lernen. Das stand fest.

Außerdem musste sie sich jetzt hundertprozentig auf ihr Training konzentrieren, sonst würde sie sich noch vor lauter Unaufmerksamkeit einen Muskel zerren.

Erneut begann sie mit ihrer Übung. Zwanzig sollte sie schon noch schaffen, bevor sie das Gerät wieder wechselte. Öffnen … schließen … öffnen … schließen …

Vierter Tag – abends

Ich bin … ein Sänger, ein Lover,
der Typ auf dem Cover. [1/1]

Das ist wirklich eine Schnapsidee, dachte Linda. Kein normaler Mensch würde freiwillig zu einem Karaoke-Abend gehen – außer Betty. Diese wollte ihre zwei Freundinnen doch tatsächlich nach dem Abendessen in eine Bar schleppen, in der sich ein paar Verrückte auf der Bühne lächerlich machten.

Und Anna war auch noch hellauf begeistert davon.

Linda hasste es, wenn man etwas nicht gut konnte und sich dann vor anderen zum Affen machte, so wie es wahrscheinlich viele an diesem Abend tun würden – und sie es ertragen musste.

Betty hatte darauf erwidert, dass doch genau das der Grund sei, warum so viele in eine Karaoke-Bar gingen. Es sei lustig und man könne ganz unbeschwert und hemmungslos neue Seiten seiner Persönlichkeit auf der Bühne entdecken. Und manchmal waren auch wirklich gute Stimmen zu hören. Sie waren übereingekommen, dass Linda es wenigstens eine Stunde aushalten solle. Wenn sie danach keine Lust mehr hatte, durfte sie gehen.

Nun schlenderten sie über das Einkaufsdeck, da sie bis zum Abendessen noch etwas Zeit totschlagen mussten. Linda hatte sich nach dem anstrengenden Poolnachmittag noch mal hingelegt und eine Stunde geschlafen. Sie wunderte sich immer noch, wie viel Schlaf sich ihr Körper nahm, wenn man ihm nur die Gelegenheiten dazu gab. Zuhause hatte sie für Faulenzereien einfach nie Zeit.

Plötzlich blieb Anna stehen und schaute in ein Schaufenster. *Aha,* dachte Linda, *jetzt sind wir also wieder bei dem Kleid angelangt.*

„Das sieht wirklich fantastisch aus", seufzte Anna. „Und es würde dir wirklich gut stehen, da bin ich mir sicher", wandte sie sich an Linda.

„Nein. Ich habe mir schon Gedanken darüber gemacht und es für untauglich befunden. Gut, es sieht an dieser Schaufensterpuppe sensationell aus. Aber bei meiner Figur wären das Perlen vor die Säue geworfen." Mit gutem Zureden schaffte es Linda, die beiden zum Weitergehen zu bewegen.

„Ich dachte nur ...", Anna schmollte ein wenig. „Du bist immer so korrekt gekleidet", sie warf einen kurzen Blick auf Lindas leicht ausgestellten, königsblauen Rock und die kurze Kette unter dem spitzen Kragen ihrer weißen, ärmellosen Bluse, die bis zum Hals zugeknöpft war. „... und dein Haarknoten sieht auch immer so streng aus ..." Alarmiert durch Lindas Gesichtsausdruck, versuchte sie die Kurve zu bekommen. „Also, ich meine, du siehst wirklich gut aus und du kleidest dich auch sehr vorteilhaft. Aber manchmal wünschte ich mir, du würdest nicht nur mental, sondern auch bekleidungsmäßig locker lassen und mal etwas ganz anderes anziehen, was uns alle total überrascht." Sie machte ein schuldbewusstes Gesicht. „Sei mir bitte für meine fast schon ketzerischen Ansichten nicht böse."

Linda drückte Anna mit einem Arm an sich und lächelte. „Wie kann man dir nur jemals böse sein, Anna?"

„Dann probierst du es mal an?", fragte diese hoffnungsvoll.

„Nein", gab Linda entschieden zurück, milderte ihre Antwort aber mit einem verschmitzten Lächeln. „Aber es würde an Betty fantastisch aussehen."

Der Speisesaal summte wieder einmal wie ein Bienenstock. Kellner eilten mit Getränken um die elegant gepolsterten Stühle, voll beladene Teller wurden durch die Gegend getragen, bevor man den Köstlichkeiten darauf den Garaus machte, und Kinder rannten zwischen den Tischen umher, weil sie schon fertig mit Essen waren.

Nachdem Linda bemerkt hatte, dass Philipp schon mit seinen Kollegen am Tisch saß, hatte sie Anna unter dem Vorwand, es würde ziehen, gebeten, den Platz mit ihr zu tauschen. Ohne visuelle Ablenkung konnte sie eindeutig ruhiger essen.

Gleich nach dem Abendessen scheuchte Betty sie in die Karaoke-Bar, da sie unbedingt die besten Plätze ergattern wollte.

„Na, rechtzeitig sind wir jetzt auf jeden Fall dran", meinte Linda sarkastisch, als sie die leere Bar betraten. Hier waren sie noch nicht gewesen. Alles war in weinrotem Plüsch und dunklem Holz eingerichtet. Sehr elegant. „Wann soll es beginnen? In einer Stunde?"

„Nicht ganz. Aber sobald die erste Essensschicht zu Ende ist, werden sie hier die Bude einrennen, da kannst du dich drauf verlassen."

Und sie hatte – zu Lindas Erstaunen – absolut recht. A in der nächsten Viertelstunde nur zwei Paare nach einem Platz suchten, strömten kurz darauf ganze Trauben von Gästen herein, die Bistrotische zusammenschoben, Stühle verstellten und gut aufgelegt Getränke bestellten.

„Oh, schaut mal. Philipp sitzt mit seinen Kollegen auch da drüben. Das sind aber viele. Sicherlich an die zehn Leute", schätzte Betty, während sie neugierig ihren langen Hals reckte. „Aber wir haben die besseren Plätze."

„Ist das nicht die Frau, die sich ihm am ersten Abend so an den Hals geworfen hat?", fragte Anna neugierig.

„Ja, das stimmt", bestätigte Betty. „Aber sie saß heute Abend auch beim Essen neben ihm. Deshalb vermute ich, dass sie eine Kollegin ist. Ein paar von den Männern sehen richtig nett und nicht zu alt aus", stellte sie interessiert fest.

Plötzlich ertönte laute Musik und ein Entertainer mit Namen Juan – gekleidet mit einem kreischend-bunten Hemd und Schlaghosen – betrat die Bühne. In gebrochenem, dafür aber eindeutig gut gelauntem Englisch stellte er sich vor und begrüßte alle Anwesenden. Er sei sicher, dass es wieder viele mutige, vielleicht auch waghalsige Gäste gab, die ihr Lieblingslied hier auf der Bühne zum Besten geben würden. Er sei – sicherlich nicht als Einziger – schon sehr gespannt auf die Darbietungen und wünsche allen Anwesenden viel Spaß.

Die ersten Singwilligen meldeten sich, betraten die Bühne und gaben ihre Nummern zum Besten. Die meisten sangen einigermaßen passabel, wobei sie doch hin und wieder bei einzelnen Tönen kräftig danebengriffen. Alle wurden mit kräftigem Applaus und Gejohle belohnt, selbst eine Frau, die nach Lindas Meinung ganz schrecklich gesungen hatte.

Ein kleiner untersetzter Mann fiel besonders positiv auf. Auch wenn seine stimmliche Interpretation von Joe Cockers *Night Owl* sehr gewöhnungsbedürftig war, imitierte er dessen typische Bewegungen beim Singen so übertrieben, dass die ganze Bar vor Begeisterung schrie. Selbst Linda musste lachen und verstand in diesem

Augenblick, was Betty gemeint hatte: Man musste viele durchschnittliche Darbietungen über sich ergehen lassen, bis man auf eine solche Perle traf. Sie amüsierte sich tatsächlich und hatte beschlossen, doch noch etwas länger zu bleiben.

Als der Entertainer nach den nächsten Freiwilligen fragte, meldete sich erst keiner. Doch dann wurden Stimmen auf der anderen Seite des Raums laut, worauf ein Mann rief: „Komm, Phil, mach uns den Elvis!"

Stühle wurden gerückt, als sich Philipp lachend erhob und seinem Kollegen eine freche Antwort an den Kopf warf. Philipps Kollegin, die wieder auf dem Platz neben ihm saß, wünschte ihm viel Glück und warf ihm eine Kusshand zu. Als sie sich dabei leicht vorbeugte, gewährte sie einen tiefen Einblick in ihr kaum vorhandenes Dekolleté, das in einer sehr engen, schwarzen Korsage steckte.

„Schamlos", war Bettys einziger Kommentar dazu.

„Aber von mir erwartest du, dass ich dieses Kleid aus der Boutique tragen soll! Da hätte ich permanent Angst, dass alles vorne raushüpft", ereiferte sich Linda.

„Das ist etwas anderes", meinte Betty nur.

Das entbehrte jeder Logik, fand Linda und blickte Anna fassungslos um Unterstützung bittend an.

„Das ist wirklich etwas anderes", meinte Anna nur und heftete ihren Blick wieder auf Philipp, der mittlerweile sein anthrazitfarbenes Jackett ausgezogen und die Ärmel seines Hemdes hochgekrempelt hatte und nun seine Brille auf den Tisch legte.

„Na, da bin ich aber mal gespannt", ließ sich Betty grinsend vernehmen und rieb sich die Hände. „Meine Güte, hat der ein Lächeln! Wenn er den Mund nur halb aufmacht, strahlt er schon wie ein ganzes Kernkraftwerk."

Nachdem sich Philipp zwischen den Tischen entlang bis zur Bühne geschlängelt hatte, teilte er dem Entertainer mit, welches Lied er singen wolle. Dann ergriff er das Mikrofon und zog mit zwei Fingern eine Strähne aus seinem Pony, die nun frech in die Stirn hing. Als er dann noch mit der Handfläche über seine Schläfen nach hinten strich, als hätte er tonnenweise Pomade ins Haar geschmiert, johlten ein paar ausgelassene Weibsbilder im Publikum auf.

Ein Spot wurde auf den Sänger gerichtet, die ersten Töne von *Devil in Disguise* erklangen und Philipp begann zu singen. *You look like an angel …*

Mit gespreizten Beinen und akzentuiert zuckender Hüfte machte er beim mitreißenden Refrain jede Frau im Saal verrückt. Gerade weil seine Bewegungen sparsam ausfielen, hatten sie den größtmöglichen Effekt.

Die Stimmung im Saal kochte über.

Bei allen - außer bei Linda. Schon nach den ersten Zeilen war ein angenehmer Schauer über ihren Rücken gerieselt, der siedend heiß über ihrem Steißbein endete. Seine Stimme klang nicht wie die von Elvis. Dafür war sie etwas zu rau. Aber sie musste zugeben, dass er dessen erotisches Timbre recht gekonnt imitierte, wodurch er doch wieder wie Elvis wirkte. Eine etwas rauere Version davon - wie Honig, der zähflüssig über ein Reibeisen gleitet ...

Wie hypnotisiert saß sie auf ihrem Platz und lauschte seiner Darbietung. Er verstand es, das Publikum mit Nuancen seiner geheimnisvoll heiseren Stimme anzuheizen wie einen Hochofen. Ein kurzer Seufzer ins Mikrofon, eine dezent angedeutete Zuckung mit seiner Hüfte und die Frauen kreischten. Philipp war wirklich talentiert.

Linda war von seiner Stimme völlig in den Bann gezogen. Sie saß da und spürte, wie sich sein Gesang wie eine wohltuende Flüssigkeit in ihrem Inneren verteilte, alle Organe umspülte und eine wohlige Wärme hinterließ, die sie nicht mehr hergeben wollte. Sie hatte das vertraute Gefühl, heimgekommen zu sein.

Noch bevor der letzte Ton des Liedes verklungen war, tobte der Saal. Die Männer klatschten und pfiffen durch die Zähne, die Frauen sprangen auf und kreischten in den höchsten Tönen.

Linda war noch zu benommen, um gleich reagieren zu können. Zeitverzögert begann auch sie zu klatschen, war aber nicht fähig aufzustehen, da sich ihre Knie genau so fest anfühlten wie weiche Butter.

Schon war wieder Juan auf der Bühne, bedankte sich bei Philipp für den besten Elvis aller Zeiten und entließ ihn auf seinen Platz, wo er mit großem Hallo und einem zärtlichen Kuss auf den Mundwinkel von seiner Kollegin begrüßt wurde. Der Entertainer verkündete, dass es nun Zeit für eine halbstündige Pause sei, nach der er hoffentlich wieder viele Freiwillige auf der Bühne begrüßen dürfe.

Schon standen einige Übereifrige auf und steckten die Köpfe vor einem Bildschirm am Bühnenrand zusammen, auf dem vermutlich eine Datenbank aller Karaoke-Titel angezeigt wurde.

Betty war noch ganz außer Atem und fächelte sich mit der Getränkekarte etwas Luft zu. „Mein lieber Herr Gesangsverein, das war eine Darbietung! Der hat alle weiblichen Hormone in diesem Saal schwer in Wallung gebracht. Wenn der im Bett das hält, was er auf der Bühne verspricht, solltest du dir gut überlegen, Linda, ob du seine Ausstattung nicht für einen One-Night-Stand nutzen solltest!“

Bevor Betty richtig loslegen konnte, entschuldigte sich Linda mit der Begründung, sie müsse dringend zur Toilette. Sie hatte jetzt das Bedürfnis, allein zu sein. Diskussionen über Philipp und dessen beeindruckenden Auftritt hätte sie gerade nicht ertragen, dafür war sie zu aufgewühlt.

Konzentriert ging sie um die aufgestellten Bistrotische herum, ohne – oh Wunder! – irgendwo dagegen zu stoßen, während sie nach dem Toilettenschild Ausschau hielt. Im hinteren Teil der Bar entdeckte sie einen Pfeil, der den Weg zu einem bunten Paravent mit farbenfrohen Papageien wies, hinter dem die Toilettentüren sein mussten.

Etwas außer Atem öffnete sie eine der drei Kabinen in der Damentoilette und setzte sich auf den heruntergelassenen Deckel. Nun konnte sie mit geschlossenen Augen tief in den Bauch atmen, um das befürchtete Hyperventilieren abzuwenden.

Das Kribbeln in ihren Handflächen, das in der letzten Minute stetig zugenommen hatte, wurde erträglicher, bis es ganz aufhörte. Das Zittern in ihrem Körper hatte aber noch nicht vollständig nachgelassen.

In ihrem Leben war es bis jetzt nur einem einzigen Sänger gelungen, mit seiner Stimme tief in ihrem Inneren eine Saite zum Klingen zu bringen, die ihr Leben – im positiven Sinne – in seinen Grundfesten erschütterte. Das war der Sänger Roger Cicero mit seiner Big Band. Die Swingtitel gepaart mit den genialen deutschen Texten und seiner unvergleichlichen, samtartigen Stimme berührten sie tief und trafen sie voll ins Herz – egal wie oft sie seine CDs auch anhörte.

Nun musste sie erst einmal mit der Erkenntnis fertig werden, dass es auch Philipp mühelos gelungen war, sie mit seiner Stimme so tief in ihrer Seele zu berühren, dass sie sein Echo in ihrem Inneren immer noch wahrnehmen konnte. Während sie nun hier saß und den süßen Nachhall spürte, versuchte sie, ihre Fassung zurückzugewinnen.

Vermutlich wäre es das Beste, sich bei Betty und Anna mit Kopfschmerzen zu entschuldigen und sich in ihre Kabine zurückzuziehen. Das würden sie ihr nach dem Unfall gestern sicher glauben und sie müsste Philipp nicht noch mal über den Weg laufen.

Als sie sich wieder stabil genug fühlte, wusch sie sich die verschwitzten Hände und blickte ihrem Spiegelbild ins Gesicht. Prüfte, ob sie wieder normal aussah oder ob noch Reste ihrer Betroffenheit zu erahnen waren. Nein. Alles war so, wie es sein sollte.

Entschlossen trat sie aus der Toilette hinter den Paravent und machte sich auf, an ihren Tisch zurückzukehren. Doch zwei Stimmen ließen sie in der Bewegung innehalten, von denen eine ihr zu allem Überfluss schrecklich vertraut vorkam.

Vierter Tag – abends

Ihr Kollege sagte trocken: „Wir haben's alle probiert!
Die ist kälter als 'n Eisblock! Das ist noch nett formuliert!" 2/6

Wie festgenagelt stand Linda auf der Stelle und wagte sich keinen Schritt weiter. Philipp war der letzte Mensch auf Erden, der ihr jetzt in ihrer Verfassung über den Weg laufen sollte.

„Die wäre mir zu distanziert und zu unterkühlt …"

„Täusch dich nur nicht. Ich denke, dass sie mehr Temperament besitzt, als sie nach außen hin zeigt."

„Das kann schon sein, Philipp." Der andere Mann machte eine kurze Pause, als ob er kurz über diese Frau nachdenken würde. „Immerhin sieht sie mit ihren langen Haaren und der atemberaubenden Figur aus wie 'ne ganz schön scharfe Mietze."

„Trotzdem denke ich immer noch, dass deutlich mehr hinter diesem hübschen Gesicht steckt. Gerade wenn ich an ihre intelligenten Augen denke …"

Einem vertraulichen Gespräch zu lauschen war sonst nicht Lindas Art. Aber sie war unfähig ihre Füße zu bewegen, weil sie Philipp jetzt einfach nicht begegnen wollte.

„Na, umso besser. Ein intelligentes Betthäschen ist doch mal eine nette Abwechslung. Das wäre doch die ideale Partnerin für dich, um wieder Schwung in dein verstaubtes Privatleben zu bringen. Du hast doch selbst gesagt, dass du die Frauen von der Sorte

'Dumm fickt gut' schon lange satthast.“ Der Kollege gluckste vor Wonne. „Gut, wie ich schon sagte, sie ist ein bisschen unterkühlt ...“

„Ein bisschen ist ganz schön untertrieben“, unterbrach ihn Philipp mit einem – wie sie empfand – leicht sarkastischen Tonfall. „Ich habe das Gefühl, dass sie grundsätzlich auf alles ein Auge haben muss wie ein Kontrollfreak: Immer die Haare ordentlich aufgeräumt in diesem festen, praktischen Knoten tief im Nacken. Immer korrekt angezogen, selbst im Urlaub ...“

Wie Linda schon festgestellt hatte, war es schon schlimm genug, einem privaten Gespräch zu lauschen. Aber wenn man zu allem Überfluss auch noch bemerkte, dass man selbst der Hauptgegenstand dieses Gesprächs war, war das mehr als unangenehm.

Je länger Philipp also redete, desto klarer wurde ihr, dass die beiden Männer von ihr sprachen. Selbst Philipp hatte fast die gleichen Worte benutzt wie Anna, als sie sich vor dem Abendessen über ihr Aussehen unterhalten hatten. Lagen ihre Freundinnen vielleicht doch richtig mit ihrer Behauptung, sie sei nicht locker genug und könne sich nicht gehen lassen? Es wurmte sie, dass sie auf Philipp denselben Eindruck gemacht hatte.

„... und vorhin nach meinem Auftritt hat sie noch nicht mal gelächelt.“ Philipp hörte sich reichlich frustriert an. „Ein bisschen geklatscht schon, aber so ernst, als ob sie einer langweiligen Rede im Bundestag lauschen würde. Aber sie hat nicht gelächelt“, betonte er und schien den Kopf zu schütteln. „Ich bin zwar etwas kurzsichtig ohne Brille, aber so blind nun auch wieder nicht. Sie hat einfach nur ziemlich konzentriert geradeaus gestarrt, als wenn mein Gesang mehr als grauenhaft gewesen wäre und sie mir vor lauter Widerwillen nicht in die Augen blicken konnte. Und dabei wollte ich sie nur ein bisschen beeindrucken ...“

Wenn Philipp wüsste, wie tief er mit seiner Stimme ihre Seele berührt hatte, würde er sich nicht so enttäuscht anhören, dachte Linda.

„Wenn es dir wirklich so wichtig ist, lass ihr Zeit“, riet ihm der andere Mann.

„Weißt du, ich würde sie gerne dazu bringen, dass sie mich herzlich anlächelt. So richtig aufrichtig, weil sie es will und nicht, weil es sich so gehört. Sie hat nämlich ein wunderbares Lächeln. Ich habe sie mal beobachtet, als sie mit ihren Freundinnen gelacht hat, und habe dabei ein richtig warmes Gefühl im Bauch bekommen.

Aber bei meinem Pech werde ich das – wenn überhaupt – erst am letzten Abend erleben."

„Wart's ab, die Reise dauert noch lang: Vermutlich trägt sie nach außen hin eine undurchdringliche Eisschicht und wird dann im Bett zu einer heißen Wildkatze, die dein Blut zum Kochen bringt."

Als Linda diese völlig falsche Einschätzung des Kollegen hörte, lachte sie verbittert in sich hinein. Wenn die beiden wüssten, wie wenig Erfahrung sie mit Männern hatte! Und wenn sie nur an die wenigen, aber völlig missglückten Kussversuche in ihrem Leben dachte, hätte sie heulen können.

„... weißt du, einmal denke ich, wir machen kleine Schritte aufeinander zu und können miteinander reden, ohne dass sie so überheblich und kalt wirkt. Wie letzte Nacht, als ich sie an der Reling getroffen habe. Und dann gibt es Situationen, in denen sie so nervös ist wie ein Teenager vor dem ersten Date. Und das bei einer dreißigjährigen Frau, die ihren Beruf erfolgreich im Griff hat." Tja, damit hatte Philipp den Nagel auf den Kopf getroffen. „Aber ich will dich nicht länger von deinem Toilettengang abhalten. Wie sieht's später aus? Hast du Lust, heute Nacht noch 'ne Runde zu schwimmen?"

„Gegen dich habe ich ja eh keine Chance!", lachte dieser.

„Wir müssen ja diesmal keinen Wettkampf veranstalten", gab Philipp grinsend zurück. „Wir sehen uns dann am Tisch."

Panik breitete sich in Linda aus. Sie würde dem Kollegen direkt in die Arme laufen, wenn sie jetzt zu ihrem Tisch zurückging!

Geistesgegenwärtig schlüpfte sie wieder in die Damentoilette und schloss nachdrücklich die Tür. Schwer atmend ließ sie sich – überrascht vom plötzlichen Adrenalinstoß – mit dem Rücken gegen deren Innenseite sinken. Ihre Wangen fühlten sich rot glühend wie heiße Herdplatten an. Deshalb trat sie an eins der Waschbecken, um ihr erhitztes Gesicht mit kaltem Wasser zu kühlen.

Als sie sich im Spiegel betrachtete und mit der eben gehörten Beschreibung verglich, konnte sie einige Punkte gut nachvollziehen. Wie hatte Philipp sie genannt? Sie sei ein Kontrollfreak? Sachlich-unterkühlt? Ihm gegenüber zu keinem Lächeln fähig? Distanziert? Wieder einmal hatte sie jemand durch einen oberflächlichen Eindruck falsch eingeschätzt. Das war das Schicksal ihres Lebens. Sie sank mutlos in sich zusammen.

Trotzdem ärgerte es sie maßlos, dass Philipp ihr unterstellte, sie könne nicht locker sein oder jemandem herzlich zulächeln. Dem würde sie es zeigen! So schnell würde sie nicht aufgeben. Sie war schon immer eine Kämpfernatur gewesen – bei allen wichtigen Dingen des Lebens.

Was war das noch mal? Was hatte er Positives über sie gesagt? Sie habe intelligente Augen? Ihr Lächeln habe ein warmes Gefühl in seinen Bauch gezaubert? Sein Kollege traue ihr sogar – wenn auch fälschlicherweise – einen brodelnden Vulkan der Leidenschaft unter ihrer abweisenden Schicht zu? Das hörte sich doch schon mal nicht so übel an. Das gab ihr tatsächlich Hoffnung.

Ha, das wäre doch gelacht, wenn sie es für den Anfang nicht schaffen sollte, ihm ein herzliches, aber auch verführerisches Lächeln zu schenken. Sie hatte es schon tausendfach in alten und neuen amerikanischen, deutschen und französischen Filmen gesehen. Außerdem würde sie ihm ein Kompliment für seinen Gesang machen.

An ihrer Kleidung konnte sie im Moment nichts ändern – außer sie würde nur in Unterwäsche bekleidet in die Bar zurückkehren. Doch ihre Frisur konnte sie verbessern.

Bevor sie es sich anders überlegen konnte, griff sie in ihren Haarknoten und zog die Nadeln, die ihn zusammenhielten, heraus. Die darauffolgende Entspannung ihrer Haarwurzeln empfand sie wie an jedem Abend als wohltuend und schüttelte leicht den Kopf. Mit beiden Händen griff sie in ihr volles Haar und lockerte es mit ihren zehn Fingern auf, damit es in großzügigen Wellen ihr Gesicht umrahmte und bis unterhalb ihrer Schulterblätter fiel.

Plötzlich hatte Linda eine Idee. Vielleicht konnte sie doch etwas an der strengen Wirkung ihrer hochgeschlossenen Bluse ändern. Mit zitternden Fingern schob sie die Kette unter den Kragen und knöpfte die Leiste so weit auf, bis der Ausschnitt die verheißungsvolle Stelle zwischen ihren üppigen Brüsten erreicht hatte. Als sie die Enden ihres Kragens auseinanderzog, lugte ein kleiner Teil des Spitzenansatzes ihres BHs keck, aber doch dezent in der Tiefe ihres Ausschnitts hervor. Versuchsweise zog sie ihre Bluse aus dem Rocksaum, um sie über ihrem straffen Bauch – jedoch nur knapp über dem Gürtel – zusammenzuknoten.

Ihre Augen glänzten fieberhaft, als sie sich im Spiegel betrachtete, und ihre Wangen glühten vor Aufregung in einem zarten Rosé. Allein diese zwei kleinen Veränderungen an ihrer Bluse hatten eine dermaßen durchschlagende Wirkung, wie die Erfindung des Penizillins in der Medizin. Und ihre offenen Haare hinterließen ein männermordendes Versprechen, dessen Wahrscheinlichkeit auf Erfüllung mit einem Quantensprung in den Himmel schoss.

Das war nicht sie, stellte sie fest. Das war eine Frau, die den Männern den Kopf verdrehen sollte, es aber nicht konnte. Doch heute Abend würde sie den ersten Schritt in genau diese Richtung wagen.

Probeweise ging sie mit wiegenden Hüften hin und her und versuchte ein Gefühl für diesen lasziven Gang zu bekommen, den Sofia Loren und Brigitte Bardot perfektioniert hatten, ohne lächerlich zu wirken. Energisch zog sie anschließend die Tür der Damentoilette auf und wiederholte in ihrem Kopf die mantraesken Worte: „Ich werde Philipp beeindrucken. Ich schaffe das."

Der Rückweg führte sie in die Nähe von Philipps Tisch, wo dieser mit zwei Kollegen stand und sich entspannt unterhielt. Als er sie kommen sah, hielt er inne, wobei sein schönes Lächeln in sich zusammenfiel. Keine zwei Meter von ihm entfernt warf Linda ihm ein - wie sie hoffte - verführerisches Lächeln zu und meinte mit rauchiger Stimme: „Hallo Philipp. Dein Gesang war wirklich erstklassig. Danke."

Dann drehte sie ab und ging langsam und Hüfte schwingend zu ihrem Tisch weiter. Am liebsten wäre sie die letzten Meter zu ihrem Platz gerannt. Doch sie gab dem Impuls nicht nach, sondern atmete bewusst tief ein, um ihr flatterndes Herz zu beruhigen.

Als Anna Lindas neue Erscheinung erblickte, wäre sie fast vom Stuhl gefallen. Erschrocken fragte sie: „Was ist denn mit dir passiert?"

„Was soll schon passiert sein", fragte Linda fast schon ein bisschen beleidigt zurück. „Mir war warm und eine Strähne im Knoten hat unangenehm gezogen. Deshalb habe ich ihn aufgemacht. Sieht es so schlimm aus?" Jetzt war Linda doch ein bisschen verunsichert. Hatte sie sich vor Philipp vielleicht lächerlich gemacht?

„Nein, nein", versicherte Anna schnell. „Du siehst gut aus, nur eben ... ein wenig ungewohnt."

„Was sie meint, ist: Du siehst aus wie die Verlockung schlechthin. Eine verführerische Sirene, die einen Mann im Bett problemlos in den Wahnsinn treiben kann, sodass er auf den Knien rutschend verzweifelt um mehr bettelt", klärte Betty sie auf. Und als in dem Moment die Lichter ausgingen, freute sie sich wie ein Kind: „Oh still, es geht weiter."

Gleich der erste Beitrag wurde von zwei Frauen bestritten, die ein gut gelauntes *Dancing Queen* von ABBA zum Besten gaben und ausgelassen dazu tanzten.

Als alle applaudierten, meinte Anna verträumt: „Wisst ihr noch, wie wir während des Studiums immer unsere Hymne geschmettert haben? Das waren noch Zeiten …"

„Also, wenn diese zwei Heulbojen sich auf die Bühne stellen können, können wir das auch, findet ihr nicht?", warf Betty dazwischen.

„Oh, meinst du …?", begann Anna mit leuchtenden Augen. „Ich weiß nicht, ob …"

Linda jedoch schon: „Und ich weiß ganz genau, dass ich nicht vor allen anderen singen werde. Das könnt ihr vergessen."

„Ach, komm schon", versuchte sie Betty zu ermuntern, während ein Mann begann, eine grauenhafte Version von *Money For Nothing* von den Dire Straits runterzunudeln. „Früher haben uns auch alle im Wohnheim gehört, wenn uns mal der Rappel gepackt hat." Sie stieß mit ihrem Ellenbogen in Lindas Rippen. „Wovor hast du Angst? Wir haben das Lied doch schon so oft gesungen und keiner hat uns je ausgelacht. Außerdem wäre das eine gute Übung für dich im Fachbereich Spontaneität und Abenteuerlust", fügte sie schmunzelnd hinzu.

Linda seufzte innerlich abgrundtief. Betty war manchmal wie ihre Mutter. Sie wollte alles bestimmen und die Menschen in die Richtung lenken, die ihr wichtig war. Allerdings … und jetzt kam ein sehr großes allerdings … pochte Betty nicht auf die Einhaltung von Konventionen, wie es ihre Mutter ihr Leben lang getan hatte. Betty schritt forsch genau in die Richtung, die Linda selbst gerne beschreiten würde, es aber aus Mangel an Erfahrung nicht konnte – oder sich nicht traute. Auch wenn Betty und Anna sie mit der Einzelkabine oder ihren selbst organisierten Ausflügen eigentlich bevormundeten, würde Linda es wohl oder übel mit sich geschehen lassen. Vielleicht geschah wirklich ein Wunder und ihre Freundinnen hatten die richtige Strategie auf dieser Reise, um aus der grauen Maus Linda eine Partylöwin zu machen – oder wenigstens doch eine Frau, die sich in Gegenwart fremder Männer traute, ihren Mund aufzumachen, ohne in jedes verfügbare Fettnäpfchen zu treten. Schlechter konnten ihre sozialen Fähigkeiten auf gar keinen Fall mehr werden!

Deshalb geriet Lindas Entschluss ins Wanken. Wenn sie mit ihren Freundinnen zusammen auftrat, würde sie sich auf jeden Fall sicherer fühlen, da sie noch nie auf einer Bühne vor anderen Menschen gesungen hatte. Dann wäre alles nur noch halb so schlimm. Und Betty würde vielleicht endlich aufhören, sie zu spontanen Handlungen zu nötigen. Zur Not konnte sie auch nur lautlos den Mund bewegen und so tun, als ob, tröstete sie sich.

Genau diese Gründe gaben den Ausschlag, weshalb Linda aufseufzte und meinte: „Okay, von mir aus." Das Jubeln ihrer Freundinnen ließ sie ihre Entscheidung fast schon bereuen.

Als das Lied geendet hatte, sprang Betty gleich auf und meldete sich für das nächste Stück. Zu dritt stiegen sie die Stufen zur Bühne hinauf, während Betty nach dem Mikrofon griff und den Zuschauern im Vorfeld erklärte: „Das nächste Lied war für uns drei eine Art Hymne, als wir noch jung und knusprig waren." Dafür erntete sie ein paar Lacher. „Wir pflegten, es gemeinsam in frustrierenden Situationen und zur Bestärkung unseres Zusammengehörigkeitsgefühls lauthals herauszuschmettern."

Philipp reckte neugierig den Hals. Jetzt war er mal auf die Drei gespannt. Doch halt … was war das? Betty hatte das Mikrofon Linda in die Hand gedrückt, ihr etwas ins Ohr geflüstert und dann die verdatterte Anna von der Bühne gezogen. Nach Lindas Gesichtsausdruck zu urteilen, fühlte sie sich genauso überrumpelt wie ihre Freundin.

Das versprach, spannend zu werden.

Vierter Tag – abends

Du bist eine, mit der man mal müsste,
man müsste sich nur mal trau'n.
Du stehst ganz oben auf meiner Liste
der noch zu küssenden Frau'n. [2/1]

„Diese Erfahrung wird dir guttun", hatte Betty ihr zugeflüstert, als die Leute in Erwartung des Beitrags schon zu klatschen begannen. *Soll das ein Witz sein?*, fragte sich Linda schockiert. Das konnte Betty ihr nicht antun!!

Diese saß aber bereits breit grinsend und frenetisch klatschend auf ihrem sicheren Platz im Publikum und lächelte Linda mit zwei hochgereckten Daumen aufmunternd zu, die ihre sogenannte

Freundin in diesem Moment am liebsten erwürgt hätte. Dafür würde sie sich an Betty rächen. Sie wusste zwar noch nicht, wie. Aber sie sollte nicht ungestraft davonkommen.

Dennoch fühlte sie in ihrem Inneren eine Reaktion auf diese Kampfansage. Ihr Widerspruchsgeist war geweckt worden. Sie würde das durchstehen - komme, was da wolle. Das hatte sie sich vorgenommen. Noch vor einer halben Stunde hatte sie sich auf der Damentoilette geschworen, einen neuen Weg einzuschlagen. Und deshalb würde sie sich nicht die Blöße geben, ohne einen Ton zu singen, beschämt von der Bühne zu gehen. Das wäre nur eine Bestätigung für Philipps Behauptung, sie sei zu verklemmt, um sich zu amüsieren. Und diese Genugtuung würde sie ihm nicht geben. Garantiert nicht!

Während Linda alleine von Scheinwerfern geblendet auf der Bühne stand, erkannte sie nur schemenhafte Personen im Zuschauerraum und dachte verzweifelt daran, dass man sich die Zuhörer bei einem Vortrag nackt vorstellen sollte, um das Lampenfieber in den Griff zu bekommen. Darauf würde sie allerdings lieber verzichten, beschloss sie, da Philipp auch im Publikum saß und allein der Gedanke an seinen nackten Körper sie so nervös machen würde, dass sie keinen Ton herausbekam. Mit den Fingerspitzen zupfte sie an ihrer hochgerutschten Bluse über ihrem Rock.

Als das Lied begann, umklammerte sie das Mikrofon und schloss die Augen, damit sie niemanden sehen musste. Dass dieses Lied für sie und ihr Leben mehr bedeutete als eine bloße Hymne, die sie aus Jux und Tollerei vor Jahren mit ihren Freundinnen gesungen hatte, wussten die beiden nur ansatzweise. Linda hatte ihnen am Anfang ihrer Freundschaft nur wenige Gründe dafür genannt, warum ihr das Lied so gut gefiel.

Als ihr Einsatz kam, schlüpfte ein leises und etwas zittriges *I am what I am / I am my own special creation* über ihre Lippen.

Sie räusperte sich leise, als ein paar Zuschauer enttäuschte Laute von sich gaben, und stellte sich vor, wie sie als Jugendliche in ihrem Zimmer gestanden hatte, um ihren Frust und ihre Hilflosigkeit der Welt entgegenzuschmettern. Das war ihre Art des Protests gegen ihre Eltern und deren aufgezwungenen Lebensstil.

So come take a look / Give me the hook or the ovation. Den einzigen Halt, den sie gehabt hatte, war ihr eiserner Wille gewesen. Und die einzige Bestätigung für ihren Weg waren die guten Noten, die sie bekommen hatte.

Sie spürte, wie ihre Stimme an Kraft gewann.

It is my world – that I want to have a little pride in / My world – and it is not a place I have to hide in. Das war genau das, was sie als Mädchen immer gewollt hatte: Ein Leben, auf das sie stolz sein konnte, wozu nicht nur gute schulische Leistungen, sondern auch Freundinnen, sorglose Unternehmungen und Spaß zählten. Ein Leben, in dem sie sich so geben konnte, wie sie war, und sich nicht verstellen oder gar vor anderen Menschen verstecken musste.

Mit den nächsten Zeilen *Life is not worth a damn / Till you can say / I am what I am* war sie mit einer gedanklichen Zeitmaschine in ihrer Jugend angekommen.

Sie stand wieder in ihrem Zimmer mit der Teddybärentapete aus ihrer Kindheit und schmetterte den Refrain gegen die abgeschlossene Tür, wohl wissend, dass sie ihre Eltern damit bis aufs Blut reizte. Nach jeder dieser kultivierten Auseinandersetzungen, die aufseiten ihrer Eltern immer gleich ruhig und diszipliniert verliefen, dass sie hätte schreien können, hatte sie das Bedürfnis gegen die Welt, gegen ihre Mitschüler und insbesondere gegen die einengenden Regeln ihres Elternhauses anzukämpfen. Und das tat sie mit der einzigen Waffe, von der sie wusste, dass es ihre Eltern rasend machte: Sie sang – bis es ihr besser ging.

I am what I am
I don't want praise, I don't want pity
I bang my own drum
Some think it's noise, I think it's pretty
And so what if I love each sparkle and each bangle
Why not try to see things from a different angle
Your life is a sham
Till you can shout out
I am what I am

Sie musste wissen, wer sie war, um erfolgreich und glücklich zu werden und um ihren Lebensweg zu finden. Sie fühlte sich frei, unabhängig, niemandem etwas schuldig. Sie strotzte vor Energie, Kraft und Lebenslust.

Sie war, was sie war – und das war gut so.

I am what I am …

Als sie am Ende angelangt war, hörte sie ein seltsames Rauschen in den Ohren, das sie im Zusammenhang mit diesem Lied noch nie wahrgenommen hatte.

Wie aus einem Traum erwacht, öffnete sie irritiert die Augen und bemerkte überrascht, dass ihr alle Zuschauer stehende Ovationen brachten.

Give me the hook or the ovation …

Männer pfiffen auf zwei Fingern, Frauen standen auf ihren Stühlen und klatschten begeistert in die Hände.

Der Saal tobte.

Philipp war völlig geplättet. Diese Frau überraschte ihn immer wieder aufs Neue. Entweder verhielt sie sich ihm gegenüber so kühl, dass er Angst hatte, Eiszapfen an der Nasenspitze zu bekommen. Dann wirkte sie mit ihrer Unsicherheit wie ein unschuldiges, unerfahrenes Kind. Und gerade eben hatte sie mit ihrer unglaublichen Stimme einen ganzen Saal vom Hocker gerissen. Erneut klappte Philipp seine Zunge nach hinten und stieß einen gellenden Pfiff aus, während er enthusiastisch in die Hände klatschte.

Er gab zu, dass er vom dünnen und etwas zittrigen Anfang etwas enttäuscht gewesen war. Aber wie schnell sie dann festen Boden unter den Füßen bekommen hatte, nachdem ihre Freundinnen sie so schamlos im Stich gelassen hatten, war bewundernswert. Er hätte nie erwartet, dass in einem so kleinen Persönchen eine solch kraftvolle Stimme schlummerte.

Trotzdem hätte er schwören können, dass … Die Intensität und Leidenschaft, mit der sie das Lied herausgeschmettert hatte, legte den Schluss nahe, dass hinter diesem Lied mehr steckte. Sie hatte es früher vielleicht aus Spaß mit ihren Freundinnen zusammen gesungen, aber es verband sie deutlich mehr mit dem Text und dessen Bedeutung. Da war er sicher.

Auch Desirée klatschte. Dabei beobachtete sie jedoch Philipp, der über das ganze Gesicht strahlte. Das Gesicht, das sie begehrte. Das Gesicht, das sich wieder über ihr eigenes beugen sollte, um sie leidenschaftlich zu küssen.

Immer wenn sie ihm begegnete, bekam sie Herzklopfen und musste an ihre gemeinsame Zeit denken. Daran hatte auch die lange Trennung nichts geändert. Sein gelöster Gesichtsausdruck, wie er da so stand und applaudierte, ließ sie ein aufgeregtes Kribbeln ganz tief unten im Bauch verspüren. Sie wollte ihn. Sie wollte genau dort weitermachen, wo sie vor ihrer Abreise nach Rom aufgehört hatten. Als wenn es diese fünf Monate Trennung nie gegeben hätte.

Desirée hatte schon bemerkt, dass sich seine Leidenschaft abgekühlt hatte. Sie hätte nach ihrer Rückkehr aus Rom nicht so viel Zeit verstreichen lassen dürfen. Aber geschäftlich war viel los gewesen und sie wollte ihn nicht mit ihren Ansprüchen überfallen. Sie hatte gedacht, er würde sehr schnell seine schlummernden, ungezähmten Gefühle für sie entdecken, wenn sie wieder so eng zusammenarbeiten mussten wie damals. Und dann kam die Kreuzfahrt, die ihr eine große Chance bot, ihn wieder für sich zu gewinnen.

Er mochte sie immer noch, das spürte sie. Sie würde sich jedoch etwas einfallen lassen müssen, dass er sie auch wieder *wollte*! ..., dass er diese Linda vergaß und sich wieder ihren, Desirées Qualitäten bewusst wurde. Denn seine Blicke, die dieser Linda folgten, gefielen ihr nicht. Ganz und gar nicht. Nie hätte sie gedacht, dass Philipp gleich am Anfang der Reise ein Auge auf eine andere Frau werfen würde. Aber sie würde es schon schaffen, seine Gefühle wieder für sie anzuheizen. Sie hatte es nicht umsonst in ihrem Job so weit gebracht. Hartnäckigkeit und Durchhaltevermögen waren ihre besten Waffen. Und die Cleverness, die Situation für ihre Bedürfnisse auszunutzen.

Nachdem Philipp noch einen letzten Pfiff ausgestoßen und grinsend zu ihr geblickt hatte, lächelte Desirée ihm freundlich zu und dachte sich ihren Teil.

Als Linda bei abebbendem Applaus von der Bühne zu ihrem Platz ging, verabschiedete sie der Entertainer mit einem geseufzten „Was für eine großartige Stimme ...".

Betty strahlte übers ganze Gesicht und Anna hatte Freudentränen in den Augen. „Du warst wundervoll. Mein Gott, kannst du singen! So habe ich dich noch nie erlebt."

Linda setzte sich mit wackeligen Knien auf ihren Stuhl und nahm einen Schluck aus ihrem Wasserglas. Langsam und zitternd atmete sie aus, während sie ungläubig Betty und Anna lauschte, die überwältigt von ihrem Auftritt waren und sich begeistert über Lindas stimmliche Qualitäten ausließen.

Okay, diese Mutprobe war ein Quantensprung in ihrer persönlichen Entwicklung. Freiwillig hätte sie sich so etwas niemals zugetraut. Aber Linda verstand die ganze Aufregung nicht. Hey, sie hatte doch nur gesungen!

Die Show ging noch etwa zwanzig Minuten weiter, bevor sie der Entertainer beendete und sich für alle Beiträge bedankte.

Als Anna danach zur Toilette ging, beugte sich Betty zu Linda vor und meinte frech grinsend: „Du hast deinen Spontaneitätstest heute Abend zu hundertfünfzig Prozent bestanden."

„Das war übrigens ganz schön fies von dir", tadelte Linda ihre Freundin gutmütig. Auch wenn sie Betty eigentlich den Kopf hatte abreißen wollen, war Linda durch den offensichtlichen Erfolg ihrer Darbietung besänftigt. „Erst lässt du mich in dem Glauben, dass wir zu dritt singen – und dann lasst ihr mich dort oben alleine stehen."

„Ich wusste, dass du das schaffst. Nur, dass du alle so vom Hocker reißt, hätte ich nicht vermutet."

Seit Linda gesungen hatte, überlegte sich Philipp, ob er sie ansprechen und zu einem Getränk einladen sollte. Als er sie quer durch den Raum betrachtete, musste er sich innerlich recht geben. Sie hatte wirklich schöne, dichte Haare, durch die er am liebsten mit beiden Händen durchgefahren wäre.

Das musste ein Gefühl sein!

Als Linda vorhin auf ihn zugekommen war, hatten sich seine Augen gefühlsmäßig auf die Größe von Tennisbällen geweitet. *Heilige Scheiße!*, hatte er gedacht und versucht, seinen Mund bewusst geschlossen zu halten, um wenigstens einmal trocken schlucken zu können. Als sie ihm dann noch dieses kleine Kompliment auf eine erotisch-sinnliche Art zugehaucht hatte, war er völlig von der Spur geraten, das musste er sich schmunzelnd eingestehen. Das Einzige, was Philipp über die Lippen gebracht hatte, war ein halb gestottertes „Hallo", während er ihr verdattert nachblickte. Diese überraschende Kehrtwende in ihrem Verhalten hatte er einfach nicht erwartet. Trotzdem hatte sie seither kein einziges Mal seinen Blick gesucht, was ihn wiederum verunsicherte.

Er musste sich etwas anderes überlegen.

Anna setzte sich wieder auf ihren Platz und meinte etwas atemlos: „Ich hatte gerade das Vergnügen, Philipps Kollegin beim Händewaschen kennenzulernen."

„Und, wie war sie?", fragte Betty neugierig.

Anna zuckte die Schultern. „Ich denke, ganz nett. Aber sie macht einen sehr geschäftsmäßigen und toughen Eindruck. Na ja, jedenfalls meinte sie, du hättest wirklich toll gesungen, Linda, woraufhin ich auch Philipp sehr lobte. Dann erzählte sie, er sei ein echtes Showtalent und könne sich gut in Szene setzen. Mit ihm hätten sie deshalb bei der Arbeit immer viel zu lachen. Außerdem …", sie beugte sich etwas zu den anderen beiden vor, „meinte sie, Philipp sei ein Frauenversteher ..."

Betty unterbrach ihre Freundin: „So eine Art Pferdeflüsterer für das weibliche Geschlecht?"

„Genau", grinste Anna. „Er sei bei allen Frauen der Firma sehr beliebt und wüsste das auch zu genießen - was auch immer das heißen mag. Sie selbst würde sich zwar gut mit ihm verstehen, würde aber nicht auf seinen Charme hereinfallen - obwohl er sicher eine Sünde wert wäre. Letzteres hat sie wortwörtlich so mit einem süffisanten Lächeln gesagt", fügte Anna hinzu.

„Also ist er doch ein Frauenheld, der zu genießen weiß. Dann passen seine schlüpfrigen Accessoires im Koffer doch wieder ganz gut zu ihm und seinen Bedürfnissen im Urlaub", meinte Linda trocken.

Als Anna und Betty sich an der Bar etwas zum Trinken holten, legte jemand eine kleine Blume vor Linda. Als sie überrascht aufblickte, meinte Philipp nur mit einem kleinen Lächeln: „Das war fantastisch. Vielen Dank" und schloss sich - ohne ihre Antwort abzuwarten - seinen Kollegen an, die die Bar verließen.

Linda nahm die Blume in die Hand und drehte sie atemlos zwischen den Fingern. Noch kein Mann hatte ihr Blumen geschenkt, weshalb sie einen kleinen, wehmütigen Stich verspürte. Jetzt erst merkte sie, dass sie aus einer der kleinen Vasen stammte, die auf jedem Tischchen standen. Das war wirklich sehr aufmerksam von Philipp - oder berechnend, wenn man seiner Kollegin Glauben schenken durfte.

Vierter Tag - nachts

Ich storniere diesen Marathon Zentimeter vor dem Ziel.
Ich hätte dich fast angefasst, das ist ein Scheißgefühl. [3/8]

Philipp hatte einen scharfen Verstand, konnte logische, seine Firma betreffende Konsequenzen aus Auflagen ziehen, die im europäischen Ausland erfüllt werden mussten, und war für seine stets kompetenten und vorausschauenden, juristischen Beurteilungen geachtet. Sein untrügliches Bauchgefühl setzte er gekonnt bei internationalen Verhandlungen wie auch internen Besprechungen ein. Er war dadurch nicht nur als kompetenter Mitarbeiter respektiert, der im Interesse der Firma handelte, sondern auch als sensibles Mitglied einer Gruppe für die Belange seiner Kollegen geachtet.

Dieses Bauchgefühl hatte auch schon frühere Situationen mit weiblichen Bekanntschaften entschärft und erleichtert. Früher, als er dieses Gefühl auf Autopiloten fliegen lassen konnte. In den letzten Jahren jedoch hatte er aufgrund einiger Rückschläge und in die Brüche gegangener Beziehungen immer mehr das Vertrauen darin verloren.

Vermutlich lag es an seiner veränderten Lebenssituation und der damit einhergehenden Schwerpunktverlagerung seiner Prioritäten. Was ihm früher als Student lebensnotwendig erschien, rang ihm heute nur noch ein müdes Lächeln ab.

Grübelnd lag Philipp unter der leichten Decke in seinem Bett und versuchte vergeblich einzuschlafen. Der Abend in der Karaoke-Bar mit all seinen überraschenden Wendungen ließ ihn nicht zur Ruhe kommen. Was sagte seine Intuition in Bezug auf Linda?

Nach einigem Hin- und Herwälzen – und dem Versuch, vertrauensvoll zu einem sicheren Bauchgefühl, was Frauen betraf, zurückzufinden – kam er wieder zu demselben Schluss: dass er bei Linda nichts überstürzen durfte. Er war froh, dass er sich am Abend instinktiv für die richtige Vorgehensweise entschieden hatte, als er sie nach ihrer Gesangsdarbietung ansprechen wollte: *Geh hin und schenke ihr ein kleines Kompliment. Lade sie nicht zu einem Cocktail oder einem informativen Schwätzchen ein, sondern mach dich danach sofort vom Acker, Philipp!*

Er konnte immer noch nicht glauben, wie viel es ihm ausgemacht hatte, wie schwer es ihm tatsächlich gefallen war, diesen Vorsatz durchzuhalten, als er diese kleine Blume vor ihr auf den Tisch gelegt und dabei in ihre smaragdgrünen Augen geblickt hatte. Während sie noch überrascht zu ihm aufblinzelte, rührte die Widersprüchlichkeit der Situation sein Herz: Ihr offenes Haar und die tief aufgeknöpfte Bluse luden jedes männliche Wesen zu optischen und sensuellen Reizen ein. Ihre vor Überraschung leicht geöffneten Lippen ließen ihn über deren Weichheit sinnieren. Was gäbe er dafür, sich sofort davon überzeugen zu können, ob sie seinen Fantasien entsprachen oder sie sogar noch übertrafen!

Und ewig lockt das Weib …

Und dennoch! Der Blick ihrer Augen war fernab einer betörenden Sirene, die die nautische Männerwelt in ekstatische Höhenflüge entführen wollte. Es lag darin der Ausdruck eines unerfahrenen

Mädchens, das sich zu einer wunderschönen jungen Frau entwickelt hatte, die nie gelernt hatte, mit Komplimenten umzugehen. Ein unbestimmtes Gefühl sagte Philipp, dass sie dazu nicht oft in ihrem Leben Gelegenheit erhalten hatte, da sie schlichtweg nicht wie andere Frauen darauf reagierte.

Und das war auch der Grund, warum Linda ihn so faszinierte. Eine Frau, die so aussah wie sie, sollte täglich überschüttet werden mit Komplimenten. Ihr Körper und ihr Geist sollten immer wieder aufs Neue stimuliert werden, bis sie auf allen Ebenen ihres Seins völlig ausgeglichen und gelöst war.

Als sie mit wiegenden Hüften auf ihn zugekommen war, hatte er das Gefühl eines intensiven Dejà-vus gehabt. Schlagartig war ihm die Szene mit Marcia an diesem Morgen vor Augen getreten. Ihr laszLiver Gang – dem Lindas in nichts nachstand – und ihr freizügiges Wickelkleid, das sie für ihn geöffnet und verführerisch abgestreift hatte.

Er ließ seine Gedanken zu der unerwarteten Begegnung am Morgen wandern ...

Als Marcia direkt vor ihm stand und er den Duft ihrer warmen Haut einatmen konnte, begann das Blut in seinen Ohren zu rauschen. Ein elementares Bedürfnis machte sich in ihm breit, das schon Steinzeitmänner dazu getrieben hatte, sich ein weibliches Wesen zu schnappen und sie an den Haaren hinter sich her in ihre Höhle zu schleifen.

Wie selbstverständlich umfasste die betörende Marcia seine linke Hand und drückte sie um die weiche Rundung einer ihrer Brüste. Gleichzeitig streichelte sie mit gekonnten Fingern über die Muskeln seines nackten Oberkörpers.

Auch wenn Philipps Gehirn fast schon völlig abgeschaltet und die Kontrolle für sein Tun dem hormongesteuerten Bereich unter seinem Badetuch überlassen hatte, fühlte er sich in diesem Moment um fast fünfzehn Jahre zurückversetzt: Er war wieder zwanzig, feierte auf wilden Partys seine sportlichen Siege und stieg wahllos mit den schönsten Mädchen ins Bett.

Hemmungslos. Leichtfertig. Unbesonnen.

Das war er jetzt allerdings nicht mehr. Er hatte seine Wahl getroffen. Und das Objekt seiner Begierde hieß nicht Marcia.

Unter Aufbietung all seiner Selbstbeherrschung trat er einen Schritt zurück und sagte etwas atemlos: „No, thank you.“ *Da sich seine Stimme etwas heiser anhörte, räusperte er sich kurz und wiederholte:* „It's very kind of you. Thanks. But I don't want to."

Da sie ihn überrascht anblickte, wusste er nicht, ob ihr so etwas noch nie passiert war oder ob sie ihn wirklich nicht verstanden hatte.

*Er kramte nach seinem Geldbeutel, drückte ihr ein paar amerikanische Dollarnoten in die Hand und sagte nochmals „*No*", während er dabei seinen Kopf schüttelte.*

Mit einem bedauernden Lächeln zuckte sie ihre bezaubernden Schultern und streifte ihr Kleid über. Dann stellte sie sich auf die Zehenspitzen, um ihm einen feuchten Abschiedskuss zu geben, der ihn fast seine Entscheidung infrage stellen ließ.

Aber nur fast …

Als sie durch die Tür entschwunden war, verlor Philipp die selbst auferlegte Kontrolle und bereute seinen Entschluss sofort. Er ließ sich stöhnend auf sein Bett fallen und schloss die Augen. Nein. Seine Entscheidung war richtig so, wie sie war. Er wollte dieses alte Leben nicht mehr. Er wollte in der Beziehung etwas anderes. Frustriert drückte er auf sein Handtuch, das seinen sehr groß gewordenen, kleinen Freund bedeckte.

Damals in der Oberstufe und im Studium hatte er nur für den Augenblick gelebt. Sein Abi hatte er, nachdem ihm sein Bruder ordentlich den Kopf gewaschen hatte, sogar noch mit einem annehmbaren Schnitt bestanden. Ansonsten aber hatte er nur für seine sportlichen Erfolge und die Partys danach gelebt. Und wenn man erfolgreich war, musste man nach unternehmungslustigen Mädchen, die auf ein Abenteuer aus waren und mitfeiern wollten, nicht lange suchen.

Als er irgendwann merkte, dass er so nicht weitermachen konnte, änderte er sein Leben in vielerlei Hinsicht. Er versuchte, langfristige Beziehungen aufzubauen, die allerdings meist an solch fundamentalen Gründen wie unterschiedliche Interessen oder unvereinbare Lebensziele scheiterten.

Die Richtige war nie dabei gewesen.

Ein Grund mehr, auf One-Night-Stands zu verzichten, die in dieser Beziehung ein von vornherein völlig entgegengesetztes Bedürfnis bedienten. Ob Linda je Interesse an ihm signalisieren würde, wusste er nicht. Aber er wollte es riskieren, da er glaubte, dass sie es wert war.

Als sich in dem Zusammenhang Lindas Bild in Philipps Gedanken stahl, spürte er, wie seine Erektion wieder Aufwind bekam. Laut stöhnte er auf. Es war doch wie verhext. Jetzt lag er hier halb nackt auf seinem Bett mit einem Mega-Ständer, mit dem er mit Leichtigkeit einen ganzen Harem beglücken konnte. Den Auslöser dafür hatte er weggeschickt und die Wunschkandidatin für eine genussvolle Befriedigung wusste noch nichts von ihrem Glück.

Um den Druck zu erleichtern, rieb er mit einer Hand über die beeindruckende Schwellung. Aaarrrgh, tat das gut!

Er drückte mit seinem Becken dagegen und hielt in der Bewegung inne, um tief auszuatmen. Er hatte drei Möglichkeiten: Entweder er würde jetzt unter die eiskalte Dusche springen, das Zimmermädchen flachlegen oder selbst Hand anlegen.

Die erste Möglichkeit kam für ihn nicht in Betracht, weil er erst geduscht hatte und außerdem eiskaltes Wasser im Zusammenhang mit einer Erektion hasste. Bei der zweiten siegten seine moralischen Wertvorstellungen. Also blieb nur noch die altbewährte Methode übrig.

Seufzend schlug er das Badetuch auseinander und rieb mit der Handfläche über seinen knüppelharten Schwanz, um den Druck zu erleichtern. Doch jedes Mal, wenn er die Augen schloss, sah er Marcias fast nackten Körper vor sich, der sich aufreizend auf ihn zu bewegte.

Er bemerkte, dass das Reiben ihm weder Linderung verschaffte, noch ihn wirklich befriedigte. Deshalb umgriff er entschlossen den Schaft und bewegte seine Hand langsam auf und ab. Ein leichtes Stöhnen entglitt seinen Lippen, während er sein Becken gegen den festen Griff seiner Hand drückte.

Unbewusst veränderte sich Marcias Bild vor seinen geschlossenen Augen. Er bemerkte, wie ihre Hüften bei jeder seiner Bewegungen runder und die Brüste voller wurden. Ihre Haut schimmerte honigfarben und die rosigen Brustwarzen reckten sich gierig in die Höhe, bereit, von seiner Zunge liebkost zu werden.

Während er die Geschwindigkeit etwas erhöhte, stellte er sich vor, wie sie für ihn ihre Hüften kreisen ließ, mit ihren Handflächen ihre vollen Brüste massierte und ihre langen, dunkelblonden Haare in den Nacken warf. Dann kam sie mit einem lustvollen Lächeln auf ihren sinnlichen Lippen auf ihn zu und führte seine Hände zu genau den Stellen an ihrem Körper, die er schon lange berühren wollte. Er wurde nicht enttäuscht. Sie fühlte sich genauso weich und rund und einfach weiblich an, wie er es sich vorgestellt hatte. Er versenkte sein Gesicht zwischen ihren Brüsten und hätte dort die ganze Welt vergessen können. Dann küsste er sie auf die Stelle dazwischen und schmeckte ihren süßen Duft nach Vanille auf der Zunge, von dem er wusste, dass er nicht genug davon bekommen konnte.

Gierig wanderten seine Lippen nach oben zu ihrem Hals und erreichten ihren Mund, der sich begehrlich auf seinen legte. Ihre Zunge verstrickte seine in einen feuchten, leidenschaftlichen Tanz, von dem er sich nur wi-

derwillig wegriss, um ihr atemlos ins Gesicht zu blicken. Während er in den Tiefen ihrer meeresgrünen Augen versank, hob er sie mit gespreizten Beinen hoch, stieß mit einer kraftvollen Bewegung tief in sie hinein – und ergoss sich in ihr.

Philipp stöhnte auf, als sich endlich die Erleichterung in seinen Lenden breitmachte. Er hielt die Hand nach unten gedrückt und schob sein Becken dagegen, während er dem Gefühl nachspürte. Dann bewegte er seine Hand noch ein paar Mal langsam auf und ab, bis er seufzend aufhörte.

Scheiße, war das gut gewesen. Fast so gut wie echter Sex, dachte er benommen. Mit geschlossenen Augen tastete er nach seinem Kissen und vergrub sein Gesicht darin, als ob er zwischen Lindas Brüsten das Glück auf Erden finden würde. Dann schlief er selig ein …

Die heraufbeschworene Erinnerung ließ Philipp erzittern. Mit klopfendem Herzen starrte er an die Decke. So ein Mist. Jetzt war er hellwach und wieder einmal notgeil wie ein Teenager. Was machte diese Frau nur mit ihm?!

Fünfter Tag – vormittags

Mit dir und mir, das war von Anfang an
'ne verrückte Geschichte. [3/14]

„Sechs zu fünf. Jetzt mach ich dich fertig, pass nur gut auf!“ Betty dribbelte zweimal und sprang leichtfüßig hoch, um den Basketball zu versenken. „Ja!!“

„Keine Chance. Ich habe dir nur ein bisschen Vorsprung gelassen, damit das Spiel spannender wird.“ Mit diesen Worten ging Linda zum Angriff über und verwandelte einen Drei-Punkte-Wurf.

„Das darf doch nicht wahr sein!!“, heulte Betty auf und holte sich den Ball. „Das ist genau der Grund, warum ich nicht gerne mit dir Basketball spiele. Irgendwie schummelst du. Ich habe nur noch nicht herausgefunden, wie du das bei deiner Größe anstellst.“

Schon seit Jahren trafen sich die beiden in einem Park bei Lindas Wohnung, um zu zweit auf einen Korb zu spielen und ihre Fitness zu trainieren. Und genauso verhielten sie sich: wie ein eingespieltes Team.

„Bei zehn Punkten machen wir Schluss, mir reicht's nämlich für heute." Kaum hatte Betty den Satz zu Ende gesprochen, flog auch schon der Ball Richtung Korb und Linda jubelte.

„Alles klar, das war's. Ich bin fix und fertig", stöhnte Betty und fuhr sich durch die verschwitzten Haare.

„Ach komm, sei nicht so. Du kannst doch jetzt noch nicht schlappmachen! Ich hab mich gerade so schön aufgewärmt und wir spielen auch erst seit einer halben Stunde. Sonst bist du doch immer so heiß drauf, mich zu schlagen", provozierte Linda, während sie den Ball auffordernd vor sich auf den Boden prellte.

„Jetzt nicht. Ich bin immerhin im Urlaub. Für heute habe ich mich genug verausgabt."

„Komm, ich gebe dir auch fünf Punkte Vorsprung. Dann wette ich mit dir, dass ich trotzdem gewinne. Na, wie wär's?"

„Auf Almosen kann ich gut und gerne verzichten. Aber ich besorge dir gerne einen Ersatz für mich." Der Schalk blitzte in Bettys Augen.

Linda schaut Betty entgeistert an. „Du willst mir doch wohl nicht Anna als Partnerin andrehen? Anna hasst Basketball."

„Nein, keine Angst. Aber ich sehe da jemanden, der uns seit ein paar Minuten sehr interessiert beobachtet. Hallo Philipp!"

O-oh, dachte Linda erschrocken und drehte sich entsetzt um, wo dieser entspannt an einem Mast lehnte und ihnen zur Begrüßung zunickte. Abgelenkt von ihrem wild klopfendem Herzen vergaß sie völlig, mit dem Prellen weiterzumachen und hielt den Ball einfach nur geistesabwesend zwischen beiden Händen.

Als Betty den Grund für Lindas Unsicherheit zu sich herwinkte, schlenderte dieser über das Feld und wurde gleich von ihrer Frage überfallen: „Spielst du Basketball?"

„Ein bisschen", antwortete Philipp nur. Er hatte die beiden erst seit wenigen Minuten beobachten können, hatte aber schon bemerkt, dass sie oft miteinander spielten.

„Linda braucht nämlich einen Partner. Ich mache Schluss für heute."

„Gerne." Linda schien flink und wendig zu sein. Aber er konnte sich nicht vorstellen, dass das den Nachteil ihrer geringen Körpergröße wettmachen konnte. Auf jeden Fall würde er sich zurückhalten und nicht sein ganzes Können auffahren, um sie nicht bloßzustellen.

Während ihre Freundin noch ein paar scherzhafte Worte mit Philipp wechselte, versuchte Linda, sich – mit dem Ball in der Hand –

zu beruhigen und ihre Verärgerung über Bettys Unverfrorenheit Herr zu werden.

Betty war wirklich unmöglich. Immer musste sie jede Gelegenheit ausnutzen, Linda und Philipp zusammenzubringen und Schicksal zu spielen. Vor allem konnte sie nun keine Ausrede anbringen, sie habe keine Lust mehr oder sei müde. Philipp hatte schließlich ihre Überredungsversuche, was Betty anging, mitbekommen. Wenn sie nur …

„Fangen wir an?“, unterbrach Philipp ihre rotierenden Gedanken, als Betty sich winkend aus dem Staub machte. Linda nickte und das Spiel begann.

Sie dribbelten und kreisten umeinander. Sie warfen den Ball Richtung Korb und wehrten die gegnerischen Angriffe ab. Linda versuchte dabei, Philipp so wenig wie möglich zu berühren. Bei Betty hatte sie keine diesbezüglichen Hemmungen – das war etwas völlig anderes. Aber bei Philipp konnte sie nicht ihr Hinterteil an seinen Bauch drücken, während er versuchte, ihr den Ball abzujagen. Dazu konnte sie sich wirklich nicht überwinden. Doch wie zur Strafe nahm ihr Philipp immer wieder den Ball ab und verwandelt drei Körbe.

Ja klar, dachte Linda sarkastisch, *er kann nur ein bisschen spielen. Wer's glaubt.*

Linda ärgert sich, versuchte, es aber nicht zu zeigen. Als Philipp ihr wieder im Angriff gegenüberstand, blitzte ein Hauch von Selbstgefälligkeit und Mitleid in seinem Blick auf, der sie wütend macht. Was glaubte er eigentlich, was das hier war? Etwa ein Benefizspiel für Bedürftige, die von Basketball keine Ahnung hatten?

Plötzlich schoss er an ihr vorbei und nutzte eiskalt eine Möglichkeit, auf den Korb zu werfen. Da erwachte Lindas Wettkampfgeist. Sie wusste, dass sie das besser konnte, und wollte es ihm auch beweisen. Deshalb beobachtete sie, wie er seine Arme bei der Abwehr bewegte und seine Füße dabei setzte. Und als sie dann mit dem Rücken zu ihm dribbelte, schlug sie in einem geeigneten Moment zu. Sie spielte den Ball durch seine Beine, duckte sich unter seinen zur Abwehr ausgestreckten Armen hindurch und fing den Ball hinter ihm auf. Als sie einen Korb warf, grinste sie triumphierend in sein verblüfftes Gesicht.

Innerhalb kurzer Zeit hatte sie den Abstand auf zwölf zu neun verkürzt und machte sich wieder für einen Angriff bereit. Wenn Philipp Körbe werfen wollte, konnte sie aufgrund ihrer offensichtlich geringeren Größe nichts dagegen ausrichten. Wenn er sie aber schon so deutlich überragte, musste sie ihn anders überlisten, um erfolgreich zu sein. Sie versuchte, aus größerer Entfernung Drei-Punkte-Würfe zu verwandeln – oder seine Abwehr wenigstens auszutricksen, um näher an den Korb zu gelangen.

So spielten sie punktemäßig Kopf an Kopf. Doch Linda gelang es nicht, in Führung zu gehen. Als Philipp mit seinem letzten Wurf zwanzig Punkte erreichte, blieben beide schwer atmend stehen.

„Wow, bist du gut. Da könnte sich sogar mein Bruder noch 'ne Scheibe abschneiden", keuchte Philipp und stützte sich mit den Händen auf seine Knie, um zu Atem zu kommen.

„Und wie war das bei dir? Du spielst nur ein bisschen?", fragte Linda mit leicht hochgezogenem Mundwinkel.

„Na ja. Ich wollte dir keine Angst einjagen, weil ich dachte, du wärst viel schlechter. Da bin ich mit meiner Einschätzung völlig danebengelegen." Philipp grinste und fügte als Erklärung hinzu: „Früher habe ich mit meinen Schwimmkollegen in den Trainingspausen, aber auch mit meinem Bruder im Hof gespielt. Noch eins?"

„Klar doch." Lindas ausdrucksstarke Augen glitzerten herausfordernd wie leuchtend grüne Scherben in der mittäglichen Sonne.

„Ich glaube, unser Sonnenschein ist gerade mal wieder an einer pikanten und höchst erotischen Stelle angelangt – nach ihrer Gesichtsfarbe zu urteilen", war Bettys frotzelnde Bemerkung, als sie Linda in das Buch vertieft sah, das sie von ihren Freundinnen für diesen Urlaub zum Lesen bekommen hatte.

Leicht atemlos blickte Linda auf und meinte nur abwesend: „Das ist nur von der Sonne."

„Ja, ja, und die Sonne dreht sich um den Mond." Betty blinzelte Anna schelmisch zu. „Wie findest du eigentlich die Geschichte?"

Linda wollte sich nicht unterbrechen lassen und murmelte, ohne aufzublicken: „Ja, nicht schlecht. Aber so ein perfektionistischer Kontrollfreak wie diese Isabel Favor im Buch bin ich trotzdem nicht, auch nicht so verklemmt ..."

„Nein, natürlich nicht ..." Bettys an Anna gewandtes Flüstern troff vor Sarkasmus.

„... und dieser testosterongeladene Held, Lorenzo Gage, ist so was von unrealistisch. Welche Frau trifft schon so einen Mann im Alltag? Und die sexuelle Energie, die beide umgibt, kann sich nur eine Schriftstellerin ausdenken."

„Es freut mich sehr, dass dir das Buch so gut gefällt", meinte Betty ernst mit einem hinterhältigen Schalk in ihren schönen, blauen Augen. Aber Linda hörte ihr schon gar nicht mehr zu, da sie wieder ganz in den hormongesteuerten Schlagabtausch der beiden Hauptfiguren vertieft war.

„So ein Mist!"

Linda riss sich widerwillig von ihrem Buch los und schielte zu Betty, um den Grund für ihre Entrüstung zu erfahren. Mittlerweile hatte sie sich schon fast ans Faulenzen gewöhnt und war begeistert, wie gut sie abschalten konnte – auch wenn sie doch immer wieder von ihrer Arbeit anfing und ihre Freundinnen sie mitten im Satz unterbrachen, um sie mit den Worten „Wir sind im Urlaub!" an ihr Versprechen zu erinnern.

„Ich muss wohl meine Armbanduhr vorgestern auf dem Landgang verloren haben."

„Wie das?! Bist du sicher?" Anna blickte Betty betroffen an, die erneut alle Außentaschen ihres Rucksacks durchsuchte.

„Ja. Ich dachte, ich hätte sie in eines der vorderen Fächer meines Rucksacks gesteckt, weil ich so geschwitzt habe. Aber da ist sie nicht mehr."

„War das die Cartier, die du von deinen Eltern zu deiner Promotion geschenkt bekommen hast?" Nun saß auch Linda aufrecht auf ihrer Liege und blickte Betty besorgt an, die nur unglücklich nickte. „Mist."

„Hast du sie gestern nicht getragen?"

„Nein. Ich habe sie im Urlaub nur unregelmäßig an. Ich verstehe das nicht." Betty zuckte ratlos mit den Schultern. „Als wir an der Kathedrale Pause gemacht und etwas getrunken haben, habe ich sie ausgezogen und wollte sie wegstecken. Dann hat unser Taxifahrer mich aber mit irgendeiner Bemerkung abgelenkt. Aber ich weiß noch, dass ich sie auf jeden Fall gut verstaut und den Verschluss zugemacht habe. Bei der Uhr bin ich immer vorsichtig. Und dann sind wir …" Ein erleichtertes Aufleuchten huschte über Bettys Gesicht. „Jetztweißich, wosieist …"

Erleichtert öffnete sie den Rucksack und machte den Reißverschluss einer kleinen Innentasche auf, in der sie ihre Armbanduhr fand. „Gott sei Dank! Mir ist gerade eingefallen, dass ich sie in eine der vielen Außentaschen stecken wollte, es mir aber doch zu unsicher war und sie dann ins Innenfach gelegt habe."

„Hallo. Ich will nicht stören, aber gerne noch etwas loswerden …“ Die drei Freundinnen blickten überrascht zu einem von Philipps Kollegen auf. „Ich heiße Simon und bin ein Freund und Kollege von Philipp …“

Betty hatte sich als Erste gefasst und begrüßte ihn dank der wieder gefundenen Uhr in übermütiger Stimmung. „Ja, das wissen wir. Wir haben dich schon mit ihm zusammen gesehen. Hallo zurück übrigens. Ich heiße Betty.“ Nachdem sie Linda und Anna vorgestellt hatte, antwortete sie auf Simons Frage, ob etwas geschehen sei, sie hätten so besorgt ausgesehen, bevor er hergekommen sei: „Du glaubst nicht, was für einen Schrecken ich gerade bekommen habe. Stell dir vor, ichsitzehierahnungslosundmöchteaufdieUhrschauen, damerkeich, dasssiewegist!“

Betty erzählte in einer Geschwindigkeit von ihrem Landgang und der verschwundenen Uhr, die der Concorde zwischen New York und Paris Konkurrenz gemacht hätte. Sogar Linda musste sich gewaltig konzentrieren, um alles genau mitzubekommen – obwohl sie es ja selbst miterlebt hatte. Bemerkenswerterweise schien Simon ihr problemlos folgen zu können, wie Linda an seinen sinnvollen Zwischenfragen erstaunt feststellte.

Na, da schienen sich zwei gefunden zu haben!

Als wieder etwas Ruhe eingekehrt war und sie sich in normaler Geschwindigkeit unterhielten, stellte Anna in einer der wenigen kurzen Atempausen Bettys ihre Frage, die sie schon die ganze Zeit dazwischenschieben wollte: „Du wolltest noch etwas loswerden, Simon?“

Dieser schaute sie etwas irritiert an und machte ein nachdenkliches Gesicht, als ob er Alzheimer im Anfangsstadium befürchtete – bis es ihm wieder einfiel. „Ach so, ja klar. Deswegen bin ich ja überhaupt zu euch gekommen.“ Er lachte erleichtert auf und fuhr sich verlegen durch seine kurzen blonden Haare. „Ich wollte Linda noch zu ihrer Stimme gratulieren. Du hast großartig gesungen gestern.“

Linda errötete leicht und blickte verlegen zu Boden: „Danke.“

„Na, mal nicht so bescheiden“, zog Betty sie auf. „Du hast den ganzen Saal zum Kochen gebracht. Da brauchst du dein Licht nicht unter den Scheffel zu stellen. Magst du dich zu uns setzen oder was hast du jetzt vor?“, fragte sie an Simon gewandt.

„Danke für die Einladung, aber ich bin auf dem Weg zu den anderen. Ein paar von uns wollen bei Wettspielen mitmachen, die die

Animateure veranstalten. Seid ihr auch dabei?"

Linda schüttelte automatisch mit dem Kopf. Das wäre noch was! Sie fand die meisten Animationsangebote auf dem Schiff fürchterlich. Das war eine Beschäftigungstherapie für gelangweilte Touristen, die lieber 3000 Kilometer von zuhause entfernt die Kunst des Serviettenfaltens lernten, als die Schönheit der Natur zu genießen.

Betty, die Lindas Abneigung spürte, tröstete Simon: „Nein, danke. Aber ich komme später vielleicht mal zum Zugucken vorbei."

„Super", freute sich dieser, „dann kannst du uns lautstark anfeuern. Und wenn wir eine Flasche Sekt gewinnen, bekommst du auch einen Schluck davon ab." Zum Abschied hob er kurz die Hand und schlenderte die Reling entlang zur anderen Seite des Schiffs. Dabei hinkte er unmerklich mit dem linken Fuß.

„Netter Kerl." Betty blickte ihm gedankenverloren nach und überlegte, aus welchem Grund Simon wohl den Fuß leicht nachzog. Ein Motorradunfall vielleicht?

„Sehr netter Kerl", bestätigte Anna. „Besonders, weil er keine Probleme damit zu haben schien, deiner rasanten Erzählung zu folgen. Seine intelligenten Fragen haben bestätigt, dass er alles verstanden hat. Selbst ich hatte hin und wieder leichte Probleme, obwohl ich eigentlich schon daran gewöhnt sein müsste." Sie grinste.

„Was willst du damit sagen?"

„Es gibt nicht viele Männer, die sich von dir so vollquatschen lassen wie Simon und dann auch noch beweisen können, dass sie einem aufmerksam zugehört haben. Ich denke da nur an deine vorletzte Beziehung ..." Betty machte ein entsetztes Gesicht und Anna grinste unverschämt. „Vielleicht sollten wir nicht nur wegen Philipp einen engeren Kontakt zu dieser Gruppe pflegen ..."

Fünfter Tag – nachmittags

Seitdem du in mein Leben kamst,
hab ich schlaflose Nächte. [3/14]

„Du hattest recht." Simon stellte sich neben Philipp, der wegen des Wettbewerbs noch auf einen anderen Kollegen wartete, damit sie ein Dreierteam bilden konnten.

„Inwiefern?"

„Linda." Philipp blickte seinen Freund neugierig an. „Ich habe sie beim Herkommen zufällig mit ihren Freundinnen am Pool gesehen und wollte ihr ein Kompliment zu ihrer Stimme machen. Ich dachte, sie freut sich, so wie jede Frau sich darüber gefreut hätte. Aber es war ihr eher peinlich. Sie ist wie ein Schulmädchen errötet und hat auf den Boden gesehen."

Philipp nickte bestätigend, da er sich die Szene nur zu gut ausmalen konnte. „Vermutlich hat sie wieder mal atemberaubend ausgesehen und war sich ihrer Wirkung keinen Zentimeter bewusst."

Nun gab Simon ein zustimmendes Brummen von sich. „Sie geht dir ziemlich unter die Haut, hab' ich recht?"

„Kann man so sagen." Philipp starrte gedankenverloren geradeaus. „Du hättest sie heute Morgen erleben sollen. Da hat Linda mich beim Basketballspiel so was von in die Pfanne gehauen. Da habe ich ganz alt ausgesehen."

„Ihr habt zusammen Basketball gespielt?" Simon blickte Philipp sprachlos an. „Und dabei wirkt sie viel zu schüchtern, um dich zu fragen."

„Das hat sie auch nicht. Betty hat mich rübergewunken und gefragt, ob ich für sie einspringen würde. Linda wäre in dem Moment, glaube ich, lieber über die Reling gehopst, als mit mir zu spielen."

Simon stellte sich das bildlich vor und grinste. „Und sie war gut?"

„Verdammt gut, nachdem sie die anfängliche Zurückhaltung über Bord geschmissen hat. Ihre Drei-Punkt-Würfe sind um Längen besser als meine. Und du hättest sehen sollen, wie sie springen kann! Dabei ist sie so klein ..."

„Nur weil man größer ist, muss man nicht zwangsläufig besser hüpfen können. Wenn ich da an deinen Auftritt im Tutu denke ..." Ein freches Grinsen breitete sich über Simons Gesicht aus. Er blinzelte Philipp schmachtend zu und flötete: „Du hast in rosa Spitze wirklich zum Anbeißen ausgesehen. Da hätte ich mich glatt vergessen können."

Schmunzelnd erinnerte sich Philipp an seinen einzigartigen und bestimmt auch einzigen Ausflug in die Ballettwelt. Im Männerballett bei Ralfs Karnevalsverein war ein Mann wegen eines Beinbruchs ausgefallen, sodass sie drei Wochen vor dem großen Auftritt händeringend nach Ersatz suchen mussten. Da Philipp Ralf noch einen Gefallen schuldete, erklärte er sich dazu bereit, im Verein auszuhelfen. Nur hatte er zu dem Zeitpunkt gedacht, er solle bei der Technik einspringen. Aber dass er mit einem rosa Tutu und weißen Federn auf dem Kopf enden würde, hätte er nicht erwartet.

„Na, ihr zwei?“ Desirée trat von hinten mit Jens, dem fehlenden Kollegen, auf die beiden zu. „Bereit, die anderen Gruppen zu schlagen?“

„Klar doch“, feixte Simon.

Während sie sich angeregt unterhielten, traten noch drei weitere Kollegen, die eine eigene Gruppe bildeten, auf sie zu.

Kurz darauf begrüßte auch schon einer der Animateure die Teilnehmer auf Englisch und erklärte, dass sie zuerst einen reinen Männerwettbewerb und danach einen für Frauen veranstalten würden. Die männlichen Gruppen sollten sich nun bitte an der langen, gelben Linie aufstellen, dann könne er das erste Spiel erklären. Insgesamt beteiligten sich fünf Teams an den Spielen, die von Freunden oder Familienmitgliedern angefeuert wurden.

„Na, jetzt bin ich mal gespannt“, murmelte Simon, als die Erklärung geendet hatte und ein Pfiff ertönte. Jens preschte los, erfüllte seine Aufgabe, drückte Philipp einen Ball in die Hand, der seinerseits losrannte, um ihn auf einer kleinen, kreisrunden Fläche auszubalancieren, damit Simon nach dem Abklatschen den Ball mit einem anderen abwerfen konnte. Sie wurden Zweiter. Das fing vielversprechend an.

Als Simon zu Desirée hinüberblickte, die begeistert klatschte und laute Anfeuerungsrufe von sich gab, entdeckte er in der Nähe Betty mit ihren Freundinnen. Ihr Lächeln und die hochgereckten Daumen beflügelten seine eh schon motivierte Grundeinstellung.

Übermütig versetzte er Philipp einen Stoß mit dem Ellenbogen und deutete in ihre Richtung: „Linda ist auch da.“ Philipp nickte den Dreien zur Begrüßung lächelnd zu. Doch dann musste er sich gleich wieder auf das nächste Spiel konzentrieren.

Die zwei Animateure, die sich als Pedro und Tom vorgestellt hatten, beherrschten ihren Job und verbreiteten eine ausgelassene Stimmung. Die Spiele waren abwechslungsreich und lustig, aber oft auch mit einem hinterhältigen Detail gewürzt. Nach dem dritten Durchgang erklärte der Animateur die nächste Runde. Die Teilnehmer sollten einen Slalom entlangrennen, mit dem Mund ein Röhrchen in eine leere Flasche stecken und dann wieder gerade zurückrennen.

Philipp grinste seine zwei Mitstreiter an. Das war kein Problem.

Sie lagen schon weit vorne und würden eine so leichte Aufgabe mit links bewältigen. Doch sie hatten nicht mit Toms Gemeinheit gerechnet.

„Natürlich wollen wir es euch nicht zu einfach machen." Dieser grinste. „Es hatte einen Grund, warum in dieser Runde nur Männer teilnehmen durften. Jeder von euch muss sich nämlich, wenn er abgeklatscht wird, eine Frau aus dem Publikum schnappen, sie auf den Arm nehmen und sie das Röhrchen mit dem Mund in die Flasche stecken lassen - ohne die Dame abzusetzen. Also, schaut euch schon mal um!"

Lautes Gemurmel war aus dem Publikum zu hören und fast gleichzeitig ein schriller Pfiff aus Toms Trillerpfeife. Philipp, der in der Reihe ganz vorne stand, überlegte nicht lange und spurtete mit einem Röhrchen im Mund in Lindas Richtung. Gerade, als sie sein Vorhaben mit weit aufgerissenen Augen durchschaute, packte er sie und riss sie auf seine Arme, um zum Ausgangspunkt für das Spiel zurückzuhasten. Während des Slaloms nuschelte er: „Schteck dir dasch Röhrschen in den Mund."

Auch wenn sie sich innerlich immer noch gegen das vertrauliche Gefühl wehrte, so eng an Philipps nackte Brust gedrückt zu werden, erkannte sie doch schnell die Wettbewerbssituation, wodurch ihr Siegeseifer angestachelt wurde. Geistesgegenwärtig zog sie das Röhrchen zwischen seinen Lippen hervor und konnte es gerade noch rechtzeitig in ihren Mund stecken, als Philipp auch schon vor der Flasche stehen blieb. Die ungewohnte Haltung machte es für Linda schwierig, sich mit einem Arm an Philipps Hals festzuklammern und gleichzeitig die Spitze des Röhrchens - ohne Zuhilfenahme der freien Hand - in die kleine Flaschenöffnung zu stecken. Aber sie schaffte es und Philipp rannte so schnell zurück, als ob er einen Haufen glühender Kohle in seinen Händen hielt.

Atemlos setzte er sie ab, während Simon auch schon losflitzte. Kurz vor Betty bremste er ab und warf sie sich wegen ihrer Körpergröße einfach über die Schulter. Bettys einzige Reaktion war ein kurzer Überraschungsschrei, der im Gejohle der Zuschauer unterging. Bei der Flasche hörte man Betty verzweifelt Kommandos schreien, wie weit Simon in die Knie gehen sollte und in welche Richtung er sich drehen musste. Doch ihre gute Zusammenarbeit wurde schnell belohnt.

Linda ertappte sich dabei, dass sie bei der ganzen Aktion wider Erwarten einen Riesenspaß hatte und immer wieder vor lauter Begeisterung aufschrie, um ihre Mannschaft lauthals anzufeuern.

Das musste wohl die glückliche Unbeschwertheit sein, von der sie als Jugendliche immer geträumt hatte!

Sie war froh, dass sie sich wieder einmal von Bettys unschlagbaren Argumenten, gegen die Linda machtlos war, hatte überreden lassen mitzukommen. Betty wusste immer, wie und wo sie Linda anpacken musste, um die richtige Reaktion zu provozieren.

Als Simon seine Last schwer atmend bei ihnen abstellte und Jens an der Reihe war, hob Linda automatisch die Hand, um Betty abklatschen zu können. *Give me five!* Wer hätte gedacht, dass sie das mal bei jemandem tun würde!

Jens hatte sich die zierliche Desirée geschnappt, mit der er mit Leichtigkeit jedes Hindernis umrundete und seine Mannschaft zum Sieg führte. Der Jubel war groß, der Betty den Vorwand lieferte, Simon ganz besonders begeistert an ihre Brust zu drücken. Und dieser schien es sichtlich zu genießen.

Dass Philipp neben seinen Kollegen auch Linda kurz umarmte, ließ sie automatisch geschehen und bereute, dass sie den Moment nicht länger auskosten konnte.

Desirée jedoch umfasste Philipps Nacken mit ihren schlanken Fingern, um ihn lachend zu sich herunterzuziehen und ihm einen kurzen, intensiven Kuss auf den Mund zu geben. Bei Desirées vertraulicher Art, spürte Linda einen leichten Stich. Die Selbstverständlichkeit, mit der sie sich nahm, was sie wollte, beeindruckte sie. Philipp schien sich nichts daraus zu machen, sondern lachte gut gelaunt auf.

Bei Desirée wirkte alles so leicht und souverän. Einfach perfekt. Wie sie mit ihren männlichen Kollegen auf humorvoll-provozierende Art sprach, zeigte ihre Selbstsicherheit im Umgang mit Menschen – und ganz besonders mit dem anderen Geschlecht. Ihre beneidenswert schlanke Figur und die atemberaubende Ausstrahlung ließen Linda wie eine kleine, unscheinbare und plumpe Maus dastehen.

Oh, wie beneidete sie Desirée um ihr Selbstvertrauen!

Allein ihr olivfarbener Bikini mit Dschungelmuster war das siebte Weltwunder: Das trägerlose Oberteil war nur mit einem Doppelknoten zwischen ihren kleinen Brüsten befestigt. Kein einziges Mal war Linda aufgefallen, dass Desirée es irgendwie zurechtzupfen musste. Es saß perfekt an ihrem Körper. Es musste einfach mit Sekundenkleber festgeklebt sein, da es selbst durch den Wettlauf keinen Zentimeter verrutscht war. Linda wollte sich gar nicht ausmalen, was ihr passiert wäre, würde sie so etwas tragen. Ihr wogender Busen würde bei der geringsten Bewegung alles sprengen, was ihn nur mit einem kleinen Knoten an Ort und Stelle halten wollte.

Dann kam das letzte Spiel, das sie alle zusammen bestreiten mussten. Die Aufgabe bestand darin, mit einem Plastikbecher einen Behälter zu füllen, der zehn Meter weit entfernt stand. Natürlich waren bis dorthin zusätzlich einige Hindernisse zu überwinden. Nicht gerechnet hatten die Teilnehmer jedoch damit, dass jeder Becher ein kleines Loch im Boden hatte, wodurch die Erfüllung der Aufgabe deutlich erschwert wurde.

Als der Startpfiff ertönte und die anderen Teammitglieder sich wieder in die Schlange einreihten, machte Desirée einen Schritt zurück. Nur dumm, dass sie dabei Sandalen mit Pfennigabsätzen trug und mit ihrem ganzen Gewicht auftrat. Denn Linda hatte ihren rechten Fuß zur falschen Zeit am falschen Ort.

Bei Lindas Aufschrei drehte diese sich um und entschuldigte sich wortreich, ob Linda noch gehen könne oder ob ein Knöchelchen gebrochen sei. Ob sie ihr irgendwie helfen und vor allem ob sie noch beim letzten Spiel mitmachen könne. Vielleicht sei es besser, wenn sie die Schuhe auszöge, damit sie niemanden mehr verletzte und besser rennen könne.

Die Bestürzung in ihrem Gesicht schien echt zu sein, doch Linda traute dem Frieden nicht ganz. Sie wiegelte ab und biss die Zähne zusammen. Philipp hatte den Zwischenfall glücklicherweise nicht bemerkt, da er bereits mit seinem Durchgang beschäftigt war. Als sich Desirée von Linda abwandte, hatte Linda das Gefühl, dass auf dem bestürzten Gesicht ein kleines schadenfrohes Lächeln aufblitzte.

Dann hatte sie sich vorher also doch nicht getäuscht, als Desirée Philipp auf den Mund geküsst hatte. Sie schien ihr Revier abzustecken, indem sie ihre Vertrautheit mit Philipp offen zur Schau trug. Nach diesem Kuss hatte sie Linda mit einem kurzen Seitenblick gestreift und fast schon siegesgewiss gelächelt, bevor sie sich einem anderen Kollegen zuwandte. Da es so schnell vorbei war, war sich Linda der Bedeutung nicht sicher gewesen. Aber jetzt schon.

Unter viel Gelächter und Fluchen schafften es die Sechs, einen ordentlichen Vorsprung zu erringen, ohne dass einer auf dem nassen Boden ausrutschte – selbst Linda nicht. Desirée lief unter lautem Gejohle als Letzte ein, da klar war, dass ihre Gruppe als Sieger aus diesem Wettbewerb hervorgehen würde.

Als Simon die Sektflasche wie eine Trophäe in der Hand schwenkte, rief er laut zu seinen Teammitgliedern: „Die köpfen wir heute Abend nach dem Essen in der Disco und machen dann einen drauf!"

Das Abendessen verlief in guter Stimmung. Simon prostete Betty über zwei Tische hinweg zu und grinste unverschämt breit, als diese den Gruß mit der gleichen Herzlichkeit erwiderte.

Als sie sich am Buffet Nachschub holte, beugte sich Anna zu Linda vor und meinte vertraulich: „Als wir uns heute für das Abendessen umgezogen haben, hättest du das Chaos auf unserem Bett sehen sollen. Betty hat mindestens fünfzehn Teile aus dem Schrank geholt, angezogen und wieder fluchend aufs Bett gepfeffert. Sie hat die ganze Zeit gejammert, dass sie nichts zum Anziehen hätte und sich am liebsten was von mir leihen würde – wenn ich nicht so klein wäre. Dabei ist sie mir, was modisches Gespür angeht, um Längen voraus!" Anna konnte sich ein Grinsen nicht verkneifen. „Simon hat schwer Eindruck auf sie gemacht, auch wenn sie das nie zugeben würde. Ich fürchte, wir werden in den nächsten Tagen um eine ausgedehnte Shoppingtour nicht herumkommen."

Linda betrachtete Betty, die sich an einem Buffet in der Nähe ihren Teller volllud. Sie musste zugeben, dass ihre Freundin heute besonders viel Wert darauf gelegt hatte, gut auszusehen. Sie trug einen bunten, engen Rock, der ihr gerade mal bis zur Hälfte ihrer schlanken Oberschenkel reichte, und ein hautenges, weinrotes Top mit einer schlichten Kette. Ihre Füße steckten in Riemchensandalen, die einen kleinen, adretten Absatz hatten. Zum Anbeißen! Wenn Simon nicht völlig erblindet war, würde er den Nachtisch am Buffet ausfallen lassen und sich stattdessen bei Betty bedienen.

„Deine offenen Haare stehen dir übrigens wirklich gut. Gefällt mir viel besser als der Knoten", fügte Anna noch an, bevor sie mit Genuss ein Salatblatt auf ihre Gabel spießte.

„Danke." Linda strich sich verlegen eine imaginäre Strähne aus der Stirn. „Ich dachte, ..."

Doch Betty unterbrach mit ihrer Rückkehr ihren Versuch, eine Erklärung dafür zu finden. Die Wahrheit war, dass sie üben wollte, sich lässig und zwanglos zu geben. Philipps Meinung über ihren Kontrollfanatismus nagte doch mehr an ihr, als sie zugeben wollte.

Als sie mit Essen fast fertig waren, trat Simon an ihren Tisch und teilte ihnen mit, dass er sie mit seinen Kollegen in der Disco erwarten würde, damit sie ihren Sieg feiern konnten. Nach einem augenzwinkernden Gruß drehte er ab und verschwand mit den anderen im Ausgang. Betty schaute ihm gedankenverloren nach. Ein leichtes Lächeln umspielte ihre Lippen.

„Du hast dich ziemlich verguckt, kann das sein?" Anna lächelte ihrer Freundin schelmisch zu.

„Wer? Ich?! Ich kenne ihn ja kaum", gab Betty scheinbar empört zurück. Doch ihr anschließendes Grinsen strafte die vorangegangenen Worte Lügen.

„Das hat dich noch nie davon abgehalten", war Lindas trockener Kommentar.

„Jaja, ich weiß schon. Er ist aber schon süß, oder?" Sie blickte verträumt in Richtung Ausgang. „Seine männliche Entschlossenheit heute hat mir wirklich gut gefallen. Er hat nicht lange gefragt, sondern mich einfach augenzwinkernd über seine Schulter geworfen und weggetragen. Wie ein Neandertaler auf Brautschau. Das war zur Abwechslung mal sehr erfrischend."

Fünfter Tag – abends

Kaum, dass wir ihn trafen, wurde dein Blick sanft und devot.
Er machte ein-zwei Komplimente und deine Wangen wurden rot.
Deine Körpersprache schrie: „Der Typ gefällt mir, aber wie!" [3/2]

Die Disco befand sich in einem großen Raum mit vielen gepolsterten Sitzgruppen und einer Tanzfläche vor einer kleinen Bühne. Da an diesem Abend keine Liveband spielte, liefen Poplieder aus der Konserve.

Als Linda mit ihren Freundinnen den Raum betrat, sahen sie sofort, wo sie erwartet wurden. In einer Ecke waren viele Tischchen und Sessel zu einer großen Gruppe zusammengeschoben, aus der Simon schon wild winkte. Als sie dort ankamen, gab es eine kurze Begrüßungsrunde, wonach sich Betty aufgekratzt auf den frei gehaltenen Platz neben Simon niederließ. Die gewonnene Sektflasche stand schon in einem Eiskübel mit sechs Gläsern auf dem Tisch. Anna setzte sich neben Jens und Linda blieb, ob mit Absicht oder nicht, nur noch ein Platz neben Philipp übrig. Sie erwiderte sein

Lächeln, als sie sich neben ihm mit einem kleinen „Hallo“ niederließ.

Betty war schon in eine lebhafte Unterhaltung mit Simon und Jens verwickelt, in der sie mit geröteten Wangen von ihrem letzten Landausflug erzählte. Dabei blitzen ihre Augen immer wieder zu Simon, der ihr fasziniert an den Lippen hing. Es war schön, Betty so glücklich zu sehen.

„Hast du noch Nachwirkungen von unserem Zusammenstoß gespürt?“

„Mmh?“ Linda blickte verwirrt zu Philipp.

„Als ich dich vorgestern niedergeschlagen habe.“

„Ach so. Nein. Zum Glück nicht.“ Sie spürte seinen ruhigen Blick auf sich und fühlte sich etwas unwohl.

Es war doch unglaublich. Beim Basketball und den Animationsspielen hatte sie sich in Philipps Gegenwart deutlich wohler gefühlt. Da war es auf körperliche Aktion angekommen, bei der man nicht viel falsch machen konnte, wenn man sich an die Spielregeln hielt. Als es darum ging zu siegen, hatte Linda der Eifer gepackt und sie hatte in ihm nicht mehr einen gut aussehenden Mann, sondern einen Mitstreiter, Gegner, Spielpartner oder was auch immer gesehen. Dass sie in dieser Situation keine Hemmungen mehr im Umgang mit dem anderen Geschlecht hatte, wertete sie für sich als großen Fortschritt.

Jetzt aber seinem ruhigen, beobachtenden Blick ausgesetzt zu sein, ließ sie wieder unsicher werden. Die zwischenmenschliche Konversation war für sie ungleich schwieriger, da sie manchmal nicht wusste, was sie wie sagen sollte. Sie hatte keine Ahnung, was sie mit ihren Händen anfangen und wohin sie schauen konnte. Sie fühlte sich von ihm beobachtet, durchschaut – ihre Unsicherheit bloßgelegt. Oh Gott, vermutlich war es für ihn so klar wie Kloßbrühe, dass sie sich innerlich vor Unsicherheit wand wie ein Wurm.

„Nein, es geht mir wieder so gut wie vorher. Und du? Ist dir noch schlecht?“

„Nein, auch nicht. Ich kann wieder ziemlich normal essen. Nur ab und zu habe ich das Bedürfnis, mir die laue Seeluft um die Nase wehen zu lassen. Das ist alles.“ Er lächelte ein nettes, schiefes Lächeln.

Linda hätte gerne etwas Geistreiches gesagt, damit sie nicht über den jeweiligen Gesundheitszustand sprechen mussten wie zwei tattrige Greise im Pflegeheim. Aber ihr fiel wieder einmal nichts ein.

Stattdessen fügte sie an: „Vielen Dank übrigens noch für die kleine Blume gestern.“

Dabei blickte sie kurz zu ihm und merkte, dass er in den Anblick ihres offenen, blonden Haares versunken war. Betreten ergriff sie ihr Glas und nahm einen Schluck von ihrer Weißweinschorle.

„Gern geschehen. Du hast von allen Teilnehmern gestern definitiv am besten gesungen. Wo hast du das gelernt? In einem Chor oder in einer Band?“ Er blickte sie mit ehrlichem Interesse an.

Nein, in meinem Kinderzimmer – und das auch nur aus Frust. Sie errötete bei der Vorstellung, sich als Leadsängerin bei einer Rockband zur Schau zu stellen. „Ich habe noch nie irgendwo öffentlich gesungen. Immer nur zuhause.“

Erstaunt weiteten sich Philipps Augen. „Das kann ich mir nicht vorstellen. Was für ein Jammer!“

„So würde ich das nicht formulieren …“

„Wer eine solche Stimme hat, sollte andere daran teilhaben lassen!“

Insgeheim freute sich Linda über Philipps Kompliment. Doch sie wollte nicht lang und breit über ihre Motivation, die hinter ihrem Singen steckte, sprechen. Um Philipp von sich abzulenken, meinte sie nur: „Und was tust du für das Allgemeinwohl? Deine Stimme klingt nämlich auch ziemlich fantastisch.“

„Touché.“ Er grinste ertappt, freute sich aber sichtlich über das Kompliment. „Ich habe einfach keine Zeit, irgendwo mitzusingen. Außer bei Karaoke-Abenden.“ Noch ein breiteres Grinsen folgte. „Früher hatte ich nur Schwimmen im Kopf. Da gab es nichts anderes. Tägliches Training, Wettkämpfe, Meisterschaften. Da blieb nur noch wenig Zeit für andere Dinge. Und für die Schule lernen, musste ich schließlich auch noch. Die einzige Gelegenheit, für die ich das Singen wirklich ausnutzte, war, Mädchen zu beeindrucken. Wenn wir unsere Siege feierten, gab es immer viel Musik und gute Stimmung. Da schnappte ich mir gelegentlich das Mikrofon und sang einige Lieder. Ich kann nicht leugnen, dass das bei den Mädels immer gut ankam.“ Er schmunzelte bei der Erinnerung.

„Schwimmst du noch regelmäßig? Und wie bringst du es mit deinem Beruf unter einen Hut?“

„Ich gehe mindestens einmal die Woche ins Schwimmbad. Dann reiße ich meine Bahnen in verschiedenen Disziplinen runter und gehe wieder nach Hause. Manchmal jogge ich auch oder spiele mit

Simon Squash."

„Ich jogge zuhause regelmäßig. Es hilft mir, meinen Kopf freizubekommen. Das ist für mich fast schon eine meditative Sache", gab Linda zu.

„Ja, das kenne ich vom Schwimmen. Wenn ich einen Kilometer am Stück schwimme, habe ich nach spätestens fünfzig Metern abgeschalten und alles vergessen. Joggst du hier auf dem Schiff auch?" Philipp schaute sie neugierig an.

„Bisher jeden Morgen – äh, das stimmt nicht ganz. Als du mich niedergeschlagen hast, habe ich den nächsten Morgen verschlafen." Philipp machte ein zerknirschtes Gesicht. Mit einem kleinen Lächeln fuhr Linda fort: „Wenn die Sonne mich weckt, hält mich nichts mehr im Bett. Die Luft ist zu der Tageszeit herrlich. So würzig und frisch – und nach einer Weile kann ich das Salz auf meinen Lippen schmecken."

Philipps Blick wanderte zu ihrem Mund, den sie sich aus Nervosität kurz ableckte.

„Vielleicht treffen wir uns ja mal beim Joggen", meinte er nur, als seine Augen wieder auf ihre trafen.

Diese kleine, rosa Zungenspitze hatte es ihm angetan. Wie diese sinnlichen Lippen wohl schmeckten? Was das für ein Gefühl war, wenn diese kleine Zungenspitze seine Mundhöhle erkundete und auf seine eigene traf? Wenn sie sich impulsiv küssten und ihre erregten Körper aneinander pressten? Und er sie dann langsam entblättern durfte, um die Schönheit ihrer Brüste mit allen Sinnen zu genießen?

Philipp, hör auf!, mahnte er sich selbst zur Ordnung. *Du machst dir das Leben nur unnötig schwer, wenn du den ganzen Abend voll erregt neben dieser atemberaubenden Frau sitzt. Lass es langsam angehen, auch wenn ein kleiner Teil von dir ganz anderer Meinung ist!*

Linda, die merkte, dass irgendetwas in Philipp vor sich ging, seit sie das Thema Joggen angeschnitten hatten, versuchte wieder einmal das Thema zu wechseln. Sie fragte ihn, welche Aufgaben er denn genau als Rechtsanwalt in seiner Firma erledigen musste.

Glücklich, von seinen anregenden Gedanken abgelenkt zu werden, entspannte sich Philipp und erzählte von seinem Alltag als Anwalt und den aufreibenden Monaten, für die sie diese Fahrt geschenkt bekommen hatten.

Linda hörte ihm interessiert zu und bewunderte seine Fähigkeit, in einem Sachverhalt genau das Wesentliche anzusprechen und in wenigen Sätzen verständlich zu erklären.

Irgendwann fiel ihr auf, dass der Themenwechsel ungünstig auf sie zurückfallen konnte, wenn er sie nämlich ihrerseits fragte, was sie täglich auf der Arbeit tat. Doch bevor das passieren konnte, zog Simon glücklicherweise die Aufmerksamkeit aller auf sich und schlug vor, die Sektflasche zu öffnen.

Als sie sich zugeprostet und die gute Teamarbeit gelobt hatten, hörten sie einen Kollegen, der sich als Paul vorgestellt hatte, Desirée aufziehen. „So-so, du wolltest als kleines Mädchen also immer Rapunzel sein?!"

Mit ihren schlanken Fingern strich sie sich eine kurze, dunkle Strähne hinter ihr Ohr und blickte souverän lächelnd in die Runde. „Ja, das war damals mit fünf, als ich permanent Märchenkassetten auf meinem kleinen rosa Kassettenrekorder angehört und die Geschichten nachgespielt habe. Meine Mutter hatte mir damals ein wunderschönes Prinzessinnenkleid genäht, zu dem ich eine kleine Krone und ein altes Stück Spitzengardine als Schleier trug. Und dann tanzte ich durch mein Kinderzimmer und wartete auf den Prinzen, der mich vor der bösen Hexe rettet - so wie vermutlich jedes kleine Mädchen." Sie ließ ein silberhelles Lachen erklingen. „Mir haben es damals viele Märchen angetan, aber *Rapunzel* war immer meine Lieblingsgeschichte. Vielleicht wegen der ausweglosen Situation im verschlossenen Turm und der Dramatik, wenn der Prinz sein Augenlicht verliert. Aber ganz bestimmt auch wegen der langen, blonden Haare, die die Prinzessin so besonders schön aussehen haben lassen." Ihr Blick streifte kurz Lindas offene Haare, bevor sie sich wieder Paul zuwandte. Hatte Linda eine kleine Spur von Neid darin aufblitzen sehen?

„Und dein älterer Bruder hat dich damals nicht geärgert? Das muss doch Mädchenkram für ihn gewesen sein", fragte dieser nach und rückte interessiert seine kleine Nickelbrille zurecht. Er konnte sich vermutlich gut vorstellen, wie dieser sich gefühlt haben musste.

„Ja, am Anfang schon. Er wollte mir dabei immer den Spaß verderben. Aber irgendwann habe ich mich nicht mehr ärgern lassen, auch nicht in anderen Situationen. Denn ich habe schnell gemerkt, dass man vom Ärgern nur Falten bekommt. Und das war es mir nicht wert. Deshalb", sie deutete mit einem Augenzwinkern auf jeden einzelnen ihrer Kollegen, „lasse ich mich von euch Spitzbuben im Geschäft auch nicht auf die Palme bringen. Sonst bekomme ich frühzeitig Runzeln. Und das muss schließlich nicht sein, oder?" Sie lachte mit den anderen.

Erwartungsvoll beugte sich Philipp zu Linda. Seine Augen ruhten im Dämmerlicht der Bar so aufwühlend und intensiv auf ihr wie starker, heißer Espresso, der einem das Blut durch die Adern jagte und ein verführerisches Prickeln hinterließ. „Und welche Prinzessin wolltest *du* als kleines Mädchen sein?"

Sie zuckte die Schultern. „Ich weiß nicht. Meine Eltern haben mir damals als Gutenachtgeschichten immer Sagen aus der griechischen Mythologie erzählt." Aber eine Kassette mit Grimms Märchen hatte sie auch gehabt. Nun fiel es ihr wieder ein. Die hatte sie in einer Endlosschleife immer rauf- und runtergehört. Und ihre Lieblingsfigur war damals Aschenputtel gewesen. Ein Mädchen, das sich von einer unscheinbaren Dienstmagd in eine wunderschöne Prinzessin verwandelt und den Prinzen in ihren Bann schlägt.

Ganz besonders geliebt hatte sie die tschechische Filmversion *Drei Nüsse für Aschenbrödel*, da Aschenbrödel darin kein kleines Dummerchen war, sondern sich gewitzt gegen den Prinzen behauptete: Sie konnte ihm nicht nur verbal das Wasser reichen, sondern war mit der Armbrust sogar noch talentierter als er und ritt sein wildes Pferd wie ein Husar. Der Prinz war Lindas erste große Schwärmerei gewesen.

„Sollen wir auch?", fragte Philipp. Linda wurde aus ihren Tagträumen herausgerissen und bemerkte, dass sich die meisten zur Tanzfläche aufmachten.

„Ich weiß nicht ..." Linda war unsicher, ob sie wirklich wollte, dass Philipp ihr beim Tanzen zusah.

„Na, komm schon, sei kein Frosch", flüsterte ihr Philipp leise ins Ohr und zog sie vom Sessel hoch.

Mit klopfendem Herzen folgte sie Philipp, der sie an der Hand durch die Tanzenden zu einem freien Platz führte. Dann ließ er sie los und begann zu tanzen.

Sie war erleichtert, dass er sie dazu nicht in den Arm nahm, und begann sich im Rhythmus der Musik zu bewegen. Sie tanzte gerne, blieb aber auch ebenso gerne im Hintergrund und überließ anderen den großen Auftritt.

Philipp war ein guter Tänzer. Er hatte das richtige Körpergefühl und wirkte doch sehr männlich dabei. Seine langen Beine sahen in den engen Jeans noch länger aus – und seine Rückseite war zum Anbeißen. Da er die Ärmel seines dunkelblauen Hemdes lässig bis zu den Ellenbogen hochgekrempelt hatte, konnte Linda mehr als einen Blick auf seine starken und doch schlanken Unterarme werfen. Ein paar nicht jugendfreie Gedanken schossen unkontrolliert durch ihr Gehirn ...

Lachend zeigte er auf die andere Seite der Tanzfläche, wo ein paar Kollegen von Desirée angeführt dieselben Tanzschritte zur Musik vollführten. Selbst Simon schien sein Hinken nicht davon abzuhalten, mit kraftvollen Schritten mitzumachen. Irgendwie kamen sie Linda bekannt vor, bis ihr einfiel, dass sie sie im Tanzkurs mit vierzehn Jahren auch gelernt hatte. Wie hieß die Kombination noch mal? Irgendein Name einer Filmfigur ... Ach ja, *Snoopy*.

Schon begann Philipp, es Desirée nachzutun und Linda zu animieren mitzumachen. Bereits nach kurzer Zeit brodelte die Tanzfläche im selben Rhythmus der Körper. Die Stimmung war gut und man sah nur lachende Gesichter.

Linda fand es verwirrend, dass Philipp ihr immer wieder vergnügt zulächelte. Doch sie fühlte sich so leicht und frei, dass es ihr egal war und sie sich – für ihre Verhältnisse – fast schon ausgelassen verhielt: Automatisch warf sie den Kopf in den Nacken und lachte, als Betty über Simons Fuß stolperte und er sie behände auffing. Außerdem erwiderte sie Jens' Augenzwinkern mit einem kleinen Lächeln, als dieser sich über Philipps verschwitzte Frisur lustig machte.

Sie fühlte sich herrlich ...

Als das Lied in ein anderes überging, fielen sich viele lachend um den Hals oder klatschten sich ab. Philipp fasste Linda an der Hand, drehte sie einmal unter seinem Arm durch und zog sie kurz an sich. „Gut gemacht" war sein einziger Kommentar, bevor er aus einem Impuls heraus seine Nase in ihrem Haar versenkte und mit rauer Stimme flüsterte: „Du hast wunderschönes Haar."

Dann hielt er inne und zog den Kopf etwas zurück, um erstaunt in ihre vor Überraschung geweiteten Augen zu blicken. „Uups, das hätte ich wohl nicht sagen sollen. Aber es stimmt einfach."

Philipp ließ sie los und tanzte mit einem schelmischen und gleichzeitig entwaffnend sympathischen Lächeln weiter. Er schien nicht weiter peinlich berührt zu sein. Doch Linda hatte das Gefühl, ihre Wangen würden glühen wie zwei heiße Herdplatten. Und das lag definitiv nicht am Tanzen.

Als Philipp das Kompliment herausgerutscht war, hätte er sich am liebsten auf die Zunge gebissen. Wie war das? Er wollte es langsam angehen lassen?

Den ganzen Abend über hatte er Linda beobachtet und sich nicht an ihrem weichen, grazilen Tanzstil sattsehen können. Das sparsame Rotieren ihrer Hüfte und die dazu passenden Bewegungen ihrer Brüste empfand er als höchst erotisch. Die Art, wie ihre Haare dabei mitschwangen und wie sie dazu lächelte, hatte für ihn etwas magisch Sinnliches. Er hatte während des *Snoopy* die ganze Zeit gedacht, wie schön ihr Haar war. Und als er aus einer spontanen Reaktion heraus seine Weichheit gespürt und seinen berauschenden Duft genossen hatte, hatte er sich diese Worte plötzlich aussprechen hören. Doch da war es schon zu spät gewesen. Er war nur froh, dass sie nicht wusste, welchen sündigen Gedanken er schon den ganzen Abend nachhing!

Sechster Tag – nachts

In jeder Stadt sollte ein Mahnmal stehen.
In Stein gehauen, wär ein Idiot drauf zu sehen. [1/8]

„Dir ist aber schon bewusst, dass sie einen festen Freund hat und mit ihm sehr glücklich ist, oder?“, fragte Desirée Philipp leise, als sie mit dem herumalbernden Doppelpack Paul und Jens spät nachts auf dem Weg zu ihren Kabinen waren.

„Wen meinst du?“ Philipps Gedanken begannen zu rasen.

„Na Linda, um die du dich den ganzen Abend so bemüht hast.“

„Nein!“ Seine Stimme klang weniger gelassen, als er wollte. „Ich meine, nein, das wusste ich nicht. Woher weißt *du* es?“ Philipp versuchte, den leicht schockierten Unterton in seiner Stimme zu überspielen, während er zu ihr rüberblickte.

„Das habe ich so verstanden, als ich mich heute Abend mit … wie heißt sie noch? … Betty … unterhielt. Die anderen beiden sind wohl solo.“ Sie machte eine kurze Pause, bevor sie zögernd weitersprach. „Ich hatte heute das Gefühl, dass sie dir ganz gut gefällt. Aber ich konnte dich nicht warnen, weil immer jemand in unserer Nähe war. Deshalb sage ich es dir jetzt. Weißt du, es hat mir echt leidgetan, dein glückliches Gesicht zu beobachten, aber zu wissen, dass nichts draus werden kann.“ Sie drückte seinen Unterarm. „Ich finde es ziemlich hinterhältig von ihr, dich auch noch zu ermutigen."

„Danke, Desirée." Philipp hatte das Gefühl, eine eingestürzte Ruine hätte ihn unter sich begraben. „Danke, dass du es mir gesagt hast."

Philipp hatte seine Kabine als Erster erreicht. Paul und Jens, die von Desirées Erklärung nichts mitbekommen hatten, riefen ein gut gelauntes „Gute Nacht" und schlenderten weiter.

Desirée blieb noch kurz stehen, während Philipp seine Karte aus dem Geldbeutel zog, um die Tür zu öffnen. „Ein Mann wie du sollte nicht so lange allein sein. Wenn … wenn ich dir irgendwie helfen kann, auch wenn du nur mal reden willst, sag einfach Bescheid. Dafür sind Freunde doch da." Sie fuhr sich zögernd durch ihre modische Kurzhaarfrisur, stellte sich dann aber kurz entschlossen auf die Zehenspitzen und drückte Philipp einen leichten Kuss auf die Wange. „Gute Nacht."

„Gute Nacht, Desirée. Und vielen Dank für dein Angebot." Niedergeschlagen schloss Philipp auf, schaltete das Licht ein und warf sich aufs Bett.

Was war er doch für ein Idiot!

Natürlich hatte eine solche Frau einen Freund. Wie hatte er annehmen können, sie wäre allein und würde nur auf einen Traumprinzen wie ihn warten. Ein freudloses Lachen stahl sich über seine Lippen.

Nun machte auch ihr verwirrendes Verhalten einen Sinn. Sie war nicht einfach eine unterkühlte Eisprinzessin, sondern schon vergeben und hatte es nicht nötig, mit fremden Männern zu flirten. So verhielt sich nämlich nur eine Frau, die einen attraktiven Mann zuhause sitzen hatte und deshalb auf Männerbekanntschaften nicht angewiesen war.

Und ihre Schüchternheit oder Unsicherheit, die er wahrzunehmen geglaubt hatte, war nichts anderes als die für sie ungewohnte Tatsache, dass ihr ein fremder Mann Komplimente machte.

Was für ein Esel er doch war! Philipp schlug sich mit der flachen Hand auf die Stirn. Vermutlich hatte er sich heute Abend völlig zum Narren gemacht. Seine Bemerkung über ihre Haare war in dem Zusammenhang mehr als peinlich.

Verbittert zog er einen Computerausdruck aus der Gesäßtasche, den er unter Aufbietung all seiner Überredungskünste ergattert hatte, warf einen Blick darauf und zerknüllte ihn wütend.

Nachdem er eine Weile stillgelegen hatte, rieb er sich die Augen und zog Bilanz. Die erste Frau, die ihn seit Jahren wirklich interessierte, die ihn faszinierte wie keine andere, die sein Körper schmerzhaft begehrte … war vergeben.

Das war zwar kein Hindernisgrund, sie doch zu umgarnen, ihr zu schmeicheln und Zärtlichkeiten ins Ohr zu flüstern, bis sie in seinem Bett landete. Aber das war nicht Philipps Masche. Er wollte ehrlich gewinnen. Und den Sieg mit Linda gemeinsam – wenn möglich – für lange, lange Zeit auskosten.

Wie sollte er sich nun verhalten, wenn sie ihm wieder über den Weg lief?

Er nahm sie bei der Hand und zog sie aus dem Sessel. „Ich möchte mit dir tanzen …", flüsterte er ihr mit seinem heißen Atem verlangend ins Ohr.

Die Musik setzte ein und er umfasste mit beiden Armen ihre schlanke Taille, um sie an seinen muskulösen Körper zu ziehen. Langsam begann er, sie im Takt der Musik zu wiegen. Die ersten Schritte waren wohlüberlegt. Doch dann verschmolzen sie in einem Wirbel der Begierde und der Ekstase zu einer Person.

Sie spürte in jedem Moment die unterdrückte Leidenschaft, die in seinen Lenden loderte und ihren Schritt versengte. Ihre Haut stand in Flammen, als er sie wie ein Hauch mit seinen Fingerspitzen berührte. Immer wieder schwang er sie mit rhythmischen Bewegungen in eine neue Position, in der er sie mit seinen Lippen liebkoste. In ihrem dichten Haar vergraben flüsterte er ihr heiser zu, wie überirdisch schön sie sei.

Sie fühlte sich wie im Rausch.

Jede Parzelle ihrer Haut gierte nach seinen Berührungen, die sie in wollüstiges Stöhnen versetzte und sinnlich erschaudern ließen. Ihr Unterleib stand in hellen Flammen und nichts konnte diese Feuerbrunst löschen. Nichts … außer seiner Männlichkeit. Seiner gewaltigen Männlichkeit, die sich drängend an ihrem Bauch rieb und Einlass verlangte. Begehrlich bog sie ihm ihren Unterleib entgegen.

Jetzt … jetzt gleich würde ihre Lust befriedigt werden, sich Erleichterung breitmachen … sie würde aus diesem Sinnestaumel erlöst werden … ja … *ich warte auf dich, Geliebter* … ja … JA!!!!

Mit einem Keuchen wachte Linda schweißgebadet auf und hatte das Gefühl, ihr Unterleib würde explodieren.

Du meine Güte, was war das gerade eben?

Entsetzt über ihre starken Emotionen presste sie eine Hand auf ihren Bauch, um das unbekannte Gefühl zu beruhigen. Langsam kam sie wieder zu Atem und wischte über ihre feuchte Stirn.

Sie hatte von Philipp geträumt. Und dieser Traum war keine unschuldige Mädchenfantasie, sondern fast so real wie das Bett, in dem sie lag. Unbewusst tastete sie zwischen den Laken nach einem anderen Körper, der sie in eine solch aufgewühlte Stimmung versetzt hatte. Aber sie war allein …

Schuld daran war nur dieses Buch, das sie von Anna und Betty zum Lesen bekommen hatte. Diese permanente sexuelle Spannung, die bei jedem frivolen Schlagabtausch der Hauptfiguren in der Luft lag, fesselte sie unglaublich. Und das, was sie bis jetzt in diesen erotischen Szenen gelesen hatte, hätte sie sich in ihren kühnsten Fantasien nicht ausmalen können. Taten Männer das wirklich mit den Frauen, die sie begehrten? Auch wenn sie erschrocken vor dieser neuen Vorstellung zurückgewichen war, fühlte sie sich davon mehr in den Bann gezogen, als sie sich eingestehen wollte.

Nachdem sie aufgestanden und sich das Gesicht gewaschen hatte, ging es ihr etwas besser.

Wie sollte sie nach einem solchen Traum Philipp je wieder unbefangen unter die Augen treten können?

Es schauderte sie, als sie an den nächsten Tag dachte.

Sechster Tag – morgens

Er sagt: „Aber Joggen tu' ich wirklich, regelmäßig!"
Sie lacht: „So wie ich, ja klar! – Einmal im Jahr." [3/13]

Joggen ist gut für mich. Joggen macht den Kopf frei.

Diese Sätze wiederholend stapfte Linda die vielen Stufen zu ihrem bevorzugten Joggingdeck hinauf. Nachdem sie sich nach diesem aufwühlenden Traum noch ewig in ihrem Bett herumgewälzt hatte, war sie irgendwann doch hinweggedämmert, um tief und traumlos bis zum nächsten Morgen zu schlafen. Als sie aufgewacht war, lag ihr Kopf unter dem Kissen. Sonst hätte sie die aufgehende Sonne sicher schon früher geweckt.

Nun war sie später dran als sonst. Hinter Annas und Bettys Tür hatte sie noch keinen Mucks vernommen, weshalb sie schnurstracks zur Treppe gelaufen war. Als sie in die würzige Morgenluft trat, blinzelte sie gegen die helle Sonne an und atmete tief durch, um die Gespenster der vergangenen Nacht zu vertreiben. Über ihrem Kopf gellten die krächzenden Schreie zweier Seevögel, als sie zum Aufwärmen in ein leichtes Tempo fiel und schon nach einer halben Runde spürte, wie sie sich von allen Gedanken und Erinnerungen an diesen aufwühlenden Traum befreite. Jetzt erst konnte sie erleichtert aufatmen.

Nach einer Weile merkte sie, dass sie beim Laufen gedankenverloren einen anderen Jogger vor sich anstarrte. Sie benutzte ihn wie einen sich mitbewegenden Fixpunkt, um mit ihren Gedanken noch tiefer abzudriften und zu entspannen. Als sie ihn nach zwei Runden jedoch richtig fixierte, bemerkte sie, dass es sich um Philipp handelte.

Oh Gottohgottohgott!, war ihr erster Gedanke. *Zum Glück hat er mich noch nicht gesehen*, ihr zweiter.

Bis zur nächsten Tür, durch die sie diesem Deck entfliehen konnte, musste sie noch einige Meter laufen. In dieser Zeit konnte sie bewusst und ungestraft seine Rückseite betrachten.

Philipp trug kurze Freizeitshorts und ein enges, blaues Tanktop. Seine angeschwitzten Haare standen vom Schlafen am Hinterkopf leicht ab, wodurch sein sonst so perfekt-konservatives Aussehen angenehm menschlich wirkte. Linda hätte ihm in dem Moment mit der Hand am liebsten über den Kopf gewuschelt. Seine kräftigen, schlanken Beine machten jeden Schritt für Joggingfreunde zu einer Offenbarung, was Präzision und Kraft anging. Linda versank seufzend in seinem Anblick …

Fast zu spät bemerkte sie, dass sie schon zwei Türen verpasst und an der dritten auch fast vorbeigejoggt wäre. Entschlossen drehte sie ab, verschwand durch die schweren Flügeltüren und beendete ihre Runden ein Deck höher.

„Es ist gut, dass wir so lange geschlafen haben. Um die Uhrzeit ist bedeutend weniger los als sonst. Und jetzt haben wir sogar einen Platz in der Nähe des Frühstücksbuffets bekommen." Anna gähnte herzhaft, als sie die schon halb leer getrunkene Tasse Kaffee an ihren Platz stellte. „Vermutlich sammeln sich schon alle, die einen Ausflug gebucht haben, im Theater, um dann grüppchenweise von Bord zu gehen. Und nach drei Litern konzentriertem Koffein bin ich heute nach der langen Nacht hoffentlich ebenfalls für den Ausflug bereit."

„So stark ist der Kaffee hier nun auch wieder nicht. Da müsstest du vermutlich schon die doppelte Menge trinken", ließ sich Linda zwischen zwei Schlucken vernehmen. „Und dann wäre der Ausflug ein einziger Albtraum, weil du vermutlich alle zehn Minuten eine öffentliche Toilette aufsuchen müsstest."

Anna lachte bestätigend und sprach das aus, was Linda auch schon gedacht hatte: „Auf Betty brauchen wir wegen des Ausflugs nicht zu warten. Als ich gestern Nacht in unsere Kabine gehen wollte, tanzte sie noch eng umschlungen mit Simon. Und zwar so eng, dass noch nicht mal ein Blatt Papier zwischen die beiden gepasst hätte. Als ich ihr ein paar Zeichen machte, winkte sie nur ab und vergrub ihre Nase wieder an Simons Hals."

„Na, da bin ich mal gespannt", meinte Linda nur.

„Ja, ich auch. Heimgekommen ist sie heute Nacht auf jeden Fall nicht. Vermutlich wird sie den Tag auch mit Simon verbringen. Das sei ihr gegönnt. Ich mag ihn. Er ist so erfrischend anders als die Typen, mit denen sie sich sonst abgibt. Und – er kommt mit, wenn sie etwas erzählt. Das hat vor ihm noch kein Mann geschafft."

Linda lachte. „Das stimmt."

Gemeinsam bedienten sie sich an der reichhaltigen Auswahl an frischem, reifem Obst, goldgelbem Omelett und anderen Leckereien, die sich auf den großen Platten um den ersten Preis für das optisch ansprechendste Essen stritten.

„Philipp ist ein guter Tänzer, nicht?"

„Mmh", meinte Linda nur, während sie sich nicht zwischen einem Stück Ananas und einer Scheibe Mango entscheiden konnte, und wunderte sich, dass Anna nach Philipp fragte. Normalerweise war das Bettys Aufgabe, die dieses Thema dabei wie immer mit ihrer typisch sensiblen Art ansprach, die stark an eine Abrissbirne erinnerte.

„Dir hat das Tanzen mit ihm auch Spaß gemacht, nicht?"

„Mmh." Sie würde einfach beides nehmen.

„Das hört sich ja nicht so begeistert an", hakte Anna nach. „Ich hatte gestern den Eindruck, du magst ihn?!"

„Ja, schon. Er ist sehr nett", versuchte Linda ihre Freundin zu beruhigen. Nach dem Traum letzte Nacht konnte sie nicht über Philipp reden, ohne rot zu werden.

„Betty würde vermutlich sagen: 'Das sah auf der Tanzfläche aber ganz anders aus. Du hast ausgesehen wie ein liebestrunkenes Kaninchen, das wie hypnotisiert vor der Schlange sitzt und darum bettelt, gefressen zu werden.'"

„Haha."

„Den Eindruck hatte ich aber auch. Weißt du, wo er wohnt? Dann hättet ihr vielleicht auch eine Zukunft nach dem Urlaub. So hingerissen, wie er dich die ganze Zeit anhimmelt, glaube ich nämlich schon, dass er bedeutend mehr an dir interessiert ist als eine Katze an einem Hundeknochen."

Plötzlich wurde am Tisch hinter ihnen mit einer Zeitung geraschelt, während ein glockenhelles Lachen erklang, das Linda wie ein Messer in den Rücken fuhr.

Desirée faltete lächelnd die Zeitung zusammen und begrüßte die beiden.

Sechster Tag – morgens

Gute Freunde kommen und gehen,
doch die Feinde um mich rum sammeln sich an. [1/10]

Linda stand wie versteinert mit dem Rücken zum Buffet. Peinlich, peinlich. Wieder mal … Jetzt fehlte ihr gerade noch, dass Desirée schnurstracks zu Philipp rannte und ihm brühwarm erzählte, dass sich die beiden über ihn unterhalten hatten und schon die Hochzeitsglocken läuten ließen.

„Philipp interessiert sich für viele Frauen bedeutend mehr als eine Katze für einen Hundeknochen. Entschuldigt bitte, aber ich habe das Gespräch zwangsweise mit anhören müssen." Lässig strich Desirée die Zeitung glatt. „Er hat ein markantes Gesicht und einen durchtrainierten Körper, verdient sehr gut und weiß zu leben. Außerdem kann er gut mit Frauen, das erlebe ich täglich bei uns auf der Arbeit. Sie liegen ihm reihenweise zu Füßen."

„Dann greift er wohl mit vollen Händen nach allem, was sich ihm bietet?", fragte Anna, die Desirées herablassende Art nicht mochte.

„Ich schätze schon. Aber falls du", sie stand auf und legte eine Hand mit manikürten und in Rubinrot lackierten Fingernägeln mitfühlend auf Lindas Arm, die sie befremdlich ansah, „die Absicht hast, Philipp einzufangen, solltest du dich von deinen Zukunftsträumereien schnell verabschieden. Philipp ist kein Mann, der sich an die Kette legen lässt. Ich glaube kaum, dass er mehr von dir haben will als eine Runde Spaß. Dafür bist du nicht sein Typ."

„So wie ich das verstehe, ist er also ein wilder Hengst im Bett? Hast du in der Beziehung schon Erfahrungen sammeln können?", fragte Anna mit dem gleichen scheißfreundlichen Lächeln, das auch Desirée im Gesicht kleben hatte und das ihr gleich verdächtig vorgekommen war.

Wieder entschlüpfte Desirées Lippen das gleiche helle Lachen, als ob Weihnachtsglöckchen geschüttelt wurden. „Nein, nein. Ich trenne prinzipiell Geschäftliches von Privatem. Aber falls er sich doch dazu entschließen sollte, sich zu binden, hat er bestimmte Ansprüche an die Frau seiner Träume. Er braucht jemanden, der sich auf seinem intellektuellen Niveau befindet, und kein Dummerchen am Herd. Du bist Sekretärin, hat Philipp erzählt? Dann solltest du dir keine gesteigerten Hoffnungen auf eine langfristige Beziehung machen. Wenn er weder Intellekt, noch", Desirées abfälliger Blick wanderte an Lindas Körper entlang, „eine ansprechende Optik von dir bekommt, hast du eh keine Chance. Philipp steht auf Frauen mit Stil und gutem Geschmack - und darüber lässt sich bei dir ja offensichtlich streiten."

Linda konnte Desirée einfach nur stumm anstarren. So etwas Freches hatte sie schon lange nicht mehr zu hören bekommen.

Bevor sie etwas erwidern konnte, setzte sich schon Anna für ihre Freundin ein. Mit zuckersüßer Stimme, unter der Linda Annas bebende Empörung erahnte, flötete sie: „Tja, Linda, ich glaube da hast du keine Chance. So wie ich Desirée einschätze, wäre sie für diese Stelle besser geeignet als du mit deiner Sekretärinnenausbildung." Und an Desirée gewandt: „Es ist aber schön zu wissen, dass wenigstens eine von uns Dreien einen zweistelligen IQ besitzt - mit einem Komma dazwischen", ätzte Anna mit einem breiten Lächeln.

Nur ein kleines Zucken um Desirées lächelnde Mundwinkel bewies Linda, dass der Hieb gesessen hatte. Wie auf Kommando drehten die beiden Freundinnen ab in Richtung Tisch und stellten ihre Teller ab.

Anna ließ sich vor Wut zitternd nieder. „So eine aufgeblasene Schnepfe. Wenn diese dumme Kuh etwas von deinem schlauen Grips wüsste, würde sie vor Neid erblassen - aber dann würde sie gleich zu Philipp rennen und es ihm brühwarm erzählen - und das wollen wir schließlich nicht."

Linda blickte ihre Freundin bewundernd und zugleich in höchstem Maße erstaunt an. „So habe ich dich noch nie erlebt! Ich hätte nie gedacht, dass du so schlagfertig ätzende Bemerkungen austeilen kannst. So reagiert normalerweise immer nur Betty."

„Tja, ich stehe zwar meist nur still daneben, weil sie sich immer so gerne reden hört. Aber das heißt noch lange nicht, dass ich nicht dabei lernen könnte." Linda hatte Anna noch nie so erbost gesehen.

Während sie weiter aßen und Anna immer wieder aufgebrachte Kommentare über Desirée vom Stapel ließ, dachte Linda über deren verletzende Worte nach. Vermutlich passte jemand wie Desirée wirklich besser zu Philipp, da sie nicht nur Stil und Eleganz in sich vereinte, sondern auch noch selbstsicher und souverän mit Menschen umgehen konnte. So etwas konnte sie von sich selbst nicht behaupten. Gut, sie kleidete sich auch nicht wie der letzte Obdachlose. Aber eben nicht so modisch und gelegentlich gewagt wie Desirée. Und das zwischenmenschliche Thema war bei Linda sowieso indiskutabel.

Ein Chaos ohne Ende.

Aber irgendwie schien Philipp Linda doch zu mögen und sich in ihrer Gegenwart wohlzufühlen. Sonst würde er nicht immer wieder ihren Weg kreuzen und freiwillig Zeit mit ihr verbringen.

Andererseits konnte der Grund natürlich auch darin liegen, dass er in Linda ein unerfahrenes Opfer vermutete, das seinen Schmeicheleien schneller erlag als eine erfahrene Frau wie Desirée. Und dann konnte er sie mit betörenden Worten leichter ins Bett ziehen.

Obwohl ... wenn ein Mann wirklich auf diese Art von Fesselspiele stand, würde er sich nicht doch eher eine erfahrene Frau suchen, die seine Bedürfnisse besser befriedigen konnte als jemand wie Linda?

Sie war völlig durcheinander.

Was sie aber ganz genau wusste, war, dass sie es auf den Tod nicht ausstehen konnte, wenn jemand ihr vorschreiben wollte, was sie zu tun hatte. Das hatten ihre Eltern schon zu Genüge getan. Und seit sie nicht mehr zuhause wohnte, hatte sie sich so etwas nicht mehr gefallen lassen. Vor allem nicht von einer Frau wie Desirée.

Ganz besonders nicht von einer Frau wie Desirée.

Diese Schnepfe hatte ihr den Fehdehandschuh vor die Füße geworfen und sie würde ihn aufheben. Was sie genau damit anfing, wusste sie noch nicht. Aber dass sie sich nicht vor Philipp verstecken, sondern Zeit mit ihm verbringen würde, wenn er ihre Gesellschaft suchen sollte, war mehr als sicher! Und wenn sich Desirée so ganz nebenbei darüber schwarzärgerte, umso besser!

Wegen ihres Intellekts brauchte sie sich keine Sorgen zu machen. Wegen ihrer Figur schon eher. Aber daran konnte sie so auf die Schnelle nichts ändern. Sie würde es einfach auf sich zukommen lassen.

Nun war er hier. An einem der schönsten Flecken der Erde.

In Mexiko.

Die Sonne brannte vom kobaltblauen Himmel, während ein warmer Wind vergeblich versuchte, Philipps erhitzte Haut zu kühlen. Eine faszinierende Mischung aus fremdartigen Gerüchen nach exotischer Vegetation und salzigen Algen kitzelte seine Nase. Weit unterhalb seines Aussichtspunktes rollten große, Gischt gekrönte Wellen auf den Strand zu, nur um in ohrenbetäubendem Donnern auf dem weißen Sand aufzuschlagen und das Wasser in weißen Schaum zu verwandeln. Es war ein gewaltiger, aber gleichzeitig auch paradiesischer Anblick.

Und woran dachte er dabei?

An eine Frau - und daran, wie er sich gestern zum Volltrottel gemacht hatte. Philipp seufzte tief und beobachtete Jens, Paul und ein paar andere Kollegen, wie sie zu den faszinierenden Ruinen von Tulum zurückschlenderten und Fotos von der einzigen, am Meer gelegenen Maya-Stadt machten.

Simon war mit Betty alleine losgezogen und hatte sich morgens grinsend und mit einem überaus zufriedenen Gesicht von Philipp verabschiedet. Er versprach sich offensichtlich einen vergnüglichen Tag.

Am liebsten hätte Philipp diesen Ausflug in Ruhe genossen, ohne lärmende Touristen und Freunde, die ihn allein durch ihre Anwesenheit immer wieder an den gestrigen Abend erinnerten.

Kurz entschlossen nahm er Desirée beiseite und teilte ihr mit, dass er noch die Innenstadt von Tulum besuchen wolle. Als diese ihm ihre Begleitung anbot, wiegelte er ab und meinte, sie solle den Ausflug genießen, da sie schließlich noch die Xel-Há-Lagune besuchen würden. Sie könnten sich ja später zusammentelefonieren. Ansonsten käme er zur Not mit dem Taxi zur Anlegestelle.

„Wie kommst du nach Tulum?“

„Ich frage den Busfahrer, ob er mir helfen kann, ein Taxi zu organisieren. Mal sehen."

Desirée hob ihre Hand und legte sie trotz des enormen Größenunterschieds kurz in Philipps Nacken. „Ich sehe, dass du leidest, und möchte dir meine Hilfe anbieten. Weißt du, ich wäre gerne wieder Teil deines Lebens und würde auch gerne wieder mehr Zeit mit dir verbringen. Du fehlst mir. Und ich würde dich von Herzen gern verwöhnen." Als Philipp nichts darauf erwiderte, fügte sie nur mit einem kleinen Lächeln an: „Überleg's dir."

Auf der Fahrt in die Innenstadt des ehemaligen Fischerdorfs Tulum ließ Philipp seine Gedanken zu der gemeinsamen Zeit mit Desirée schweifen. Er hatte diese Wochen sehr genossen. Sie hatte damals ein Bedürfnis in ihm gestillt, das hungrig in ihm gebrannt hatte. Und sie hatten sich immer sehr gut verstanden, waren ein eingespieltes Team. Aber seiner Meinung nach gab es keine gemeinsame Zukunft. Dafür waren sie zu verschieden. Deshalb hatte er die Ära Desirée schon lange für sich abgeschlossen.

Als das Taxi in den belebten Straßen des Zentrums anhielt, zahlte er und stieg aus. Sofort wurde er von den andersartigen Eindrücken, den neuen Gerüchen und der farbigen Vielfalt mitgerissen. Feiner Staub wurde vom heißen Wind von den Straßen aufgewirbelt und ließ die Luft noch trockener erscheinen.

Philipp wischte sich mit dem Handrücken über seine schweißnasse Stirn und schlenderte durch die Straßen. Er ließ sich eine ganze Zeit lang treiben, kaufte für seine Nichten zwei kleine Holzmarionetten mit großem Sombrero und Musikinstrumenten in den Händen, die hier überall angeboten wurden, und eine landestypische Irokesenmütze, die in aufwendiger Handarbeit gefertigt worden war, für seinen Bruder.

Dann setzte er sich auf die winzige, beschattete Terrasse eines kleinen Cafés, die von einer blühenden Kletterpflanze pittoresk umrahmt wurde. Nachdem er sich einen starken Kaffee und einen frisch gepressten Orangensaft bestellt hatte, lehnte er sich zurück und legte die Beine hoch.

Die rotierenden Gedanken an Linda ließen ihn immer noch nicht los. Sie war für ihn allgegenwärtig. Er musste noch acht Tage mit ihr dieses große Schiff teilen – und doch war es nicht groß genug, um ihr aus dem Weg zu gehen. Immer wieder schoben sich Bilder von Lindas fast limettengrünen Augen und ihrem sinnlichen Mund in seine Gedanken und ärgerten ihn, da er sie nicht hemmungslos genießen konnte.

Auch wenn er gerne spontan entschied, war er schon immer jemand gewesen, der wichtige Dinge in seinem Leben zweimal prüfte. Und Linda war ihm wichtig. Was wäre, wenn er Linda die restliche Zeit aus dem Weg ginge, sich seinen Urlaub damit versaute und am Ende herausfand, dass Desirée sich geirrt hatte? Er musste sichergehen, was hieße, dass er eine der drei Freundinnen fragen musste.

An Linda konnte er sich unmöglich wenden, da er das Thema nicht wie zufällig anschneiden konnte, ohne Hintergedanken unterstellt zu bekommen. Betty war ihm zu aufmerksam und zu schlagfertig - und obwohl sie auf den ersten Blick wirkte wie eine Partynudel, vermutete er einen messerscharfen Verstand hinter ihrer Stirn, der seine Absichten sofort durchschauen würde.

Nun blieb nur noch Anna, die die ruhigste und offenherzigste von den Dreien war - sicher aber auch nicht die Dümmste. Trotzdem schätzte er sie argloser ein als Betty. Ja, er würde mit Anna ins Gespräch kommen und sie fragen. Nun fühlte er sich zum ersten Mal seit letzter Nacht entspannter.

Er hatte schlecht und unruhig geschlafen, nachdem Desirée ihm ihr Wissen mitgeteilt hatte. Das Joggen am Morgen hatte ihn nur kurzfristig wacher gemacht. Immerhin war er Linda nicht über den Weg gelaufen. Das hätte ihm zu seinem Glück noch gefehlt.

Als seine Bestellung geliefert wurde, stürzte er durstig den frischen Saft hinunter und genoss den heißen, starken Kaffee hinterher. Entspannt lehnte er den Kopf an die Hauswand hinter ihm. Ja, sein Entschluss war gut. Er würde Anna fragen.

Sechster Tag - nachmittags

Denn es geht alles schief, was nur kann.
Das ist Murphys Gesetz. [1/10]

„So eine Scheiße!! Das gibt's doch nicht! Nur wegen einer stehen gebliebenen Uhr verpassen wir jetzt noch das Schiff!"

Linda benutzte normalerweise nie Kraftausdrücke oder regte sich undamenhaft auf. Doch jetzt befand sie sich fast schon in Panik. Das Schiff würde sehr bald ablegen und sie befand sich mit Anna immer noch meilenweit von der Anlegestelle weg.

Sie hatten einen traumhaften Tag verlebt. Nicht nur das Baden im warmen Meer am feinkörnigen Sandstrand war atemberaubend gewesen, sondern auch die Sehenswürdigkeiten der Mayas und der kurze Abstecher in die Stadt. Anna hatte schon die ganze Zeit ein glückseliges Lächeln im Gesicht kleben gehabt, da sie die Gelegenheit genutzt hatte, mit Michael zu telefonieren. Doch von ihrer Hochstimmung war im Moment nichts mehr übrig. Sie waren gerade dabei, ihr schwimmendes Hotel zu verpassen und in Mexiko festzusitzen. Was machte man in einem solchen Fall? Sich mit einem kleinen Fischkutter hinterherfahren lassen?

Ganz deutlich merkte Linda, wie ihr ein Rinnsal Schweiß zwischen den Brüsten zum Bauch hinunterkroch. Doch sie hatte keine Zeit, sich darüber aufzuregen. Ihre Gedanken kreisten nur noch um ein Thema.

Anna blickte sie genauso panikerfüllt an, wie sie sich fühlte. „Wir brauchen ein Taxi", sagte sie dann entschlossen und schaute sich um.

In dem Moment wurde Linda von einem vorbeieilenden Passanten hart zur Seite gestoßen, wobei ihr der Rucksack aus der Hand gerissen wurde und ihr neu erstandener Strohhut in den Staub fiel. Mit einem Aufschrei fiel sie unsanft auf ein Knie und verdrehte sich dabei den Knöchel. Während sie noch schmerzerfüllt stöhnte, hörte sie Anna laut „Hey" rufen.

„Der Kerl hat dir den Rucksack aus der Hand gerissen, ist dann wie eine Rakete in die Menge geschossen und war sofort verschwunden. Tut mir leid, aber ich habe ihn nicht aufhalten können." Die atemlose Anna machte ein erschrockenes Gesicht, in dem sich das schlechte Gewissen abzeichnete.

„Kein Problem, Anna. Dem wäre keiner hinterhergekommen." Die Vorstellung einer kleinen, molligen Anna, die mit einem runden Strohhut voller Plastikfrüchte einen Taschendieb wie Daniel Craig als James Bond durch die Menge verfolgte und ihn nach hundert Metern stellte, war einfach absurd. „Meine Bordkarte und den Pass habe ich sowieso in dem Dokumentengürtel unter meinem T-Shirt. Und im Rucksack waren nur eine Wasserflasche und das Tuch, das ich gekauft habe." Linda keuchte auf, als sie versuchte, ihr linkes Bein zu belasten. Sofort plumpste sie wieder auf die staubige Straße. „Mist, ich kann mich nicht richtig aufstellen, geschweige denn zum Schiff rennen, um es noch zu bekommen." Verzweiflung machte sich auf ihrem Gesicht breit.

„Was ist passiert?", fragte plötzlich eine vertraute Stimme, die scheinbar auch in Hektik war.

Anna blickte auf und stieß einen erleichterten Schrei aus. „Philipp, Gott sei Dank. Du bist unsere Rettung. Irgendjemand hat Linda den Rucksack geklaut. Und dabei hat sie sich den Knöchel verstaucht. Und unser Schiff legt auch bald ab." Anna war völlig aufgelöst.

„Ja, Letzteres betrifft mich auch. Ich kümmere mich gleich um dich, Linda. Aber habt ihr ein Handy?"

Anna gab ihm ihres. Während Philipp eine Nummer eintippte, erklärte er den beiden, dass er Simon anrufen wolle, der mit Betty vermutlich schon längst wieder auf dem Schiff war. „Wenn die Turteltäubchen die Zeit nicht auch vergessen haben", fügte er noch trocken hinzu.

Während er Simon die Sachlage erklärte und ihn bat, der Crew mitzuteilen, dass sie in knapp fünfzehn Minuten am Schiff seien, stieß er einen schrillen Pfiff durch die Zähne aus, der Simon vermutlich in dem Moment das Trommelfell zerfetzte. Kurz darauf hielt ein Taxi am Straßenrand und Philipp verabschiedete sich von Simon. Dann drückte er Anna das Handy und seine Einkaufstüte in die Hand und hob Linda mit einer einzigen, geschmeidigen Bewegung auf. Anna strahlte ihn - dankbar für seine männliche Entschlossenheit - glücklich an.

Als sie dem Taxifahrer ihr Fahrziel mitgeteilt und ihm die Dringlichkeit deutlich gemacht hatten - Philipp hatte ihm ein saftiges Trinkgeld versprochen -, untersuchte dieser während der Fahrt auf der Rückbank Lindas Knöchel. Anna drehte sich ängstlich nach hinten und fragte: „Ist er gebrochen?"

„Nein, ich denke nicht. Sonst hätte Linda vor Schmerzen aufgeschrien, als ich sie hochgehoben habe. Aber ich vermute, dass er dick wird, wenn sie ihn nicht gleich auf dem Schiff kühlt." Vorsichtig tastete er über die weiche Haut ihres Knöchels und bewegte vorsichtig ihren Fuß. Außer einem leichten Stöhnen gab Linda nichts von sich, während sie sich verzweifelt an irgendwelchen Griffen im Taxi festklammerte, das wie der Henker durch die Straßen brauste. „Ich würde sagen, du gehst gleich zum Schiffsarzt, damit er dich mit Salbe und einem Verband versorgen kann. Dann solltest du dein Bein etwas hochlegen und kühlen."

Er blickte ihr in die Augen, die im gedämpften Licht des Taxis ein intensives Meergrün angenommen hatten. Diesmal war er es, der als Erster seinen Blick abwandte. Dennoch hatte sich in dieser kurzen Zeit die Schlagfrequenz seines Pulses verdoppelt. Philipp wurde in diesem Augenblick klar, dass er ihr keinesfalls auf dieser Reise aus dem Weg gehen, sondern jede Sekunde ihrer Gesellschaft genießen würde, auch wenn sie wirklich in einer glücklichen Beziehung leben sollte. Aber vielleicht geschah doch noch ein Wunder.

„Warum warst du auch zu spät, Philipp? Warst du nicht mit deinen Kollegen unterwegs?“ Annas Frage lenkte ihn von seinen Gedanken ab.

„Ja, war ich zuerst. Doch dann wollte ich noch durch Tulum bummeln und habe mich in ein Café gesetzt. Dort bin ich eingenickt und erst vorhin wieder aufgewacht. Dummerweise war dann auch noch der Akku meines Handys leer, weshalb mich die anderen vermutlich nicht erreicht hatten – und ich selig weiterschlafen konnte. Ich war auf der Suche nach einem Taxi, als ich euch beide gefunden habe. Und jetzt bin ich hier.“ Er machte eine passende Handbewegung.

„Und wir sind dir sehr dankbar dafür.“ Anna schenkte ihm ein warmes Lächeln und auch Linda nickte stumm. Sie ärgerte sich über sich selbst. Auch wenn sie für den verstauchten Knöchel nichts konnte, musste ihr immer wieder ein dummes Missgeschick passieren, wenn Philipp in der Nähe war. Sobald ein Fettnäpfchen „Hier stehe ich“ schrie, tappte sie garantiert mit Schwung hinein. Gestern hatte sie in der Beziehung einen so ruhigen Tag erlebt. Selbst beim Wettbewerb und beim Tanzen abends war nichts passiert – außer Desirées mörderischer Absatz, was allerdings pure Absicht war. Linda hatte gedacht, die schlimmste Phase sei endlich vorbei. Doch nun saß sie mit Philipp auf der Rückbank eines Taxis und hatte ihren Knöchel auf seinem Schenkel ruhen, damit er nicht so schnell anschwoll. Sie war mal gespannt, was der Tag sonst noch für Überraschungen für sie bereithielt.

Das Taxi blieb mit einer Vollbremsung an der Anlegestelle des Schiffes stehen, sodass Linda beinahe von der Rückbank gerutscht wäre, hätte Philipp sie nicht geistesgegenwärtig festgehalten.

Das Schiff war noch da!! Alle drei waren mehr als erleichtert.

Philipp entlohnte den Fahrer großzügig und stieg aus. Anna setzte Linda, die über die breite Rückbank des Taxis hinterherrutschte und sich wackelig auf ein Bein stellte, ihren neuen Strohhut auf den Kopf. Als Philipp ihr helfen wollte, wehrte sie ab und meinte: „Es geht schon. Es tut fast nicht mehr weh. Danke.“

Doch schon nach dem ersten Schritt bemerkte Philipp ironisch: „Ja, ich merke, dass du mit deinem Knöchel schon wieder einen Hundertmeterlauf gewinnen würdest. Ich trage dich hoch."

Entsetzt rief Linda: „Nein!" Da sie sich ihrer Unhöflichkeit bewusst wurde, senkte sie ihre Stimme und meinte in normalem Tonfall: „Ich meine, nein danke. So schlimm ist es nun wirklich nicht."

Mit schief gelegtem Kopf beobachtete Philipp Lindas Gehversuche und meinte nur trocken: „Mit deinem Selbstständigkeitsfimmel machst du mich noch wahnsinnig. Bei dem Schneckentempo legen wir erst übermorgen ab. Oder das Schiff fährt uns doch noch vor der Nase weg."

Mit einer einzigen Bewegung hatte er sie wieder auf seine Arme genommen und ging die Gangway ungeachtet ihrer verstockten Miene nach oben. Da sie die Notwendigkeit seiner Hilfe zwangsweise einsah, protestierte sie nur halbherzig: „Ich möchte nicht, dass du mich trägst."

„Das wäre nicht das erste Mal." Philipps süßes asymmetrisches Lächeln erschien, bei dem seine zwei leicht schief stehenden Zähne zum Vorschein kamen. Linda hielt unwillkürlich die Luft an und spürte plötzlich einige Schmetterlinge, die sich in ihren Bauch verirrt hatten. Außerdem merkte sie unbehaglich, wie er ihren Hut musterte.

„Ist der neu?"

„Äh … ja", antwortete sie etwas verunsichert.

Jetzt grinste er sie breit an. „Hübsch."

Oben wurden sie schon von einigen Besatzungsmitgliedern erwartet, von denen ihnen einer einen Rollstuhl entgegenschob. Sanft setzte Philipp Linda hinein und begrüßte Betty und seine Kollegen, allen voran Simon und Desirée, die ihnen schon aufgeregt entgegengewunken hatten.

„Geht's dir gut?", fragte Betty atemlos. „Wir haben uns solche Sorgen gemacht, als ihr nicht pünktlich da wart."

„Geht schon", beschwichtigte Linda sie.

Während Philipp sich noch kurz mit Simon austauschte, beugte sich Desirée mit einem wohlwollenden Lächeln zu Lindas Ohr und meinte halblaut: „Jetzt hast du es sogar geschafft, zur Abwechslung mal das ganze Schiff wegen deiner Ungeschicklichkeit warten zu lassen. Alle Achtung! Übrigens, meine Knie habe ich mir das letzte Mal aufgeschlagen, als ich mit vier gelernt habe, Inliner zu fahren."

Dumme Kuh, war das Einzige, was Linda dachte. Allerdings hatte sie sich in ihrer Kindheit schon schlimmere Beleidigungen anhören müssen. Da ließ sie sich von Desirée nicht aus der Ruhe bringen.

„Wir müssen gleich zum Arzt, sonst schwillt der Knöchel unnötig stark an“, entschuldigte sich Philipp und schob Lindas Rollstuhl, ohne sie zu fragen, einem Crewmitglied hinterher, der ihnen den Weg zeigte. „Ich erzähle euch später von unserem Abenteuer.“

Da die Warteschlange beim Schiffsarzt nach dem Landausflug sehr lang war, konnte Linda ihre Freundinnen und Philipp überreden, sie lieber mit einem Eisbeutel in ihre Kabine zu bringen. Salbe und einen Verband hätte sie selbst in der Reiseapotheke dabei.

Als Philipp sich verabschiedet hatte und Anna ihren Knöchel verarztete, erzählte Betty von Simon, von dem sie ganz offensichtlich sehr begeistert war.

„Mann, ist das ein Kerl! Wie der mich gestern beim Tanzen gehalten hat! Da wäre der kälteste Eisberg dahingeschmolzen. Und küssen kann er! Meine Herren, da hat es mir gestern fast die Zehennägel hochgerollt, solch wohlige Schauer sind mir blitzartig durch den Körper gezuckt. DaswarwirklichdertotaleWahnsinn!!“ Betty hatte sich in Fahrt geredet. Spätestens als sie mit einem zufriedenen, katzengleichen Grinsen die letzte Nacht kurz erwähnte, die sie in Simons Kabine verbracht hatten, war Linda klar, dass Betty für den Rest des Urlaubs versorgt war.

„Anna, ich glaube, du hast ab sofort auch eine Einzelkabine wie ich. Betty wirst du vermutlich erst wieder beim Rückflug zu Gesicht bekommen.“ Während diese wieder munter drauflosbrabbelte, nahm Anna ihre liebste Quasselstrippe kurzerhand am Arm und zog sie mit den Worten: „Ich beschäftige Betty, damit du deine Ruhe hast, sonst hebt sie mir noch ab“ aus der Kabine.

Nun lag sie schon seit einer halben Stunde mit einem dicken Eisbeutel am Fuß auf ihrem Bett. So sehr sie sich auch für Betty freute, ließen sich dummerweise die Bilder, von Philipp nicht so ohne weiteres aus ihrem Gedächtnis verbannen: Philipp, wie er sie ins Taxi hob und trotz der Hitze betörend nach einem zitrusartigen Aftershave duftete. Philipp, als er vorsichtig ihren Knöchel betastete und dabei so vorsichtig vorging, als würde er den gebrochenen Flügel eines Vogels untersuchen. Philipp, der ihr tief in die Augen blickte, um sofort seinen Blick abzuwenden, als hätte er unerlaubterweise Einblick in ihre Seele erhalten. Philipp, der seine Freunde stehen ließ, um sie zum Arzt zu fahren, als wäre sie der wichtigste Schatz in seinem Leben. Philipp, Philipp, Philipp …

Nach einigen Minuten des Träumens zwang sie sich, damit aufzuhören. Gut, er war sehr freundlich und sympathisch. Aber vielleicht bildete sie sich diese ganzen zurückhaltenden Liebesbezeugungen auch nur ein? So unerfahren, wie sie war, hatte sie Angst, zu viel in sein Verhalten, seine Blicke und seine Bemerkungen hineinzudeuten, nur um danach gnadenlos enttäuscht zu werden.

Aber war es überhaupt wahrscheinlich, dass er wirklich mehr von ihr wollte? Die nächste Frage, die sie beschäftigte, war, warum sollte er überhaupt mehr wollen, wo sie doch von so vielen Männern jahrelang einfach übersehen worden war? Und warum gerade sie, wo es doch so viel schönere und reizvollere Frauen auf der Welt … auf diesem Schiff gab?

Linda kniff die Augen zusammen. Da war sie wieder. Die Situation, in der ihr Betty gewöhnlich wegen ihres mangelnden Selbstvertrauens den Kopf wusch.

Kopfschüttelnd setzte sie sich auf und entschloss, sich zu duschen, da sie sich verschwitzt und staubig fühlte. Zum Abendessen wollte sie wenigstens wieder vorzeigbar aussehen – natürlich nur für sich selbst, nicht für Philipp.

Wer's glaubt, wird selig, meldete sich ein kleines Stimmchen in ihrem Kopf zu Wort. Aber sie ignorierte es.

Ihr Knöchel tat kaum noch weh. Deshalb legte sie das Eis zur Seite und versuchte den Fuß zu belasten. Na ja, es ging so halbwegs. Mit Humpeln würde sie sich vorwärtsbewegen können.

Nachdem sie ohne Verband geduscht hatte und kurz darauf sauber und erfrischt wieder aus dem Badezimmer trat, nahm sie frische Unterwäsche aus dem Einbauschrank. Eine moosgrüne Kombination aus einem spitzenbesetzten Slip und einem elegant geschwungenen Körbchen-BH, der an den richtigen Stellen ebenfalls mit geschmackvollen Spitzen verziert war. Auch wenn außer einem Arzt niemand in den Genuss ihrer kleinen Leidenschaft kam, gönnte sie sich hin und wieder edle Stücke, die sie – nur für sich selbst – unter ihrer Kleidung trug.

Als sie ihren Salbenverband wieder angelegt hatte, stutzte sie. Was war das für ein Geräusch? Da, schon wieder. Es klang so ähnlich wie die Schiffssirene bei der Notfallrettungsübung, nur bedeutend leiser.

Erleichtert erkannte sie, dass ein Kind weinte und nicht das gesamte Schiff mit Wasser volllief.

Ein Kind weinte.

Ein Kind weinte zum Herzzerreißen!

Schnell griff sie nach ihrem dünnen Morgenrock und warf ihn sich über, da sie noch kein Kleid herausgelegt hatte. Das Weinen hatte jetzt an Lautstärke deutlich zugenommen und schnitt ihr ins Herz.

Als Jugendliche hatte sie für die kleine, süße Tochter ihrer Nachbarn den Babysitter spielen dürfen, deren Eltern Linda nicht für eine verklemmte Intelligenzbestie gehalten und sie immer freundlich behandelt hatten. Sie hatte die Stunden mit der dreijährigen Jana sehr genossen, die zu dem Zeitpunkt ihre Rosaphase voll ausgelebt und Linda mit dem typisch kindlichen Eifer geliebt und bewundert hatte.

Umso schwerer war es für Linda, das herzzerreißende Schluchzen auszuhalten. Sie humpelte zur Tür und band dabei den Morgenrock fest zusammen. Dann spähte sie durch die halb geöffnete, schwere Kabinentür und entdeckte ein etwa vierjähriges Mädchen ein paar Meter von ihr entfernt alleine im Gang stehen. Das kleine Gesichtchen war tränenüberströmt und sie hatte ihre Finger in die Falten ihres Röckchens gekrallt.

„Hallo Süße, suchst du deine Eltern?“, fragte Linda mit weicher Stimme, um das Kind nicht zu erschrecken.

Das Mädchen schluchzte weiter, als ob sie sie nicht gehört hätte.

„Sch, sch, sch“, versuchte Linda sie aus der Entfernung zu beruhigen. Doch sie war einfach zu weit weg. Sie versuchte, die Tür mit dem gesunden Fuß offen zu halten, um näher an das Mädchen heranzukommen. Doch es kam, wie es kommen musste: Die Tür fiel ins Schloss und Linda war ausgesperrt. *Na toll!*, dachte Linda. *Wenigstens habe ich noch was an und stehe nicht splitternackt im Gang, wo mich jeder sehen kann.*

Als sie einen Schritt auf das Mädchen zu machte, zerrte etwas an ihrem Morgenrock. Entsetzt bemerkte sie, dass ein großer Zipfel in der Tür eingeklemmt war. Vorsichtig zog sie daran, wollte aber den dünnen Stoff nicht zerreißen, da sie den Morgenrock heiß und innig liebte. Doch der saß zu fest.

Da das Mädchen immer noch schluchzte, schlüpfte sie kurzerhand aus dem Mantel und humpelte in Unterwäsche zu ihr. Als sie sich vor ihr hinkniete, konnte sie die Kleine soweit beruhigen, um unter Schluchzen zu erfahren, dass sie ihre Kabine suchte. Sie hätte ihre Eltern aus den Augen verloren, wüsste aber, dass ihre Kabinennummer 1-3-1-1 lautete, aber sie hätte keine Ahnung, welche der vielen Türen diese Nummer habe.

Linda, die erkannte, dass die gesuchte Kabine hier in diesem Gang sein musste, wollte gerade aufstehen, um sie bei der Hand zu nehmen, als sie von Weitem schon zwei aufgeregt wirkende Erwachsene auf sich zu eilen sah.

„Oh, guck mal, sind das vielleicht deine Eltern?"

Linda konnte gar nicht so schnell schauen, wie sich das Mädchen umdrehte und auf die beiden zustürmte. Erleichtert richtete sie sich auf und nickte den beiden zu.

„Oh Gott, haben wir uns Sorgen gemacht." Die Mutter wischte sich eine Träne der Erleichterung von der Wange, während sie ihre Tochter an sich drückte. „Vielen Dank, dass Sie sich um unsere Tochter gekümmert haben. Sie war plötzlich weg und wir haben überall gesucht. Irgendwann dachten wir, sie ist vielleicht zu unserer Kabine gegangen, weil wir die als Treffpunkt für solche Situationen ausgemacht hatten."

„Jetzt ist ja alles wieder gut", versuchte ihr Mann sie zu beruhigen. „Nur Sie haben jetzt wohl ein Problem, kann das sein?" Er deutete auf ihren eingeklemmten Morgenrock.

„Ist nicht so schlimm. Ich klopfe bei meinen Freundinnen, dann kann ich den Steward anrufen, damit er mir wieder aufschließt." Linda lächelte die beiden an, als sie sich dankbar verabschiedeten und mit ihrer Tochter den Gang hinunterschlenderten.

Dann klopfte sie an der Nachbarkabine. Nach dreißig Sekunden klopfte sie noch mal, diesmal lauter. Als immer noch niemand aufmachte und Linda schon ein Pärchen in Freizeitbekleidung verlegen begrüßt hatte, wurde sie wirklich unruhig. Wo waren die beiden denn nur?

Plötzlich fiel ihr ein, dass Anna Betty beschäftigen wollte, damit sie vor lauter Begeisterung über Simon nicht hohldrehte. Und wie konnte man Betty am besten ablenken? Indem man shoppen ging. So konnte Betty sogar zwei Fliegen mit einer Klappe schlagen, da sie sich etwas von Simon ablenken und gleichzeitig etwas Schickes für sich kaufen konnte, in dem er sie wiederum bewundern konnte, weil sie ja so rein gar nichts zum Anziehen hatte.

So ein Mist! Was sollte sie denn jetzt tun?, überlegte Linda. Es war ihr schon peinlich genug, in Unterwäsche von diesem netten Ehepaar und den zwei Fremden gesehen worden zu sein. Aber sie hatte schon gar keine Lust, noch eine Stunde halb nackt auf dem Boden zu sitzen und auf Betty und Anna zu warten. Welche Alternativen blieben ihr noch? Das freundliche Ehepaar mit dem Kind war wieder zurück zum Pool und die einzige Kabinennummer, die sie noch kannte, war die von Philipp.

Wollte sie in Unterwäsche, die er eindeutig als Dessous einordnen würde, vor seiner Tür stehen und um Hilfe bitten?

Definitiv nicht.

Aber welche Alternativen hatte sie sonst? Alle Boutiquen des Schiffs durchstöbern, bis sie vielleicht, aber auch nur vielleicht, Anna und Betty fand und dabei Hunderten von Passagieren über den Weg lief? An einer fremden Kabine klopfen und einem fremden Mann halb nackt gegenübertreten, der das womöglich noch als falsches Angebot verstand? Warten, bis der Steward zufällig vorbeikam? Das konnte auch ewig dauern.

Verzweifelt rang sie die Hände. Sie musste wohl oder übel in den sauren Apfel beißen und an Philipps Kabinentür klopfen. Auch wenn sie vor Scham im Boden versinken würde, war diese Situation das kleinere Übel von allen. Langsam humpelnd ging sie den langen Gang entlang, bis sie vor Philipps Tür ankam.

Angriff war die beste Verteidigung, hatte sie in ihrem Berufsleben gelernt. Sie klopfte und verschränkte gleich die Arme vor der Brust, um sich wenigstens notdürftig zu bedecken. Dann atmete sie tief durch und hoffte insgeheim, dass er doch nicht da sein würde.

Aber was täte sie dann?

Sechster Tag – nachmittags

… und wovon träumst du nachts?
Mann, wovon träumst du nachts? [2/7]

Philipp schwebte – wenn man das bei einem Mann überhaupt sagen durfte, ohne weibisch zu klingen – im siebten Himmel. Er war glücklich und fühlte sich so aufgekratzt wie nach drei doppelten Espressi.

Er nahm nach der Dusche eine frische Jeans aus dem Kleiderschrank und zog sie an, während er über die vergangene Stunde nachdachte. Auf dem Weg vorhin zum Pool war ihm Anna über den Weg gelaufen – Betty war wohl noch in einer Boutique beschäftigt gewesen. Das Gespräch verlief sehr angenehm und konnte von Philipp beiläufig in die gewünschte Richtung gelenkt werden. Als er Anna dann scherzhaft fragte, ob ihre Männer denn nun traurig zuhause sitzen würden, während ihre Frauen die Karibik unsicher machten, hatte sie nur gelacht und ihn über den wahren Sachverhalt aufgeklärt: Bei der Buchung der Kreuzfahrt vor einem Jahr seien alle drei ungebunden gewesen. Für Linda und Betty habe sich seither nichts geändert, nur sie selbst hätte einen Freund, mit dem sie allerdings auch erst seit knapp sechs Monaten zusammen sei. Dabei errötete Anna bezaubernd und Philipp schloss sie sofort in sein Herz. Ehrlich überrascht meinte er zu ihr, Frauen wie sie drei dürften noch nicht mal einen Monat alleine bleiben, was sie noch mehr erröten ließ.

Dennoch merkte er, wie sein Herz schneller schlug: Linda war frei und ungebunden. Er dankte in dem Moment dem Himmel für dessen Großzügigkeit und Güte. Das erbetene Wunder war eingetreten. Desirée hatte sich geirrt.

Beschwingt riss er ein Handtuch von der Stange im Bad und rubbelte sein Haar trocken. Nun stand ihm alles offen. Wenn er die Situation in diesem neuen Licht betrachtete, konnte er sich vorstellen, dass Linda ihn doch sympathisch fand. Vielleicht auch mehr. Das würde er nun herausfinden.

Als es klopfte, war er mit drei Schritten an der Tür und öffnete sie schwungvoll.

Was er sah, ließ seine kühnsten Träume in Erfüllung gehen. Linda stand in verführerischen Dessous und offenen, frisch geföhnten Haaren vor seiner Tür. Dass sie die Arme vor der Brust verschränkt hatte, ließ sie nicht weniger erotisch wirken, da so ihr Dekolleté noch mehr angehoben wurde. Damit hätte sie jedem Pinup-Girl ernst zu nehmende Konkurrenz gemacht. Er blinzelte kurz, da er noch an der Echtheit dieses Bildes zweifelte. Doch sie war immer noch da und schob sich mit den Worten „Ich brauche deine Hilfe" in seine Kabine.

Er schloss die Tür und dachte: *Aber gerne doch! Ich helfe dir mit Vorliebe, dich unendlich langsam auszuziehen und deinen ganzen Körper mit Küssen zu bedecken, bis du vor Verlangen schreist.* Laut sagte er: „Gerne. Was kann ich für dich tun?"

Über dieses Angebot wollte Linda nach dem Traum der letzten Nacht lieber nicht zu genau nachdenken. „Mich mit deinem Telefon den Steward rufen lassen. Ich habe mich nämlich ausgesperrt."

Sie versuchte, tief durchzuatmen. Als sie Philipp in der offenen Tür gesehen hatte, mit nacktem Oberkörper, feucht-verwuschelten Haaren und dem weißen Handtuch über der Schulter, war ihr Puls abgegangen, wie ein hochdekoriertes Rennpferd beim Startschuss. Man sah seinem Körper an, dass er regelmäßig schwamm. Er hatte durchtrainierte Schultern, einen straffen Bauch und schmale Hüften, die seine Jeans vorteilhaft umspannten.

Linda hatte sich auf einen anzüglichen Blick und eine dumme Bemerkung gefasst gemacht. Doch sein Gesichtsausdruck war nicht mit Gold aufzuwiegen gewesen: Freude, Überraschung, Verblüffung und, wenn sie sich nicht völlig irrte, sogar Anerkennung waren zu lesen gewesen.

Sie musste ihm zugutehalten, dass sein Blick nur einmal kurz nach unten gerutscht war, sich dann aber sofort wieder an ihren Augen festgesaugt hatte. Sie konnte ihm seine Reaktion weiß Gott nicht verdenken.

Unauffällig blickte sie sich in Philipps Kabine um, als sie sich zu ihm umdrehte. Sie sah ihrer eigenen sehr ähnlich. Außerdem war sie erstaunlich aufgeräumt, nur ein sauberes T-Shirt lag über der Rückenlehne des Sessels und einige Prospekte der letzten Ausflüge befanden sich auf dem Tisch neben einem Stück Seil, wie Kletterer es benutzten. Auf dem Nachttisch lag seine Brille und ein Thriller von Dan Brown. Keine schmutzigen Socken auf dem Boden. Keine zusammengeknüllte Jeans in der Ecke.

„Setz dich doch. Hier ist die Bordzeitung. Darin findest du sicher auch die Nummer des Stewards. Kann ich dir etwas zum Anziehen anbieten?"

Sie zögerte. Es wäre bescheuert, jetzt einen auf unnahbar und selbstständig zu machen. Mit einem Kleidungsstück mehr würde sie sich in seiner Gegenwart bedeutend wohler fühlen. Seufzend nickte sie und ließ sich auf einem der zwei blau bespannten, schweren Sessel nieder, um nach der Durchwahl zu schauen und den Steward anzurufen.

Während sie kurz mit ihm telefonierte, bewunderte sie das Spiel von Philipps fein definierter Rückenmuskulatur, als er den Schrank öffnete und zwei T-Shirts herauszog. Kurz bevor er ihn jedoch wieder schloss, blitzte zwischen den Hosen etwas Metallisches auf. Sie blinzelte irritiert und verstand. Er hatte vermutlich seine Handschellen dort deponiert, um sie jederzeit griffbereit zu haben. Eine

Kolonie Ameisen schien über ihren Rücken zu krabbeln. Wie würde er sie benutzen? War er dabei zärtlich und sanft zu seinen hilflosen Opfern oder liebte er es, sie härter anzupacken? Nun bekam die schwarze Kordel auf dem Tisch auch eine neue Bedeutung. Benutzte man so was nicht auch als Handschellenersatz? Erschrocken über ihre Fantasien rief sie sich zur Ordnung. Man sollte nicht in der Höhle des Löwen mit rohem Fleisch spielen.

Philipp reichte ihr ein weißes T-Shirt und zog sich selbst eines an. „Jetzt, wo wir alleine sind, würde ich dich gerne ..."

Linda verharrte beim Anziehen in der Bewegung. Was wollte er mit ihr anstellen? Sie voll Begehren auf sein Bett werfen, lustvoll fesseln und unanständige Dinge mit ihr treiben? Bilder ihres Traums tauchten vor ihrem geistigen Auge auf und ließen sie erzittern. Mit einem Ruck zog sie das T-Shirt ganz über den Kopf. Es reichte ihr fast bis zu den Knien. Fragend blickte sie ihn an. Sein Gesichtsausdruck war einfach nur freundlich und aufrichtig. Sie bemerkte, dass sie den Rest des Satzes nicht mitbekommen hatte.

„Entschuldige bitte, was hast du gerade gesagt?"

Philipp war sich nicht sicher, was da eben abgegangen war. Irgendetwas hatte sie irritiert, er konnte nur nicht sagen, was. Wenn er es sich nicht eingebildet hatte, war eine Spur von Verlangen auf diesem hübschen Gesicht zu sehen gewesen, als es wieder aus dem Halsausschnitt seines T-Shirts aufgetaucht war. Aber er konnte sich auch getäuscht haben.

„Ich wollte dich fragen, ob du Lust hättest, mit mir beim Duett-Wettbewerb in der Karaoke-Bar aufzutreten. Ich habe einen Aushang gesehen. Ich glaube, wir zwei hätten gute Chancen, wenn wir uns zusammentäten." Erwartungsvoll blickte er sie an.

„Noch mal auf der Bühne singen?!", fragte sie leicht panisch. *Und dann noch mit dir zusammen?*

„Du musst natürlich nicht. Aber wir wären sicherlich ein unschlagbares Team." Er musterte sie genau. Warum war es für sie so schrecklich, vor anderen Menschen zu singen? Oder lag es daran, dass sie nur nicht mit *ihm* auftreten wollte?

„Ich weiß nicht ..., ich mache das normalerweise nicht ..." Sie wand sich befangen.

„Ich bin mir sicher, dass du in deinem Beruf schon größeren Herausforderungen gegenübergestanden – und sie erfolgreich gemeistert hast. Habe ich recht?", zog er sie mit halb gesenkten Augenlidern auf.

„Ja, vermutlich schon …“ Sie dachte an die vielen Vorträge, die sie selbstsicher und mit viel Selbstvertrauen gehalten hatte. An ihre erfolgreich bestandene Promotionsprüfung. An fachliche Diskussionen mit ihren männlichen Kollegen, die aus Kompetenzgründen zumeist zu ihren Gunsten ausgegangen waren. „Ich weiß nicht so recht …“ Sie fühlte sich in die Ecke gedrängt.

„Linda, du hast eine fantastische Stimme“, begann Philipp mit, wie ihr schien, einschmeichelnder, aber auch drängender Stimme. „Du brauchst dich nicht zu verstecken. Andere Frauen würden töten, nur um annähernd so singen zu können wie du.“

Philipps Blick hielt Lindas Augen gefangen. Seine dichten Wimpern umrahmten seine ausdrucksstarken Augen, die seinen Blick – wenn überhaupt möglich – noch intensiver machten. Sie kam sich vor wie Mogli im *Dschungelbuch*, der von Kaa, der Schlange, hypnotisiert wird. Was hatte dieser Mann nur an sich, dass er sie so beeindrucken, ja sogar von Dingen überzeugen konnte, die sie nicht tun wollte?

„Ich bin mir sicher, wir würden gewinnen. Und dann könnten wir danach zusammen feiern und“, er machte eine kurze, für Linda irritierende Pause, „noch die eine oder andere Nummer ausprobieren und dabei ein bisschen Spaß haben.“

Nach zwei Sekunden riss sie sich von seinem Blick los und blinzelte. Dann fiel der Groschen. Sie war ja manchmal ein bisschen schwer von Begriff. Aber sie hatte sich geschworen, in der Beziehung ein bisschen besser auf Zack zu sein.

Er wollte mit ihr zusammen die eine oder andere Nummer ausprobieren und ein bisschen Spaß haben … Bilder von Handschellen und Polizistenmützen schossen durch ihr Gehirn. Das hatte er sich ja fein ausgedacht, der werte Herr! Erst siegen, dann feiern und anschließend zusammen ins Bett steigen.

Veni, vidi, vici! Ich kam, sah und siegte!

In dem ganzen Gefühlschaos, das sie seit fünf Tagen mal zu ihm hinzog, mal von ihm abstieß und ihr ganzes Denken beherrschte, war das die Krönung. So unschuldig und konservativ-sympathisch, wie Philipp die ganze Zeit auf sie gewirkt hatte, hätte niemand sein Geheimnis geahnt. Das war vermutlich auch seine Masche: Die harmlose, liebe Spinne lockt unschuldige Fliegen in ihr Netz, um sie zu umgarnen und für ihre Spielchen willig zu machen. Aber nicht mit ihr! Irgendetwas setzte plötzlich bei Linda aus.

Wütend funkelte sie ihn an und zischte: „Du glaubst doch wohl nicht, dass ich auf deine Tricks hereinfalle. Wahrscheinlich denkst du, ich sei ein leichtes Opfer für deine frivolen Sexspielchen, mit denen du deine Urlaube aufpolierst. Aber wenn du glaubst, ich lasse mich von dir freiwillig mit Handschellen fesseln, während du in deinem String wie ein aufgeblasener Gockel um mich herumtanzt, um mich anschließend wie ein notgeiler Hengst zu besteigen, hast du dich verdammt noch mal geirrt!" Sie holte zitternd Atem. „Du bist widerlich!"

Wie eine enttäuschte und zutiefst verletzte Furie stürmte sie zur Tür und riss sie auf. Ein erschrockener Steward mit erhobener Faust, bereit zum Klopfen, stand davor.

„Sie kommen gerade richtig", sagte Linda mit vor Wut bebender Stimme und stürmte voran.

Philipp blieb verdattert und mit offenem Mund im Türrahmen zurück und schaute Linda nach, wie sie trotz ihres kleinen Körperwuchses im ausladenden Stechschritt den Gang entlangzuhumpeln versuchte - soweit es ihr der verstauchte Knöchel erlaubte.

Philipp musste erst einmal für sich sortieren, was da gerade eben passiert war. *Heiliger Strohsack!* 'Notgeiler Hengst' hatte sie ihn genannt. So was hatte man ihm ja in den letzten fünfzehn Jahren nicht mehr vorgeworfen. Da müsste er sich fast schon geschmeichelt fühlen.

Aber ein Temperament hatte Linda! Und auf den Mund gefallen war sie auch nicht. Das hätte er ihr gar nicht zugetraut. Aber es gefiel ihm, wie ihre Augen grüne Blitze schleuderten und ihn wie mit Starkstrom versengten. Er grinste anerkennend.

Allerdings hatte sie gewirkt, als ob er sie zutiefst beleidigt oder unterhalb der Gürtellinie getroffen hatte. Was hatte er denn gesagt, dass sie dachte, er wolle sie ins Bett locken? Er konnte sich nur noch an die Worte erinnern, dass sie sicher gewinnen würden und danach noch feiern könnten. So feiern, wie nach dem Animationswettbewerb. Hatte er jedenfalls gemeint. Sie hatte es wohl in den völlig falschen Hals bekommen. Er musste das unbedingt mit ihr klären. Aber zuerst würde er ihr Zeit geben, sich abzukühlen. Er würde sie schließlich beim Abendessen in einer halben Stunde sehen.

Aber eins würde ihn doch noch interessieren: Woher, zum Teufel, wusste sie das mit den Handschellen und dem String?

Sechster Tag – abends

Schieß mich doch zum Mond.
Lass mich los und sag: „Das war's." [1/5]

Wieder in der Kabine versuchte Linda, sich zu beruhigen. Als Erstes flog Philipps T-Shirt aufs Bett, als ob es mit hautreizendem Gift getränkt wäre. Dann wusch sie sich das Gesicht mit kaltem Wasser. Im Spiegel bemerkte sie, dass ihre Wangen – diesmal vor Wut, nicht wie sonst vor Verlegenheit – glühten wie von einem starken Sonnenbrand. Auf ihrer Brust tanzten hektische rote Flecken.

Die ganze Zeit hatte sie es nicht wahrhaben wollen – trotz der vielen Anzeichen. Sie hatte immer nach Entschuldigungen gesucht, die sein Verhalten rechtfertigten und erklärten. Er war doch immer so sympathisch, heldenhaft und harmlos gewesen.

Und jetzt, da sie die Bestätigung hatte, dass Philipp im Privatleben wirklich ein kleines, perverses Geheimnis pflegte, war sie so entsetzlich enttäuscht von ihm, dass es ihr fast das Herz brach.

Streiche das 'fast', Linda. Er hat dir tatsächlich das Herz gebrochen! Desirée konnte ihn ihretwegen haben. Auf so einen würde sie mit Kusshand verzichten.

Ihre Schläfe pochte, wo sie den Schlag von Philipps Flipchart abbekommen hatte. Verzweifelt rieb sie darüber und blinzelte die aufsteigenden Tränen weg.

Philipp saß als Erster mit einer Auswahl an Vorspeisen auf dem Teller an seinem Platz im Speisesaal und wartete auf Lindas Ankunft. Er wollte sehen, ob sie sich beruhigt hatte, um sie nach dem Essen beiseite nehmen zu können. Doch außer den beiden Ehepaaren, die an ihrem Tisch saßen, war noch niemand erschienen.

„Na, warst du schon so ausgehungert, dass du als Erster am Tisch sitzt?", fragte Paul schmunzelnd und schlug ihm freundschaftlich auf die Schulter.

Philipp nickte kurz und begrüßte die anderen, die mit seinem Chef eintrafen. „Herr Graf", nickte dieser Philipp zur Begrüßung zu. „Wie gefällt Ihnen die Reise bisher?"

Während sie sich unterhielten, schielte Philipp immer wieder unauffällig zu Lindas Tisch. Kurze Zeit später erschienen endlich Anna und Betty, doch keine Linda.

Beide bedienten sich am Buffet und Betty tuschelte mit Simon, bevor sie ihm einen innigen Begrüßungskuss gab. Doch als er das nächste Mal zu ihrem Tisch blickte, saß nur Betty an ihrem Platz und Simon an Lindas. *Was zum Teufel ging da vor sich?*, fragte sich Philipp erstaunt. Anna war nicht zu sehen und die beiden Turteltäubchen konnten beim Essen kaum die Augen voneinander lassen. Immer wieder berührte der eine den anderen an der Hand, am Arm oder an der Wange.

Als er sich vom Hauptgang bedient hatte, war Anna wieder an ihrem Platz und aß ihrerseits. Verwirrt setzte er sich und begann, ein Stück Fleisch abzuschneiden.

„Ist Linda heute krank oder warum ist sie nicht bei ihren Freundinnen?", fragte Desirée neugierig, da sie bemerkt hatte, dass Philipps Augen ständig zu deren Tisch wanderten.

„Ich weiß nicht. Vielleicht liegt es auch an mir."

Desirée blickte ihn überrascht an. „Warum?"

Philipp bereute es schon wieder, nicht den Mund gehalten zu haben. „Ich habe vor dem Essen anscheinend etwas gesagt, das sie falsch verstanden und auch sehr verärgert hat."

„Und du weißt natürlich nicht, was es war, stimmt's?", fragte Desirée mit einem Augenzwinkern. Insgeheim freute sie sich, dass irgendetwas bei den beiden schief lief. „Frauen sind manchmal schwer zu verstehen. Sie macht auf mich einen sehr zurückhaltenden, aber auch komplizierten Eindruck." Sie zuckte mit den Schultern. „Aber vielleicht gehört sie auch zu den Frauen, die schnell überempfindlich reagieren und mit einem Schmollmund ihre Macht über die Männer demonstrieren. Damit fühlt man sich sehr wichtig."

Philipp schwieg und machte sich seine eigenen Gedanken. Bei der Vorstellung von Linda mit einem berechnenden Schmollmund hätte er fast lachen müssen.

„Ich kann Männer sehr gut verstehen, die einen Horror vor komplizierten Frauen haben. Das ist wirklich sehr anstrengend. Geht mir genauso. Ich würde dir eine geradlinige, direkte Frau wünschen, die keine Spielchen mit dir treibt."

„So wie du?", konnte sich Philipp nicht verkneifen zu fragen.

Ein kleines Lächeln umspielte Desirées geschminkte Lippen. „Ja", war ihre schlichte Antwort.

Philipp bemerkte, dass Anna, Betty und Simon sich anschickten zu gehen. Er entschuldigte sich kurz bei Desirée und ging zum anderen Tisch.

„Hallo, ihr drei. Ich wollte nur fragen, was mit Linda ist, weil sie nicht mit euch zusammen zu Abend gegessen hat." Philipp blickte sie fragend an.

„Es geht ihr nicht gut. Sie hat Kopfschmerzen, meinte sie, und wollte nicht in dem lauten und überfüllten Saal essen. Vermutlich waren die Hitze und die Aufregung wegen des fast verpassten Schiffs einfach zu viel für sie. Und dann hat sie sich noch den Knöchel verstaucht. Da kam alles zusammen." Anna fühlte mit ihr, das konnte man an ihrem Gesichtsausdruck ablesen. Scheinbar hatte sie noch nichts davon gehört, dass Linda zu allem Überfluss halb nackt in Philipps Kabine gelandet und wutschnaubend wieder davongerauscht war. „Ich habe ihr was zum Essen in die Kabine gebracht."

„Dann finde ich sie dort?" Beide nickten. „Vielen Dank."

Als Philipp zielstrebig auf den Ausgang zusteuerte, meinte Betty nur trocken: „Unser Romeo hat es aber eilig."

„Ich befürchte fast, dass seine Eile ganz massiv mit Lindas Kopfweh zusammenhängt." Anna runzelte besorgt die Stirn. „Lassen wir den beiden mal etwas Zeit, um sich auszusprechen und vielleicht wieder zu versöhnen." Sie seufzte. „Ich finde Philipp wirklich sehr nett. Und ich würde Linda eine gute Beziehung so sehr wünschen. Ihre Einsamkeit ist einfach ungesund."

Sechster Tag – abends

Würdest du mich jetzt sehen,
ja, dann würdest du mich killen. [1/11]

Keiner da.

Philipp hatte schon dreimal geklopft. Beim letzten Mal war es sogar so laut gewesen, dass er befürchtete, andere Passagiere würden aus ihren Türen nach der Ursache des Lärms schauen. Aber nichts hatte sich gerührt.

War sie vielleicht auf dem Schiff unterwegs? Er würde es auf jeden Fall später noch mal probieren.

Die meiste Zeit des Abends war er mit Kollegen zusammen. Aber immer wieder fand er sich vor Lindas Kabine ein, um zu überprüfen, ob sie wieder zurück war. Doch jedes Mal war er erfolglos.

Auch bei den Veranstaltungen und Bars, in denen sich die Gruppe um Philipp aufhielt, konnte er sie nicht erspähen. Das Schiff war einfach zu groß und das Angebot zu unübersichtlich. Irgendwann gegen Mitternacht war Philipp nach einer letzten, intensiven Suche im Alleingang so frustriert, dass er zu seiner Kabine ging.

Er stand müde vor der Tür und lockerte seine Krawatte. Der ganze Abend war eine einzige Enttäuschung gewesen. Aber Linda konnte sich nicht für den Rest der Reise vor ihm verstecken. Irgendwann würde er sie zur Rede stellen und sich entschuldigen können.

Als er aufgeschlossen hatte, ging er in Gedanken versunken hinein und machte Licht im Bad neben der Kabinentür. Er hängte sein Sakko an einen Garderobenhaken und wollte im Dunkeln zum Fußende des Bettes gehen. Da hörte er ein leises Rascheln.

Im selben Augenblick erhellte seine Nachttischlampe die undurchdringliche Dunkelheit über seinem Bett. Darin lag jemand und lächelte ihn an. Sein Herz machte einen Satz, hörte für einen Moment auf zu schlagen und raste dann in dreifacher Geschwindigkeit los wie ein Panther auf der Jagd.

„Ich hoffe, ich habe dich nicht erschreckt", raunte Desirée mit rauchiger Stimme und betrachtete ihn aus halb gesenkten Augenlidern.

Philipp atmete kurz aus. Auch wenn er äußerlich nur leicht gezuckt hatte, hatte er tief in seinem Inneren doch einen Satz rückwärts zur Kabinentür zurückgelegt, der einem Känguru alle Ehre gemacht hätte. Mann-o-Mann, hatte diese Frau ihn erschreckt! Da war die Begegnung mit Freddy Krueger ja ein Scheißdreck dagegen.

„Was machst du in meinem Bett, Desirée? Und vor allem: Wie bist du in meine Kabine gekommen?" Philipp legte betont lässig seine Bordkarte auf das kleine Tischchen neben dem Sessel, während sein Herz wie ein Presslufthammer gegen seine Rippen hämmerte.

„Das musst du schon den Steward fragen. Ich werde es dir nämlich nicht verraten. Außerdem wollte ich dich überraschen …"

Philipp schwieg.

„Ich dachte mir, du würdest dich sicher freuen, mich wieder mal an einem anderen Ort zu …", sie fügte eine kurze, laszive Pause ein. „… treffen als nur im Büro und in der Kantine – oder im Speisesaal des Schiffes." Dabei zog sie ihre Beine unter der dünnen Decke an und spreizte sie leicht. Einladend. „Weißt du …“, wieder schenkte sie ihm ein kleines, verführerisches Lächeln. „… du hast mir in Rom gefehlt. Das war eine verdammt lange Zeit. Und seit ich zurück bin“, sie machte eine vage Handbewegung durch die Luft, die ihre langen, bordeauxroten Nägel aufleuchten ließen, „hatten wir noch keine Zeit für uns.“

Philipp stand immer noch schweigend da und überlegte, wie er Desirée so leise und unauffällig wie möglich aus seinem Bett und seiner Kabine herausbekam.

„Aber auf dieser Kreuzfahrt haben wir alle Zeit der Welt.“ Desirée begann aufreizend langsam, ihre Beine unter der Decke aneinanderzureiben und freute sich, dass in Philipps Gesicht ein Muskel zu zucken begann. Als er aber noch immer nicht angemessen reagierte, beschloss sie, einen Gang zuzulegen. „Heute spielst du wohl den großen Schweiger, mh?“ Sie lachte leise und schälte sich unter der Decke hervor. Außer einem schwarzen Samtband um den schlanken Hals trug sie … nichts. Warum wunderte ihn das nicht? „Das macht mich richtig an, weißt du das?“

Sie begann, sich langsam auf ihren Knien zum Fußende des Bettes und auf ihn zu zu bewegen. Unbehaglich wurde Philipp bewusst, dass es schlagartig heiß und stickig in der Kabine geworden zu sein schien. Am liebsten wäre er mit einem Finger unter seinen engen Hemdkragen gefahren. Aber diese Schwäche wollte er Desirée gegenüber nicht offenbaren.

Desirée war der Typ Frau, der trotz der dunklen, dichten Haare auf ihrem Kopf nicht mit übermäßiger Körperbehaarung zu kämpfen hatte. Sie hatte eine glatte Haut, die zum Streicheln einlud, und kleine, feste Brüste mit kleinen, festen Brustwarzen. Ihre Schambehaarung war zu einem schmalen Streifen rasiert, der ihre Spalte mit einem zarten, dunklen Flaum bedeckte. Wie ein Blitz aus heiterem Himmel erinnerte er sich an ihren Geschmack.

Das hatte ihm gerade noch gefehlt …

„Du bist so groß und stark – und seit ich deinen muskulösen Körper wieder am Pool gesehen habe, kann ich nur noch an unsere gemeinsame Zeit denken und daran, wie es sich anfühlt, über deine Brust zu streicheln, über deine starken Arme, die mich immer so fest hielten, und an …“ Sie senkte kurz den Blick zu seinem Gürtel und blickte ihm dann wieder in die Augen. „Du warst so ein aufmerksamer Liebhaber … das findet man nicht alle Tage. Eine Frau weiß so etwas zu schätzen.“

Mittlerweile hatte sie die Bettkante erreicht und fraß sich mit ihren hungrigen Augen in seinen Blick. Kaum dass er es sich versah, hatte sie schon den lockeren Knoten seiner Krawatte gelöst und zog sie unter dem Hemdkragen hervor.

Während Desirée sie sich um den Hals legte, sprach sie mit ihrem betörenden Tonfall weiter: „Du bist mir sehr wichtig. Ich möchte gerne da weitermachen, wo wir damals aufgehört haben."

„Das geht nicht." Das war der erste Satz, den Philipp über die Lippen brachte, seit er sie gefragt hatte, wie sie in seine Kabine gekommen war. Es ärgerte ihn maßlos, dass sich seine Stimme kratzig wie eine verrostete Blechdose anhörte. Scheinbar schien gerade das Desirée noch mehr zu erregen.

„Doch, das klappt schon." Sie nahm seine Hand und strich mit dem Daumen über deren Innenfläche. „Wir waren schon immer ein tolles Team. Und das nicht nur im Büro. Ich gehöre heute Nacht dir. Wie sehr ich dich begehre, spürst du genau hier." Sie nahm die Hand, die sie noch hielt, und zog sie zum Beweis unvermittelt zwischen ihre Beine. Dass sie mehr als bereit war, war selbst von außen zu spüren.

Wie elektrisiert riss er seine Finger zurück, als hätte er die Spitzen in einen brodelnden Vulkan gehalten. Er musste den Drang unterdrücken, seine Hand an der Hose abzuwischen, da ihn der Duft ihrer Erregung einhüllte und seinen Kopf benebelte. Fast hatte er das Gefühl, die Temperatur in seiner Kabine habe sich auf einen Schlag verdoppelt. Er konnte kaum noch atmen.

Dass eine Frau so feucht, so bereit für ihn war, schmeichelte dem Tier in ihm. Wie fast jedem Mann war es auch ihm fast unmöglich, seine körperliche Reaktion auf so etwas zu unterdrücken. Sein animalischer Ur-Instinkt erwachte und übernahm einfach und ungefragt die Kontrolle über seinen Körper. Genau dieser ureigenste Fortpflanzungstrieb, der schon seit Jahrtausenden paarungswillige Männer ihre Weibchen hatte jagen lassen, um sie an Ort und Stelle zu nehmen.

Besitzergreifend und mächtig. Hart und gewaltig.

Verdammt! Er spürte, wie er hart wurde. Bilder früherer Abenteuer mit Desirée in zerwühlten Laken blitzten vor seinem inneren Auge auf. Er hatte schon zu lange keine Frau mehr gehabt. Schon viel zu lange … Dass Linda noch keinen Schritt auf ihn zu gemacht hatte, obwohl sie doch wissen musste, dass er an ihr interessiert war, half ihm im Moment auch nicht weiter. Und ihr Streit von heute Nachmittag schon gar nicht. Vielleicht wollte sie auch schlicht und ergreifend nichts von ihm. Und er machte sich in ihrer Gegenwart zum Idioten.

Desirée war hier. Und sie war bereit für ihn. Zwischen ihren Schenkeln war sie erblüht wie eine süß duftende Rose mit Tautropfen auf den Blättern. Er musste nur noch zugreifen und sie pflücken.

Ihre kleine, begehrliche Hand legte sich von außen auf seine Jeans und begann ihn fordernd zu streicheln. Wie auf Kommando drückte sein Schwanz gegen den Reißverschluss und drängte nach draußen. Er wollte raus … wie ein wildes Tier, das an den Gitterstäben riss, um auszubrechen …

Als Desirée jedoch den Reißverschluss öffnete, schob Philipp sein Becken mit einem Ruck nach hinten. Raus aus der Gefahrenzone. Noch war er nicht bereit. Denn die Rose hatte Stacheln. Und er war sich voll bewusst, dass die Schönheit des Moments – und die damit einhergehende schnelle Befriedigung – schmerzhafte Nachwirkungen für ihn haben würden. Er wollte Desirée nicht. Hatte noch nie etwas Langfristiges mit ihr haben wollen. Dafür war sie als Mensch zu kalt und berechnend. Wenn er sich jemanden für eine heiße, kurze Affäre aussuchen dürfte, wäre Desirée seine erste Wahl, da sie im Bett leidenschaftlich, experimentierfreudig und hemmungslos war – der feuchte Traum eines jeden Mannes. Doch am Ende ihrer Affäre war es genug für ihn gewesen. Er hatte eigentlich nichts mit ihr anfangen wollen. Aber sie hatte ihn in einem schwachen Moment erwischt, da er damals schon seit Längerem monogam gelebt hatte.

Nur treu seiner rechten Hand ergeben.

„Nein, Desirée, ich will das nicht“, keuchte Philipp und schloss energisch den Reißverschluss.

„Das spüre ich aber ganz anders“, lockte sie ihn mit blitzenden Augen. „Komm, mein Großer, ich möchte gerne mit dir spielen.“

„Nein. Glaub mir, die Zeit mit dir war schön. Ich möchte sie nicht missen. Aber meine Vorstellungen von einer Beziehung haben sich verändert …“

„Wer redet denn von einer Beziehung, Phil. Ich möchte nur puren, schmutzigen Sex heute Nacht. Gerne auch mehrmals.“ Genießerisch steckte sie die Spitze ihres Zeigefingers zwischen die rosigen Lippen und begann, sie rhythmisch in den Mund zu ziehen, während ihre andere Hand die feuchte Stelle zwischen ihren Beinen streichelte. „Weißt du noch, wie ich schmecke?“

Er schluckte. Natürlich wusste er das noch.

„Es reicht, Desirée. Geh zurück in deine Kabine und wir vergessen den ganzen Zwischenfall.“

Fieberhaft überlegte er, wie er Desirée dazu bringen konnte, freiwillig das Feld zu räumen. Denn er hatte den begründeten Verdacht, dass es ihr sehr gefallen könnte, wenn er Gewalt anwenden würde ...

„Ich sehe es an deinen Augen. Du willst nicht, dass ich gehe. Dein Hunger nach mir schreit mit einer Lautstärke aus deinen wunderschönen, braunen Augen, dass ich mir fast die Ohren zuhalten muss.“

Sie intensivierte die Liebkosung zwischen ihren Schenkeln, ließ den Kopf in den Nacken sinken und gab ein leises, genussvolles Stöhnen von sich. Philipps Haut spannte sich über seinem Fleisch.

„Du hattest schon lange keine Frau mehr, habe ich recht?“ Als er schwieg, meinte sie nur bedauernd: „So eine Verschwendung ...“

Philipp fühlte sich wie paralysiert. Als ob er neben sich stand und die Szene von außen beobachtete. Desirée ließ ihn allein durch die Macht der Erinnerung an Fäden zappeln wie eine Marionette. Er verfluchte sein williges Fleisch. Warum konnten Frauen Männer so manipulieren? Warum waren sie so mächtig ... und Männer so schwach?

Verfluchte Hormone!

Als er kurz die Augen schloss, tauchte Lindas Bild auf, als sie am ersten Abend die Tischdecke im Speisesaal abgetupft hatte. Ihr wogendes Dekolleté, ihr bezauberndes, warmes Lächeln. Mit all seinen Kräften entriss er sich Desirées Magie und wand den Blick ab.

„Hör zu, Desirée. Das wird nichts. Ich möchte keine Affäre mehr mit dir anfangen. Die Zeit mit dir war aufregend. Aber sie ist zu Ende. Man soll immer dann aufhören, wenn es am schönsten ist. Und unsere Zeit ist vorbei. Lass es gut sein und geh in deine Kabine.“

„Du magst sie, habe ich recht? Ich meine diese kleine, brave Sekretärin, die kein Wässerchen trüben kann.“

Wieder schwieg Philipp und blickte Desirée in die Augen, während sie langsam vom Bett stieg und auf ihn zukam. Er hob die Hand, um sie zum Stehenbleiben zu bewegen. Doch so groß war seine Kabine leider nicht, um einen genügend großen Abstand zwischen ihnen zu wahren.

„Diese kleine, brave Sekretärin in ihrer kleinen, braven Welt passt doch gar nicht zu dir … weder intellektuell, noch sexuell. Du hast doch bedeutend höhere Ansprüche. Das weiß ich aus eigener Erfahrung." Sie strich mit ihren Händen von ihrem Bauch über ihre Brüste und liebkoste sie. Mittlerweile stand sie so dicht vor ihm, ohne ihn zu berühren, dass er die Hitze ihres Körpers spüren konnte. „Wenn du mal richtig in Fahrt kommst, brauchst du deutlich mehr als nur die gute alte Missionarsstellung, um dich auf Dauer zufriedenzustellen. Deine schüchterne Tippse wäre doch schon damit überfordert, dir standesgemäß einen zu blasen. Aber du weißt, mit welchen kleinen Extras ich deinen kleinen, großen Freund außerdem noch verwöhnen kann."

Philipp griff nach Desirées Kleid, das neben ihm auf dem Sessel lag, und hielt es ihr hin. „Zieh das an und geh, bevor ich dich so nackt wie du bist aus meiner Kabine werfen muss."

Desirée gab, wie er befürchtet hatte, ein kehliges Schnurren von sich. „Ich mag es, wenn du so herrisch bist. Da läuft mir das Wasser nicht nur im Mund zusammen." Sie gab ein leises Lachen von sich. Noch immer berührte sie ihn nicht. Doch er konnte sogar im Halbdunkeln die kleinen Sprenkel in ihrer Iris erkennen. „Weißt du, ich glaube, Linda wäre ziemlich überfordert, wenn sie von deinem kleinen Geheimnis erfahren würde." Zufrieden bemerkte sie, wie sich Philipps Körper versteifte. „Ich bin sehr tolerant und es macht mir nichts aus. Ich weiß, dass es nicht deine Schuld war. Aber wer weiß, ob sie das richtig bewerten kann …"

„Ich weiß wirklich nicht, warum ich dir das damals erzählt habe." An Philipps Stimme hörte man, dass er unter Druck stand.

„Ich schon. Du warst gerade *sehr* entspannt und *sehr* zufrieden, nachdem ich dir gezeigt habe, welche Wunder ich mit meinem Mund vollbringen kann." Philipp schnaubte. „Wenn du wirklich längerfristig mit ihr zusammen sein willst, solltest du es ihr beichten. Aber ich garantiere dir, dass sie es nicht so gelassen aufnehmen wird wie ich damals."

Philipp starrte mit müder Resignation auf sie hinunter und meinte nur: „Du bist wie eine Zigarette, Desirée. Wenn man sich die mal richtig abgewöhnt hat und überzeugter Nichtraucher geworden ist, wird man nie wieder rückfällig." Als sie nur die linke Augenbraue hochzog, meinte er: „Und jetzt nimm dein Kleid und verschwinde aus meiner Kabine."

„Schade, wir hätten heute Nacht viel Spaß haben können. Aber wie du willst. Dann musst du dich halt ganz fantasielos mit deiner rechten Hand begnügen."

Als sie sich das kurze Kleidchen übergestreift hatte, fragte er: „Wo hast du deinen Slip?"

„Du solltest noch wissen, dass ich niemals einen trage." Sie drehte sich um und verließ mit schwingenden Hüften die Kabine.

Philipp fühlte sich auf einmal so entkräftet, als ob jemand den Stöpsel aus der Badewanne gezogen hätte und seine ganze Lebensenergie den Abfluss runtergespült worden wäre. Müde setzte er sich auf sein Bett und stützte die Stirn in die Hände. Einerseits konnte er Desirées Warnung nicht ernst nehmen. Andererseits ... wer weiß, zu was sie fähig war, wenn er ihre Zuneigung nicht erwiderte. Seine Gedanken schweiften dreizehn Jahre zurück ... in die Nacht, die sein Leben verändert hatte ... ein paar alt bekannte Worte drängten sich wieder einen Weg an die Oberfläche, um ihn zu beruhigen, um ihn in Sicherheit zu wiegen ... *Es war ein Unfall ... ein Unfall ... ich bin unschuldig ... es war nicht meine Schuld ...*

Und doch wusste er ganz genau, dass er die alleinige Schuld an diesem Unglück trug.

Siebter Tag – nachts

Es brennt und sticht in mir noch immer
das Gefühl, das ich hab. [2/9]

Linda hatte sich den ganzen Abend über versteckt. Sie wollte weder ihre Freundinnen sehen, denen sie einen Zettel unter der Tür durchgeschoben hatte, damit sie sich keine Sorgen machten, noch Philipp oder einem seiner Kollegen über den Weg laufen. Deshalb hatte sie eine Show und anschließend einen Film im Bordkino angesehen, wo sie sich im Dunkeln verbergen konnte. Danach war sie lange Zeit über ein einsames Deck gewandert und hatte über ihre Situation nachgedacht.

Sie hasste es, von anderen Menschen abhängig zu sein. Emotional, geistig oder körperlich war egal. Sie würde sicherlich keinem Mann erlauben, sie zu manipulieren. Auch Philipp nicht.

Gerade Philipp nicht ...

Wenn er jemanden brauchte, der seine Spielchen mitspielte, würde er sich jemand anderen suchen müssen. Sie selbst fühlte sich ihm und seinen Bedürfnissen nicht gewachsen.

Wieder einmal dachte sie daran, wie es wäre, mehr Erfahrung zu besitzen. Ein erfülltes Sexualleben zu kennen und zu genießen. War sie spießig, dass sie sein Angebot so rigoros abgelehnt hatte? Nein. Sie verachtete Männer, die im Urlaub vorsätzlich auf Beutetour gingen und alles umgarnten, was weiblich und einigermaßen gut gebaut war. Das war so menschenverachtend und primitiv. Und das hatte nichts mit ihrer Unerfahrenheit zu tun.

Dass Philipp nicht so wirkte, war fast noch schlimmer, fand sie. Er machte einen so sympathischen und rechtschaffenen Eindruck, dass es sie noch wütender machte. Wider besseres Wissen hatte sie ihm vertraut – und sich von seinem verschmitzten Lächeln und verantwortungsvollen Verhalten blenden lassen.

Sie war wirklich ein Schaf. Und das ärgerte sie maßlos. Führte es ihr doch wieder mal vor Augen, dass sie in ihrem Beruf zwar brillant, im Privatleben aber einfach nur naiv und weltfremd war.

Sie hätte gerne einen netten, einfühlsamen Mann kennengelernt, der sie in das Geheimnis der seelischen wie auch körperlichen Liebe einweihte. Aber sie würde diese Aufgabe sicher nicht einem Perversen wie Philipp anvertrauen.

Als sie das Deck gewechselt hatte, bemerkte sie, dass es sie auf eines der Pooldecks verschlagen hatte. Nachts war dort bis auf wenige Spaziergänger nichts los. Also lief sie bis zu den Liegen am Wasser und setzte sich auf eine. Der Pool wurde von mehreren Unterwasserscheinwerfern beleuchtet. Die weißen Liegen lagen deshalb in einem schummrigen, indirekten Licht. Genau die richtige Atmosphäre für Linda.

Ein einsamer Schwimmer nutzte die Leere des Pools, um ungehindert seine Bahnen ziehen zu können. Auch wenn diese im Vergleich zu großen Schwimmbädern eher kurz waren, ließ er sich davon nicht stören. Mit stoischer Ruhe kraulte er und teilte mit jeder Armbewegung das Wasser sauber in zwei Teile. Am Ende wendete er elegant und stieß sich mit beiden Beinen kraftvoll ab, um sich kurz treiben zu lassen und dann wieder weiter zu schwimmen.

Die Ruhe und Gleichmäßigkeit der Bewegungen hatte eine beruhigende Wirkung auf Linda. Ihre Augen hingen wie gefesselt an diesem Menschen und folgten ihm auf seinem immer gleichen Weg durch das schillernde Türkis des Wassers. Dieses monotone Hin und Her verlangsamte ihren Puls und leerte ihren Kopf. Linda glitt in einen angenehm entspannten Zustand, während sie gleichzeitig die Präzision der Bewegungen bewunderte.

Es war eine gute Entscheidung gewesen, auf dieses Deck zu kommen – auch wenn sie ihr Körper unbewusst gefällt hatte. Sie hatte sich den ganzen Abend unruhig und aufgewühlt treiben lassen und sich phasenweise zum Platzen wütend gefühlt. Nun hatte sie ihren beruhigenden Hafen für die Nacht gefunden. Wenn sie dem Schwimmer noch eine Weile zusah, konnte sie entspannt ins Bett gehen und vielleicht sogar ein paar Stunden schlafen, die ihr Körper und Geist nach diesem aufreibenden Tag dringend benötigten.

Entspannt legte sie sich auf die Liege und schloss nach kurzer Zeit die Augen. Das regelmäßige Plätschern des Wassers lullte sie ein und wiegte sie in Sicherheit. Vor ihrem geistigen Auge verfolgte sie immer noch den Schwimmer, dessen kraftvolle und doch auch anmutige Bewegungen sie genauso beeindruckten wie seine gute Koordination. Sie fühle sich fast schon, wie in Trance versetzt …

Plötzlich verstummte das regelmäßige Plätschern des Wassers. Irritiert zog Linda ihre Augenbrauen über ihren geschlossenen Augen zusammen. Widerwillig blinzelte sie, um die Ursache für die Stille zu entdecken.

Der Mann hatte sich aus dem Wasser gestemmt und war zu seiner Liege getreten, wo er seine Schwimmerbrille abzog und nach seinem Badetuch griff. Während er sein Haar trocken rubbelte, drehte er sich um – und in diesem Moment erkannte sie ihn. Ihr Herz begann von einer Sekunde auf die nächste, gegen ihre Rippen zu hämmern.

Oh nein, warum musste das immer ihr passieren? Zum Teufel mit Bettys ganzem Schicksalgequatsche. Linda hatte sie schon länger in Verdacht, Voodoo-Zauber zu praktizieren, um das Schicksal zu beschwören.

Fieberhaft überlegte sie, in welche Richtung sie sich davonschleichen konnte, ohne von ihm entdeckt zu werden. Doch es war zu spät … zwei dunkle Augen hatten sie entdeckt und nagelten sie gnadenlos auf ihrer Liege fest, dass sie fast keinen Atem mehr bekam. Als sie ihn noch mit vor Schrecken geweiteten Augen anstarrte, zog Philipp mit einer schnellen Bewegung seine Brille auf die Nase und stieß erleichtert hervor: „Linda? Gott sei Dank! Endlich treffe ich dich.“

Mit wenigen Schritten hatte er ihre Liege erreicht. Doch sie war schon aufgesprungen und hatte sich zum Gehen gewandt. Mit einer schnellen Bewegung ergriff er ihren Oberarm und begann: „Linda …“

„Lass mich los, du Perversling! Ich habe dir schon in deiner Kabine gesagt, was ich von dir halte“, zischte Linda ihn an.

„Lass mich bitte erklären …“

„Was willst du mir erklären? Wie du gedenkst, mich zu fesseln? Wie du auf meine Kosten deinen Spaß hast und mich dann wie einen gefüllten Müllsack achtlos vor die Tür stellst? Wie du …“

„Scht …“ Philipp legte seinen Zeigefinger auf ihre Lippen. Sie zuckte empört zurück. „Darf ich jetzt auch mal was sagen?“, fragte er leise und lächelte sie zurückhaltend an.

Ihr Temperament gefiel ihm. Es war nur schade, dass sie es so selten auslebte. Nach Desirées professionell-laszivem Verführungsversuch in seiner Kabine war Lindas natürlicher Wutausbruch mehr als erfrischend. Auch das Schwimmen hatte seinen Kopf freigemacht, weshalb er sich jetzt auf das Wichtigste überhaupt konzentrieren konnte: die Aufklärung des Missverständnisses.

„Ich habe mir den ganzen Abend den Kopf darüber zerbrochen, womit ich dich beleidigt haben könnte, da ich nur ehrbare Absichten hatte, als du vor meiner Kabinentür aufgetaucht bist.“

Linda warf ein sarkastisches „Wer's glaubt, wird selig“ dazwischen.

Doch Philipp achtete nicht darauf. „Ich habe in den letzten vier Stunden mindestens fünfmal an deiner Kabine geklopft, um mich zu entschuldigen, habe dich aber nie angetroffen. Irgendwann war ich so frustriert, dass ich meine Schwimmsachen zusammengepackt habe, um mich hier im Pool abzureagieren. Jetzt bin ich hier und bitte dich darum, mir meinen Fehler zu erklären, damit ich mich richtig bei dir entschuldigen kann.“

Linda blickte ihm skeptisch in die Augen. Wieder einmal ließ sie sich von seiner unschuldigen Miene verunsichern. Trotzdem klärte sie ihn auf: „Du sagtest, dass wir nach dem Duettauftritt toll feiern, ein paar Nummern ausprobieren und zusammen ein bisschen Spaß haben könnten.“ Jetzt aus dem Zusammenhang gerissen hörte sich seine Aussage nichtssagend und harmlos an. Beinahe wäre sie rot geworden.

„Und allein anhand dieser Aussage unterstellst du mir, dass ich dich verführen will, um ganz allein auf meine Kosten zu kommen?“ Philipp blickte sie überrascht an.

Aha, jetzt macht er auf Rechtsanwalt und startet ein Verhör, dachte Linda. „Ich weiß, das hört sich dürftig an.“ Sie merkte, dass sie unsicher wurde, weil sie ihm eigentlich nicht erzählen wollte, dass sie in seinen Koffer geschaut hatte. Aber vermutlich ging es nicht anders, da sie ihm ihre Schlussfolgerungen nur so plausibel erklären konnte. „Aber ich hatte andere Informationen über dich und deine Vorlieben, die mich zu diesem Schluss veranlasst hatten.“ Sie machte eine Pause, in der sie ein Schmunzeln auf seinen Lippen erhaschte.

„Andere Informationen. So-so … Du erwähntest in meiner Kabine Handschellen und einen String …“ So, wie Philipp sie anlächelte, hatte sie das Gefühl, er würde sich über sie lustig machen.

„Ja“, meinte sie nur trotzig und verschränkte die Arme vor der Brust.

„Und wie kamst du zu diesen Informationen? Das würde mich schon brennend interessieren …“ Jetzt war er mal gespannt. Immerhin hatte sie seinen Trolley für kurze Zeit in ihrer Kabine gehabt.

„Also, ich kann nichts dafür. Dein Trolley sieht genauso aus wie meiner. Deshalb war ich erschrocken, als mein Schloss fehlte, und habe gedacht, er sei beim Transport hierher aufgegangen. Und dann habe ich ihn geöffnet. Deshalb weiß ich von deinen Accessoires und habe meine Schlüsse daraus gezogen.“

Er blickte sie nachdenklich an. „Das verstehe ich gut. Ein alleinreisender Herr mit Sexspielzeug im Koffer, der dir ständig über den Weg läuft …, da würde ich auch auf solche Gedanken kommen.“ Er schmunzelte. „Bevor ich dir erkläre, wie diese Dinge in meinem Koffer gelandet sind, möchte ich mich bei dir entschuldigen, dass ich mich in deiner Gegenwart so eindeutig zweideutig ausgedrückt habe. Ich hatte allerdings wirklich nur gemeint, dass wir mit den anderen unseren Sieg feiern könnten wie nach dem Animationswettbewerb und dann *dabei* noch ein paar *Lied*nummern ausprobieren könnten. Das würde sicher spaßig werden, dachte ich.“

„Mmh.“ Sie blickte ihm im gedämpften Licht der Wasserbeleuchtung kritisch in die Augen und spürte wieder deren aufwühlende Wirkung auf sie. „Und wie sind die Dinge nun in deinen Koffer gekommen?“

Philipp lud sie mit einer Handbewegung ein, sich wieder auf ihre

Liege zu setzen. Er nahm auf einer anderen gegenüber Platz. „Zwei Freunde von mir haben sie mir untergeschoben", war seine schlichte Antwort.

Da Linda ihre Augenbrauen ungläubig nach oben zog, erzählte er ihr von Ralf und Tobi, die zu seinen besten und ältesten Freunden zählten und mit denen er schon durch dick und dünn gegangen war. „Das ist ihre Art von Humor", erklärte er und beschrieb seine Vermutung über den Ablauf der Schmuggelaktion. Linda war noch nicht ganz überzeugt, was Philipp wohl ihrem Gesichtsausdruck ansah. „Ich kann es dir sogar beweisen. Die beiden haben auch eine Karte mit in den Koffer gelegt, die ich dir zeigen kann."

Linda schwieg einen Moment und forschte in seinen schönen, warmen Augen, die sie aufrichtig anblickten. „Das wird wohl nicht nötig sein", sagte sie leise.

Philipp entspannte sich. „Ich bin sehr froh, dass wir das noch heute Abend klären konnten." Er lächelte sie dankbar an. „Und was ist mit meiner anderen Frage, die uns in dieses Missverständnis hineinkatapultiert hat?"

„Wie war die noch mal?", fragte sie, auch wenn sie sich noch zu genau daran erinnern konnte.

„Würdest du mit mir im Duett singen?"

„Ich weiß nicht ..." Sie zögerte und senkte den Blick. „Ich sterbe vor Lampenfieber und bekomme garantiert keinen Ton heraus wie beim letzten Mal."

„Das war nur am Anfang", beruhigte sie Philipp. Seine samtweiche Stimme, die sie fast überzeugte, streichelte ihre vibrierenden Nerven. „Und auch nur, weil Betty dich so brutal überrumpelt hat. Danach hast du unglaublich gut gesungen. Außerdem wärst du diesmal nicht alleine auf der Bühne, sondern mit mir."

Das genau ist das Problem. „Es ist einfach so ... ich stehe nicht gerne im Mittelpunkt."

Das tust du aber allein schon durch deine Ausstrahlung und dein Aussehen, dachte Philipp, sagte aber nichts.

Sie schaute ihn zweifelnd an, hin- und hergerissen, ob sie ihrem alten Verhaltensmuster treu bleiben sollte, was hieß, sich zu verstecken und um keinen Preis aufzufallen, oder ob sie den Sprung ins kalte Wasser mit einem im Schwimmen erprobten Mann an ihrer Seite wagen sollte, der sie zur Not retten konnte.

Diese braunen Augen waren unglaublich ...

„Sag ja, Linda, sei kein Frosch."

Diese letzten Worte und die Art, wie er sie liebevoll aussprach, während sie in einem Meer von Schokolade versank, gaben den Ausschlag. Sie hörte sich seufzend flüstern: „Ja, okay."

Das plötzliche Strahlen in Philipps Gesicht erinnerte Linda hier auf dem dunklen Deck an die aufgehende Sonne. Seine Augen blitzten vor Freude und sein herzliches Lächeln mit den entblößten, leicht schief stehenden Zähnen traf sie mitten ins Herz.

Oh Gott, was hatte sie jetzt schon wieder getan?! Dieser Mann schien eine hypnotische Wirkung auf sie auszuüben. Nun konnte sie schlecht einen Rückzieher machen.

Vielleicht gab es im Leben doch mehr als pure Zufälle und Philipp war ausgesandt worden, um in ihrem Leben einen Stein ins Rollen zu bringen. Wenn Betty gewusst hätte, wie oft er ihr in diesen sechs Tagen schon über den Weg gelaufen war, hätte sie mit ihrer Schicksalsnummer nicht mehr aufgehört. Also schloss Linda kurz die Augen und machte sich Mut. *Wird schon schief gehen.*

Philipp legte seine Hand zur Beruhigung auf ihr Knie, was lediglich eine gegenteilige Wirkung hatte. Die Berührung verursachte ein feuriges Kribbeln, das ihr Bein hoch und in ihren Bauch schoss und wie eine Silvesterrakete explodierte.

Er schien nichts davon zu bemerken und meinte nur: „Du schaffst das, glaub mir."

„Welches Lied willst du singen?", fragte Linda atemlos, da sie das Gefühl hatte, keine Luft zu bekommen.

„Keine Ahnung. Es sind ein paar gute Duette dabei. Auf dem Weg in meine Kabine kam ich gestern Nacht an der Karaoke-Bar vorbei, sah das Schild und dachte gleich an dich. Als ich reinschaute, war die Show gerade vorbei und ich konnte dem Entertainer eine Liste aller Duette abschwatzen. Erst wollte er sie mir nicht geben, da die Leute sich spontan für die Lieder entscheiden sollten. Aber ich schaffte es trotzdem", erwiderte Philipp stolz.

„Hast du ihm dafür deine Seele verkaufen müssen?", frotzelte Linda gutmütig.

„Nicht ganz, aber so ähnlich. Er wollte ein Date mit mir haben." Philipp lachte. „Nachdem ich ihn über meine sexuelle Orientierung aufgeklärt hatte, gab er sich auch mit weniger zufrieden. Jetzt treffe ich mich mit Ricardo nur auf einen Cocktail."

„Pass aber auf, dass er dir nicht dein Schirmchen klaut."

„Keine Angst. Das reserviere ich für jemand ganz Besonderen", gab er lächelnd zurück.

Ein bleiches Gesicht. Ein bekanntes bleiches Gesicht.

Die goldblonden Haarsträhnen waren nachgedunkelt und bedeckten die rechte Schläfe. Ein paar dunkle Flecken zierten die Wange, die dicker schien als in seiner Erinnerung.

Aufgequollener.

Langsam drehte sich das Gesicht zu ihm, um ihn anzublicken. Die Augen waren jedoch nicht mehr vertraut. Sie blickten fremd an ihm vorbei. Als ob sie ihn nicht kannten. Selbst die Lippen hatten eine andere Form und schienen ihre frische Farbe verloren zu haben.

Es war gespenstisch. Beklemmend.

Irgendetwas stimmte nicht.

Er versuchte, sie zu berühren, war aber zu weit weg. Er rief ihr etwas zu, hörte aber seine Stimme nicht, obwohl er mittlerweile so laut brüllte, dass ihm der Hals wehtat.

Und dann plötzlich … richteten sich diese leeren Augen auf ihn. Blickten ihn direkt an. Schauten ihm tief und vorwurfsvoll in seine Seele und verlangten von ihm eine Erklärung. Doch seine Kehle war zugeschnürt. So laut er vorhin geschrien hatte, so stumm blieben seine Stimmbänder jetzt.

Er versuchte es noch mal. Und noch mal. Aber kein Ton trat über seine trockenen Lippen.

Er versuchte sich aufzurichten, um ihr näher zu sein. Aber irgendetwas hielt ihn unten. Gefesselt. Er kämpfte gegen das Gewicht an, hatte aber keine Chance …

Wenn er doch nur Luft bekäme …

Als wieder Sauerstoff in Philipps Lungen strömte, merkte er erleichtert, dass es nur ein Traum gewesen war. Keuchend schnappte er nach Luft, die er unbewusst bis zum Bersten seiner Lungen angehalten hatte. Schweißgebadet riss er die dünne Decke von seinem Körper, die so schwer wie eine Betonplatte auf seiner Brust lastete.

Verdammt! Diesen speziellen Albtraum hatte er schon sehr lange nicht mehr gehabt. Schon sehr, sehr lange.

Aber warum träumte er ihn wieder?

Daran war nur Desirée schuld.

Siebter Tag - morgens

Sie joggt jeden Tag um Viertel vor zehn.
Ich steh manchmal auf, nur um sie Laufen zu sehen. [2/1]

„Schwipp, schwapp, schwippeldi schwapp. Es schwammen fünf Fische im großen Meer. Da sagte der eine: 'Ich mag nicht mehr. Ich schwimm' viel lieber in einem kleinen Teich, denn im Meer ist der Hai und der frisst mich gleich …'“

Im Rhythmus des Kinderreims setzte Linda ihre Füße beim Joggen und verlor sich in der Monotonie der Bewegung. Sie wusste nicht, wie sie auf die Zeilen gekommen war. Plötzlich waren sie in ihrem Kopf und ließen sich nicht ignorieren. Aber es musste wohl etwas mit Philipp zu tun haben. Mit seinem hungrigen Blick, den sie in der letzten Nacht ein paar Mal auf sich gespürt hatte …

Nachdem sie für heute ein Treffen ausgemacht hatten, um ein Duett auszusuchen und es durchzusingen, waren sie noch lange auf ihren Liegen gesessen und hatten sich über Philipps Schwimmkarriere unterhalten.

Er war ein angenehmer Gesprächspartner, der nicht nur faszinierend erzählen, sondern auch aufmerksam zuhören konnte. Nicht, dass Linda viel von sich zu erzählen hatte …

Es hatte mit Lindas Bemerkung über Philipps Schwimmstil begonnen, wie gut ihr seine präzisen und kraftvollen Armbewegungen gefallen würden und wie beruhigend sie in dem Moment auf ihr aufgewühltes Gemüt gewirkt hatten.

Auch wenn er über das Kompliment mehr als überrascht war – so würden sich alle Schwimmer bewegen, das sei nichts Besonderes –, freute er sich sichtlich über ihre Bemerkung.

Danach erzählte er schmunzelnd von den Jahren im Internat, seinen Wettkämpfen und den Streichen, die er mit Ralf und Tobi ausgeheckt hatte. Und wie viel Spaß sie miteinander gehabt hatten.

Dann begann nach dem Abitur sein Maschinenbaustudium, das er nur halbherzig betrieb, da für ihn damals Schwimmen das Wichtigste auf der Welt war. Sie hatten eine sorglose Zeit und viele sportliche Erfolge, bei denen auch die weiblichen Groupies nicht fehlen durften. Natürlich nicht so extrem, wie man das aus den amerikanischen Footballfilmen kannte, fügte er mit einem schiefen Lächeln hinzu. Aber es war eine schöne Zeit, an deren Ziel Olympia gestanden hatte.

„Und was kam dir dazwischen?“, fragte Linda und merkte in dem Augenblick, wie sich Philipps Miene verschloss.

Größenwahn. Eitelkeit. Eklatante Fehleinschätzung. Philipp ließ seinen Blick nachdenklich über die Reling schweifen, wo sich das schwarze Meer rauschend in der Dunkelheit versteckte. Laut sagte er nur: „Irgendwann wird man erwachsen und merkt, dass es Wichtigeres im Leben gibt als das eigene Ego.“ Nach einer kurzen Pause fügte er hinzu: „Ich begann, Jura zu studieren, und schwamm nur noch zum Privatvergnügen.“

Linda merkte, dass er ihr nicht mehr verraten wollte. Deshalb drang sie nicht weiter in ihn.

„Schwipp, schwapp, schwippeldi schwapp …“

Linda begann mit ihrer zweiten Runde, konnte heute aber nicht so gut abschalten wie sonst. Woran das wohl lag?

Als kleines Kind hatte Philipp Wackelpudding über alles geliebt. Waldmeister war seine liebste Sorte gewesen, von der er manchmal so viel aß, dass seine Mutter Angst hatte, sein Gesicht würde so grün werden wie das eines Marsmännchens.

Wenn sie ein Förmchen auf einen kleinen Teller stürzte und Philipp ihn zum Tisch trug, bewunderte er die Faszination der Schwingung, die diesen kleinen Berg erfasste. Mit jedem Schritt schwang er kontrolliert von rechts nach links, ohne jemals seine feste Form einzubüßen.

Gerade jetzt hatte er das Gefühl, einen besonders appetitlichen Wackelpudding vor sich zu erblicken.

Zufällig hatten Linda und er zur selben Zeit mit Joggen begonnen. Nun hatte er sie eingeholt und das Tempo gedrosselt, um ihre Rückenansicht noch einen Moment zu genießen, bevor er zu ihr aufschloss und sie begrüßte.

Und was das für ein Anblick war!

Während Linda joggte, war ihr ganzer Körper in Bewegung. Sie gehörte glücklicherweise nicht zu den abgemagerten Frauen, bei denen man bei jedem Schritt das Skelett klappern hörte. Lindas Körper schwang in einer unvergleichlich harmonischen Symphonie und berauschte alle seine Sinne. Wie schaffte es diese Frau nur, so auf ihn zu wirken? Vermutlich lag es wirklich daran, dass er schon zu lange enthaltsam gelebt hatte.

Philipp hatte leider nicht das Vergnügen, ihre Vorderseite bewundern zu dürfen. Deshalb musste er sich mit den Vorzügen ihrer Rückenansicht begnügen: Da Linda ihre Haare zu einem Knoten hochgedreht hatte, wirkte ihr Hals noch schlanker als sonst. Ihre weichen Rundungen steckten in einem engen Top, unter dem sie einen Sport-BH trug, und einer kurzen, bequemen – und zu Philipps Glück – sehr engen Leggings. Ihre durchtrainierten, schlanken Beine hatten einen leichten Bronzeton und bewegten sich beim Joggen leichtfüßig über das Deck. Ihre schmale Taille lud kräftige Männerhände dazu ein, sie mit langen Fingern zu umspannen, um danach über ihre reizvollen Rundungen nach unten zu gleiten. Bis zu ihren festen Pobacken. Das rhythmische Wippen derselben ließ ihn ganz schwindelig vor Begehren werden.

Nach genussvollen fünf Minuten beschloss Philipp schweren Herzens, einen Zahn zuzulegen, um Linda zu begrüßen.

„Guten Morgen. Ich hoffe, du hast gut geschlafen", kam es von hinten, sodass Linda aus ihrem tranceähnlichen Zustand aufschreckte. Jetzt hatte sie endlich geistig abgeschalten und das blöde *Schwipp, schwapp, schwippeldi schwapp …* zusammen mit der verwirrenden Erinnerung an Philipp verdrängt – und jetzt joggte die Ursache dafür auch noch neben ihr her!

Nachdem sie sich mit wenigen Worten über das fantastische Wetter unterhalten hatten, versanken beide in Schweigen und drehten zusammen ihre Runden. Immer wieder blinzelte Linda aus dem Augenwinkel zu Philipp hinüber und musste sich wieder einmal eingestehen, dass er eine unglaubliche Ausstrahlung hatte. Gerade, wenn er nicht wie aus dem Ei gepellt, sondern wie vor Kurzem dem Bett entstiegen aussah. Es raubte ihr fast den Atem.

Nervös leckte sie kurz über ihre Lippen und schmeckte den leicht salzigen Geschmack, der hier überall in der Luft lag.

Sie war so darauf konzentriert, *nicht* auf ihn zu achten, dass sie beinahe eine Säule übersehen hätte, vor der sie in letzter Sekunde ausweichen konnte. Peinlich berührt schüttelte sie nur den Kopf, als Philipp fragte, ob sie sich verletzt habe. Dann liefen sie wieder schweigend weiter.

Gott sei Dank, war Philipp keine von diesen Labertaschen, die einen während des Joggings in Diskussionen verwickelten. Sie benötigte ihre Atemluft seit seiner Ankunft definitiv noch für etwas anderes als zum Laufen.

Nach einer guten halben Stunde fragte Philipp, wie lange sie für gewöhnlich jogge und ob sie jetzt vielleicht zusammen frühstücken sollten.

„So verschwitzt, wie wir sind?“, fragte Linda erstaunt und kam zum Stehen. Sie spürte, wie ein Schweißtropfen sich unter ihrem rechten Ohr verselbstständigte, über ihren Hals rollte und zwischen ihren Brüsten verschwand. Dummerweise hatte Philipp ihn auch bemerkt und fasziniert seinen Weg verfolgt. Mit aller Willensanstrengung verbot sie sich, mit den Fingern in ihr Dekolleté zu greifen, um das kitzelnde Gefühl loszuwerden.

„Ja, ausnahmsweise. Sonst traust du dich nach dem Duschen vielleicht nicht mehr.“ Verschmitzt zwinkerte er ihr zu.

Wie richtig er sie doch einschätzte, dachte Linda nur. Sie nickte kurz und sagte: „Okay. Aber lass mich in der Toilette beim Frühstücksraum wenigstens noch kurz die Hände und das Gesicht waschen.“

Philipp begrüßte ihre Idee.

Nach dem Frühstück traf Linda auf dem Rückweg ihre Freundinnen mit Simon vor ihrer Kabinentür an, als diese gerade bei ihr klopfen wollten.

„Geht schon mal vor. Ich dusche schnell und komme dann nach“, vertröstete Linda die Drei auf später.

„Geht's dir heute Morgen wieder besser?“, fragte Anna mitfühlend.

„Ja. Danke, dass ihr mir gestern Abend ein wenig Ruhe gelassen habt. Ich erzähle euch dann alles beim Frühstück.“

Als Linda sich kurze Zeit später nur mit einem frisch gepressten Fruchtsaft statt eines vollbepackten Tellers zu ihnen setzte, wollte sich Simon gerade verabschieden, da sein Chef ihn für etwas Geschäftliches zu sich gerufen hatte.

„Wir treffen uns später am Pool, einverstanden meine Süße? Dann werde ich dich zu einem zweiten Frühstück überreden. Vielleicht auch in meiner Kabine.“ Er lächelte Betty an und beugte sich zu ihr, um ihr einen langen Kuss zu geben. Als ob sie sich eine ganze Woche nicht mehr sehen würden.

Simon war wirklich süß. Seine Augen blitzten schalkhaft, wenn er Betty anblickte und sein Lächeln war nicht von dieser Welt. Sein Gesichtsausdruck erinnerte Linda an einen kleinen Jungen, der am 24. Dezember den ganzen Tag die Geschenke voll freudiger Erwartung unter dem Weihnachtsbaum liegen sieht und es kaum erwarten kann, sie auszupacken.

„Macht's gut, Mädels. Bis später, Zuckerschnute“, sagte Simon, blinzelte Betty zu und stand auf.

Doch Betty zog ihn an der Knopfleiste seines Hemdes zu sich runter, raunte ihm „Tschüss, mein Tiger“ ins Ohr und küsste ihn auf den Hals.

Linda bildete lautlos mit ihrem Mund das Wort 'Tiger' und blickte Anna erstaunt an. So kannte sie Betty ja gar nicht.

Erst als Simon nicht mehr zu sehen war, wandte sich Betty Linda neugierig zu und meinte: „So, und jetzt zu dir. Warum trinkst du nur einen frisch gepressten O-Saft? Hast du schon gefrühstückt? Und mit wem?“

Nun musste sie wegen der neugierigen Blicke und Bettys Frage wohl oder übel davon berichten, dass sie Philipp beim Joggen getroffen und danach mit ihm gefrühstückt hatte.

„Oh, erzähl schon, wie war's?“, fragten Anna und Betty fast wie aus einem Mund.

„Am Anfang noch ganz gut. Später hätte ich in seinem Beisein beim Joggen fast mit einer Säule geknutscht. Und beim Frühstück habe ich ihn unabsichtlich mit einer vollen Ladung Naturjoghurt vollgespritzt. War mir das peinlich!!“ Sie bedeckte mit beiden Händen ihr Gesicht. „Ich hatte mir frisch aufgeschnittene Ananas genommen und die Zange zurückgelegt. Dabei ist sie vom Plattenrand abgerutscht und mit Schwung in die volle Joghurtschüssel gefallen, die ein Stockwerk tiefer stand. Philipps Hose hat ausgesehen wie das Ziel einer Joghurtkanone. Gott, war das eine Blamage!“ Wohlweislich verschwieg sie, dass sie in dem Moment nicht bei der Sache gewesen war. Sie war von Philipps Händen abgelenkt worden. Seinen großen Händen mit diesen langen, schlanken Fingern, die so gut zu seinem athletischen Körper passten.

„Und wie hat er reagiert?“, wollte Betty wissen.

„Gelacht hat er. Während ich neben ihm gestanden und um ein Loch im Boden gebetet habe, hat er nur gelacht und seine Hose abgewischt.“ Sie schüttelte den Kopf. „Mir blieb nichts anderes übrig, als ihm hektisch ein paar Servietten zu reichen und mich mit hochrotem Kopf zu entschuldigen.“

„Du bist ihm beim Säubern aber nicht auch noch zur Hand gegangen, oder?“, fragte Betty süffisant.

„Wo denkst du hin!“ Linda merkte, wie ihr wieder furchtbar warm wurde. Das mussten die Wechseljahre sein. Bei den einen begannen sie Mitte vierzig, bei Linda eben ein paar Jährchen früher. „Ich weiß so schon nicht, wie ich ihm wieder unter die Augen treten soll."

„Also, ich finde, du brauchst dir keine Sorgen zu machen, Linda", meinte Betty beruhigend. „So peinlich war dieser Zwischenfall nun auch wieder nicht."

„Na, wenn das nicht peinlich ist, weiß ich auch nicht", murmelte Linda vor sich hin. „Mir hat's jedenfalls gereicht."

„Ich finde so was auch immer sehr unangenehm. Ich kann dich vollauf verstehen", versuchte Anna sie zu trösten.

„Das war vielleicht etwas ungeschickt. Aber nicht peinlich", meinte Betty nur kopfschüttelnd. „Ich sage euch mal, was wirklich peinlich wäre: Wenn du mit fiesen Blähungen zum Kontrolltermin beim Gynäkologen gehst, auf den Behandlungsstuhl krabbelst und zehn Sekunden später halb nackt durch die Praxis zur Sprechstundenhilfe rennst, weil dein Arzt ohnmächtig auf dem Boden zusammengesunken ist. Dasistpeinlich." Betty grinste die beiden an.

„Das ist wirklich oberpeinlich", stimmte Anna lachend zu. „Sprichst du aus Erfahrung oder warum kannst du das so bildhaft beschreiben?"

Doch Betty ließ sich nicht von Anna aufziehen.

Linda schüttelte nur den Kopf und meinte: „Das war bei mir aber noch nicht alles. Gestern Abend ist noch mehr passiert."

Sie erzählte davon, wie sie sich wegen des kleinen Mädchens ausgesperrt hatte und halb nackt bei Philipp klopfen musste. Dass sie sich wie auf dem Präsentierteller gefühlt und dann auch noch seine Handschellen im Schrank aufblitzen gesehen hatte. Wie sie seine Bemerkung mit der Nummer und dem gemeinsamen Spaß völlig falsch verstanden und ihn daraufhin wüst beschimpft hatte, um wie ein wild gewordener Derwisch aus der Kabine zu humpeln und sich dabei wahrscheinlich völlig lächerlich zu machen.

Als sie kurz Atem holte, bemerkte sie, wie Betty und Anna sie völlig gebannt anstarrten. Beide hatten mit Essen aufgehört und hingen gespannt an ihren Lippen. Annas Gabel schwebte dabei mit einer kleinen Portion Rührei in der Luft, während Bettys Kaffeetasse drei Zentimeter vor ihren Lippen festgefroren war.

Dann fuhr Linda fort zu erzählen, wie sie Philipp nachts wieder begegnet war und er die ganze Sachlage erklären konnte. Dass er sie irgendwie dazu gebracht hatte, bei einem Duett-Wettbewerb mit ihm aufzutreten und sie jetzt schon einen Horror vor diesem Abend habe.

Als sie geendet hatte, meinte Betty nur trocken: „Dann hast du in den letzten fünfzehn Stunden ja mehr Spontanes erlebt als in den letzten fünfzehn Jahren deines Lebens. Gratuliere, du machst dich!“ Linda winkte nur resigniert ab. „Weißt du noch, was ich am ersten Tag an Bord über das Schicksal gesagt habe?“

„Oh, jetzt geht das wieder los …“, stöhnte Linda und parkte ihre Stirn geräuschvoll auf der Tischplatte.

„Dannhatteichalsodochrecht …“

„Und wann ist der Karaoke-Abend?“, unterbrach Anna, die schon vor Aufregung ganz rot im Gesicht war, ungewohnt rücksichtslos ihre Freundin, bevor diese wieder so richtig in Fahrt kommen konnte.

„Schon heute. Wir wollen uns später noch kurz treffen, um uns ein Stück auszusuchen und es durchzusingen.“

Betty tippte sich nachdenklich an die Nasenspitze. „Ich finde es aber schon bezeichnend für Philipps Interesse an dir, dass er sogar eine Verabredung mit einem schwulen Entertainer in Kauf nimmt, nur um an die Liste heranzukommen, aus der *du* dir dann ein Stück aussuchen darfst.“

„Ich weiß“, sagte Linda unglücklich. „Das macht mir auch Angst.“

„Aber immerhin wissen wir jetzt, was es mit dem Sexspielzeug auf sich hat und dass Philipp ein geistig gesunder Mann ist, der einfach nur ein Auge auf unsere Linda geworfen hat.“

„Glaubt aber bloß nicht, dass ich ihn deshalb schneller in meine Kabine schleppe, nur um euch einen Gefallen zu tun.“ Linda war sich allerdings selbst nicht sicher, ob sie bei Philipp nicht doch schwach werden würde.

„Nein, brauchst du auch nicht. Es reicht völlig, wenn du es langsam tust“, flachste Betty.

Zufrieden leckte sich Anna einen Klecks Marmelade vom Finger. „In Anbetracht dessen, dass wir heute sowieso nur auf hoher See sind, wäre ich dafür, dass wir ein bisschen Zeit in dieser einen besagten Boutique verbringen und uns dieses Wahnsinnskleid ansehen. Ich bin mir sicher, dass Linda bei dem Auftritt sensationell darin aussehen würde.“

Skeptisch schaute diese ihre Freundin an. „Bitte nicht!“

„Doch, doch. Wir zwingen dich schließlich zu nichts …“, begann Betty.

„Da lachen ja die Hühner …“, erwiderte Linda sarkastisch.

„… wir treffen aber eine Abmachung: Du probierst es an. Und

wenn es dir nicht steht, brauchst du es auch nicht zu kaufen. Wenn du aber sensationell darin aussiehst, wirst du es kaufen, egal, was es kostet." Auf Bettys Gesicht erschien ein diabolisches Grinsen. „Die Entscheidung, ob es dir steht oder nicht, triffst allerdings nicht du, sondern Anna und ich."

Linda gab ein gottergebenes Seufzen von sich. Gegen diese beiden hatte sie eh keine Chance. Dann begann sie plötzlich, in ihrer Tasche zu wühlen. „Ach übrigens, ich kann euch noch das Buch zurückgeben, das ihr mir für den Urlaub geliehen habt."

Betty machte große Augen: „Du hast es fertig gelesen?"

„Ja, gestern Abend vor dem Schlafen noch die letzten paar Seiten." Dass Linda die letzten fünfzig Seiten des Buches nur so verschlungen hatte, da sie der Geschichte hoffnungslos verfallen war, würde sie ihren Freundinnen mit Sicherheit nicht auf die Nase binden. Und dass sie sich danach noch über eine Stunde aufgewühlt im Bett gewälzt hatte und nicht einschlafen konnte, weil die erotischen Szenen des Buches sich mit Erinnerungen an Philipp vermischt hatten, erst recht nicht.

Es wunderte sie gar nicht, dass sie in der Nacht davor diesen erotischen Traum gehabt hatte. Das musste ja von solchen Büchern kommen!

„Ich wusste es." Betty lächelte Anna siegreich an und hielt ihr die offene Handfläche hin. Diese klatschte sie mit einer Hand ab, als ob sie Betty einen Geldschein überreichen würde.

Irritiert blickte Linda zwischen ihren Freundinnen hin und her. „Ihr habt doch wohl nicht gewettet, ob ich das Buch wirklich lese, oder?"

„Oh doch, und ich habe gewonnen." Betty zeigte ihr breitestes Grinsen, was Linda nur mit einem Kopfschütteln quittierte.

Siebter Tag – mittags

Ich hab' dich ganz groß auf 'm Zettel,
du bist der Lichtblick meiner Wahl.
Ich leg dich ab in meinem Register
unter „Würd' ich gerne mal!" [2/1]

Mit „Viel Spaß" hatten sich Betty und Anna nach dem Frühstück von ihr verabschiedet und waren zum Pooldeck geschlendert, um Simon zu treffen.

Linda ließ sich Zeit, um zu ihrer Kabine zu kommen. Sie war erst in einer halben Stunde mit Philipp zum Singen verabredet. Da sie heute den Tag an Bord verbringen würden, hatte sie alle Zeit der Welt, sich auf den Auftritt am Abend vorzubereiten. Alle Zeit der Welt … uaah, das hörte sich schrecklich an! Wie würde sie den Tag nur überleben?

Während sie einen endlosen Gang mit Geschäften und Bars entlangging, meldete sich wieder ihr Fluchtinstinkt. Mühsam unterdrückte sie diesen unerwünschten Impuls, am liebsten die Beine in die Hand zu nehmen und zu fliehen. Dann atmete sie tief durch. Sie hatte Philipp zugesagt, mit ihm zu singen. Und sie stand normalerweise zu ihrem Wort, egal wie unangenehm es für sie war. Egal, wie viele Ameisenarmeen über ihre Haut krabbelten. Unbewusst rieb sie sich über ihren Arm.

Sie hatte Angst. Sie hatte regelrecht Schiss.

Diese ganze Reise entpuppte sich – so schön sie auch war – als Lindas größter Albtraum. Sie war aus ihrem routinierten Alltag gerissen. Ständig musste sie sich auf neue, zwischenmenschliche Situationen einstellen, richtig darauf reagieren und inständig hoffen, dass sie sich dabei nicht blamierte.

Ganz besonders hinderlich waren in dem Zusammenhang ihre fremden und ungewohnten Gefühle für Philipp. Am Anfang war sie noch irritiert gewesen, wie diese zwei konträren Hälften – der konservative Rechtsanwalt und die zügellose, dunkle Seite seines Charakters – zusammenpassten. In ihren Augen war er nur ein Perverser auf Brautschau gewesen.

Ein faszinierender Perverser.

Seit sie aber wusste, dass dieser Vorwurf unbegründet war, war alles fast noch schlimmer. Denn Philipp war nun ein normaler, sympathischer Mann, der Linda näher kennenlernen wollte! Das war entschieden ein Grund, nervös zu werden und wieder in jedes verfügbare Fettnäpfchen zu treten. Denn: So stark hatte sie sich noch nie zu einem Mann hingezogen gefühlt wie zu ihm. Er hatte etwas an sich, das sie faszinierte, magnetisch anzog und in seiner Intensität gleichzeitig erschreckte. Wenn sie sich in seinen Augen verlor, vergaß sie alles um sich herum. Ihr Kopf wurde plötzlich leer und schien nur noch einen Lebensinhalt zu kennen: in diesen intensiv blickenden Augen wie in einem Schokoladenmeer zu ertrinken. Dann verselbstständigten sich in Gedanken ihre Hände, die durch sein glänzendes, kastanienbraunes Haar fahren wollten; ihre Arme, deren größtes Bedürfnis es war, sich zärtlich um seinen Hals zu legen; ihre Lippen, die ihm einen Kuss auf seinen Mund hauchten.

Sie musste sich eingestehen, dass sie Angst davor hatte. Angst, schließlich doch diese Gefühle zuzulassen, die sie jahrelang zurückgehalten, verdrängt und in einer dunklen Kammer verschlossen hatte. Sie bewusst zu spüren oder sie gar auszuleben. *Gott bewahre!*

In Philipps Gegenwart fühlte sie sich schwach, weil ihre Knie in etwa die Stabilität von Gummibändern bekamen – und machtlos, da sie sich nicht gegen seine Ausstrahlung verschließen konnte. Dadurch wiederum fühlte sie sich manipuliert, was sie hasste, weil sie sonst immer die Kontrolle über alles in ihrem Leben hatte – auch über ihre Gefühle.

Aber warum musste das gerade jetzt passieren? Jetzt, wo sie zufrieden mit ihrem Leben war. Wo sie viel erreicht hatte und friedlich, zwar ohne Mann, aber doch sorglos leben konnte. Jahrelang hatte sie sich gewünscht, jemanden kennenzulernen, der sie verstand, sie akzeptierte, wie sie war. Irgendwann hatte sie resigniert vor ihrer Schüchternheit und vor ihrer damit einhergehenden Schusseligkeit kapituliert. Sich damit getröstet, dass sie andere Lebensziele hatte, die wichtiger waren – zum Beispiel die Wissenschaft und Forschung. Und sie war gut damit klargekommen.

Bis vor einer Woche …

Als sie in der letzten Nacht in ihrem Bett gelegen und noch lange an das Gespräch mit Philipp am Pool hatte denken müssen, hatte sie sich vorgestellt, wie es wäre, ihm nah zu sein. Dabei ließ ihre Fantasie ein romantisches Candle-Light-Dinner in einem teuren Restaurant links liegen und konzentrierte sich auf das Wesentliche …

Dank der äußerst anregenden und bildhaft beschriebenen Szenen aus ihrem Urlaubsroman tauchten Bilder auf, wie sich seine weichen Lippen auf ihren Mund legten, ihn liebkosten und erforschten. Und sie würde - anders als früher - seinen Kuss erwidern können, ohne sich dabei lächerlich zu machen. Begierig würde er eine brennende Spur von gehauchten Brandmalen von ihrem Hals bis zu ihren Brüsten ziehen, um die Stellen an ihrem Körper zu liebkosen, die noch nie die Aufmerksamkeit eines Mannes erfahren hatten …

Energisch musste sie ihren herrlich sündigen Gedanken Einhalt gebieten, denn sie war schon bei ihrer Kabine angekommen. Sie musste unbedingt diese Fantasien hinter sich lassen, wenn sie dem Objekt ihrer Träume in wenigen Minuten in seiner Kabine gegenübertrat, sonst konnte sie für ihre Gelassenheit und die Sicherheit von Philipps körperlichen Vorzügen nicht mehr garantieren.

Kurz darauf klopfte sie an seine Tür und wurde mit einem breiten Lächeln begrüßt: „Setz dich doch. Möchtest du etwas trinken?"

Doch Linda verneinte dankend und ließ sich auf den schweren Sessel neben dem kleinen Tischchen nieder.

Sie hatte ihre dunkelblonden Haare wieder zu einem festen Knoten zusammengebunden, wie Philipp bedauernd feststellte, und trug lange weite Sommerhosen mit einer sittsamen, weißen Bluse. Für seinen Geschmack viel zu sittsam. Immerhin waren die obersten zwei Knöpfe geöffnet.

„Hier habe ich noch dein T-Shirt. Danke, dass du es mir geliehen hast. Ich wusste nicht, ob du es gleich wieder brauchst oder ob ich es beim Wäscheservice erst noch waschen lassen soll …"

„Nein, nein, brauchst du nicht. Ich lege es einfach so wieder zu den anderen." Philipp musste sich bei ihrem verwerflichen Angebot, das T-Shirt waschen zu lassen, dazu zwingen, es ihr nicht aus der Hand zu reißen. Er nahm es entgegen und trat an den Einbauschrank, um ihn zu öffnen.

„Ich hatte es auch nicht besonders lange an, da ich es bei mir drüben gleich wieder ausgezogen habe …" Philipp hörte schon nicht mehr zu. Im Schatten der Tür führte er das T-Shirt an seine Nase und schnupperte kurz daran. Mmh, ihr unvergleichlicher Duft stieg ihm in die Nase und er schloss für einen Moment die Augen. Schnell legte er es zu den anderen auf den Stapel und klappte die Tür wieder zu.

„… ist das die Karte von deinen Freunden?" Sie deutete auf die Schwarz-Weiß-Postkarte auf seinem Nachttisch mit dem freizügigen Motiv.

„Ja, das ist sie. Möchtest du sie doch anschauen?“ Er reichte sie ihr. Irgendwie war ihm wichtig, dass bei ihr alle diesbezüglichen Zweifel restlos ausgeräumt waren.

Nachdem sie die Karte durchgelesen hatte und dabei lächeln musste, gab sie sie ihm zurück. „Das sind wirklich zwei Spitzbuben. Danke, dass ich sie lesen durfte.“

Erst, als Philipp sie wieder entgegennahm, fiel ihm ein, was auf der Karte stand. Du warst schon zu lange enthaltsam und damit Du wieder als 'ganzer Mann' zu uns zurückkehrst! Das war nicht gerade ein Führungszeugnis seiner männlichen Qualitäten, das sich eine wunderschöne Frau wie Linda wünschen würde. Und dass sie ihm was eingepackt hätten, falls er vergessen haben sollte, wie man sich mit Frauen die Zeit vertreibt, warf auch kein besseres Bild auf ihn.

Na, da hatte er sich ja ganz gekonnt ins eigene Knie geschossen!

Siebter Tag – mittags

Ohne Worte, das Spiel beginnt,
ich glaub' wir zwei verstehen uns blind.
Nur mit 'nem Lächeln, ganz nonverbal –
sendet mein Herz dir ein Signal. [3/11]

„Und wo hast du nun die Liste?“ Linda blickte ihn unschuldig an.

Irgendwie hatte er eine spitze Bemerkung bezüglich der Karte erwartet. Als keine kam, reichte er ihr wortlos das Blatt Papier und setzte sich ihr gegenüber auf sein Bett. Er wollte sich nicht ausmalen, welche Sprüche Betty ihm nach Lesen der Karte an die Stirn getackert hätte. Aber Linda studierte die Lieder nur aufmerksam, ohne aufzublicken. Ein kleines Lächeln stahl sich kurz darauf in ihre Mundwinkel, das sie bezaubernd aussehen ließ. Zum Niederknien.

Philipp musste schlucken.

„Kann es sein, das du dein Lieblingsduett unter den Liedern gefunden hast?“, fragte er leise.

Doch Linda wiegelte ab, da sie noch nicht fertig war. Philipp ließ sie gewähren und genoss einfach nur stumm ihren Anblick.

Dann blickte sie auf und lächelte leicht. „Ja, du hattest recht. Ich habe mein Lieblingsduett gefunden. Welches Stück hast du dir denn ausgesucht?"

„Noch keines, weil du wählen darfst." Philipp blickte sie gespannt an.

„Dann würde ich gerne *Something Stupid* singen, wenn es dir recht ist." Sie schaute ihn fragend an.

„Gern. Das war auch in meiner engeren Wahl. Bist du ein Fan von Frank Sinatra?"

Sie errötete leicht. „Ja. Alles, was mit Swing zu tun hat, spricht mein Herz an."

„Glenn Miller, Count Basie, Benny Goodman - die Schiene?"

„Auch. Aber besonders mag ich die Stücke von Roger Cicero. Kennst du ihn?"

„Ja, ich habe schon was von ihm gehört. Seine erstes Lied war doch *Zieh die Schuh aus*, nicht?"

„Er hat vorher schon viel gemacht. Aber so, wie ich ihn mit seiner Big Band kennengelernt habe, war dieses Lied sein erstes richtig Erfolgreiches. Danach ging seine Karriere steil bergauf." Sie lächelte. „Irgendwie hat er zu dem Zeitpunkt in Deutschland ein Bedürfnis nach gutem Big-Band-Sound gepaart mit witzigen, doppeldeutigen Texten gestillt. Meist handeln sie von Beziehungen zwischen Liebenden oder sich Hassenden, zwischen Müttern und Söhnen, zwischen Freunden oder Ex-Geliebten. Die Lieder beinhalten tränentreibende Liebeserklärungen, echte Lebensweisheiten und herzerwärmende Komplimente an Frauen, genauso wie Augen zwinkernde Kritik am jeweils anderen Geschlecht." Linda glühte still vor Begeisterung. „Und seine Stimme geht mir unter die Haut wie keine andere." Sie suchte kurz Philipps Blick. *Außer deiner.*

Philipp spürte, dass irgendetwas Bedeutendes in der Luft hing. Da er es nicht greifen konnte, schmunzelte er nur: „Dann hörst du vermutlich öfter in seine CD rein ..."

„Ja. Er hat mittlerweile drei davon auf den Markt gebracht und sie laufen bei mir fast täglich. Im Auto zur Arbeit, beim Aufräumen zuhause. Sie sind wie Balsam für meine Seele."

„Wenn du ein so großer Swing-Fan bist, dann kannst du die zweite Stimme bei *Somethin' Stupid* sicherlich mit traumwandlerischer Sicherheit auswendig singen. Hab' ich recht?"

Linda zuckte mit den Schultern. „Bis jetzt habe ich immer nur zum Original mitgesungen. Wie ich mich zur Karaokeversion anstelle, weiß ich nicht." Sie überlegte. „Du hast sicher keine Textkopie hier, oder? Brauchst du eine?"

„Nein, nicht unbedingt. Ich vermute, du kennst den Text sowieso auswendig. Dann kannst du mir weiterhelfen, wenn ich ins Stocken gerate."

„Wir probieren es." Linda schloss ihre Augen, damit sie Philipp nicht ansehen musste.

„Äh, ... könntest du den ersten Ton bitte summen, damit wir in derselben Tonart beginnen?" Philipp schaute fasziniert zu, wie sie sich konzentrierte und nur mit einem „Mmh" antwortete. Ein tiefes Summen ertönte und Linda zählte mit den Fingern stumm von eins bis vier. Dann setzte sie ein und begann zu singen.

Nach zwei Takten blinzelte sie irritiert Philipp an. „Wolltest du nicht mitsingen?"

Er lachte verlegen. „Ich habe den Anfang des Textes nicht so spontan zusammenbekommen. Tut mir leid. Jetzt weiß ich aber wieder, wie das Lied beginnt."

Philipp verschwieg wohlweislich, dass er von Lindas weichen Lippen abgelenkt worden war. Er riss sich zusammen und konzentrierte sich auf ihren Einsatz, den sie stumm vorgab. Anfangs waren beide noch etwas unsicher, doch schon nach wenigen Takten spürte Philipp, wie Linda festen Boden unter den Füßen gewann und ihre Stimme kräftiger wurde. Sie sang die tiefe Frauenstimme mit einem rauchigen Timbre, aber doch dezent und leise, um seiner Stimme genügend Raum für die Melodie zu geben.

Als er sie singend beobachtete, merkte er, dass sie kurz schauderte, sich aber wieder fing, ohne dass man es an ihrem Gesang gehört hätte. Man merkte ihr an, dass sie nicht einfach nur musikalisch, sondern besonders talentiert war, da die Intonation auf den Punkt genau stimmte und sie ihre Lautstärke seiner Stimme perfekt anpasste. Seltsam, dass sie aus ihrem Gesang nie mehr gemacht hatte, als ihn für den Privatgebrauch zu nutzen.

Nach dem ersten Refrain kam Philipp ins Stolpern. Er hatte das Lied zwar auch schon oft mitgesungen, aber wirklich textsicher war er nicht. Außerdem fesselte Lindas gelöster Gesichtsausdruck beim Singen seine Aufmerksamkeit mehr, als gut für ihn war. Er sollte doch wohl lieber die Augen schließen wie sie.

Nachdem Linda ihm die betreffende Stelle vorgesungen hatte, meinte sie noch: „Der Text steht beim Singen auch auf dem Monitor. Du musst ihn also gar nicht auswendig können."

„Möchte ich aber. Ich singe meist die Lieder bei Karaoke-Abenden, die ich wenigstens zu achtzig Prozent auswendig kann. Ich finde es fürchterlich, wenn die Sänger immer so am Monitor kleben. Da hat man keine Möglichkeit, sich beim Auftritt frei zu bewegen."

So, wie die gekonnten Hüftschwünge bei seiner Elvis-Imitation, dachte Linda.

„Soll ich noch die Klimaanlage herunterdrehen? Ich hatte vorhin den Eindruck, du würdest frieren", fragte Philipp mit einem besorgten Stirnrunzeln.

Doch Linda schüttelte nur den Kopf und meinte, es ginge schon. Es war in seiner Kabine wirklich nicht kalt. Aber sie konnte ihm schließlich nicht beichten, dass seine Stimme sie erschaudern hatte lassen. Sie musste an sich halten, bei der Erinnerung nicht wieder automatisch über ihren Arm zu streichen, um das Kribbeln zu stoppen.

Sie versuchten es erneut und sangen zum ersten Mal ohne Unterbrechungen bis zum Schluss. Nach zwei weiteren Versuchen fühlte sich Philipp soweit sicher, dass er auch wieder die Augen aufmachen konnte, ohne ins Straucheln zu geraten.

In einer Pause meinte er nebenbei: „Du hast wirklich eine gute Stimme. Gefällt mir." Und bevor er sie wegen des unerwarteten Kompliments wieder in Verlegenheit bringen konnte, fragte er: „Meinst du, wir sollten noch irgendetwas einstudieren? Irgendwelche Bewegungen oder Tanzschritte?"

Sie schaute ihn entsetzt an: „Oh, bitte nicht!" Hatte sie das heute nicht schon mal Betty und Anna gegenüber ausgerufen? Ts, ts, sie wiederholte sich! „Also, ich meine, lieber nicht. Ich bin mir beim Singen nicht so sicher, dass ich auch noch vor allen Leuten tanzen könnte."

Philipp musste lachen. „Wenn einer bei diesem Lied sicher ist, dann bist du es. Ich muss mich noch ziemlich auf den Text konzentrieren, damit es mich nicht raushaut. Aber wie du willst."

Er ließ das Thema auf sich beruhen, da er sich später noch Gedanken darüber machen wollte. Es widerstrebte ihm, bei einem solch gefühlvollen Liebeslied steif neben Linda zu stehen und es einfach nur so herunterzusingen. Dafür hatte er schon zu viele Wettkämpfe in seinem Leben bestritten. Er sah die Herausforderung sportlich und wollte unbedingt gewinnen.

„Möchtest du jetzt vielleicht etwas trinken?"

Linda überlegte. Dann könnte sie noch länger hier in Philipps Kabine bleiben. *Ja! Ja!*, schrie ein kleiner Teil ihres einsamen Herzens. *Nein! Nein!*, ihr logisch denkender Verstand. „Ja, gerne."

Philipp zeigte ihr den Inhalt der Minibar und sie entschied sich für ein Wasser. Nachdem er eingeschenkt hatte, füllte er ein zweites Glas mit einer Coke und prostete ihr augenzwinkernd zu: „Auf uns und einen erfolgreichen Auftritt!"

Als sie einen kleinen Schluck getrunken hatte, stellte sie das Glas auf dem Tischchen neben ihr ab und stieß dabei aus Versehen eine kleine Vase mit Blumen um.

Mit einem Satz sprang Linda fluchend vom Stuhl auf und riss das Handy, das direkt daneben lag, hoch, um es vor auslaufendem Wasser zu schützen. Zum Glück handelte es sich jedoch, wie sie erleichtert bemerkte, um Stoffblumen, weshalb die Vase leer war. Mit einem Aufseufzen sank sie wieder auf den Stuhl.

„Passiert dir so was öfter?", wollte Philipp wissen, der ihre Reaktion beobachtet hatte. Seine lachenden Augen passten so gar nicht zu seinem bemüht ernsten Gesichtsausdruck.

„Was meinst du?", fragte Linda, obwohl sie bereits wusste, was er antworten würde.

„Na, wie das gerade eben. Dann noch die Liege am Pool, über die du gestolpert bist. Das Wasserglas beim Essen am ersten Abend. Die Sache mit dem Aussperren und dem Joghurt …", begann er an den Fingern aufzuzählen.

„Okay, das reicht, ich habe verstanden … Ja manchmal, wenn ich nicht bei der Sache bin und mich ablenken lasse." Glücklicherweise fragte er nicht, was das normalerweise war. „Im Geschäft passiert mir das komischerweise nie. Und im Privaten habe ich das auch schon lange nicht mehr erlebt. Es hat erst wieder hier auf dem Schiff angefangen." Autsch, da hätte sie sich wohl lieber auf die Zunge gebissen!

„Vielleicht gibt es hier auf dem Schiff etwas, das du von zuhause nicht kennst?", fragte Philipp sie mit einem unergründlichen Ausdruck in den Augen.

„Kann sein", ging sie kurz darüber hinweg und wechselte das Thema: „Wann beginnt eigentlich der Wettbewerb heute Abend?"

Siebter Tag – mittags

Du wolltest ihn, er wollte nicht. 1/3

Als Linda eine halbe Stunde später Philipps Kabine summend verließ, begegnete ihr Desirée. Im Vorbeigehen ließ sie ein höfliches „Hallo“ verlauten und ging beschwingt weiter.

Desirée blickte ihr nach und spürte, wie sich die Eifersucht in ihre Magenwände fraß. Was hatte eine graue Maus wie Linda, in Philipps Kabine zu suchen? Wenn sie sich nur diesen Alt-Oma-Knoten in ihrem Nacken und diese brave, weiße Bluse anschaute, kam ihr schon alles hoch. Linda sah in etwa so aufregend aus wie eine Flasche Milch im Kühlschrank. Weiß, langweilig und unterkühlt. Und nach ein paar Tagen wäre sie sauer und müsste entsorgt werden.

Also kam nun die alles entscheidende Gretchenfrage: Was hatte Linda an sich, das sie, Desirée, nicht hatte? Es war ihr unverständlich, was Philipp an ihr fand …

Was sie aber wusste, war, dass sie Philipp zurückhaben wollte. Sie hatte keine Lust, ihn im Rennen an eine Frau zu verlieren, die von einer Nonne in puncto erotischer Ausstrahlung noch um Längen geschlagen werden konnte.

Desirée hatte sich ihre Männer immer ganz genau ausgewählt. Sie war noch nie der Typ, der sich wahllos durch die Betten gevögelt hatte.

Am Anfang ihrer Experimentierphase hatte sie ältere Männer bevorzugt, die ihr höchste Ekstasen bescheren und sie in all die erotischen Geheimnisse des Kamasutras einführen konnten. Und Desirée war damals eine wissbegierige und lerneifrige Schülerin gewesen. Sie hatte alles aufgesaugt wie ein trockener Schwamm. Und da sie ganz besonders talentiert war, neue Informationen zu absorbieren und sie in neuen Situationen gekonnt zu variieren, hatte sie schon nach kurzer Zeit ihren Meisterbrief in der Tasche gehabt. Sie war eine fantasievolle und manchmal bis zur Schmerzgrenze geduldige Geliebte. Meist jedoch brach sich die ungezähmte Tigerin in ihr den Weg ins Freie und verschlang ihren Liebhaber mit einer Leidenschaft, die seine Welt in den Grundmauern erschütterte.

Ja, sie hatte sich ihre Männer immer sehr genau ausgewählt … Ganz besonders süß war ihr Mathelehrer Herr Nagel damals in der Oberstufe gewesen. Zahlen waren bis dahin noch nicht so ihr Ding gewesen, weshalb sie gezwungen war, etwas gegen die drohende

Nichtversetzung zu unternehmen. Sexuell frustrierte Männer waren immer eine leichte Beute. Dass seine Frau eine verklemmte Zimtzicke war, wusste die ganze Schule und kam Desirée deshalb gerade recht.

Der Vorteil ihres eigenen, mädchenhaften Äußeren bestand darin, dass keiner ihr die sexuellen Aktivitäten zutraute und sie diese im Gegenzug gut zu verheimlichen wusste. Schließlich wollte sie von ihren Mitschülern, die einfach nur ein nettes Mädchen in ihr sahen, nicht als Schlampe gebrandmarkt werden. Für die Lehrer war sie eine bewundernswerte, junge Frau mit einem starken Willen und einem klaren Lebensziel vor Augen, die jedoch aufgrund ihrer Körpergröße und dem feingliedrigen Körperbau Schwierigkeiten haben würde, in Männer dominierten Berufen für voll genommen zu werden. Ihr Körper hatte damals eben noch die femininen Rundungen eines Peter Pans nach einer heftigen Darmgrippe gehabt. Nur ihre zart knospenden, kleinen Brüste waren das Bindeglied zwischen der nach außen dargestellten unschuldigen Jungfräulichkeit und der verführenden Sirene im Geheimen. Und da sie nur mit älteren Männern intim wurde, wusste keiner in der Schule von ihrem Doppelleben.

Damals hatte sie schon seit einiger Zeit bemerkt, dass ihr Mathelehrer seinen Blick hin und wieder eine Sekunde zu lange auf ihr ruhen ließ. Was das über ihn aussagte, wollte sie lieber nicht tiefer ergründen. Doch sie wusste, seine Schwäche für ihre Zwecke zu nutzen. Als das Zwischenzeugnis wieder einmal die stete Talfahrt ihrer mathematischen Leistungen dokumentierte, musste sie vorsorgen.

Freitags nach der letzten Stunde bei Herrn Nagel legte sie den ersten Köder, der aus einer vertraulich hingeworfenen Bemerkung und einem gezielten Augenaufschlag bestand. Nun hatte er das ganze Wochenende, um darüber zu grübeln, ob er sich die Vertraulichkeit nur eingebildet oder ob sie tatsächlich stattgefunden hatte. In der Woche darauf ließ sie ihn schmoren, begegnete seinem Blick mit einer Arglosigkeit, die selbst einem kleinen Kätzchen Konkurrenz gemacht hätte. Am Donnerstag kam dann der nächste Köder, der freitags wieder unbestätigt blieb. Desirée freute sich, dass Herrn Nagels Blick manchmal mit einer Mischung aus frustrierter Ratlosigkeit und gereizter Nachdenklichkeit an ihr zu kleben schien. Sie hatte ihn am Haken. Jetzt musste sie nur noch abwarten, bevor sie die Angel anschlug und den Fisch an Land zog.

Nach zwei Wochen war es dann soweit. Die letzte Stunde kam und mit ihr der große Moment. Als sie im Klassenzimmer schließlich alleine waren und sie ihm schmutzige Fantasien ins Ohr flüsterte, während sie dabei immer wieder mit der Zungenspitze seine Ohrmuschel verführte, spürte sie die süße erregende Macht, die sie über ihn hatte. Als sie ihr geplantes Vorhaben damit zum Ausdruck brachte, dass sie seinen Namen mit einem 'n' am Ende hauchte, durchlief ihn ein Beben.

Und sie genoss die überaus große Befriedigung, wieder einmal ihr Ziel erreicht zu haben.

Auch wenn er sich wochenlang über ihre Absichten nicht im Klaren gewesen war, hatte sie dennoch sein unterschwelliges Verlangen gespürt. Ach, wie süß war seine Rechtschaffenheit, die ihr flüsternd zu verstehen gab, dass ein Verhältnis zwischen Lehrer und Schülerin nicht erlaubt sei. Natürlich nur zum Schutz der unschuldigen Mädchen.

Aber Desirée war nicht unschuldig – und eine Jungfrau schon lange nicht mehr.

„Ich kann doch das Vertrauensverhältnis nicht so ausnutzen", flüsterte er und fügte in einem ehrfürchtigen Ton noch etwas atemlos hinzu: „Und du bist noch so jung."

Tja, jung schon. Aber dennoch deutlich erfahrener als er selbst. Sie beruhigte ihn, dass sie keinen Sex haben würden. Er würde demzufolge auch gegen keine Regeln verstoßen. Sie wolle ihn nur ein bisschen auf eine Art und Weise verwöhnen, wie es seine Frau vermutlich nicht täte.

Die Besenkammer am Ende des Gangs bildete die geeignete Kulisse, um Herrn Nagels stotternd hervorgebrachte Bedenken zu zerstreuen, man würde sie im Klassenzimmer noch entdecken. Ohne auf seine halbherzigen Gegenargumente zu hören, öffnete sie seinen Gürtel, zog den Reißverschluss seiner Anzughose auf und kniete sich verführerisch lächelnd vor ihn.

Am Schuljahresende hatte sie ihr Abitur in der Tasche und ihr besonderes Verhältnis zu ihrem dankbaren Mathelehrer mit einem speziellen Abschiedsgeschenk beendet.

Nein … sie hatte noch nie irgendwelche Klagen gehört.

Desirées Körper war ein Geschenk, ihre Sexualität eine Gabe. Sie liebte es, mit Menschen zu spielen. Sie mit dem wohldosierten Einsatz ihres Körpers zu manipulieren, bis sie ihr aus der Hand fraßen.

Und Philipp war in ihrem Trophäenschrank immer ein ganz besonderes Stück gewesen. Der Ferrari in ihrer Sammlung. Sie hatte keine Ahnung, woran das lag. An seiner Experimentierfreudigkeit? Die hatte sie allerdings bei anderen Männern auch schon genossen …

Oder doch an seiner menschlichen, humorvollen Wärme, die selbst in der leidenschaftlichsten Situation durchzublitzen pflegte? Das war eine Charaktereigenschaft, die sie nicht oft erlebt hatte. Seine Aufrichtigkeit, Loyalität und Ehrlichkeit trugen ihr Übriges zu seinem entwaffnenden Charme bei.

Ihr Verführungsversuch bei Philipp am gestrigen Abend war leider gescheitert, das musste sie zugeben. Sie hatte erwartet, dass er sich schneller wieder von ihrem früheren, gemeinsamen Feuer anstecken lassen würde. Doch er hatte sich standhaft widersetzt.

Wenn es nicht einem Mord gleichkommen würde, würde Desirée Linda am liebsten über die Reling schubsen. Aber so abgrundtief böse und skrupellos war sie dann doch nicht. Dennoch musste sie sich irgendwie etwas anderes einfallen lassen, um Linda abzuschrecken oder doch wenigstens einen Keil zwischen die jungen Blüten ihrer Beziehung zu treiben.

Siebter Tag – nachmittags

Wie komm ich raus aus der Boutique – ohne Krieg?
Wie komm ich raus aus diesem Laden – ohne Schaden? [3/3]

„Och, muss das wirklich sein? Draußen ist das schönste Wetter und wir sitzen wegen eines blöden Kleids, das mir sowieso nicht steht, in einer Boutique ohne Fenster fest“, maulte Linda. „Außerdem ist Simon sicher nicht begeistert davon, dass du ihn so vernachlässigst“. Doch der Versuch einer schlechten Laune hatte keinen Einfluss auf Annas und Bettys Hochstimmung.

„Das wird bestimmt super! Wirst sehen.“

„Dir werden in diesem Kleid alle Männer heute Abend zu Füßen liegen. Allen voran Philipp“, lachte Betty aufgedreht. „Und nur zu deiner Beruhigung: Simon hatte vollstes Verständnis für unser Vorhaben.“

Sobald es ums Shoppen ging, war Betty nicht mehr zu halten.

Ihre ganz persönliche Leidenschaft waren Schuhe, von denen sich mehr als dreißig Paar in allen erdenklichen Formen und Farben zuhause in ihrem überdimensionalen Schuhschrank befanden.

Als sie vor der Boutique ankamen, warfen sie noch einmal einen eingehenden Blick auf besagtes Kleid, das immer noch im Schaufenster ausgestellt war, und gingen hinein.

„Seht ihr? Keine Fenster", meinte Linda nur selbstzufrieden.

„Danach kannst du dich solange am Pool ausruhen, wie du willst, und Betty kann die Läden noch weiter unsicher machen", versprach Anna.

Schon kam eine kleine Verkäuferin philippinischer Abstammung auf eine stille Art übereifrig auf sie zu, da sich sonst wegen des schönen Wetters keine anderen Kunden im Geschäft befanden. Auf Englisch fragte Betty, ob sie das ausgestellte Kleid in Lindas Größe da hatten.

Natürlich, natürlich, hier sei es, meinte diese mit leichtem Akzent und zeigte Linda eine kleine Kabine, in der sie sich umziehen konnte.

Linda fand sich mit ihrem Schicksal ab und betrat das kleine Quadrat, das außer einem winzigen Hocker nichts anderes beherbergte, nicht einmal einen Spiegel. Je schneller sie dieses verdammte Kleid anzog, umso schneller würde feststehen, dass es ihr nicht stand, und umso schneller konnte sie befreit aufatmend in die Sonne hinaustreten und sich darauf freuen, heute Abend eines ihrer eigenen Kleider zu tragen.

Doch so, wie sie den Geschmack ihrer Freundinnen kannte, würde sie nicht so viel Glück haben. Vermutlich waren sie im Gegensatz zu ihr vom Kleid hellauf begeistert und würden versuchen, Linda zum Kauf zu überreden.

Der weiche dehnbare Stoff fühlte sich angenehm auf der Haut an und schmiegte sich um ihre üppigen Brüste. Auch ohne Spiegel war für Linda klar ersichtlich, dass ihr mit reichlich Spitzen besetzter BH überall hervorlugte. Die lindgrüne Spitze biss sich entsetzlich mit dem malvefarbenen Stoff des Kleides.

Seufzend streifte sie die Träger ab und zog den BH aus. Als sie das Oberteil wieder anzog, spürte sie, wie ihre Brüste schwer im elastischen Stoff hingen und erfolglos gegen die Schwerkraft ankämpften. Zu allem Überfluss hatte sich in ihrem Dekolleté eine tiefe, unschöne Kluft aufgetan. Linda beschlich das ungute Gefühl, ihre Brüste hingen völlig unzureichend bedeckt bis zu ihrem Nabel herunter.

Fürchterlich ...

Erfolglos versuchte sie, den Stoff schützend um ihre Brüste zu drapieren, damit sie wenigstens einen gewissen Halt verspürte und die hochgesetzte Taille darunter mit den Glassteinen im gleichen Farbton des Kleides einigermaßen bequem saß. Doch sie fühlte sich nackt und bloß.

Ungeschützt.

Resigniert gab sie auf, holte tief Luft und rief: „Achtung, ich komme jetzt raus."

Als sie aus der Kabine trat, sah sie zwei erwartungsvoll strahlende Gesichter, die eine Sekunde später in sich zusammenfielen und enttäuscht die Stirn in Falten legten.

„Mmh", machte Anna.

„Mmh", machte Betty.

„Sehe ich tatsächlich so scheiße aus, wie ich mich fühle? Dann brauche ich es also nicht zu kaufen?", fragte Linda hoffnungsvoll.

„Mmh, 'Scheiße' eigentlich nicht. Aber irgendwie enttäuschend." Betty runzelte wieder unzufrieden ihre Stirn. „An der Schaufensterpuppe hat es irgendwie aufregender ausgesehen. Oder was meinst du, Anna?"

Nach kurzem Schweigen meinte diese: „Ja, finde ich auch. Ich kann dir gar nicht sagen, was mich stört, weil das Kleid toll geschnitten ist und die Glassteine unter der Brust das berühmte i-Tüpfelchen bilden. Aber irgendetwas passt nicht zusammen."

„Ja, vermutlich ich und das Kleid", kam es nur trocken von Linda. Trotz ihrer unsagbaren Erleichterung spürte sie einen kleinen enttäuschten Stich in der Brust. „Gibt es hier einen Spiegel, damit ich das Desaster auch in Augenschein nehmen kann? *A mirror?*", fragte Linda die Verkäuferin.

Als sie davorstand, konnte sie ihren Freundinnen nur beipflichten. Das Kleid sah an ihr ganz seltsam aus. Einerseits gab es vor, unglaublich schick und verführerisch zu sein. Andererseits konnte es seine Wirkung an ihr überhaupt nicht entfalten, da ihr großer Busen nicht richtig saß. Sie sah richtiggehend verkleidet aus. Das einzig Positive, das sie darüber sagen konnte, war, dass die schmal geschnittene Taille, die mit ihrer A-Form in einen schwingenden Rock überging, gut ihre Hüften kaschierte.

„Kann ich es wieder ausziehen?" Linda wartete ungeduldig auf den Segen ihrer Freundinnen.

„Ja“, gaben beide mit einem enttäuschten Seufzen von sich.
Die Verkäuferin, die die ganze Zeit schweigend neben ihnen gestanden und die Szene beobachtet hatte, meinte nur: „*One moment, please*“ und machte Linda ein Zeichen, dass sie das Kleid noch anbehalten solle. Dann verschwand sie eiligen Schritts aus dem Geschäft.
„Was hat sie vor?“, fragte Anna überrascht. Doch die anderen beiden waren genauso schlau wie sie.
„Da können wir nur abwarten und Tee trinken“, meinte Betty und begann, die in der Nähe stehenden Kleiderständer durchzuschauen, um sich die Zeit zu vertreiben.
Doch schon fünf Minuten später kam die Filipina mit etwas Schwarzem in den Händen zurück und scheuchte Linda lächelnd in die Kabine. Als sie ein paar Worte mit ihr gewechselt hatte, verschwand sie in den hinteren Teil des Ladens und kam mit einer weißen Schachtel und etwas Kleinem in der Faust zurück, das sie Linda hinter den Vorhang reichte.
Betty und Anna schauten sich verblüfft an. Was ging hier vor? Was konnte man an dem Kleid noch ändern, ohne es komplett umnähen zu müssen? Dann verschwand die Verkäuferin auch noch hinter Lindas Vorhang und blieb dort einige Minuten, bis sie strahlend wieder hervortrat.
Linda rief: „Ich habe keine Ahnung, ob das alles was gebracht hat, was die Frau mit mir angestellt hat. Wie ihr wisst, habe ich keinen Spiegel, also lacht mich nicht aus, wenn ich jetzt rauskomme.“
Als der Vorhang zur Seite geschoben wurde und Linda heraustrat, war Anna und Betty überhaupt nicht nach Lachen zumute. Sie hatten vielmehr Probleme, ihre Münder vor Staunen wieder zuzuklappen.
„Heiliger Strohsack, genau so sollte es sein!“, hauchte Anna.
Und Betty meinte nur: „Wenn dir heute Abend nicht mindestens zwanzig Männer ihre Kabinennummer zustecken, fress' ich 'nen Besen.“
Linda trat vor den Spiegel, überrascht von der heftigen Reaktion ihrer Freundinnen, und schaute in ihr Spiegelbild. Diese Frau, die sie dort sah, war ihr völlig fremd. Sie hatte zwar auch blonde Haare und grüne Augen wie sie. Aber der ganze Rest wirkte so ganz anders als sonst.
Verführerisch. Verheißungsvoll. Betörend.
Männermordend.

Ihr langes, blondes Haar fiel in weichen Wellen über ihren Rücken und die schwarzen Riemchensandalen, die sie zehn Zentimeter größer machten, ließen ihre Beine unter dem kurzen Rock länger wirken. Unter dem malvenfarbenen Kleid trug sie nun einen schwarzen Push-up-BH, den man zwar nicht sehen konnte, der aber ihre Brüste zu einem reizvollen Dekolleté zusammendrückte. Genau über der geheimnisvollen Falte baumelte an einem dünnen, schwarzen Band ein lang gezogener silberner Tropfen, der jeden Moment zwischen ihre Brüste zu fallen schien.

Die schmalen Träger des Kleides betonten ihre schön geformten Schultern, die in der karibischen Sonne schon Farbe angenommen hatten. Da das Kleid eine Handbreit oberhalb der Knie in weiten Wellen endete, schwang es bei jeder Bewegung sanft mit und umschmeichelte ihre Hüften und Schenkel. Dadurch wirkte ihre Taille noch schlanker und weiblicher als sonst. Und das Band farblich passender Glassteine unterhalb ihrer Brust gab den letzten Pfiff.

„Wow", war das Einzige, das sie über die Lippen brachte.

„Das kannst du laut sagen! So verführerisch hast du noch nie ausgesehen, seit ich dich kenne", meinte Betty nur, die mit Anna neben sie vor den Spiegel getreten war.

„Und wenn Sie einen Mann noch zusätzlich beeindrucken wollen, können Sie das anziehen", meinte die Verkäuferin auf Englisch und hielt einen schlichten schwarzen String aus Satin hoch.

„Ich glaube, da nehme ich lieber die schwarzen Hotpants, die Sie mir vorhin gebracht haben", antwortete Linda ihr nur.

„Du hast Hotpants an?! Lass sehen!!" Betty versuchte, Linda unter den Rock zu spähen.

„Ja, ja, ist ja schon gut. Das sind auch nur Unterhosen wie andere auch", meinte Linda verlegen. „Außerdem sind mir die lieber als diese komischen Dinger, bei denen ich immer das Gefühl habe, mein Slip sei mir zwischen die Pobacken gerutscht."

„Also, was sagst du?", fragte Anna strahlend. „Hatten wir recht oder hatten wir recht? Das Kleid steht dir fantastisch!"

Linda stimmte gezwungenermaßen zu. Gegen die Überzeugungskraft ihres Spiegelbilds hatte sie keine Argumente. „Aber erst, nachdem die nette Verkäuferin ein bisschen nachgeholfen hat."

Als sie gezahlt und mit einer großen Tüte den Laden verlassen hatte, wurde sie von Betty überschwänglich umarmt.

„Ach, hat das Spaß gemacht! Findet ihr nicht?! Am liebsten hätte ich dir noch ein paar andere Sachen ausgesucht, die mir an dir gut gefallen würden. Aber ich wollte deine Geduld nicht überstrapazieren. Das können wir vielleicht noch in den nächsten Tagen nachholen." Sie lachte. „Wie wäre es jetzt mit einer Runde im Pool? Damit Linda ihre Portion schönes Wetter abbekommt."

Linda war aufgeregt.

So aufgeregt wie heute Abend war sie noch nicht mal bei ihrer Promotionsprüfung gewesen. Und das wollte was heißen, wenn man bedachte, dass sie einen der strengsten Prüfer gehabt hatte, den sie sich hätte aussuchen können.

Am Pool hatte sie nur halbwegs ruhig liegen bleiben können. Deshalb war sie ziemlich bald aufgestanden und hatte auf dem Sportfeld ein Deck drüber eine Stunde Korbwürfe mit dem Basketball trainiert.

Als sie sich völlig verschwitzt unter die Dusche neben dem Pool stellte, entschied sie, doch noch im Fitnessbereich an den Geräten zu trainieren, da sie sich noch nicht so ausgepowert fühlte, um sich auf der Liege zu entspannen.

Sie musste die Zeit bis zum Essen überbrücken und dann noch die zwei Stunden danach, bis es endlich mit Singen losgehen würde. Sie hoffte, gleich dranzukommen, damit sie es hinter sich hatte und nicht den ganzen Abend wie auf glühenden Kohlen sitzen und warten musste.

„Sei doch nicht so nervös, du machst mich noch ganz hibbelig", beschwerte sich Betty während des Abendessens bei Linda, die nicht ruhig auf dem Stuhl sitzen konnte und schon zum fünften Mal ihre Serviette zerknüllt und glatt gestrichen hatte. „Es reicht doch, dass du vorhin dem Kellner fast das Tablett mit leeren Gläsern aus der Hand geschlagen hättest. Es muss ja nicht unbedingt noch mal was passieren, oder?"

„Was haben Sie denn vor, dass Sie so aufgeregt sind?", fragte Frau Jäger, die Linda mittlerweile schon fest ins Herz geschlossen hatte.

„Ach, ich habe mich überreden lassen, mit jemandem auf der Bühne zu singen, obwohl ich das gar nicht gerne mache."

„Oh, Sie singen beim Duettwettbewerb? Ich habe das Schild gestern gesehen. Mein Mann und ich haben schon überlegt, ob wir da auch hingehen sollen. Aber wenn Sie singen, kommen wir auf jeden Fall und feuern Sie an." Sie reckte siegessicher eine Faust in die

Luft, was bei ihrer geringen Größe und der Körperfülle richtig herzig aussah.

„Danke", murmelte Linda und lächelte sie an.

Martha Jäger war eine Frau, die Linda gerne als Großmutter gehabt hätte. Rundlich, herzlich und bodenständig. Doch selbst jetzt fühlte sie sich nicht zuversichtlicher als noch vor fünf Minuten. Das würde eine Riesenkatastrophe geben. Sie würde piepsend oder völlig stumm auf der Bühne stehen, während Philipp das ganze Lied alleine singen musste. Der ganze Saal würde über sie lachen und sie würde sich ganz schrecklich fühlen. So wie damals in der Schule, als sie im gemischten Schwimmunterricht ihr Bikinioberteil verloren hatte und von allen ausgelacht worden war. Obwohl sie ein Jahr jünger als ihre Mitschülerinnen gewesen war, hatte sie doch eine deutlich entwickeltere Oberweite als viele der anderen Mädchen gehabt, deren Knospen gerade mal spitz zu sprießen begonnen hatten. Die Jungen in ihrer Klasse hatten ihr noch wochenlang zweideutige Angebote und derbe Sprüche hinterhergerufen, vor denen sie mit hochrotem Kopf geflohen war.

„Was machen wir nur in der ganzen Zeit, bis es beginnt?", fragte Linda mit verzweifelter Stimme.

„So kenne ich dich gar nicht", schüttelte Anna den Kopf. „Sonst absolvierst du doch die anspruchsvollsten Auftritte gelassen und mit Bravour. Wenn du willst, können wir uns noch eine Show ansehen oder ins Kino gehen, vielleicht lenkt dich das ab. Aber so viel Zeit, wie du denkst, hast du auch wieder nicht, da du dich ja noch umziehen und ein bisschen stylen musst. Du weißt, wir sind um halb zehn mit Philipp verabredet."

Oh Gott, ja, das wusste sie noch. Wie konnte sie das auch vergessen, wo sie doch ständig an ihn denken musste – obwohl sie es gar nicht wollte? Sie verfluchte die Organisatoren, die den Wettbewerb nach der zweiten Essensschicht angesetzt hatten.

Doch irgendwie verging die Zeit dann schneller, als sie gedacht hatte. Plötzlich erinnerte Anna Linda schon daran, dass sie sich fertigmachen sollte.

„Ich kämme nur noch schnell meine Haare durch, dann komme ich und helfe dir", beruhigte Anna ihre Freundin vor der Kabine. „Betty muss sich noch für Simon aufbrezeln, deshalb braucht sie länger."

Kaum hatte Linda ihre Kleider, die sie beim Abendessen getragen hatte, abgelegt, klopfte Anna auch schon an der Tür. Erleichtert ließ Linda sie herein, damit sie ihr wegen ihrer zitternden Hände beim Anziehen und Schminken helfen konnte.

Kurz darauf stand Linda angezogen vor dem Spiegel und musterte sich. Jetzt musste sie nur noch den Knoten öffnen, den sie absichtlich nach dem Haarewaschen geschlungen hatte. Dann würden ihre Haare wieder in weichen Wellen den Rücken hinabfallen. Anna half ihr dabei, die Haare vorsichtig durchzukämmen und die Wellen mit Haarspray zu fixieren. Dann zog sie noch ein Schminktäschchen hervor, das sie von Betty bekommen hatte.

„Deine Wangen brauchen wir nicht zu schminken, die sind vor Aufregung schon rosig genug. Aber du kannst noch Wimperntusche und Lippenstift auftragen. Betty hat einen Lippenstift, der wunderbar zu deinem Kleid passt."

„Oh, mach du das lieber, ich zittere so, dass ich danach aussehen würde wie ein Indianer auf dem Kriegspfad."

Siebter Tag – abends

Wenn sie dich fragt, was du an ihr am liebsten magst,
dann sagst du: „Oh Babe, wo fang ich an?" [1/6]

„Na, was läuft zwischen dir und Betty?", fragte Philipp seinen Freund und schlug ihm freundschaftlich gegen die Schulter.

Simon zwinkerte mit seinen blauen Augen und grinste. „Sie ist ein tolles Mädchen. Ich glaube, wir werden noch viel Spaß in diesem Urlaub haben."

„Und danach?"

„Keine Ahnung. Ich weiß noch nicht mal, wo sie wohnt. Wenn wir allein waren, hatten wir irgendwie nie Zeit, uns über so alltägliche Dinge zu unterhalten." Er grinste schelmisch. „Und bei dir und Linda? Gibt's schon irgendwelche Fortschritte?"

Philipp überlegte. „Ich denke schon. Immerhin hat sie sich bereit erklärt, heute Abend mit mir zu singen. Das hat sie, glaube ich, ein gutes Stück Überwindung gekostet."

„Ich finde, Linda tut dir gut. Du siehst selbst im Anzug nicht mehr so extrem korrekt aus wie sonst. Außerdem machst du den ganzen Tag ein freundliches, entspanntes Gesicht, was für deine Mitmenschen und Kollegen weitaus besser zu ertragen ist als deine griesgrämige Miene mit dieser gerunzelten Stirn, auf der man wie auf 'ner Buckelpiste Ski fahren könnte."

„Ha, ha", war Philipps trockener Kommentar.

„Bist du aufgeregt?" Simon hatte seine spöttische Miene wieder gegen eine mitfühlende eingetauscht.

„Ein bisschen. Wer wäre das nicht, wenn man auf der Bühne ein Liebeslied mit einer aufregenden Frau singen soll, die auch noch eine so fantastische Stimme hat?"

„Ich glaube, Amor, der kleine Liebesgott, ist auf dieser Reise ziemlich beschäftigt. Jens hatte schon immer ein Auge auf Desirée geworfen. Aber hier auf dem Schiff hat es ihn vollends erwischt. Ich glaube, das macht die heiße, karibische Sonne und die Tatsache, dass Desirée bei der Hitze noch freizügiger herumrennt als bei uns in der Firma."

Philipp lachte und meinte: „Das kann natürlich sein. Wenn man sie in ihrem knappen Bikini am Pool liegen sieht, verschlägt es garantiert so manchem testosterongeladenen Wesen die Sprache. Und Jens ist eben auch nur ein Mann mit fremdgesteuerten Hormonen." Und wenn Desirée von ihrer Abneigung Linda gegenüber etwas abgelenkt wurde, sollte es ihm auch recht sein.

„Du hast heute deine Kontaktlinsen reingemacht?"

„Ja, ich wollte etwas mehr wirken wie Frank Sinatra. Deshalb habe ich auch einen Anzug an und einen Hut aus dem Kostümfundus des Schiffes ausgeliehen." Er grinste.

„Wann kommen denn unsere Angebeteten? Ich habe nämlich meine Uhr nach dem Duschen in der Kabine vergessen." Simon ließ seine Augen in Richtung Ausgang wandern.

Philipp blickte kurz auf seine Armbanduhr. „Sie müssten bald da sein."

„Ah, da kommen sie schon." Simon strahlte Betty entgegen, die mit Anna an ihrer Seite die Bar betrat.

„Hallo", rief Philipp den beiden gut gelaunt zu. „Wo habt ihr denn Linda gelassen? Sie kneift doch hoffentlich nicht in letzter Sekunde?"

In dem Moment traten beide auseinander, um hinter sich zu deuten. Linda erschien in der Lücke – und Philipp traf fast der Schlag. Sie wirkte auf ihn wie eine überirdische Erscheinung. Ihre smaragdgrünen Augen glänzten fiebrig vor Aufregung, sodass sie noch eine Spur dunkler wirkten als sonst. Das Haar fiel ihr engelsgleich über die Schultern und bildete einen erregenden Kontrast zu den vollen, sündigen Lippen, die im Farbton ihres Kleides schimmerten, das ihn fast umhaute. Dieses Kleid schien wie für sie gemacht. Es schmiegte sich wie eine zweite Haut an all die aufregenden Rundungen, von denen Philipp schon so oft geträumt hatte, und endete unten in weichen Wellen, die ihre braunen Beine umschmeichelten. Der tiefe V-Ausschnitt endete zwischen ihren Brüsten, die vom Stoff kaum gebändigt zu werden schienen. Es juckte ihn in seinen Fingern, etwas zu tun, wofür er eine schallende Ohrfeige kassiert hätte – wenn er sich denn getraut hätte. Er zwang sich, ihr wieder in die Augen zu blicken und ging auf sie zu.

„Das Kleid steht dir fantastisch!“, meinte er mit vor Verlangen belegter Stimme und beugte sich zu ihr hinunter, um ihr einen Kuss auf die Wange zu geben. „Die Bemerkung mit dem Kneifen habe ich übrigens nicht ernst gemeint.“

Als sie nur lächelte, führte er sie an die Tischgruppe, die er mit Simon vorbereitet hatte, und schob ihr den Stuhl zurecht, als sie sich setzte. Vier Kollegen hatten bereits ihre Plätze eingenommen, darunter auch Paul und Jens. Die Bar war schon zur Hälfte mit Besuchern gefüllt, von denen einige am Computer die Köpfe zusammensteckten, um sich mit einem passenden Lied anzumelden.

Verstohlen beobachtete Linda Philipp aus dem Augenwinkel. Er sah gut aus. Er trug einen dunkelgrau melierten Anzug mit weißem Hemd und einer dunklen Krawatte, ganz im Stil Frank Sinatras. Jetzt fehlte nur noch der typische Hut, dann wäre das Bild perfekt.

Linda spürte wieder das Kribbeln im Bauch, wenn sie daran dachte, wie überrascht er sie betrachtet hatte, als sie vor ihm stand. Sein bewundernder Blick hatte sie von Kopf bis zum kleinen Zeh wie mit einem Flammenwerfer versengt, bevor er wieder zu ihren Augen zurückgekehrt war und sich tief in ihnen vergraben hatte. Sie hätte ihren Blick in dem Moment nicht abwenden können, selbst wenn das Schiff am Sinken gewesen wäre und die Sirene ohrenbetäubend gejault hätte. Sein gehauchter Kuss hatte ein Brandmal auf ihrer Wange hinterlassen, das sie noch immer spürte.

„Wie funktioniert das eigentlich mit der Reihenfolge. Wird die gelost oder geht das nach der Anmeldung?“, fragte Anna Philipp neugierig.

„Nach der Anmeldereihenfolge“, klärte dieser sie auf.

Na, Gott sei Dank, dachte Linda, *dann sind wir vermutlich bei den Ersten, da Philipp schon so früh hier gewesen ist.* Sie beobachtete Betty, wie diese mit Simon flirtete und ihn immer wieder verbal wie ein Hochgeschwindigkeitszug überfuhr. Ihm schien es jedoch nichts auszumachen, da er manchmal in derselben Geschwindigkeit antwortete und sie dann lachend mit seinem Ellenbogen knuffte. Linda freute sich für ihre Freundin. Simon war der erste Mann in Bettys Leben, der ihrer Meinung nach mehr als gut zu ihr passte. Linda hoffte, ihre Freundin würde es auch rechtzeitig bemerken. Schade nur, dass vermutlich nach dem Urlaub doch wieder alles vorbei war, da solche Beziehungen wegen der großen Distanzen keine Zukunft hatten.

Mittlerweile war die Bar gut gefüllt. Im hinteren Bereich standen sogar einige Leute mit Gläsern in der Hand, da sie keine Sitzplätze mehr bekommen hatten. Fünf Tische weiter winkte Martha Jäger Linda freundlich zu und wünschte ihr pantomimisch Glück. Gleich würde die Show beginnen.

Plötzlich erhob sich Philipp und meinte: „Entschuldigt mich bitte kurz. Ich muss uns noch anmelden."

Wie vom Donner gerührt saß Linda da. Das ganze Ausmaß der Katastrophe wurde ihr schlagartig bewusst. Wenn er sie erst jetzt anmeldete, würden sie auch erst am Schluss drankommen! Das hieße, fast zwei Stunden wie auf einem Nadelkissen zu sitzen!!

Als Philipp wieder zurück war, blickte Linda ihn vorwurfsvoll an. „Warum hast du uns erst jetzt angemeldet? Ich dachte, du hättest das schon gleich am Anfang erledigt! Nun müssen wir ewig warten, bis wir drankommen." Sie merkte, wie sich ihre Stimme fast überschlug und sie wieder ganz hibbelig wurde.

„Das war Absicht", meinte er nur mit einem beruhigenden Lächeln, das Linda ihm am liebsten sonst wohin geschoben hätte. Wie konnte man in einer solchen Situation nur so ekelhaft entspannt sein? „Sonst wären wir doch gleich als Erstes drangekommen."

„Ja, aber das ist doch Sinn der Sache, damit wir nicht die ganze Zeit angespannt wie ein Flitzebogen herumsitzen müssen und es schneller vorbei ist", argumentierte Linda mit vor Entsetzen weit aufgerissenen Augen.

„Da hast du schon recht. Aber aus Wettbewerbsgründen ist es immer besser, erst am Schluss aufzutreten. Dann hat das Publikum alle anderen Vorstellungen gesehen und kann vergleichen. Und der letzte Beitrag bleibt für die Bewertung immer in stärkerer Erinnerung als der Erste."

Wo er recht hat, hat er recht, dachte Linda. Aber sie tat dies doch nicht, um zu gewinnen, sondern um etwas zu tun, was sie noch nie getan hatte – und es so schnell wie möglich hinter sich zu bringen! Laut sagte sie mit – wie sie entsetzt feststellte – ziemlich verzweifelter Stimme: „Das kann schon sein, aber ich sterbe, wenn wir so lange warten müssen. Mir wär's am liebsten, wenn wir es gleich hinter uns hätten."

„Dann solltest du vorgehen und fragen, ob er uns an den Anfang nehmen kann", schlug Philipp ernst vor.

Linda sah ihn stumm an. Sollte sie sich wirklich lächerlich machen und wie ein aufgescheuchtes Huhn vorrennen, um die Reihenfolge ändern zu lassen? Sollte sie sich wirklich diese Blöße geben?

Während Philipp sie noch abwartend anblickte, wurde Linda bewusst, was diese Reise für sie bedeutete. Das war alles ein einziger, großer Test. Wenn sie mitspielte und die Hilfe von anderen annahm, würde sie es bis ins Ziel schaffen und nicht untergehen. Dann hätte sie ihre Spontaneitätsqualifikation erfolgreich erreicht und wäre vor Bettys spitzen Bemerkungen sicher.

„Okay, versuchen wir's", meinte sie und zwang sich, entspannt auszuatmen.

Ein schelmisches Lächeln spielte um seine Mundwinkel, als ob Philipp die ganze Zeit gewusst hätte, dass sie sich so entscheiden würde. „Wir versuchen es nicht nur, sondern wir werden mit unserem Gesang alle umhauen", versprach er. „Ich geh noch schnell was zu trinken holen, bevor es losgeht. Braucht ihr noch was?" Alle schüttelten den Kopf, da ihre Gläser noch halb voll waren.

Linda knetete ihre Finger ineinander und versuchte sich an einem Zen-ähnlichen Zustand – was natürlich völlig misslang. Zitternd atmete sie aus. Von Weitem sah sie zu allem Überfluss Desirée auf ihre Tischgruppe zusteuern. Elegant schlängelte sich Philipps Kollegin auf ihren mörderischen Stöckelschuhen durch die eng stehenden, schweren Sessel in rotem Plüsch.

Das hatte ihr gerade noch gefehlt. Aber was hatte sie erwartet? Desirée war Philipps Kollegin und – wie es aussah – scharf auf ihn. Da würde sie sich doch nicht die Gelegenheit entgehen lassen, ihn auf der Bühne zu bewundern – und Zeugin für Lindas größtes Fettnäpfchen aller Zeiten zu werden. Einfacher konnte man eine Konkurrentin nicht loswerden: Stelle sie auf eine Bühne und lass sie singen, dann blamiert sie sich schon von ganz allein.

Desirées Aufzug war wieder einmal atemberaubend: ein kurzer, asymmetrisch geschnittener Rock, der aus einer Vielzahl von einzeln vernähten Bändern zu bestehen schien und ihre schmale Figur umschmeichelte. Bei jedem Schritt blitzten kleine, aufgenähte Perlen im gedämpften Licht der Bar und lose Bänder schwangen um ihre Schenkel, sodass der Rock ein Eigenleben zu besitzen schien. Ihr Oberteil bestand aus einer farblich passenden Korsage, die ihre kleinen Brüste zu einem süßen Dekolleté zusammendrückte, das bei Weitem nicht so vulgär und unmäßig groß wie Lindas wirkte. So sehr sie diese Frau auch hasste, irgendwie schaffte es Desirée doch immer wieder, dass Linda sich klein, unscheinbar und schrecklich altbacken fühlte.

Als Desirée zwei Kollegen erreicht hatte, die sich noch nicht auf ihren Plätzen niedergelassen hatten, begrüßte sie beide in ihrer gewohnt lässigen Art und schenkte ihnen ein kleines Lächeln, das böse Zungen auch als überheblich beschrieben hätten. Dann drehte sie sich mit dem Rücken zu Linda.

Und in diesem Moment fühlte diese eine kribbelnde Wärme von ihrem Bauch aufsteigen. Ein kleines, niederträchtiges Gefühl, das ihre Kehle in Form eines glockenhellen Jubilierens hochzusteigen drohte. Es gab also doch noch eine ausgleichende Gerechtigkeit!

Siebter Tag – abends

Sehr viel an hat sie nicht – diese Frau. [1/11]

Tief in ihrem Inneren befreite sich ein hinterhältiges Grinsen, da sie befriedigt feststellen musste, dass Desirée doch nicht so schön und so perfekt war, wie sie es sich die ganze Zeit eingeredet hatte. Sie war auch nur ein Mensch, der hin und wieder mit voller Wucht in ein Fettnäpfchen tappte.

Desirée war vermutlich direkt von der Toilette gekommen und hatte nicht darauf geachtet, dass alle Zipfel und Bänder ihres Haute-Couture-Rockes da waren, wo sie hingehörten. Ein Teil hatte sich nämlich hinten im Bund verfangen und gewährte freien Blick auf die eine Hälfte ihrer reizenden Rückseite.

Betty bemerkte sofort, dass Linda etwas entdeckt hatte und schaute in die betreffende Richtung. „Oh-ha!“ war ihr einziger Kommentar. Dann: „Man sollte der guten Frau Bescheid sagen, dass sie im Freien steht. Sonst holt sie sich womöglich hier in der

Karibik noch eine Blasenentzündung."

Anna, die mittlerweile auch schon Bescheid wusste, meinte: „Da hast du mal wieder den Nagel auf den Kopf getroffen. Willst du das nicht übernehmen, Linda?"

Die Angesprochene gab ein resigniertes Seufzen von sich. „Das würde ich unheimlich gerne, aber ich bin gerade tierisch damit beschäftigt, meinen Cocktail umzurühren. Meinst du, es reicht noch, wenn ich in einer halben Stunde rübergehe?"

„Na, ich weiß nicht", meinte Betty skeptisch. „Es ist schließlich nicht schön, wenn man sich unwissentlich vor versammelter Mannschaft zum Affen macht – vor allem, wenn man fünfundneunzig Prozent der Leute nicht einmal kennt. Das ist schon überaus peinlich."

„Du meinst so, wie mit fiesen Blähungen zum Gynäkologen zu gehen?", fragte Anna bedächtig nach.

Betty grunzte kurz. „Ja, es kommt dem schon sehr nahe. Vor allem, wenn man so ein sympathischer und hilfsbereiter Mensch wie Desirée ist."

„Dann möchtest *du* ihr vielleicht die frohe Botschaft überbringen?", meinte Linda liebenswürdig.

„Ich? Nein, nein, das geht nicht. Ich muss mich gerade am Rücken kratzen. Aber vielleicht Anna?"

„Mmh, ich könnte es vielleicht dazwischenschieben ..., aber eigentlich habe ich keine Lust dazu."

„Was?! Du hast keine Lust dazu? Wie kannst du das dieser armen Frau nur antun?!", rief Betty entsetzt.

„Weißt du, diese Sessel sind so bequem, dass ich keine Lust habe aufzustehen. Nicht einmal, um Desirée aus einer Misere zu helfen."

In dem Moment hörten sie einen Kollegen vom Tisch nebenan rufen: „Desirée, schön, dass wir deinen knackigen Hintern bewundern dürfen, ohne Eintritt zahlen zu müssen!"

Die so Angesprochene blickte sich mit hochgezogener Augenbraue zu ihrem Kollegen um und prüfte dann ihren Rock. Als sie sah, was passiert war, richtete sie in aller Seelenruhe ihre Rückenansicht und meinte nur hochmütig: „Dann ist das heute aber wirklich dein Glückstag, Sven. So billig kommst du mir nie wieder davon."

Als Desirée zufällig in Richtung der drei Freundinnen schaute, merkte Linda, dass Philipps Kollegin unter der kühlen Oberfläche ziemlich sauer war. Und als Desirée an Lindas Tisch nur schadenfrohe Gesichter erblickte, blitzte ihre volle Wut kurz in ihren Augen auf, bevor sie sich wieder ihren zwei Kollegen zuwandte und weitersprach.

„Mann, die hat sich aber unter Kontrolle", meinte Betty bewundernd. „Aber sympathisch ist sie mir immer noch nicht."

„Aber immerhin hat sie mich von meinem Lampenfieber abgelenkt", grinste Linda, „Ich weiß, Schadenfreude ist kein schöner Charakterzug. Aber im Moment fühle ich mich sauwohl damit."

„Darauf stoßen wir an!" Betty hob ihr Glas und prostete den beiden zu.

In dem Moment, als Philipp sich wieder mit einer Coke auf seinem Platz niederließ, gingen die Lichter im Saal aus und ein Spot an. Die Show begann und ein Paar nach dem anderen betrat die Bühne. Die Vorführungen reichten von soliden, stimmlichen Darbietungen bis zu spontanen Showeinlagen, die vom grottenschlechten Gesang ablenken sollten. Alle sorgten im Publikum aber für gute Stimmung und ernteten viel Applaus.

Erstaunlicherweise ließ sich Linda dadurch vom bevorstehenden Auftritt und ihrer Angst ablenken. Sie konnte sogar fast entspannt mitlachen, als ein jüngeres Pärchen bei einer Tanzeinlage zu *Don't Go Breaking My Heart* von Elton John ausrutschte und fast von der Bühne fiel. Sie beglückwünschte sich für ihre weise Voraussicht, mit Philipp keine Tanzeinlage einstudiert zu haben. Das wäre sonst garantiert schief gegangen. Und gerade, als sich Linda fast schon entspannt hatte, wurden plötzlich ihre Namen aufgerufen.

Philipp ergriff ihre Hand und zog sie lächelnd vom Stuhl hoch, auf dem sie am liebsten mit laut klopfendem Herzen alleine mit ihrer Hitzewallung sitzen geblieben wäre. Auf der Bühne angekommen, bemerkte sie, dass sich Philipp einen dunklen Hut aufgezogen hatte, der fantastisch zum Lied passte. Woher er den wohl hatte?

Ihr wurde vom Entertainer ein Mikrofon in die Hand gedrückt, während die Zuschauermenge sie klatschend begrüßte. Ricardo überreichte Philipp mit einem verschwörerischen Zwinkern das zweite Mikro, was dieser nur mit einem freundlichen Lächeln quittierte.

„Ladies and gentlemen, our last performance: Linda and Philipp with Something Stupid*!"*, kündigte der Entertainer die beiden begeistert an. Linda hatte den Verdacht, dass Ricardo seine ganz persönliche Stimme Philipp geben würde, wenn es darum ging, den Sieger zu

ermitteln.

Die Musik begann und Linda schloss die Augen, um sich zu beruhigen. Sie fühlte, wie Philipps Stimme sie einhüllte, während sie ihn gesanglich begleitete. Dabei ließ sein Timbre ein warmes, entspanntes Gefühl in ihrer Herzgegend zurück. Linda liebte dieses Lied. Es erfüllte sie mit seiner Romantik bis in jede Zelle ihres Körpers. Sogar bis zu den Haarspitzen. Und Philipp sang es wunderbar gefühlvoll – aber doch mit herber Raffinesse –, sodass sie wieder dieses Kribbeln spürte, das sie bei seiner Elvis-Interpretation schon so intensiv erlebt hatte.

Als sie bei der Zeile *And then I go and spoil it all / by saying something stupid like: 'I love you'* angekommen waren, spürte Linda, wie Philipp vorsichtig ihre freie Hand ergriff. Überrascht öffnete sie die Augen und blickte zu ihm. Irgendwie hatte er mittlerweile sein Jackett abgelegt und den Hut etwas in die Stirn gezogen. Zärtlich lächelte er Linda an, während sie beide weitersangen, und zog sie leicht zu sich, um ihr beim Luftholen zwischen den Textzeilen einen Kuss auf die Hand zu hauchen.

Beim ersten Blick in seine Augen merkte sie wieder, wie sie hoffnungslos seinem Charme verfiel und von seinem Blick gefangen wurde. Wie durch eine innere Verbundenheit folgte Linda seinen Bewegungen, die sie in einen langsamen, sinnlichen Tanz verwickelten. Nach einer eleganten Drehung wurde sie von Philipp mit dem Rücken an seinen Bauch gezogen, um sie langsam hin und her zu wiegen. Dabei führte er sie mit seiner warmen Hand, die auf ihrem Bauch lag. Automatisch schloss Linda die Augen, um niemanden aus dem Publikum ansehen zu müssen. Nach ein paar Takten fasste Philipp ihre Hand und drehte sie unter seinem Arm hindurch wieder zu ihm, woraufhin Linda erneut die Augen öffnete und in seinem Blick versank.

Als Philipp davon sang, wie ihr Parfum seine Sinne benebelte, zog er sie enger an sich und tat, als schnuppere er mit geschlossenen Augen an ihrem Haar. Und dann kamen auch schon die letzten Worte des Liedes, wie er den wundervollen Augenblick vermasselte, weil er etwas so Idiotisches sagte, wie 'Ich liebe dich'. Dabei streichelte Philipp sanft über ihre Wange und zog sie noch näher an sich, um ihr tief in die Augen zu blicken. Und dann sangen sie noch einmal leiser *'I love you'* und noch leiser *'I love you'* …

Philipp fasste mit der Hand, die das Mikrofon hielt, nach seinem Hut und schirmte damit ihre Gesichter zum Publikum ab. Und während die letzten Töne des Liedes verklangen, küsste er sie zärtlich auf die Nasenspitze und flüsterte mit einem kleinen Lächeln „Danke".

Siebter Tag – abends

Mein Herz schlägt auf den Tisch
und schreit: „Ich will sie!" – immerzu. 3/8

Linda war von Philipps Blick und dem unschuldigen Kuss noch so benommen, dass sie den tosenden Applaus erst dann bemerkte, als er sich wieder den Hut aufsetzte und sie zum Publikum drehte, um sich zu verbeugen.

Galant führte er sie mit einem zufriedenen Lächeln an ihren Platz und setzte sich neben sie. Sofort stürmten Komplimente und Begeisterungsrufe von allen Seiten des Tisches auf sie ein. Philipps Kollegen waren hellauf begeistert und versuchten sich mit dummen Sprüchen zu übertreffen. Betty und Anna überschlugen sich fast, da sie Linda noch nie mit einer solch verführerischen und überzeugend liebestrunkenen Ausstrahlung erlebt hatten, was perfekt zu diesem einfühlsamen Liebeslied gepasst hatte.

Lindas erster Gedanke war, dass Philipp schließlich die ganze Arbeit getan hatte. *Wie* er das überhaupt geschafft hatte, war ihr ein Rätsel. Irgendwie hatte er sie am Anfang mit seinem Blick hypnotisiert, sodass sie an nichts anderes mehr als an seine Augen denken konnte und deshalb auch gar kein Lampenfieber mehr gespürt hatte. Dann hatte er sie einfach nur noch dorthin geschoben, gezogen, gedreht, wo er sie haben wollte wie ein Marionettenspieler mit seinen Puppen. *Et voilà!*

„Meine Herrn, Linda, hast du eine göttliche Stimme!! Zum Niederknien!!", begeisterte sich Simon und zu seinem Freund gewandt: „Philipp, du warst übrigens auch nicht schlecht."

„Oh, danke, Simon. Nach deinen überschwänglichen Komplimenten fühle ich mich immer besonders gut", lachte Philipp und lüftete zum Dank seinen Hut. Er nahm Simon in der Beziehung schon lange nicht mehr ernst.

Desirée, die auf Philipps anderer Seite saß, drückte ihn an sich und hauchte ihm einen Kuss auf die Wange. „Das war unglaublich! Du bist wirklich ein geborenes Showtalent. Spontan so eine Show auf die Bühne zu legen, ist wirklich großartig. Und Linda ist dir gefolgt wie ein Lämmchen."

Ja, wie ein Lämmchen zur Schlachtbank, dachte diese und erinnerte sich, wie willenlos sie allen Führungsversuchen beim Tanzen gefolgt war.

Philipp wiegelte ab, als Desirée fortfuhr, ihn in den Himmel zu loben, und erklärte, erst Lindas stimmliche Qualitäten und ihre schauspielerische Darbietung hätte der Show das gewisse Etwas gegeben.

Dass die Tanzeinlage für Linda wirklich eine spontane Prüfung war, wusste nur Philipp, da er am Nachmittag noch eine Stunde allein in seiner Kabine damit zugebracht hatte, sich passende Bewegungen auszudenken und zu üben. Er war felsenfest davon überzeugt gewesen, dass Linda mit langsamen Bewegungen eben nicht überfordert war, wie sie befürchtet hatte. Im Gegenteil. Sie hatte die unerwartete Herausforderung bravourös gemeistert und er war gerne für die Entwicklungshilfe in puncto Spontaneität verantwortlich.

„*And now, ladies and gentlemen ...*" Alle Zuschauer blickten wieder auf den Entertainer. Ricardo rief alle Paare auf die Bühne, um die Zuschauer abstimmen zu lassen. Nacheinander rief er die Namen der Sänger auf, die einen Schritt vortraten und sich verbeugten, und nannte den Namen des Liedes. Jedes Mal klatschten die Zuschauer begeistert in die Hände. Als Ricardo Lindas und Philipps Namen nannte, fegte ein wahrer Wirbelsturm durch den Saal. Die Zuschauer klatschten mit voller Kraft, trampelten mit den Füßen und pfiffen in den höchsten Tönen. Die Abstimmung fiel eindeutig zugunsten der beiden aus. Philipps Rechnung war aufgegangen.

Linda konnte es nicht fassen. Sie hatten gewonnen!! Obwohl sie vor Lampenfieber fast gestorben war. Obwohl sie, bis vor drei Tagen, noch nie auf der Bühne gesungen hatte. Obwohl sie gerade *nicht* mit Philipp auf der Bühne auftreten wollte, weil er sie immer so durcheinanderbrachte.

Und doch hatten sie gewonnen!!

Als klar war, dass ihr Applaus am lautesten war, zog Philipp sie in seine Arme und vergrub seine Nase in ihren weichen Haaren. „Herzlichen Glückwunsch!", raunte er ihr ins Ohr und drückte sie fest an sich, nicht ohne zu vergessen, ihren süßen Duft tief einzuatmen.

Doch Ricardo störte die traute Zweisamkeit, indem er zu ihnen trat, Philipp um die Schultern fasste – fast ein Ding der Unmöglichkeit bei diesem Größenunterschied – und begeistert in sein Mikrofon plärrte: *„And now again Philipp and Linda with* Something Stupid*!!!“*

Irritiert löste sich Linda von Philipp. Sie musste noch einmal singen?! Ein Blick in Philipps Augen genügte, um ihren Puls einerseits zu beschleunigen, andererseits auch zu beruhigen. Sie würde es schaffen. Sie hatte es schon einmal geschafft.

Die Musik begann und Linda schloss kurz die Augen, um tief durchzuatmen. Doch dann spürte sie schon Philipps Hand in ihrer und ließ sich wieder von seinem Blick fesseln und seiner Hand führen.

Diesmal beschränkte sich Philipp nur auf wenige Elemente seiner ausgedachten Choreografie. Wichtig war ihm nur, in Lindas strahlenden Augen versinken zu können, sie an sich heranzuziehen und ihre Wärme zu spüren – und sie anschließend zu drehen, um sie wieder an seinem Bauch zu wiegen.

Nach einem ohrenbetäubenden Applaus bekamen sie von Ricardo die obligatorische Flasche Sekt überreicht und schlängelten sich durch zu ihrem Platz. Der Weg dahin führte an Martha Jägers Tisch vorbei, die Lindas Hand im Vorbeigehen umfasste und leicht drückte. „Das war wundervoll, meine Liebe. Herzlichen Glückwunsch.“ Linda lächelte ihr nur zu, da sie noch so benommen war, dass sie kein Wort hervorbrachte.

„Daran könnte ich mich gewöhnen“, tönte Simon, der seine Finger mit Bettys verschränkt hatte, und nahm die Sektflasche von Philipp in Empfang. „Ricardo steht offensichtlich auf große, gut aussehende Männer. Philipp, du solltest ihn bezirzen, damit er uns noch zwei Flaschen spendiert.“

„Simon, … leck mich!“, konterte Philipp mit einem breiten Grinsen.

Der so Angesprochene beugte sich vertraulich vor und raunte in Philipps Ohr: „Darum solltest du lieber Linda bitten. Sie würde sich über deine Aufforderung sicher mehr freuen.“

Kaum eine halbe Stunde später war die Stimmung am Tisch so ausgelassen wie bei einer gut besuchten Silvesterparty. Der gewonnene Sekt war schon geköpft und zwei weitere Flaschen nachbestellt worden. Angeregte Gespräche in kleinen Grüppchen ließen immer wieder Lachsalven zur Decke steigen wie Silvesterraketen.

Philipp, der mit Linda am Kopfende der Tischgruppe saß, ergriff sein fast leeres Sektglas und prostete ihr mit einer kleinen Bewegung zu: „Auf dich. Auf deine großartige Stimme. Und auf deinen Mut, heute mit mir zu singen. Ich weiß, es hat dich viel Überwindung gekostet. Danke dafür."

Mit einem kleinen Lächeln ließ Linda vorsichtig die Gläser klingen. „Das Kompliment kann ich nur zurückgeben. Es hat wider Erwarten viel Spaß gemacht."

Als Linda den kleinen Rest in ihrem Glas getrunken hatte, fragte Philipp: „Möchtest du noch Sekt? Soll ich dir nachschenken?"

„Nein danke. Ich trinke normalerweise kaum Alkohol. Aber du kannst dir gerne noch etwas nehmen." Sie wollte schon zur Flasche greifen, die in ihrer Nähe stand.

Doch Philipp hielt sie mit seinen Worten zurück. „Nein, möchte ich nicht. Ich trinke auch wenig. Ein Wein oder ein Bier reichen ab und zu völlig aus. Danke."

Linda ließ ihre Hand wieder in ihren Schoß sinken. „Es ist ungewöhnlich, dass ein Mann kaum Alkohol trinkt."

„Ich habe mal schlechte Erfahrungen damit gemacht, als ich zwanzig war. Und seither trinke ich nur mäßig. Und was ist dein Grund?"

„Ich habe schon oft erlebt, wie Menschen im angeheiterten Zustand Dinge gesagt und getan haben, die sie normalerweise nie tun würden. Ich möchte das bei mir nicht erleben. Ich verliere einfach nicht gerne die Kontrolle."

„Das habe ich auch schon festgestellt." Er schmunzelte. Am liebsten würde er Dinge mit ihr anstellen, bei denen sie die Kontrolle über ihre Selbstbeherrschung gänzlich verlor und vor Lust stöhnend in seinen Armen lag.

„In meinem Beruf", sie hielt kurz inne, da Betty zwei Plätze weiter lauthals lachte. Das gab ihr die Gelegenheit, sich zu sammeln, damit sie sich nicht verriet und zu viel erzählte, „muss ich immer präsent und konzentriert sein. Ich darf mir keine Fehler erlauben. Das bin ich schon seit je her gewohnt. Außerdem haben meine Eltern auch nur in Maßen getrunken und jede diesbezügliche Ausschweifung verachtet. Das sind wohl die Gründe dafür, dass ich wenig trinke."

„Das kann ich gut verstehen. Ich kann mittlerweile auch viel Spaß haben und ausgelassen feiern, ohne betrunken zu sein. Früher in meinen 'wilden Jahren' hatte beides noch entschieden zusammengehört."

„Ja, ja, die wilden Jahre", wiederholte Linda fast schon wehmütig, da sie diese wilde Zeit trotz Rebellion in ihrem Elternhaus nie erleben durfte und erst während des Studiums mit ihren Freundinnen reingeschnuppert hatte.

Philipp missverstand jedoch ihre Anspielung und zog eine Augenbraue hoch. „Du hattest also auch eine wilde Phase?"

„Nein, nicht wirklich."

„Erzähl mir trotzdem von dir und deiner nicht-wilden Zeit." Philipp lehnte sich in seinem Stuhl zurück und wartete, während die fröhlichen Gespräche ihrer Gruppe wie angenehmes Meeresrauschen um ihn herumbrandete.

„Da gibt's nicht viel zu erzählen, das dich nicht zu Tode langweilen würde. Ich bin ein Einzelkind, bin in die Schule gegangen und habe mich schon immer gerne sportlich betätigt. Und wo hast du so tanzen gelernt?", ging sie zu einem anderen Thema über und schenkte ihm eines ihrer seltenen Lächeln.

Er ließ sich gerne ablenken. „Ich habe schon immer Musik geliebt. Und bei manchen Liedern konnte ich meine Beine einfach nicht stillhalten. So bin ich zum Tanzen gekommen."

„Hast du das alles heute auf der Bühne improvisiert?", fragte sie neugierig.

„Nicht ganz. Ich muss zugeben, dass ich mich durch deine Weigerung, eine kleine Show einzustudieren, herausgefordert fühlte. Ich wusste, dass wir gewinnen konnten, und wollte dieses schöne Lied unbedingt auch mit passenden Bewegungen untermalen. Dass du dadurch zu sehr vom Singen abgelenkt werden würdest, glaubte ich keine Sekunde lang." Er lachte leise und beugte sich wieder zu ihr vor. „Und wie du siehst, hast du die Prüfung mit Auszeichnung bestanden."

„Gemeiner Kerl." Linda zog spielerisch einen Flunsch und schob eine lange, blonde Haarsträhne hinter ihr Ohr.

Philipp riss seinen Blick von ihren vollen Lippen und meinte: „Dein Anhänger gefällt mir." *Besonders der Platz, an dem er hängt – knapp zwischen den Brüsten.*

„Ach, den habe ich heute mit ein paar anderen Dingen gekauft."

„Welchen Dingen? Dem Kleid?"

„Ja, auch. Dann noch die Schuhe und einen … die Handtasche." Den Push-up musste sie ja nicht unbedingt erwähnen. „Betty und Anna haben mich genötigt, dieses Kleid für den Auftritt anzuprobieren."

„Das war nicht die schlechteste Entscheidung." Er grinste.

„Ja, es passt ganz gut – und kaschiert wenigstens auch."

„Was soll es denn kaschieren?", fragte Philipp überrascht. Sein Blick, der über das Kleid wanderte, blieb an ihrem tiefen, einladenden Dekolleté hängen und fragte sich, was daran wohl kaschiert wurde.

„Äh, ... meine Hüften", meinte sie nur schlicht.

„Deine Hüften?" Erstaunt blickte er ihr wieder in die Augen.

„Ja. Das Kleid ist gut geschnitten und kaschiert meine breiten Hüften." Sie hatte schon immer damit zu kämpfen gehabt, passende Hosen oder Röcke zu finden, da die Größe ihrer Hüfte um eine Nummer mit der ihrer Taille differierte.

Er beugte sich noch ein Stückchen weiter vor und sagte leise: „An deiner Figur ist absolut nichts auszusetzen." Linda spürte seinen ehrlichen Blick, der bewundernd an ihrem Körper entlangstreifte, während er sich wieder aufrichtete. „Und ich muss es wissen. Ich habe dich schließlich schon im Bikini gesehen. An dem Tag, als du über die Liege gestolpert bist." Bei der Erinnerung errötete Linda leicht. „Dir müssen doch die Männer scharenweise zu Füßen liegen."

Sie lachte nur trocken auf und blickte verlegen zur Seite. „Nicht wirklich."

„Das kann ich mir nicht vorstellen."

„Ich bin ... sagen wir es mal so: Ich bin schon seit Längerem Beziehungen aus dem Weg gegangen."

„Warum?"

„Schlechte Erfahrungen."

„Und woran lag's?"

„Am Temperament." Wieder musste sie daran denken, welche verletzenden Bemerkungen sie in Bezug auf ihre leidenschaftslose Kusstechnik hatte einstecken müssen.

Philipp blickte sie irritiert an. „Wer hatte zu wenig oder zu viel Temperament?"

„Ich zu wenig."

Er warf ihr einen abschätzenden Blick zu. „Ich kann mir nicht vorstellen, dass du zu wenig Temperament hast. Du bist Fremden gegenüber vielleicht etwas zurückhaltend."

Und distanziert und unterkühlt und kontrollsüchtig. Linda dachte daran, wie Philipp sie Simon beschrieben hatte.

„Aber ich bin mir sicher, sobald dich jemand zum Lodern bringt, bricht dein Vulkan gnadenlos aus und du stehst in Flammen."

„Wovon sprechen wir hier eigentlich?", fragte Linda irritiert. Irgendwo zwischen ihrem Anhänger und dem ausbrechenden Vulkan hatte sie den Faden verloren.

Philipp stützte sich wieder mit den Unterarmen auf seine Schenkel und kam ihr dadurch sehr nahe. „Zum Beispiel von einem Kuss, der meist am Anfang einer Beziehung steht. Ich habe die Theorie, dass jede Frau all ihre Zurückhaltung ablegt und sich ganz ihrer Leidenschaft hingibt, wenn man einen bestimmten Punkt in ihrem Inneren, in ihrer Seele anspricht. Und das kann schon bei einem Kuss passieren."

Die wenige praktische Erfahrung, die sie im Küssen hatte, konnte sie fast schon vernachlässigen. Und über theoretische Küsse brauchte sie gar nicht erst nachzudenken. Skeptisch schaute sie in Philipps unglaubliche Augen und dachte spontan an den Satz, den ihr eigener Professor permanent in Vorlesungen angeführt hatte: „Theoretische Überlegungen sind schön und gut. Aber es geht doch nichts über praktische Versuche bei der finalen Beweisführung einer Theorie."

Als Philipp große Augen machte und sie überrascht anblickte, merkte sie, dass sie den Satz laut ausgesprochen hatte, und stotterte: „Äh … so habe ich das nicht gemeint. Also, ich meine …" Sie packte ihr kleines Handtäschchen, das über dem Stuhl hing, und sprang mit den Worten auf: „Ich muss auf die Toilette."

Oh Gottohgottohgott! Was hatte sie nur wieder angerichtet? Man sollte sie einfach nicht mit Männern reden lassen. Was musste Philipp jetzt nur von ihr denken? Dass sie sich ihm an den Hals warf und leicht zu haben war? Dass sie es besonders nötig hatte?

Vermutlich saß er auf seinem Platz und lachte sie aus. Amüsierte sich königlich über ihre kindische Bemerkung und ihre offenkundige Fahnenflucht.

Sie machte bei Philipp alles falsch. Sie konnte in seiner Gegenwart nicht mehr richtig denken. Es war so, als ob er die ganze Luft um sie herum absaugte und sie nur noch mit Müh' und Not etwas Sauerstoff zum Atmen bekam. Ihr Herz raste jedes Mal wie der Motor eines Rennwagens bei Vollgas und sie musste sich zwingen, sich auf das Wesentliche zu konzentrieren.

Wie zum Beispiel zu atmen.

Und deshalb warf sie alles Mögliche um, ließ Vorlegezangen in

Joghurtschüsseln plumpsen und stolperte über Liegen. Sie war in seiner Gegenwart einfach nicht mehr zurechnungsfähig. Und jetzt noch diese Bemerkung!

Als sie die rettende Toilettentür fast erreicht hatte, spürte sie eine feste Hand an ihrem Oberarm, die sie zurückhielt und mit leichtem Schwung umdrehte. Nun stand sie so nahe vor Philipp, dass er ihr vollends den Atem raubte.

Während er sie mit seinem Blick aus halb gesenkten Augenlidern willenlos machte, nahm sie noch einen Hauch seines Aftershaves wahr, bevor er mit rauer Stimme flüsterte: „Ich würde dich gerne beim Wort nehmen und deiner Aufforderung nachkommen."

Achter Tag - nachts

Du schmeckst nach Creme und Koffein,
so herb und doch feminin.
Du küsst so geil, Berlin. [1/14]

Endlich war der Augenblick gekommen! Philipp konnte sich persönlich davon überzeugen, ob seine Fantasien der Realität auch nur im Entferntesten nahe kamen.

Er zog Linda noch enger an sich, um seine Lippen auf ihren vor Überraschung leicht geöffneten Mund zu legen. Kaum spürte er die Weichheit ihrer Lippen, konnte er sich schon nicht mehr bremsen. Er wollte sie kosten, sich in ihrer warmen, süßen Mundhöhle verlieren und sie vor Lust zum Stöhnen bringen.

Spielerisch glitt seine warme Zunge über ihre Lippen und neckte sie. Noch war sie unentschlossen und überrascht, das spürte er. Doch das würde er ändern. Sie mochte ihn. Das wusste er. Und das motivierte ihn entschieden weiterzumachen.

Lustvoll saugte er ihre Unterlippe zwischen seine Zähne, um sofort wieder ihren Mund mit seinen forschenden Lippen zu verschließen. Dabei schob er Linda die wenigen Zentimeter zu einer nahegelegenen Wand und ging mit ihrem wunderbaren Körper auf Tuchfühlung.

Seine Zungenspitze nahm Kontakt mit ihrer auf, die sich vorsichtig aus ihrem Versteck herauswagte. Als sie sich tänzerisch umkreisten, spürte Philipp ein fast unerträgliches Kribbeln in seiner

Lendengegend, das sich in seinem ganzen Körper heiß und lodernd ausbreitete.

Er ließ kurz von ihr ab, überrascht von der Süße ihrer Lippen. Herr im Himmel, schmeckte Linda gut! Ihr weicher, voller Mund war eindeutig eine Metapher für die animalische Unersättlichkeit – und ihr Körper fühlte sich weiblich und willig an, bereit für die Sünde.

Schwer atmend lenkte er mehr als bereitwillig seine Aufmerksamkeit wieder auf ihren Mund. Er drückte sie noch fester an sich und stöhnte an ihren Lippen, als sie die Arme um seinen Nacken legte und sich ihm entgegenreckte. Eine seiner Handflächen strich von ihren erhitzten Rippen zu ihrem Bauch. Die Finger der anderen Hand gruben sich tief in ihr volles, wunderbar weiches Haar. Gott, er würde sie am liebsten jetzt und hier an dieser Wand nehmen. Aber er hatte sich geschworen, nichts zu überstürzen.

Widerwillig ließ er von Linda ab, sodass sie enttäuscht aufkeuchte, und legte schwer atmend seine Stirn an ihre. „Lass uns hier verschwinden." Seine tiefe, raue Stimme verriet seine sündhaften Gedanken.

Linda konnte nur ein kurzes atemloses „Okay" hauchen, dann hatte er schon ihre Hand ergriffen und ging mit großen Schritten aus dem hinteren Bereich der Bar in Richtung Fahrstuhl. Stolpernd hastete Linda ihm nach, da er sie regelrecht mitzog.

Was war mit ihr geschehen?! Sie hatte einen Mann geküsst – und er war nicht lauthals schreiend vor ihr geflohen, sondern warf ihr im Gehen hin und wieder ein spitzbübisches Grinsen über die Schulter. So, als ob es ihm gefallen hätte.

Es hat ihm gefallen!, jubelte ihre innere Stimme. *Ich kann es also doch! Quod erat demonstrandum.*

Eine der beiden Fahrstuhltüren öffnete sich gerade und Philipp zog Linda hinein. Da sich noch einige andere Passagiere darin befanden, stellte sich Philipp an die rückwärtige Wand, zog sie mit dem Rücken an seinen Bauch und legte seine Hände besitzergreifend auf ihren. Als sich die mitfahrenden Passagiere wieder nach vorne drehten, spürte Linda, wie Philipps Finger sich verselbstständigten und ihren Bauch liebkosten. In ihrem Rücken nahm sie etwas Hartes wahr, das mit Sicherheit nicht zur Fahrstuhlausstattung gehörte. Ihr wurde klar, dass Philipp erregt war. So erregt, dass sie seine ganze stolze Männlichkeit wie einen Fahnenmast durch seine Hose und seine Gürtelschnalle hindurchspürte. Das war ein völlig neues Erfolgsgefühl für sie. Eine Premiere. So nah war sie einem erregten Mann noch nie gekommen. Sie fühlte sich wie in einem Rausch, als ihr klar wurde, dass sie der Grund für seinen Zustand war. Sie war so begehrenswert, dass sogar ein attraktiver Mann wie Philipp einen Ständer bekam.

Wow!

Seine Hände hatten noch nicht aufgehört, sie zu streicheln. Wenn sie nicht bald ankamen, könnte sie für die Gesellschaftsfähigkeit seiner Liebkosungen nicht mehr garantieren.

Mit einem „Pling" öffnete sich die Tür und Philipp schob Linda an zwei molligen und kreischend bunt gekleideten Frauen vorbei. „Gute Nacht", verabschiedete sich Philipp höflich lächelnd und schob Linda an seine Seite, um seinen Arm um ihre Schultern zu legen. Zehn Sekunden später traten sie an die frische Nachtluft, die kühl über Lindas erhitzte Wangen strich. Befreit atmete sie durch, nur um kurz aufzukeuchen, als Philipp sie in Richtung Bug schob. „Entschuldige bitte meine Eile, aber ich möchte endlich mit dir alleine sein. Ich muss nur …" Er blickte sich konzentriert um und entdeckte, was er suchte. Eine windgeschützte Nische mit ein paar Liegestühlen, die in der Dunkelheit kaum zu erkennen waren.

Philipp setzte sich und zog Linda auf seinen Schoß. Wie mit schlafwandlerischer Sicherheit fanden ihre Lippen zueinander und verschmolzen zu einer feurigen Explosion der Sinne. Linda wusste nicht, wie ihr geschah. Wenn man einmal begriffen hatte, worauf es beim Küssen ankam, war es, wie Fahrrad fahren. Man stieg auf und trat in die Pedale.

Linda spürte, wie Philipp über ihren Rücken strich, während er ihren Mund erforschte, und dabei eine brennende Spur der Verwüstung hinterließ. Ihre Haut fühlte sich unter seinen Händen an wie ein Waldstück nach einer Brandrodung. Kurz darauf fand sie sich rittlings sitzend auf Philipps Schoß.

Aus der Nähe betrachtete er genüsslich ihr Dekolleté, vor dem der silberne Tropfen baumelte, und murmelte: „Davon habe ich die ganze Zeit geträumt."

Mit zarten Fingern nahm Philipp den Anhänger und schob ihn über ihre Schulter auf den Rücken. Langsam beugte er sich vor und küsste sie zärtlich, fast schon ehrfürchtig auf die Spalte im Ausschnitt ihres Kleides. Dann noch einmal. Als Linda Philipps wendige Zunge zwischen ihren Brüsten spürte und seine Hände deren Außenseiten mit ungewohnter Aufmerksamkeit verwöhnten, entschlüpfte ihr ein leises, kehliges Stöhnen.

„Ja … genieße es … lass alles raus", flüsterte Philipp an ihrer Brust und fuhr fort sie mit seiner Zunge und seinen Lippen zu liebkosen.

Als er weiter nach oben wanderte und ihren Hals mit Küssen übersäte, schien er sich dort festzusaugen wie ein Blutegel, der nur noch operativ entfernt werden konnte. Aber sie schmolz dahin …

Seine schlanken Finger fuhren dabei zärtlich an ihren nackten Beinen nach oben, streichelten ihre Schenkel und glitten unter ihr Kleid. Heiß und verlangend tasteten sich seine Fingerspitzen am Rand ihrer Hotpants entlang, um sogleich drunterzugleiten und fordernd von ihren Pobacken Besitz zu ergreifen.

„Mmh, du hast einen wunderschönen Körper, Linda", murmelte Philipp an ihrem Ohr. Er war berauscht von ihrer Weichheit gepaart mit der straffen, zarten Haut über ihrem festen Fleisch. Am liebsten hätte er sie hier auf der Liege völlig entblättert, nur um ihren sinnlichen Körper Zentimeter für Zentimeter zu erkunden und sich schließlich tief in ihm zu versenken. Und das dachte er nicht nur, weil er schon lange keine Frau mehr auf diese Weise gestreichelt hatte.

Linda verlor sich in seinen Berührungen. Sie ließ los, ließ sich treiben und verschwendete keinen einzigen Gedanken daran, wie sie wohl auf vorbeischlendernde Passanten wirken würde – falls sie in dieser dunklen Ecke je entdeckt werden würden. Sie hatte im Moment nichts mehr unter Kontrolle. Sie wusste nur, dass sie zwischen ihren Schenkeln den pulsierenden Beweis dafür spürte, wie begehrenswert Philipp sie fand. Und diese Stelle brannte in ihr, als ob ein Blitz in einen trockenen Baumstamm eingeschlagen hätte.

Schrecklich ungewohnt, aber gleichzeitig auch herrlich wundervoll!

Ihre Haut stand von all seinen Berührungen und leidenschaftlichen Küssen schon längst in Flammen. Ihr Kopf schwirrte und ihr Atem war so flach und unregelmäßig, dass ein Notarzt sie wohl schon längst mit einer Sauerstoffmaske und *Tatütata* ins Krankenhaus eingeliefert hätte. Was geschah nur mit ihr? War die Reaktion ihres Körpers normal? Erlebten das alle Frauen, die sich zu einem Mann hingezogen fühlten? Sie senkte ihre Lippen wieder auf seine und küsste ihn. Wie gut er schmeckte. Seine Lippen waren so zart und doch so leidenschaftlich. Er war ein wundervoller Mann …

Oder sagten das alle Frauen, die zum ersten Mal geküsst wurden? Sie schob den Gedanken sofort beiseite, da es ihr gerade völlig egal war. Sie genoss den Augenblick und verlor sich in seinem Mund.

Mmmhh, war das schön ...

Nach einer endlosen Zeit wurden Philipps Küsse sanfter und auch langsamer. Irgendwann zog er den Kopf leicht zurück und blickte sie lächelnd an.

Wie warm seine Augen in der Dunkelheit strahlten, wenn er sie so liebevoll anblickte, dachte Linda. Wie heißer, starker Espresso an einem warmen Sommertag. Automatisch fuhr sie durch sein dichtes, braunes Haar und brachte es durcheinander. Das hatte sie schon lange machen wollen.

„Du hast mehr Temperament, als du vermutest", murmelte er mit einem lasziven Lächeln, das ihr Blut fast zum Überkochen brachte. „Was du mit meinen Hormonen anstellst, ist absolut nicht jugendfrei." Nachdem er ihr schelmisch zugezwinkert hatte, raunte er nur „Komm her" und zog sie an seine Brust, während er sich zurücklehnte.

Nun lagen sie auf der Liege, eng umschlungen, und Linda konnte deutlich sein wild klopfendes Herz an ihrem Ohr hören. Es war für sie beruhigend, dass es ihm nicht besser erging als ihr.

„Weißt du, wann ich begonnen habe zu rätseln, wie deine sinnlichen Lippen schmecken?"

Linda schüttelte leicht den Kopf.

„Nachdem du mit dem Kofferträger und ohne deinen Trolley meine Kabine verlassen hast."

Sie hob ihren Kopf von seiner Brust, um ihn anzusehen. „Schon gleich am ersten Tag?"

„Ja", gab er zu. „Da bist du mir mit deinen grünen Katzenaugen aufgefallen. Ganz von den Socken war ich allerdings, als du am ersten Karaoke-Abend plötzlich mit offenen Haaren, weit aufgeknöpfter Bluse und wiegenden Hüften vor mir aufgetaucht bist und mich fast um den Verstand gebracht hast. Als ich dann das Schild für den Duettwettbewerb gesehen habe, wusste ich, dass ich dich unbedingt überzeugen musste, mit mir aufzutreten." Er vergrub seine Nase in ihrem Haar. „Weißt du, dass du nach Vanille duftest?"

„Nein, das hat mir noch nie jemand gesagt."

„Du erinnerst mich an meine liebsten Weihnachtsplätzchen. Mmh ... Vanillekipferl liebe ich über alles." Er zog genüsslich den

Atem ein, wurde dann aber nachdenklich. „Linda, ich muss dir etwas sagen. Ich würde gerne mit dir schlafen. Am liebsten jetzt gleich und hier auf der Stelle … ich möchte dich aber nicht drängen, da wir uns erst so kurz kennen“, versicherte er und lachte verlegen, während er sich mit der freien Hand durch die dunklen Haare fuhr. „Ich habe das schon ewig nicht mehr zu einer fremden Frau gesagt.“ Nach einer kurzen Pause fügte er hinzu: „Ich würde aber gut verstehen, wenn du noch etwas warten möchtest.“

Linda war ganz ruhig gelegen und hatte zugehört. Er wollte mit ihr schlafen. Er wollte mit ihr diesen einen Schritt gehen, diese eine Grenze überschreiten, die noch kein Mann vor ihm überschritten hatte.

Was ihr vorher noch kein Mann angeboten hatte.

„Auch wenn ich weiß, dass es dir sehr schwer fällt …“, sie blickte ihm prüfend in die Augen, „würde ich dich bitten, mir noch Zeit zu lassen. Ich weiß, der Urlaub ist schon halb vorbei. Aber ich würde dich gerne etwas besser kennenlernen. Ist das in Ordnung?“

„Auch wenn ich meinen kleinen Freund da unten vermutlich kaum überzeugen kann, akzeptiere ich deine Bedingungen“, schmunzelte Philipp und drückte Linda kurz an sich. „Was möchtest du wissen?“

„Erzähl mir von deiner Familie“, bat Linda.

„Ich habe einen Bruder, der vier Jahre älter ist als ich. Er heißt Benny und lebt mit seiner Familie in der Nähe von Köln. Wir hatten schon immer ein gutes Verhältnis und sehen uns so oft es unsere Berufe zulassen. Ich bin der Patenonkel seiner beiden Töchter. Mein Vater lebt fünf Kilometer von Benny entfernt und ist glücklich, seine Enkelinnen aufwachsen zu sehen.“

„Was ist mit deiner Mutter?“

Sein Zögern war kaum wahrnehmbar. „Sie starb, als ich sechzehn war.“

Achter Tag – nachts

Ich hätt' dich gern in 'n Arm genommen,
'nen letzten gut gemeinten Ratschlag
von deinen Lippen angenommen.
Ein letztes Mal „Mach's gut, mein Sohn!" von dir gehört.
Ich hätt' so gern noch 'Tschüss' gesagt. [2/12]

Betroffen setzte sich Linda auf. „Oh, das tut mir leid."

„Schon okay." Er zog sie wieder an sich. „Sie starb bei einem Autounfall. Ein LKW rauschte bei Dunkelorange über die Ampel und erfasste ihren Wagen. Sie war sofort tot." Er machte eine kurze Pause. „Ich wollte damals nicht wahrhaben, dass sie plötzlich fort war. Kein Streicheln über meinen Kopf, wenn sie fragte, wie es in der Schule gewesen war. Kein lautes Lachen, wenn ich meine Galgenhumorwitze erzählte. Kein Plätzchenbacken mehr vor Weihnachten. Es war eine harte Zeit. Und ich drehte völlig hohl. Mein Vater wusste nicht, wie er mir helfen konnte, da er eher ein ruhiger Mann ist, der still um seine Frau trauerte und mit meinem lautstarken Schmerz nicht umgehen konnte. Irgendwann griff mein Bruder ein, der damals schon studierte und zweihundert Kilometer von uns entfernt wohnte. Er wusch mir ordentlich den Kopf, machte mir klar, dass ich das Abitur wenigstens einigermaßen und mit Anstand schaffen sollte, damit ich mir meine Zukunft nicht völlig versaute, und dass ich durch mein Verhalten unseren Vater zusätzlich zu seiner Trauer noch mehr belastete. Benny kam von da an jedes Wochenende und kümmerte sich um mich. Sprach viel mit mir, wenn ich meinen Frust loswerden musste. Nahm mich zu Ausflügen mit, lernte mit mir für Arbeiten. Nach einem Jahr ging es mir wieder einigermaßen. Trotzdem hatte ich die rebellische Phase bei Weitem noch nicht hinter mir. Das Abi bestand ich auch nur, weil Ralf und Tobi ständig mit mir für die Prüfungen büffelten – obwohl die beiden alles andere als Musterschüler waren." Er grinste bei der Erinnerung. „Sie haben immer gesagt, es sei meine Schuld gewesen, dass ihr Abischnitt eine halbe Note besser ausgefallen war, als erwartet, da sie ohne mich nie und nimmer so viel für die Prüfungen gelernt hätten. Aber durch mein kontraproduktives Lernverhalten seien sie dazu regelrecht gezwungen worden."

„Das finde ich sehr nett von deinen Freunden."

Er lachte. „Ja, das war es." Linda, die zu Philipp hochschaute, konnte ein schwaches Blitzen in seinen Augen erkennen, bevor er sich zu ihr herunterbeugte und sie lange und innig küsste.

Als er wieder von ihr abließ, war er dran mit Fragen. „Was mich schon seit Beginn unserer Kreuzfahrt beschäftigt … Du kamst mir am Anfang sehr zurückhaltend vor. Aber irgendwie habe ich immer geahnt, dass unter deiner kühlen Oberfläche ein brodelnder Vulkan lauert. Und so wie du küsst, habe ich mich nicht in dir getäuscht. Du bist ein sehr leidenschaftlicher Mensch. Jetzt würde ich gerne wissen, ob du irgendwelche geheimen Laster hast. Also, Alkohol trinkst du kaum, das weiß ich schon. Als pünktlich und zuverlässig schätze ich dich ebenfalls ein. Rauchen habe ich dich auch noch nie gesehen. Hast du irgendeine Leidenschaft, die dich erfüllt? Die du bedingungslos verfolgst. Die dich glücklich macht? Für die du dich von allem loseist, nur um dir ein paar Stunden davon zu gönnen?"

Linda überlegte. „Ich treibe gerne Sport, was ich als Ausgleich für meinen kopflastigen Beruf brauche. Aber das weißt du schon. Außerdem lese ich gerne."

„Was liest du gerade?"

Linda schluckte, weil sie an die vielen erotisch prickelnden Szenen in diesem Buch dachte. *Das kann ich dir nicht erzählen, sonst gibt es wieder massive Platzprobleme in deiner Hose.* „Ich habe gerade einen Frauenroman fertig gelesen, den mir Betty und Anna als Urlaubslektüre geliehen haben. Eigentlich habe ich die Biografie von Frank Sinatra dabei." Als er lachte, meinte sie nur: „Ja, ich weiß, das passt zu unserem Lied."

„Und sonst keine geheimen Leidenschaften? Belgische Schokolade? Duftende Schaumbäder nach Feierabend? Teure Schuhe?", neckte er sie.

Plötzlich fiel ihr etwas ein, das genau seinen Anforderungen entsprach. Sie ließ alles dafür stehen und liegen. Sie fühlte sich dabei unbeschwert und glücklich. Sie verschob sogar Arzttermine, wenn es in dieselbe Zeit fiel.

Da sie auf einmal still war und leicht errötete, was Philipp zum Glück nicht sehen konnte, fragte er: „Dir ist etwas eingefallen?" Sie nickte verlegen und legte peinlich berührt ihren Zeigefinger auf die Nasenspitze. „Und so wie du reagierst, handelt es sich offenbar wirklich um eine geheime Leidenschaft." Wieder nickte sie. „Und welche?"

„Eishockey."

„Eishockey?!“ Er blickte sie so verdutzt an, dass sie lachen musste, als sie sich leicht aufrichtete.

„Ja, Eishockey. Ich weiß, das ist ungewöhnlich. Aber diese Sportart hat mich schon immer fasziniert und durch ihre Schnelligkeit gefesselt.“ Sie strahlte, als sie an die letzte Weltmeisterschaft im Mai dachte, während der sie stundenlang mitgefiebert hatte, wer ins Finale kommt.

„Mein Bruder war auch schon immer ein großer Eishockey-Fan. Weil wir beide sportinteressiert sind, lief bei uns der Sportsender stundenlang, wenn irgendwelche Meisterschaften oder die Olympiade übertragen wurden. Und wie bist du zum Fan geworden?“

„Ich habe mir zum siebzehnten Geburtstag einen kleinen Fernseher für mein Zimmer gewünscht. Meine Eltern waren zwar strikt dagegen, aber ich habe sie doch überzeugen können, ihn mir zu schenken.“

Sie hatte sich damals aus Protest gegen die erneute Bevormundung zu einer radikalen Reaktion entschlossen. Wenn sie mit siebzehn noch wie ein Baby in einem Laufstall gehalten wurde, würde sie die Stäbe im Notfall mit den Druckmitteln sprengen, die sie gegen ihre Eltern einsetzen konnte: Ihren Intellekt und ihren einzigen körperlichen Besitz, auf den ihre Mutter schon, seit sie auf der Welt war, stolz gewesen war. Als sie am nächsten Morgen zum Frühstück an den Tisch gesessen und die entsetzten Blicke ihrer Eltern gesehen hatte, hatte sie innerlich jubiliert. Endlich hatte sie eine Reaktion bei ihnen hervorgerufen, die über höfliche Floskeln und vernünftig vorgetragene Argumente hinausging. Und das nur, weil sie ihre hüftlangen Haare selbst auf Schulterhöhe abgeschnitten hatte – und das nicht wirklich gut. An den darauf folgenden Tumult dachte sie noch heute gerne zurück.

Außerdem hatte sie ihren Eltern in einer kurzen Pause, als diese zwischen ihren Vorwürfen und Vorhaltungen keuchend Luft holen mussten, mit ruhiger Stimme angedroht, nach dem Abi eine Ausbildung als Schuhverkäuferin zu beginnen, statt Geschichte, Physik oder Anglistik zu studieren. Das hatte gezogen.

„Und ich kann mich noch ganz genau erinnern“, fuhr Linda fort, „dass ich, als ich mal krank war, aus Langeweile durch die ganzen Sender zappte, um irgendeine skandalöse Sendung zu finden, die meine Eltern nie und nimmer geduldet hätten.“ Dazu hatte ein amerikanischer Teenie-Film genauso gehört wie eine deutsche Soap. „Plötzlich war ich in einem Sender gelandet, in dem schwer bepackte Männer mit langen Schlägern einer winzigen Scheibe hinterherjagten, die man auf meinem kleinen Fernseher fast nicht erkennen konnte. Nach mehreren fantastischen Pässen, in denen die eine Mannschaft die Spieler der anderen regelrecht ausgetrickst hatte, fiel ein Tor und die ganze Arena tobte. Ich kannte Eishockey natürlich, hatte aber noch nie ein Spiel gesehen. Nach knapp zwei Dritteln war das Spiel dann zu Ende und die Tschechen hatten zwei zu eins gegen Schweden gewonnen. Und ich war infiziert. Das war meine erste Weltmeisterschaft, von der ich alle folgenden Spiele anschaute - bis zum spannenden Finale. Die Stärke der Spieler, die trotz ihrer schweren Ausrüstung ein so explosives und rasantes Spiel aufs Eis legten, hatte mich zutiefst beeindruckt."

„Das stimmt. Eishockey ist die schnellste Mannschaftssportart. Die Geschwindigkeit fesselt mich auch immer, wenn ich mal eine Übertragung sehe. Mich beeindruckt, dass manche WM-Spiele einer Mannschaft im Abstand von weniger als vierundzwanzig Stunden stattfinden. Und das zwei Wochen lang. Spieler anderer Sportarten würden einem bei einer solchen Anforderung nur empört den Vogel zeigen."

„Das stimmt", bestätigte Linda. Sie kam kurz ins Stocken, als ihr ein Gedanke kam. „Bettys einziger, begeisterter Kommentar nach ihrem ersten Spiel, das sie bei mir zuhause angeschaut hatte, war: 'Im Vergleich zu Eishockeyspielern sind Fußballer nur", Linda zögerte und errötete tief, als sie einen Ausdruck benutzen musste, der sonst gar nicht zu ihrem Sprachgebrauch gehörte, „lahmarschige Weicheier.'"

Philipp lachte laut auf. „Trotz allem ist aber den meisten Frauen Eishockey zu brutal."

„Das kann schon sein. Ich habe es aber nie so gesehen ... Ich finde, der Sport wirkt sehr kraftvoll und männlich. Irgendwie fast schon ..." Sie machte eine beinahe ehrfürchtige Pause, bevor sie hauchte: „... animalisch."

„Dann brauche ich dich wohl nicht zu fragen, ob du auch Dameneishockey schaust." Scheinbar schmunzelte Philipp im dämmrigen Licht immer noch über Bettys Ausspruch.

Linda schüttelte vehement den Kopf. „Nein. Wenn schon, dann richtig. Bei den Damen sind Bodychecks nicht erlaubt. Und bei den Männern sind die meisten relativ harmlos. Über manche musste ich sogar herzlich lachen. Wenige brachten natürlich auch Verletzungen mit sich, die keiner gewollt hatte. Aber dennoch hat das

Eishockeyspiel eine ganz eigene Ästhetik, was Pässe zuspielen, den Puck dem Gegner abjagen und Tore schießen angeht. Ganz besonders beeindruckend finde ich, wenn ein Spieler aus zwanzig Metern Entfernung einen Schlagschuss mit 170 Stundenkilometern auf das winzige Tor abgibt und der Puck im Netz landet, obwohl sich davor ein Torwart mit drei Verteidigern und zwei Angreifern aufgebaut haben."

Philipp beobachtete fasziniert ihr leuchtendes Gesicht. Mittlerweile saß Linda neben Philipp und strahlte wie ein glückliches Glühwürmchen, während sie seine Hand fest gedrückt hielt.

„Wenn jedes Jahr die Weltmeisterschaft übertragen wird, versuche ich so viele Spiele wie möglich live zu sehen. Manchmal nehme ich sogar in den zwei Wochen Urlaub, wenn es geschäftlich passt. Bloß damit ich nichts verpasse." Linda bekam wie immer bei diesem Thema Herzklopfen und ihr wurde ganz warm vor Aufregung. Unbewusst knetete sie Philipps Finger zwischen ihren eigenen. „Die deutsche Mannschaft hat bei der WM 2010 und 2011 Unglaubliches geleistet. 2011 haben sie nach insgesamt siebenunddreißig verlorenen WM-Spielen zum allerersten Mal in der Eishockeygeschichte gegen Russland gewonnen. Und das sogar noch zu Null! Die Russen haben keinen einzigen Puck versenken können." Sie schüttelte ungläubig den Kopf. „Russland hatte bis dahin an 54 Weltmeisterschaften teilgenommen – keine Ahnung, wie viele Spiele sie in dem Zusammenhang bestritten hatten –, aber nur bei neun kein Tor geschafft. Und eins davon ging auf das deutsche Konto", fügte sie stolz hinzu. „Dadurch waren die Deutschen wohl so motiviert, dass sie die anderen beiden Vorrundenspiele auch noch gewannen und sich damit zum ersten Mal seit 1930 als Gruppenerster fürs Viertelfinale qualifizierten. Nach einundachtzig Jahren!"

Auch wenn Linda auf Außenstehende vermutlich den Eindruck machte, begeistert, aber dennoch langsam und bedächtig über dieses Thema zu sprechen, hatte sie selbst das Gefühl, alles würde unkontrolliert aus ihr heraussprudeln, wie es das bei Betty immer tat. Doch sie war noch weit davon entfernt, ihrer Freundin ernsthafte Konkurrenz im Schnellquasseln zu machen.

Als sie nun herzklopfend Luft holte, merkte sie, wie Philipp sie nur stumm mit großen Augen anstarrte. Verunsichert geriet sie ins Stocken. Hatte sie etwas falsch gemacht? Dann fiel bei ihr der Groschen. Klar, ein Mann musste es ja mehr als befremdlich finden, wenn eine Frau über so was Unfeminines wie Eishockey haltlos ins Schwärmen geriet. Wieder einmal hatte sie gleich am Anfang etwas falsch gemacht!

Philipp jedoch legte seine Arme um ihre Taille und murmelte völlig fasziniert: „Komm mal her. Ich muss dich jetzt einfach mal in die Arme nehmen. Du bist wirklich eine außergewöhnliche Frau. Nicht nur schön und intelligent, sondern auch noch Eishockey-Fan. Eine Frau wie dich habe ich noch nie getroffen." Er zog sie zärtlich an seine Brust. Neugierig fragte er: „Was haben deine männlichen Freunde dazu gesagt, dass du Eishockey liebst? Fanden die das cool oder waren sie eher befremdet über deine Begeisterung?"

Linda, die Philipp nicht gerade jetzt erzählen wollte, dass sie noch nie mit einem Mann zusammen gewesen war, meinte nur: „Ich habe nicht viel Erfahrung, was Beziehungen angeht. Aber ich weiß eins. Dass du nämlich von allen, die mich bisher geküsst haben, am besten küsst."

Mit diesen Worten verschloss sie seinen Mund, bevor er weitere Fragen stellen konnte, und neckte ihn mit ihrer Zungenspitze.

Achter Tag – morgens

Ich atme ein, ich atme aus,
setze einen Fuß vor den andern,
bis ich alles das, was geschehen ist, kapier. [1/4]

Kaum wurde ihre Kabine von der aufgehenden Sonne erhellt, war Linda schlagartig wach. Kurz sah sie auf die Uhr und beschloss aufzustehen. Beschwingt wusch sie sich in Gedanken an die letzte, kurze Nacht die Müdigkeit aus dem Gesicht, zog sich zum Joggen um und band die Haare zu einem Pferdeschwanz zusammen.

Die letzten Stunden waren für Linda unglaublich gewesen und wirkten bei Tageslicht erst recht völlig unwirklich. Fast schon surreal.

Philipp hatte sie geküsst. Und wie er das hatte!! Nun wusste sie, was ihr ihr Leben lang gefehlt hatte.

Eng auf der Liege aneinander gekuschelt, hatten sie sich lange unterhalten, unterbrochen von heißen, süßen Küssen, die Linda eine Gänsehaut nach der anderen beschert hatten. Sie hatte festgestellt, dass Philipp nicht nur ein rücksichtsvoller, sondern auch ein sensibler Mann war. Er hatte sie zu nichts gedrängt, was sie nicht tun wollte. Wie versprochen ließ er ihr Zeit, ihn kennenzulernen.

Heute Morgen hatten sie sich trotz wenig Schlafs zum Joggen verabredet. Als sie bei Philipp klopfen wollte, trat dieser schon durch die Tür und strahlte sie mit müden Augen an. Er schloss seine langen Arme um ihren Oberkörper, als ob er sie nie wieder gehen lassen wollte, und gab ihr einen langen, intensiven Guten-Morgen-Kuss.

„Hallo, meine kleine Schmusekatze", murmelte er. „Ich weiß nicht, ob ich es nach der kurzen Nacht schaffe, wie versprochen mit dir zu joggen. Vielleicht bin ich danach auch wacher als jetzt. Aber ich weiß, dass ich dich unbedingt heute Morgen noch sehen muss, bevor ich den ganzen Tag mit meinen Kollegen und meinem Chef über ein neues Projekt berate. Dass der zweite Besprechungstag unbedingt heute sein muss, passt mir gar nicht. Ich hatte nämlich andere, wichtigere Dinge mit dir vor, die ich nicht aufschieben will." Er legte seine Handfläche besitzergreifend auf ihre Pobacke und gab ihr einen kurzen Kuss. Dann stutzte er. „Oh, du hast ja einen Knutschfleck am Hals." Vorsichtig fuhr er über die kleine blaue Stelle unterhalb ihres linken Ohrläppchens.

Überrascht legte Linda ihre Finger darauf. Das hatte sie heute Morgen völlig übersehen.

Als er lächelte, spielte um seine Lippen eine Spur Besitzerstolz. „Ich habe mein Zeichen auf dir hinterlassen. Jetzt gehörst du zu mir."

„Denkst du!", entgegnete Linda und boxte ihm spielerisch mit der Faust an die Brust.

An Deck schlugen sie ein leichtes Tempo an. Keiner von beiden hatte genügend Kraft, schnell zu laufen. Nach zwei Runden fragte Linda etwas atemlos: „Was ist?", da sie Philipps Blicke immer wieder auf sich spürte. „Habe ich Zahnpasta im Gesicht oder was?"

Ohne zu antworten, fasste er ihre Hand und zog sie in eine ruhige Ecke, um sie mit seinem Körper an eine Wand zu drücken. „Ich bin ein alter Mann und muss mich ausruhen. Ich kann nicht die ganze Nacht durchmachen und dann noch eine Stunde joggen. Da spare ich doch lieber meine Kräfte für etwas Wichtigeres."

Schon senkte sich sein Mund auf ihre Lippen, die ihn begierig willkommen hießen. Eine seiner Handflächen wanderte zu ihrer Brust, die er zärtlich liebkoste, bis sich ihm ihre Brustspitze hart entgegenreckte.

„Mmh“, seufzte sie an seinen Lippen. „Hör nicht auf.“

„Keine Angst. Dafür bin ich viel zu egoistisch“, lächelte er und fuhr fort, sie zu verwöhnen.

„Oh, V-V-Verzeihung“, stotterte eine kieksende Stimme. „Ich wollte nicht stören.“

Beide drehten sich um und entdeckten eine ältere Frau mit einem Buch in der Hand und einer riesigen Sonnenbrille auf der kleinen Nase, die fatal an die Augen einer Schmeißfliege erinnerten. Mit roten Wangen drehte sie ab und suchte woanders nach einem freien Liegestuhl.

„Ich hätte nicht gedacht, dass ich mit meinen dreiunddreißig Jahren mal von einer älteren Dame beim Knutschen und Fummeln erwischt werde wie ein Sechzehnjähriger. Davon lassen wir uns aber nicht stören, meinst du nicht auch?“, fragte Philipp und machte genau da weiter, wo er unterbrochen worden war.

„So entspannt habe ich Linda noch nie erlebt“, meinte Anna leise zu Betty. „Jetzt liegt sie schon den ganzen Vormittag auf der Liege, ohne zu lesen, und träumt vor sich hin. Nur einmal war sie kurz im Wasser. Und wenn man sie anspricht, muss man alles zweimal wiederholen, bis sie verstanden hat, was man will.“

„Das war das, was ihr die ganze Zeit über gefehlt hat. Hatte ich also doch recht. Ein Mann im Leben macht zwar vieles komplizierter, lässt einen aber auch vieles vergessen. Und Linda ist der lebende Beweis dafür.“

„Du weißt aber nicht, was die beiden gestern getrieben haben, als sie plötzlich verschwunden waren, oder?“ Betty schüttelte leicht den Kopf. „Linda schweigt sich mit einem seligen Lächeln auf den Lippen aus und hat nur kurz bestätigt, dass die Stunden danach mit Philipp wundervoll gewesen seien.“ Anna blickte auf ihre vor sich hin träumende Freundin.

„Nach dem Knutschfleck zu urteilen, haben sie auf jeden Fall nicht Mikado gespielt“, witzelte Betty.

Anna beugte sich zu ihrer Freundin und schmunzelte: „Und das Beste ist, dass sie noch nicht mal mitbekommt, was wir hier reden, obwohl sie keine zwei Meter von uns weg liegt. Da kann sie aber froh sein, dass wir keine Lästermäuler sind und über sie herziehen.“

„Das stimmt“, meinte Betty und fügte mit lauterer Stimme hinzu:

„Denn sie hat gestern richtig scheiße gesungen. Stimmt's, Linda?“

„Mmh?“

„Ich habe gesagt, 'Stimmt's, Linda?'“

„Was soll stimmen?“ Linda hob verwirrt ihre Sonnenbrille und blinzelte Betty an.

„Ach, vergiss es und träum weiter von Philipp.“ Betty musste sich ein Grinsen verkneifen, als sich Linda mit einem Seufzen wieder zurücklehnte und die Augen schloss.

Doch schon eine halbe Stunde später setzte sie sich verschlafen wieder auf. „Wie viel Uhr haben wir?“, fragte sie verwirrt.

„Fast zwei“, kam es von Anna, die von ihrem Buch aufschaute.

„Erst ...“ Linda sank wieder auf ihren Liegestuhl. „Schon!!“ Plötzlich saß sie wieder senkrecht. „Ich muss mich mal wieder eincremen. Ich habe zwar schon Farbe bekommen, aber ich traue der karibischen Sonne nicht. Auf Sonnenbrand habe ich nämlich keine Lust.“ Sie begann, in ihrer Tasche zu kramen. Als sie die Flasche herauszog und schüttelte, merkte sie, dass fast nichts mehr drin war.

„Du kannst gerne von meiner Sonnenmilch haben“, bot ihr Anna an.

„Mmh“, überlegte Linda. „Du hast aber immer einen niedrigeren Lichtschutzfaktor, weil du schneller braun wirst als ich. Ich glaube, ich hole lieber meine Ersatzflasche aus der Kabine.“

„Betty hat auch einen höheren“, gab Anna zu bedenken.

„Ja, aber die ist gerade unterwegs und ich riskiere keinen Streit, indem ich mich ausgiebig am ganzen Körper mit ihrer sündhaft teuren Sonnenmilch von Chanel oder was auch immer einschmiere. Ich gehe lieber in meine Kabine und hole meine eigene.“

Auf dem ganzen Hinweg dachte Linda an die letzte Nacht mit Philipp und spürte, wie sich Hunderte aufgeregt flatternder Schmetterlinge in ihrem Bauch einen Boxkampf lieferten. Sie fühlte sich leicht, sorglos und beschwingt. So musste es sich anfühlen, wenn man schrecklich verliebt war. Linda wusste nur nicht, ob ihre Gefühle wirklich Philipp galten oder sie für jeden Mann so empfinden würde, der sie derart geküsst hätte. War sie wirklich in Philipp verliebt oder einfach nur in das Gefühl, das er in ihr wachrief?

Erschwerend kam hinzu, dass ihr Philipp ihren ersten richtigen Kuss gegeben hatte. Die beiden missglückten Versuche viele Jahre zuvor galten für sie nicht. Sie hatte demzufolge keine Vergleichsmöglichkeiten und wusste nicht, ob sie bei einem anderen Mann nicht ebenso stark reagiert hätte. Sie traute ihren Gefühlen nicht, die so durcheinander geschüttelt waren wie die Zutaten eines Cocktails. Und sie wollte Philipp nichts vormachen, was gar nicht da war. Mmh ... eine vertrackte Situation.

Als Linda mit der Flasche Sonnenmilch in der Hand summend den Rückweg durch den langen Gang antrat, kam ihr Desirée in einem schicken kleinen Kostüm entgegen, das wie für sie maßgeschneidert zu sein schien. Der Stoff schmiegte sich eng um ihren schlanken Körper und der zugeknöpfte Blazer offenbarte im Ausschnitt den Ansatz ihrer kleinen, süßen Brüste. Ihre Hüfte wiegte sich aufgrund ihrer hohen Absätze bei jedem Schritt aufreizend von einer Seite zur anderen. Ihre Augen blitzten.

Auch wenn Linda Desirée nicht wirklich mochte, freute sie sich, sie zu sehen. Das hieß nämlich, dass die Besprechung schon beendet sein musste. Dementsprechend konnte sie ihre Freude nur schlecht verbergen. „Oh, hallo Desirée. Seid ihr schon fertig?"

Diese blieb stehen und zog eine Augenbraue hoch. „Ah, unsere Pechmarie! Heute schon gestolpert?" Sie ließ ein glockenhelles Lachen ertönen, als sie über ihren eigenen Witz lachte. Linda wusste darauf nichts zu sagen. Was sollte man auf eine so dämliche Frage schon antworten? „War's noch schön gestern Abend? Ihr wart plötzlich verschwunden. Und da dachte ich mir, Philipp kümmert sich wohl hingebungsvoll um dich. Er hatte schon immer eine soziale Ader für Minderbemittelte. Nur schade für dich, dass diese Phase nie lange bei ihm anhält." Als sie sich zum Gehen wandte, drehte sie sich noch mal um und meinte gehässig: „Unsere Besprechung dauert übrigens noch eine ganze Weile. Du hast also noch genug Zeit, dir jemanden zu suchen, dem du auf die Nerven gehen kannst."

„Danke für deinen Ratschlag", gab Linda überaus freundlich zurück, „aber ich habe ja schon dich gefunden. Die Genugtuung reicht mir für den ganzen Nachmittag."

Mit diesen Worten ließ sie ihre Rivalin stehen. Linda war immer wieder über Desirées Biestigkeit verdutzt. Sie konnte mit dieser Feindseligkeit nichts anfangen und ließ sie an sich ablaufen wie Regenwasser von einer frisch geputzten Fensterscheibe. Ganz so wie früher in der Schule.

Als sie wieder bei Anna ankam, lag Betty schon leise schnarchend auf ihrer Liege. Die letzte Nacht musste wohl nicht nur für Linda ziemlich kräftezehrend gewesen sein.

„Wie bewerten Sie dieses Problem aus rechtlicher Sicht, Herr Graf?“ Philipps Chef blickte erwartungsvoll in seine Richtung.

Was sollte er wie bewerten? Philipp blinzelte verwirrt und wurde sich bewusst, dass er nicht mit seiner Nase bis zum Anschlag in Lindas Dekolleté steckte, sondern im Besprechungsraum des Schiffes mit seinen Kollegen saß und von ihm eine qualifizierte Antwort erwartet wurde.

„Mmh, ich würde sagen …“ Worüber hatten die anderen noch gleich diskutiert? Er merkte, wie Simon neben ihm unauffällig seinen Notizblock mit Stichpunkten in seine Richtung schob. Nach einem kurzen Blick war er wieder im Bilde. „Ja, also die Einführung unserer antimikrobiellen Gefäßtransplantate auf dem spanischen Markt …“

Als er seine juristische Einschätzung abgegeben hatte, rief er sich energisch zur Ordnung. Solche Konzentrationsprobleme wie heute hatte er ja noch nie gehabt! Bisher hatte er noch keiner Frau erlaubt, die Qualität seiner Arbeit zu beeinflussen. Er hatte allerdings auch noch nie eine Frau wie Linda getroffen. Seine Gedanken schweiften wieder ab. Sie war anders als andere Frauen. Sie wirkte zwar mit ihrer femininen Ausstrahlung und ihren üppigen Rundungen sehr erotisch und verlockend, verhielt sich aber eher sachlich, nüchtern und rational, was eindeutig männliche Charaktereigenschaften waren.

Eine faszinierende Mischung …

Er verstand manche weiblichen Verhaltensmuster nicht, vor allem wenn ihre Ziele auf intrigante Art und Weise verfolgt wurden. Das war ihm einfach zu kompliziert. Er bevorzugte gradlinige Frauen, die sich nicht verstellten. So wie Linda, auch wenn sie nicht viel von sich erzählte. Das, was sie aber sagte, meinte sie auch so. Sie verhielt sich authentisch.

Er riss sich gewaltsam von seinen Gedanken los. Noch schätzungsweise zwei Stunden musste er sich zusammenreißen, dann konnte er Linda wiedersehen.

Blinzelnd konzentrierte er sich darauf, was Jens von sich gab. Irgendwie hatte er das Gefühl, dass sein Kollege vor Einfällen nur so sprühte. Immer wieder warf er neue Ideen ein oder ergänzte die seiner Kollegen mit guten Vorschlägen. Ab und zu wanderten seine Augen zu Desirée, blieben aber nie so lange an ihr haften, dass man Verdacht hätte schöpfen können. Aber so, wie Philipp seinen Kollegen kannte, wollte dieser unbedingt die einzige Frau in dieser

Runde beeindrucken.

Nachdem sein Chef am Ende der Besprechung an den Termin für die Abschlusssitzung erinnert hatte, lobte er seine Mitarbeiter für ihre guten Ideen und beendete die Besprechung mit ein paar freundlichen Worten zum Freizeitangebot. Nachdem er Simon und zwei andere Kollegen gebeten hatte, noch kurz dazubleiben, war Philipp der Erste, der seinen Stuhl nach hinten schob und seine Papiere einsammelte.

„Du hast die Kurve vorhin gut bekommen, als der Chef dich auf die rechtlichen Bestimmungen in Spanien angesprochen hat. Ich kann mir ja fast vorstellen, wo du mit deinen Gedanken warst. Gestern wart ihr beiden auf einmal verschwunden und auch Betty und Anna wussten nicht, wo ihr seid." Er zwinkerte Philipp verschwörerisch zu.

„Ein Gentleman genießt und schweigt", grinste Philipp zurück und verschwand aus dem Raum.

Achter Tag – nachmittags

Und wenn du's ernst meinst, ja dann stell dich hinten an,
da ist längst schon ein anderer dran.
Das ist Murphys Gesetz. [1/10]

Da Betty noch selig schlief, entdeckte Anna Philipp als Erste und lächelte ihm entgegen. Mit großen Schritten, ein Badetuch unter den Arm geklemmt, kam er auf sie zu.

Er hatte wirklich eine fantastische Figur, dachte Anna. Breite, muskulöse Schultern vom Schwimmen und lange schlanke Beine. Außerdem einen flachen, harten Bauch, auf dem sich von der behaarten Brust bis zur Badehose ein schmaler Streifen dunkler Haare kräuselte. Er war ein sympathischer Mann, den Anna von Anfang an gemocht hatte. Sie freute sich sehr für ihre in Gefühlsdingen so vernachlässigte Freundin.

„Wo ist Linda?", fragte Philipp enttäuscht, als er sie nicht auf ihrer Liege entdeckte.

„Sie holt sich an der Poolbar etwas zu trinken, du kannst ihr ja entgegengehen", schlug Anna vor.

„Gute Idee. Ich lasse mein Badetuch hier."

Beschwingt ging Philipp seinem Ziel näher, Linda endlich in die Arme schließen zu können. Den ganzen Tag war er ungeduldig gewesen wie ein kleiner Junge, der ruhig auf einem Ameisenhaufen sitzen musste. Gleich durfte er ihre weiche Haut spüren, ihren süßen Duft einatmen und seine Nase in ihrem hellen, dichten Haar vergraben.

Er wusste nicht, wie das hatte passieren können. Er war dieser Frau mit Haut und Haaren verfallen. Alles, was sie tat, hatte Auswirkungen auf seinen Herzschlag und seine Hormonproduktion. Immer, wenn sie ihn anblickte, passierte etwas tief in ihm drin, das er nicht benennen konnte.

Gegen die Sonne blinzelnd suchte er das Deck nach Linda ab. Es gab einfach zu viele Passagiere, die das Sonnendeck nutzten. Er hatte Angst, sie zu verpassen.

Doch dann erblickte er sie. Mit offenen Haaren stand sie da und sah in ihrem Bikini und dem passenden, wadenlangen Pareo zum Anbeißen aus. Sie wirkte noch heißer, noch erotischer als alle begehrten Models zu Marilyn Monroes Zeiten mit ihren 90-60-90-Maßen. Das Bikinioberteil schmiegte sich um die üppigen Rundungen ihrer Brüste und stützte sie, als gäbe es das Problem der Schwerkraft nicht. Ihr straffer, nackter Bauch lockte ihn mit dem kleinen Bauchnabel zu fantasievollen Zungenspielen. Und das bunte Stück Stoff, das eng um ihre weiche Hüfte gewickelt war, betonte jede ihrer Bewegungen um das Zehnfache.

Was hatte Tom Jones gesungen? *You're my sexbomb*? Eine Bombe, die jederzeit hochgehen konnte.

Als er den nächsten Schritt auf sie zu machte, bemerkte er, wie sie jemandem ein strahlendes Lächeln zuwarf. Irritiert blickte er zu Seite und bemerkte einen großen, blonden Muskelprotz mit Blendaxlächeln. Das durfte doch nicht wahr sein!! Was war das für ein Heini, mit dem sich Linda da unterhielt? Wie angewurzelt blieb Philipp stehen.

Ein Grollen löste sich tief in seiner Kehle. Er hatte tagelang auf ein solches Lächeln warten, es sich hart erarbeiten müssen, und dieses hirnlose Anabolikamonster bekam es einfach so geschenkt! Ganz ohne Vorleistung.

Ein Stich durchfuhr seine Herzgegend. Automatisch rieb er sich über den Brustmuskel. Seine Reaktion war ja lachhaft. Er hatte keine Rechte auf Linda. Und doch wäre er am liebsten wie ein wildes Tier mit einem animalischen Brüllen quer über die Liegestühle gesprungen und hätte sich auf seinen Konkurrenten gestürzt, um lauthals seine Besitzrechte zu klären. *Meins!!*

An der Poolbar war immer so reger Betrieb, dass man ständig warten musste, bis man an die Reihe kam. Und Linda war doch so durstig! Ungeduldig beobachtete sie das Paar vor sich, das unter dem künstlichen Strohdach stand und sich nicht einigen konnte, welche Cocktails es bestellen sollte.

„Hallo. Schön, dass wir uns auf diesem Riesenschiff noch mal über den Weg laufen."

Linda blickte überrascht nach links und entdeckte den blonden Mann aus dem Fitness-Studio. Er lächelte sie erfreut an und meinte mit leichtem Zweifel in der Stimme: „Ich weiß nicht, ob Sie sich noch an mich erinnern ..."

„Doch, natürlich." Sie schenkte ihm ein herzliches Lächeln, um ihm die Scheu zu nehmen. Sie kannte das Gefühl, wenn man jemanden ansprach, aber nicht wusste, ob man überhaupt zur Kenntnis genommen worden war.

„Oh, ... oh schön. Das freut mich. Ich habe mich nur gefragt, ... also, ob Sie eventuell etwas mit mir trinken gehen würden."

Durch die positiven Erfahrungen mit Philipp fühlte sich Linda sehr viel stärker und selbstsicherer – wenn auch nur ein kleines bisschen – als noch zu Beginn des Urlaubs. Deshalb wagte sie sogar einen kleinen Scherz. „Na, dann stehen wir sogar schon in der richtigen Schlange." Er lachte und sie merkte, wie er sich entspannte. Es war interessant zu beobachten, wie seine anfängliche Hemmung wie Gummibärchen in der Sonne schmolz. „Ihr Angebot ist sehr nett gemeint. Aber ich kann leider nicht, da ich nicht frei bin."

„Ach so, ... ich hatte den Eindruck, Sie seien alleine auf dem Schiff." Er blickte sie verunsichert an.

„Ja, das war ich auch. Aber es hat sich etwas entwickelt ..." Sie wusste nicht, wie sie es besser ausdrücken sollte.

Er lächelte sie freundlich an. „Ich verstehe. Trotzdem danke. Ich weiß Ihre Ehrlichkeit zu schätzen." Bevor er sich von ihr abwandte, zögerte er noch kurz. „Falls sich während des restlichen Urlaubs etwas an diesem Zustand ändern sollte, würde ich mich sehr freuen, wenn Sie an mich denken würden und sich bei mir melden. Ich heiße Lars Bogner und meine Zimmernummer ist 4755." Mit einem abschließenden Lächeln drehte er ab und verschwand in der Menge.

Linda musste grinsen. Meine Güte, das war ja – im Vergleich zu sonst – eine souveräne Leistung von ihr. Sie hatte einen fremden Mann angelächelt, sie hatte mit einem fremden Mann gesprochen und gescherzt und sie hatte sogar ein Date, falls das mit Philipp nichts werden sollte. Nicht, dass sie Interesse hätte. Der Mann war ja ganz nett. Aber es hatte nicht gekribbelt wie bei Philipp.

Meine Herrn, war Linda stolz auf sich!

„Hallo, Linda."

Sie drehte sich um und blickte in das Gesicht des Mannes, das ihr Herz zum Flattern brachte. „Oh, seid ihr endlich fertig! Ich konnte es kaum erwarten." Sie schlang die Arme um seine Taille und drückte ihr Gesicht an seine warme Brust. Seine Arme legten sich fest um sie.

„Wer war denn dieser Typ?" Linda blickte überrascht zu Philipp auf und bemerkte einen etwas angespannten Zug um seinen Mund.

„Ach, den habe ich am Anfang der Reise mal im Fitness-Studio getroffen. Wieso?"

Philipp blickte in die Menge, als ob er ihn noch sehen könne und meinte: „Der sieht mir aus wie einer, der sich auf solchen Reisen an gut aussehende Frauen ranmacht."

Linda dachte daran, dass sie dasselbe am Anfang auch von Philipp angenommen hatte. Die Welt der Anschuldigungen war erstaunlich klein.

„Ich weiß nicht. Er hat eher einen harmlosen Eindruck auf mich gemacht." Sie blickte ihm nach, konnte ihn aber nicht mehr sehen. Gut, er hatte einen durchtrainierten Körper und sah sicher auch nicht schlecht aus. Mmh, ... Vielleicht hatte Philipp ja recht. Sie hatte schließlich so gut wie keine Erfahrung mit Männern. Und die anfängliche Unsicherheit, die dieser Mann ausgestrahlt hatte, hätte auch gespielt sein können. „Ich weiß nicht ... Meinst du?"

„Ja, er hatte definitiv so einen stechenden Blick und hat dich mit seinen knallblauen Augen fast aufgefressen. So etwas sollte verboten werden."

Nun war Linda von Philipps starker Reaktion irritiert. Sie blickte zu ihm hoch und sah, dass er dem Mann immer noch mit gerunzelter Stirn nachblickte. „Er wollte nur etwas mit mir trinken gehen."

Philipp blickte grimmig auf sie herab. „So fängt es immer an. Und am Ende liegst du in seinem Bett und musst Dinge tun, die du nicht tun willst." Er schwieg und warf ihr einen prüfenden Blick zu. „Und was hast du ihm geantwortet?“

Wenn sie sich nicht total irrte, schwang in Philipps Stimme ein eindeutig eifersüchtiger Unterton mit. Aber das war ja lachhaft, schalt sie sich. Wenn es jedoch stimmte, fand sie es mehr als süß. „Dass ich mich geschmeichelt fühle, aber schon vergeben bin.“

„Gut. Für meinen Geschmack war er nämlich viel zu schmierig und glatt. Vermutlich hatte er nicht viel mehr Grips als Tweety, dafür aber mehr Muskeln als Arnold Schwarzenegger.“

Jetzt wurde es Linda doch zu bunt. „Sag mal, was ist denn mit dir los? Vermutlich war das ein ganz normaler Mann, der mich einfach nur kennenlernen wollte. Du musst nicht gleich persönlich werden. Das tue ich schließlich auch nicht und ziehe über Desirée her, dass sie sich kleidet wie ein Flittchen und ständig deine Mandeln mit ihrer Zunge massiert.“

Philipp schaute betreten zu Linda und machte ein zerknirschtes Gesicht. Sein leicht verkrampfter Zug um den Mund hatte sich entspannt. „Entschuldige bitte. Du hast recht.“ Er begann zu grinsen und nahm Linda fester in den Arm. „Ich weiß wirklich nicht, was in mich gefahren ist. Ich reagiere normalerweise nicht so besitzergreifend wie ein Wikinger auf Beutezug. Aber als ich sah, wie du ihn so angelächelt hast …, ich weiß auch nicht, da hat etwas bei mir ausgesetzt.“ Er küsste sie auf den Scheitel. „Ich glaube, dass ich mich gerade haltlos in dich verliebe.“

Achter Tag – nachmittags

Du sagst, was du meinst, doch du meinst es nicht so.
Du redest sehr laut und sehr viel.
Doch zwischen jedem ironischen Ton
Schwingt immer ein bisschen Gefühl. [1/14]

Als Betty gerade eine kurze Wachphase hatte, dachte sie automatisch wieder an Simon. Die letzte Nacht war in jeder Hinsicht fantasievoll, abwechslungsreich und überaus witzig gewesen. Sie schätzte Simons Humor. Denn sie schätzte es sehr, wenn ein Mann sie in jeder Lebenslage zum Lachen bringen konnte. Und in der letzten Nacht hatte sie sich in sehr verschiedenen Lagen befunden. Sie musste grinsen. Sie hätte keinen besseren als Simon für eine Urlaubsaffäre treffen können. Die Kreuzfahrt gefiel ihr bisher und würde sicher noch besser werden.

Plötzlich legte jemand von hinten die Hände auf ihre Augen und fragte mit verstellter Stimme: „Rate mal, wer dich gleich in den Pool entführt, Zuckerschnecke."

„Das kann nur einer sein", lachte Betty und zog die Hände weg, während sie sich umblickte. „Hallo, Tiger", schnurrte sie.

„Anna, hast du etwas dagegen, wenn ich mit Betty ins kühle Nass hüpfe?", fragte Simon charmant und wackelte so mit seinen blonden Augenbrauen, dass Anna lachen musste.

„Nein, nein, geht nur. Ich vergnüge mich mit meinem Buch. Und frisch Verliebte soll man bekanntlich nicht aufhalten", gab diese neckend zurück.

„Von wegen 'frisch verliebt'!", rief Betty empört. „Simon und ich vergnügen uns nur auf rein körperlicher Ebene. Das hat mit Emotionen überhaupt gar nichts zu tun." Dafür kassierte sie von Simon einen Klaps auf den Po. „Ist doch wahr! Hier auf dem Schiff haben wir unseren Spaß und wenn der Urlaub vorbei ist, sehen wir uns eh nie wieder."

„Ja und deshalb müssen wir jede Minute ausnutzen, die wir haben. Tut mir leid, Anna. Du weißt, unsere Tage sind gezählt." Simon packte Betty an der Hand und warf sie sich über die Schulter wie einen Sack Kartoffeln. Mit kaum wahrnehmbarem Hinken spurtete er los Richtung Pool, warf die überrascht aufschreiende Betty ins Wasser und sprang sofort hinterher. Als sie prustend und fluchend auftauchte, stürzte sie sich auf Rache sinnend auf Simon und drückte ihn unter Wasser. Er zog ihr dabei die Füße weg und rollte sich über sie. Nach kurzem Luftschnappen zog Simon die um sich schlagende Betty wieder unter Wasser und nutzte die Gelegenheit, ihr einen feurigen Kuss zu geben. Als sie Mund an Mund auftauchten, nuschelte Betty: „Darauf habe ich nur gewartet" und pflügte mit ihren langen Fingern durch Simons kurzes, blondes Haar.

Da der Pool auf dieser Seite des Beckens weniger benutzt wurde, bewegte sich Simon langsam, ohne den Kuss zu unterbrechen, an den Rand des Beckens, der optisch wie grob behauener Fels wirkte. Unter einer kleinen Palme, die für karibische Stimmung sorgte, kam er zum Stehen. Die johlenden Badegäste am anderen Ende, die die Rutsche runterjagten oder auf den aufgeblasenen Oktopus kletterten, um hinunterzuspringen, kratzten ihn nicht die Bohne. Er konzentrierte sich ganz auf den kleinen Wildfang in seinen Armen. Oh, wie er es liebte, wenn Betty ihre langen Beine um seine Hüften schlang, während sie ihm den Verstand mit ihren Küssen raubte. Daran konnte er sich glatt gewöhnen. Zärtlich strich er über ihren Rücken und glitt unter den oberen Rand ihres Bikinihöschens.

„Hey", lachte sie, „aber nicht vor allen Leuten."

„Wer soll das schon sehen? Wir sind schließlich im Wasser." Simon ging in die Knie, als ob er sich im Wasser auf einen Stuhl setzen würde, und zog Betty noch enger an sich.

Deutlich spürte sie seine körperliche Reaktion auf den Kuss. „Oh-ha! Soweit sollten wir aber hier im Wasser trotzdem nicht gehen, mein lieber Simon. Es sind Kinder anwesend. Das sollten wir uns vielleicht lieber später für die Kabine aufheben", schnurrte Betty und rieb sich an seinem Schoß. Wenn Simons Gesicht nicht eh schon von Wassertröpfchen übersät gewesen wäre, hätte sie voll Genugtuung schwören können, dass sich kleine Schweißtropfen auf seiner Stirn sammelten.

„Das ist mir klar", stöhnte Simon auf und schob ein „Teufelsweib" hinterher, als er sie in den Po zwickte.

Betty beugte sich zu seinem Ohr und flüsterte ihm eine kleine, verruchte Schweinerei zu, nur um ihn anschließend lachend mit ihrer Zunge in der Ohrmuschel zu kitzeln.

„Ja, das können wir später gerne versuchen", raunte Simon zurück und blinzelte Betty zu.

Doch dann wurde er ruhig und fuhr mit seiner Daumenspitze die Kontur ihrer vollen Lippen nach. Sie biss ihm spielerisch in den Finger und zog ihn in den Mund, um daran zu saugen.

Das entlockte ihm ein Lächeln. „Ich mag dich." Er machte eine kurze Pause. „Ich mag dich genau so, wie du bist."

Sie begann zu kichern. „Oh, danke für das Kompliment. Das haben mir auch schon ein paar Männer gesagt, als ich ihnen den besten Blowjob ihres Lebens beschert habe." Sie grunzte bei der Erinnerung.

Er aber nahm ihr Kinn zwischen die Finger und suchte ihren Blick. „Ich mag dich, so wie du bist."

„Ja, ich habe das schon richtig verstanden. Das ist genau das, was jede Frau gerne von einem Mann hört. Dass sie nicht zu fett, nicht zu dünn, nicht zu nervig oder zu doof ist. Einfach perfekt." Sie begann wieder zu grinsen. Ganz die Partynudel, die schon so viele Männer um den kleinen Finger gewickelt hatte.

Nun nahm er ihr Gesicht zärtlich in beide Hände und wiederholte: „Nein, du verstehst mich nicht. Ich mag dich so, wie du bist. Wie *du* bist – nicht das glamouröse Partygirl, das eine ganze Fete aufmischen kann. Die mag ich auch. Aber ganz besonders mag ich die Betty, die zärtlich und einfühlsam sein kann. Die sich hingebungsvoll um ihre Freundinnen sorgt, auch wenn sie diese Liebe oft hinter einer dummen Bemerkung und einem Schuss Sarkasmus verbirgt. Die verletzliche Betty, die es sich so selten erlaubt, eine starke Schulter zum Ausweinen anzunehmen." Er blickte ihr liebevoll in die Augen. „Diese Betty mag ich ganz besonders. Kannst du ihr das bitte ausrichten?"

Betty wollte etwas erwidern. Irgendeinen dummen Spruch, wie sonst auch immer. Aber sie konnte nicht. Die schlagfertigen Worte, die ihr schon auf der Zunge lagen, blieben ihr im Halse stecken, während sie in Simons schöne graublaue Augen starrte.

Er hatte ihr direkt in ihre Seele geblickt. Das hatte vor ihm noch kein Mann geschafft – geschweige denn nach so kurzer Zeit. Sie bekam immer noch kein Wort heraus. Das war auch völlig unnötig, da Simon ohne eine Antwort abzuwarten, mit seinen Lippen einen hingebungsvollen Kuss auf Bettys Mund hauchte, den sie nie vergessen würde und der so ganz anders war als all seine anderen vorher. In diesem Kuss lag so viel zärtliche Ernsthaftigkeit, dass sie wahnsinnige Angst bekam, sich aber gleichzeitig so sicher wie noch nie fühlte. Simons Bekenntnis hatte Bettys wohlgeordnete Welt ins Wanken gebracht, die bis zu den Grundmauern erschüttert worden war. Und als Betty die Augen wieder öffnete, hatte sie einen Kloß in der Kehle.

„Das war, glaube ich, das schönste Kompliment, das ich je von einem Mann bekommen habe."

„Und es kam von Herzen." Ein kleines selbstgefälliges Lächeln stahl sich in Simons Mundwinkeln. Es freute ihn sehr, dass er Betty so beeindruckt hatte. Er hatte sich nämlich schon den Kopf zerbrochen, wie er ihr eröffnen konnte, dass er sie mochte, ohne dass es abgedroschen oder gar nichtssagend klang. Und dann waren die Worte ganz spontan auf die richtige Weise herausgekommen.

Betty legte ihre Wange an Simons Hals und schwieg. Dieser begnügte sich einfach nur damit, sie in seinen Armen zu halten und diesen Augenblick abseits der lärmenden Badegäste zu genießen. Er wusste nicht, warum Betty so still geworden war, aber er würde einfach abwarten und genießen. Vielleicht brauchte sie einfach noch einen ruhigen Moment in seinen Armen.

Doch als Betty zu sprechen begann, überraschte sie ihn damit, dass sie von ihrer Kindheit begann. „Ich möchte dir erzählen, warum ich so geworden bin, wie ich bin. Immer fröhlich drauf, immer einen lockeren Spruch auf den Lippen, nie zu ernsthaft …“ Sie machte eine kurze Pause und küsste ihn fast schon entschuldigend auf seine Halsbeuge. Sie hatte das noch nie einem der Männer erzählt, mit denen sie zusammen war. Sie wusste auch nicht, ob es jetzt richtig war. Aber Simon war irgendwie anders. Und die Geschichte drängte aus ihr heraus. „Mein Vater hat einen sehr schwierigen Charakter. Normalerweise ist er sehr ruhig, geht zuverlässig seiner Arbeit nach und zeigt sich nach außen hin als fürsorglicher Ehemann und guter Nachbar. Aber es gibt Situationen, die ihn ausrasten lassen. Dann bricht sich sein ganzes cholerisches Temperament Bahn und walzt denjenigen platt, der gerade Pech hat, es abzubekommen. Als ich noch klein war, war das leider oft mein zwei Jahre älterer Bruder gewesen. Da dieser zwar nicht so hitzköpfig wie mein Vater, aber manchmal genauso stur war, gab es bei uns zuhause mindestens zweimal die Woche Mord und Totschlag – so kam mir das jedenfalls mit meinen fünf Jahren vor. Geschlagen hat uns unser Vater nie. Aber ich konnte das als kleines Kind nicht richtig einschätzen und hatte immer Angst, dass gleich jemand verletzt wurde, wenn Teller durch die Gegend flogen oder Stühle umgeworfen wurden. Wer garantierte mir denn, dass im nächsten Augenblick nicht der Kopf meines Bruders das Ziel war? Oder der meiner Mutter? Alles hatte immer so dramatisch ausgesehen … Und so habe ich immer versucht, sobald ich die Gewitterwolken am Horizont spürte, meinen Vater bei Laune zu halten.“

Betty machte eine kurze Pause, in der Simon flüsterte: „Das ist viel Verantwortung für so ein kleines Mädchen.“

Betty fuhr fort, als hätte sie ihn nicht gehört. „Ich brachte ihn zum Lachen oder schmeichelte ihm oder zeigte ihm kleine Kunststücke, die ich mir spontan ausdachte. Mein Einfallsreichtum und meine Quirligkeit retteten uns damals vor so manchem Anfall. Versteh mich bitte nicht falsch. Ich will mich nicht über meine Kindheit beklagen. Sie war meistens sehr glücklich und schön – und vorwiegend auch behütet. Aber eben nur vorwiegend. Und es gibt natürlich andere Familien, die deutlich schlimmere Tragödien mitmachten als wir. Aber es hat mich trotz allem sehr geprägt. Ich war immer der Familienclown zum Wohle der Familienmitglieder. Irgendwann ist mir das Verhalten so in Fleisch und Blut übergegangen, dass es mein Leben in der Schule und später auch im Studium bestimmte." Betty machte eine nachdenkliche Pause, in der Simon ihr beruhigend über den Rücken streichelte. „Die Männer, mit denen ich zusammen war, kannten nur diese eine Seite von mir und schätzten sie sehr. Denn sie brachte ihnen eine Menge Spaß im Bett und auch außerhalb." *Bis sie merkten, dass ich auch ernsthaft sein konnte und noch was in der Birne hatte. Das passte für sie irgendwie nicht zusammen. Darauf konnten sie gut und gerne verzichten. Unnötiger Ballast.* „Irgendwie habe ich wohl deshalb nie mein altes Verhaltensmuster verlassen. Immer habe ich mich zum Affen gemacht, um dafür gemocht zu werden. Dementsprechend 'tiefgründig' waren alle meine Beziehungen." Zum ersten Mal blickte sie auf und in Simons verständnisvolle Augen. „Erbärmlich, oder?"

Dieser schüttelte nur den Kopf, drückte sie wieder an sich und wiegte sie sachte im Wasser hin und her.

„Ich bin jetzt zweiunddreißig und hatte noch keine wirklich ernsthafte Beziehung, eher Affären, die vielleicht ein halbes Jahr dauerten. Und meistens habe ich die Typen vor die Tür gesetzt, bevor wir uns zu gut kennenlernen konnten. Bevor ich mich ihnen überhaupt öffnen konnte."

Oh Gott, warum erzählte sie Simon so etwas überhaupt. Das waren, weiß der Geier, keine besonders guten Auszeichnungen für Bettys Talent, was dauerhafte Beziehungen anging. Und weshalb machte sie sich überhaupt Gedanken darüber? Hatte sie nicht Anna vorhin klar und deutlich erklärt, dass ihre Beziehung zu Simon nur körperlicher Natur war? Aber warum fühlte es sich dann nicht so an? Und warum zum Teufel erzählte sie ihm Dinge, die sie noch nicht mal in dieser Ausführlichkeit ihren Freundinnen erzählt hatte?

Nachdem sie in Gedanken versunken verstummt war, kuschelte sie sich wieder in Simons Halsbeuge und sog seinen mittlerweile vertrauten Duft ein. So hätte sie ewig sitzen können.

„Wie wär's, sollen wir in meine Kabine gehen? Dann können wir uns weiterunterhalten und ich kann dich ein bisschen verwöhnen. Du weißt, meine Fußmassage ist legendär."

Betty grinste an seinem Hals. „Ja, das stimmt."

Achter Tag – abends

Gute Freunde geben gute Tipps,
noch bessere Freunde – sagen nix. [2/11]

Es klopfte energisch.

Philipp fuhr ein letztes Mal mit seinen Fingern durch sein noch feuchtes Haar, bevor er hoffnungsvoll zur Tür ging. Nachdem er sich mit Linda nach seiner Besprechung eine ganze Zeit lang im Pool vergnügt hatte, war diese auf die glorreiche Idee gekommen, sich nach der ganzen Faulenzerei körperlich zu betätigen. Leider hatte sie in diesem Zusammenhang nicht ganz dieselbe Idee wie er gehabt. Sie wollte nämlich vor dem Abendessen noch eine Runde Basketball spielen. Aber er war ja wie ein treuer Dackel um jede Minute froh, in der sie ihn mit ihrer ungeteilten Aufmerksamkeit beschenkte …

Nach einem schweißtreibenden Zweikampf um den Korb, den er gerade mal so gewonnen hatte, hatte er geduscht und sich fürs Abendessen umgezogen. Er war immer noch ziemlich baff, wie ebenbürtig Linda ihm trotz ihrer Körpergröße war und wie gnadenlos sie ihn jedes Mal abzog.

Erwartungsvoll griff er nach dem Türgriff und öffnete schwungvoll. Doch statt der ersehnten Person stand zu seiner Enttäuschung Desirée mit einer Zeitschrift vor seiner Tür. Nach ihrem Gesicht zu urteilen, mussten Weihnachten und Ostern auf einen Tag gefallen sein. Ihre Augen strahlten und ihre Wangen glühten rosig. Um ihren Mund spielte aber auch ein deutlicher Zug selbstgerechter Empörung.

„Ich habe etwas Unglaubliches entdeckt." Mit diesen Worten schlängelte sie sich an ihm vorbei. „Linda hat uns nach Strich und Faden belogen." Mit einem triumphierenden Lächeln drehte sie sich um und schwenkte die aufgeklappte Zeitschrift. „Ich wusste, dass sie hinterhältig, verlogen und intrigant ist. Genauso echt wie Falschgeld. Und dich hat sie schön um den Finger gewickelt. Aber das würde ich mir an deiner Stelle nicht gefallen lassen." Sie lächelte zufrieden.

„Desirée, um Gottes willen, wovon redest du nur?", fragte Philipp entnervt.

„Die", sie zeigte ihm die Titelseite der *PSQ Popular Science Quaterly*, „habe ich bei Tim ausgeliehen und zum Zeitvertreib durchgeblättert, als er sie vorhin am Pool gelesen hat. Und was entdecke ich?“ Sie drehte einen Artikel mit Bild in seine Richtung. „Unser feines Fräulein Sekretärin. Da habe ich mich doch gefragt: Warum wird eine Tippse mit Bild in einer Wissenschaftszeitung veröffentlicht, in der renommierte Wissenschaftler von ihren Forschungsprojekten in allgemein verständlicher Sprache – populärwissenschaftlich sozusagen – berichten? Einfach nur, weil sie einen Artikel fehlerfrei abgetippt hat, sicherlich nicht. Und ich kann dir sagen, in dieser Zeitschrift sind Artikel von richtigen Koryphäen veröffentlicht.“

Desirée schob ein zufriedenes Lächeln hinterher, das Winnie Puuh nicht besser hinbekommen hätte, wenn man ihm einen Riesentopf Honig vor die Nase gestellt hätte. „Sie hat übrigens nicht nur ein Geheimnis, sondern gleich zwei, von denen Sie dir nichts erzählt hat.“

„Zeig her.“ Philipp nahm ihr die Zeitschrift mit unbewegter Miene ab und überflog die Überschrift. Ein wissenschaftlicher Artikel über den Welle-Teilchen-Dualismus in der Quantenmechanik. *Was zum Teufel war ein Welle-Teilchen-Dualismus?!*

Lindas Porträtfoto neben der Überschrift zeigte sie in einem konservativen Kostüm mit streng nach hinten gekämmten Haaren. Vermutlich trug sie zum Fototermin einen Dutt wie auch schon zu Beginn dieser Reise. Sie schien den Fotografen mit ihrem kühlen und sachlichen Blick förmlich aufzuspießen, als ob er vorher eine unpassende Bemerkung über ihre Frisur gemacht hätte.

Die Kurzvita daneben begann mit den Worten: „Woglinde Martin“ – *Woglinde?!* – „ist trotz ihrer Jugend eine führende Wissenschaftlerin auf dem Gebiet der Quantenphysik. Nachdem sie 2010 an der Universität Hamburg mit Auszeichnung promoviert hat, befasst sie sich gerade mit ihrer Habilitation zum Thema …“

Habilitation?! Wow!

Es gab keinen Zweifel, dass es sich hierbei um seine warmherzige und humorvolle Linda handelte. Dieser distanzierte Gesichtsausdruck und die Frisur waren ihm noch allzu gut bekannt. Er blickte kurz zu Desirée auf, die gespannt auf seine Reaktion wartete.

„Das ist doch wirklich der Hammer, oder?!“, fragte diese triumphierend.

„Ja“, stimmte er ihr zu, „das ist wirklich der Hammer.“

Versonnen führte Linda die Bürste durch ihr Haar, während sie auf ihrem Bett saß. Der Urlaub wurde immer besser. Sie dachte an Philipps Abschiedskuss, als sie nach dem Spielen zum Duschen in ihre eigenen Kabinen hatten gehen wollen. Er war so süß und sanft gewesen, dass sie vor Verlangen fast zerflossen wäre. Es war noch keine vierundzwanzig Stunden her, seit Philipp zum ersten Mal ihre Lippen mit seinem weichen Mund berührt hatte. Und doch erschien es ihr, als sei schon ein Jahr vergangen. Sie konnte und wollte sich nicht mehr vorstellen, wie ihr Alltag ohne dieses aufgeregte Flattern in ihrem Bauch ausgesehen hatte.

Zitternd atmete sie langsam und konzentriert aus. Wenn sie nicht achtgab, würde sie noch hier in ihrer Kabine zu hyperventilieren beginnen.

Sie dachte an die letzte Nacht. Überwältigende Bilder und intensive Gefühle stürzten auf sie ein und begruben sie hilflos unter sich. Erneut schmeckte sie auf ihrer Zunge das Salz der lauen Nachtluft, die ihre erhitzte Haut streichelte. Und dann waren da noch Philipps warme Hände, die wieder über ihren ruhelosen Körper zu streichen schienen. Genussvoll schloss sie die Augen, legte ihre Hände in den Schoß und erinnerte sich lebhaft an alle Stellen, die Philipp berührt hatte. Ihre Brüste … mmh … runter zu den Hüften … dann zu ihrem Gesäß … oh! … dann weiter zu …

Schockiert blickte Linda auf ihre Hände hinunter. Wie sie zwischen ihren Schenkeln auf und ab strichen. Wie sie sich immer intensiver zu dem vorarbeiteten, was sie sich herbeiträumte …

Schnell zog sie die Hände zurück und legte sie neben sich aufs Bett. Das war ja lächerlich. Sie war doch keine Frau, die innerhalb kürzester Zeit den Kopf verlor, nur weil sich ein Mann für sie interessierte!

Und ganz besonders war sie keine Frau, die selbst Hand an sich legte, nur weil ein Mann Gefühle in ihr weckte, die sie noch nie gespürt hatte! Das hatte sie ja noch nie getan!

Trotzdem musste sie sich entscheiden. Der Urlaub war bald vorbei und sie würde Philipp vermutlich nie wiedersehen. Wollte sie, dass er ihr erster Mann wurde?

Jede Faser ihres in Liebesdingen so vernachlässigten Körpers schrie laut „Jaaa!!!“ und hüpfte ausgelassen mit gezückten Fahnen auf und ab. Doch sofort schaltete sich ihr Kopf ein und sorgte für Ruhe in diesem aufgeregten Hühnerstall. Wer garantierte ihr denn, dass alles wirklich so war, wie es den Anschein hatte? Vielleicht würde diese ganze Urlaubsbeziehung - wenn sie sich emotional zu tief einließ - in einem Desaster enden, aus dem sie als emotionaler Krüppel hervorging. Und dann hatte sie nicht nur einen Knacks weg, der sie schon seit ihrem sechzehnten Lebensjahr verfolgte, sondern einen Riss in ihrem Selbstvertrauen, der den Ausmaßen des Gran Canyons in nichts nachstand. Aus diesem Grund war sie sich nicht sicher, ob es nicht besser wäre, etwas Zurückhaltung zu üben und …

Es klopfte.

Und sofort rissen ihre eingeschüchterten Hormone wieder die Fahnen in die Höhe und jubelten dem Ankömmling ekstatisch entgegen. Denn es konnte nur der Eine sein …

Mit klopfendem Herzen ging sie zur Tür. Als sie öffnete, blickte sie in das Gesicht, das für sie Abenteuerreise und Heimkommen zugleich bedeutete. Die dunklen Haare, die frech in die Stirn fielen, sein ansprechend geschnittenes Gesicht, dessen Anziehungspunkte die warmen, braunen Augen und der lächelnde Mund darstellten. Doch sie bemerkte überrascht, dass Philipp sie ungewohnt ernst musterte. „Darf ich reinkommen?“

„Ja, natürlich.“ Sie trat beiseite.

In der Mitte des Raums drehte sich Philipp abrupt um und hielt Linda eine Zeitschrift vor die Nase. „Kannst du mir das erklären?“

Irritiert blinzelte sie, um ihre Augen auf die kleine Schrift und das Foto scharfzustellen. Als sie erkannte, um was es sich dabei handelte, hatte sie plötzlich das Gefühl, die Einrichtung ihrer Kabine würde zu rotieren beginnen. Immer schneller drehte sie sich, bis Linda sich allein mit dieser unseligen Zeitschrift im ruhigen Auge eines Wirbelsturms befand. Mit einem keuchenden Pfeifton atmete sie aus.

„Also stimmt es.“

Philipps Stimme hörte sich in Lindas glühenden Ohren kalt und zynisch an. Immer noch klebten ihre Augen an diesem unseligen Artikel, den sie schon vor vielen Wochen abgeschickt und völlig vergessen hatte. Doch nun war er wie ein Bumerang zu ihr zurückgeschossen und hatte sie komplett ausgeknockt. Sie hatte immer gewusst, dass sie mit Beziehungen kein Glück hatte. Warum sollte es also mit Philipp anders laufen? Da ihr die Intensität ihrer Gefühle für ihn von Anfang an mehr als suspekt war, hatte sie deshalb im Hinterkopf ein Versagen ihrerseits auf ganzer Linie immer mit einkalkuliert. Aber dass sie sich mit diesem Artikel selbst ein Bein abhacken würde, hatte sie nie vermutet.

Doch nun stand Philipp eine Erklärung fordernd vor ihr und war verständlicherweise wütend und enttäuscht, dass sie nicht die Sekretärin war, die sie vorgegeben hatte zu sein. Genau genommen hatte sie das zwar nie gesagt, ihn aber in seiner Vermutung auch nicht korrigiert. Und das war in einer vertrauensvollen Beziehung genauso schlimm, als ob sie ihm frech ins Gesicht gelogen hätte. Und welcher gut aussehende Mann wollte etwas mit einer Intelligenzbestie wie ihr zu tun haben? Kaum einer. Die Erfahrungen in ihrem Leben hatten sie eines Besseren belehrt.

„Wie ich sehe, hast du mir zwei wichtige Geheimnisse aus deinem Leben verschwiegen", begann Philipp und schwenkte mit der Zeitschrift vor Lindas hypnotisiertem Blick, um ihre Aufmerksamkeit zu erlangen. Sie blinzelte verwirrt, um ihren tranceartigen Zustand zu beenden, und schaute ihn betroffen an.

„Philipp, es tut mir so schrecklich leid! Ich weiß, ich hätte dich korrigieren sollen, als du dachtest, ich sei Sekretärin ..."

„Ja, das stimmt. Ich habe mich ziemlich zum Affen gemacht, als ich dir so begeistert davon erzählt habe, wie wichtig Sekretärinnen für das Betriebsklima seien – und dabei bist du noch nicht einmal eine, sondern eine hochdekorierte Quantenphysikerin, die mich IQ-mäßig dreimal in die Tasche stecken könnte ..."

„Oh Gott, es tut mir so leid ...", stöhnte Linda und vergrub ihr Gesicht in den Händen.

„Das sollte es auch. Wenn man mit Menschen zu tun hat, die man sympathisch findet, sollte man wenigstens ehrlich sein und nicht solch elementare Dinge verschweigen."

Linda zog ihre Hände von den Augen weg und blickte Philipp an. „Ja, ich weiß. Und ich bin dir auch nicht böse, wenn du den Rest der Reise kein Wort mehr mit mir sprichst." Sie wand sich von ihm ab, da sie sich zu sehr für ihr Verhalten schämte und flüsterte mit gebrochener Stimme: „Es tut mir wirklich sehr leid ..."

Philipp blickte verwundert auf Lindas abgewandten Rücken. Was war nur mit ihr los? Verstand sie keinen Spaß oder was? Er hatte sie eigentlich nur etwas aufziehen wollen und wunderte sich nun, dass sie völlig am Boden zerstört zu sein schien.

„Was ist los mit dir?", fragte er neugierig und trat einen Schritt auf sie zu. Am liebsten hätte er ihr eine Hand auf die angespannte Schulter gelegt, traute sich aber nicht. „Weinst du etwa?"

Sie blinzelte und schaute kurz in seine Richtung. „Nein, natürlich nicht …"

„Aber warum glaubst du dann, ich würde für den Rest der Reise nichts mehr mit dir zu tun haben wollen?"

„Ich habe das schon zu oft erlebt. Immer diese Zurückweisung, wenn die Menschen bemerken, dass man vielleicht ein bisschen klüger ist als der Durchschnitt. Ich verstehe dich schon, mach dir keine Gedanken. Es ist für einen Mann sicher nicht angenehm, mit einer solchen Frau zusammen zu sein. Ist schon okay."

Er packte ihren Arm und drehte sie um. „Was soll das denn jetzt?! Du schmeißt mich raus? Du glaubst also, ich würde mit einer intelligenten Frau nicht zurechtkommen? Oder mich gar unterlegen fühlen, wenn ich das zwischen den Zeilen richtig verstanden habe? Das ist wirklich ein starkes Stück. Fast schon eine Beleidigung." Er begann, in der Kabine auf und ab zu tigern und sich die Haare zu raufen. „Ich weiß nicht, mit welchen Männern du zusammen warst, dass du solche Erfahrungen gemacht hast. Aber ich kann dir versichern, dass das ziemliche Schlappschwänze waren, wenn sie sich von einer Frau mit Format einschüchtern lassen, anstatt stolz auf ihre Leistungen zu sein. Ich fasse nicht, dass du mich in dieselbe Schublade steckst wie diese Idioten." Er blieb stehen und schaute in ihr überraschtes Gesicht. „Nach deinem Gesichtsausdruck zu urteilen, hast du wirklich geglaubt, du müsstest deinen Beruf vor mir verschweigen." Sie nickte leicht und senkte die Augen. „Weil ich dich dann nicht mehr so anziehend fände?" Wieder bestätigte sie seine ungläubige Frage mit einem Nicken. Mit einem Kopfschütteln machte er einen Schritt auf sie zu und umarmte sie. „Oh Linda, …"

Sie schlang die Arme um seine Taille und vergrub ihr Gesicht an seiner Brust. „Es tut mir so leid …", schniefte sie.

Er wiegte sie beruhigend in seinen Armen. „Sch-sch. Ist schon gut. Mir macht es nichts aus, dass du deine Habilitation schon fast in der Tasche hast, während ich nur ein kleiner Anwalt für europäisches Recht bin. Mit dem kann ich gut leben." Er lachte leise und vergrub seine Lippen in ihren Haaren. „Aber über deinen Vornamen müssen wir uns noch unterhalten."

„Oh Gott, ich weiß, er ist schrecklich!" Vor Scham vergrub sie sich noch tiefer in seinem Hemd. „Meine Mutter ist ein Riesenfan vom *Ring der Nibelungen*."

Philipp lachte. „Meinst du, ich mag dich weniger, nur weil du Woglinde heißt?" Er küsste sie auf die Schläfe und flüsterte zärtlich: „Woglinde." Ein Schauer rieselte durch ihren Körper. „Aber eins ist ganz klar", fuhr Philipp wieder mit normaler Stimme fort. „Bei den Vornamen unserer Kinder habe ich das letzte Wort."

Als ihr Kopf zu ihm hochschnellte, grinste er sie nur frech an.

Neunter Tag – vormittags

Schön, dass du da bist.
Schön, dass du da bist.
Gut, dass du da bist … 1/11

„Apropos Simon. Kannst du mir erklären, warum du heute Morgen beim Frühstück nur so gestrahlt hast? Gab es was Besonderes, von dem wir wissen sollten?", fragte Linda ihre Freundin neugierig, als sie sich fertigmachten, Philipp und Simon für den Landausflug in ihren Kabinen abzuholen.

Auf Bettys Gesicht erschien wieder dieses Grinsen, das man nach Lindas Meinung nur noch operativ entfernen konnte. „Er hat mir gestern im Pool gesagt, dass er mich mag, so wie ich bin." Sie blickte ihre Freundinnen bedeutungsvoll an.

„Okay … du meinst, so wie du aussiehst, wie du dich gibst …?", begann Anna erfreut.

„Nein, besser. Er meinte die Betty, die hinter dem ganzen theatralischen Gedöns steckt, das ich jeden Tag zur Schau trage. Er hat es mir dreimal sagen müssen, bis ich wirklich geblickt habe, was er meinte." Versonnen lächelnd legte sie die Sonnencreme in ihren Rucksack, stellte ihn vom Bett auf den Boden und setzte sich auf die Bettkante. „Und bei Gott, ich schwöre euch, in diesem Moment hat er mir direkt in mein Herz, in mein Innerstes geblickt. So wahrhaftig ehrlich und gütig, dass meine Augen feucht geworden sind und ich kein Wort mehr rausgebracht habe. BeinahehätteichinseinerGegenwartlosgeflenntwieeinehirnloseTussi. Ihr wisst, bisher hat es noch kein Mann geschafft, mich vor Rührung zum Weinen zu bringen. Aber Simon war in dem Moment so süß … und ich habe ihm einfach so von meinem Vater erzählt, könntihreuchdasvorstellen?"

Beide schüttelten erstaunt den Kopf.

„Danach in der Kabine haben wir ewig geredet, während er meine Füße massiert hat. Und als wir dann … ich kann euch nicht sagen, was zwischen uns passiert ist, … aber es war so völlig anders als vorher. Er war so sanft, so liebevoll … das war nicht nur spitzenmäßiger Sex. Nein. Er hat mich so sanft und geduldig geliebt, dass ich vor Lust und Liebe zu ihm hätte schreien können. Ich habe mich mit ihm so vollständig gefühlt. Als ob wir zu einer Person verschmolzen wären – und nichts um uns herum mehr existiert hat. Das war unglaublich! Ich habe so etwas noch nie mit einem Mann erlebt." Ehrfurchtsvoll schwieg sie. „Die letzte Nacht war einfach unbeschreiblich …"

Anna schniefte kurz auf und beugte sich vor, um ihre Freundin fest an die Brust zu drücken. „Ich freue mich so für dich. Hoffentlich bleibt eure Beziehung nach dem Urlaub noch bestehen."

„Das hoffe ich auch." Linda trat zu den beiden und drückte mit.

Santo Domingo, die Hauptstadt der Dominikanischen Republik, blickte schon auf eine fünfhundert Jahre alte, bewegte Geschichte zurück und war damit wohl die älteste von Europäern gegründete Stadt in der neuen Welt.

Linda hatte sich schon sehr auf eine Besichtigungstour durch die historische Altstadt gefreut, die mit einem zentral gelegenen Platz und den rechtwinkelig angelegten Straßen Vorbild für viele nachfolgenden Neugründungen in ganz Lateinamerika war.

Zu fünft – mit Rucksäcken bewaffnet – machten sie die Innenstadt unsicher, lachten, staunten und ließen sich treiben. Die karibische Sonne brutzelte gnadenlos vom knallblauen Himmel, den nur zwei unscheinbare, weiße Wölkchen zierten. Linda überlegte nicht zum ersten Mal, einen Regenschirm zum Schutz vor den intensiven Strahlen zu kaufen. Ihre Finger lagen die ganze Zeit in Philipps warmer Hand. Nur wenn sie ein Foto schießen wollte, ließ sie diesen kostbaren Schatz los und sehnte sich sofort wieder nach seiner Berührung, als ob ihr ein lebenswichtiges Organ abhandengekommen war. Wenn er sie dann wissend anlächelte, fühlte sie, wie ihr in der tropischen Hitze noch wärmer ums Herz wurde.

Auf einer großen *Plaza* befanden sich Stände mit dominikanischen Souvenirs, Sonnenbrillen, Tüchern, reifem Obst und Gewürzen. Das Wirrwarr exotischer Aromen kitzelte in Lindas Nase und ließ sie die Luft genießerisch einziehen. Sie kaufte sich einige Mandarinen, da sie zu Recht vermutete, dass sie hier viel süßer schmeckten als die importierten in Europa. Sehnsüchtig blickte sie noch auf eine reife Mango, für die sie aber kein Messer dabei hatte. Nachdem sie den Händler in Zeichensprache gefragt hatte, ob er ihr beim Aufschneiden behilflich sein könne, nickte dieser und schnitt sie in mundgerechte Schnitze. Alle bedienten sich und probierten von der goldgelben Köstlichkeit. Das Fruchtfleisch war süß, weich und so saftig, dass Linda zwei Tropfen am Kinn herunterliefen.

„Göttlich!", stöhnte sie und wischte sich mit dem Handrücken lachend übers Kinn.

Philipp küsste sie und leckte dabei spielerisch einen verbliebenen Tropfen ab. „Ich habe da vorne was gesehen, das meiner Schwägerin gefallen könnte. Ich schau es mir noch mal an und bin gleich wieder bei dir. Okay?"

Linda nickte grinsend und nahm dankbar ein Papiertaschentuch von Anna entgegen.

„Betty ist mit Simon wirklich glücklich, glaubst du nicht auch?" Ungern riss Linda ihre Augen von Philipps appetitlicher Rückseite los, um sich Annas Frage zu widmen, während diese das turtelnde Pärchen beobachtete.

„Ja, denke ich auch." Linda brauchte gar nicht hinüberzublicken, um zu wissen, dass Betty und Simon eng nebeneinanderstanden, die Auslagen der Stände betrachteten und sich Konkurrenz im Schnellsprechen machten. Betty trug ein bauchfreies Top und ultrakurze Jeans-Shorts, die ihre Beine endlos lang wirken ließen. Simons Arm lag locker um ihre Taille. Trotzdem hatte man den Eindruck, dass es viel bedurfte, seine Hand von da wegzureißen.

Normalerweise erlebte sie Betty mit ihren Kerlen – denn meist waren sie nichts anderes für sie – so, dass sie gerade mal gut genug für die Disco oder höchstens für einen überfüllten Jahrmarkt waren. Doch nie hatte Linda das Gefühl gehabt, dass Betty sich auch nur annähernd so viel mit ihnen unterhielt wie mit Simon, geschweige denn sich ihnen dermaßen öffnete. Ihr Mundwerk schien nie stillzustehen – genauso wenig wie seines. Außer wenn er sie fasziniert betrachtete, wie sie wild gestikulierend etwas beschrieb, nur um sie spontan an sich zu ziehen und ihr einen glühenden Kuss zu geben. Dann schien sie alles um sich herum zu vergessen und in seiner Umarmung dahinzuschmelzen. Danach stand sie mit einem seligen Lächeln an seine Schulter gelehnt und grinste nur stumm vor sich hin.

Erstaunlich.

Beängstigend.
Absolut furchterregend!
Betty verliebt?! Das gab's doch gar nicht!!!
Anna war der Meinung, dass es sich bei Betty diesmal um etwas Ernstes handele, da sie kaum noch über etwas anderes als Simon quassele. Simon hier, Simon da. Anna habe mittlerweile das Gefühl, Simons Lebensgeschichte schon in- und auswendig zu kennen. Dennoch hoffe sie, dass es auch nach dem Urlaub noch anhalte, da sie Betty noch nie so glücklich erlebt habe. „Weißt du eigentlich, wo Simon wohnt? Oder Philipp?"
Nein. Linda hatte immer noch nicht mit Philipp darüber gesprochen. Und an seinem Akzent konnte sie nichts erkennen. Aber mittlerweile würde es sie schon sehr interessieren. Nur, wie sollte sie ihn fragen, ohne dass es sich ... na ja, vielleicht zu besitzergreifend anhörte? Er hatte nie etwas in Richtung einer langfristigen Beziehung erwähnt.
Nein, das war nicht richtig. Er hatte immerhin schon von den Namen ihrer gemeinsamen Kinder gesprochen. Aber konnte sie diese scherzhaft hingeworfene Bemerkung wirklich ernst nehmen? Genauso wie die Anmerkung, er würde sich gerade haltlos in sie verlieben. Das konnte bei manchen Männer alles oder auch gar nichts bedeuten ...
„Weiß du, warum ich glaube, dass Simon so perfekt zu Betty passt – im Gegensatz zu ihren früheren fantastisch aussehenden und testosterongeschwängerten Flirts, mit denen sie sich nur im Bett amüsieren konnte?" Anna zupfte ihr schlichtes Sommerkleid zurecht und stieß Linda leicht mit dem Ellenbogen in die Rippen. Linda blickte sie neugierig an. „Das ist Simons Nichtperfektion."
Eine von Lindas Augenbrauen wanderte fragend in die Höhe.
„Er kann äußerlich nicht mit Bettys früheren Errungenschaften konkurrieren", fuhr Anna fort, „obwohl er auf seine Weise sehr ansprechend aussieht. Er hat etwas im Kopf – was bei Bettys früheren Kerlen in etwa so oft zu finden war, wie ein Swimmingpool in der Wüste. Und er hat ein körperliches Gebrechen, das keiner ihrer früheren Liebhaber vorzuweisen hatte. Weißt du übrigens, woher sein Hinken kommt?"
Linda schüttelte den Kopf.
„Er hatte als Sechsjähriger Kinderlähmung. Deshalb ist das eine Bein zwei Zentimeter kürzer als das andere. Aber es stört ihn anscheinend nicht sonderlich. In den Schuhen hat er wohl Einlagen

oder einen leicht erhöhten Absatz, der kaum auffällt. Und das Beste an Simon ist, dass er genauso schnell reden kann wie Betty und glücklicherweise ganz genau weiß, wie er sie nehmen muss."

Als Philipp kurz darauf wieder zurückkehrte, schnappte sich Anna Lindas kleine Digitalkamera. „Lass mich mal noch ein Foto von euch beiden machen." Dabei fuchtelte sie mit einer Hand in Richtung Bank, die unter einem üppig blühenden Hibiskusstrauch stand. Der süße Duft der roten Blüten war betörend.

Philipp zog Linda neben sich und legte seinen Arm um sie. Beide lächelten, während Anna ein paar Fotos schoss. Dann flüsterte Philipp nahe an ihrem Ohr: „Ich frage mich schon seit einiger Zeit, was du mit mir anstellst." Er atmete den süßen Duft ihrer Haare ein, den noch nicht mal die intensiven Blüten überdecken konnten. „Dass mein Herz schneller klopft und meine Hormone in Wallung geraten, wenn ich mit einer schönen Frau zusammen bin, habe ich schon zu genüge erlebt. Aber bei dir ist alles noch viel intensiver."

Linda drehte den Kopf verwundert, um ihn in Anbetracht dieses ungewohnten Kompliments anblicken zu können.

„Mein Herz rast, als wenn es bei einem Wettrennen mitmacht, von dem ich nichts weiß. Und meine Hormone erleben eine halsbrecherische Achterbahnfahrt, die kein Ende zu nehmen scheint. Mir ist schwindelig und ich möchte einfach immer nur in deiner Nähe sein. So ein Gefühl habe ich … schon sehr lange nicht mehr gespürt."

Er senkte seine Lippen auf ihre und verlor sich in einem süßen Kuss, der seine Sinne raubte und ihn vergessen ließ, wo er war. Diese Frau brachte ihn noch um den Verstand!

Als beide wieder zu Atem gekommen waren, raunte er: „Ich würde dich gerne entführen und den ganzen Tag mit dir alleine verbringen. Was hältst du davon?"

Linda konnte nur atemlos nicken. „Aber was werden Anna und Betty dazu sagen?"

„Lass das mal meine Sorgen sein", erwiderte Philipp und wandte sich Anna zu: „Würde es dir etwas ausmachen, wenn Linda und ich noch ein paar Stunden alleine auf der Insel verbringen würden?"

Anna musste grinsen. „Nein. Geht schon, ihr zwei. Und Betty und Simon könnt ihr auch gleich noch mitnehmen. Dann kann ich endlich mal in Ruhe mit Michael telefonieren. Dabei kann ich euch eh nicht brauchen."

Im Taxi versuchte Philipp, dem älteren Fahrer in einem Mischmasch aus Englisch und Französisch klar zu machen, dass er sie zu einer ruhigen Bucht hier in der Nähe fahren solle – einer wirklich ruhigen Bucht. Erst mithilfe von Lindas wenigen Spanischkenntnissen verstand er und verzog sein wettergegerbtes Gesicht in tausend Falten, als er ihnen lächelnd zuzwinkerte: *„El amor?"*

„Si", grinste Philipp zurück und meinte zu Linda: „Wenn er uns wenigstens zu einem Strand bringt, der nicht so überlaufen ist wie in den Touristenzentren, wäre ich schon heilfroh."

Während der Fahrt kuschelte sich Linda in Philipps Arm und spürte seine Wärme durch das weiße T-Shirt, das er trug. Ihr Schenkel klebte wie angeschweißt an seinen halblangen, khakifarbenen Shorts – und sie wünschte sich, diese Fahrt nähme nie ein Ende. Als sie durch das Seitenfenster die Gegend bestaunte, wunderte sie sich über das strahlend kobaltblaue Meer, das in seiner Intensität gar nicht natürlich sein konnte. Vögel kreisten über zwei kleineren Schiffen, die helle Schneisen in das glatte Wasser pflügten. Die Landschaft und die Vegetation entlang der Küste waren in ihrer Formen- und Farbenvielfalt überirdisch schön. Und der klare Himmel war von kleineren Wölkchen feinen Eischnees geschmückt. Am liebsten wäre sie mit Philipp für immer hiergeblieben.

Trotz aller Seligkeit fragte sie sich nach einer Weile dennoch, wie lange sie wohl noch unterwegs sein würden und ob der Fahrer sie richtig verstanden hatte. Genau in diesem Moment stoppte dieser den Wagen in einer kleinen Haltebucht. Außer der staubigen Straße, einigen Büschen und dem tiefer unten gelegenen Meer war nichts von einer Bucht zu erkennen.

„Äh, meinst du, er hat uns richtig verstanden? Ich sehe hier keine Bucht oder etwas Ähnliches", fragte Linda besorgt, die schon erschreckende Bilder im Kopf hatte, wie sie niedergeschlagen und ausgeraubt hinter einem Felsen lagen und das Schiff verpassten.

Doch der alte Mann stieg aus und machte sich mit schlurfenden Schritten am Straßenrand auf die Suche nach etwas, das Linda nicht nachvollziehen konnte. Zwischendurch schob er seine abgegriffene Kappe in den Nacken und kratzte sich an der Stirn. Plötzlich gab er einen erfreuten Ausruf von sich und winkte sie zu sich.

Als sie bei ihm ankamen und in Richtung seines ausgestreckten Fingers blickten, sahen sie zwischen den Felsen einen engen Abstieg, der sie direkt zu einem kleinen Strand führte, der eigentlich zu klein war, um diese Bezeichnung zu verdienen. Ein überdimensionaler Sandkasten würde es besser treffen. Denn das Stückchen Strand war keine dreißig Meter lang und lag geschützt zwischen zwei kurzen Landzungen aus zerklüfteten Felsen mit direktem Zugang zum Meer. Auf der rechten Seite wuchsen zwei kleinere Palmen und einige Sträucher. Ansonsten war alles menschenleer.

Ruhiger ging es nun wirklich nicht!

Philipp strahlte den Taxifahrer an und schüttelte begeistert seine Hand. „*Gracias! Muchas Gracias!*"

Nachdem er dem Fahrer das Fahrtgeld gegeben hatte, streckte er ihm noch einen Schein hin und nahm ihm das Versprechen ab, sie zu einer bestimmten Zeit wieder hier aufzusammeln. Den Rest des Trinkgelds würde er ihm später zusammen mit dem Fahrtgeld geben.

Als das Taxi losfuhr, fragte Linda mit einem mulmigen Gefühl im Magen: „Meinst du, er holt uns wirklich wieder ab? Ich habe Angst, dass wir unser Schiff verpassen, wenn wir hier ohne Auto festsitzen." Das wäre ihr dann doch zu viel des Abenteuers. Solch eine Prüfung wollte sie nicht bestehen.

„Keine Sorge, der will was verdienen. Und er weiß, dass wir zutiefst dankbar und großzügig sein werden, wenn er uns hier inmitten der Pampa wieder aufsammelt, davon kannst du ausgehen."

Neunter Tag – nachmittags

War so verliebt in deine Kurven. [1/9]

Er nahm ihre Hand und verschränkte mit einem verschmitzten Blinzeln seine Finger mit ihren. So machten sie sich gemeinsam an den schwierigen Abstieg zwischen rauen Felsen hindurch. Einmal rutschte Philipp fast ab und warnte Linda vor einem lockeren Stein.

Als die Schrecksekunde vorbei war, beruhigte sich Lindas Herz jedoch nicht. Sie merkte, wie sie sich fragte, was sie da unten in der ruhigen, abgelegenen Bucht erwartete. Würde es wieder genauso intensiv werden wie in der Nacht, als sie Philipp zum ersten Mal geküsst hatte? Oder wieder ganz anders? Vor lauter Vorfreude kribbelte es ganz heftig in ihrem Bauch.

Als sie endlich wohlbehalten in der Bucht ankamen, warfen sie ihre Rucksäcke lachend in den Sand und begannen, sich im Schutz der Palmen bis auf ihre Badesachen auszuziehen. Da der Reißverschluss an Lindas blauen Shorts klemmte, bot Philipp mit eifrig funkelnden Augen an, ihr hilfreich zur Hand zu gehen. Doch sie schaffte es, ihn lachend zu öffnen, bevor Philipp sein ernst gemeintes Angebot erfolgreich in die Tat umsetzen konnte.

Bevor Linda ihren türkis-braun-gemusterten Bikini zurechtzupfen konnte, schnappte Philipp schon ihre Hand, um mit ihr jauchzend über den puderzuckerfeinen Sand ins Meer zu rennen.

Das Wasser war angenehm warm und doch herrlich erfrischend. Es gab an dieser Stelle der Insel nur wenige Wellen, die den Strand erreichten und in einem sanften Rauschen in sich zusammenfielen. Deshalb tobten beide umso ausgelassener und spritzten sich voll. Linda fühlte sich so ungestört und glücklich wie Eva mit ihrem Adam im göttlichen Paradies.

Irgendwann jedoch nahm Philipp Lindas Hand mit den Worten: „Ich verhungere gleich. Lass uns etwas essen."

Ihre Augen wurden groß, als sie ihm beim Auspacken seines Rucksacks zusah. Philipp zauberte an ihrem schattigen Plätzchen ein großes Badetuch aus seinem Gepäck und zog vorsichtig einige in Servietten gewickelte Dinge heraus. „Du hast diesen Tag an der Bucht wohl von langer Hand geplant, kann das sein?"

Er freute sich über Lindas überraschtes Gesicht. „Logisch. Auf dem Schiff sind immer viel zu viele Menschen um uns herum. Da habe ich die Ruhe vermisst – außer vielleicht in der Nacht an Deck, als wir uns zum ersten Mal geküsst haben. Da waren wir auch ungestört." Er warf ihr ein schelmisches Zwinkern zu, das ihr einen heißen Schauer bescherte, und legte verschiedene Sorten Obst, Brot, ein paar Bockwürste und andere Leckereien vom Frühstück auf das Badetuch. *„Et voilà!"*

Verzückt ließ sich Linda nieder und steckte sich eine Traube in den Mund. „Danke."

„Wofür?"

„Für dieses Picknick … diese Bucht …, ach überhaupt, dass du so etwas vorbereitet hast. Das hat noch nie jemand für mich getan."

Kurz darauf lagen sie gesättigt nebeneinander auf dem Badetuch unter der Palme, Lindas Kopf an Philipps Schulter. Mit geschlossenen Augen genossen sie den leichten Wind, der warm über ihre Haut strich und mikroskopisch kleine Salzpartikel darauf hinterließ. Doch Philipp riss Linda aus der wohligen Trägheit, als er das

Thema anschnitt, das Linda die ganze Reise über zu vermeiden versucht hatte. Ihre Arbeit und ihren IQ.

„Betty hat mir verboten, hier im Urlaub auch nur ein einziges Wort über meine Arbeit zu erzählen." Sie schmunzelte. „Sie wollte verhindern, dass ich Probleme wälze und über meine Habilitation nachdenke – und dadurch das eminent wichtige Entspannen und Abschalten vernachlässige. Mein großes Ziel sollte sein, hier im Urlaub lockerer und spontaner zu werden. Neue Menschen kennenzulernen, die mich nicht nach meinem Beruf beurteilen und damit gleich wieder in eine Schublade stecken." Sie schnaubte. „Weißt du, warum ich nicht mit diesen beiden Verrückten eine Kabine teile?" Philipp schüttelte den Kopf. „Nicht etwa, weil sie keine Dreierkabine mehr bekommen haben, sondern weil sie mir den Einzelkabinenaufschlag zum Geburtstag schenken wollten, damit ich auf dieser Reise mehr Freiraum hätte. Eine Art Insel, auf die ich auch jemanden mitnehmen könne, um mich zu amüsieren. Dadurch würde ich viel gelöster und entspannter werden. Das ist doch unglaublich."

„Sie wollten dich zu einem Urlaubsflirt animieren?"

„Ja. Ich, die ich immer nur die Arbeit im Kopf habe. Als ob ich das je machen würde."

„Du hast es aber getan", raunte Philipp ihr ins Ohr und drückte sie an sich. Sanft strich er über ihre aufregenden Kurven. „Und darüber bin ich sehr froh."

„Ich auch. Witzigerweise habe ich tatsächlich schon seit über vier Tagen überhaupt nicht mehr an zuhause gedacht. Und das liegt eindeutig an dir. Es geht mir schon sehr gegen den Strich, dass Betty tatsächlich recht gehabt haben sollte."

Anschließend erzählte Linda auf Philipps erneutes Nachfragen von ihrer Arbeit an der Universität, ihrem Forschungsgebiet, den Vorlesungen und mit welchen zwischenmenschlichen Schwierigkeiten sie zu Beginn ihrer Karriere als einzige Frau am Institut zu kämpfen hatte.

„Ich finde es sehr anregend, wenn eine Frau etwas mehr im Köpfchen hat als nur den Klatsch im eigenen Dorf und die effektivsten Putzmittel. Du brauchst dich weiß Gott nicht zu verstecken und erst recht nicht für deine Intelligenz zu schämen. Lass die anderen dumm daher reden und zieh dein Ding durch."

Linda stieß ein fast schon sarkastisches Lachen aus. „Das haben mir meine Eltern damals in der Schule auch immer gesagt – und ich hätte sie dafür schlagen können. Im Nachhinein war das natürlich die einzige mögliche Reaktion, der einzige Weg, den ich gehen konnte. Aber wenn man sechzehn ist und verzweifelt zu einer Klassengemeinschaft gehören möchte, ist solch ein elterlicher Rat zum Verzweifeln."

Philipp spielte an Lindas Haarknoten herum und löste die Klammer. Über seine Schulter und Brust breitete sich eine Flut feuchter, warmer Haare aus, in denen er seine Finger vergrub. „Es war wohl damals nicht leicht in der Schule …"

„Nein. Ganz und gar nicht. Ich bin, solange ich denken kann, eine Außenseiterin gewesen. In der Schule dadurch, dass ich eine Klasse übersprungen hatte und trotzdem alles schneller begriff als meine Mitschüler. Das hat mir viele charmante Bemerkungen von „Lehrerliebling" bis „Intelligenzbestie" eingebracht." Sie seufzte und strich gedankenverloren über Philipps Brust. „Zu allem Überfluss gehörte ich damals trotz meiner Jugend körperlich zu den Frühentwicklern, was mir zusätzlich Hohn und Spott von den Jungs und neidische Blicke von den Mädchen eingebracht hat. Im Studium war Letzteres zum Glück kein Thema mehr. Aber ich hatte mich bis dahin schon so weit abgekapselt, dass ich kaum noch Kontakt zu meinen Kommilitonen suchte. Ich saß in meinem Studentenzimmerchen und lernte fleißig, wie es meine Eltern erwarteten. Und dann traf ich im vierten Semester Betty und Anna. Und von da an wurde alles anders."

„Das kann ich mir vorstellen. Betty hat dein beschauliches Leben sicher ordentlich durcheinandergebracht."

„Das kannst du laut sagen. Es änderte sich natürlich nicht alles. Du darfst nicht denken, dass ich von einer verklemmten Ziege urplötzlich zu einer Partynudel mutiert bin. Am Anfang der Reise hast du mich kennengelernt. So distanziert und unterkühlt bin ich normalerweise immer, außer bei Anna und Betty. Und ein Kontrollfreak könnte bei mir noch in die Lehre gehen."

Philipp zog kurz die Augenbrauen hoch, weil ihm die benutzten Wörter so vertraut vorkamen.

„Ja, ich habe dein Gespräch mit Simon am Karaoke-Abend zufällig mit angehört, als ich aus der Damentoilette kam. Der Paravent hat mir Deckung gegeben."

Philipp bedeckte peinlich berührt die Augen und stöhnte: „Oh, voll ins Fettnäpfchen getappt."

„Ja, und ich muss dir noch erklären, warum ich nach deinem

Auftritt auf dich den Eindruck gemacht habe, einer langweiligen Rede im Bundestag zu lauschen." Neugierig hob Philipp leicht den Kopf, um ihr ins Gesicht blicken zu können. „Als alle wie wild applaudierten, musste ich um Fassung ringen, da mich dein Gesang so tief in der Seele berührt hat, dass ich richtiggehend erschüttert war. Ich saß schockiert auf meinem Stuhl und musste erst einmal mit diesem aufwühlenden Gefühl kämpfen, dass sich ein wildfremder Mann allein durch seinen Gesang in mein Herz gestohlen hatte und es komplett besetzt hielt. Ich konnte dir nicht in die Augen blicken, als du wieder auf deinen Platz gingst, dafür war ich zu verstört. Deshalb schwankte ich wie ein Betrunkener zur Toilette, um mich wieder zu beruhigen. Und als ich rauskam, hörte ich dein Gespräch mit Simon, in dem ihr mich, was meinen distanzierten Charakter angeht, so treffend beschrieben habt."

Philipp hielt kurz inne und schlug sich dann mit der flachen Hand an die Stirn. „Ach, jetzt blicke ich's. Deshalb kamst du mit deinen wallenden Haaren und der offen stehenden Bluse auf mich zu und hast so atemberaubend gelächelt, dass ich noch die ganze folgende Nacht Herzrasen und Schweißausbrüche bekam. Du wolltest mir beweisen, dass du auch locker sein kannst."

„Zum Teil. Ich wollte vor allem mir selbst beweisen, dass ich nicht so kühl und distanziert bin, wie du mich beschrieben hattest. Und dass ich einen Mann wie dich doch beeindrucken kann."

Er lachte leise. „Das hast du allerdings mit Leichtigkeit geschafft. Aber wenn du so großen Eindruck auf mich gemacht hast und als Teenager schon so früh entwickelt warst, müssen dir die Jungen aus deiner Klasse doch scharenweise mit hechelnder Zunge nachgelaufen sein."

Linda gab ein Schnauben von sich. „Hast du eine Ahnung. Ich war weiß Gott kein umschwärmtes Mädchen. Sie machten sich immer über mich lustig, hoben mir die Röcke im Sommer hoch, steckten mir Grashüpfer vorne in den T-Shirt-Ausschnitt und schmierten mir Honig auf den Stuhl, damit ich den ganzen Vormittag mit einer klebrigen Hose rumlaufen musste. Zu Zahnspangenzeiten haben sie mir so nette Namen wie ‚Stahlfresse' zugerufen und Luftküsse hinterhergeschickt." Sie seufzte. „Es war manchmal die Hölle."

Philipp richtete sich leicht auf und stützte sich auf seinen Ellenbogen, damit er Linda in die Augen sehen konnte. Eine nasse Strähne seines Ponys fiel ihm in die Stirn. Die Augenwinkel legten sich in viele feine Fältchen, als er lächelte, und auf seinen gebräunten Wangen klebte feiner Sand. Er sah zum Anbeißen aus.

„Ich weiß zwar nicht viel von der Psyche eines sechzehnjährigen Mädchens. Aber ich weiß ganz genau, wie sich ein Junge in dem Alter fühlt. Wenn die Hormone verrücktspielen und man den ganzen Tag nur noch Sex im Kopf hat. Wenn man viel darüber hört und liest, aber niemanden außer seiner erprobten rechten Hand hat, um es auszuprobieren. Wenn man sich das erregende Gefühl vorzustellen versucht, im weichen, feuchten Fleisch einer Frau zu versinken - aber die Fantasie nicht einmal annähernd an die Realität herankommt, weil es völlig über die Vorstellungskraft eines unerfahrenen Jugendlichen hinausgeht." Er strich Linda eine Strähne aus der Stirn. „Und wenn die Mädchen aus der Klasse dann auch noch in den Pausen in bauchfreien Tops und knallengen Jeans vor einem Hormon gefluteten Jungen herumstolzieren. Wenn man sieht, wie sich ihre T-Shirts über das Schuljahr hinweg immer verlockender wölben, und man am liebsten mit beiden Händen zugreifen möchte, nur um die Weichheit ihrer reizvollen Rundungen zu spüren, kühlt das die erhitzten Gemüter nicht wirklich ab. An den meisten Tagen war es so, als würde ich die ganze Zeit mit platt gedrückter Nase am Schaufenster einer Konditorei kleben und nach der mehr als appetitlichen Auslage gieren. Anschauen erlaubt - Anfassen verboten. Das war keine leichte Zeit für mich - und für die anderen Jungs aus meiner Klasse auch nicht." Er gab ihr einen federleichten Kuss auf den Mund. „Aber wenn du damals mit sechzehn auch nur annähernd so feminin aussahst wie jetzt und die anderen Mädchen die weiblichen Rundungen von Kanthölzern hatten, kann ich mir schon vorstellen, dass dich die Jungs gehänselt haben und dir damit ihre volle Aufmerksamkeit zukommen ließen."

„Wie meinst du das?"

„Na, sie hatten jeden Tag das Begehrenswerteste ihres erbärmlich kurzen Lebens vor Augen und hatten vermutlich noch nie - auch nicht bei anderen Mädchen - davon kosten dürfen. Du warst vermutlich ein Prachtexemplar für Studienzwecke. Und du spuktest mit Sicherheit bei mehr als einem Jungen aus deiner Klasse in dessen Fantasie und dessen feuchten Träumen herum. Du kannst dich also über deren Aufmerksamkeit geschmeichelt fühlen."

Linda hatte ihm mit gerunzelter Stirn zugehört. „So wie die sich verhalten haben, kann ich mir das fast nicht vorstellen …"

„Gut, ich war damals nicht dabei. Aber ich weiß, wie Jungs ticken. Und du hast einen sehr aufregenden Körper. Was glaubst du eigentlich, wie sich die Jungs damals fühlen mussten? Da war ein Mädchen in ihrer Klasse, das aufgrund ihrer aufregenden Figur jedes andere Mädchen in den Schatten stellte. Es wäre ein Leichtes für die Jungs gewesen, dich nur als Lustobjekt abzustempeln und fertig. Aber jetzt hattest du auch noch was im Kopf und stelltest alle anderen aus der Klasse in den Schatten. Selbst die schlauesten Jungs. Das muss doch zu Minderwertigkeitskomplexen und Neid führen. Hänselei ist um soviel einfacher, als sich seinen wahren Gefühlen zu stellen und sich für eine Außenseiterin in der Klasse stark zu machen, die von allen geschnitten wird. Kein Wunder, dass du so gepiesackt worden bist. Es ist doch aber auch ungerecht, einen Wahnsinnskörper zu haben und gleichzeitig noch alle anderen bei *Wer wird Millionär?* ausstechen zu können. Aber ich bin mir sicher, dass die Jungs, die dir das Leben zur Hölle machten, abends mit geschlossenen Augen im Bett lagen, die Hand in der Pyjamahose, und von dir träumten."

„So habe ich das noch nie gesehen ..." Linda legte nachdenklich ihre Handfläche an Philipps Wange. „Wann war dein erstes Mal?"

Philipp lachte. „Mit siebzehneinhalb. Wir hatten damals ein großes Schulfest. Ein Mädchen, das damals kurz vor dem Abi stand, hat mich hinter einem Busch im weitläufigen Park des Internats entjungfert. Das war eine Nacht ..." Er schüttelte bei der Erinnerung grinsend den Kopf. „Wie erging es dir während des Studiums? Auch wenn du viel gebüffelt hast, wirst du doch wohl alles das, was du in der Schule versäumt hast, nachgeholt haben, oder?"

„Das ist schwierig, wenn man noch nie eine Beziehung zu einem Mann hatte, die über einen ersten katastrophalen Kuss hinausging", meinte Linda leise.

Philipp machte große Augen, als er die Worte auf sich wirken ließ. „Du warst noch nie mit einem Mann zusammen?"

„Nein. Bis auf zwei Küsse, nach denen die betreffenden Kandidaten enttäuscht Fahnenflucht ergriffen hatten, konnte ich noch keine anderen Erfahrungen machen." Linda reckte entschlossen ihr Kinn, um nicht bemitleidenswert zu erscheinen. „Aber ich konnte mich damit gut arrangieren und bin in meiner Arbeit ganz aufgegangen. Deshalb habe ich eigentlich auch nichts vermisst."

Philipp bekam einen ganz weichen Blick. „Weil du gar nicht wusstest, was dir entgeht." Voll Mitgefühl schaute er ihr in die Augen und strich sanft über ihre Wange. „Was für eine Verschwendung …"

Neunter Tag – nachmittags

Ja ja ja, sie will es nun mal, Ja ja ja.
Ja ja ja, sie will es nun mal,
Ja ja ja ja ja ja jaaaa. 2/4

Vorsichtig stützte er seinen Oberkörper auf beiden Ellenbogen ab und nahm Linda dazwischen. Zärtlich liebkoste er ihren Mund mit seinen Lippen, saugte und knabberte daran, nur um ihn kurz freizugeben und gleich wieder in Besitz zu nehmen.

Nach endlosen Minuten, in denen siedend heißes Öl durch Lindas Adern zu fließen schien, flüsterte er an ihrem Mund: „Sollen wir wieder ins Wasser?"

Als sie nur atemlos nickte, zog er sie hoch auf seine Arme und trug sie in die weichen Wellen, die den Strand umspülten. Dort setzte er sie ab und fasste Linda an der Hand, um mit ihr in die mittlerweile stärker gewordene Brandung zu rennen, bis sie tief im Wasser zum Stehen kamen. Es kam ihr vor, als kühlten die Wellen ihre erhitzten Leiber wie schmelzendes Softeis die heiße Haut.

Ungeduldig wurde sie von Philipp an sich gezogen, als ob er den Moment nicht erwarten konnte, endlich wieder ihre Brust an seiner zu spüren. Lange Arme umfassten ihren zitternden Leib und pressten ihn an seinen harten Oberkörper. Lippen, die von unterdrückter Leidenschaft bebten, legten sich auf ihre, begannen langsam daran zu saugen, zu erforschen, wie bereit sie für den Ansturm seiner Gefühle war.

Und sie war bereit … mehr als bereit.

Mit einem Stöhnen öffnete Linda ihre Lippen, um seine weiche, salzige Zunge in sich willkommen zu heißen. Sie konnte es immer noch nicht fassen. Diesen tobenden Sturm in ihrem Inneren hatte sie nicht vorausgeahnt. Nie hätte sie in den vergangenen sechzehn Jahren erwartet, dass die Leidenschaft und das Begehren so sein konnten! Dass sich dahinter ein ungefesselter Wirbelsturm aus irrationalen, nicht erklärbaren und völlig unlogischen Gefühlen verbarg, der an den Gitterstäben in ihrem Inneren wütete, um endlich freigelassen zu werden.

Mit einem gierigen Seufzen verwickelte sie seine Zunge in einen erotischen Tanz. Nicht nur die Wellen ihrer Leidenschaft schlugen über ihre erhitzten Gemüter zusammen, sondern auch das heranrollende Meer, das gegen ihre Oberkörper drückte, um sie noch mehr aus dem Gleichgewicht zu bringen. Linda bemerkte, wie Philipps Füße sich fest in den Sand gruben, um sich mit seinem Oberkörper gegen diese immer wiederkehrende Kraft zu lehnen.

„Du bist so weit weg, ich spüre dich kaum", flüsterte Philipp in einer kleinen Pause zwischen zwei Küssen, was Linda gar nicht nachvollziehen konnte. Sie klebte doch schon wie eine zweite Haut an seinem Oberkörper. Doch Philipp hob sie mit einer kraftvollen Bewegung hoch und legte seine großen Hände unter ihr Gesäß, damit sie mit gespreizten Beinen an seinen Bauch gepresst wurde.

„So ist es besser", raunte er. „Jetzt ist nicht nur dein Mund näher bei mir."

Und wieder küsste er sie, bis sie befürchtete, fast ohnmächtig zu werden. Seine Finger bewegten sich währenddessen unter ihr und streichelten sie an einer Stelle, die außer ihrem Gynäkologen noch nie ein männliches Wesen berührt hatte. Irgendetwas klinkte in dem Moment in ihrem Hirn aus. Sie fragte sich benommen, was das für ein Geräusch war, das sogar das Wellenrauschen übertönte. Erst jetzt bemerkte sie, dass es ihrer Kehle entströmte. Ein tiefes Stöhnen, das in ein heiseres Schnurren überging und Philipp scheinbar ziemlich wild machte. Er drückte sie noch fester an seinen Bauch, wo sie ganz deutlich etwas Neues wahrnahm, das definitiv nicht zu seinen geschickten Fingern gehörte. Etwas Langes, Hartes, das doch gleichzeitig so weich und glühend warm war, dass es sie versengte. Sie fühlte sich wieder einmal mehr als geehrt, solche Gefühle bei einem Mann wecken zu können.

Erst als Philipp schon beinahe am Strand war, merkte sie, dass er sie aus dem Wasser trug. Da, wo die Ausläufer der Wellen den feinen, ockergelben Sand glätteten und mit einer Unzahl von kleinen Muscheln schmückten, legte er sie sanft ab und kniete sich neben sie. Seine Küsse ließen immer mehr heiße Blitze durch ihren Körper jagen, die sich zielgenau zwischen ihren Schenkeln bündelten und ihren Körper erzittern ließen. Die Brandung umspülte ihre Beine und kühlte die glühende Haut.

Oh Gott, was machte Philipp nur mit ihr? Nie hätte sie gedacht, dass sie sich mal so fühlen würde. Losgelöst, schwebend, fast schmerzhaft schwerelos, nur noch beherrscht von ihren körperlichen Bedürfnissen. Sie, die normalerweise alles analysierte und bei allen Entscheidungen ausschließlich den Kopf einschaltete, wurde von Wellen der Lust hinweggetragen. Wenn Philipp sie jetzt fragen würde, wie viel zwei mal drei wäre, würde sie ihn vermutlich nur völlig entgeistert mit glasigen Augen anstarren und murmeln, er solle sie nicht so einen Blödsinn fragen, sondern lieber noch mal küssen. Und wenn er es je wagen sollte, seine Hände von ihrem Körper zu nehmen, müsse sie sich eine süße Rache für ihn ausdenken. Besitzergreifend krallten sich Lindas Finger in sein durch das Meerwasser fast schwarzes Haar, während sie in seinem Kuss ertrank.

Philipp, der in diesem Moment Gott für die einsame Bucht dankte, wollte noch mehr von Linda sehen und spüren. Es reichte ihm nicht, dass er mittlerweile fast jeden Quadratzentimeter ihres Körpers gestreichelt, liebkost und geküsst hatte. Nur … fast jeden.

„Darf ich dein Bikinioberteil öffnen?"

Bei jeder anderen Frau hätte er gar nicht lange gefragt, sondern es einfach getan. Doch mit Linda würde er sich Zeit lassen, selbst wenn es ihn umbrächte. Sie sollte ihre ersten sexuellen Erfahrungen genießen dürfen – ohne negative Erlebnisse. Sonst würde sie sich wieder zurückziehen und verschließen. Vermutlich waren diese unkontrollierbaren Gefühle, die sie gerade durchlebte, schon Angst einflößend genug für sie.

Ihr gestöhntes „Mmh" fasste er als Zustimmung auf und griff mit beiden Händen um sie herum, um an den Verschluss zu kommen. Gierig zog Linda seinen Kopf zu sich hinunter und überraschte ihn mit einem leidenschaftlichen Kuss.

Hoppla, da war wohl jemand auf den Geschmack gekommen!

Dass sie dabei ihre Beine lasziv aneinander rieb und feinste Sandkörnchen darauf verteilte, ließ ihn noch härter werden. Am liebsten hätte er sie hier und auf der Stelle genommen. Wäre tief in ihr weiches Fleisch versunken und dem Himmel dadurch ein Stückchen näher gekommen!

Ungern beendete er den Kuss. Doch jetzt gab es andere Prioritäten. In stummer Ehrfurcht versank er in die Betrachtung ihrer weichen, hellen Brüste, deren rosige Brustspitzen neckisch in der warmen Sonne schimmerten. Als er sie eingehend betrachtete und mit seinen Händen liebkosend über die vollen Rundungen strich, hielt er die Luft an. Sie waren noch schöner als in seiner Vorstellung.

Fest und vollkommen. Mit einer blühenden, rosa Knospe in der Mitte. *Mein Gott!* Er könnte Tage damit verbringen, sich mit ihnen zu beschäftigen.

Vorsichtig legte er den Mund auf eine der kleinen Warzen und begann, daran zu saugen. Sie schmeckte süß wie Sirup und ließ ihn den Atem anhalten. Auf seiner Zunge fühlte sie sich so weich an wie Seide und so warm wie die Sonne. Der salzige Hauch darauf raubte ihm fast den Verstand. Als er sie leicht biss, schrie sie leise auf und reckte sich ihm entgegen.

„Oh Gott, was tust du nur mit mir …?“

Lindas gekeuchte Worte ermunterten ihn. „Noch lange nicht genug …“, flüsterte er mit einem kleinen Lächeln.

Vorsichtig schob er seine Hand unter den Bund ihres Höschens und streichelte ihre Locken. Dabei verirrten sich seine Finger immer wieder mit purer Absicht in ihre Spalte. Doch bevor er zu tief abrutschen konnte, zog er sich wieder zurück … und begann den Erkundungsweg aufs Neue.

Aber Lindas Körper ließ ihm das Katz- und Mausspiel nicht lange durchgehen. Begierig hob sich ihm ihre Hüfte entgegen und verlangte nach mehr. Drückte sich gegen seine Finger, kreiste leicht, um seine Bewegungen zu intensivieren. Der Punkt zwischen ihren Beinen schrie so verzweifelt nach Aufmerksamkeit, dass es Philipp eng ums Herz wurde.

„Ich zieh dir dein Höschen runter, okay?“, flüsterte Philipp an ihrem Ohr. „Wenn du etwas nicht tun möchtest, sag einfach 'Stopp' und ich höre sofort auf.“

Ihr gekeuchtes „Bloß nicht!“ ließ ihn nur erfreut schmunzeln. Während er in ihren unglaublich grünen Augen versank, streifte er ihren Slip bis zu den Knöcheln und warf ihn zur Seite. Dann legte er sich neben sie und liebkoste sie mit Mund und Händen, während er sich mit einer Hand seinen Weg zu ihrem in lodernden Flammen stehenden Zentrum bahnte.

Jetzt! Jetzt war er angekommen und streichelte zart über ihre versteckten Lippen, die er noch nie geküsste hatte. Teilte vorsichtig ihr geschwollenes Fleisch und rieb sich an den Innenseiten. *Herr im Himmel!* Sie war so samtweich und seidig … die honigartige Feuchtigkeit legte sich um seine Fingerspitzen und verteilte sich überall, wo er sie berührte. Vorsichtig schob er einen Finger etwas tiefer und bekam sofort ein begieriges Aufzucken ihres Körpers als Antwort. Dadurch ermutigt ließ er seine Fingerkuppen kreisen, um immer wieder einen kleinen Vorstoß zu wagen.

Linda begann zu keuchen. Sie lag mit geschlossenen Augen im Sand und wand sich vor Verlangen. Kleine, mit Gischt gekrönte Wellen umspülten ihre unruhigen Füße. Immer stärker presste sie ihren Unterleib gegen seine rhythmischen Bewegungen, um noch mehr von ihm aufzunehmen.

Sie war so schön in ihrem Begehren.

Liebevoll küsste er sie auf den Bauch, während er sie zwischen den Beinen streichelte. Als er den Duft ihrer Erregung einatmete, ging ein Zittern durch seinen Körper. Wie er sie wollte! Sie war so weich und weiblich. Genauso, wie er es liebte. Sein Schwanz spannte, dass er zu explodieren meinte. Die Spitze pochte noch intensiver als vorher und verlangte den heiß begehrten Einlass, der die Erlösung brachte.

Doch das musste noch warten.

In Lindas Kopf hatten sich alle klaren Gedanken auf unbestimmte Zeit verabschiedet. Ihre Gefühle hatten die komplette Kontrolle über ihren Körper übernommen. Weder das Rauschen der Wellen, noch die raschelnden Palmen im Wind konnten ihre Aufmerksamkeit erregen. Ihr gesamter Körper schrie vor Schmerzen. Schmerzen, die so wundervoll waren, dass sie nie aufhören durften. Gleichzeitig sehnte sich jede Faser ihres Körpers nach Erlösung, die ihr nur ein einziger Mann geben konnte.

Philipp.

Er war derjenige, der genau wusste, was er mit ihr anstellen musste, um sie soweit zu bringen. Und es wurde sogar noch besser … noch besser …!

Oh … ooh … ja … aaahhhhh!

Vor ihren geschlossenen Augen explodierte ein Farbenmeer, das sie blendete. Ihr Körper bäumte sich Philipps reibenden Fingern entgegen und hielt die Spannung, die bis in ihre Zehenspitzen reichte. Noch mal rollte etwas Unbegreifliches über sie, das sie zucken ließ wie unter Strom. Langsam wurde das Gefühl weicher, wärmer und sanfter. Automatisch bewegte sie ihre Hüften kaum noch, bis sie ganz stilllag. Sie atmete aus … und öffnete vorsichtig die Augen. Philipp blickte sie liebevoll an und lächelte ihr zu.

„Was war das?“, fragte sie leise und musste sich leicht räuspern, da ihre Stimme belegt war.

„Dein erster Orgasmus.“

„So fühlt sich das an? Kein Wunder redet alle Welt ständig nur über Sex."

Philipp lächelte zufrieden. „Weißt du, dass du wunderschön aussiehst, wenn du erregt bist?"

„Nein, woher auch?" Linda strich Philipp über den Arm, der sie hielt. „Irgendwie fühle ich mich, als ob mich ein Lastwagen überrollt hätte."

„Das ist normal. Genieße einfach die angenehme Trägheit, die du jetzt im Anschluss verspürst." Vorsichtig zog er seine Finger zurück und küsste sie liebevoll auf den Mund. Dann nahm er sie in den Arm und bettete ihren Kopf an seiner Schulter.

Während sie am Rand der Brandung lagen, flüsterte Linda: „Danke, Philipp. Das war unglaublich schön."

„Gern geschehen", erwiderte er und drückte sie leicht an sich.

„Können wir das irgendwann noch mal machen?"

Er lachte. „Bist du auf den Geschmack gekommen?"

Sie drückte ihr lächelndes Gesicht an seine Brust und fügte gedankenverloren hinzu: „Das ist also Sex …"

„Nicht mal ansatzweise." Sie blickt ihn erstaunt an. „Sex ist noch viel besser als das, was ich gerade mit dir angestellt habe – vorausgesetzt man tut es mit dem richtigen Partner."

„Noch besser?!", hauchte Linda erschüttert.

Philipp rollte sich mit einer Bewegung halb auf sie und blickte mit einem selbstbewussten Grinsen auf sie herab. „Noch besser. Das verspreche ich dir."

Da Linda deutlich seine Begierde an ihrer Hüfte fühlte, meinte sie: „Ich würde dir gerne die gleiche Freude bereiten wie du mir. Darf ich?"

Überrascht blickte er auf sie hinab. Sie meinte doch nicht etwa …? Nein, vermutlich … „Du möchtest mich berühren?"

Als sie nickte, rollte er sich wieder auf den Rücken und zeigte auf seine gewölbte Badehose. „Das gehört jetzt alles dir."

Linda starrte mit vor Ehrfurcht leicht geöffnetem Mund auf das, was sie schon in ihrem Rücken und unter sich gespürt hatte. Sie musste schlucken.

„Du darfst ihn gerne anfassen."

Linda streichelte vorsichtig über seine pralle Wölbung. Dann setzte sie sich auf und strich ihre langen Haare über die Schultern. Mit einem geflüsterten „Darf ich?" befreite sie Philipp, indem sie ihm langsam die Badehose auszog – und in andächtiges Schweigen verfiel.

Langsam streckte sie die Hand aus, um Philipp zu berühren. Vorsichtig strich sie über den stattlichen Beweis seines Verlangens, der sich – wenn möglich – noch etwas mehr aufrichtete und lang und hart auf seinem Bauch lag.

Und doch war die Haut seiner Eichel so seidig und zart, wie sie verwundert feststellte. So hart und doch so weich …

Nach einer Weile nahm Philipp sanft ihre Hand und legte sie um sein erwartungsvoll pochendes Geschlecht. Dann bewegte er ihre Finger mit seiner Hand hoch und runter und zeigte ihr, wie sie ihm Freude bereiten konnte. So, wie sie vor ihm saß, erregte ihn ihr Anblick unbeschreiblich. Ihre Haare, die wie ein rauschender Wasserfall den Rücken hinunterfielen, ihre vollen Brüste, die bei jeder Bewegung mitwippten, und diese kleine rosa Zungenspitze, die sich hin und wieder vor Eifer zwischen den Lippen hervorstahl. Als er sie losließ, damit sie alleine weitermachen konnte, kniff er die Augen zusammen und stieß ein kleines Keuchen aus.

Erschrocken fragte Linda: „Habe ich dir wehgetan?"

„Ganz im Gegenteil", flüsterte Philipp rau vor unterdrückter Erregung und beobachtete die Faszination in ihren Augen, die unter langen, braunen Wimpern hervorblitzte. „Du machst das sehr gut."

Linda bemerkte, wie sich an der Spitze der Eichel ein Tropfen bildete, den sie vorsichtig verrieb. Philipp sog zischend die Luft ein. Überrascht blickte sie wieder zu ihm.

„Du machst mich fertig, weißt du das?", stöhnte Philipp auf. Er verschränkte die Hände hinter dem Kopf und stieß mit seiner Hüfte in ihre Hand, damit sie wusste, in welchem Rhythmus sie weitermachen sollte.

Das süße Ziehen in seinem Unterleib breitete sich in seinem ganzen Körper aus. Wellen heißer Energie strömten durch jede Zelle seines Körpers und potenzierten die Wirkung in seinem Geschlecht. Lindas sanfte, aber unnachgiebige Hände trieben ihn auf einen Gipfel, der höher zu sein schien als alle anderen, die er bisher allein bestiegen hatte. Es dauerte deshalb nicht lange und er konnte nicht anders, als über den Rand zu springen und sich fallen zu lassen. Philipps tagelange Anspannung befreite sich in einem Orgasmus, der viel gewaltiger und befriedigender war als die vielen anderen des letzten halben Jahres.

Sofort umgriff er Lindas Hand und verlangsamte ihre Bewegung, um das süße Gefühl besser auskosten zu können. Er umfasste mit der freien Hand ihren Nacken und zog sie zu seinem Mund herunter, um sie zu küssen. Langsam verebbte der Sturm in seinem Inneren und er lag ruhig da – Linda küssend.

„Danke", flüsterte er an ihrem Mund, „das war wunderschön."

„Immer wieder gerne." Linda grinste ihn an. Dann besah sie sich neugierig das, was sich auf Philipps Bauch befand. „Das ist also der Ursprung des Lebens …"

Philipp zog sie in seine Arme.

Eine ganze Weile lagen sie Arm in Arm im warmen Sand, starrten in den kornblumenblauen Himmel und ließen sich von der Sonne trocknen. Der Wind strich mit einer seidigen Brise vom Meer her über ihre Sand verkrustete Haut. Die beiden Palmen untermalten das rhythmische Schlagen der Wellen mit sanftem Rauschen.

„Glaubst du, wir werden jemals wieder sauber? Ich habe das Gefühl, der Sand befindet sich in jeder Falte meines Körpers." Philipp richtete sich auf und nahm Lindas Hand. Als Linda nur zustimmend grunzte, zog er sie mit einem fast gefährlichen Grinsen ins Wasser. „Lass mich dir helfen, den Sand von deiner Haut und aus deinen Haaren zu waschen."

Und er gab sich dabei ganz besonders viel Mühe …

Er legte Linda flach aufs Wasser und stützte ihren Oberkörper von unten, sodass er ihre Haare wie einen hellen Fächer auf dem türkisblauen Wasser ausbreiten konnte. Während ihr Körper auf sanften Wellen schaukelte, kämmte er langsam mit seinen gespreizten Fingern durch die Strähnen und weidete sich an ihrem Anblick. Ihre Brüste ragten wie zwei helle Bojen aus dem Wasser und schienen ihn zu sich zu locken. Lange konnte er der Versuchung nicht widerstehen, seinen Mund auf die kleinen Spitzen zu senken und sie zu liebkosen. Salzige Murmeln rollten um seine Zungenspitze und wurden hart, so hart …

Seine Finger strichen über die nackte Haut, suchten den schon bekannten Weg und fanden die enge Höhle, die nach Aufmerksamkeit schrie.

Was ihm an Linda gefiel, war die Zielstrebigkeit, mit der sie reagierte. Sie konnte sich zurücklehnen und genießen. Aber genauso auch ihr Recht einfordern. Das war ein solcher Moment, in dem sie sich wieder auf beide Beine stellte und seinen Mund suchte. Sie hatte wahrlich in dieser kurzen Zeit viel dazugelernt. Ihre Küsse waren nicht mehr unschuldig und zurückhaltend, sondern fordernd, mit einer gierigen Leidenschaftlichkeit, die ihn den Flammentod sterben ließ. So standen sie eng umschlungen im Wasser – nackt und unschuldig, wie Gott sie geschaffen hatte. In diesem Moment erinnerte Linda ihn mit ihren langen, offenen Haaren an eine fleischgewordene Versuchung und damit mehr denn je an Eva im göttlichen Paradies.

Mit rauer Stimme raunte er in ihr Ohr: „Ich würde gerne wissen, wie du schmeckst, und dich kosten wie ein Dessert."

„Aber du hast mich doch gerade schon geküsst …", murmelte sie an seinem Mund.

„Das stimmt. Aber nicht da, wo ich es noch gerne tun würde." Linda machte große Augen. „Wenn du noch nicht soweit bist, kann ich warten. Dadurch vergrößert sich nur die Vorfreude auf das Erlebnis."

So verschmolzen, wie sie im bewegten Wasser standen, hätte Linda meinen können, alleine mit Philipp auf der Welt zu sein. Doch plötzlich drangen Stimmen durch den Nebel ihres inneren Sturms. Stimmen, die definitiv nicht hierhergehörte. Beide rissen sich widerwillig voneinander los und blickten die steile Felswand hinauf …

Und das war der Moment, in dem Linda das Herz in ihr Bikinihöschen gerutscht wäre, wenn sie es zu dem Zeitpunkt angehabt hätte. Drei Leute versuchten, zur Bucht hinabzusteigen. Doch schon nach wenigen Metern hielt sich einer den Knöchel und gab eine Tirade von deftigen Flüchen von sich.

Mit erschrockenen Augen blickte Linda Philipp an, der ihr beruhigend über den Rücken strich. „Du hast doch gesagt, hier wird niemand herkommen", meinte sie voll Panik und drückte ihre Blöße zum Schutz noch mehr an Philipps Brust.

„Sie sind gleich weg. Sie treten schon den Rückweg an und wir sind wieder allein." Philipp zog Linda mit sich ins tiefere Wasser. „Betrachte es als Abenteuer. So frei wie hier wirst du dich zuhause nie fühlen."

„Oh, hör mir bloß mit Abenteuern auf. Betty hat mir auf dieser Reise schon genügend Abenteuer für den Rest meines Lebens beschert." Sie stöhnte auf. „Wenn ich mir überlege, was du vorhin mit mir am Strand gemacht hast! Wenn da jemand zugesehen hätte!"

„Dann hätte er nur bestätigen können, was ich auch gedacht habe. Dass du nämlich wunderschön aussiehst, wenn du erregt bist."

Neunter Tag – nachmittags

Ein Duft wie 'n Schuss Adrenalin,
Chanel, Kebab und Benzin.
Du riechst so geil, Berlin. [1/14]

Tenderboote waren so eine Sache.

Einerseits lagen sie unruhiger im Wasser als das große Mutterschiff, was Philipps Übelkeit schneller wieder beleben konnte, andererseits boten sie den unschlagbaren Vorteil, sich den frischen Wind um die Nase wehen zu lassen.

Mit konzentrierter Bauchatmung und Lindas Fingern in seiner Hand ertrug Philipp die kurze Fahrt zum Kreuzfahrtschiff wie ein Mann.

Der Taxifahrer hatte sie wie besprochen an der Straße abgeholt – nicht ohne über das ganze Gesicht zu grinsen. Lindas glückseliges Lächeln und Philipps eigener zufriedener Gesichtsausdruck hatten vermutlich Bände gesprochen …

Der Nachmittag in dieser abseits gelegenen Bucht war wunderschön gewesen. Etwas so Traumhaftes hatte er noch nie mit einer Frau erlebt. Eine Verbundenheit, die er so überhaupt noch nicht empfunden oder kennengelernt hatte.

Was bedeutete Linda für ihn? Anfangs ein Mysterium, ganz klar. Er lächelte. Aber je mehr Zeit er mit ihr verbrachte, umso mehr ahnte er, wie der Hase bei ihr lief – wie sein Vater immer sagte. Es gab zwar noch unendlich viel im Zusammenhang mit ihr zu entdecken. Aber er hatte das gute Gefühl, dass sie im Leben in dieselbe Richtung blickten. Und das war bedeutend mehr als man von manchen seiner früheren Beziehungen sagen konnte.

An diesem Nachmittag hatte er Linda betrachtet und versucht, die kompetente Quantenphysikerin in ihr zu sehen. Er war immer noch sehr über diese Wendung erstaunt und versuchte, dieses Bild in Einklang mit Lindas Eindruck auf ihn zu bringen. Er hatte am Anfang der Reise schon vermutet, dass sie etwas im Köpfchen hatte. Doch, dass es nun soviel war, überraschte ihn doch. Andererseits fand er die Ansicht mehr als antiquiert, dass nur Männer das Recht auf Karriere und berufliche Erfüllung gepachtet hatten.

Er warf einen kurzen Seitenblick auf Lindas Profil, wie sie mit wehenden Haaren und dunkler Sonnenbrille den Fahrtwind genoss. Sie wirkte so selbstständig und war beruflich gesehen vermutlich noch erfolgreicher als er, strahlte in manchen Situationen aber doch eine Verletzlichkeit aus, die sein Herz rührte.

Er war ihr verfallen. So wie sie war.

Darum war es auch völlig egal, ob sie Quantenphysikerin war oder Sekretärin. Irgendwie rührte sich ein stolzes Gefühl in seiner Brust, weil sie nicht nur eine wunderschöne, leidenschaftliche Frau war, sondern auch noch klug und erfolgreich. Ob für Linda allerdings ihr Beruf immer an erster Stelle kam oder sie sich in ihrem Leben auch Zeit für Kinder nehmen würde, konnte er nicht einschätzen. Er war sich jedoch sicher, dass sie beides mit Bravour unter einen Hut bekommen würde, sollte sie sich dazu entscheiden.

Das Tenderboot machte auf einer Welle einen unruhigen Hüpfer, der Philipp direkt in den Magen fuhr. Seine Finger wurden von Lindas warmer Hand festgehalten. Tief durchatmen, befahl er sich und blickte Linda dankbar für ihren Beistand an. Dann war das flaue Gefühl wieder vorbei.

Das Boot legte an, alle Passagiere checkten mit ihren Reisepässen und Bordkarten ein und verteilten sich schnell auf dem riesigen Schiff.

„Endlich wieder festen Boden unter den Füßen“, scherzte Philipp und legte seinen Arm um Lindas Schultern. „Und was machen wir zwei Hübschen bis zum Abendessen?“

„Also, ich muss ganz eindeutig unter die Dusche und mir den ganzen Sand aus den Haaren waschen. Sonst wache ich morgen früh in einem Sandkasten auf.“

„Und danach?“, fragte Philipp mit einem verschlagenen Augenzwinkern.

„Danach könnten wir uns nach diesem faulen Nachmittag noch ein bisschen sportlich betätigen“, gab Linda ernsthaft zurück.

„Das war auch meine Absicht. Da bin ich ganz deiner Meinung“, bestätigte Philipp mit gespielt ernster Miene.

„Super! Dann würde ich vorschlagen, wir spielen noch eine Runde Basketball. Was hältst du davon?“, fragte sie mit unschuldiger Miene.

Die Enttäuschung stand Philipp ins Gesicht geschrieben. „Können wir nicht mal was anderes machen, damit ich auch mal gewinne? Ein Wettschwimmen zum Beispiel?“, schmollte Philipp.

„Keine Chance. Außerdem kannst du dich weiß Gott nicht beklagen. Du hast schließlich gestern das Spiel gewonnen.“

„Aber nur ganz knapp. Zuhause werden mich alle auslachen,

weil ich mich nicht gegen eine kleinwüchsige Frau behaupten kann. Dann werde ich für die nächsten zehn Jahre zum Gespött aller Leute."

„Dann musst du halt besser spielen", stichelte Linda.

„Besser spielen!", schnaubte er. „Ich gebe schon mein Bestes."

„Dann ist dein Bestes eben nicht gut genug", war Lindas knallharter Konter.

Nach einer ausgiebigen Dusche, bei der Linda jeden Moment befürchtete, den Abfluss mit Unmengen von Sand zu verstopfen, die aus ihren Haaren gespült wurden, trocknete sie sich ab. Obwohl sie in einer halben Stunde vermutlich wieder schweißgebadet war, griff sie mit purer Absicht zu ihrer Bodylotion und cremte sich ausgiebig ein. Ein süßes Aroma verteilte sich in der Kabine und entlockte ihr ein Lächeln. Erst Philipp hatte sie darauf aufmerksam gemacht, dass sie nach Vanille duftete. Vorher war ihr das nicht bewusst gewesen. Die Bodylotion roch blumig-frisch, aber erst auf ihrer Haut bekam sie eine Note von Vanille, die ihn anscheinend ganz wild machte. Sie musste beim Spiel gegen Philipp wegen des Größenunterschieds jeden Vorteil ausnutzen. Und das wollte sie auch heute wieder tun. Sie würde mit den Waffen einer Frau kämpfen.

Lächelnd zog sie deshalb ihre engsten Sportklamotten an und band sich einen hohen Pferdeschwanz. Luftig und locker fielen die frisch geföhnten Haare ihren Rücken hinab. Als sie ihre Frisur im Spiegel betrachtete, freute sie sich diebisch. Damit würde sie Philipp ordentlich den Kopf verdrehen und ein paar Zusatzpunkte einheimsen. Sie grinste ihr Spiegelbild an.

Linda blickte zum Himmel, als sich eine Wolke vor die glühende Sonne schob. „Na, dann wird es wenigstens nicht so heiß, wenn wir spielen." Sie prellte den Ball und blickte Philipp an. „Fertig?"

Als er nickte, startete sie ihren ersten Angriff.

Das Duell versprach viel und hielt noch mehr, da sie beide Kopf an Kopf um Punkte kämpften. Linda zögerte diesmal nicht, vollen körperlichen Einsatz zu bringen, da sie gewinnen wollte. Außerdem war sie sich ihrer reizvollen Wirkung auf Philipp voll bewusst und nutzte einige Gelegenheiten, bei denen er von ihrem reibenden Hintern vor seinem Schoß abgelenkt war, um zu punkten. Ihr langer, hochgebundener Pferdeschwanz, der bei jedem Schritt hin und her wippte, war zusätzlich wie ein rotes Tuch, das Philipps Konzentration sabotierte.

„Aargh", stöhnte er, als sie wieder erfolgreich einen Korb verwandelte, „diese Frisur sollte verboten werden." Frustriert zog er ihren wohlgeformten Hintern eng an seine Schenkel und versenkte sein Gesicht in ihrem weichen, dunkelblonden Haar. „Mmh, du riechst so gut", seufzte er genussvoll an ihrem Nacken. „Sollen wir nicht besser in meine Kabine gehen, damit ich dich vor dem Abendessen noch ein bisschen verwöhnen kann wie heute Nachmittag am Strand?"

Sie lachte und wand sich aus seiner festen Umarmung. „Jetzt noch nicht. Wir haben ja das erste Spiel noch nicht mal beendet!"

Philipp stöhnte frustriert. „Hat dir schon mal jemand gesagt, dass du fürchterlich tüchtig bist?"

Linda warf den Kopf in den Nacken und lachte laut auf. „Ja, Betty tut das ständig. Ich habe nun mal diese schlechte Angewohnheit: Wenn ich etwas anfange, bringe ich es auch gnadenlos zu Ende."

„Dann möchte ich dich mal in voller Aktion in meinem Bett erleben. Vermutlich bist du erst mit mir fertig, wenn die Reise zu Ende ist – und ich mit meinen Kräften."

Also machte Philipp gute Miene zum bösen Spiel und griff Linda an. Doch es nutzte ihm nichts. Linda lag punktemäßig schon zu weit vorne und gewann jubelnd.

Als er sich mit der Hand über die schweißnasse Stirn strich und prüfend zum Himmel hinaufschaute, bemerkte er, dass aus der hellen Wolke mehrere dunkelgraue geworden waren und schwer am Himmel hingen. Die Luft war mittlerweile drückend schwül geworden und legte sich wie ein feuchtes Tuch auf seine Haut. Wenn ihn nicht alles täuschte, lag das Schiff auch nicht mehr so ruhig im Wasser wie noch vor der Küste von Santo Domingo.

„O-oh", meinte Philipp nur. „Hast du etwas von hohem Seegang oder Unwetter in der Bordzeitung gelesen?"

„Nein", Linda blickte nun ihrerseits zum Himmel. „Aber ich war auch, seit wir an Bord gekommen sind, zu sehr mit dir beschäftigt. Aber ganz so schlimm sieht es noch nicht aus. Vielleicht zieht das Unwetter an uns vorbei."

„Hoffen wir's", murmelte Philipp. „Sonst liege ich morgen den ganzen Tag flach."

„Sollen wir noch ein bisschen spielen? Dann wirst du wenigstens von deiner Übelkeit abgelenkt."

„Versuchen wir's."

Doch nach einer halben Stunde brachen sie das Spiel ab, da Philipp immer blasser aussah. Der Wind war stärker geworden und das Schiff schlingerte leicht. Trotzdem spazierten noch einige Passagiere übers Deck. Doch für Philipp war die Schaukelei schon zu viel.

„Ich bringe dich in deine Kabine", beschloss Linda und stützte ihn, indem sie einen Arm um seine Taille legte. In den langen Gängen kamen ihnen Passagiere entgegen, die den etwas unsicheren Gang von leicht Betrunkenen hatten. Seitlich an der Wand hingen in regelmäßigen Abständen Stapel blauer Tüten, die im Fall von einsetzender Übelkeit ein rettendes Behältnis zur Erleichterung boten.

Linda spürte, dass Philipp ziemlich wackelig auf den Beinen war. „Schaffst du es noch?"

Philipp nickte.

Als sie die ersehnte Tür erreichten, sank er erschöpft an die Wand und warf sich aufs Bett, sobald er in der Kabine war.

„Himmel! Das darf doch nicht wahr sein, dass ich das Ganze noch mal durchmachen muss!"

„Wo sind deine Tabletten?", fragte Linda gleich.

„In der Nachttischschublade."

Nachdem er eine genommen hatte, zog sie ihm die Schuhe aus und deckte ihn leicht zu. „Soll ich beim Steward eine Schüssel oder so was Ähnliches für dich besorgen? Wie schlecht ist dir denn?"

„Im Moment geht es noch … ich habe nicht wirklich viel im Magen. Aber übel ist mir schon ziemlich", murmelte Philipp mit geschlossenen Augen.

Nachdem Linda mit dem Steward telefoniert und Einwegbehältnisse und ein Kännchen Kamillentee bestellt hatte, ging sie ins Bad. Mit einem feuchten Waschlappen setzte sie sich neben Philipp und legte ihn auf dessen Stirn. Sein Seufzen gratulierte ihr zu dieser Idee. Kurz darauf stand der Steward mit den bestellten Dingen vor der Tür. Linda nahm beides dankbar entgegen und stellte es neben dem Bett ab.

„Möchtest du etwas Tee trinken?", fragte sie Philipp leise.

„Keine Ahnung. Irgendwie dreht sich in meinem Kopf alles und ich habe das Gefühl, in meinem Magen ist genauso hoher Seegang wie bei einem heftigen Sturm auf dem Meer."

„Das liegt vermutlich daran, dass draußen wirklich hoher Seegang ist. Sturmstärke hat der Wind allerdings noch nicht erreicht.

Aber das Schiff schlingert schon ganz schön."

„Vielleicht sollte ich doch etwas warmen Tee trinken." Mit Lindas Hilfe richtete er sich unsicher auf und hielt sich sofort die Hand vor den Mund. Linda konnte ihm gerade noch den Behälter hinhalten, als sich der erste Schwall freie Bahn brach. Während sie ihm die Stirn hielt, erleichterte er sich und sank danach erschöpft in die Kissen zurück. Vorsichtig wischte sie ihm mit dem Waschlappen über das Gesicht und gab ihm einen Kuss auf die Wange. „Besser?"

„Etwas ...", murmelte er dankbar und drehte sich auf die Seite. „Entschuldige ..."

„Was meinst du?"

„Dass du das mit ansehen musst. Du kennst mich ja kaum und musst schon Krankenschwester spielen. Ich würde es verstehen, wenn du lieber wieder zurück in deine Kabine willst ..."

„Ich lasse dich doch nicht alleine hier liegen!"

„Verdammte Tüchtigkeit ..."

„Versuch zu schlafen", meinte sie lächelnd. „Ich bleibe hier."

Neunter Tag - abends

Doch das alles hört sie nicht – sie unterbricht
mich in meinem Satz, das geht bei ihr ratzfatz. 2/8

Nachdem Linda den Behälter entsorgt hatte, setzte sie sich neben ihn aufs Bett und strich sanft über seinen Rücken. Leise summte sie dazu eine Melodie. Irgendwann hörte sie, wie sein Atem ruhiger und regelmäßiger wurde.

Draußen dämmerte es schon. Dunkelgraue Wolkenungetüme jagten - trotz ihrer optischen Wucht - leicht und luftig wie Zuckerwatte über den Himmel. Gewaltige Wassermassen mit tiefen Gräben und schaumbedeckten Gipfeln wälzten sich als unbändige Begleiter des stürmischen Windes am Schiff vorbei. Regentropfen, die schwer wie Kieselsteine gegen die Balkontür trommelten, verschleierten die klare Sicht und ließen den Horizont mit dem Himmel verschmelzen.

Sie blickte auf die Uhr. Betty und Anna waren jetzt vermutlich in ihrer Kabine und zogen sich fürs Abendessen um. Linda griff nach dem Telefonhörer und wählte.

Als Betty abhob, flüsterte Linda in den Hörer, sie sei bei Philipp in der Kabine, weil es ihm schlecht ginge. Sie würde nicht mit den beiden zum Abendessen gehen.

Betty – berühmt für ihr geduldiges Zuhören – schnappte den Anfang des Satzes auf und schrie Anna freudig zu, Linda sei in Philipps Kabine und würde dort vermutlich auch bis morgen früh bleiben. Sofort bestürmte sie ihre Freundin mit Fragen, auf die sie Linda gar keine Gelegenheit gab zu antworten. Irgendwann in einer der wenigen kleinen Atempausen Bettys bat Linda leise, mit Anna sprechen zu dürfen. Als diese sich meldete, meinte Linda trocken, es täte ihr leid, die beiden enttäuschen zu müssen, aber sie sei nur in Philipps Kabine, weil er seekrank sei und sie ihn nicht alleine lassen wolle. Anna seufzte ein wenig, bot aber sofort ihre Hilfe an.

„Philipp hat Tabletten gegen Seekrankheit und Tee habe ich ihm auch schon bestellt. Sonst braucht er eigentlich nichts. Etwas zu essen wird er vermutlich eh nicht bei sich behalten können ..."

„Und wie sieht's mit dir aus? Soll ich dir etwas in die Kabine bringen?"

Linda merkte, wie sich ihr leerer Magen meldete, während sie auf die grauen Wolken und das aufgewühlte Meer blickte. „Das wäre toll, dann muss ich ihn nicht alleine lassen – er schläft jetzt nämlich. Aber bring bitte nur kalte Sachen, die nicht zu stark riechen. Sonst wird ihm womöglich wieder schlecht." Dann fiel ihr noch etwas ein. „Leg bitte noch ein paar Scheiben Weißbrot dazu, falls er heute Nacht etwas essen möchte."

Die Wartezeit vertrieb sie sich damit, im schummrigen Licht des Nachttischlämpchens alle lose herumliegenden Dinge in Schubladen, Schränke oder Taschen zu verstauen, damit sie durch den hohen Seegang nicht umherrutschten. Dafür öffnete sie auch Philipps Kleiderschrank und blieb schnuppernd davor stehen. Der vertraute Duft seines Waschmittels stieg ihr in die Nase und ließ aufwühlende Bilder ihrer ersten Küsse und des heute verbrachten Tages lebendig werden. Vorsichtig strich sie über die ordentlichen Stapel T-Shirts und Freizeithosen. Sie machten auf sie nicht den Eindruck zwanghafter Ordnung, sondern eher lässiger Sorgfalt eines Menschen, der seine Lieblingsstücke achtsam behandelte, damit er noch lange Freude an ihnen hatte.

Auf den Bügeln hingen langärmlige Hemden in Hellblau, Weiß

und Schwarz. Ihr war schon früher aufgefallen, dass er seine Ärmel immer hochgekrempelt trug. Sie schmunzelte. Vielleicht waren ihm Hemden mit kurzen Ärmeln zu altbacken. Wer wusste das schon.

Neugierig schob sie die Hand zwischen zwei Stapel, wo sie es vor ein paar Tagen hatte silbrig aufblitzen sehen, als sie nur in Unterwäsche bekleidet - mit tausend Schmetterlingen im Bauch - in Philipps Kabine gesessen war. Doch sie spürte nichts außer weichem Stoff. Enttäuscht zog sie die Hand zurück. Entweder hatte sie es sich nur eingebildet oder Philipp hatte die Handschellen - oder was auch immer es gewesen war - schon weggeräumt.

Es klopfte leise an die Tür. Philipp schlief noch, als Linda den Teller aus Annas Händen mit Besserungswünschen für den Patienten entgegennahm.

An einem kleinen Tischchen zu essen, während das Schiff von den Wellen hin und her gedrückt wurde, war gar nicht so einfach, wie sie feststellen musste. Das, was draußen zu sehen war, war noch weit von einem Sturm entfernt. Aber dennoch hatten die aufgewühlten Wellen so viel Kraft, ein Schiff dieses Ausmaßes schwanken zu lassen wie eine Schaukel im Wind. Linda war zum ersten Mal froh, über einen so standfesten Magen zu verfügen.

Als sie satt war, regte sich Philipp und blinzelte im gedämpften Licht. Sie setzte sich neben ihn und blickte in sein wächsernes Gesicht. „Geht's besser?"

„Mmh", meinte er unbestimmt.

„Willst du noch mal eine Tablette nehmen? Die andere hatte keine Zeit zu wirken, bevor sie wieder das Licht der Welt erblickt hat."

„Wäre sicher sinnvoll. Weiß bloß nicht, ob ich die Flüssigkeit bei mir behalte", murmelte Philipp kraftlos.

„Willst du's versuchen, solange der Tee noch warm ist?"

Mit ein paar kleinen Schlucken würgte er eine Tablette hinunter und legte sich wieder seufzend auf sein Kissen. Zärtlich strich sie über seine kalte Stirn und klemmte die Teetasse hinter einem Vorsprung auf dem Nachttischchen fest. Dann lehnte sie sich neben ihm an die Wand und legte den Arm um ihn.

Sie betrachtete Philipp, wie er so saft- und kraftlos dalag. Wie ein gefällter Baum. So ein großer, starker Mann - und doch so hilfsbedürftig und schwach. Sie war noch nie der Florence-Nightingale-Typ gewesen. Es lag ihr nicht, um Menschen herumzuwuseln und sie mit einem mütterlichen Lächeln zu beglucken. Aber Philipp rief dieses Bedürfnis in ihr wach. Sie wollte ihn am liebsten in die Arme nehmen, und ihn nie wieder loslassen, bis es ihm wieder besser ging. Ihm zärtliche Küsse auf die klamme Stirn geben. Ihm den Tee zur Not teelöffelchenweise einflößen.

Vielleicht lag es daran, dass vorher noch nie jemand ihre Hilfe benötigt hatte. Sie war zu Selbstständigkeit erzogen worden und hatte sich wegen der robusten Gesundheit ihrer Eltern auch nie um sie kümmern oder gar sorgen müssen. Außerdem hatte sie zu wenige enge soziale Kontakte gehabt, als dass sie im nicht vorhandenen Freundeskreis in die Pflicht gestellt worden wäre. Und Betty und Anna gluckten lieber selbst, als dass sie sich beglucken ließen.

„Ich setze mich auf den Sessel, dann kannst du ruhiger schlafen“, flüsterte Linda.

„M-mh“, gab Philipp von sich und suchte mit geschlossenen Augen nach ihrer Hand, um sie festzuhalten. „Erzähl mir was. Von dir.“

Linda schmunzelte. „Was soll ich dir erzählen?“

„Egal.“

Sie überlegte kurz. „Du warst vor ein paar Tagen so erstaunt, dass ich nie in einem Chor oder einer Band gesungen habe. Es lag nicht nur daran, dass ich dafür viel zu schüchtern gewesen war. Singen symbolisierte für mich einzig und allein Überlebenszweck und süße Provokation.“ Ein verständnisloses Grummeln war von Philipp zu hören, der ungläubig und doch vorsichtig die Augen aufmachte. „Tja, dass ich strukturiert und organisiert bin, das weißt du schon. Dass ich aber nicht umsonst so geworden bin, liegt an meinen Eltern.“

Zum ersten Mal in ihrem Leben lehnte sich Linda innerlich zurück und erzählte einem Fremden gegenüber von ihrer Kindheit. Von ihrer walkürenhaften Mutter, die Richard Wagner über alles liebte, und Karriere und ihr einziges Kind erfolgreich unter einen Hut gebracht hatte. Außerdem dass zuhause klare Regeln und Grenzen geherrscht hatten, an die sich alle zu halten hatten. Ebenso wie deutliche Zielvorgaben, die Lindas Leistungen in der Schule betrafen. Deshalb hatte sie sich in ihrem Elternhaus manchmal erdrückt gefühlt, dass sie kaum noch atmen konnte.

Manchmal waren sie bei ältlichen Kollegen ihres Vaters zum Kaffee eingeladen gewesen, wo Linda brav, in plüschigen Sofas versunken und vom biederen Einrichtungsstil erdrückt, hochintelligenten Erwachsenengesprächen – die überaus interessanten Aspekte der theoretischen Grammatik des Deutschen betreffend – lauschen musste. In solchen Situationen hätte sie am liebsten angefangen, Schimpfwörter der übelsten Sorte in die Runde zu schreien, zu pupsen und zu rülpsen, nur um ihre Eltern vor den ach so geachteten Kollegen zu kompromittieren.

Linda freute sich, dass dieser Gedanke bei Philipp eine kleine Reaktion entlockte, während er mit geschlossenen Augen dalag. Dann konnte es ihm schon mal nicht so schlecht gehen. Gedankenverloren strich sie ihren Pferdeschwanz glatt und dachte wieder an ihre Mutter, die sich immer standhaft geweigert hatte, ihren selbst angenommenen Rufnamen 'Linda' zu benutzen.

„Weshalb meine Mutter mir einen so unmöglichen Namen gab, kann ich dir nur mit ihrer Liebe zum *Ring der Nibelungen* erklären. Woglinde ist eine der drei Rheintöchter. Der Name inspirierte einige der Jungs aus meiner Klasse zu fantasievollen Assoziationen, die meinen wogenden Busen betrafen. Nicht sehr schmeichelhaft. Aber sie bestätigen, wie ich jetzt im Nachhinein feststellen muss, deine Vermutungen, was den Grund ihrer Aufmerksamkeit mir gegenüber betraf."

Da Philipp so verloren in seinem Bett wirkte, stopfte sich Linda ein Kissen in den Rücken, legte wieder den Arm um ihn und rutschte etwas runter. Wie auf Kommando drehte er sich zu ihr und kuschelte sich mit einer Gesichtshälfte an die Außenseite ihrer Brust.

Er seufzte tief und flüsterte rau: „Was würde ich jetzt nicht alles dafür geben, gesund zu sein."

Linda griff nach Philipps Hand und streichelte tröstend über seine langen Finger. Als zärtliche Antwort krümmten sich diese um ihre eigenen.

Dann erzählte sie noch von ihrem Vater, der ein typisch zerstreuter Professor gewesen war, den selbst Cary Grant in *Liebling, ich werde jünger* nicht besser hätte spielen können. Er hatte sich früher liebend gern in seinem Arbeitszimmer vergraben. Und wenn sie sich dann bei ihm wegen etwas beschweren oder Dampf ablassen wollte, schaute er Linda nur mit einem warmen Lächeln an, tätschelte ihre Wange und meinte, so schlimm könne es doch gar nicht sein.

„Worüber ich mich aber geärgert hatte, war ziemlich an ihm vorbeigegangen." Sie lächelte bei der Erinnerung. „Mein Vater war damals so zerstreut, dass ich mich mehr als einmal fragte, wie er es überhaupt geschafft hatte, meine Mutter zu schwängern. Wahrscheinlich hat sie dabei auch das Regiment geführt." Linda schmunzelte bei der Erinnerung. „Ich will mich nicht beklagen. Sie sind beide eigentlich ganz reizende Menschen, wenn man weiß, wie man sie nehmen muss. Nur, als Teenager machte mich dieses Verhalten fast wahnsinnig. Alle Dinge, die jeder Heranwachsende für normal hält, musste ich mir hart erkämpfen. Darunter fielen nicht nur meine ersten Jeans, sondern auch Nike-Turnschuhe, die ich damals unbedingt haben wollte, oder die Erlaubnis, zu einem Schulfest gehen zu dürfen. Mein bestes Druckmittel war mein provozierender Gesang, der sie mehr als gereizt hatte, und die Androhung einer bewussten Fehlentscheidung, was meine berufliche Zukunft anging."

„Was hast du ihnen denn angedroht, was du werden willst?"

„Schuhverkäuferin." Philipp versuchte sich ob der grotesken Vorstellung mit geschlossenen Augen an einem Grinsen.

Linda erzählte davon, wie sie in ihrem Kinderzimmer gestanden und Lieder der verachtenswerten amerikanischen Popkultur gegen die verschlossene Tür geschmettert hatte. Nur um ihre Eltern zu ärgern oder sich an ihnen für ein Verbot zu rächen. *I Am What I Am* war dabei ihr Lieblingslied gewesen, da es ihre Situation so treffend beschrieb. Sie war auf der Suche nach Identität. Nach einem Platz im Leben, der nicht von ihren Eltern vordefiniert war. Sie wollte jemand sein. Unabhängig. Stark. Deshalb floss der Liedtext beim Singen direkt aus ihrem Herzen.

„Das habe ich bei deinem Auftritt gespürt. Etwas war vollkommen anders als bei allen anderen, die gesungen haben. Du hast eine Leidenschaft und Intensität ausgestrahlt, an der man sich hätte verbrennen können. Du hast dieses Lied *gelebt*. Ich habe gespürt, dass es eine tiefere Bedeutung für dich haben musste. Wusste nur nicht, welche. Wäre auf so eine Erklärung aber nie gekommen." Das Sprechen hatte ihn angestrengt. Philipp versuchte, seinen unregelmäßigen Atem wieder zu beruhigen.

Linda nahm den Waschlappen und legte ihn Philipp auf die Stirn und strich dabei mit den Fingern sanft über seine Wangen. „Es ist interessant, dass du es so empfunden hast. Als ich vor Angst schlotternd auf der Bühne stand – hundert Augenpaare erwartungsvoll auf mich gerichtet – war ich in Gedanken wirklich wieder in meinem Kinderzimmer und habe die ganzen Demütigungen und emotionalen Verletzungen meiner Kindheit durchlebt. Erst dadurch konnte ich meine Angst besiegen und mich der Herausforderung stellen."

Das weiche Schlingern des Schiffes verstärkte sich wieder, als es von kraftvollen Stößen großer Wellen zur Seite gedrückt wurde. Philipp stöhnte auf.

„Hoppla!" Linda hielt geistesgegenwärtig die Teetasse fest, die sich aus ihrer Ecke gelöst hatte. „Was ich meiner Mutter in der Grundschule aber nicht verzeihen konnte", fuhr sie fort, „war ihre Abneigung Barbiepuppen gegenüber und ihre damit zusammenhängende Entscheidung, mir keine zu kaufen. Alle Mädchen spielten damals damit, aber mir wollte sie keine schenken. Sie empfand diese magersüchtigen Püppchen mit ihren Wespentaillen und der enormen Oberweite als Schlag ins Gesicht der Emanzipation, da sie nur auf ihr gutes Aussehen reduziert waren. Das sei sexistisch und frauenverachtend. Deshalb würde sie mir keine kaufen, meinte sie damals."

Linda merkte, dass Philipp ein paar Mal zwanghaft schlucken musste und wieder zu würgen begann. Schnell hielt sie ihm einen neuen Behälter hin und stützte seinen Rücken, als er den Tee erbrach.

„Ja, das mit den Barbies fand ich damals auch zum Kotzen", meinte sie nur trocken.

Neunter Tag – nachts

Denn alles, was ein Mann wirklich braucht,
ist seine Ruhe …, seine Ruhe … [3/9]

Gegen später flüsterte Linda, sie sei gleich wieder bei ihm. Sie ginge nur kurz in ihre Kabine. Damit sie bei ihrer Rückkehr nicht klopfen musste, nahm sie seine Bordkarte an sich.

In ihrer Kabine stopfte sie kurzerhand ihr Nachthemd, Zahnbürste und noch ein paar Dinge in den Rucksack. Dabei räumte sie einige Gegenstände auf, die durch den hohen Seegang des Schiffes auf dem Boden gelandet waren. Sie hatte ungefragt beschlossen, bei Philipp zu übernachten. Das Bett war groß genug – und er würde sie brauchen, wenn es ihm in der Nacht nicht besser ging. Was zu erwarten war, da das Unwetter noch keinen Deut besser geworden war als noch vor einer Stunde. Philipp brauchte sie … Linda bekam bei diesem ungewohnten Gedanken ein warmes Gefühl im Bauch. Plötzlich verstand sie, warum sich manche Menschen zur Krankenpflege berufen fühlten. Sie mochten vermutlich das Gefühl gebraucht zu werden – und anderen in ihrer Not beizustehen.

Fünf Minuten später war sie schon wieder in Philipps Kabine. Er schien zu schlafen. Deshalb setzte sie sich auf einen der beiden Sessel, nahm sein Buch von Dan Brown und begann zu lesen. Doch weit kam sie nicht. Es klopfte leise. Simon stand mit Betty vor der Tür.

„Wie geht es ihm?", fragte sein Freund mit zerfurchter Stirn.

„Etwas besser, glaube ich. Er schläft jetzt", fügte Linda leise an.

„Ich habe mit dem Steward gesprochen. Das Wetter müsste sich in den nächsten Stunden beruhigen. Hoffen wir's. Ich bin dir jedenfalls sehr dankbar, dass du dich so gut um ihn kümmerst. Er hatte anscheinend schon immer diese Probleme. Aber wenn man damit alleine fertig werden muss, ist es noch viel übler." Nach einer kurzen Pause fragte Simon: „Glaubst du, er schläft durch? Sonst würde ich heute Nacht bei ihm bleiben, falls er etwas braucht."

„Nicht nötig, ich habe mein Schlafzeug vorhin rübergeholt. Er hat sich schon zweimal erbrochen. Und ich weiß nicht, ob das Schlimmste wirklich vorüber ist."

Dankbar nahm er Linda in den Arm und drückte sie. „Vielen Dank, dass du für ihn da bist." Er ließ sie los und meinte mit einem Augenzwinkern: „Ich hoffe, er ist morgen Abend wieder fit. Es wäre schade, wenn er den Ball verpassen würde. Gute Nacht."

Nachdem Betty ihre Freundin auch umarmt und ihr ein „Trotzdem viel Spaß" ins Ohr geflüstert hatte, ging Linda ins Bad und putzte sich die Zähne. Es war noch nicht extrem spät, aber schon spät genug – und der Tag ereignisreich und turbulent.

Versonnen dachte sie an die kleine Bucht, in der sie sich wie im siebten Himmel gefühlt hatte. Philipp hatte ihr eine Seite ihres Lebens eröffnet, die sie fast nicht mehr gehofft hatte kennenzulernen. Gefühle, die so beängstigend fremd und wild waren, dass sie nie damit gerechnet hätte, sich ihnen so bedingungslos hingeben zu können. Und doch waren sie in ihrer Reinheit so wunderschön und belebend, dass sie wie ein Jungbrunnen zu wirken schienen.

Sie würde mit Philipp schlafen, das wusste sie nun mit großer Gewissheit. Er sollte ihr erster Mann sein. Dafür musste er nur noch gesund werden.

Als wieder eine Welle das Schiff in eine Schieflage brachte, schob sie einen schweren Sessel vor Philipps Seite, damit er nicht während des Schlafens aus dem Bett rollte. Ihre Seite lag zur Wand hin und hatte nur einen kleinen Durchgang. Deshalb konnte sie diese Vorkehrung bei sich selbst nicht treffen. Es würde aber sicherlich gehen, tröstete sie sich.

Philipp stöhnte im Schlaf und begann wieder zwanghaft zu schlucken. Schnell griff Linda wieder nach einem frischen Einwegbehälter. Doch als Philipp sich vom Würgereflex erschreckt aufrichtete, kam nur noch Schleim.

„Sch-sch", beruhigte Linda ihn und strich ihm über die Stirn, nachdem er sich wieder kraftlos hatte zurücksinken lassen. *So eine Quälerei*, dachte sie. *Für nichts und wieder nichts.*

Nachdem sie den Waschlappen wieder ausgewaschen hatte, legte sie ihn auf seine Stirn und öffnete die Balkontür, um kurz zu lüften. Danach löschte sie das Licht und kroch vorsichtig unter seine Decke. Herzklopfend lag sie neben Philipp und versuchte, sich mit diesem ungewohnten Gefühl vertraut zu machen. Einen Körper neben sich zu spüren. Eine Decke mit ihm zu teilen.

Langsam tastete sie sich mit den Fingern bis zu seinem Rücken vor und ließ sie neben seiner Niere ruhen. Sie konnte nicht leugnen, dass sich in ihr ein tröstliches Gefühl breitmachte. Das Gefühl, heimgekommen zu sein.

Doch schon machte sich in ihrem Kopf ein beklemmender Gedanke breit und ersetzte alles Angenehme mit unbekannten Verlustängsten. Wie sollte es nur weitergehen? Im Moment war alles rosig, himmlisch und toll. Aber was wäre in fünf Tagen, wenn der Urlaub zu Ende war?

Innerlich schalt sie sich, dass sie endlich mal wie eine moderne Frau denken solle. Der Urlaubsflirt war herrlich, erregend und wunderbar. Zuhause würde sie mit ihrem Leben einfach wieder weitermachen und auf schöne Erinnerungen zurückblicken. Schließlich war ihr Dasein bisher gut und erfüllt gewesen …, hatte sie jedenfalls gedacht …

Das Schiff machte beruhigende Schaukelbewegungen, die mitunter von einem harten Ruck unterbrochen wurden. Trotzdem fühlte sich Linda wie in einer großen Hängematte. Die weichen Bewegungen entspannten sie und lullten sie begleitet von angenehmen Bildern Philipps in den Schlaf. Ihr Körper wurde immer schwerer und ihr Geist in den angenehmen Sog des Tiefschlafs gezogen.

Mmmmhhhhhhhhhh …

Plötzlich stieß sie mit der Hüfte schmerzhaft auf etwas Hartes und schreckte auf. Im Dunkeln versuchte sie, sich zu orientieren. Unter den Händen spürte sie veloursartige Weichheit, auf einer Seite eine harte Wand.

Jetzt verstand sie. Durch eine besonders große Welle war sie aus dem Bett katapultiert worden und saß nun im kleinen Durchgang zwischen Wand und Bett auf dem Boden. Besorgt tastete sie nach der Nachttischlampe, um sich zu vergewissern, dass Philipp noch im Bett lag. Beruhigt stellte sie fest, dass er auf den Rücken gerollt war und Arme und Beine besitzergreifend auf der gesamten Liegefläche ausgestreckt hatte. Und was für lange Beine er doch hatte!

Linda löschte das Licht und schlich neugierig an die Balkontür, um in die Dunkelheit zu schauen. Auch wenn sie nicht viel erkennen konnte, war von einer Beruhigung noch nicht viel zu spüren. Vorsichtig tastete sie sich zurück und knipste noch mal die Lampe an, um Philipp zurück auf seine Seite zu rollen. Doch das war – wie sie schnell feststellte – fast ein Ding der Unmöglichkeit.

Da er tief und fest schlief, war Philipps Körper bis in jede Muskelfaser völlig entspannt. Auf dem Bett kniend mühte sich Linda ab, ihn herumzurollen. Doch sobald sie seinen Oberkörper auch nur annähernd in Seitenlage hatte, rollte dieser wieder herum und klemmte sie mit seinen Armen ein. Philipps Unterbewusstsein schien zu wissen, dass sich neben ihm jemand befand, den er gerne berühren und in den Armen halten wollte. Deshalb schien sich alles in ihm zu sträuben, von Linda abzurücken. Doch so, wie er jetzt dalag, würde sie innerhalb der nächsten zehn Minuten wieder auf dem Boden landen. Er musste definitiv weiter zur Sesselseite rücken.

Als Akt der Verzweiflung stellte sie sich ans Fußende und zog an den Beinen, legte sein rechtes Bein über das linke, um die Hüfte in die richtige Richtung drehen zu können. Gab ihm einen Schubs, klemmte die Beine mit ihren eigenen in der richtigen Lage fest und drehte anschließend den Oberkörper. Sie kam sich vor wie in einem Slapstickfilm mit Charlie Chaplin, bei dem man ein Klavier ein Rampe hochschieben musste – das einem aber immer wieder entgegengerollt kam.

Endlich gab Philipps Körper nach und drehte sich in eine stabile Seitenlage. Mit einem Satz war Linda neben ihm und legte sich mit dem Bauch an seinen Rücken, um ihn vor dem Zurückrollen zu hindern. Jetzt lag er gut – und Linda auch. Sein warmer Rücken an ihrem Bauch war beruhigend, als sie das Leintuch mit einer Hand über sie beide zog und sich hineinkuschelte. Vorsichtig legte sie den Arm um seine Taille und schloss die Augen.

Dann öffnete sie sie wieder und stellte fest, dass sie vergessen hatte, das Licht auszumachen. Natürlich war es für sie mit ihren kurzen Armen völlig unmöglich, von ihrer Position aus an den Schalter zu reichen. Aber noch mal das eroberte Territorium zu verlassen, kam überhaupt nicht infrage. Deshalb kuschelte sie sich einfach wieder an Philipps Rücken und schloss die Augen, um sich dem vollen Genuss seines Dufts hinzugeben.

Zehnter Tag – nachts

Ich kram in Erinnerungen, suche nach Glück,
durchwühl meine Seele, ich krieg's nicht zurück. [2/5]

Jemand war da. Er spürte es. Jemand beobachtete ihn im Dunkeln, bedrohte ihn, ängstigte ihn.

Er blickte sich gehetzt um, konnte aber außer ein paar diffusen Lichtern nichts erkennen. Er war auf der Suche nach etwas, das er nicht benennen konnte. Aber er musste es finden. Es war extrem wichtig!

Er tastete sich weiter. Ohne Erfolg.

Alles war seltsam weich. Wie in Watte gepackt. Die Enge und die ausweglose Situation machten ihn wahnsinnig. Wenn er doch nur …

Jetzt! Jetzt sah er etwas.

Einen grünlichen Nebel, der sich vor ihm aus dem dunklen Gefängnis emporschlängelte und im Raum verteilte. Mitten im Dunst waren wieder diese Augen, die ihn nicht anblickten. Das lange Haar bewegte sich wie von Geisterhand und schwebte um das ehemals schöne Gesicht. Es schien ihn zu locken. Doch er wollte es nicht berühren.

Er hatte Angst.

Nun, da er gefunden hatte, wonach er so verzweifelt gesucht hatte, hätte er am liebsten beide Beine in die Hand genommen und wäre um sein Leben gelaufen. Doch er konnte sich nicht bewegen. Verzweifelt versuchte er, sich umzudrehen, davonzurennen, irgendwohin … doch noch immer war er gefesselt von diesen starr an ihm vorbeiblickenden Augen, in denen der Glanz erloschen war.

So sehr er sich auch bemühte zurückzuweichen, kam dieses früher so vertraute Gesicht immer näher auf ihn zu. Die schlängelnden Haarsträhnen wurden länger und länger – und er versuchte immer noch verzweifelt zu entkommen. Doch schon bald hatten sie ihn erreicht. Die ersten nassen Locken kringelten sich um seine Handgelenke, andere wuchsen nach und umfassten seine Oberarme. Wieder andere langten nach seinen Beinen. Er wollte schreien, um Hilfe rufen. Sein Überleben hing davon ab. Doch wie schon oft in dieser Situation kam kein Ton über seine Lippen. Ein enormer Druck lastete auf seiner Brust, er bekam keinen Atem und schnappte wie ein sterbender Fisch an Land nach rettender Luft.

Und dann … dann blickten ihn die Augen plötzlich an … wurden rot glühend … und schnitten ihm wie heiße Messer in die Seele. *Wie konntest du nur?*, schienen sie zu rufen. *Du bist schuld an meinem Schicksal.*

Und dann auf einmal schlangen sich ihre Haare Tentakeln gleich um seinen Körper und zogen ihn schreiend ins kalte, dunkle Wasser …

Als Philipp schwer atmend aufrecht im Bett saß, merkte er, dass er im Traum seinen eigenen Schrei gehört hatte. Irritiert bemerkte er, dass das Licht brannte, und stützte seinen Kopf erschöpft in die Hände. Doch selbst das konnte nichts an seinem zusammengeschnürten Gefühl in seiner Brust ändern.

Er fühlte sich unendlich allein …

Da spürte er plötzlich eine tastende Hand, die sich beschwichtigend auf seinen Rücken legte. Eine beruhigende Stimme fragte, was passiert sei.

Überrascht blickte er über seine rechte Schulter und entdeckte Linda, die ihn, auf den Ellenbogen gestützt, mit schläfrigen Augen besorgt anblinzelte. Aus lauter Dankbarkeit und Erleichterung schloss er sie wortlos in die Arme und hielt sie fest. Sog den vertrauten und tröstlichen Duft ihrer Haut ein. So beruhigte sich sein Herzschlag und er seufzte, wie von einer schweren Last befreit. „Danke. Danke, dass du da bist.“

Linda, die von seiner Gefühlsregung sehr überrascht war, strich ihm sanft über den Rücken. „Hattest du einen Albtraum? Du bist schreiend aufgewacht."

„Ja", sagte er nur an ihrer Halsbeuge. „Das war ein alter Traum, den ich schon zu oft hatte. Allerdings hatte ich jahrelang Ruhe davor … bis es auf diesem Schiff wieder anfing."

„Willst du darüber reden?"

„Nicht jetzt. Mein Magen fühlt sich noch nicht so stabil an, als dass ich die Kraft dazu hätte." Er küsste sie auf die Nasenspitze. „Lass uns den Rest der Nacht schlafen. Dann geht's mir vielleicht wieder besser."

Philipp gab Linda einen kleinen Stups, damit sie sich umdrehte und ihm den Rücken zuwandte. Nachdem sie das Licht gelöscht hatte, zog er sie an den Bauch und seufzte wohlig.

„Das Meer hat sich etwas beruhigt", murmelte Linda zufrieden. Sie fühlte sich in Philipps Armen geborgen und beschützt.

„Ich habe immer noch das Gefühl, Achterbahn zu fahren."

„Ist dir noch schlecht?"

„Nein. Da ist nichts mehr in meinem Magen, das mich noch stören könnte." Nach ein paar Atemzügen fügte er an: „Auch wenn ich in dieser Nacht kein Eishockey gespielt habe, ist mir doch ein Hattrick gelungen. Die einen schießen drei Tore in ein und demselben Spiel, andere lieben sich dreimal in einer Nacht und ich lasse mir mein Essen dreimal durch den Kopf gehen."

„Na Hauptsache, du hast deinen Humor nicht verloren."

Als Linda am Morgen aufwachte, klebte sie immer noch an Philipps Bauch. Da sie dieses Gefühl enger körperlicher Verbundenheit noch mehr als ungewohnt empfand, tastete sie vorsichtig nach seinem Arm, der über ihrer Taille lag.

Er war tatsächlich real … kein Traum.

Unglaublich.

„Mmhmmmh, … hallo Süße", murmelte Philipp verschlafen an ihrem Haar.

„Hallo. Wie geht es dir?"

„Mmh, an deinen Rücken gekuschelt, super. Ansonsten, geht so." Nach einer Pause meinte er: „Kann es sein, dass das Schiff geringfügig ruhiger im Wasser liegt als noch letzte Nacht?"

„Es ist sogar fast zum Stillstand gekommen."

„Dann ist das wahrscheinlich noch das Nachbeben in meinem Magen und das Echo in meinem Kopf, das sich beruhigen muss."

„Lass mich mal aus dem Fenster sehen." Linda wollte aufstehen, da sie den Drang verspürte, sich nach der eng umschlungen verbrachten Nacht zu bewegen. Philipp stieß einen gestöhnten Protest aus, als sie sich ihm entwand. „Bin gleich zurück."

Sie zog die Vorhänge zur Seite und blickte auf ein fast spiegelglattes Meer hinaus. Der Himmel war an manchen Stellen noch etwas verhangen. Aber man merkte, dass sich die Sonne hartnäckig durchkämpfte. Erleichtert zog sie die Balkontür auf und trat hinaus. Frische, würzige Luft stieg in ihre Nase und sie atmete tief und befreit ein.

Als sie wieder in die Kabine trat, sagte sie zu Philipp: „Wenn du aufgestanden bist, musst du es dir unbedingt auf einem der beiden Liegestühle auf dem Balkon bequem machen. Die Luft ist nach dem Regen gestern wunderbar klar. Das vertreibt die Reste deiner Übelkeit im Nu." Sie klemmte die Tür zum Lüften fest.

„Komm wieder ins Bett, ich fühle mich so einsam und verlassen", murmelte Philipp und streckte mit geschlossenen Augen die Hand aus.

Obwohl Linda fast vor Energie platzte und am liebsten Joggen gegangen wäre, schlüpfte sie unter die leichte Decke und kuschelte sich neben Philipp.

Dieser seufzte. „Es gibt keine schönere Art zu sterben als mit einer wunderbaren Frau an seiner Seite."

„Na, so schlecht geht es dir heute Morgen hoffentlich nicht mehr", lachte Linda.

„Nein, zum Glück nicht. Aber ich traue mich noch nicht aufzustehen."

„Ich bin ja da, falls dein Kreislauf noch nicht so will wie du."

Nach einer Weile fragte Philipp: „Du hast gestern etwas gesummt, das ich nicht kenne. Was war das?"

Linda überlegte kurz. „Du meinst *Tabu* von Roger Cicero[3/8]?" Sie begann wieder zu summen.

„Ja, genau das. Von was handelt das Lied?"

„Von einer ziemlich vertrackten Situation. Er ist in die Freundin seines besten Freundes verliebt, die er ihm dummerweise auch noch vorgestellt hat. Und sie hat sich für den anderen entschieden. Irgendwann verbringt er dann einen Abend mit ihr und sie landen bei ihr im Bett. Doch bevor sie den alles entscheidenden Schritt tun können, wird er von seinem schlechten Gewissen zurückgehalten, da er das Foto seines besten Freundes auf ihrem Nachttisch stehen sieht. Und er erkennt: Sie ist für ihn tabu, denn der andere ist und bleibt für ihn der beste Freund."

„Singst du es für mich, bitte?"

Nach einem kurzen Zögern begann sie, dieses gefühlvolle Liebeslied zu singen. Als sie geendet hatte, drückte Philipp sie fest an sich und murmelte: „Wunderschön."

„Ja, das ist es."

„Mir hat besonders die Stelle gefallen, als sein Herz auf den Tisch schlägt und schreit, es wolle sie immerzu. Das hört sich an, als ob der Textschreiber viel von der Liebe versteht."

„Das tut er. Und auch generell von Beziehungen zwischen Menschen untereinander." Sie drehte sich zu Philipp um. Und dann erzählte sie ihm mit kaum verhohlener Freude von diesen Liedern, die ihr Herz rührten und ihre Seele ansprachen. Von den speziellen Beziehungen zwischen Mann und Frau, Mutter und Sohn, Vater und Sohn. Von Ehebruch, Online-Dating, nervenden Freunden, zufälligen Treffen mit der Ex, Eifersüchteleien, dominanten Frauen, machohaften Männern. Und immer wieder von der Liebe. Immer wieder …

„Die Lieder erfüllen mich", fuhr Linda verträumt fort, „heitern mich auf, machen gute Laune. Regen aber auch zum Nachdenken an. Wenn man extra für mich hätte Lieder erfinden müssen, hätten es genau diese fast fünfzig von Roger sein müssen."

„Ah, du bist also schon per du mit ihm?", zog Philipp sie gutmütig auf.

„Schon lange", lächelte Linda zurück. „Wenn man abends mit seinen Liedern im Kopf einschläft und morgens mit ihnen aufwacht, darf man das." Sie fuhr mit der Hand über seine kratzige Wange. „Das meiste, was ich über Beziehungen weiß, stammt aus seinen Liedern. Das ist in meinem Alter wirklich erbärmlich. Deshalb bin ich sehr froh, dass ich dich kennengelernt habe."

„Ich auch." Er strich sanft von ihrem Haar zu ihrem Nacken. „Ich würde jetzt gerne aufstehen und mir die Zähne putzen, damit ich dich guten Gewissens küssen kann."

„Das dürftest du auch so."

„Ich möchte trotzdem sehen, ob mein Kreislauf gleich zusammenbricht oder ob ich es wenigstens bis ins Bad und danach auf die Liege draußen schaffe."

Fünfzehn Minuten später lag Philipp erschöpft auf einem Liegestuhl auf seinem Balkon und dankte Gott, dass er nicht mehr wie ein Betrunkener durch seine Kabine schwanken musste. Linda war ihm eine große Hilfe gewesen, als sein Kreislauf in die Knie zu gehen drohte. Dennoch hatte er immerhin die grundlegenden körperlichen Bedürfnisse erledigen, die Zähne putzen, sich frisch machen und anziehen können.

Nun umfasste er Lindas Hand und zog sie zu sich auf den Schoß. „Vielen Dank für deine Hilfe“, murmelte er und gab ihr einen süßen Kuss, bei dem er sich alle Zeit der Welt ließ und der ihn an reife, saftige Herzkirschen denken ließ.

„Möchtest du etwas frühstücken? Vielleicht ein Stück delikates Weißbrot mit einem Kamillentee aus Südhanglage?“

„Das hört sich gut an“, murmelte Philipp an ihrem Ohr. „Entschuldige bitte, dass ich dich mit meinen Küssen ablenke. Du musst ja am Verhungern sein.“ An seinem Tonfall konnte sie allerdings kein schlechtes Gewissen erkennen.

„Guten Morgen, Frau Jäger. Herr Jäger“, begrüßte Linda ihre Tischnachbarn. „Haben Sie heute Morgen zufällig schon meine Freundinnen gesehen?“

Als sie aus Philipps Kabine gekommen war, hatte sie an deren Tür geklopft. Jedoch ohne Erfolg.

„Ja, Anna war hier, als wir ankamen. Betty habe ich allerdings noch nicht gesehen.“

„Vielen Dank“, lächelte Linda sie freundlich an und steuerte aufs Buffet zu. Dort lief sie Betty und Simon in die Arme, die für ein Frühstück genauso spät dran waren wie sie.

Nach einer lautstarken Begrüßung fragte Betty, wie die Nacht gewesen war. Da Linda ziemlich genau wusste, was Betty meinte, antwortete sie nur wahrheitsgemäß: „Das Unwetter hat mich aus dem Bett gerollt und ich bin hart auf den Boden aufgeschlagen. Dann musste ich Philipp, während er schlief, wieder auf seine Seite rollen. Das war echte Knochenarbeit. Und später hatte er noch einen Albtraum. Aber dann konnten wir ruhig bis vor einer Stunde schlafen.“

„Eine ereignisreiche Nacht“, schmunzelte Simon. „Und wie geht es ihm heute Morgen?“

„Schon besser. Aber er ist noch ziemlich wackelig auf den Beinen.“

„Na ja, ihr müsst euch ja schließlich auch nicht unbedingt im Stehen amüsieren.“

Linda ging über Bettys süffisante Bemerkung kommentarlos hinweg.

„Ich hole etwas zum Essen. Dann können wir auf seinem Balkon frühstücken. Ich bin froh, dass wir heute keinen Ausflugstag haben, so verpasst er wenigstens nichts."

„Ich bin mir sicher, dass er einen Tag mit dir auf dem Schiff jedem Ausflug vorzieht. Auch wenn er krank ist", bemerkte Simon lächelnd. Lindas Wangen färbten sich zart rosa. „Allerdings ist heute Nachmittag tatsächlich ein Kurzausflug nach San Juan möglich. Das Schiff legt bald dort an."

„Und was macht ihr heute noch? Geht ihr an Land?", fragte sie, um von ihrer Verlegenheit abzulenken.

Betty grinste anzüglich: „Das möchte ich dir nicht im Detail erzählen. Aber wir werden es uns auf jeden Fall gut gehen lassen."

Wieder wurde Linda rot. Dennoch konnte sie noch stottern, bevor sie nach zwei Tellern griff: „Aber denkt bitte auch an Anna, damit sie sich nicht so von uns verlassen fühlt."

Als sie wieder in Philipps Kabine ankam, stellte sie das Tablett ab und versorgte ihren überaus dankbaren Lieblingspatienten mit Weißbrot und Tee. Dann ließ sie sich auf dem Liegestuhl neben ihm nieder. Das Wetter klarte langsam auf und einige Vögel kreisten über dem Meer. Es schien ein schöner Tag zu werden.

Philipp war nach zwei kleinen Scheiben schon satt und lehnte sich wieder gemütlich in den Liegestuhl zurück. Linda löffelte genussvoll ihr Müsli. „Wenn es dir jetzt wieder besser geht, kann ich dir etwas erzählen, das Betty vorhin im Frühstückssaal erwähnt hat. Gestern kam eine Frau schon leicht grün im Gesicht in den Speisesaal. Anna ist sie sofort aufgefallen, da sie an unserem Nachbartisch sitzt. Als sie zu essen begann, hat Anna nicht mehr auf sie geachtet. Doch dann hat sie bemerkt, dass die Frau plötzlich vor ihrem halb geleerten Teller ganz ruhig auf ihrem Stuhl saß und konzentriert geradeaus blickte. Ihre Gesichtsfarbe ähnelte schon fast einem Laubfrosch und der angespannte Zug um den Mund verhieß nichts Gutes. Bevor Anna auch nur reagieren konnte, hielt sich die Frau eine der blauen Tüten vor den Mund und ließ sich – wie du das heute Nacht so treffend ausgedrückt hast – das Abendessen durch den Kopf gehen. Anna dachte noch: Gott sei Dank, dass nicht alles auf dem Boden gelandet war, das hätte eine Schweinerei gegeben. Und sie wunderte sich noch, dass die Frau trotz ihrer Seekrankheit überhaupt zum Abendessen gegangen war. Und weißt du, was sie dann gemacht hat?"

„Sie hat sich noch mal erbrochen?"

Linda schüttelte mit dem Kopf.

„Sie ist aufgestanden, um in ihre Kabine zu gehen, und hat das gefüllte Päckchen appetitlich auf den Tisch neben ihren Teller gestellt?"

Linda schüttelte wieder mit dem Kopf und grinste. „Sie hat das Päckchen zugewickelt und auf ihren Schoß zurückgestellt, hat ihr Besteck zur Hand genommen und seelenruhig weitergegessen."

„Das gibt's doch nicht!", meinte Philipp fassungslos.

Linda nickte grinsend.

Philipp begann lauthals zu lachen und schüttelte nur verständnislos den Kopf. „Getreu nach dem Motto: Was man bezahlt hat, lässt man nicht verkommen."

„Stimmt."

Mit der nächsten Frage wechselte Philipp abrupt das Thema. „Welches ist eigentlich deine Lieblingsmannschaft?"

„Du meinst beim Eishockey?" Philipp nickte. „Ich schaue mir alle Spiele gerne an. Wenn die Deutschen ihr Können zeigen, bin ich natürlich ihr größter Fan. Aber ansonsten schlägt mein internationales Herz für die Finnen und die Tschechen. Beide Mannschaften haben bei der WM 2011 unheimlich gut gespielt. Und die Finnen haben es geschafft, im Finale gegen Schweden so clever zu spielen, dass sie mit einem überragenden sechs zu eins tatsächlich Weltmeister geworden sind. Erst zum zweiten Mal in der Geschichte übrigens."

„Ja, das Spiel habe ich auch gesehen. Das war doch dieselbe WM, bei der der eine finnische Spieler dieses Wahnsinnstor geschossen hat ..." Philipp macht ein nachdenkliches Gesicht. „Ich weiß nicht mehr, gegen wen das war ..."

„Du meinst das Granlund-Tor? Als der damals neunzehnjährige Mikael Granlund hinter dem russischen Tor den Puck auf das Schlägerblatt genommen und ihn über der Schulter des verblüfften russischen Goalies in die obere Ecke des Tors geschoben hat?" Philipps Gesicht zeigte Linda, dass er genau das Spiel gemeint hatte. „Ja, das hat Eishockeygeschichte geschrieben – und den Untergang der russischen Mannschaft in diesem Spiel eingeläutet. Finnland hat damals drei zu null gewonnen."

„Ich war damals gerade bei meinem Bruder zu Besuch. Es war ein unglaublich spannendes Spiel, das weiß ich noch. Nach dem

Tor sind die zwei Kommentatoren vor Begeisterung nicht mehr fertig geworden. Der eine sagte, so ein Tor hätte er bei einer WM noch nie gesehen. Und während des minutenlangen Wartens auf den Videobeweis fügte er noch hinzu, dass - egal, welche Regeln es beim Toreschießen gäbe - er hoffe, dass es gegeben würde." Lindas Augen strahlten, als sie zustimmend grinste. „Aber immerhin ist Eishockey in Finnland auch ein Nationalsport wie Fußball bei uns. Da erwartet man so etwas ja fast schon."

„Jeder fünfundsiebzigste Finne spielt Eishockey. In Tschechien sind es verhältnismäßig sogar noch mehr. Es gibt zehn Millionen Einwohner. Und jeder Zehnte steht auf dem Eis. Darunter sind mehr Nachwuchsspieler zu finden als Eishockeyspieler insgesamt in Deutschland. Das zeigt die große Bedeutung des Sports im Land." Als Philipp sie wieder nur stumm anblickte, fragte sich Linda, was sie jetzt schon wieder Falsches gesagt hatte. Sein Blick verunsicherte sie manchmal immer noch.

„Kann es sein, dass du ein Gedächtnis wie ein Elefant hast?", fragte Philipp fasziniert.

Linda seufzte auf. „Ja, das stimmt. Aber es hat mir wenigstens früher in der Schule und jetzt bei der Arbeit schon viel genützt."

„Du bist unglaublich ..."

Zehnter Tag - morgens

Der leichtfertig das Glück verspielt,
das er schon hundertfach in Händen hielt. 1/8

Als Linda in gemütlichem Schweigen den letzten Löffel ihres Müslis und eine große Portion Obstsalat leer gegessen hatte, fragte sie vorsichtig: „Möchtest du noch über den Albtraum von heute Nacht reden? Oder ist es jetzt für dich erledigt?"

Die Tasse Tee, die Philipp gerade zum Mund führen wollte, blieb auf halbem Weg in der Luft hängen. Dann blickte er nachdenklich auf die Unendlichkeit des Meeres und sagte: „Nein, es ist noch nicht erledigt. Wird es auch nie sein."

Die Pause, die danach folgte, war so lange, dass Linda schon glaubte, er würde nichts mehr erzählen. Doch dann holte er tief Luft und blickte kurz zu ihr hinüber.

„Eigentlich möchte ich nicht darüber reden. Aber ich muss es loswerden, da es auch ein Stück weit mit dir zusammenhängt." Linda blickte ihn erstaunt an. „Ich hatte keine Notwendigkeit, es dir zu erzählen. Und wenn du nur eine Frau für eine Nacht gewesen wärst, hätte ich mir darüber auch gar keine Gedanken gemacht. Aber als wir immer mehr Zeit zusammen verbrachten, meldete sich der Albtraum mit den ganzen Selbstvorwürfen wieder zurück – und damit mein schlechtes Gewissen dir gegenüber. Ich muss es dir erzählen, auch wenn du mich danach verabscheust und nichts mehr mit mir zu tun haben möchtest."

Diesmal zog Linda beunruhigt ihre Augenbrauen nach oben, schwieg aber, da sie nicht den geringsten Schimmer hatte, was sie jetzt zu hören bekam.

„Und ich möchte nicht, dass du es von jemand anderem erfährst", fuhr er fort. *Jemandem wie Desirée*, fügte er im Geist an. Dann atmete er einmal tief durch und gestand: „Ich habe eine Frau getötet." Er spürte, wie sie erstarrte. „Auch wenn ich dabei keine Hand an sie gelegt habe, trifft doch mich alleine die Schuld an ihrem Tod."

Philipp griff vorsichtig nach Lindas Hand, da er Angst hatte, sie würde ihm entgleiten, wenn sie mehr von diesem schrecklichen Erlebnis erfuhr. Erleichtert, dass sie sich ihm nicht entzog, sondern sogar noch ihre Finger mit seinen verschränkte, begann er zu erzählen: „Ich hatte schon erwähnt, wie schwer mich der Tod meiner Mutter getroffen hatte, als ich sechzehn war. Und wie fürsorglich sich mein Bruder trotz seines eigenen Schmerzes um mich kümmerte. Ich war damals außer Rand und Band. Ein Rebell – wie James Dean in *… denn sie wissen nicht, was sie tun*. Mit achtzehn lag das Abi dann hinter mir und ich schrieb mich für ein Maschinenbaustudium ein. Zwei Freunde aus meiner Schwimmmannschaft fanden die Idee gut und begannen, mit mir zu studieren. Allerdings nahmen wir das Ganze nicht wirklich ernst. Wir besuchten nur halb so viele Vorlesungen wie Studentenfeste. Wir trainierten wie die Bekloppten und schmissen nach jedem Wettkampf eine Mega-Party. Ich fühlte mich damals frei, unabhängig und unbesiegbar. Ich war glücklich … dachte ich zumindest. Wir hatten immer viele hübsche Studentinnen im Schlepptau, die mit uns abhingen. Die brachten noch nette Mitbewohner aus ihren WGs zu unseren Feten mit – und dann konnte das Saufgelage beginnen. Im Nachhinein denke ich, ich wollte meinem Schmerz entfliehen. Die Leere ausfüllen, die der Tod meiner Mutter hinterlassen hatte. Ich lebte risikoreich und leichtsinnig – immer so, als wäre es mein letzter Tag auf Erden."

Er blickte auf ihre verschränkten Finger, da die Erinnerung und die Enge in seiner Brust ihn zu erdrücken drohten. „Damals war ich mit einem Mädchen zusammen. Sie hieß Rebekka, aber ich nannte sie immer nur Bekky. Sie war auch zwanzig wie ich und ein süßes Ding, das mich anhimmelte und jede freie Minute mit mir verbrachte, die sie von ihrem Studium abzweigen konnte. Im Gegensatz zu mir nahm sie ihr Studium sehr ernst. Sie war ehrgeizig, aber dabei doch so warmherzig und gut, dass ich sie vergötterte. Leider war ich damals zu cool, um es ihr wirklich zu sagen oder ihr es oft genug zu zeigen."

Bedauernd schüttelte er den Kopf. „Nach einem richtig wichtigen Wettkampf, den wir sehr erfolgreich gemeistert hatten, fuhr unsere Meute raus an einen Grillplatz im Grünen. Jeder brachte was zum Essen mit, außerdem noch Getränke, wobei die Anzahl der alkoholischen die nichtalkoholischen bei Weitem übertraf. Die CD im Auto eines Kumpels war auf volle Lautstärke aufgedreht und wir taten es ihr stimmungsmäßig gleich. Es war eine warme Sommernacht mit Millionen von Sternen am Himmel. Die Grillen zirpten und das hohe Gras raschelte im lauen Wind. Es war die perfekte Kulisse für ein romantisches Schäferstündchen für zwei Verliebte. Aber wir störten die abendliche Idylle, indem wie lautstark feierten. Gegen später und mit einem gewissen Alkoholpegel wurden wir übermütig …" Er wagte immer noch nicht, Linda anzublicken. Mit leiser Stimme fügte er hinzu: „… wer hätt's gedacht. Einer hatte die Idee, in einem nahegelegenen Fluss schwimmen zu gehen. Andere folgten und spritzten sich im seichten Wasser am Ufer nass. Zwei Freunde schwammen um die Wette – und ich musste es ihnen natürlich gleichtun. Nur stichelte ich Bekky auf, mit mir zu schwimmen. Eine Mutprobe sozusagen, da sie sich im Schwimmbad immer geweigert hatte, gegen mich anzutreten. Erst hatte sie lachend abgewehrt, aber dann bohrte und stichelte ich so lange, bis sie nachgab. Über eine schmale Stelle des Flusses verlief eine Fußgängerbrücke. Ich schlug vor, vom einen Ende runterzuspringen, um dann quer durch den Fluss ans andere Ufer zu schwimmen. Ich ließ ihr noch einen Vorsprung, sprang dann nach zehn Sekunden nach und kraulte wie ein Irrer zum Ufer, weil ich ihr beweisen wollte, wie viel Kraft ich hatte und was für ein toller Kerl ich doch war."

Von alten Schuldgefühlen überwältigt machte Philipp eine kurze Pause, bis der Schmerz in seiner Brust etwas nachließ. Mit rauer Stimme fuhr er fort: „Als ich völlig außer Puste ankam, blickte ich mich siegessicher nach Bekky um. Doch ich sah sie nicht. Irritiert sah ich zum Ufer, aber da war sie auch noch nicht. Erst danach nahm ich aufgeregte Rufe wahr und jemanden, der ins Wasser sprang und hektisch in die Mitte des Flusses kraulte. Mir wurde in dem Moment richtig schlecht." Philipps Stimme brach und er schloss bei der Erinnerung an dieses überwältigende Gefühl der Panik für einen Moment die Augen. „Trotzdem versuchte ich zu helfen, wo ich nur konnte. Doch wir kamen zu spät. Wir suchten über eine halbe Stunde alles ab, bis die Polizei kam. Doch die Suchaktion war erfolglos, der Fluss hatte sie schon etwas abgetrieben, sodass wir an den falschen Stellen nach ihr tauchten. Als dann endlich die Rettungsschwimmer in Aktion traten, war alles schon zu spät. Sie war ertrunken, weil ich sie zu sehr bedrängt hatte. Sie wollte mir etwas beweisen, obwohl wir beide wussten, dass sie keine sichere Schwimmerin war. Nicht so eine Sportskanone wie ich. Aber wir hatten die Wirkung des Alkohols völlig unterschätzt. Ich selbst hätte mit zwei Promille noch jedes Wettschwimmen gegen einen nüchternen Normalsterblichen gewonnen. Dass sie von der kalten Strömung auch noch einen Krampf bekam, hatte ihr wohl den Rest gegeben."

Als Philipp mit seiner Geschichte geendet hatte, atmete er tief durch und wagte erst jetzt, Linda in die Augen zu sehen. Er hatte fürchterliche Angst, Enttäuschung, Verachtung oder gar Abscheu in ihnen zu entdecken. Genau diese Empfindungen, die er sich selbst gegenüber verspürte und seit fast vierzehn Jahren pflegte.

Doch was er in Lindas Gesichtsausdruck entdeckte, war tiefes Mitgefühl. Ihre dunkelgrünen Augen, die ihn direkt anblickten, glänzten und ihre Lippen lagen weich aufeinander.

„Das tut mir sehr leid." Sie drückte seine Finger, die verkrampft in ihrer Hand lagen. „So etwas sollte niemand erleben müssen."

Philipp starrte sie sprachlos an.

„Was ist?", fragte Linda besorgt.

„Findest du mein Verhalten nicht absolut leichtsinnig, abstoßend, sogar widerwärtig? Ich konnte mich damals monatelang vor Scham und Ekel nicht im Spiegel anschauen."

„Das verstehe ich. Leichtsinnig war es auf jeden Fall. Mehr als das. Und ich kann mir vorstellen, dass man Jahre braucht, um über einen solchen Verlust hinwegzukommen. Selbst wenn man keine Schuld an diesem schrecklichen Unglück trägt."

Philipp blickte auf den Boden, da er Linda vor lauter Scham nicht in die Augen sehen konnte. Wieder drückte sie seine Hand und streichelte tröstend mit dem Daumen über seinen Handrücken.

„Ich finde es unglaublich, dass du nicht schreiend aus meiner Kabine rennst." Philipp saß kopfschüttelnd auf seinem Stuhl.

„Wie lange ist das schon her?"

„Fast vierzehn Jahre."

„Hast du damals eigentlich eine Therapie gemacht?"

Philipp schüttelte den Kopf. „Nach dem Unfall stand ich so unter Schock, dass ich nie im Leben auf eine solche Idee gekommen wäre. Wenn meine Mutter noch gelebt hätte, hätte sie mir vermutlich dazu geraten. Sie war sehr bodenständig und praktisch veranlagt. Aber so ..." Er rieb sich über die Augen. „Ich zog mich damals während der polizeilichen Ermittlungen völlig zurück. Keine Vorlesungen, keine Partys, kein Schwimmen mehr. Ich ertrug in dieser Zeit keine Menschen um mich herum, da ich immer vermutete, dass sie mir an der Stirn ablesen konnten, was ich verbrochen hatte. Und dass sie hinter meinem Rücken über mich reden und mit Fingern auf mich zeigen würden. Damals fühlte ich mich unglaublich einsam und so schrecklich schuldig, dass ich fast den Verstand verloren hätte. Doch ich wusste, dass es mir gerade recht geschah. Tobi und Ralf waren außer meiner Familie die Einzigen, die ich überhaupt in meiner Nähe ertragen konnte. Ohne sie hätte ich vermutlich durchgedreht."

Linda beugte sich noch weiter zu Philipp vor, um ihm tröstend die Hand auf den Schenkel zu legen. Sie merkte, dass es ihm half, darüber zu reden – so schmerzlich das Erlebnis auch war.

„Bekky fehlte mir damals so unglaublich. Ständig sah ich ihr lachendes Gesicht vor mir, ihre strahlenden Augen. Sie hatte ein so sonniges Gemüt. Und dann tauchte immer wieder dieses leblose Gesicht vor meinem geistigen Auge auf, nachdem sie sie aus dem Wasser gezogen hatten. Es war schrecklich. Die Algen in ihrem Haar, der stiere Blick, die blauen Lippen. Ich träumte jede Nacht davon. Ich machte mir schlimme Vorwürfe, dass ich ihr nicht genug Liebe gegeben hatte, als sie noch lebte. Ich hätte ihr so viele Dinge sagen müssen, so viel meiner Liebe zeigen sollen. Sie hätte es mehr als jeder andere Mensch damals in meinem Freundeskreis verdient. Und ich konnte es nicht mehr nachholen."

Linda erhob sich und wollte sich vor ihn hinknien, um ihn in den Arm zu nehmen. Doch er zog sie auf seinen Schoß, damit er sein Gesicht an ihrem Hals vergraben konnte.

„Sie war damals die erste große Liebe für mich. Und ich hatte es zu spät gemerkt. Und seit damals habe ich keine Frau mehr emotional so nah an mich herangelassen. Zu keiner eine solche Nähe verspürt wie zu Bekky. Bei keiner der kurzen Beziehungen, die ich danach hatte." Er blickte Linda nachdenklich an. „Erst auf dieser Reise habe ich gemerkt, was mir die ganzen Jahre über gefehlt hat."

„Hast du Maschinenbau noch weiterstudiert?"

„Ich nahm mir damals ein paar Monate Auszeit, in denen ich mein ganzes Leben, meine Ziele und anderes überdachte. Es war mir klar, dass es so nicht weitergehen konnte und ich einige gravierende Dinge ändern musste. Daraufhin ging ich regelmäßig in die Vorlesungen, mied Partys und wurde zu einem zuverlässigen Studenten. Doch im Frühjahr merkte ich, dass mich Maschinenbau nicht wirklich interessierte. Und da ich durch die polizeilichen Ermittlungen auch mit dem Rechtswesen in Kontakt gekommen war, bewarb ich mich schließlich um einen Studienplatz für Jura."

„Und, war es das Richtige für dich?"

„Ja, ich denke, es liegt mir. Ich habe es nie bereut."

Linda merkte, dass ihn die ganze Geschichte sehr angestrengt hatte.

„Ich fasse es immer noch nicht, dass du nicht von mir angewidert bist." Kopfschüttelnd zwirbelte er eine ihrer Haarsträhnen um seinen Finger.

„Warum sollte ich? Du warst damals jung und durch einen schweren Schicksalsschlag leichtsinnig. Es hätte gut gehen können. Aber das tat es nicht. Dafür hast du mehr als genug gebüßt. Immerhin konntest du aber danach dein Leben überdenken und neu beginnen. Du bekamst eine zweite Chance. Was wäre wohl gewesen, wenn alles gut gegangen wäre und du genauso weitergemacht hättest? Was wäre aus dir geworden?"

„Daran wage ich gar nicht zu denken." Er schüttelte sich leicht. „Vermutlich wäre ich einer dieser Männer geworden, die sich nie festlegen und keine Verantwortung übernehmen. Mit denen Frauen gerne ins Bett gehen, mit denen sie aber keine Familie gründen würden. Und wenn sie es doch versucht hätten, hätten sie mir Vorwürfe gemacht, dass ich mich nicht genug ums Kind kümmere, den Müll nicht raustrage und sonst viel zu unzuverlässig sei und nichts ernst im Leben nähme."

„Selbst die schrecklichsten Dinge haben ihre guten Seiten", meinte Linda nur leise.

Überwältigt von ihrem Großmut drückte er sie fest an sich und küsste sie auf den Scheitel.

Zehnter Tag – nachmittags

Will ich dich hier nicht seh'n,
ja, dann rat' mal, wen ich treff.
Das ist Murphys Gesetz. [1/10]

„Oh, glaubt ihr, das ist eine gute Idee?", fragte Linda entsetzt, als sie sah, wie viele Menschen sich in dem mittelgroßen Kleiderfundus drängten. „Vielleicht sollten wir lieber später kommen?"

„Später wird es um keinen Deut besser sein, nur dass die besten Kostüme schon weg sind", beschloss Betty mit glücklichem Grinsen, die schon die ganze Zeit an Simons Seite festgeklebt zu sein schien. Ob sie deshalb so glücklich war, weil sie sich ein Kostüm ausleihen oder eng neben Simon laufen durfte, hatte Linda noch nicht herausgefunden. Letzteres war nämlich nichts Neues.

Betty, Simon und ein paar seiner Kollegen stürzten sich gleich ins Gewühl, wohingegen Anna und Linda sich an den Kleiderständern im Eingangsbereich umsahen. Linda war nicht wirklich glücklich über das Kostümfest. Sie hatte Fasching noch nie gemocht, auch als Kind nicht.

Gerade als Kind nicht.

Aber was sollte sie heute sonst tun? Alle gingen hin. Auch Philipp. Nachdem er mit ihr bei einem kurzen Abstecher an Land den festen Boden von Puerto Rico genossen hatte (in San Juan waren sie gar nicht erst gewesen), war es ihm schon bedeutend besser gegangen. Umso mehr freute sich Philipp auf das Fest, weshalb sie keine Spaßbremse sein und in normaler Kleidung auftauchen wollte.

Philipp … Die letzten Tage waren vorbeigerauscht wie ein sich immer schneller drehendes Karussell: rasend schnell und verwirrend. Und trotzdem waren manche Situationen oder Ereignisse so langsam und intensiv abgelaufen, dass sie sich wie unter einer Lupe in der Sonne für immer in ihr Gehirn eingebrannt hatten.

Sie musste daran denken, wie sie den heutigen Tag miteinander verbracht hatten. Gemütlich auf dem Balkon, mit einem kurzen Ausflug an Deck. Danach eine gemütliche Stunde an einem schattigen Plätzchen an Land. Sie hatte sich in seiner Gegenwart seltsam ruhig gefühlt. Dann wieder aufgeregt wie vor einer wichtigen Prüfung, wenn sie in seinen Armen lag und er sie küsste. Doch immer hatte sie das Gefühl gehabt, dass es genau so sein musste. Die Behaglichkeit ähnelte der vor einem knisternden Kaminfeuer. Züngelnde Flammen, die erregten und gleichzeitig die Gemüter beruhigten. Und dann diese wohlige Wärme …

Philipp war ihr knisterndes Kaminfeuer an einem kalten, regnerischen Tag.

Sie überlegte. Philipp hatte ihr vor zwei Tagen gestanden, dass er gerade dabei war, sich in sie zu verlieben. Sie hatte sich zwar sehr darüber gefreut, doch seither hatte er keine diesbezüglichen Bemerkungen mehr gemacht. Nicht, dass sie darauf gewartet hätte …

Wem willst du was vormachen, stichelte eine kleine Stimme in ihrem Hinterkopf.

Trotz allem war sie sich unsicher, was das zu bedeuten hatte. War das damals nur eine hingeworfene Bemerkung gewesen? Oder hatte er es ernst gemeint? Aber warum hatte er bisher nichts mehr gesagt?

Was sie selbst betraf, wagte sie nicht, über ihre Gefühle nachzudenken. Sie hatte so etwas noch nie erlebt. Sie war immer noch zu sehr damit beschäftigt, sich an diese aufregenden Empfindungen zu gewöhnen.

Sie blickte sich neugierig um. Das Angebot an verschiedenen Kostümen hier beeindruckte sie wirklich: Von Cleopatra-Gewändern über Cowboy-Bedarf bis hin zu Gespensterüberwürfen war alles vorhanden. Hinter einer Theke, an der man sich bei der Ausleihe registrieren lassen konnte, standen unzählige Schachteln, die anscheinend zusätzliche Utensilien beinhalteten: Hüte für Gangster, Kronen für Prinzessinnen, Zauberstäbe für Hexen, rote Nasen für Clowns.

Anna drehte sich strahlend zu Linda um und zeigte ihr ihre erste Wahl: das Kleid von Schlumpfinchen komplett mit blonder Perücke, Hut und Blume.

„Das passt mir garantiert", meinte sie lachend und schlug sich auf die runden Hüften. „Als Kind hab ich Schlumpfinchen geliebt." Sie kam zu Linda rüber. „Schade, dass Philipp nicht mitgekommen ist. Holt er sich später ein Kostüm?"

„Vermutlich. Er wollte erst noch ein bisschen Kräfte sammeln. Zur Not würde er Simon schicken, hat er gesagt. Auf keinen Fall wollte er, dass ich ihn vorher schon zu Gesicht bekomme. Oder er mich. Er wollte sich überraschen lassen."

„Das ist ja fast wie mit dem Brautkleid am Hochzeitstag", murmelte Anna. „Hast du schon was gefunden?"

„Mmh, ich kann mich nicht entscheiden. Ich würde ja am liebsten als Albert Einstein gehen, dann könnte ich Desirée ärgern, weil sie glaubt, ich wollte meinen Intelligenzquotienten künstlich hochschrauben, um besser mit Philipp mithalten zu können. Aber so ein Kostüm hab ich noch nicht entdeckt."

„Viel Glück noch beim Suchen. Ich gehe meins mal ausleihen, es ist an der Theke gerade wenig los", sagte Anna hastig und zog los.

Linda schlenderte noch weiter in den Raum hinein und schaute die ausgehängten Kostüme durch.

„Schon was Passendes gefunden?", fragte eine Stimme, die sie unter Tausenden wiedererkannt und auf die sie gerade jetzt mit Vorliebe verzichtet hätte. Sie drehte sich zu Desirée um, die mit einem spöttischen Lächeln vor ihr stand, eine Hand in die beneidenswert schlanke Taille gestützt.

„Noch nicht", gab sie neutral zurück. Sie würde sich nicht ärgern lassen.

„Na, das kann ich mir denken. Es ist schwer, wenn man immer nach Sondergrößen suchen muss und es dann doch wieder an allen Ecken und Enden zwickt und zwackt."

„Was hast du eigentlich für ein Problem mit mir, Desirée?"

„Wieso? Habe ich ein Problem mit dir? Nein, ich denke nicht. Wenn du ein Problem wärst, hätte ich dich schon von Anfang an neutralisiert." Sie lachte selbstgefällig. „Aber du denkst doch wohl nicht immer noch, dass Philipp dich mir langfristig wirklich vorzieht? So wichtig bist du nun auch wieder nicht. Einfach nur ein bequemes Urlaubskissen, das er nach reichlicher Benutzung auf dem Schiff zurücklässt. Aber wenn wir zuhause sind, werde *ich* ihn wieder jeden Tag im Geschäft sehen – und auch danach. Er weiß nämlich meinen Einsatz und meine Talente zu schätzen."

„Und was sind das für Talente?" Auch wenn Linda manchmal schwer von Begriff war, war sie sich diesmal dennoch sicher, dass Desirée nicht von ihren beruflichen Fähigkeiten sprach.

„Das kannst du dir noch nicht mal in deinen kühnsten Träumen ausmalen, mein Pummelchen. Dafür fehlen dir schlicht und ergreifend die Erfahrung und die Fantasie." Sie spitzte abschätzig ihre geschminkten Lippen. „Wer will schon von jemandem geritten werden, dem bei jeder Bewegung die Speckrollen entgleisen und einen zu erdrücken drohen? Du hast so einen fetten Hintern, dass man darauf ein eigenes Bundesland gründen könnte." Desirée lächelte immer noch freundlich und winkte gerade Jens aufmunternd zu, der ihr von der anderen Seite des Raumes ein Kostüm zeigte. „Männer mögen schlanke Frauen. Sie werden ganz scharf, wenn sie mich sehen. Schau dir nur Jens an, der mir schon seit Tagen mit hechelnder Zunge wie ein treuer Dackel folgt. Aber ich wähle meine Partner sorgfältig aus. Nicht jeder darf meinen wertvollen Körper anfassen, ohne dass ich es ihm erlaube. Und deshalb werde ich wohl hier auch nichts finden." Sie blickte sich leicht angewidert um. „Alle Kostüme sind viel zu groß. Die könnten einem Elefanten wie dir passen. Aber das Problem habe ich immer. Wenn es nicht diese eine Boutique in München gäbe, die meine Größe führt, wäre ich wirklich aufgeschmissen." Sie lachte gekünstelt und schloss theatralisch: „Aber mit diesem Schicksal werde ich wohl leben müssen."

Desirées Unverschämtheiten prasselten nur so auf Linda nieder, die dastand und sie ungläubig betrachtete. Wie konnte ein Mensch nur so bösartig sein? So dickhäutig Linda mittlerweile war, was Beleidigungen anging, nervte Desirée sie dennoch langsam gewaltig. Irgendwie musste sie etwas sagen und ohne nachzudenken, sprudelte es aus ihr heraus: „Dann solltest du vielleicht mal bei den Kindergrößen schauen. Die haben oft ganz nette Sachen für magersüchtige und flachbrüstige Teenager." Dabei reckte sie stolz ihre beeindruckende Oberweite vor. Bevor sie sich abwandte, fügte sie noch hinzu: „Oder noch besser: Du kannst heute Abend auch als Streichholz gehen. Einfach nackt ausziehen und herumstolzieren. Den roten Kopf kriegst du schon von ganz allein." Und weil sie gerade so in Fahrt zu kommen schien, schoss sie noch eine Spitze ab: „Aber die Frage ist doch die, ob Philipp wirklich so begeistert von deinem knochigen Gestell ist, wie du glaubst. Vielleicht zieht er weichere Rundungen vor."

Als Linda sich von ihr wegdrehte, fasste Desirée sie am Arm, drehte sie unsanft herum und zischte ihr zu: „Oh, du forderst mich heraus." Das war eindeutig keine Frage, sondern eine Feststellung. Ihre Augen schossen tödliche Blitze ab. „Wetten, ich könnte ihn dir ausspannen? Jederzeit?“

Linda war sich ziemlich sicher, dass Philipp nach dieser Nacht und den Gesprächen mit ihr nie mit Desirée mitgehen würde. Deshalb blickte sie gelassen in das kalt lächelnde Gesicht ihrer Konkurrentin. „Hat dir schon mal jemand gesagt, dass du Mundgeruch hast? Du solltest dir ein Mundspray besorgen.“ Mit diesen Worten ließ Linda sie stehen und ging in den hinteren Teil des Ladens, um sich in aller Ruhe ein Kostüm auszusuchen.

Sie sollte öfter reden, ohne nachzudenken. Dadurch war sie, wie sie hocherfreut feststellte, eindeutig schlagfertiger als sonst.

Zehnter Tag – abends

Oh Babe, ich will da heute Abend nicht hin. [2/3]

In der Kabine herrschte das blanke Chaos. Das ganze Bett war voll, der Boden, die zwei Sessel und der Beistelltisch. Betty musste nur die Absicht kundtun, sich umzuziehen – und schon lagen überall Oberteile, Gürtel, Röcke, Schmuckstücke und Schuhe herum.

„Ihr könnt wirklich froh sein, in keiner Suite zu wohnen. Da hättet ihr noch mehr Platz für die ganze Unordnung. Ich weiß nicht, wie du das aushältst, Anna“, seufzte Linda, die mit ihrem Kostüm in der Hand dastand und nach einem freien Plätzchen suchte. Sie wollten sich alle in einer Kabine umziehen, weil das viel lustiger sei und die Vorfreude auf das Fest noch erhöhe – hatte Betty gemeint.

Anna meinte nur gelassen: „Betty hat schon so oft bei Simon übernachtet, dass ich die meiste Zeit meine Ruhe hatte.“

„Das ist keine Unordnung, meine liebe Linda, sondern ein kreatives Chaos, aus dem wir das Beste herausziehen“, klärte sie Betty auf, die nur mit hübscher Spitzenunterwäsche bekleidet ihre Lippen schminkte.

„Sieht dein Schreibtisch in deiner Firma auch so kreativ aus?“

Das Zögern, das darauf folgte, war einen Tick zu lang, um ihre Antwort als ehrlich einzustufen. „Nein, nein, so schlimm ist es dort gar nicht.“

Linda zog nur die Augenbrauen skeptisch nach oben und hängte ihr Kostüm an einen Schrankgriff.

Als sie begannen, die Frisuren zu besprechen, lockerte sich die

Stimmung doch und wurde fast schon ausgelassen. „Aber die Sachen riechen ziemlich frisch. Vermutlich werden sie regelmäßig gereinigt“, mutmaßte Anna.

„Ja, das kann schon sein, aber von der Perücke bekommst du trotzdem Läuse“, lachte Betty und warf ein Kissen nach Anna, die es voll an den Kopf bekam. „*Ich* würde sie nicht anziehen.“

„Und was ist mit deinem Cowboyhut? Meinst du, der ist besser? Vermutlich hüpfen die Läuse dann auf Simons blonden Schopf, wenn ihr beim Knutschen die Köpfe zusammensteckt“, gab Anna Konter.

„Du brezelst dich doch sicher wieder schick für Simon auf, habe ich recht? Was ziehst du denn als Cowgirl an?“, fragte Linda neugierig, die immer noch in ihrer normalen Kleidung mit einer Pobacke auf der Armlehne des Sessels saß.

Sofort war Betty wieder bei der Sache und sprang mit einem Satz von ihrem Bett. „Natürlich meinen ultrakurzen, scharfen Ledermini. Simon liebt nämlich meine langen Beine.“ Betty grinste breit und strich sich mit den Fingerspitzen lasziv über ihre nackten Schenkel. „Den Rest habe ich ausgeliehen: karierte Bluse, Weste, Hut, Pistole. Das sollte reichen … Ach übrigens, Linda. Ich muss dir noch unbedingt sagen, dass ich sooo stolz auf dich bin!!“

Linda blickte irritiert von ihrem Kostüm auf.

„Dass du gestern so ein Risiko eingegangen bist, mit Philipp Stunden an einem einsamen Strand zu verbringen und dann noch darauf zu vertrauen, dass euch das Taxi auch wieder abholt. Ich finde das fantastisch! Wenn du die Spontaneitätsprüfung nicht schon am ersten Karaoke-Abend bestanden hättest, würdest du jetzt von mir eine Medaille bekommen!“

„Danke, danke. War halb so wild.“

„Uaaaahhh!!“, riefen Betty und Anna fast gleichzeitig.

Irritiert blickte Linda ihre sprachlosen Freundinnen an.

„So etwas hättest du vor zwei Wochen nie und nimmer durchgezogen, geschweige denn es so gleichgültig als Alltäglichkeit abgetan!“, stammelte Betty.

„Dann haben wir heute Abend sogar doppelten Grund zu feiern“, grinste Anna schelmisch. „Einmal die Befreiung deiner weiblichen Impulsivität und zum anderen Mal heute um Mitternacht deinen dreißigsten Geburtstag!“

„Da wird der Sekt nur so fließen!!“, johlte Betty und schwenkte mit ihrem Rock durch die Gegend, während Linda nur gutmütig abwinkte.

„Und jetzt zieh du mal dein Kostüm an, Linda. Du siehst sicher zum Anbeißen aus“, meinte Anna, die in ihrem weißen Kleidchen und mit der blonden Wallemähne schlumpfig gut aussah.

„Da bin ich mir nicht so sicher. Das war das Einzige, das mir zwischen die Finger gekommen ist und auf dem Bügel nicht zu sexy ausgesehen hat“, erwiderte Linda.

Linda hatte Herzklopfen.

Sie stand wie verabredet vor Philipps Tür. Nervös zupfte sie am kurzen Saum ihres Kostüms und versuchte, es etwas nach unten zu ziehen. Keine Chance.

Wenigstens war es schön weit.

Als sie den Gang hinunter schon Betty in Simons Armen liegen und Anna in der anderen Richtung warten sah, fasste sie ihren Mut zusammen und klopfte. Sie war schon sehr auf Philipps Kostüm gespannt.

Als er öffnete, hatte sie das Gefühl, Testosteron geschwängerte Luft würde mit einem Zischen seiner Kabine entweichen. Er sah unglaublich männlich aus - und sein Anblick haute sie fast um.

Er trug ein schwarzes Hemd, dessen Ärmel bis zu den muskulösen Oberarmen hochgekrempelt waren, eine schwarze Jeans und die Polizistenmütze aus dem Koffer. Die besagten Handschellen hatte er lässig in seinen Gürtel geklemmt. Was allerdings mit dem String passiert war, konnte sie nur erraten.

Er sah umwerfend aus.

Da er seine Brille zugunsten von Kontaktlinsen ausgetauscht hatte, konnte sie ihren Blick ungefiltert in das tiefe Kaffeebraun seiner Augen versenken.

„Hallo“, hauchte sie und erhielt ein raues „Hallo, mein süßes Bienchen“ zur Antwort. Und schon lagen sie sich in den Armen.

Glücklicherweise entdeckten sie einen Tisch, an dem sie noch zu fünft Platz fanden. Der große Speisesaal, der für den Ball reich geschmückt worden war, summte schon vor lauter Betriebsamkeit. Paul winkte Simon von einem Platz drei Tische weiter zu, an dem er mit einigen seiner Kollegen saß. Nachdem sie Getränke bestellt hatten, fasste Philipp Lindas Hand und forderte sie zum Tanz auf.

„Heute Abend wirst du keine Chance haben, alleine zu tanzen.“ Philipps Augen strahlten. „Ich möchte in den nächsten Stunden sehr viel von dir spüren." Sprach's und zog Linda in seine Arme, um sich mit ihr zu den Rhythmen des DJs zu bewegen. „Dein Kostüm ist männermordend, weißt du das? Mich bringt es jedenfalls fast um den Verstand."

Linda kam kurz aus dem Rhythmus. „Äh, ich habe eigentlich extra ein Kostüm ausgesucht, das am wenigsten erotisch wirkt."

„Tja, das ist schon mal ziemlich in die Hose gegangen. Meiner Einschätzung nach hast du die erotischste Ausstrahlung hier im ganzen Saal. Und dein Stachel ist wirklich verschärft." Er senkte seinen Kopf und gab ihr einen sanften Kuss. „Als ich die Kabinentür aufmachte, dachte ich, ich traue meinen Augen nicht. Ein kleines pelziges Bienchen mit Stupsnase und seidigen Flügeln stand vor mir. Und ich hätte dich am liebsten in meine Kabine gezogen und nicht mehr rausgelassen." *Außerdem ist mir ganz eng in der Brust geworden, dass ich kaum noch Atem holen konnte.*

Als er sie gesehen hatte, waren nicht jugendfreie Bilder vor seinem geistigen Auge aufgetaucht. Sie hatte so unwissend erotisch gewirkt, dass das ihre Wirkung auf ihn noch mehr verstärkt hatte – und er eigentlich gar keine Lust mehr auf den Kostümball verspürt hatte: Die beiden hohen, seitlichen Pferdeschwänze fielen seidig und dicht bis über die Schultern. Es juckte ihn in den Fingern, hineinzugreifen und sie auf seinem Gesicht zu spüren. Über ihren Augenbrauen und unter ihren Augen waren lange, schwarze Striche geschminkt, die unschuldige, lange Wimpern darstellen sollten, ihre wunderschönen Augen aber noch mehr betonten.

Zum Niederknien.

Die schwarz geschminkte Nasenspitze lud dazu ein, sie immerwährend anzusehen. Und die vom rosa Lipgloss glänzenden Lippen waren ein sinnlicher Blickfang, in dem sich ein Mann verlieren konnte. Ihr plüschiges Kleidchen, das wie ein Sack an ihr herunterhing, ohne ihre atemberaubende Figur zu betonen, enthüllte nur ihre schönen Arme und Beine, die verheißungsvoll davon erzählten, was sich darunter verbarg. Am liebsten hätte er sie in seine Kabine gezogen, um den kleinen schwarzen Stachel an ihrem Gesäß näher in Augenschein zu nehmen und zu untersuchen, welche angedeuteten Rundungen sich darunter verbargen.

„Du hattest es bei der Wahl deines Kostüms einfach, oder?", neckte ihn Linda. „Deine Freunde haben dir schon alles eingepackt. Oder hast du noch ein Accessoire aus dem Kostümfundus ausgeliehen?"

„Nein. Die Jeans und das Hemd hatte ich eh dabei. Und die anderen Sachen habe ich an."

„Trägst du etwa auch deinen ...?" Linda senkte ihren Blick, da ihr die Frage zu peinlich war.

„String? Ja, nur mal vorsorglich, falls du dich entschließen solltest, doch ja zu sagen." Er grinste sie frech an.

Linda errötete bis zu den Haarwurzeln, weil sie sich törichterweise überrumpelt fühlte. „Ich weiß nicht, ob ...", begann sie entschuldigend.

„Das macht nichts. Es hat sich schon gelohnt, dich so bezaubernd erröten zu sehen." Philipp zog sie lächelnd noch näher an sich heran und legte seine Wange auf ihr glattes Haar. „Aber ich kann dir verraten, er zwickt ganz schön. Ich verstehe nicht, wie manche Frauen so etwas ständig tragen können."

Linda lachte leise auf. Als sie langsam weitertanzten, beobachtete sie die anderen Gäste. An einem Tisch ging es besonders hoch her. „Und ich verstehe nicht, was mit Menschen passiert, wenn sie sich verkleiden. Irgendwie machen sich viele zum Affen, sobald sie nur ein Kostüm in die Finger bekommen."

„Das klingt nicht so, als ob du die närrische Zeit besonders magst", mutmaßte Philipp.

„Nein, tue ich auch nicht. Damit sind zu viele unschöne Erinnerungen verknüpft."

„Zum Beispiel?"

Linda schwieg. Dann begann sie zu erzählen. „Ich erinnere mich an Kostüme, die ich tragen musste, die meine Mutter ganz besonders süß oder schön fand, meine Mitschüler aber nur lächerlich. Deshalb musste ich viel Hohn und Spott über mich ergehen lassen."

„Was waren das für Kostüme?"

„In einem Jahr war ich mal ein Schlumpf."

„Und das war so schlimm? Anna trägt heute doch auch so ein Kostüm – und sieht überaus reizend darin aus."

„Ja, als Erwachsene ist das lustig und als Fünfjährige süß. Aber eine Elfjährige will nicht als Schlumpf in die Schule gehen, das kann ich dir versichern. Ich wollte ein cooles Cowgirl sein oder eine grässliche Hexe. Im Jahr darauf schoss meine Mutter den Vogel ab. Ich machte ihr danach solche Vorwürfe wie noch nie in meinem Leben. Von da an ließ sie mich meine Kostüme selbst wählen."

„Was hat sie getan?“
„Meine Schule veranstaltete in dem Jahr zum ersten Mal eine wohltätige Veranstaltung im Rahmen eines Faschingsballs, zu dem auch die Eltern eingeladen waren. Meine Mutter kam auf die glorreiche Idee, mit mir im Partnerlook zu gehen. Sie ließ von einer befreundeten Kollegin, die gut schneidern konnte, zwei wallende, weiße Kostüme für uns nähen, die uns als griechische Göttinnen darstellten. Mit goldenem Haarband und Schillerlocken. Und da ich nicht wirklich beliebt in der Klasse war, war das ein gefundenes Fressen, über das sie sich wochenlang die Mäuler zerrissen. Nicht wirklich hilfreich war auch, dass ich damals mein Kostüm schon gut ausfüllte und der Schnitt all das, was da so neu heranwuchs, auch noch betonte.“
„Du warst sicher eine Augenweide für die Jungs in deiner Klasse …“
Linda gab ein verächtliches Schnauben von sich. Dann fiel ihr noch etwas ein, das sie vergessen hatte zu fragen. „Du wolltest doch noch mit deinem größten Fan einen Cocktail trinken.“
„Ricardo.“
„Genau.“
„Ja, habe ich heute vor dem Abendessen gemacht, als du dich um dein Kostüm gekümmert hast. Ich war noch mal an Deck – und dort ist er mir über die Füße gestolpert.“
„Und, hast du dein Schirmchen noch oder ist es dir geklaut worden?“ Sie blinzelte ihn schalkhaft an.
Er grinste. „Nein, ich hab's noch. Ich habe vorsichtshalber einen Tee ohne Schirmchen bestellt. Ricardo hat sich jedenfalls gefreut wie ein kleines Kind, dass ich mit ihm was getrunken habe. Eigentlich ist er, glaube ich, ziemlich bedauernswert. Die ganze Zeit auf einem Schiff unterwegs. Keine Chance auf eine dauerhafte Beziehung. Er ist, glaube ich, ziemlich einsam. Weiß Gott nicht beneidenswert. Aber wir haben uns gut unterhalten und viel gelacht. Er hat noch versucht, mir seine Deutschkenntnisse zu präsentieren.“ Philipp musste bei der Erinnerung grinsen. „Aber die waren so grottenschlecht, dass ich ihn fast nicht verstanden habe.“
Das Lied endete und Linda sah zu ihrem Tisch. „Oh Gott, ich habe Anna völlig vergessen. Wir sollten mal sehen, wie es ihr geht … Betty ist sicher mit Simon unterwegs und ich mit dir. Heute haben wir zwei uns gar nicht um sie kümmern können. Sie langweilt sich sicher fürchterlich und hat uns schon zehnmal ver-

flucht."

Philipp war sofort einverstanden und sie schlängelten sich zu ihrem Tisch. Doch Anna saß weder alleine da, noch langweilte sie sich. Zwei von Philipps Kollegen unterhielten sich angeregt mit ihr.

„Ah, sieht man euch auch mal wieder", begrüßte sie die beiden lachend. „Setzt euch. Der Zenturio ist Jan und der bärtige Pirat Tim. Sie waren so nett, mir ein Glas Sekt vorbeizubringen. Und dann sind wir ins Schwafeln geraten."

Während Anna sich den beiden wieder zuwandte, raunte Philipp Linda zu: „Anna ist in bester Gesellschaft. Die beiden sind glücklich verheiratet und wirklich nett. Da brauchst du dir keine Sorgen zu machen."

Doch sie machte sich Sorgen, als sie sah, wer nun auf ihren Tisch zukam.

Desirée.

Zehnter Tag – abends

Auf Partys hängst du an ihm dran wie eine Klette. 3/1

Desirée hatte sich wohl nicht dazu entschließen können, als Streichholz zu gehen. Deshalb trug sie das Vorhersehbarste, was es für ihre Person gab: Ein Bunny-Kostüm.

Der schwarze Body mit eingearbeiteter schulterfreier Korsage gehörte zweifelsfrei ihr. Ebenso die halterlosen Netzstrumpfhosen, die ihre schlanken Beine reizvoll umhüllten. Aber sie trug auch noch einen einzelnen weißen Hemdkragen mit passenden Manschetten, ein weißes Puschelschwänzchen und lange, rosa Ohren. Mehr als ein Mann verfolgte sie mit seinem lüsternen Blick, als sie sich ihren Weg zu Lindas Tisch bahnte. Sie verkörperte die sündhafte Verführung schlechthin.

„Hallo Philipp. Gut, dass ich dich hier treffe. Wir haben an unserem Tisch ein Problem, bei dem nur du weiterhelfen kannst."

Die Art, wie sie sich vor Philipp in den Hüften wiegte und einen verruchten, fast schon lauernden Schlafzimmerblick aufsetzte, um ihn zu bezirzen, ließ Linda ihr gesamtes Aggressionspotenzial entdecken. Am liebsten wäre sie aufgesprungen und hätte dieser Schlampe die Augen ausgekratzt und ihr einen Tritt in den knöchrigen Hintern gegeben.

„Um was geht's?“, fragte Philipp vorsichtig.

„Jens sprüht schon den ganzen Abend vor Einfällen und hat jetzt wirklich etwas Brauchbares für unser nächstes Projekt zutage gefördert. Er will es bei unserer Abschlussbesprechung dem Chef präsentieren und Pluspunkte einheimsen, braucht aber vorher noch deinen juristischen Rat, ob es durchführbar ist. Würdest du kurz rüber zu unserem Tisch kommen?“ Sie blickte kurz in Lindas Richtung. „Du wärst natürlich gleich wieder hier.“

Es juckte Linda in den Fingern, dieses makellose Gesicht mit dem falschen Lächeln schichtweise vom Schädel abzukratzen. Erschrocken über ihre starken Gefühle senkte sie den Blick auf die Tischdecke.

„Ist das okay für dich, Linda? Ich denke nicht, dass es lange dauern wird.“

„Ja, natürlich“, zwang sie sich mit einem kleinen Lächeln zu sagen, und reckte ihm ihr Gesicht entgegen, als er sich hinunterbeugte, um ihr einen kurzen Kuss zu geben.

„Braucht ihr noch einen von uns?“, fragte Jan pflichtschuldig. Man sah ihm an, dass er auf eine fachliche Diskussion überhaupt keine Lust hatte.

„Nein, danke, das ist lieb von dir. Wir kommen schon zurecht“, beruhigte Desirée ihn mit einem süßen Lächeln.

Als Linda Philipp hinter Desirée hergehen sah, fühlte sie sich, als hätte sie etwas verloren. Nur eine grollende Wut blieb in ihrem Bauch zurück, die sie in dieser Dimension noch nicht kannte. Einerseits fühlte sie sich Desirée in taktischer Hinsicht unterlegen, was die Erfahrung im Intrigenspinnen anging. Andererseits rührte die Wut auch aus einem lebenslangen Minderwertigkeitskomplex, an dem sie immer noch zu nagen hatte. Und da Philipp so fantastisch aussah, hatte sie wieder einmal das Gefühl, ihn nicht zu verdienen. Sie hasste diesen Teufelskreis aus Gedanken, die sie jedes Mal hinunterzogen. Aber sie entdeckte auch eine neue Empfindung in diesem ganzen Gefühlschaos, die so eng mit Philipp zusammenhing und die sie nicht zuordnen konnte.

War es Eifersucht?

Desirée bot Philipp an ihrem Tisch einen Platz mit dem Rücken zu Linda an. Sie selbst setzte sich so, dass diese ihr Profil sehen konnte. Während Jens und sie Philipp die Idee erklärten, merkte Linda, wie sehr sich Desirée ins Zeug legte. Einem Außenstehenden wäre nur aufgefallen, dass sie eine attraktive Frau war. Linda wusste aber mittlerweile, dass Desirée nichts ohne Vorsatz tat und offensichtlich versuchte, Philipp zu beeindrucken und ihn gleichzeitig zu umgarnen.

Die Art, wie sie ihren Kopf in den Nacken legte und Philipp aus halb geschlossenen Augenlidern anblickte, während er Fragen stellte, erinnerte an eine hungrige Katze auf der Lauer. So wie sie beim Lächeln ihre Zähne blitzen und ihre Katzenaugen glitzern ließ, sah sie aus wie ein Tigerweibchen, das das Alphamännchen des Rudels zum Paarungstanz lockt.

Linda spürte wieder einen Stich im Herzen. Aber was sollte sie machen? Sie hatte keine Ansprüche auf Philipp. Gut, sie verbrachten viel Zeit miteinander und hatten auch schon einen intimkuscheligen Nachmittag in der Bucht verbracht. Aber was hieß das für Philipp? Durfte sie an seinen Tisch gehen und ihr Revier abstecken, indem sie ihre Hand auf seine Schulter legte oder sich sogar auf seinen Schoß setzte? Bei einer geschäftlichen Besprechung wäre Philipp von ihrem Verhalten verständlicherweise eher befremdet. Außerdem hatte Linda zu wenig Erfahrung und viel zu wenig Mut, um das wirklich souverän durchzuziehen. So wie Desirée es getan hätte.

Linda beobachtete, wie Desirée sich einschmeichelte und mit ihren Augen flirtete. Sie legte lächelnd die Hand auf Philipps Unterarm und strich mit dem Daumen über seine nackte Haut. Vertraulich beugte sie sich zu ihm vor und flüsterte ihm etwas zu, über das er scheinbar schmunzelte.

Linda zerriss es das Herz. Sie ertrug es nicht länger und schaute weg. Gewissenhaft ließ sie die Augen über die Nachbartische schweifen, um wieder einen klaren Kopf zu bekommen. Doch der Erfolg war bestenfalls erbärmlich.

„Kommst du mit?“, fragte Anna, die mit Jan und Tim aufgestanden war.

„Wohin?“, fragte Linda verwirrt.

„Wir gehen tanzen. Und dir würde es sicher auch ganz guttun.“ Sie deutete in Philipps Richtung. „Bringt dich auf andere Gedanken.“

Linda stand auf und folgte den Dreien erleichtert. Vielleicht würde ihr das helfen. Sie ein wenig ablenken …

Vier Lieder hielt sie es aus, dann schlängelte sie sich wieder zu ihrem Tisch, um zu sehen, ob die Besprechung schon fertig war. Doch Philipp und Desirée saßen nicht mehr an ihrem Platz. Hektisch blickte sie sich um und sah, wie sich beide in Richtung Ausgang bewegten.

Was sie aber noch mehr erschreckte, sie sozusagen bis tief in ihr Innerstes erschütterte, war die Tatsache, dass Desirées Arm eng um Philipps Taille lag und Philipps Arm um Desirées Schulter. Zwischen den beiden hätte noch nicht einmal ein Moskito durchgepasst, so aneinandergeschmiegt waren sie. In dem Moment blickte Desirée kurz über ihre Schulter und suchte Lindas Blick. Das triumphale Aufblitzen in diesen kalten, blauen Augen, bevor sie ihren Kopf an Philipps Schulter lehnte, zog Linda den Boden unter den Füßen weg und ließ sie auf ihren Stuhl plumpsen.

Desirée hatte gewonnen. Sie hatte ihr Philipp vor der Nase weggeschnappt, wie sie es angedroht hatte.

Wetten, ich könnte ihn dir ausspannen? Jederzeit?

Zehnter Tag – nachts

Durch diese mondhelle Nacht, ich seh genau, was ihr macht.
Doch alles, was ich weiß, ist, dass ich nichts mehr weiß. [1/7]

Lindas Körper rebellierte. Sie hatte das Gefühl, als hätte ihr jemand in den Magen geboxt und damit die letzte Luft herausgepresst. Ihr wurde flau und etwas schwindelig.

Sie musste es mit eigenen Augen sehen. Musste die beiden in der Kabine verschwinden sehen, bevor sie wirklich glaubte, dass Philipp sich einfach so einer anderen zuwandte, weil sie sich vermutlich zu lange wie ein Mauerblümchen geziert hatte und er nun seinen sexuellen Frust bei einer anderen, erfahreneren Frau abreagieren musste.

Hastig schob sie verkleidete und gut gelaunte Partygäste zur Seite, um schneller den Ausgang zu erreichen. Dadurch stolperte jemand, der sich gerade noch an der Tischkante festhalten konnte und dabei beinahe die Tischdecke mit allen Gläsern runtergezogen hätte. Aber nur beinahe.

Doch Linda war im Moment alles egal. Ihr Herz blutete zu sehr, als dass sie auf andere achten konnte. Als sie den Gang erreichte, sah sie gerade noch, wie das Paar nach rechts abbog. Vorsichtig rannte sie ihnen nach und spähte um die Ecke. Sie standen mit dem

Rücken zu ihr vor dem Fahrstuhl. Philipp beugte sich zu Desirées Kopf, der immer noch an seiner Schulter lag, und flüsterte ihr etwas zu. Linda beobachtete die in trauter Zweisamkeit Umschlungenen fassungslos. Sie fühlte sich wie in Trance. War das wirklich real oder nur irgend so ein seltsamer Traum wie viele, die sie hier auf dem Schiff schon gehabt hatte?

Die Aufzugtüren glitten auf und beide stiegen mit andern Passagieren ein. Linda würde ihr gesamtes Geld verwetten, dass sie auf dem Deck ausstiegen, wo ihre Kabinen lagen. Sie beschloss, die Treppe zu nehmen, über die sie schneller sein würde als ein voller Fahrstuhl, der auf jedem Deck halten musste.

Leise schluchzte sie auf, als sie an die schönen, gemeinsam verbrachten Stunden mit Philipp dachte. Und auch daran, dass sie sich ihm geöffnet hatte, wie noch keinem Menschen vor ihr. Uuh, wenn sie nur daran dachte, wie sie ihm von ihrer Unerfahrenheit in Beziehungsdingen erzählt hatte! Dass ihre einzigen Erfahrungen darin bestanden, was sie aus Rogers Liedern kannte … dann schämte sie sich dafür zu Tode. Kein Wunder zog er ihr die weltgewandtere Desirée vor!

Schnell rannte sie zu ihrem Deck und überlegte sich, wo sie sich am besten aufstellen konnte, ohne gleich von den beiden gesehen zu werden. Als sie eine Nische gefunden hatte, hörte sie schon das 'Pling' des ankommenden Fahrstuhls. Und tatsächlich stiegen beide aus, um den langen Gang eng umschlungen entlangzuschlendern. Sie machten vor einer Kabine Halt, von der sie nicht genau erkennen konnte, ob es sich um Philipps oder Desirées handelte. Nachdem Philipp mit einer Bordkarte durch das Schloss gefahren war, traten beide ein und schlossen die Tür. Quod erat demonstrandum.

Der Beweis war erbracht.

Dunkelheit umgab ihr verletztes Herz, als sie zusammengekauert auf einer Liege in einer finsteren Ecke an Deck saß. Was würde sie tun? Wie würde sie sich verhalten?

Ihre Reise dauerte noch vier Tage. In dieser Zeit war es sehr wahrscheinlich, dass er ihr wieder über den Weg lief. Sie würde versuchen, sich wie eine zivilisierte Frau zu benehmen.

„Was? Du hast ein außerplanmäßiges Schäferstündchen mit Desirée eingeschoben? Kein Problem, das macht Mann doch heute so.“ Dann würde sie ihrer eigenen Wege gehen und ihn links liegen lassen.

Wenn das nur so einfach wäre …

Das war wirklich ein toller Start in ein neues Lebensjahr! Eine Woge Selbstmitleid überrollte Linda gnadenlos, da sie sich schon so darauf gefreut hatte, mit Philipp in ihren Geburtstag hineinzufeiern.

Tränen tropften in ihr Dekolleté. Sie tropften auf ihre Schenkel.

Linda hasste es zu weinen. Und sie hasste Philipp, der sie zum Weinen brachte. Tränen symbolisierten für sie Schwäche. Eine Schwäche, die sie nicht bereit war zu akzeptieren. Entschlossen wischte sie sich über ihre Wangen und spürte, wie die nächtliche Meeresbrise die letzte Feuchtigkeit von ihrer Haut trocknete.

Dieser Scheißkerl war für sie gestorben. Sie würde keinen Gedanken mehr an ihn verschwenden.

Wenn das nur so einfach wäre …

„Du hast mich reingelegt." Philipp sah mit gerunzelter Stirn auf Desirée hinunter und bemerkte ihr kleines Lächeln. „Dir ist gar nicht übel – und Kopfschmerzen hast du auch keine, habe ich recht?"

„Es geht mir schon wieder ziemlich gut", meinte sie mit einem kecken Lächeln. „Du brauchst die Tabletten nicht aus deiner Kabine zu holen."

„Und was sollte dann das ganze Theater?" Philipp war ziemlich sauer. Wegen Desirée konnte er die Zeit nicht mit Linda zusammen verbringen.

„Ich wollte ein paar Minuten alleine mit dir sein." Sie fuhr mit ihren langen Fingernägeln über Philipps schwarzes Hemd. „Das Kostüm steht dir übrigens sehr gut. Du siehst so männlich aus … richtig sexy. Einfach zum Anbeißen."

„Wir sind doch nicht hier, um über mein Kostüm zu reden."

„Hast du über mein Angebot noch mal nachgedacht?" Sie stupste mit einem langen Nagel auffordernd gegen die Handschellen in seinem Gürtel.

„Welches meinst du?", fragte Philipp, obwohl er sich schon denken konnte, worauf dieses Gespräch hinauslief.

„Das mit dir und mir." Sie legte ihr Handtäschchen auf den Nachttisch.

„Ich habe doch schon 'nein' gesagt …" Philipp hatte den begründeten Verdacht, dass er so lange bleiben musste, bis die Sache mit Desirée endlich geklärt war. Sonst würde sie nie aufhören.

„Aber man kann doch schließlich seine Meinung ändern",

schnurrte sie, während sie ihre rosa Ohren von ihren kurzen, dunklen Haaren streifte und aus ihren mörderhohen Schuhen schlüpfte.

„Desirée, was soll das? Du bist eine erwachsene Frau …"

„Das ist sehr erfreulich, dass du das schon bemerkt hast." Sie positionierte dekorativ die rechte Fußspitze auf der Bettkante und meinte mit rauer Stimme: „Ich möchte mir etwas Bequemeres anziehen. Du hast doch nichts dagegen." Dann begann sie langsam, ihren halterlosen Netzstrumpf herunterzurollen. Zentimeter für Zentimeter. „Wir haben so viel gemeinsam, Philipp. Schon allein die Firma und unsere beruflichen Ziele. Es wäre schade, das alles nicht noch weiter auszubauen. Was glaubst du, was wir nicht alles erreichen könnten? Du und ich. Wir wären ein unschlagbares Team." Sie widmete ihre Aufmerksamkeit dem zweiten Strumpf. Und strich danach über ihr glattes, makelloses Bein. „Und ich begehre dich. Das weißt du. Du hast den Beweis beim letzten Mal zwischen meinen Beinen gespürt."

„Stopp, es reicht, Desirée. Ich will nichts mehr von dir …"

Desirée näherte sich Philipp nun langsam mit einem ihrer frivolen Blicke und strich über ihren eng verpackten Oberkörper bis zu ihren Brüsten und dem kecken, kleinen Dekolleté. „Du willst wirklich nichts mehr von mir? Du willst mir also auch nicht mehr aus dem Body helfen, wie du es früher getan hast, damit du meine Brustwarzen mit deiner Zunge bearbeiten kannst, bis sie hart wie Kieselsteine werden?" Mit einer geübten Bewegung griff Desirée mit beiden Händen nach hinten und zog den Reißverschluss auf. Nach zweieinhalb Sekunden stand sie splitterfasernackt vor ihm. Nur noch die Manschetten und der Hemdkragen zierten ihre Nacktheit.

Er stöhnte frustriert auf. Mit dieser Frau konnte man nicht reden!

„Ja, lass deine Gefühle raus." Sie gab ihm einen Schubs, sodass er der Länge nach auf ihr Bett fiel. Bevor er auch nur blinzeln konnte, saß sie mit wippenden Brüsten rittlings auf ihm und stieß ein kehliges Knurren aus. „Ich finde es unwiderstehlich, dass du deine Handschellen mitgebracht hast. Denn heute Nacht werde ich dich so hart reiten, dass du die Engel im Himmel Halleluja singen hörst."

Elfter Tag – morgens

Ich seh' dein gebroch'nes Herz … [1/5]

Ein Hämmern bohrte sich in ihren Kopf. Das Dröhnen verwandelte sich zu einem erstaunlichen Echo und hallte von ihren Schädelwänden zurück. Der Schmerz war unerträglich …

Ah … jetzt war es endlich vorbei.

Als es jedoch wieder begann, merkte Linda – wie durch dichten Nebel gedämpft –, dass jemand an die Tür klopfte. Sie wollte nicht aufstehen. Nein, ganz und gar nicht. Nach dieser Nacht hatte sie keine Kraft dazu. Vermutlich hatte sie ganze drei Stunden Schlaf abbekommen. Deshalb hatte sie auch das Gefühl, ihr Kopf sei mit Watte ausgestopft und ihre Zunge so taub wie nach einer Zahnarztbehandlung.

Müde schleppte sie sich aus dem Bett und fragte an der Tür, wer draußen sei. Als sie die Antwort des Stewards hörte, erwiderte sie nur: „Einen Moment bitte." Nachdem sie sich den Morgenmantel übergeworfen hatte, öffnete sie die Tür.

„Entschuldigen Sie die Störung, aber ich habe ein Päckchen, das ich bei Ihnen abgeben soll. Mir wurde gesagt, es sei wichtig." Mit diesen Worten präsentierte er eine kleine rote Schachtel in Leinenoptik, um die sorgfältig ein cremefarbenes Satinband geschlungen und auf dem Deckel zu einer üppigen Schleife gebunden war.

„Das ist für mich?" Linda blickte überrascht auf das Geschenk. Als der Steward lächelnd nickte, nahm sie es entgegen. „Danke."

Sie setzte sich aufs Bett und legte es vorsichtig vor sich auf die Decke. Was sollte sie von diesem Geschenk halten? Sie vermutete, dass Philipp es geschickt hatte. Aber wollte sie wirklich wissen, was drin war? Konnte es eine Entschuldigung für das geben, was er ihr gestern Nacht angetan hatte?

Selbst wenn er ihr Schmuck schenken würde, konnte er es nicht wieder gut machen. Sie blickte auf die Uhr. Nein, Schmuck konnte es nicht sein, korrigierte sie sich, da alle Läden noch geschlossen hatten. Und selbst Philipp würde es nicht schaffen, einen Verkäufer aus seinem Bett zu werfen, nur um für sie ein Geschenk als Entschuldigung zu kaufen.

Linda beschloss, abzuwarten und sich erst zu beruhigen. Nachdem sie im Bad gewesen war und sich angezogen hatte, begann sie, Kleider vom Vortag zusammenzulegen und in den Schrank zu räumen. Dann nahm sie das Tagesprogramm zur Hand, auf dem stand, dass sie heute in Haiti anlegen würden. Sie blickte aus dem Fenster und entdeckte überrascht die Insel. Okay … dass sie in Haiti angelegt hatten.

Wieder wurden ihre Augen wie magisch von dem Geschenk auf ihrem Bett angezogen. Sollte sie es aufmachen oder es Philipp einfach wieder vor die Tür stellen? Sollte sie rüber zu Anna und Betty gehen und es dort bei ihnen öffnen?

Linda rang mit ihren widersprüchlichen Gefühlen. Letztendlich siegte die Neugierde. Entschlossen nahm sie es in die Hand und löste vorsichtig die Schleife. Das Band fiel weich und seidig auf ihr Bett. Dann lüftete sie langsam den roten Deckel vom schwarzen Boden und spähte in die Schachtel.

Ganz oben lag ein kleiner Zettel aus Büttenpapier, auf dem mit schwungvoller Schrift nur zwei Worte standen: „Gewonnen! D."

Als Linda ihn mit rasendem Herzen anhob, entdeckte sie darunter ein Kondom, das eine kleine rote Schleife um den Hals trug und offensichtlich benutzt war. Der Inhalt lachte ihr wie ein schlechter Scherz entgegen.

Ein Schluchzer drängte sich durch Lindas Kehle an die Oberfläche, dem noch einer folgte und noch einer. Sie stülpte den Deckel wieder auf die Schachtel, damit sie das Corpus Delicti nicht sehen musste, und stellte sie auf den Nachttisch. Dann ließ sie ihrem Kummer freien Lauf und vergrub ihr Gesicht in ihrem Kissen.

Was für ein Scheiß-Geschenk zu ihrem scheiß-dreißigsten Geburtstag!! Oh Gott, warum musste ihr das passieren? Was hatte sie verbrochen, dass man sie so dafür strafte? Lieber hätte sie nie erfahren, wie sich Lust und Leidenschaft anfühlten. Lieber wäre sie im hohen Alter als einsame Jungfer gestorben, als diesen Schmerz zu spüren! Dieses ganze Gerede davon, dass man sich glücklich schätzen konnte, wenigstens einmal im Leben richtig geliebt zu haben, auch wenn einem letztendlich das Herz gebrochen wurde, war völliger Schwachsinn! Ihre Brust fühlte sich an, als ob man ihr das Herz mit einer rot glühenden Zange bei lebendigem Leibe herausgerissen hätte. Und darauf konnte sie mit Kusshand verzichten.

In der letzten Nacht war es schon schlimm genug gewesen mitanzusehen, wie die beiden in Desirées Kabine verschwanden. Aber jetzt einen solchen Tiefschlag zu bekommen, war unerträglich.

Waren solche Gefühle normal für jemanden, der zum ersten Mal geküsst worden war? Nein, mit Sicherheit nicht.

Linda konnte sich lebhaft vorstellen, dass sie immer gerne an diesen ersten Kuss zurückdenken würde – gerade, wenn ein Mann so talentiert war wie Philipp. Aber das konnte nicht der Grund für ihre bodenlose Verzweiflung sein.

Steckte vielleicht mehr dahinter? Hatte sie sich etwa doch in so kurzer Zeit Hals über Kopf in Philipp verliebt? Es musste wohl so sein, denn anders konnte sie sich diese Qual nicht erklären.

So eine Scheiße aber auch! Sie hatte nur einen entspannten Urlaub mit ihren Freundinnen verleben wollen und musste sich nun mit einem pheromongeladenen Adonis herumschlagen, der nicht nur Lindas Gefühle in lodernde Flammen versetzt hatte, sondern seine eigenen übersprudelnden Hormone auch bei einer rossigen Stute von Kollegin abreagiert hatte.

Was sollte Linda nun mit ihrem glühenden Verlangen anfangen? Nun da sie auf den Geschmack gekommen war und von dieser honigsüßen Versuchung genascht hatte, wurde sie damit allein gelassen und fühlte sich völlig überfordert. So, als ob sie in einem Düsenjet mitfliegen durfte und der Pilot sich kurz vor der Landung mit dem einzigen Fallschirm verabschiedete.

Natürlich wollte sie mit einem solch untreuen Hengst von Mann nichts zu tun haben. Aber wenn sie ehrlich war, tat es ihr um den rücksichtsvollen, zärtlichen Philipp leid, mit dem sie ihr erstes Mal hatte erleben wollen.

Wenn sie eine andere Einstellung zu Alkohol gehabt hätte, hätte sie sich besinnungslos betrunken. Aber Alkohol löste keine Probleme. Sie wurden dadurch nur noch größer.

Ungeduldig suchte sie in ihrem Rucksack nach Papiertaschentüchern. Sie würde es Anna und Betty erzählen müssen. Sie war eh schon eine lausige Schauspielerin, aber solch einen emotionalen Schiffbruch konnte sie auf keinen Fall vor ihnen verbergen. Außerdem würden sie Fragen stellen, warum sie Philipp aus dem Weg ging.

Fünf Minuten später saß sie – nach verschlafenen Geburtstagsglückwünschen – in der Kabine nebenan und schaute in zerknautschte Gesichter, die sie besorgt anblickten.

„*Was* hat er getan?!!!" Betty reagierte entsetzt und fassungslos. Anna riss einfach nur stumm Mund und Augen auf.

„Ich habe sie in ihre Kabine gehen sehen. Und heute Morgen habe ich den Beweis von Desirée durch einen Steward überreicht bekommen." Sie legte ihnen die kleine Schachtel widerwillig aufs

Bett.

Betty schnappte sie sich als Erste und warf einen Blick hinein. „So ein intrigantes Luder!“ Wortlos reichte sie sie an Anna weiter und nahm Linda in den Arm. „So ein“, sie spie das Wort beinahe aus, „*Geschenk* hat keiner verdient. Vor allem nicht du, Linda. Es tut mir so leid.“

Anna saß stumm daneben und streichelte Linda über den Rücken. „Ich weiß, der Beweis ist schwer zu widerlegen … und ich glaube dir auch, was du gesehen hast …, aber ich kann mir einfach nicht vorstellen, dass Philipp zu so etwas fähig ist.“

„Warum nicht?“ Betty war so wütend. „Kerlen traue ich grundsätzlich alles zu.“

„Ich weiß“, meinte Anna beschwichtigend, „aber ich wundere mich nur … ich habe mich noch nie in einem Menschen so getäuscht wie anscheinend in Philipp.“

Linda schniefte und löste sich aus Bettys Umarmung. „Ich denke, es ist meine Schuld.“ Die anderen beiden blickten sie fragend an. „Ich habe Desirée im Kostümfundus wegen Philipp provoziert und sie hat das als Herausforderung aufgefasst und mir an den Kopf geworfen, dass sie ihn rumbekommen würde. Jederzeit. Ich habe sie nicht ernst genommen. Aber abends hat sie es dann in die Tat umgesetzt. Außerdem …“ Linda schwieg betreten. „Wir haben uns bisher immer nur geküsst. Wir haben noch nicht … also, wir sind noch nicht weitergegangen.“

„Und was soll das heißen?“

„Na ja, Philipp ist ein attraktiver Mann und sexuell sicher … sehr aktiv.“ Sie schluckte. „Wenn ich mich tagelang so ziere, könnte es schon sein, dass er ein anderes Angebot auch attraktiv findet und dazwischen schiebt, bis ich endlich soweit bin. Er ist schließlich auch nur ein Mann.“

„Du meinst, wie ein Snack zwischendurch“, meinte Betty sarkastisch. „Das darf jetzt aber nicht wahr sein, Linda, oder? Du meinst, du musst einem geilen Bock sofort und zu jeder Zeit gefügig sein, nur damit er nicht postwendend zu einer anderen rennt und sich dort holt, was du im Moment vielleicht noch nicht bereit bist zu geben? Das wäre ja noch schöner! So gut sollte der werte Herr seine Hormone schon unter Kontrolle haben, sonst wärst du mit ihm auch in Zukunft nicht glücklich, das kann ich dir garantieren!“ Sie schnaubte durch die Nase. „Okay, rein theoretisch könnte es natürlich schon sein, glaube ich aber nicht. So sexuell aktiv sind nur die wenigsten Männer. Sonst würde neunzig Prozent der männlichen Bevölkerung ständig mit 'nem knüppelharten Schwanz durch die Gegend rennen und eine Frau zum Abreagieren suchen. Das kann nicht sein." Sie kratzte sich am Kopf und merkte gar nicht, dass sie ihrer Behauptung von vorhin widersprach. „Entweder er mag dich, weil du ihm wichtig bist, dann kann er auch noch einen Tag warten. Oder eben nicht. Dann hätte er aber auch erst gar nichts mit dir angefangen."

„Aber ich habe sie doch gesehen …" Linda merkte, wie sich wieder ein Schluchzer aus ihrer Kehle befreien wollte, und würgte ihn hinunter. „Und Desirée ist eine sehr attraktive und verführerische Frau …"

„Wenn man sich beim Sex gerne Schürfwunden holt …" Betty blickte in Lindas feuchte Augen und griff nach ihrer Hand. „Ja, ich weiß, du hast sie zusammen in die Kabine verschwinden sehen. Und wir werden rauskriegen, was dort passiert ist zwischen dem Moment, als die beiden sie betreten haben, und dem Moment, als du heute Morgen die Schachtel bekommen hast."

„Willst du nicht vielleicht doch mit Philipp reden?", fragte Anna mit ruhiger Stimme. „Vielleicht kann er die ganze Lage klären."

„Nein", lehnte Linda rigoros ab. „Er hat mit Sicherheit wieder eine gute Entschuldigung parat, genauso wie bei seinem Sexspielzeug, das seine Freunde in seinen Koffer getan haben sollen." Sie atmete zittern ein. „Wer weiß schon, ob das wirklich stimmt." Sie schluckte. „Und dann sieht er mich womöglich wieder mit diesen schönen, braunen Augen so ehrlich und verteufelt aufrichtig an und dann wird mein Kopf wieder ganz leer und ich habe das Gefühl, im Raum befindet sich kein Quäntchen Sauerstoff zum Atmen." Leise fügte sie noch an: „Irgendwie setzt in solch einem Moment immer mein Hirn aus und ich führe mich auf wie eine willenlose Sexsklavin."

„Oh, das hört sich an, als ob's dich richtig schlimm erwischt hätte …", stellte Betty verständnisvoll fest. Doch dann schlug sie vor: „Ich würde an deiner Stelle vermutlich Simon fragen."

„Simon? Was soll der mir schon sagen können? Er war ja nicht dabei." Als Linda ein grässlicher Gedanke kam, fragte sie Betty entsetzt: „Oder denkst du etwa, sie haben es zu dritt getrieben?"

„Nein! Jetzt beruhig dich wieder." Betty verdrehte die Augen. „Aber Simon ist Philipps Freund und er versteht ihn und sein Verhalten vielleicht besser als wir."

„Und was glaubst du, wird er sagen?", ätzte Linda. „Er wird doch wohl seinen Freund nicht öffentlich an den Pranger stellen, sondern ihn eher noch in Schutz nehmen. Dann sind wir genauso schlau wie vorher."

„Das könnte natürlich passieren", versuchte Anna die Situation realistisch zu bewerten. „Aber dennoch würde ich Simon so einschätzen, dass er versucht, neutral die Argumente abzuwägen. Und er kennt Desirée. Das dürft ihr nicht vergessen. Vielleicht kann er besser einschätzen, wie sie tickt. Es braucht schon sehr viel Kaltschnäuzigkeit und Talent für Intrigen, um so was durchzuziehen. Und das würde ich ihr zutrauen."

Müde rieb sich Linda die Augen. „Wenn ich ehrlich sein soll, möchte ich gerade überhaupt nicht mehr über dieses Thema sprechen. Am liebsten würde ich allem den Rücken zukehren und einfach nur noch in Ruhe gelassen werden. Wirklich Lust auf einen Ausflug habe ich überhaupt nicht mehr. Aber den ganzen Tag auf dem Schiff rumsitzen möchte ich auch nicht, weil mir sonst bei meinem Glück noch Philipp über den Weg läuft. Schon alleine heute Morgen hatte ich ständig Angst, dass er an meine Kabinentür klopft und mir alles erklären möchte." Sie seufzte.

„Weißt du was?" Anna lächelte, weil sie eine gute Idee hatte. „Pack alles ein, was du für den Ausflug brauchst, setz dich auf ein ruhiges Deck und warte, bis ich dich auf deinem Handy anrufe. Dann ist die Luft rein und fast alle Passagiere sind von Bord gegangen. Und wir können uns ein paar ruhige Stunden an Land machen. Wie hört sich das an?"

„Das wäre nicht schlecht", seufzte Linda dankbar.

„Möchtest du noch frühstücken?", fragte Betty fürsorglich, die immer und zu jeder Zeit essen konnte.

„Nein danke, mir ist der Appetit vergangen."

„Das kann ich mir gut vorstellen", meinte Anna verständnisvoll. „Und jetzt geh und mach dich fertig. Ich melde mich dann bei dir, wenn wir von Bord können."

Elfter Tag – mittags

Doch er ist 'n Freund von mir
und er will zurück zu dir. [2/2]

Als Lindas Handy klingelte, waren fast eineinhalb Stunden vergangen. Sie stand von der Liege auf und begab sich zum Auschecken zur Gangway. Von Weitem winkte ihr Anna zu. Neben ihr stand aber auch Betty, die ihr ebenfalls entgegenlächelte.

Als Linda bei ihren Freundinnen ankam, fragte sie Betty fast schon entsetzt: „Warum bist du nicht bei Simon? Ich dachte, nur Anna und ich gehen zusammen an Land."

„Dir geht es nicht gut. Außerdem hast du heute Geburtstag. Deshalb habe ich Simon gesagt, dass ich mich um dich kümmern möchte. Es war sein Vorschlag, mit seinen Kollegen statt mit uns an Land zu gehen, da sein Anblick dich ständig an Philipp erinnern würde."

„Aber du kannst doch nicht einen dieser letzten wertvollen Tage mit Simon opfern! Nur wegen mir. Das möchte ich nicht." Linda bekam schon wieder feuchte Augen und hasste sich dafür. Aber Betty konnte doch nicht solch ein Opfer für sie bringen!

„Zu spät. Du bist mir wichtiger als Simon. Also, sei ruhig und check aus, damit wir endlich nach … wie heißt die Insel noch mal? Yabbadabbadoo?! … können."

Labadee war eine wunderschöne Halbinsel mit flachen Sandstränden, Palmen und bewaldeten Bergen, die bis ans Meer reichten. Doch Linda hatte an diesem Tag keinen Sinn für die Schönheiten der Insel. Immer wieder wurde sie von Anna oder Betty aus einem Zustand gerissen, der besser in einen Meditationskurs gepasst hätte als auf eine Südseeinsel. Manchmal wurde sie auch bei einer inneren Diskussion mit Philipp gestört, die wie immer zu nichts führte.

Nachdem sie über den Pier an Land gegangen waren, hielten sich die drei am Rand des Strandes unter den Schatten spendenden Bäumen auf und machten es sich auf Picknickdecken gemütlich, um die Jet-Ski-Fahrer oder die bunt gekleideten, fliegenden Händler zu beobachten, die den Strand entlangschlenderten. Linda wollte Philipp nicht in die Arme laufen und sich von der kurzen Nacht ein bisschen erholen.

Da es in Haiti zu viele Unruhen gab, war der Strand für Kreuzfahrttouristen eingezäunt worden und wurde bewacht. Anna hatte sich empört ausgelassen über die extremen sozialen Unterschiede von schlimmster Armut und perverser Zurschaustellung von Reichtum durch einen Luxusdampfer vor der Küste. Aber Linda hatte nicht zugehört. Sie war ihren eigenen Gedanken nachgehangen und hatte vor sich hin gedöst.

Als sie sich schon eine Weile im Schatten aufgehalten hatten, nahm Anna Lindas Hand und meinte: „Wir haben Neuigkeiten für dich, wollten aber warten, bis wir das in Ruhe besprechen können."

Lindas Blick bekam einen gehetzten Ausdruck.

„Beruhige dich und hör zu." Diesmal übernahm Anna das Reden. War das ein gutes oder ein schlechtes Zeichen? „Als du weg warst, klopfte Philipp bei uns an die Tür und fragte nach dir. Er sah ziemlich aufgewühlt aus und wollte dich unbedingt sprechen. Wir sagten ihm, dass du im Moment nicht mit ihm reden und deine Ruhe haben möchtest. Erst wollte er nicht mit uns über eure Angelegenheiten sprechen. Aber als er merkte, dass wir ihm nicht sagen würden, wo du bist, hat er doch eingelenkt. Er meinte, wenn du wegen gestern sauer auf ihn wärst, könne er das sehr gut verstehen, aber Desirée hätte ihn reingelegt. Sie habe ihm vorgespielt, ihr sei übel und sie habe Kopfschmerzen. Deshalb habe sie ihn gefragt, ob er seine speziellen Schmerztabletten dabei habe, die ihr auch früher schon geholfen hatten, und ihn gebeten, sie in ihre Kabine zu bringen. Nachdem er Jens gebeten hatte, dir Bescheid zu geben, begleitete er sie in ihre Kabine - was du beobachtet hast. Dort habe sie Philipp dann aber in eine Diskussion verwickelt, sodass er erst später wieder zum Kostümfest gekommen sei, wo er dich nicht mehr gefunden hatte." Anna schwieg, um Lindas Reaktion zu beobachten. Doch diese hörte einfach nur schweigend zu. „Nachdem er dich überall gesucht hatte, habe er aufgegeben und wollte sich heute Morgen entschuldigen."

„Und was jetzt? Soll ich gleich alles vergeben und vergessen? Woher weiß ich, dass er sich das nicht ausgedacht hat? Zeit genug für einen Quickie hatte er allemal."

„Ja, das stimmt schon. Ich wollte es dir nur erzählen. Betty hat ihm gesagt, dass du den beiden gefolgt seist und gesehen habest, wie sie eng umschlungen wie ein Liebespaar in Desirées Kabine verschwunden seien. Da ist er richtig weiß geworden und in sich zusammengesackt. Er hat Stein und Bein geschworen, dass er nicht mit Desirée geschlafen habe. Sie habe es zwar versucht, aber er sei ihr entkommen."

„Außerdem wollten wir dir nur noch sagen, dass ich heute Morgen mit Simon gesprochen und seine Meinung eingeholt habe. Er war auch der Ansicht, dass Philipp so etwas nicht tun würde. Dafür würde ihm viel zu viel an dir liegen. Du seist seit Langem die erste Frau, für die er mehr als nur oberflächliches Interesse zeigen würde. Er war wohl vor dir ziemlich lange solo. Allerdings hat Simon auch erzählt, dass er im Geschäft das Gerücht gehört habe, dass Desirée es auf dieser Reise auf Philipp abgesehen habe und ihn wie einen Jackpot knacken wolle. Und er weiß auch, dass sie sehr hartnäckig und überzeugend sein kann."

„Aha!"

„Ja, ich weiß. Er hat mir aber auch versprochen, dass er sich diskret umhört, ob heute Nacht nicht jemand anders das Vergnügen mit Desirée hatte. Jens hat heute Morgen beim Frühstück nämlich noch mehr gestrahlt als die Umgebung von Tschernobyl nach dem Reaktorunfall. Vielleicht war er der Glückliche. Simon hat mir versprochen sofort anzurufen, wenn er etwas in Erfahrung bringt. Dann kann er herkommen und es uns berichten."

Die nächste Stunde verbrachten sie damit, sich im warmen, kristallklaren Wasser treiben zu lassen, im Schatten zu faulenzen und die anderen Strandbesucher zu beobachten. Anna kaufte bei einem der Händler ein typisches haitianisches Kunststück. Eine Echse, die aus gesammeltem Metall weiterverarbeitet worden und in vielen verschiedenen Farben angemalt war. Eine tolle Art des Recyclings, wie sie fand. Begeistert klapperte sie noch andere Händler ab, um ihr Geld wenigstens einigermaßen gerecht zu verteilen, und deckte sich mit Souvenirs für ihre Familie ein.

Linda war sehr still. Sie hing ihren Gedanken nach und wusste nicht so recht, wie sie sich fühlen sollte. Das Herz tat ihr immer noch genauso weh wie am Morgen. Doch das kleine Fünkchen Hoffnung, das Betty und Anna gepflanzt hatte, begann gegen ihren Willen zu keimen. Sie hatte Angst. Angst vor einer erneuten Enttäuschung. Noch eine würde sie nicht verkraften. Was, wenn sie sich auf Philipps Wort verlassen müsste. Was, wenn es keinen endgültigen Beweis für seine Unschuld gäbe? Konnte sie ihm wirklich trauen?

Bettys Handy klingelte. Als sie sich meldete, merkte Linda sofort, dass es Simon sein musste. Ihre Stimme veränderte sich und war trotz des Ernstes der Lage samtweich.

Als sie auflegte, meinte sie nur: „Ich habe Simon erklärt, wo wir sitzen. Er hat was rausgefunden und kommt gleich her."

Keine zehn Minuten später joggte Simon über den Strand auf sie zu. Vom Hinken war kaum etwas zu sehen.

„Hallo, Tiger", begrüßte ihn Betty strahlend.

„Hallo, Mauseohr. Hallo, Mädels." Er setzte sich zu Betty auf die Picknickdecke, nachdem er ihr einen kurzen Kuss gegeben hatte. „Also", begann er und blickte in die erwartungsvollen Gesichter, „als wir vom Schiff gingen, war ich mit den ganzen Kollegen und Philipp zusammen. Als ich Philipp zu Seite nahm und ihn fragte, was passiert sei, da er so schlecht aussah, erzählte er mir von dem ganzen Schlamassel. So, wie er dabei aussah und das, was er mir erzählt hat, würde ich zu seinen Gunsten verbuchen. Er hat mir nämlich alles Punkt für Punkt genau so erzählt, wie du es mir berichtet hast, Betty. Es ist anscheinend wirklich so passiert. Die Frage ist allerdings für dich, Linda, immer noch die, ob Desirée ihn rumbekommen hat oder nicht."

Linda nickte.

„Ich habe mich unter die Kollegen gemischt und mich mal umgehört, wie ihnen das Kostümfest gestern gefallen hat und was sie die ganze Zeit so getrieben haben. Der eine hat sich mit einer süßen Hexe, die er kennengelernt hat, vom Acker gemacht, Jan und Tim waren ziemlich lange bei Anna. Ein paar andere haben zwischendurch noch mit unserem Chef über geschäftliche Belange diskutiert – so Verrückte gibt es immer wieder – und Jens … Tja, der ist schon den ganzen heutigen Vormittag mit Stolz geschwellter Brust lustgewandelt, ohne was rauszulassen. Ich schwöre euch, der war heute mindestens drei Zentimeter größer als gestern noch. Jedenfalls habe ich ihn direkt darauf angesprochen, warum er denn so strahlen würde, da könne man ja vermuten, er habe eine ganz besonders befriedigende Nacht hinter sich. Und wie hat er reagiert? So wie Jens immer reagiert. Er hat mich wichtigtuerisch zur Seite genommen und mir gesagt, dass er davon ja eigentlich nichts erzählen dürfe, aber mir könne er es ja sagen." Simon verdrehte die Augen. „Er habe sich gestern Abend gegen später ein Herz gefasst und Desirée zum Tanzen aufgefordert. Schon seit einiger Zeit habe er ein Auge auf sie geworfen, weil sie immer in ihren knappen Minis herumstolziere und sich in letzter Zeit verstärkt an seinem Projekt engagiere. Jedenfalls haben sie wohl zusammen getanzt – und bei dem Wenigen, das Desirée gestern getragen hatte, konnte Jens wohl die Zeit auf der Tanzfläche in vollen Zügen genießen. Irgendwann hätten sie noch zwei Tequilas gekippt und das Salz von der Haut des anderen geleckt – weitere Details erspare ich euch lieber – und dann hätte sie ihn in ihre Kabine abgeschleppt. Das ging wohl so vonstatten, dass sie ihm gesagt hat, sie würde in ihrer Kabine nackt auf ihn warten, er solle in fünf Minuten nachkommen. Gefragt hatte sie ihn wohl erst gar nicht groß. Typisch Desirée! Aber sein Wunsch stand ihm wohl offensichtlich ins Gesicht geschrieben. Bei ihr ging es dann wohl hoch her und als es vorbei war und er das abgezogene Kondom entsorgen wollte …", er hob seinen Zeigefinger, um sich die größtmögliche Aufmerksamkeit zu sichern, „war es weg! Er hat noch einen dummen Spruch gemacht, ist auf allen Vieren auf dem Boden rumgekrabbelt, um es zu suchen, hat es aber nicht gefunden. Desirée lag zu der Zeit wohl noch im Bett und hat ihm gesagt, er solle das blöde Ding lassen, wo auch immer es sei, und die Kabinentür von außen zumachen. Sie brauche jetzt ihre Ruhe. Bevor er dann halb angezogen raus ist, hat sie ihm noch gedroht, er solle ja keinem davon erzählen, da sie Privates und Geschäftliches strikt trenne und kein Gerede in der Firma haben wolle."

„Dass ich nicht lache!", war Bettys einziger Kommentar. „Bei Philipp gilt diese Regelung wohl nicht."

„Trotzdem ist dieses Erlebnis für Jens wie der Oscar in der Trophäensammlung eines Schauspielers", feixte Simon.

„Also, wenn ich ehrlich bin", überlegte Anna laut, „hört sich das für mich an, als ob sie einen Samenspender brauchte und ihn in so kurzer Zeit wie möglich wieder aus der Kabine hinauskomplimentieren wollte."

„Finde ich auch", stimmte ihr Simon zu. „Wenn sie wirklich mit Philipp geschlafen hätte, hätte sie sein Kondom benutzen können und hätte Jens nicht dazu gebraucht – so gern mag sie ihn auch wieder nicht. Und mal ehrlich: Wie oft ist es euch schon passiert, dass ein Kondom auf unerklärliche Art und Weise verschwindet? Mir jedenfalls noch nie."

„Also, Linda, was denkst du?", fragte Anna ihre Freundin, die sich stumm alles angehört hatte.

„Das hört sich alles gut und schön an. Aber die Nacht ist lang … Wer garantiert mir, dass er nicht später noch zu Desirée gegangen ist."

„Der gesunde Menschenverstand. Wenn er Desirée beim ersten Mal schon nicht wollte, wird er sicher nicht nachts um drei bei ihr klopfen und um eine Runde Matratzengymnastik betteln, nachdem er dich stundenlang gesucht hat."

„Und wenn er ...", Linda zögerte, „beim ersten Mal mit ihr geschlafen hat, aber ohne Kondom?"

„Nicht Philipp", mischte sich Simon ein. „Ich kenne seine Meinung dazu. Und die ist kompromisslos: Ohne Gummi läuft bei ihm grundsätzlich nichts. So scharf kann nicht mal Desirée ihn machen, dass er ohne Sinn und Verstand über sie herfällt, ohne sich zu schützen." Simon grinste plötzlich. „Allerdings hat er mir noch so ein paar Details erzählt, wie Desirée versucht hat, ihn rumzubekommen. Meine Fresse. Er muss sehr in dich verliebt sein, Linda, wenn er dazu 'nein' sagen konnte. Hut ab. Das hätten nicht viele Männer gekonnt."

„Möchtest du ihn sehen?" Anna legte ihre Hand beruhigend auf Lindas Arm, während sie auf eine Antwort wartete.

„Ja, ich denke, wir sollten uns aussprechen."

„Weißt du, wo er ist, Simon?" Anna blickte ihn fragend an.

„Ja, ich denke, er wird nicht so weit von dort entfernt sein, wo er noch vor einer halben Stunde war. Ich bringe ihn her."

„Danke, Simon. Für alles." Linda lächelte ihn warm an.

„Gern geschehen, Linda. Dir noch alles Gute zu deinem Dreißiger." Er nahm sie kurz in den Arm und drückte sie herzlich. Dann stand er auf. Doch bevor er sich abwenden konnte, meinte er noch nachdenklich: „Philipp ist einer meiner wenigen Freunde, die das Glück noch nicht gefunden haben. Und ich wünsche ihm von Herzen, dass es ihm endlich in die Hände fällt. Er ist nämlich ein guter Mensch und hat es verdient."

„Ein toller Mann", seufzte Anna, als sie Simon nachblickte.

„Ja, nicht?", stimmte Betty zu und lächelte still in sich hinein.

Nach fünfzehn Minuten war Linda ein einziges Nervenbündel.

„Warum ist er denn noch nicht da? Meint ihr vielleicht, er möchte nicht mehr mit mir sprechen?" Nervös spielte sie mit einer Haarsträhne, die sich aus ihrem Knoten gelöst hatte.

„Nein, glaub ich nicht. Du musst dir mal vorstellen, wie viele Menschen sich hier am Strand tummeln. Wir haben schon alleine mehr als zweitausend Passagiere an Bord. Lass mal nur Zweidrittel zum Schwimmen hierher kommen. Da wäre es ein Wunder, wenn

Simon ihn so schnell finden würde."

„Da kommen sie", meinte Anna nur und zeigte in ihre Richtung. „Und Philipp scheint es ziemlich eilig zu haben. So viel dazu, er möchte nicht mit dir sprechen." Sie lächelte Linda beruhigend zu.

Diese stand auf und ging ihnen entgegen. Sie wechselten ein paar Worte, woraufhin Simon sich von ihnen trennte und auf Anna und Betty zuging. Als er bei ihnen ankam, setzte er sich direkt neben sein Herzblatt und nahm es in den Arm. „Jetzt können wir nichts mehr tun. Nur noch abwarten. Ich hoffe wirklich, sie kriegen das geregelt. Es wäre sonst jammerschade um die beiden."

Anna und Betty nickten, während sie Linda und Philipp aus der Entfernung beobachteten. Die beiden standen sich gegenüber, Linda die Arme vor der Brust verschränkt, und sprachen abwechselnd miteinander. Dann erzählte Philipp etwas, das ihn sehr aufwühlte. Man merkte es deutlich an seiner Körpersprache, der Mimik und der Art, wie er sich frustriert durch die Haare fuhr. Linda schien Fragen zu stellen, die Philipp bereitwillig beantwortete. Dann begannen sie, am Strand entlangzulaufen. Philipp gestikulierte mit den Händen, als ob er eine innere Spannung abbauen müsse.

„Mist, jetzt sehen wir sie nur noch von hinten." Anna war enttäuscht.

„Kein Problem. Du wirst schon merken, ob sie sich einig werden oder nicht", beruhigte sie Simon.

Nach fünfzehn Minuten waren die beiden wieder auf dem Rückweg und blieben ungefähr dreißig Meter von den drei Freunden entfernt stehen.

„Meine Güte, was reden die denn die ganze Zeit? Könnt ihr an ihren Gesichtern erkennen, ob sie sich schon nähergekommen sind?" Betty hielt es fast nicht mehr auf der Decke.

„Ich glaube, Linda sieht nicht mehr so reserviert aus. Ah, schau, sie lächelt sogar", freute sich Anna.

Und plötzlich machten Linda und Philipp gleichzeitig einen Schritt aufeinander zu und umarmten sich fest.

Bei Betty, Simon und Anna setzte gleichzeitig ein Freudengeheul ein. Sie sprangen auf, hüpften und schwangen die Fäuste, als ob sie eine Basketballmannschaft anfeuern wollten. „Uh-uuh-uuh-uu!!"

Linda und Philipp schauten gleichzeitig in ihre Richtung und grinsten bis über beide Ohren. Dann versteckte Linda ihr Gesicht an Philipps Brust, der sie eng an sich zog und ihr etwas zuflüsterte. Als sie zu ihm emporblickte, küsste er sie sanft und innig.

„Ach, junge Liebe ist so schön!", seufzte Betty und ließ sich in den Sand fallen.
„Das stimmt", bestätigte Simon und nutzte die Gelegenheit, sich den Lippen seiner Geliebten zu bemächtigen.
„Gut, ihr seid beschäftigt. Jetzt habe ich endlich mal Zeit, ins Wasser zu gehen!", rief Anna in gespielter Erleichterung aus und klatschte in die Hände. „Sonst war ich zwei Wochen in der Karibik und kein einziges Mal im Meer. Viel Spaß euch beiden!"
„Mmpf …" war nur von Betty zu hören, die mit etwas ganz anderem beschäftigt war.

Als Linda mit Philipp an Bord eincheckte, hatten sie gerade eine wunderbare Stunde am Strand von Haiti hinter sich. Was gab es Romantischeres, als sich in der traumhaften Kulisse eines weißen Sandstrandes vor dem azurblauen Meer zu versöhnen? Verträumt stellte sie fest, dass sie trotz Philipps intensiver Küsse noch das Salz der haitianischen Luft auf ihren Lippen schmecken konnte.
Linda war unglaublich glücklich, dass sie die schlimmsten Bedenken hatten ausräumen können. Sie nahm sich vor, sich nicht mehr von Desirée ins Bockshorn jagen zu lassen. Dafür kannte sie ihr strategisches Vorgehen mittlerweile zu gut.
„Und, wie wär's jetzt mit einer Runde Basketball?", fragte Philipp augenzwinkernd.
„Hast du solche Lust zu verlieren?", machte sich Linda über ihn lustig.
„Wer sagt, dass ich verliere, Zwerg?", zog Philipp sie auf. „Mit deinen kurzen Beinen hast du keine Chance gegen mich."
„Dafür kann ich dich öfter austricksen und bessere Drei-Punkte-Würfe versenken. Was sagst du jetzt?"
Philipp tat, als würde er überlegen, ob er dieses Argument zulassen sollte. „Nein, keine Chance, ich mache dich trotzdem fertig", sprach's und warf sich Linda trotz massiver Proteste über die Schulter.
„Philipp Graf, lass mich sofort runter, sonst zerkratz ich dir das Gesicht, wie ich es gestern auch schon machen wollte."
Verblüfft stellte Philipp sie auf den Boden und hätte dabei beinahe einen vorbeigehenden Passagier mit ihren Füßen getroffen. „Du wolltest mir gestern das Gesicht zerkratzen?"
Linda zögerte peinlich berührt und zog Philipp zur Seite, damit sie anderen nicht im Weg standen. „Nein, nicht dir, sondern dieser

Schlampe Desirée." Philipp zog überrascht die Augenbraue hoch. „Als sie dich gestern Abend zu sich an den Tisch gebeten und so unverschämt mit dir geflirtet hat, hätte ich noch viel schlimmere Dinge mit ihr anstellen können."

„Das freut mich ungemein."

Linda blickte ihn verständnislos an. „Es freut dich ungemein, dass ich aggressive Gedanken gegenüber einer anderen Frau hege? Ich war gestern so erschrocken über diese gewalttätige Seite in mir, dass ich mich selbst nicht wiedererkannte."

„Ja, es freut mich, da es mir zeigt, dass du eifersüchtig warst – und das nicht zu knapp."

„Nein, mach dich doch nicht lächerlich. Ich war doch nicht eifersüchtig", wehrte Linda verlegen ab.

„Doch, doch, das sehe ich dir an deiner Nasenspitze an. Dann magst du mich also doch ein wenig?" Er nahm sie in die Arme und versank tief im grünen Feuer ihres Blicks, das ihn aufzufressen drohte.

„Ja, ich mag dich. Sehr sogar", flüsterte sie.

„Das höre ich gerne." Und er gab ihr einen so intensiven Kuss, dass es ihm selbst fast die Schuhe ausgezogen hätte und er in dem Moment dankbar für eine kalte Dusche gewesen wäre.

„Wie war das vorhin mit Basketball?", murmelte Linda an seinen Lippen.

„Mmh, war nur so eine Idee, bevor wir mit etwas angefangen haben, das mir viel besser gefällt." Philipp ließ sie nicht mehr zu Wort kommen. „Wenn du gestern schon so einen missratenen Start in dein neues Lebensjahr hattest, muss ich das heute Abend unbedingt wieder wettmachen."

„Die Leute gucken schon …", versuchte es Linda erneut.

„Ist mir egal. Die sind nur neidisch auf uns." Und der Kuss ging weiter …

Irgendwann schob Linda ihn gewaltsam von sich weg. „Wenn du jetzt nicht gleich aufhörst, explodiere ich. Ich mache dir einen Vorschlag: Wir spielen, wenn das Feld leer ist, eine Stunde Basketball und heute Abend bekommst du dafür so viele Küsse von mir, wie du willst."

Philipps Augen leuchteten auf. „Das würdest du versprechen? Das ist aber gefährlich. Ich weiß nicht, ob ich jemals genug von dir bekommen kann. Ich an deiner Stelle würde mir das noch mal überlegen …"

Doch Linda war schon mit einem übermütigen „Fang mich doch“ losgespurtet. Sie hechtete zwischen den Passagieren den Gang entlang und erreichte das Treppenhaus, in dem sie – immer zwei Stufen auf einmal nehmend – nach oben zu ihrem Deck hastete.

Sie war schnell. Aber Philipp hatte die längeren Beine und holte sie auf dem zweiten Treppenabsatz ein. Die Strafe folgte unverzüglich.

Als sie ihr Deck endlich erreicht hatten, flüsterte Linda ihm zu: „Wir ziehen uns jetzt um und treffen uns auf dem Gang.“

„Nur unter Protest …“

„Wird zurückgewiesen. Jetzt geh schon, wir sehen uns doch gleich wieder.“ Sie lächelte ihm zu und verschwand schnell in ihrer Kabine, bevor sie ihm noch einen Abschiedskuss geben würde und das ganze Spiel von vorne begann.

Glücklich lehnte sie sich von innen an die Tür. Oh Gott, sie liebte Philipp. Diese letzte Stunde hatte es ihr deutlich bewiesen. Sie liebte sein Lachen, seine gütigen Augen, seine selbstsichere Gelassenheit und vor allem seinen wunderbaren Humor. Mit noch keinem anderen Menschen hatte sie in ihrem Leben so viel gelacht wie mit ihm. Gut, Betty und Anna musste sie dabei ausschließen. Aber sonst … Sie zog sich lächelnd um und band ihr Haar wieder zu einem langen Pferdeschwanz, mit dem sie Philipp perfide ablenken würde.

Als sie kurz darauf aus der Kabine trat, lief ihr geradewegs Desirée in die Arme.

Elfter Tag – nachmittags

Du bist so dämlich wie 'n halber Meter Feldweg! 3/4

„Hallo, Desirée“, begrüßte Linda sie freundlich.

„Hallo, Linda“, antwortete diese, „wie geht es dir?“

„Gut, danke der Nachfrage. Ich wollte mich bei dir übrigens noch für das benutzte Kondom in der edlen Schachtel bedanken. Da hast du dich aber echt ins Zeug gelegt. Es war wirklich unglaublich schön und aufwendig verpackt! Allerdings weiß ich nicht, warum du es mir und nicht Jens hast bringen lassen. Der Arme sucht es wahrscheinlich immer noch.“ Im Gang hinter Desirée bemerkte Linda eine Bewegung und nahm wahr, wie Philipp aus seiner Tür trat und überrascht stehen blieb, als er sie beide erblickte. „Ich glaube, du hast letzte Nacht Jens eine Riesenfreude damit gemacht, dass du dich seiner so mildtätig angenommen hast. Er wird sein Leben lang von dieser Erinnerung zehren."

„Liebe Linda, du denkst, Jens war meine einzige Eroberung letzte Nacht? Ein Mann reicht mir im seltensten Fall, wenn mich die Lust überfällt. Da Philipp ja nach unserem geilen Fick so schnell wieder zu dir zurückmusste, um dich milde zu stimmen, war ich gezwungen, noch mal loszuziehen – und da kam mir Jens gerade recht. Und ich habe ihn nicht lang bitten müssen."

„Du lügst, Desirée. Du bist eine solche Lügnerin, dass du Glenn Close in *Gefährliche Liebschaften* noch in den Schatten stellst." Gelassen verschränkte Linda die Arme vor der Brust. „Ich habe mit Philipp über gestern Nacht gesprochen und ich glaube ihm, dass er keinen Sex mit dir hatte."

„Bist du wirklich so eine naive Kuh?", fragte Desirée mit vor Überraschung geweiteten Augen. „Dann bist du tatsächlich noch dümmer, als ich angenommen habe." Sie wiegte sich selbstgefällig in den Hüften. „Und ich sage dir, er liebt meinen Körper. Wir hatten eine heiße Affäre, bevor ich nach Rom gegangen bin. Ich bin mir sicher, du willst keine Details darüber wissen, welche Zungenfertigkeiten er bei mir vollbrachte und mit welchen reizvollen Vorspielen er mein ungezügeltes Verlangen entfachte." Sie beugte sich leicht zu Linda vor und grinste sie spöttisch an. „Aber das hat er mit *mir* gemacht und nicht mit dir und deinem fetten Hintern. Du bekommst Philipp nicht, das garantiere ich dir. Er ist ein anspruchsvoller Mann, der eine lebendige und fantasievolle Frau im Bett braucht, bei der die Laken lodern – und nicht einen kalten Fisch, der alles stumm über sich ergehen lässt."

Linda tippte sich nachdenklich an die Nase. „Aber dann ist doch die Frage, warum er nach deiner Rückkehr nicht gleich wieder was mit dir angefangen hat. Schon komisch, dass er jetzt mehr an mir als an dir interessiert ist. Vielleicht hat er dich einfach schon satt?"

Vermutlich hatte Linda einen wunden Punkt bei Desirée getroffen, denn diese gab ihre übertrieben freundliche Haltung auf, trat einen Schritt auf Linda zu und kniff die Augen zusammen. Während sie mit ihrem Zeigefinger vor Lindas Nase herumfuchtelte, zischte sie ihr ins Gesicht: „Du bekommst Philipp nicht, das garantiere ich dir. Und wage es nicht, dich noch einmal zwischen ihn und mich zu drängen. Nach der Reise seht ihr euch sowieso nie wieder. Du glaubst doch wohl nicht, dass Philipp sich noch lange an so ein Nachtschattengewächs wie dich erinnern wird?"

Linda blickte ihr fasziniert direkt in ihre hasserfüllten Augen und in ihr verzerrtes Gesicht mit der gerunzelten Stirn. Sie stellte voller Genugtuung fest, dass ihre Konkurrentin in ihrem Zorn richtig hässlich aussah. Außerdem bemerkte sie amüsiert, dass Desirée es auf keinem Auge blickte, dass sie sich mit ihrem Verhalten geradewegs ein tiefes Grab schaufelte und sich selbst darin beerdigte, da Philipp keine fünf Meter hinter ihr stand und alles mitbekam. Die Frau war noch dämlicher als sie dachte.

Linda musste sich nun entscheiden, ob sie für ihren Mann kämpfen oder ob sie doch wieder wie früher klein beigeben würde. Doch dafür war sie schon zu weit gegangen, stellte sie fest, und dafür liebte sie Philipp auch zu sehr, um ihn einer Zimtzicke wie Desirée kampflos zu überlassen. Sie würde es mit ihr aufnehmen, auch wenn sie sich vor Philipp bis aufs Hemd blamieren würde, der immer noch ruhig mit verschränkten Armen vor der Brust an der Wand lehnte und sie beide belustigt beobachtete.

Ruhig sagte sie deshalb nur: „Du weißt schon, dass du ganz viele Runzeln bekommst, wenn du dich so ärgerst? Dann bist du nämlich nicht mehr die schöne Rapunzel, die du als kleines Mädchen sein wolltest, sondern nur noch die hässliche Rarunzel."

Linda bemerkte aus dem Augenwinkel, dass Philipp seine Körperhaltung veränderte. Auch wenn sie es nicht mit Sicherheit sagen konnte, da sie immer noch in Desirées kalte Augen blickte, hätte sie schwören können, dass Philipp bis zum Anschlag grinste. Diese Genugtuung war berauschend und ein angenehmes Kribbeln breitete sich in ihrem ganzen Körper aus.

Dann trat Linda auch einen kleinen Schritt auf Desirée zu, sodass sie sich beinahe berührten. „Und ich sage dir noch was: So wie du - seit wir einen Fuß auf dieses Schiff gesetzt haben - hinter Philipp her warst wie der Teufel hinter der armen Seele, war es dein oberstes Ziel, Philipp in dein Bett zu bekommen. Du hast es so hartnäckig und mit solch hohem körperlichen Einsatz verfolgt, dass selbst ein ausgehungerter Bluthund auf frischer Fährte nicht nachgekommen wäre." Sie grinste in Desirées verzerrtes Gesicht. „Wenn du es letzte Nacht wirklich geschafft hättest, dein Ziel zu erreichen, hättest du dich in deinem Erfolg gesonnt wie eine Katze an einem warmen Plätzchen. Und dann hättest du auch schon deine zweite wichtige Aufgabe erfüllt gehabt, um mir eins auswischen zu können: ein gefülltes Kondom von Philipp. Wozu also hättest du Jens noch gebraucht?" Sie begann, die abwegigen Gründe an den Fingern abzuzählen. „Nicht für ein gefülltes Kondom, denn das hättest du ja dann bereits gehabt. Auch nicht, weil dir der – wie du es nennst – geile Fick mit Philipp nicht gereicht hat. Denn das wäre ja die Erfüllung deiner Träume gewesen und hätte dich doch – wenigstens seelisch – mehr als befriedigen müssen. Und mit Sicherheit nicht, weil Jens so eine gute Nummer im Bett ist. Ich kenne ihn zwar nicht und möchte ihm nicht zu nahe treten, aber er kann unmöglich – laut deiner eigenen Bewertung – auch nur annähernd so gut sein wie Philipp. Aber mit Jens hattest du Sex, das weiß ich aus erster Hand. Daraus folgere ich, dass du bei Philipp gescheitert bist. Dein Traummann wollte dich nicht! Welch zerschmetternde Niederlage."

Desirées Gesicht war vor Wut so weiß wie ein Sack Mehl. Ihr ganzer Körper war gespannt wie ein Bogen kurz vor dem Abschuss und ihre Lippen zitterten. Da sie diese Argumentation nicht widerlegen konnte, sagte sie nur verächtlich zischend: „Du bist ja ein Fräulein neunmalklug. Hast uns alle ganz schön getäuscht mit deiner Sekretärinnen-Nummer. Aber mit dir bin ich noch nicht fertig. Philipp wird dich nach dem Urlaub ..."

„Jetzt halt mal den Rand, Desirée." Es war für Linda unfassbar. Je wütender Desirée vor ihr zu beben schien, umso ruhiger wurde sie selbst. Sie ließ ihr Gehirn auf Autopiloten fliegen und es schien die richtigen Worte in der richtigen Reihenfolge hervorzubringen. „Wenn du so davon überzeugt wärst, dass Philipp mich nach dem Urlaub fallen lässt wie eine heiße Kartoffel, warum gibst du dich überhaupt mit mir ab und verschwendest so viel Energie, um mich zu beleidigen? Warum machst du dir überhaupt die Mühe mit dem Kondom? Wenn du so selbstsicher wärst, wie du immer zu sein vorgibst, könntest du dich einfach ruhig in einen Liegestuhl setzen, deinen Urlaub genießen und mich von einem Fettnäpfchen zum anderen tappen lassen. Meine Tollpatschigkeit würde mich schon von alleine für das Finale disqualifizieren. Aber das konntest du nicht. Und soll ich dir sagen, warum? Du hast Schiss. Du hast eine Riesenangst, dass Philipp mich doch lieber mag, als du dir überhaupt nur vorstellen kannst und dass er nach dem Urlaub immer noch so sehr an mir interessiert ist, dass du dumm aus der Wäsche guckst. Ich liebe Philipp, wie ich noch keinen Mann in meinem Leben geliebt habe. Und er liebt mich auch, das hat er mir schon auf hundert erdenkliche Arten gezeigt und gesagt. Du hast keine Chance gegen uns."

Wortlos und bebend vor Wut wirbelte Desirée abrupt herum und wollte zu ihrer Kabine eilen. Doch sie blieb wie angewurzelt stehen, als sie Philipp direkt vor sich erblickte. Ihre Gesichtszüge entgleisten und ein Würgelaut kam aus ihrem Mund, als sie etwas sagen wollte. „Wie lange stehst du schon hier?", presste sie heraus.

„Lange genug, um hautnah in den Genuss deines wahren Charakters zu kommen."

„Philipp, es tut mir leid, dass du das mit anhören musstest, aber es ist nicht so, wie es sich vielleicht für dich angehört hatte ..."

„Es reicht, Desirée", meinte Philipp nur knapp und ging zu Linda, um sie eng an seine Seite zu ziehen. „Ich würde sagen, wir beschränken uns auf den geschäftlichen Umgang – und trennen ihn strikt vom privaten. Was meinst du, Desirée? Das ist doch schon immer deine Devise gewesen."

Anscheinend erkannte Desirée ihre hoffnungslose Situation, denn sie erwiderte nichts auf Philipps Kommentar, sondern machte sich auf zu ihrer Kabine. Trotzdem drehte sie sich noch einmal kurz um und zischte Linda zu: „Und du hast trotzdem einen fetten Arsch."

Linda gab einen Grunzlaut von sich und rief ihr nach: „Ich war Biene Maja für einen Abend und konnte das Kostüm am nächsten Tag wieder abgeben. Du aber wirst nächstes Jahr noch eine intrigante, hochnäsige Mistkuh mit Gülle im Hirn sein."

Desirée drehte sich im Laufen um und zeigte ihr erbost den Mittelfinger.

Doch Linda lachte nur. Sie begann mit einem kleinen hicksenden Giggeln und steigerte sich in ein lautes, herzliches Lachen, bis ihr die Tränen über die Wangen liefen und sie sich bei Philipp abstützen musste.

„Meine Herrn", keuchte sie, „so was muss ich öfter machen. Das ist ja so was von befreiend, wenn man den Mund aufmacht und blöden Leuten die Meinung sagt."

Philipp küsste sie zur Belohnung und meinte: „Du warst unglaublich! Das hast du gut gemacht, mein Mädchen! Aber ich muss zugeben, dass ich 'intrigante, hochnäsige Mistkuh mit Gülle im Hirn' noch nie gehört habe. Muss ich mir aber merken." Er grinste. „Weißt du, ehrgeizig und zielstrebig war Desirée schon immer. Aber dass sie so weit gehen würde, einen Kollegen zu verführen, damit sie dir ein vermeintliches Kondom von mir unterschieben konnte, ist allerhand." Er gab ihr noch einen Kuss. „Deine Argumentation war nicht von schlechten Eltern. Du hättest Staatsanwältin werden sollen." Er grinste wieder.

„Im Argumentieren war ich schon immer gut."

„Und, habe ich das vorhin richtig verstanden, dass du mich liebst, wie du noch keinen anderen Mann in deinem Leben geliebt hast?", fragte er mit einem lauernden Blick.

„Äh, … also, ich …", begann Linda plötzlich zu stottern.

„Ich liebe dich auch, meine kleine Schmusekatze. Von ganzem Herzen", raunte Philipp und zog Linda noch näher an sich, um seine Nase tief in die dunkelblonden Wogen ihres dichten Haars zu vergraben.

Elfter Tag – abends

Ich habe lange nachgedacht, was dir wohl Freude macht.
Doch Schmuck und Seide zeigen nicht,
was ich wirklich fühl' für dich. [2/13]

„Auf Linda!", riefen Betty, Simon, Anna und Philipp gleichzeitig und hoben ihre Sektgläser. Auch Tim und Jan waren mit von der Partie. Linda lächelte ihren Freunden zu, während sie mit jedem der sechs anstieß.

Sie war glücklich. Rundum glücklich.

Diese Reise war – so beängstigend sie auch begonnen hatte – wunderschön gewesen. Noch hatte sie zwei Tage, die sie mit Philipp uneingeschränkt genießen durfte. Dann ging es wieder heim.

Und ja … wenn sie es sich ehrlich eingestand: Sie hatte sich verändert. Die Liebe zu Philipp hatte sie verändert. Bettys und Annas Prüfungen zur Steigerung ihrer Spontaneitätsfähigkeit hatten sie verändert. Sie war gespannt, wie lange es wohl dauern würde, bis sie im Alltag wieder in ihre alten Verhaltensmuster verfiel. Nicht sehr lange, vermutete sie. Aber dennoch wäre sie nicht mehr die Gleiche wie noch vor dem Urlaub …

Sie würde auch sehen, wie es mit Philipp weiterlief. Im Moment war die Hoffnung nicht abwegig, dass sie sich nach dem Urlaub wieder sehen würden. Er hatte nämlich nach dem Zusammenstoß mit Desirée beim Basketballspielen eine Bemerkung gemacht, die ihr Herz hatte höher schlagen lassen.

Nachdem er wieder einmal viel zu sehr damit beschäftigt gewesen war, Linda an ihr Versprechen zu erinnern, ihm Küsse ohne Ende zu gewähren, hatte er sie erneut regelwidrig in seine Arme gezogen. Sanft hatte er über ihre Wange gestreichelt und rau geflüstert: „Wenn du wüsstest, was ich gerne alles mit dir anstellen würde ... was ich dir zeigen möchte, worauf du so lange hast verzichten müssen ..."

„Der Urlaub ist leider schon fast vorbei", war ihr bedauernder Kommentar gewesen.

„Das macht nichts. Zuhause haben wir unendlich viel Zeit."

„Zuhause?", hatte Linda vorsichtig gefragt. „Möchtest du mich zuhause auch noch sehen?"

„Es gibt nichts, worüber ich mir in meinem Leben so sicher bin, wie das", war seine schlichte Antwort. „Wo wohnst du eigentlich?"

„In der Nähe von Hamburg."

„Ich nördlich von Hannover. Das sind nur lachhafte 150 Kilometer. Das kriegen wir schon hin."

Tja, um Philipps Konzentration hatte es nicht zum Besten gestanden. Deshalb hatte Linda - und nicht er - beide Runden Basketball haushoch gewonnen. Natürlich war sie dafür von Philipp stehenden Fußes mitten auf dem Sportplatz liebevoll bestraft worden.

Als Linda mit Philipp und ihren beiden Freundinnen danach den Speisesaal zum Abendessen betrat, erwartete sie ein mit Blumen geschmückter Sitzplatz und eine Schale frischer Passionsfrüchte. Da Betty und Anna genauso große Augen machten wie Linda, wandte sie sich fragend an Philipp, der einfach nur breit grinste. „Noch mal alles Gute zum Geburtstag."

„Aber woher wusstest du, dass Passionsfrüchte meine Lieblingsfrüchte sind?", fragte Linda entgeistert.

„Ich habe es dich erwähnen hören, als du dich mit Anna auf dem Basar von Santo Domingo unterhalten hast."

Keine Frage: Philipp war ein sehr aufmerksamer Mann und ein echtes Organisationstalent. Und am Ende des Essens kam der große Augenblick, in dem das Licht im Saal gedämpft und eine Torte hereingetragen wurde. *Das Traumschiff* ließ herzlich grüßen. Die beiden Kellner, die vor Linda standen und ein schlecht artikuliertes *Happy Birthday* - begleitet von allen Gästen im Saal - herunterleierten, schienen direkt einem Witzfilm entsprungen zu sein. Doch was gab es Schöneres, als - angelehnt an Philipps breite Brust und in seine Arme geschmiegt – ein Geburtstagsständchen zu empfangen? Da durfte man dem geschenkten Gaul nicht ins Maul schauen.

Der Kuchen wurde aufgeteilt, sodass nicht nur jeder an Lindas Tisch ein kleines Stück bekam, sondern es auch noch für die Kollegen am Nachbartisch reichte. Ob Desirée ebenfalls eines abbekommen hatte, konnte Linda nicht erkennen. Aber sie an ihrer Stelle hätte darauf verzichtet, bevor sie noch an einem Bissen erstickt wäre.

Nun saßen sie in ihrer Lieblingsbar und feierten im kleinen Kreis. Die Sektkorken knallten, Knabbersachen wurden herumgereicht und Anekdoten erzählt.

Linda begnügte sich mit nur einem Glas Sekt, da sie diesen Abend bewusst genießen wollte, um sich immer daran erinnern zu können. An dieses Glücksgefühl, das sie wie auf Wattewolken schweben ließ. An die allumfassende Zufriedenheit und dieses warme Gefühl im Bauch, das sie so schnell nicht verlieren wollte.

Wenn sie daran dachte, was sie Anna und Betty am ersten Tag versprochen hatte, musste sie schmunzeln. Sie hatte sich bemüht, Kontakte zu knüpfen, mit Leuten ins Gespräch zu kommen und sich aufgeschlossen zu zeigen – damit sie die Chance erhielt, so akzeptiert und gemocht zu werden, wie sie war. Ohne sich zu verstellen.

Und sie hatte es geschafft!

Nicht nur das … sie hatte auch ihren ersten richtigen Kuss bekommen. Und wenn sie Glück hatte – wovon sie ausging – würde sie noch mehr erleben …

„Ich habe Michael endlich weichgeklopft", strahlte Anna. „Auf Haiti habe ich mit ihm telefoniert und so lange drangsaliert, bis er mir verraten hat, was für eine Überraschung er für mich vorbereitet hat."

„Dann erzähl mal. Ich bin schon echt gespannt." Betty beugte sich neugierig vor und entschlüpfte sogar Simons Arm, der locker um ihre Schulter lag.

„Ich lerne Elīna Garanča persönlich kennen!", platzte es aus Anna heraus.

„Elīna wer?", fragte Betty verblüfft.

„Die Opernsängerin", erklärte Linda. „Elīna Garanča."

„Ach ja, die", erinnerte sich Betty. „Die du schon immer so toll fandst. Von der du alle CDs hast. In deren Konzerte du immer rennst. Die du schon immer persönlich treffen wolltest wie Linda

ihren RC."
„RC?" Irritiert starrte Linda ihre Freundin an.
„Roger Cicero."
„Ach so."
„Ein Freund von Michael hat einen Bekannten, der im größten Opern- und Konzerthaus Deutschlands arbeitet. Das ist das Festspielhaus in Baden-Baden", erzählte Anne aufgeregt weiter. „Seine alleinige Aufgabe besteht darin, die Stars dort bei Laune zu halten: Croissants von einem bestimmten Bäcker zu besorgen. Eine ganz besondere Sorte Tee oder Mineralwasser bereitzustellen. Dieser Bekannte kennt die Garanča von früheren Auftritten und hat bei ihr nachgefragt, ob sie einem großen Fan nach der Vorstellung einen Herzenswunsch erfüllen würde, indem sie mir erlaubt, sie kurz kennenzulernen." Annas Wangen strahlten rosa wie die untergehende Sonne. „Er hat auch seine Beziehungen spielen lassen, um für uns an gute Karten zu kommen. Sie singt an diesem Abend die *Carmen*, die ich so liebe. Außerdem hat Michael – in Anbetracht dessen, dass ich im nächsten Monat fünfunddreißig werde – drum herum ein romantisches Wochenende geplant. Wir residieren im *Brenners Park Hotel*, einer der besten Adressen in Baden-Baden – und das will in dieser Stadt schon was heißen! Dann werden wir noch an einer Führung durch das Festspielhaus teilnehmen, die uns einen Blick hinter die Kulissen gewährt …"
„Ich will nicht wissen, wie viel dich dieser Anruf gekostet hat, wenn du so viel aus Michael rausgequetscht hast", schmunzelte Linda.
„… und wenn wir uns zur geistigen Erholung noch körperlich verwöhnen lassen wollen, können wir im Hotel von den Wellness-Angeboten Gebrauch machen."
„Ich kann mir sehr gut vorstellen, wie Michael dich darüber hinaus noch körperlich verwöhnen wird. Da kannst du die Wellness-Angebote vermutlich wirklich gebrauchen", grinste Betty ihre Freundin frech an, sodass deren volle Wangen noch roter wurden. „Vermutlich wird er die romantische Gelegenheit beim romantischen Schopf packen und dir einen romantischen Antrag machen."
Nun wurden Annas Augen rund. „Nein. Das glaube ich nicht. Wir sind doch erst ein halbes Jahr zusammen."
„Wenn's passt, dann passt's." Betty zuckte nur mit den Schultern. „Und du weißt: Bei uns allen tickt die biologische Uhr. Warum sollte er noch ewig warten, wenn es doch so offensichtlich ist, dass

ihr so gut zueinanderpasst wie der gläserne Schuh zu Aschenputtel." Sie erhob das Glas. „Auf dich und Michael. Und auf ein in jeder Hinsicht erfolgreiches und befriedigendes Wochenende in Baden-Baden."

Je später der Abend wurde, umso mehr erinnerte die Stimmung an eine gut geschüttelte Champagnerflasche - spritzig und explosiv.

Der DJ hatte wohl die Lage ebenfalls richtig eingeschätzt, da seine ausgewählte Musik viele auf die Tanzfläche zog. Ausgelassen tanzten sie nebeneinander, miteinander oder in einer übermütigen Polonaise.

Als endlich ein langsames Lied aufgelegt wurde, stöhnten alle erleichtert auf und sanken sich in die Arme. Erhitzt schmiegte sich Linda an Philipps Schulter und ließ sich von ihm führen. Dankbar schloss sie die Augen und spürte seine festen Muskeln unter dem Hemd, auf denen ihre Hände lagen. Sein Brustkorb war warm und so nah, dass sich ein elektrisierendes Kribbeln in ihrem ganzen Körper breitmachte.

Urplötzlich wallten heiße Lust und unkontrollierbare Gier in ihr auf, als sie sich so an Philipp schmiegte. Dieses Gefühl war derart intensiv und kam so plötzlich, dass sie vor zwei Wochen wahrscheinlich noch zu Tode erschrocken wäre. Heute Abend jedoch fühlte sie lediglich ein unerwartetes Erstaunen und erwartungsvolles Kribbeln im Bauch, das sie ganz verrückt machte. Angestrengt versuchte sie, ihren Atem und gleichzeitig ihren Herzschlag zu beruhigen. Doch so schnell, wie sie es sich wünschte, klappte es nicht.

„Vielen Dank", murmelte sie etwas atemlos.

„Wofür?" Philipp strich sanft über ihren Rücken und vergrub dabei genießerisch seine Finger in ihren offenen Haaren.

„Für diesen wunderschönen Geburtstag. Eine so schöne Feier habe ich noch nie erlebt."

„Vieles hast du auf diesem Schiff zum ersten Mal gemacht, habe ich recht? Das war ein ziemlicher Abenteuerurlaub für dich ..."

„Ja, das stimmt. Aber ich wollte nichts missen. Selbst die Konfrontationen mit Desirée hatten ihr Gutes. Sie haben mir gezeigt, wie wichtig es ist, für das einzustehen, was einem viel bedeutet. Und es hat mir gezeigt, wie wichtig du mir bist." Sie hob ihr Gesicht und blickte zu Philipp auf. „Erst als ich dachte, du seist zu einem ganz bestimmten Zweck in ihrer Kabine verschwunden, hatte ich mir eingestanden, dass ich dich liebe. Vorher hatte ich viel zu viel Angst, diese Gefühle zuzulassen und vor allem zu akzeptieren. Ich war so blind …"

„Du warst unerfahren."

„Ja, aber das bin ich immer noch …"

„Nicht mehr so wie am Anfang, als wir uns kennengelernt haben …" Mit sanftem Druck legte er seine Lippen für einen gefühlvollen Kuss auf ihren Mund. Obwohl es diesmal nicht am Schiff lag, hatte er trotzdem das Gefühl, der Boden unter seinen Füßen würde schwanken. Sie war so weich, so sinnlich. Ihre Zunge kitzelte seine Lippen, bevor sie zwischen ihnen hindurchschlüpfte, nur um ihn weiter zu necken. Und sie schmeckte so süß … Gütiger Himmel! … Süßer als jedes Dessert der Welt!

Obwohl er sie erst so kurz kannte, stellte Linda den Mittelpunkt dieser Reise für ihn dar. Wie die Sonne im Sonnensystem, um die sich alles Leben dreht, präzise und zuverlässig. Er hatte schon so lange nicht mehr derart stark für eine Frau empfunden, dass er innerlich nur fassungslos mit dem Kopf schütteln konnte. Das Zusammensein mit Linda führte ihm die langen Jahre halbherzig begonnener und meist erbärmlich zweitklassiger Beziehungen noch deutlicher vor Augen.

„Sollen wir ein bisschen Luft schnappen gehen?", raunte er an ihrem Mund, als er sich für einen kurzen Moment von ihren Lippen reißen konnte, um zu Atem zu kommen.

„Gute Idee."

Philipp war froh, dass nicht nur er sich so aufgekratzt und aufgewühlt anhörte.

Als sie auf den Ausgang zustrebten, suchte Linda Blickkontakt mit Anna und Betty und warf den beiden eine Kusshand und ein mit den Lippen geformtes „Danke" zu. Den beiden huschte ein wissendes Grinsen über ihre Gesichter, während sie ihr zum Abschied zuzwinkerten und sich wieder ihren Tanzpartnern zuwandten.

Die Nacht war perfekt. Die Sterne strahlten am dunklen Himmel, der Wind hauchte mit seinem seidig-warmen Atem über ihre nackten Arme und Gesichter. Seite an Seite standen sie eng umschlungen an der Reling und blickten auf die schwarzen Wellen des Meeres.

„Linda", begann Philipp. „Ich habe leider zu spät von deinem Geburtstag erfahren, um ein besonderes Geschenk für dich zu besorgen …"

„Das brauchst du auch nicht. Du bist für mich Geschenk genug …“ Linda kuschelte sich enger in seinen Arm.

„… aber ich habe in der Dominikanischen Republik etwas auf dem Basar gesehen, das ich dir unbedingt als Erinnerung an diesen Urlaub schenken wollte. Ich wollte nur auf den richtigen Moment warten.“ Überrascht blickte Linda hoch. Philipps Gesicht war nur schemenhaft in der Dunkelheit zu erkennen. „Und jetzt kann ich es dir zum Geburtstag schenken.“

„Wie hast du das angestellt, ohne dass ich es bemerke? Wir waren doch die ganze Zeit zusammen.“

„Als du so genießerisch die Mango gegessen hast, bin ich noch mal zurückgegangen, erinnerst du dich?“

„Ja, stimmt. Du wolltest etwas für deine Schwägerin kaufen.“

„Habe ich auch. Aber zurückgegangen bin ich wegen deines Geschenks.“ Besitzergreifend legte er einen Arm um ihre Taille und zog sie an sich. Als er weitersprach, senkte er seine Stimme zu einem heiseren Flüstern: „Ich hatte gehofft, dass du heute Abend wieder dieses Kleid trägst. Ich liebe es – und es passt perfekt zu meinem Geschenk.“

Genießerisch strich sein Zeigefinger über den Rand ihres tiefen Ausschnitts. Er war froh, dass er an diesem Abend zugunsten seiner Kontaktlinsen auf seine Brille verzichtet hatte. Denn so konnte er sich voll und ganz seiner Lieblingsbeschäftigung widmen … Er beugte sich vor und küsste die Spalte ihres Dekolletés. Genau dort neckte er sie mit seiner Zungenspitze und freute sich, dass ihr ein angenehmer Schauer über den Rücken jagte und sie wohlig erzittern ließ.

Doch dann zog er etwas aus seiner Hosentasche, bugsierte Linda in die Nähe eines erleuchteten Fensters und hielt ihr ein buntes Stoffsäckchen vor ihr ungläubiges Gesicht.

„Ich habe es beim Vorbeischlendern gesehen und wusste sofort, dass ich es für dich besorgen musste.“

Mit leiser Stimme begann er, *Happy Birthday* zu singen, wozu er sie in jeder kleinen Pause sanft auf eine andere Stelle ihres erstaunten Gesichts küsste und sie in seinem Arm wiegte.

„Alles Gute zu deinem dreißigsten Geburtstag“, flüsterte er und schloss sie in seine Arme. Der Kuss, der danach folgte, ließ ihr Innerstes erglühen wie einen Hochofen.

Vorsichtig ließ Linda den Inhalt des Säckchens auf ihre Hand gleiten und seufzte. Eine wunderschöne Silberkette mit elegant ineinander geschwungenen Gliedern, die an Ranken erinnerten, lag auf ihrer Hand. Die Ausläufer der Ranken waren mit geschmackvollen, moosgrünen Steinen besetzt. Ein passendes Armband lag daneben.

„Die dunkelgrünen Steine erinnerten mich an deine Augen. Und der elegante Schwung der Kette an deine sinnlichen Kurven."

„Sie ist traumhaft!", seufzte Linda atemlos. „Die Steine sind aber nicht aus Jade, oder?"

„Doch." Philipp lächelte über Lindas Faszination.

„Aber das kann ich doch nicht annehmen!"

Philipp merkte, wie ihre Augen trotz der Zweifel vor Entzücken glitzerten, und wusste, dass er mit der Kette einen Volltreffer gelandet hatte. An diesem Vormittag auf dem Markt von Santo Domingo, hatte er schon die ganze Zeit die Augen offen gehalten. Und wie der Zufall es wollte, hatte er im Schaufenster eines kleinen Schmuckladens neben einem Stand voller Tücher genau das gefunden, was er gesucht hatte. Als er sich dann wieder zurückgeschlichen hatte, brauchte er nicht lange, um sich für genau diese Kette mit dem Armband zu entscheiden. Für seine Schwägerin nahm er noch am Marktstand nebenan ein reich besticktes Tuch in vielfältigen Rottönen mit, die fantastisch zu ihren dunklen Haaren passten.

„Deine richtige Geburtstagsüberraschung bekommst du aber vermutlich erst morgen, da sie gerade in Vorbereitung ist. Ich muss noch auf etwas warten."

Linda blickte erstaunt auf. „Du willst mir noch etwas schenken? Das ist doch völlig unnötig."

„Nein, das ist definitiv nötig", grinste er. „Lass dich einfach überraschen."

Gerührt schlang Linda ihre Arme um Philipps Hals und bedankte sich bei ihm. Danach hatte er wieder das Gefühl, auf einem schaukelnden Schiff zu stehen. Zufrieden grinsend drehte Philipp sie mit dem Rücken zu sich und meinte: „Jetzt schauen wir mal, ob man die Kette überhaupt noch wahrnimmt, wenn du sie trägst – oder ob du sie mit deiner Schönheit überstrahlst."

Nachdem er ihren eigenen Schmuck geöffnet auf ihre Handfläche hatte gleiten lassen, legte er ihr die Kette um und hakte den Verschluss ein. Dann drehte er sie um und meinte nach einer kurzen Pause: „Die Kette reicht an deine Schönheit bei Weitem nicht heran, aber sie unterstreicht immerhin die Intensität deiner Augen …"

Linda ließ ihn nicht aussprechen, sondern ergriff seine Hand und zog ihn zu einer Ansammlung von Liegen, die etwas abseits standen. Ihre einsame Nische von ein paar Abenden zuvor befand sich leider auf einem anderen Deck. Da so spät zum Glück kaum etwas los war, fühlte sie sich fast unbeobachtet. Und selbst wenn jemand zu dieser nachtschlafenden Zeit vorbeischlendern würde, wäre es ihr im Moment völlig egal.

Völlig egal?!!

Völlig egal, wenn sie von Fremden beim Knutschen und Rummachen beobachtet wurde?!!!!!

Linda hielt nicht inne, um diese revolutionäre Geisteshaltung zu ergründen. Sie wusste nur eines: Sie wollte mehr von Philipp haben – spüren – besitzen. Und das sofort. Sie gierte nach seinen fordernden Lippen, nach seinen forschenden Händen, seinem unvergleichlichen herb-frischen Duft, seinen zärtlich geflüsterten Liebkosungen.

Kaum hatte sich Philipp auf einer Liege niedergelassen, brauchte er zu Lindas Glück keine lange Aufforderung, sondern zog sie sogleich rittlings auf seinen Schoß und ließ seine warmen Hände unter ihren Rock gleiten. Während er ihren Mund mit seinen Lippen streifte, strich er sanft über ihre Schenkel bis zu ihrem Gesäß.

Lindas Blutdruck schoss in die Höhe und ließ sie vor Verlangen erzittern. Sie wollte so viel von ihm spüren, soviel mit ihm erleben … Sie hoffte aus ganzem Herzen, dass sie den Kontakt zuhause wirklich aufrechterhalten konnten.

Während sie über seinen Nacken strich, reckte sie ihm ihren Hals entgegen, den er mit heißen Küssen bedeckte. Dabei schob er vorsichtig seine Hand unter den elastischen Stoff ihres Oberteils. Doch der gepolsterte BH ließ ihn frustriert aufknurren. Ohne zu zögern, öffnete er den Verschluss zwischen ihren Brüsten und schob seine Hand unter die gepolsterte Schale. Selbst in der schemenhaften Dunkelheit konnte sie seinen lüsternen Blick auf sich spüren.

Seine Fingerspitzen strichen sanft über ihre Rundung und reizten die empfindsame Brustwarze, die so behütet darunter gelegen hatte. Heiße Blitze schossen durch Lindas Körper und ließen sie leise aufstöhnen. Ermuntert von ihrer Reaktion umspielte er mit seiner Zunge genießerisch die feste Knospe, bis er sie mit seinem feuchten Mund umschloss, um sie zwischen seine weichen Lippen zu saugen. Ein Ziehen machte sich in ihren schweren Brüsten bemerkbar, da pure Lust jede Zelle ihres Körpers durchflutete und sie von innen her verbrannte. Unruhig rutschte sie auf Philipps Schoß hin und her, was ihm ein Stöhnen entrang.

Spontan ließ er von ihr ab und keuchte: „Wenn du nicht willst, dass ich hier und jetzt in aller Öffentlichkeit beginne, dich aus diesem unglaublichen Kleid zu schälen, solltest du dein Becken besser unter Kontrolle halten."

„Ich will dich", war das Einzige, was sie fähig war zu flüstern, bevor sie ihm einen gierigen Kuss raubte, dessen Wirkung er bis zum kleinen Zeh spürte.

„D-du willst mich?!", stotterte er erstaunt, da er sein Glück nicht fassen konnte.

„Ja. Heute Abend. Jetzt. Am besten sofort."

„Dann können wir nicht hier bleiben", war alles, was Philipp herausbrachte, bevor er begann, ihren BH mit zitternden Fingern zuzuhaken und ihr Oberteil zurechtzuzupfen. Als er sicher war, dass sie einigermaßen repräsentabel für die Öffentlichkeit aussah, fuhr er sich kurz durch die Haare, strich sein Hemd glatt und zog sie von der Liege hoch. „Darf ich dich in mein Reich entführen?"

„Das wäre schön", schnurrte Linda und rieb ihre Brüste an Philipps hartem Oberkörper, bevor sie sich in einem erneuten Kuss verlor.

Ungeduldig nahm Philipp Lindas Hand und zog sie im Laufschritt übers Deck, bis sie zu einer Tür kamen, die sie zu den Fahrstühlen führte. Im Licht der Realität erschien Linda ihm noch begehrenswerter als vorher in der Dunkelheit. Ihre Lippen waren leicht gerötet und wirkten von den vielen Küssen voller. Die Wangen glühten in einem zarten Roséton. Das Haar wirkte leicht verwuschelt, als ob sie gerade nach einer heißen Liebesnacht aus dem Bett gekrochen war. Und ihre tief grünen Augen glänzten fiebrig und ließen sein Herz schneller schlagen.

Schon weit vor seiner Kabinentür hatte er seine Bordkarte gezückt, um ja keine kostbare Zeit zu verlieren. Und dann schlug die Tür von innen zu – und Linda und Philipp waren allein.

Endlich.

Elfter Tag – nachts

Bin heute Abend bei dir, schau, wie sehr ich an dich denk'.
Hab' kein Parfum mit, keine Seife, ich trag 'ne rote Schleife.
Denn ich bin heute dein Geschenk.
Pack' es aus, wenn du magst, bin gespannt, was du dazu sagst. [2/13]

Und als sie endlich in Philipps Kabine standen, fiel in dem Moment jede Hektik von ihm ab. Sein Körper entspannte sich. Die Zeit blieb stehen. Die Welt hörte auf, sich zu drehen.

Er nahm Lindas Hand in seine, zog sie sacht zu seinem Bett und schaltete das kleine Nachtlicht an. Dann strich er zärtlich mit seinen Fingerspitzen über Lindas Schläfe, ihre Wange bis hinunter zu ihrem Hals und ihrem schönen Dekolleté. Dabei versank er in den Tiefen ihres lodernden Blicks. In grünem Feuer, das alles begehrlich verzehrte, was mit ihm in Berührung kam. Gierig leckte sich Linda ihre Lippen und legte sie auf seine, um zu einem ungeduldigen Kuss zu verschmelzen.

Sanft schob er sie etwas von sich weg und murmelte amüsiert: „Wir haben alle Zeit der Welt. Lass mich dich verwöhnen und lehn dich einfach zurück, um dein erstes Mal zu genießen."

„Aber ich verbrenne innerlich …"

„Es wird noch viel mehr brennen, bis ich dich da habe, wo ich dich haben will. Das verspreche ich dir. Aber danach wirst du dich frei und leicht wie eine kleine Schäfchenwolke am blauen Himmel fühlen."

Sanft legte er seine Hand neben ihren Halsansatz und ließ einen Träger ihres Kleides von der Schulter gleiten. Dabei summte er den Anfang von *I'm So Excited*. Als Linda lächelte, sang er leise, während er seine Aufmerksamkeit dem anderen Träger zuwandte:

I want to love you, feel you,
wrap myself around you.
I want to squeeze you, please you.
I just can't get enough …

Er drückte einen zarten Kuss auf ihr reizendes Schlüsselbein. Schaudernd legte Linda ihre Hände um seine Taille, um sich festzuhalten. Während er langsam den elastischen Stoff zur Taille hinunterzog und dabei ihre verführerisch eingepackten Brüste mit sehnsüchtigen Blicken verschlang, sang sie den so passenden Text mit lasziv-rauchiger Stimme für ihn weiter:

I'm so excited and I just can't hide it.
I'm about to lose control and I think I like it.
I'm so excited and I just can't hide it
and I know, I know, I know, I know, I know, I want you,
I want you …

Während sie noch weitersummte, öffnete er den Verschluss zwischen ihren Brüsten und streifte den BH ab. Ein leiser Seufzer der Bewunderung entfuhr ihm. Langsam strich Philipp mit den Handflächen über die Außenseite ihrer Brüste und versuchte sie zu umfassen.

Keine Chance.

Schwer lagen sie in seinen Händen und quollen über seinen Fingern ungezügelt hervor. Sein ganz persönliches Paradies auf Erden …

Liebevoll strich er mit den Daumen über ihre erregten Spitzen, wodurch ihr wiederum ein lang gezogenes Seufzen entschlüpfte. Philipp musste sich aufs Bett setzen – nicht nur, weil seine Beine vor Erregung nachgaben, sondern auch damit er bequem sein Gesicht tief in ihrem Dekolleté vergraben konnte, um sie dort zärtlich zu küssen.

Gott, sie duftete so herrlich!

Linda wühlte sich mit den Fingern durch sein dichtes braunes Haar, während er so dasaß und ihre Brüste liebkoste. Sie stand zwischen seinen gespreizten Beinen und drückte sich eng an ihn, da dieses unbekannte lodernde Feuer in ihrem Inneren alles aufzufressen drohte. Sie brauchte Halt, sie brauchte Erleichterung. Sie brauchte Philipp. Ein Kuss auf seinen Scheitel reichte ihr da nicht.

Ungeduldig zog sie ihn wieder zu sich hoch und nahm sein Gesicht in beide Hände, um sich in seinem Kuss zu verlieren. Die Erregung brandete hoch in ihr auf, als seine schlüpfrige Zungenspitze den Weg in ihre Mundhöhle fand. Sie leckte über seine Zunge, saugte daran und kratzte kurz mit ihren Zähnen darüber. Und doch schien sie ihm damit, nur noch mehr Freude zu bereiten. Sie verstand die Welt nicht mehr. Aber das war jetzt egal. Nur noch eins war im Moment von existenzieller Wichtigkeit.

Irgendwie hatte Philipp es geschafft die Decken vom Bett wegzuschieben, sie darauf und sich danebenzulegen. Mit sanftem Druck umfasste er ihre Brüste, während er ihren nackten Oberkörper mit federleichten Küssen übersäte. Doch sie wollte mehr von ihm spüren. Deshalb gab sie ihm einen kleinen Schubs, damit er auf den Rücken rollte, und zog sein Hemd aus der Hose. Dann begann sie, sich an den Knöpfen zu schaffen zu machen. Wie ein Geburtstagsgeschenk – was er in diesem Fall ja auch war – öffnete sie einen nach dem anderen, bis sie den Stoff auseinanderschieben konnte und seine starke Brust freigab. Genießerisch strich sie darüber und spürte jeden einzelnen wohldefinierten Muskelstrang, der sich unter seiner gebräunten Haut abzeichnete. Wie hellbrauner Marmor unter samtweicher Haut.

Mmh, wie schön er war …

Sie wollte ihn ganz für sich alleine haben. Deshalb schwang sie ein Bein über seine Mitte und setzte sich rittlings auf seinen Schoß, um sich hingebungsvoll mit ihrer rosa Zungenspitze seiner bronzefarbenen Brustwarze zu widmen. Sie leckte, biss ihn spielerisch in die Seite und nahm seinen berauschenden Geschmack voll in sich auf. Dann spürte sie, wie er den Reißverschluss an der Seite ihres Kleides herunterzog. Bereitwillig setzte sie sich auf, damit er es ihr über den Kopf streifen konnte. Dann lag der lästige Stoff auf dem Boden und sie saß nur mit ihren schwarzen Hotpants bekleidet auf seinem Schoß – seine Hände fest um ihre Hüften gelegt. Sein Blick wanderte über ihre langen Haare, die hinter ihrem Rücken einen dichten, goldenen Vorhang bildeten und ihre Silhouette umschmeichelte. Zügelloses Begehren flackerte in seinen Augen auf und erinnerte Linda an ein loderndes Lagerfeuer.

„Oh Linda“, flüsterte Philipp mit vor Lust verhangenem Blick.

Als ob sie seine geheimsten Gedanken erraten hätte, begann sie, sich langsam zu rekeln und ihm ihre festen Brüste entgegenzurecken. Dabei legte sie den Kopf in den Nacken und ließ ihre Finger genießerisch durch ihr langes Haar gleiten. Eine schwere Strähne fiel wie zufällig über eine ihrer verführerischen Rundungen, während sie ihren Po aufreizend an seinem Schoß rieb. Sofort ließ er seine Hand zu ihrer schmalen Taille gleiten und von da höher zu ihren Brüsten, die ihn wie ein Magnet anzogen.

Doch sie schüttelte den Kopf und begann, ihm das Hemd abzustreifen. Dann war sein Gürtel dran. Und schneller als er bis fünf zählen konnte, stand Linda schon am Fußende des Bettes, um ihm die Hose und die Socken auszuziehen.

Als sie sich wieder auf allen Vieren langsam auf ihn zu bewegte, um sich seinem letzten Kleidungsstück zu widmen, packte er sie und drehte sie auf den Rücken.

„Jetzt bin ich dran", murmelte er nur und strich genüsslich über die weiche Haut ihres Bauchs, bis er ihr Höschen erreichte. Das schob er dann langsam ihre Schenkel hinunter und bedeckte die verletzlichen Stellen um ihr flaumiges Dreieck mit zarten Küssen. Erregt stemmte sie ihm ihre Hüfte entgegen.

„Wenn du dich jetzt nicht ins Zeug legst", keuchte Linda, „dann schwöre ich dir, gehe ich so, wie ich bin, auf den Flur hinaus und suche mir jemand anderen, der das zu Ende bringt, was du angefangen hast."

Mit einem wollüstigen Lächeln nickte er zustimmend und löste sich von ihr. Frustriert stöhnte sie auf. Das durfte doch wohl nicht wahr sein! Wann ging es denn endlich los?

„Tststs", machte Philipp, als er sich wieder grinsend neben sie setzte. „Eines darfst du in all der Leidenschaft nie, aber auch nie vergessen. Und das ist das hier." Er hielt ein eingepacktes Kondom hoch. Gottergeben nickte Linda zum Zeichen, dass sie verstanden hatte. „Hast du schon mal eines benutzt?"

„Ich habe so ein verdammtes Ding noch nicht einmal ausgepackt, geschweige denn mal zu Übungszwecken über eine Zucchini gezogen."

„Dann pack mich mal aus, damit ich dir zeigen kann, wie es geht", raunte er ihr zu.

Sie setzte sich ungeduldig auf, während er sich auf den Rücken legte. Wie schon bei seiner Badehose am Nachmittag in der Bucht schob Linda ihre Finger unter den Bund seiner Retroshorts und zog sie ihm herunter. Wieder war sie über seinen wertvollsten Besitz verwundert und erstaunt. Seine zarte Haut zwischen den dunklen Haaren. Seine kraftvolle Länge.

Jetzt war die Stunde der Wahrheit gekommen. Ob das alles wirklich zusammenpasste?

„Keine Angst, es passt schon", meinte Philipp leise, der sie genau beobachtet hatte. „Die Natur hat sich dabei schon etwas gedacht."

Er nahm das Kondom, riss die Verpackung auf und schob es heraus. Dann zeigte er ihr, wie sie es aufsetzen musste und wie es heruntergerollt wurde. Dafür nahm er ihre Hand und legte sie um seinen Schaft, um sie zu führen.

Dann hielt er inne und nahm ihre Finger in seine Hand. „Linda, ich verspreche dir, vorsichtig zu sein. Aber wenn ich das erste Mal eindringe, wird es vermutlich trotzdem wehtun."

Sie lächelte ihn beruhigend an. „Mach einfach. Noch mal dreißig Jahre werde ich ganz bestimmt nicht darauf warten."

Automatisch legte sie sich neben ihn auf den Rücken in der Erwartung, er würde jetzt beginnen. Doch Philipp lag immer noch neben ihr und begann wieder von Neuem, genießerisch über ihren Körper zu streichen. Normalerweise schaffte es Philipp mit seinen Zärtlichkeiten jedes Mal, sie das eigentliche Ziel vergessen zu lassen. Aber nicht diesmal. Sie war schon gespannt wie ein Flitzebogen und wollte endlich wissen, wie es war!

So eilig wie Linda hatte Philipp es dann doch nicht, obwohl er sich nicht mehr lange zurückhalten konnte. Allerdings hatte er sich geschworen, Linda ein denkwürdiges Ereignis zu bescheren. Ihr erstes Mal sollte schön und unvergesslich für sie werden.

Er nahm eine ihrer langen Haarsträhnen zwischen die Finger und kitzelte über ihre Brustwarze, die sofort darauf reagierte. Seine langen schlanken Finger strichen über ihren Bauch, ihre Hüften, nur um sie mit den Lippen weiter zu verwöhnen. Er freute sich, als Linda ein leises, lustvolles Stöhnen entschlüpfte, wobei sie ihren Rücken genussvoll durchdrückte und ihr Becken ein ausgeprägtes Eigenleben entwickelte.

Die kurze Pause, in der sie ihm das Kondom übergezogen hatte, hatte – wie Philipp schmunzelnd feststellte – ihre Lust nicht geschmälert. Seine neugierig forschenden Finger glitten zwischen ihre Schenkel und streichelten über ihre fruchtig-süße Perle, die mittlerweile fest und geschwollen war wie eine reife Kirsche und in einem Bett von Honig auf ihn wartete.

Oh, ja! So sollte es sein …

Seine Fingerspritzen kreisten langsam in der Öffnung und verteilten den süßen Sirup. Weich und warm legte er sich um seine Finger und zog sie wie auf magische Weise tiefer in die Höhle. Lindas kehliges Aufstöhnen zeigte ihm, dass er nicht mehr zu lange warten durfte. Mit leichtem Schwung drehte er sie auf die Seite, dass sie sich Bauch an Bauch gegenüberlagen. Er umfasste ihre Kniekehle und zog ihr Bein auf seine Hüfte und flüsterte ihr erklärend zu: „So hast du die größtmögliche Bewegungsfreiheit."

Dann begann er, sie vorsichtig mit seiner Eichel zu necken, während er ihr in die Augen blickte, bis sie wieder zu keuchen begann. Langsam schob er sich in sie hinein, hielt an, um ihre Reaktion zu beobachten. Glitt wieder ein Stückchen heraus, um erneut ein wenig weiter vorzudringen.

Als er den Punkt in ihrem Körper spürte, an dem etwas zerriss und sie kurz die Augenbrauen zusammenzog, verharrte er in seiner Bewegung und küsste sie zärtlich auf die Wange. Er wollte warten, bis der Schmerz in ihrem Inneren nachließ, bevor er weitermachte. Überrascht stellte er fest, dass das schneller der Fall war, als erwartet. Ihre Lippen suchten seine und fielen sofort begierig über ihn her. Lindas Leidenschaft war nur für einen Moment ausgebremst worden, aber immer noch ungebrochen. Philipp zog sich wieder zurück und glitt langsam in seiner vollen Länge in sie hinein.

Sie war so heiß und feucht, dass er beinahe vergaß, auf ihre Reaktion zu achten. Er genoss die Enge, die samtweiche Reibung, die ihn mehr erregte, als alles andere, was er bisher erlebt hatte. Beinahe verlor er sich gänzlich in diesem Gefühl, in ihr zu sein. Sie voll auszufüllen. Sie für einen Augenblick zu besitzen.

Mit dem Anflug eines schlechten Gewissens öffnete er wieder die Augen. Doch er hätte sich keine Sorgen um sie zu machen brauchen. Linda schlüpfte ein wohliger Seufzer über ihre vollen Lippen, während sie mit den Zähnen über seine Unterlippe streifte.

Beruhigt zog er sich wieder etwas zurück, um nun ein wenig kräftiger zuzustoßen. Ein erregtes Stöhnen bildete sich in seiner Brust, als er bemerkte, wie sie ihm ihre Hüfte gierig entgegendrückte. Er glitt mit der Hand von ihrem Schenkel zu ihren Pobacken und drückte sie bei jedem Stoß noch enger an sich, sodass sie ihn tief in sich spüren konnte.

Er wollte sie vor Lust stöhnen hören. Er wollte in ihrem Gehirn alle einengenden Hemmungen einreißen, die ihr von ihrer Umwelt jahrelang eingebläut worden waren, damit sie sich in ihrem körperlichen Verlangen gänzlich verlor. Ganz ohne die reglementierenden Grenzen, in denen ihr Kopf ihre Sinnlichkeit gefangen hielt. Sie sollte keine Kontrolle mehr über ihre Leidenschaft haben, sie stattdessen hemmungslos ausleben können, sich in ihr verlieren. Deshalb würde er sich nicht beeilen, sondern ihr so viel Lust bereiten, dass sie alle Schüchternheit über Bord warf und vor Genuss laut stöhnte …

Trotz seiner eigenen Erregung bemerkte er den berauschenden Augenblick, in dem sie den Verstand abschaltete und sich nur noch der Intensität des Augenblicks hingab. In dem sie nur noch aus Instinkten bestand. Ihr Körper automatisch reagierte, wie er schon seit Anbeginn der Zeit in einer solchen Situation reagierte: Lindas Körper wurde zu einem Instinkt und triebgesteuerten Individuum. Voll von brennender Lust, die durch ihre beiden Leiber strömte und jeden noch so verborgenen Winkel erreichte. Es erregte ihn noch mehr, sie dabei zu beobachten, sodass er an sich halten musste, nicht vor ihr zu kommen.

Ihre Körper bewegten sich in einem perfekten Rhythmus, der sie mit jeder Bewegung ein Stück näher dem Himmel zutrieb. Und dann kam auch schon der Augenblick, in dem Linda die ersten Ausläufer ihres Orgasmus spürte.

… in dem sie überrascht den Mund öffnete, um in ein keuchendes Atmen zu verfallen, das sie im Gleichklang zu jeder ihrer Bewegungen ausstieß …

… in dem sie die Augenbrauen zusammenzog und überrascht aufstöhnte, als eine noch intensivere Welle über sie hinwegrollte …

Es war für Philipp ein überwältigender Genuss, ihr Mienenspiel zu beobachten und ihrer heiseren Lustbekundungen zu lauschen, während er selbst spürte, wie sie sich mit jedem Stoß noch heißer und enger um ihn schloss, sodass er es nicht länger zurückhalten konnte.

Als Linda mitten in ihrem ganz persönlichen Tsunami steckte, ließ Philipp all seine Gedanken los. Fegte seinen Kopf leer und genoss die Intensität seiner Gefühle, die noch nie so stark waren – und entdeckte eine tief verwurzelte Sehnsucht, deren Erfüllung noch nie so nahe erschien. Mit jeder Bewegung erklomm er in Lichtgeschwindigkeit einen Berg, der noch nie so steil, noch nie so hoch gewesen war, wie in diesem Moment.

Noch einmal beschleunigte er den Rhythmus. Und als er dann die Spitze erreichte, hatte er das Gefühl, er könne fliegen.

Elfter Tag – nachts

Wenn ich an dich denke, wird mir heiß und kalt,
weil ich weiß, dass es dein Herz ist,
das ich in Händen halt. [2/5]

Linda spürte ihre verkrampften Zehenspitzen nicht mehr. Sie waren völlig taub. Dafür pulsierte ihr restlicher Körper wie ein Basslautstärker auf Anschlag. Wie Philipp ihr versprochen hatte, fühlte sie sich frei und so leicht, dass sie Angst haben musste, vom Bett abzuheben.

Was sie da noch vor einem Augenblick erlebt hatte, war absolut unglaublich gewesen ...

Als sie gerade eben dem Höhepunkt entgegengaloppiert war, hatte sich ihr Herz vor Liebe schmerzhaft zusammengezogen. Doch jetzt fühlte es sich an wie von einem alten Bann erlöst und von einer langen Gefangenschaft befreit – und gleichzeitig so weit, als wäre es in dieser kurzen Zeit auf die doppelte Größe angewachsen. Zwei warme Hände schienen es zu halten, zu behüten, zu beschützen. Dennoch schlug es fast bis zum Platzen, um wertvollen Lebenssaft in jede Zelle ihres Körpers zu pumpen.

Ein behagliches Kribbeln durchströmte ihren Körper wie eine heilende Flüssigkeit, die Zufriedenheit und Erfüllung in ihr vernachlässigtes Herz spülte. Langsam bewegte sie die Zehen und freute sich über das wiederkehrende Gefühl.

„Das war unglaublich“, sprach sie ihre Gedanken laut aus. Eng umschlungen lagen sie beieinander, Philipps Nase an Lindas Halsbeuge vergraben.

„Ja, das war es. Auch für mich.“ Philipp war sich sicher, noch bei keiner Frau so intensiv empfunden zu haben. Selbst bei Bekky nicht. Dafür war er damals wohl noch zu jung und unreif gewesen.

Linda hob den Kopf, um Philipp fragend ins Gesicht sehen zu können. „Ist Sex immer so?“

Philipp zögerte. „Nein. Nach meiner Erfahrung ist Sex ohne Verpflichtungen zwar schön, befreiend und für eine kurze Zeit sehr befriedigend. Aber meist hinterlässt er einen schalen Nachgeschmack.“ Er gab ihr einen Kuss auf das Haar. „Wenn Gefühle mit eine Rolle spielen, wird die ganze Sache deshalb *noch* schöner, *noch* befreiender und *deutlich* befriedigender. Deshalb war das, was wir gerade erlebt haben, nicht einfach nur Sex.“

„Wir haben uns geliebt?", schlug Linda vor.
„Ja."
„Ich habe früher den Unterschied nie verstanden." Sie legte eine Hand an Philipps Wange und blickte ihm tief in seine wunderschönen dunklen Augen, die sie im Dämmerlicht anstrahlten. „Jetzt schon ..." Sie zögerte. „Bin ich sehr laut geworden?" Ihr war das lautstarke Zwischenspiel in ihrer Nachbarkabine zu Beginn der Reise eingefallen. Wenn sie sich auch so fiepsig-hechelnd angehört hatte, würde sie sich vor lauter Scham erschießen.
Als Philipp nur eine Augenbraue hochzog, befürchtete Linda schon das Schlimmste. Doch dann lächelte er leicht und meinte schlicht: „Nur ein bisschen. Und das, was ich gehört habe, war die schönste Musik, die ich mir vorstellen kann."
„Okaaay", meinte sie zweifelnd. „Ich fände es nur schrecklich, wenn deine Nachbarn – wer auch immer neben dir wohnt – etwas von uns mitbekommen hätten."
„Mach dir keine Sorgen. Simon und Betty tun mit Sicherheit gerade dasselbe wie wir zwei."
„Simon und Betty?!", zuckte Linda zusammen.
„Nein, keine Sorge. Es sind zwei andere Kollegen, die die angrenzenden Kabinen bewohnen."
„Und welche?"
„Sag ich dir nicht, sonst errötest du morgen bezaubernd bis zu den Haarwurzeln, wenn du ihnen begegnest, und sie fühlen sich geschmeichelt, weil sie denken, es liege an ihnen. Und dann fühlt sich das Tier in mir herausgefordert, weil ich mein Revier und meine Beute gegen zwei Rivalen verteidigen muss – und das wird garantiert unschön. Du willst doch sicher nicht, dass die Reise in einem blutigen Kampf endet, oder?" Er gab ein leises, knurrendes Fauchen von sich und vergrub spielerisch seine Zähne an Lindas Halsbeuge. Doch dann raunte er: „Ich könnte noch ewig so daliegen, aber ich sollte demnächst etwas entsorgen."
Er zog sich langsam aus ihr zurück und entfernte das Kondom. Linda beugte sich neugierig vor und sah zu, wie er es zuknotete.
„So hat das Kondom von Desirée auch ausgesehen." Sie betrachtete den Inhalt. „Allerdings ist bei dir mehr drin."
Jetzt musste Philipp grinsen. Für dieses unbeabsichtigte Kompliment gab er ihr einen Kuss auf die Nasenspitze. „Möchtest du vielleicht zur Toilette gehen?"
Linda zog ihre Augenbrauen hoch und überlegte. „Ja, ich glaube,

ich müsste wirklich mal."

Als sie aufstand und barfuß zur Badtür ging, fühlte sie Philipps Blick an ihrem Körper kleben. Wenn sie nicht gerade miteinander geschlafen hätten, hätte sie schwören können, dass sie schon wieder einen glimmenden Hunger in seinen Augen erblickte. Wie konnte man nach einem solch welterschütternden Erlebnis noch so hungrig sein? Das konnte doch unmöglich sein, oder?

Kopfschüttelnd machte sie das Licht an, schloss die Tür und setzte sich auf die Toilettenbrille. Während sie noch immer ungläubig an Philipps Gesichtsausdruck dachte, spürte sie, wie mit dem Urin noch etwas anderes ihren Körper verließ.

Neugierig spreizte sie die Beine und spähte ins Wasser. Dort schwamm der Beweis ihrer lang ersehnten und nie erwarteten Entjungferung: ein kleiner blutiger Schleimklumpen.

Linda dachte nur grinsend: *Jungfernhäutchen ade! Scheiden tut nicht weh!*

Sie hatte dreißig Jahre auf etwas so Wichtiges warten müssen, was andere schon mit sechzehn zum ersten Mal erlebten. Sie hätte demzufolge schon seit gut zehn Jahren wissen können, welche Freude und welches Glück sie mit einem Mann zusammen erleben konnte – und es ärgerte sie maßlos, wie viel sie in diesen Jahren verpasst hatte! Sie schwor sich, dass ihr so etwas nicht noch mal auf einem so wichtigen Gebiet passieren würde.

Was ihr allerdings nicht leidtat, war die Tatsache, dass sie ihr erstes Mal mit Philipp zusammen erlebt hatte – und nicht als Sechzehnjährige mit einem unerfahrenen Jungen aus ihrer Klasse. Das mit Philipp war mit Sicherheit etwas wirklich Besonderes. Deshalb würde sie versuchen, wenigstens einen kleinen Teil mit ihm nachzuholen, den sie in all den Jahren verpasst hatte. Sie wollte ein wenig herumexperimentieren, ihre Gefühle erforschen. Erleben, wie ihr Körper auf Philipps Zärtlichkeiten reagierte. Wie sie Philipp zum Erbeben bringen konnte. Sie war im Herzen zu sehr Forscherin, um sich mit weniger zufriedenzugeben.

Während Linda noch auf der Toilette über ihre Entjungferung philosophierte, stand Philipp auf und entnahm dem kleinen, im Schreibtisch integrierten Kühlschrank eine Wasserflasche. Bei jedem Schritt merkte er, wie wacklig sich seine Beine anfühlten. *Herr im Himmel!* So etwas hatte er noch nicht erlebt!

Unsicher setzte er sich wieder aufs zerwühlte Bett und öffnete die Flasche, um gierig seinen Durst zu löschen. Er fühlte sich wie im Rausch. In seinem Kopf schwirrte ein ganzer Bienenschwarm, seine Beine wollten nicht so, wie sie sollten, und in seinem Bauch tanzte eine wild gewordene Horde Schmetterlinge Cha-Cha-Cha.

Mit Linda hatte er einen großen Glücksgriff getan, das spürte er. Er hoffte nur, dass die vielen anfänglichen Stolpersteine – und damit meinte er ganz besonders auch Desirée – aus dem Weg geräumt waren. Ihnen blieben nur noch zwei Tage auf See, bevor sie wieder in ihre Flieger stiegen und heimkehrten. Und die wollte er in allen Zügen mit ihr genießen.

Linda schienen, wie ihm auffiel, auch keine Missgeschicke mehr zuzustoßen, seit sie zusammen waren, wie zum Beispiel die Liege, über die sie so unglücklich gestolpert war. Sie hatte sich damals mit Sicherheit mehr wehgetan, als sie ihm gegenüber zugegeben hatte, da sie einen ziemlich üblen Bauchplatscher hingelegt hatte. Leise lachend fiel ihm noch etwas ein, an das er sehr gerne zurückdachte …

Die Badtür öffnete sich und Linda blieb etwas befangen im dunklen Türrahmen stehen. Nackt, wie Gott sie geschaffen hatte. Mit einem weichen Glanz auf ihrer Haut, der im Licht der kleinen Lampe golden schimmerte. Mit einem betörenden Dreieck zwischen ihren schlanken Beinen, das von anmutig gerundeten Hüften verführerisch in Szene gesetzt wurde. Mit langen, dunkelblonden Haaren, die in schweren Wellen über ihre Schultern und eine ihrer vollen Brüste fielen, während die Brustspitze der anderen wie eine reife Himbeere im Dämmerlicht leuchtete.

Sie wirkte auf ihn wie eine überirdische Erscheinung. Wie eine Halluzination, die ihn im Fieberwahn heimsuchte. Wie eine Fata Morgana in der heißen Wüste seiner verwirrenden Gefühle.

Mit trockenem Mund streckte er einen Arm aus und raunte mit einer Stimme, die ihn fatal an einen verrosteten Auspuff erinnerte: „Komm her, meine Süße." Mühsam schluckte er, als sich Linda anmutig neben ihm auf die Knie gleiten ließ.

„Warum hast du vorhin gelacht, als ich im Bad war?", fragte sie; unsicher, ob es etwas mit ihrem ersten Mal zu tun hatte.

Philipp lächelte wieder und entblößte dabei seine weißen Zähne. Sein verwuscheltes Haar ließ ihn zusammen mit diesem frechen, schiefen Grinsen wie ein verwegener Seeräuber wirken – ein karibischer Pirat.

„Mir sind deine vielen Missgeschicke zu Beginn der Reise eingefallen." Linda errötete. „Da gibt es nämlich eines, an das ich ganz besonders gerne denke."

„Und das wäre?" Er bot ihr die Wasserflasche an, aus der sie ein paar Schluck trank.

„Als du wie ein wahr gewordener Traum in deinen verführerischen Dessous vor meiner Kabinentür aufgetaucht bist und um Hilfe gebeten hast. Du kannst dir vorstellen, wobei ich dir gerne geholfen hätte ..." Er lachte leise. „Es war verdammt schwer für mich, die Finger von dir zu lassen und dir stattdessen ein T-Shirt von mir anzubieten. Damit habe ich mich selbst bestraft." Zart strich er mit den Fingerspitzen über ihre Wange. „Und als du so wütend auf mich wurdest und mich mit tödlichen Blicken attackiertest, hätte ich dich am liebsten in meine Arme gerissen und dir die ganze Wut von deinem süßen Mund geküsst." Sanft drückte er seine Lippen auf den Hals unterhalb ihres Ohrs, was ihr ein weiches Schnurren entlockte.

„Und weißt du, wann ich am liebsten über *dich* hergefallen wäre?" Philipp machte ein fragendes Geräusch. „Als du mir als Polizist die Tür geöffnet hast. Du hast so dunkel, so männlich und so berauschend sexy gewirkt, dass ich beinahe in Ohnmacht gefallen wäre."

„Dann hätte ich dich mit meinen starken Armen aufgefangen und wieder wachgeküsst", murmelte Philipp an ihrem Hals.

Linda bemerkte überrascht den stolzen Beweis für Philipps Begehren, der unübersehbar aus seinem Schoß ragte. Sie konnte nicht anders. Sie musste ihn berühren. Sanft legte sie ihre Finger um sein hartes Glied, strich vorsichtig über die Eichel und liebkoste sie. Als Philipp an ihrem Hals die Luft zwischen den Zähnen einzog, wusste sie, dass sie es richtig machte – und lächelte.

Sie drückte Philipps Oberkörper aufs Bett und bedeutete ihm, sich am Kissen anzulehnen. Dann setzte sie sich auf seine Oberschenkel und begann, ihn systematisch in den Wahnsinn zu treiben. Auch wenn sie nicht viel Erfahrung hatte, lernte sie doch schnell. Das war schon immer so gewesen ...

Sie wusste, was Philipp an ihrem Körper besonders gefiel. Sie wusste auch, was sie mit seinem Körper anstellen musste, um dieses atemlos-zischende Luftholen zu hören. Deshalb beugte sie sich vor und stützte sich mit den Händen auf Philipps braune Arme, die seitlich von seinem Körper entspannt auf dem Bett lagen und sich vom Weiß des Leintuchs abhoben. Dann begann sie, ihre Haare langsam über seinen festen Oberkörper gleiten zu lassen. Ihn mit ihrer Zunge zu kitzeln. Anschließend leicht zu beißen. Um dann die misshandelte Stelle liebevoll zu küssen.

Natürlich war Philipp zu sehr Mann, um nur tatenlos dazuliegen, während sich ihm das Objekt seiner gesammelten Begierde in so greifbarer Nähe feilbot. Doch Linda ließ nicht zu, dass er das Ruder übernahm. Als sie sich von seinem Bauchnabel bis zu seinem Hals hochgeküsst hatte, machte sie ein Hohlkreuz und strich mit ihren aufgerichteten Brustspitzen über seinen Bauch. Sie wollte ihn reizen. Mit dem explodierenden Feuer in ihrem Inneren hatte sie allerdings nicht gerechnet. Heiße Zuckungen breiteten sich in ihrem Unterleib aus, als ihre empfindlichen Knospen seine Haut streiften, und ließen sie vor Verlangen stöhnen.

Philipp ging es nicht besser. Er wand sich unter ihrem Griff und drückte sein steinhartes Verlangen gegen ihre Scham. „Ahrrrg. Du bringst mich noch um", keuchte er.

„Noch nicht", murmelte sie mit rauchiger Stimme und ließ ihr Becken an ihm kreisen, bis ein entfesseltes Stöhnen seine Brust zerriss. „Wo hast du ein Kondom?" Ein entsetzlicher Gedanke ließ sie innehalten. „Du hast doch noch eins, oder?"

„Ja, Ralf und Tobi haben mich gut versorgt …"

„Ach ja, stimmt. Das hatte ich völlig vergessen." Sie lächelte. „Richte den beiden bitte meinen herzlichsten Dank für ihre Voraussicht aus. Und wo sind sie nun?"

„Auf dem Boden neben dem Bett. Ich habe sie vorhin aus dem Schrank geholt."

Linda beugte sich hinunter und zog eins aus der Schachtel, während sie noch auf Philipps Schenkeln saß. Diese Gelegenheit nutzte Philipp schamlos aus und legte seine Hände besitzergreifend um ihre Hüfte.

„Mmh-mmh, das habe ich dir aber nicht erlaubt", beschwerte sich Linda halbherzig, als sie sich wieder aufrichtete.

„Du hast es mir aber auch nicht verboten. Immerhin hast du meine Arme losgelassen. Da kann ich das nur als Aufforderung verstehen."

Während er von ihren gespreizten Schenkeln bis zu ihrem Gesäß strich, riss Linda die Packung auf und schob das Kondom heraus. Mit konzentriertem Blick setzte sie ihm das Hütchen auf und begann, es herunterzurollen. Dabei leckte sie sich andächtig über die Unterlippe.

„Das machst du sehr gut", flüsterte Philipp, dessen Augen fasziniert an dieser rosa Zungenspitze hängen blieben.

Als Linda fertig war, warf sie ihm einen lüsternen Blick zu – sie hatte es sichtlich genossen, mit vollen Händen zu arbeiten – und rutschte mit dem Becken ein paar Zentimeter vor, um seine lange Härte an ihren feuchten Lippen zu spüren. Genießerisch kreiste sie mit der Hüfte, um ihn wie auch sich selbst noch mehr zu reizen. Noch mehr flammende Blitze zu erzeugen. Noch mehr glühendes Feuer heraufzubeschwören.

Und dann hob sie kurz ihr Becken und nahm ihn in sich auf. Sie spürte, wie er sich hart und heiß in sie hineinschob, sodass sie vor Erleichterung fast aufkeuchte.

Das war wirklich der Himmel auf Erden …

Zwölfter Tag – morgens

Du liebst auf selbstbewusste Art,
sensibel, offen und hart. [1/14]

Eine süß duftende Sommerwiese grub sich in Philipps Nase. Das Aroma war berauschend, das Gefühl weich und warm. Während er noch so dalag und in die Sonne blinzelte, setzte sich ein Schmetterling auf seine Nase und bewegte vorsichtig die Flügel. Seine dünnen Beinchen kitzelten wie verrückt seine Nasenspitze.

Aus einem Reflex heraus wollte er sich schon kratzen. Aber er hatte keine Hand frei. Er hielt etwas unsagbar Wertvolles und Wichtiges, das er nicht fallen lassen durfte, das ihm aber jeden Moment entgleiten konnte. Aus irgendeinem ominösen Grund konnte er nicht benennen, was es war. Er konnte es noch nicht einmal sehen. Aber er wusste, er musste es hüten wie seinen Augapfel …

Linda spürte, wie sie aus einem tiefen, erholsamen Schlaf langsam an die Oberfläche dämmerte. Hinter ihren geschlossenen Augenlidern nahm sie etwas Helles wahr, was, wie sie träge vermutete, die aufgehende Sonne war. Noch konnte sie sich nicht dazu aufraffen, die Augen zu öffnen. Erinnerungen an die letzte Nacht stürmten wie Gewehrsalven in einer tobenden Schlacht auf sie ein. Daruntergemischt waren viele überwältigende Gefühle, die die bunten Bilder noch intensiver wirken ließen. Meine Herrn, das war eine Nacht gewesen!

Ganz deutlich war sie sich des warmen Körpers an ihrem Rücken bewusst, der sich eng wie eine zweite Haut an sie geschmiegt hatte. Sein Arm lag über ihrer Taille und endete in einer großen Hand, die ihre rechte Brust locker umfasst hielt. Außerdem spürte sie noch etwas Hartes an ihrem Hintern, das eigentlich nicht da hingehörte. Sie musste schmunzeln.

Natürlich hatte sie schon Sprüche über die männliche Morgenlatte gehört, die so steif sei wie der Zahn einer Bisamratte. Aber sie nun wirklich selbst zur spüren, war völlig anders … sehr beeindruckend.

So beeindruckend, dass sie sich fragte, ob Philipp tatsächlich schon wieder bereit für eine Wiederholung der unglaublichsten Erfahrungen ihres Lebens war. Bei dem Gedanken merkte sie, wie ihr Blut wieder leicht zu brodeln begann.

Sie hatte sich früher immer damit getröstet, dass ein Elementarteilchen sie nie so enttäuschen konnte wie ein Mann. Und dass sie mit dieser Einstellung auch viel besser zurechtkäme und auf lange Sicht viel zufriedener sei. Aber damit hatte sie sich nur selbst in die eigene Tasche gelogen. Denn kein Elementarteilchen konnte sie in dieses wohlig-zufriedene Glücksgefühl versetzen, wie Philipp es in der letzten Nacht vermocht hatte.

Tja, sie hatte sich getäuscht. Sie wollte nicht nur einen Mann in ihrem Leben – sie brauchte einen. Schon zu lange war sie allein gewesen. An die Schmerzen, Verletzungen und Enttäuschungen, wenn eine Beziehung auseinanderging, wollte sie natürlich nicht denken. Aber mittlerweile wusste sie, dass diese Enttäuschungen von den glücklichen Phasen dazwischen aufgewogen wurden. Auf keinen Fall wollte sie noch länger auf diese neue Erfahrung in ihrem Leben verzichten.

Langsam öffnete sie ihre Augen und blickte auf die sonnenüberflutete Wand vor ihr. Anscheinend hatten sie vor lauter Leidenschaft in der letzten Nacht vergessen, die Vorhänge zuzuziehen, und dementsprechend kurz geschlafen. Ganz vorsichtig legte sie ihre Finger auf Philipps leicht behaarten Unterarm, der sie immer noch umfasste, und streichelte zart darüber. Dabei zuckte er leicht mit der Hand, wobei sich seine Finger reflexartig etwas fester um ihre Brust schlossen, als wollte er sie nicht hergeben. Danach lockerte er seinen Griff wieder und begann, sie zu liebkosen, als wenn er etwas Liebgewonnenes nicht loslassen oder gar verlieren wollte.

Als Philipp im Schlaf ein geseufztes „Mmh" von sich gab, lächelte sie in sich hinein und gab sich genussvoll der unbewussten Zärtlichkeitsbekundung hin.

Der Schmetterling war immer noch da. Irgendwie ließ er sich nicht vertreiben, selbst durch gelegentliches Naserümpfen nicht. Dummerweise hatte er noch Besuch von zwei anderen Prachtexemplaren bekommen, die sich einfach so auf seinem Arm niedergelassen hatten. Auch diese beiden konnte er nicht verscheuchen, da seine Hände immer noch mit etwas anderem beschäftigt waren.

Etwas Kostbarem.

Und dieses Kleinod durfte er auf keinen Fall hergeben. Es war ein warmer Schatz, der sich angenehm weich in seine Hand schmiegte. Mmh ... wie gut sich das anfühlte. Wenn bloß die Schmetterlinge nicht wären! Dann könnte er sich voll und ganz auf seine andere Aufgabe konzentrieren.

Plötzlich merkte Philipp, dass sie fort waren, das Kitzeln an der Nase und auf dem Arm aber noch anhielt. Überrascht öffnete er die Augen und fand sich in Lindas dichtem Haar vergraben, während ihre Hand immer noch seinen Arm streichelte. Und ihr nackter Hintern eng an seinen Schoß gedrückt war. Mmh ... Gab es eine schönere Art wach zu werden?

„So würde ich am liebsten jeden Morgen aufwachen", murmelte Philipp in ihrem Haar und gab ihr einen leichten Kuss in den Nacken. Mit einem erfreuten Lächeln drehte sie sich in seinem Arm zu ihm um. „Guten Morgen, meine kleine Wildkatze."

„Guten Morgen, mein Tiger", erwiderte Linda mit einem kleinen Lächeln und gab ihm einen Kuss.

Philipp grinste selbstgefällig. „Hast du nach den schweißtreibenden Aktivitäten der letzten Nacht gut geschlafen?"

„Wie eine Tote."

„Ja, das ist der Vorteil von heißblütigem Sex. Er ist berauschend wie eine Droge und hat das höchste Suchtpotenzial. Außerdem bekommt man danach vor Erschöpfung nichts mehr mit und versinkt widerstandslos in Tiefschlaf. Wie beim Komasaufen."

„Aber wenigstens kann ich mich noch an jede Einzelheit davor erinnern."

„So? Kannst du?" Philipp betrachtete sie prüfend mit hochgezogener Augenbraue. „Woran zum Beispiel?"

„Ich kann mich zum Beispiel daran erinnern." Linda rutschte etwas hinunter und streichelte seine Brust mit ihrem Haar. „Außerdem noch daran." Genüsslich knabberte sie an seiner Brustwarze und legte seine Hand auf ihre Hüfte, um sie in Kreisbewegungen darüber zu führen. „Aber ganz besonders gut erinnere ich mich an das." Sie umfasste sein erigiertes Glied und begann es zu liebkosen. Fast hatte sie das Gefühl, dass es unter ihrer Berührung noch fester wurde.

Philipp reagierte auf ihre Zuwendungen mit einem tiefen Knurren. Neugierig wanderten seine Finger zwischen ihre Schenkel und spürten, wie feucht sie war. „Hast du dich da unten schon mal berührt?"

Sie lachte: „Ja klar, ich habe mich schließlich schon oft genug in meinem Leben geduscht."

„Nein, ich meine, wenn du feucht und willig warst, bereit zum Sex."

„Nein, dann noch nie. Vermutlich, weil ich noch nie wirklich so erregt war, wie mit dir."

Er zog ihre Hand zwischen ihre Schenkel und legte die Fingerspitzen auf ihr geschwollenes Fleisch, das benetzt war mit süßen Tautropfen, die ihn kess dazu einluden, sie genussvoll zu kosten.

Langsam rieb er mit ihrer Fingerspitze über die kleine, feste Murmel, die vorwitzig zwischen ihren prallen Schamlippen hervorlugte. Dann rieb er absichtlich an ihr vorbei und umkreiste sie langsam, bis sie laut hörbar die Luft zwischen den Zähnen einzog. Mit einem spitzbübischen Grinsen führte er ihren Finger weiter nach hinten und ließ ihn bis zur Hälfte in sie hineingleiten.

„Spürst du, wie eng und feucht du bist?", flüsterte er an ihrem Ohr.

Sie konnte nur nicken, während sie ihn mit großen Augen anblickte und schluckte. Jede Berührung ihres willigen Fleisches leitete wollüstige elektrisierende Reize bis tief in ihr Inneres weiter. Noch mal entfuhr ihr zischend der Atem.

„Das ist für mich – vom Orgasmus mal abgesehen – fast das Schönste beim Sex. Das Eindringen, wenn die Frau mehr als bereit für mich ist. Dann ist es so eng und feucht um meinen Schwanz, dass ich fast die Engel singen höre."

„Dann sollten wir endlich mit dem Himmelsgesang beginnen", hörte sich Linda atemlos sagen und griff nach einem Kondom.

Dieses Mal war es wieder anders, wie Linda überrascht feststellte. Sie liebten sich langsam und zärtlich, bis die Leidenschaft das Ruder in die Hand nahm und den Rhythmus vorgab. Linda hatte das Gefühl, ihr Herz würde aufgehen und vor Liebe überfließen. Es war ihr ein Bedürfnis, die Hingabe, die Philipp ihr zuteilwerden ließ, zehnfach zurückzugeben, da sie auf so viel Dankbarkeit traf.

Als sie sich voneinander lösten, murmelte Philipp: „Ich würde dich gerne in der Dusche überall an deinem aufregenden Körper einseifen. Dein wunderschönes Haar waschen, es um deine Brüste drapieren …"

„Hast du etwa eine größere Dusche als ich in meiner Kabine?", fragte Linda mit vor Erstaunen weit geöffneten Augen.

„Äh, … ich denke nicht."

„Ja meinst du, wir passen zu zweit in diese kleine Streichholzschachtel von Nasszelle?"

„Ich würde es auf einen Versuch ankommen lassen", murmelte Philipp mit einem heißen Blick.

„Das ist doch unglaublich. Du hattest doch jetzt gerade erst Sex mit mir und schon glitzern deine Augen wieder wie bei einem Matrosen auf seinem ersten Landgang nach drei Monaten Dienst auf See!"

„Also, am Sex kann es nicht liegen, weil er in meinem Leben noch nie so gut war wie mit dir." Er kniff sie in ihren Allerwertesten. „Dann kann es nur an dir und deinem Wahnsinnskörper liegen, dass mein bester Freund immer in Hab-Acht-Stellung geht, sobald ich dich nur anblicke."

„Für dich bin ich also nicht mehr als ein Sexobjekt?!", fragte sie mit empört aufgerissenen Augen. Philipp grinste ohne auch nur eine Spur von Verlegenheit. Dann wurde ihr Blick weich und sie blickte ihn mit halb gesenkten Lidern an. „Das wollte ich schon immer mal für einen Mann sein."

Philipp lachte und zog sie aus dem Bett. „Das werde ich dann unter der Dusche ausgiebig ausnutzen. Versprochen."

Die Dusche war tatsächlich noch kleiner als eine Streichholzschachtel. Nach ein paar verzweifelten Versuchen gaben sie es auf, da sie außer ein paar schmerzhaften Prellungen und schallendem Gelächter nichts erreichten.

Dennoch ließ Philipp es sich nicht nehmen, Lindas Haare hingebungsvoll einzuseifen und auszuwaschen – nicht ohne das ganze Bad unter Wasser zu setzen, da er aus gegebenen Umständen den Vorhang nicht schließen konnte. Nachdem er sie am ganzen Körper gewaschen hatte, schickte er Linda hinaus, um sich noch eiskalt abzuduschen. „Sonst habe ich spätestens beim Frühstück schon wieder einen Mega-Ständer", gab er als Erklärung an.

Lachend warf sich Linda ein Badetuch um die Schultern und rubbelte sich trocken. Da der Boden so nass wie das Babybecken eines Schwimmbads war, ging sie in den Schlafraum der Kabine, um sich fertig abzutrocknen. Während sie sich anzog, hörte sie Philipp *I'm So Excited* pfeifen. Scheinbar hatte er wirklich noch nicht genug.

Als sie selig grinsend auf allen Vieren nach ihrem rechten Schuh suchte, klopfte es. Da Linda davon ausging, dass es Betty war, die sie – wie es einfach ihre Art war – ganz indiskret nach letzter Nacht ausfragen wollte, ging sie gut gelaunt zur Tür und zog sie schwungvoll auf, um ihre Freundin mit einer gut platzierten Bemerkung den Mund zu stopfen. Doch als sie diesen schon öffnen wollte, blieb ihr das erste Wort zum Glück im Hals stecken. Eine fremde Frau stand vor ihr und lächelte sie freundlich an.

Puh, das wäre echt peinlich geworden, wenn sie mit dem rausgeplatzt wäre, was ihr in dem Moment durch den Kopf geschossen war!

Linda setzte ebenfalls ein freundliches Gesicht auf und sagte nur erwartungsvoll: „Hallo."

„*Hello*", antwortete die Frau und strich anmutig ihr langes, lockiges Haar aus der Stirn. Dabei verrutschte der U-Boot-Ausschnitt ihrer südländischen, weißen Rüschenbluse und legte eine braune Schulter mit zarter Haut frei. Um ihre gebräunten Beine schwang ein bunter Batikrock.

„*Hello*", wiederholte Linda auf Englisch und fragte freundlich, wer sie sei und was sie hier wolle.

Die Fremde blickte sie mit dunklen Augen an, die ihr herzförmiges Gesicht dominierten, und meinte nur, sie heiße Alizée und sei engagiert worden.

Linda, die nun gar nichts mehr verstand, fragte nur ratlos: „*What for?*"

Nun lächelte Alizée breit und ließ ihre weißen Zähne blitzen. „*For sex, of course.*"

Zwölfter Tag – morgens

Das ist nicht das, wonach es aussieht.
Ich kann das alles hier erklären.
Du müsstest dir nur mal die Zeit nehmen,
mir zwei Sekunden zuzuhören. [3/12]

Klar. Wie konnte Linda nur fragen! Alizée hatte mit einer Bordsteinschwalbe in etwa so viel gemein wie ein rassiges Vollblut mit einem kleinen Zirkuspony.

Aber nun war Linda doch verunsichert, weshalb sie fragte, ob sie sich vielleicht in der Tür geirrt habe. Alizée zog nur kurz eine ihrer perfekt gezupften, dunklen Augenbrauen hoch und fragte, ob das nicht die Kabine von Philipp Graf sei.

Ein Schmerz wie von einem scharfen Messer stach in Lindas Magen. „*Yes, it is*“, meinte sie nur mit gepresster Stimme.

Alizée schien nichts von ihrer Anspannung zu spüren, denn sie meinte nur lachend, dann sei es ja gut und sie könnten sich ja auch zu dritt vergnügen. Vermutlich habe Philipp Linda nur überraschen wollen.

Die Wut und die Enttäuschung schossen Linda in den Mund wie Säure. Doch bevor sie etwas erwidern konnte, hörte sie, wie sich die Badtür öffnete und ein vor sich hin pfeifender Philipp heraustrat. Da er nach dem Duschen verständlicherweise nackt war, schien er umso überraschter, eine fremde Frau in seiner Kabine vorzufinden. Zu seinem Glück hielt er immer noch sein Badetuch in der Hand, das er geistesgegenwärtig vor seine Kronjuwelen drückte.

Verwirrt blickte er zwischen den beiden Frauen hin und her, wobei sich der Schatten eines schlechten Gewissens auf sein wissendes Gesicht legte, als ihn die Erkenntnis traf.

Lindas einzige Reaktion war ein Erbostes: „Sag mir, dass das nicht wahr ist!! Hört das denn nie auf? Sie sagt, sie sei von dir engagiert worden – für Sex. Ich hätte jetzt gerne eine wirklich gute Erklärung von dir.“ Dabei blitzte sie ihn mit ihren grünen Augen an.

Wieder einmal wurde ihr eines mit aller Deutlichkeit klar: Er war nicht einfach nur rein zufällig der erste Mann, der sie richtig geküsst hatte und mit dem sie zum ersten Mal geschlafen hatte, wodurch er den Vorteil hatte, einen leichteren Weg direkt zu ihrem

Herz zu finden. Nein. Es war wirklich er, den sie liebte. Es war seine selbstsichere Gelassenheit, wenn sie sich wieder einmal in einer Notlage befand. Seine zärtliche Geduld, wenn er sie liebte. Es war auch seine Art, ihr fasziniert zuzuhören, wenn sie von ihrer Arbeit erzählte. Und seine kindliche Ausgelassenheit, die immer wieder hinter seiner Reife aufblitzte. Ganz besonders liebte sie aber sein schiefes Lächeln, wenn er sie ansah. Selbst seine schief stehenden Zähne liebte sie. Umso mehr brach es ihr das Herz, ihn hier so schuldbewusst wie ein kleiner, ertappter Junge stehen zu sehen.

Philipps Herz setzte kurz aus, bevor es in doppelter Geschwindigkeit wieder weiter schlug. *So eine verdammte Scheiße!*, dachte er nur, bevor er genau das Falsche sagte: „Es ist nicht so, wie es aussieht."

„Das wird einem in solchen Situationen ja häufiger erzählt, wie ich schon gehört habe", zischte Linda.

„N-nein, du musst mir glauben", stotterte er, während er das Badetuch um seine Hüfte schlang und auf sie zukam. „Ich habe damit nichts zu tun."

Bevor Linda eine weitere Spitze abschießen konnte, wandte er sich an Alizée und fragte sie, ob sie eine Nachricht für ihn von zwei Freunden hätte. Daraufhin öffnete sie nickend eine kleine Handtasche und zog ein weißes Blatt Papier heraus.

Erleichtert nahm Philipp es entgegen und überflog es. „Hier, siehst du?" Er gab es Linda. „Ralf und Tobi haben sie engagiert – und das ein paar Tage vor diesem Urlaub. Hier oben steht das Datum." Er zeigte an den oberen Rand des Faxes.

Linda las ungläubig die Nachricht:

Hey Philipp, alter Schwerenöter,

wir hoffen, Du hattest einen recht „aktiven" und in jeder Beziehung befriedigenden Urlaub! Als krönenden Abschluss Deiner Reise schicken wir Dir Alizée, die dich in jeder Beziehung verwöhnen soll, bis Du um Gnade winselst.

Wie schon bei Marcia ist die erste Stunde bezahlt. Danach entscheidest Du, wie es weitergehen soll. ;-)

Viele Grüße

Ralf und Tobi

P.S.: Auch wenn Du Dich über Deine Affären immer wie ein Gentleman ausschweigst, haben Tobi und ich eine Wette am Laufen, wie aktiv Du wirklich warst. Vielleicht verrätst Du uns nach deinem

Urlaub wenigstens die Anzahl Deiner Abenteuer – wenn schon nicht die intimen Details?

Philipp beobachtete mit ängstlicher Miene, wie Linda die Nachricht aufnahm. Er konnte es immer noch nicht fassen, dass die beiden noch jemanden zu ihm geschickt hatten! Ralf war ein noch größeres Organisationstalent als er selbst. Aber wenn er deshalb Linda verlieren sollte, würde er den beiden zuhause den Kopf abreißen. So wahr er hier im Adamskostüm stand und verzweifelt das Badetuch an der Hüfte zusammenkrallte!

„Du hattest *noch* eine Nutte hier auf dem Schiff?!!", fragte Linda ungläubig und starrte ihn mit großen Augen an.

„Sie kam am dritten Tag, als es mir schon etwas besser ging ..."

„Na, da hattest du aber wirklich Glück, sonst hättest du es ja nicht genießen können!"

„Habe ich doch gar nicht ... Also, ich meine, ich habe sie mit einem Trinkgeld weggeschickt." Und falls Linda es noch nicht verstanden haben sollte, setzte er nach: „Ohne mit ihr zu schlafen."

Als er ihre ungläubige Miene sah, wollte er noch etwas hinzufügen, doch sie schnitt ihm mit einer scharfen Handbewegung das Wort ab. „Du sagst, du hast sie weggeschickt, ohne mit ihr zu schlafen, nachdem du – wie lange? – ein halbes Jahr mit keiner Frau richtig zusammen warst? Und obwohl du ein sexuell sehr aktiver Mann bist und sie mit Sicherheit mindestens genauso hübsch war wie die da?" Sie zeigte auf Alizée „Und obwohl sie dich vermutlich mit all ihren Reizen verführen wollte, schließlich war sie ja eine Professionelle?" Ungläubig starrte sie ihn an. „Das ist für mich so schwer zu schlucken wie eine Dose voller Regenwürmer. Du warst doch niemandem verpflichtet. Warum solltest du sie dann wegschicken?"

Philipps Blick wurde weich. „Weil ich dich da schon kennengelernt habe." Lindas Augen wurden noch eine Spur runder. „Und auch wenn du am Anfang sehr distanziert warst, wollte ich mein Glück bei dir versuchen."

„Du hast sie meinetwegen weggeschickt?!"

„Ja. Ich habe Marcia mit einem großzügigen Trinkgeld weggeschickt, obwohl ich von ihrem überaus qualifizierten Auftritt so hart war, dass ich – wie man so schön sagt – mit meinem Schwanz Nägel in die Wand hätte schlagen können. Dann habe ich mich aufs Bett gelegt, an dich gedacht und mir einen runtergeholt."

Einer von Lindas Mundwinkel begann, leicht zu zucken. Doch sie hatte sich erstaunlich gut unter Kontrolle. „Und das soll ich dir jetzt glauben?"

„Ja. Denn ich habe mich in dich verliebt und ich werde dich nicht kampflos aufgeben." Philipps Miene drückte Entschlossenheit aus. „Wenn du mir nicht glaubst, fliege ich zur Not mit dir nach Jamaika, wenn wir in Fort Lauderdale angekommen sind, und suche Marcia, damit sie dir bestätigt, dass ich nicht mit ihr geschlafen habe."

Als Linda ihn immer noch ungläubig anstarrte, meinte er: „Ich würde gerne sagen, ich liebe dich dafür, dass du bei warmen fünfzehn Grad Celsius drei Wärmflaschen zum Einschlafen brauchst, aber das weiß ich nicht, da wir uns noch nicht so lange kennen. Aber ich bin mehr als entschlossen, das und noch viel mehr über dich herauszufinden. Alle deine Angewohnheiten, deine jahrelang sorgsam gepflegten Macken und Eigenheiten, alle deine Vorlieben und Abneigungen." Er trat einen kleinen Schritt näher auf Linda zu. „Denn das, was ich bisher von dir kennengelernt habe, gefällt mir so gut, dass ich mehr davon haben möchte." Zärtlich blickte er sie an, ohne sie zu berühren. „Selbst deinen IQ liebe und bewundere ich – obwohl … wenn der IQ der Frau, in die man verliebt ist, dem IQ Einsteins noch Konkurrenz macht oder ihn sogar noch übertrifft", schmunzelte er. „… kommt ein Mann ganz schön ins Grübeln."

Ein kleines Räuspern lenkte seine Aufmerksamkeit auf das Objekt dieses ganzen Missverständnisses. Alizée stand neben der Tür und hatte die kleine Szene mit einem warmen Lächeln beobachtet. Nun fragte sie: *„Do you need me? Or shall I go?"*

„We don't need you any more. Thank you."

Philipp wollte schon nach seinem Geldbeutel greifen, doch Alizée machte eine abwehrende Handbewegung. *„No, it's okay. I was payed. Thank you."* Dann warf sie Philipp einen Handkuss zu, drehte sich um und zog die Tür leise ins Schloss.

„Ich an ihrer Stelle hätte mich auch gefreut, dir zu Diensten sein zu dürfen", kommentierte Linda den Luftkuss. „Alizée bekommt sicher nicht jeden Tag so gut aussehende Kunden wie dich. Die meisten sind vermutlich Durchschnittsmänner mit Bauchansatz, kahl werdendem Kopf oder schlechten Zähnen."

„Und was heißt das für uns?", fragte Philipp mit besorgtem Gesichtsausdruck und wagte sich noch etwas näher. „Ich möchte dich nicht verlieren. Und ich kann wirklich nichts dafür, dass Ralf und Tobi der Meinung sind, sie müssten sich um mein Liebesleben kümmern."

Mit einem kleinen Lächeln machte Linda den letzten Schritt auf Philipp zu, der die Kluft zwischen ihnen überbrückte. „Ja, ich glaube dir. Ich habe es dir schon in dem Moment angesehen, als du aus dem Bad gekommen bist und diesen entsetzten Gesichtsausdruck bekommen hast. So, als ob dir jemand nach schweißtreibenden Wochen des Goldschürfens all deine Nuggets abgeluchst hätte."

Philipp legte leicht seine Arme um Lindas Taille und zog sie noch ein Stückchen näher. „Das wundert dich? Weißt du nicht, dass du der größte Schatz bist, den ich in meinem Leben überhaupt finden konnte?" Langsam senkte er seinen Kopf, um sie zu küssen. Doch ein resolutes Klopfen störte den romantischen Moment. Mit einem unterdrückten Fluch fasste er sein Badetuch fester und ging zur Tür, um sie zu öffnen.

Der Steward war Profi genug, um keine Miene zu verziehen, als er Philipp halb nackt vor sich stehen hatte. Er reichte ihm nur ein Blatt Papier und meinte, ein Fax sei für ihn angekommen. Erfreut griff Philipp danach und schloss die Tür. Nachdem er einen Blick darauf geworfen hatte, strahlte er Linda an.

„Die Bestätigung für dein Geburtstagsgeschenk ist gekommen. Schneller als ich erwartet habe." Er reichte ihr den Zettel. Darauf stand:

Lieber Philipp,

es hat geklappt! Ich habe zwei Eintrittskarten für das Heimspiel der Hamburg Freezers *am zweiten Samstag nach eurer Rückkehr bekommen. Die Partie war schon ziemlich ausverkauft, aber ich denke, von den gebuchten Plätzen aus werdet ihr das Spiel trotzdem gut verfolgen können.*

Linda blickte überrascht auf und hauchte: „Eishockeykarten? Ich habe noch nie ein Spiel live gesehen."

„Ich weiß, das hattest du mal erwähnt. Deshalb wollte ich auch dieses erste Mal mit dir zusammen erleben."

Linda warf sich zum Dank so stürmisch in seine Arme, dass ihm das Badetuch aus den Fingern glitt, und gab ihm einen innigen Kuss. Erst in diesem Moment waren alle Zweifel über die Ernsthaftigkeit seiner Absichten ausgeräumt, die sich noch irgendwo in ihrem Hinterkopf versteckt gehalten hatten und die sie in den letzten Tagen verhätschelt hatte.

Philipp liebte sie wirklich. Es war ihm wirklich ernst mit ihr. Er wollte sie wirklich nach dem Urlaub wieder sehen, sogar mit ihr ein Eishockeyspiel besuchen.

Ihr geheimer Traum der letzten Tage war Wirklichkeit geworden.

Dieser Urlaub war für Linda zu einer Art Wiedergeburt geworden. Wie sich ein Schmetterling aus seinem Kokon schält und die schützende Hülle hinter sich lässt, hatte Linda ihre alten, vertrauten Konventionen abgelegt – jedenfalls einen großen Teil davon – und neue, aufregende Wege beschritten.

Sie löste sich behutsam aus Philipps Umarmung und las den Brief neugierig zu Ende:

Ich hoffe, Dein Mädchen weiß zu würdigen, was Du alles für sie in Bewegung setzt. Aber nach dem, was Du mir gestern am Telefon erzählt hast, muss sie jemand ganz Besonderer sein. Dass sie ein großer Eishockey-Fan ist, bestätigt mich in meiner Meinung, dass sie ein ziemlich cooles Mädchen sein muss, das perfekt zu Dir passt!

Ich wünsche euch noch zwei hemmungslose Tage in sündhafter und heißblütiger Harmonie.

Euer (vor Neid ganz grün gewordener) Ralf

P.S.: Tobi und ich hatten Dir zum Abschluss der Reise noch ein hübsches, karibisches Mädchen zum Verwöhnen bestellt. Aber da Du ja jetzt mit Linda zusammen bist, habe ich gestern gleich eine Absage per Mail weggeschickt, da Du – wie ich vermute – ihre Dienste nicht mehr benötigst. Ich hoffe, sie haben die Nachricht bekommen und Alizée nicht zu Dir geschickt.

Linda lachte auf. „Na, Letzteres ist ja mal so richtig in die Hose gegangen!“ Sie schmiegte sich eng an ihn und murmelte an seinem Ohr: „Aber ich würdige ganz entschieden, was du für mich in Bewegung setzt, um mich so wie letzte Nacht zu beglücken. Eine Empfehlung aus dem Brief werde ich auch sofort in die Tat umsetzten.“ Begierig rieb sie ihren Bauch an seinem unbedeckten Schoß. „Zum Dank für dein wunderbares Geschenk werde ich sofort mit den zwei letzten hemmungslosen Tagen in sündhafter und heißblütiger Harmonie beginnen. Auch ohne Frühstück.“

Sie blickte ihm tief in die Augen und merkte, wie ihr – so wie auch schon früher – der Atem stockte, da sie wieder einmal hilflos in diesen tiefbraunen Schokoladenseen ertrank. „Bist du damit einverstanden?"

Ein wölfisches Grinsen breitete sich auf Philipps Gesicht aus. „Das fragst du noch?"

Epilog

„Gib doch ab, verdammte Scheiße noch mal!!" Linda hüpfte wie ein wild gewordener Gummiball auf der Stelle und grub ihre Fingernägel in Philipps Ärmel.

Die Eishockeyarena tobte und die Stimmung war am Überkochen. Laute Chöre riefen ihrer Mannschaft Anfeuerungsrufe zu und sangen „Auf geht's, *Freezers*, schießt ein Tor. Schießt ein Tor. Schießt ein To-o-or!" Große Trommeln wurden rhythmisch geschlagen, um die Spieler auf dem Eis dazu zu ermuntern, ihr Bestes zu geben.

Und das taten die *Hamburg Freezers* in diesem zweiten Drittel. Die Mannschaft spielte so druckvoll, dass die Gegner kaum dazu kamen, ein Spiel aufzubauen. Zwar lagen die *Freezers* um ein Tor zurück. Aber es konnte sich nur noch um Sekunden handeln, bis der Ausgleichstreffer erzielt wurde. Irgendwann musste der Puck doch zwischen den Schützern des gegnerischen Goalies durchschlüpfen!

Und dann passierte es. Die Nummer Einundvierzig bekam den Puck vors Blatt, umrundete das Tor und schob die Scheibe auf der anderen Seite in die ungeschützte Ecke. Ein klassischer Bauerntrick!

Die Menge tobte und Linda warf sich Philipp an den Hals, der sie fest an sich drückte. Sie liebte diese Momente, wenn das Adrenalin durch ihren Körper schoss wie eine Rakete an Silvester. Und wenn Philipp dann jedes Mal dabei war, um sich mit ihr zu freuen.

Schon seit fast einem Jahr hatten sie Dauerkarten bei den *Freezers* und feuerten sie bei jedem Heimspiel an. Und nun standen sie hier in diesem Trubel von Eishockey-Fans und freuten sich über den Ausgleichstreffer ihrer Mannschaft.

Es waren im zweiten Drittel nur noch knapp drei Minuten zu spielen, doch die gegnerische Mannschaft stürmte nach einem Bullygewinn wie eine Horde wild gewordener Stiere auf das Tor der „Eisschränke" zu. Linda zerquetschte fast Philipps Hand, als sie fassungslos das Geschehen auf dem Eis verfolgte. Das durfte nicht sein! Das durfte einfach nicht passieren!!!

Doch ein Freezer fing nach der neutralen Zone einen Pass der anderen Mannschaft ab und preschte mit dem Puck vor dem Schlägerblatt zum gegnerischen Tor, um im Alleingang einen Konter zu machen. Die *Freezers* schienen heute das Scheibenglück gepachtet zu haben. Denn der Schuss traf wie ein schweres Geschoss ins Netz und war für den Torhüter unhaltbar!

Linda kreischte auf und jubelte mit Tausenden anderer Fans über das Blitztor. Genau aus diesem Grund liebte sie diesen Sport!!

Nun konnte ihre Mannschaft mit einem überaus motivierenden Vorsprung in die Drittelpause gehen. Das Signal ertönte und Philipp raunte ihr zu: „Ich muss mal für kleine Königstiger."

Als Linda alleine an ihrem Platz stand und von ihrer Diät-Cola schlürfte, fühlte sie wieder dieses Glücksgefühl in sich aufsteigen. Philipp war mit ihr zusammen, lebte mit ihr in ihrer Zweizimmerwohnung, liebte sie so oft es ihrer beider Alltag zuließ. Und das Zusammensein mit ihm fühlte sich so richtig an. So wie es sein sollte. Als ob es schon immer so vorbestimmt war.

Als sie an ihrem ersten Arbeitstag nach dem Urlaub mit offenen Haaren und legerer Kleidung zur Arbeit gekommen war, ihre Kollegen mit einem breiten Lächeln und einem fröhlichen „Guten Morgen" begrüßt hatte, waren einige fast von ihren Schreibtischstühlen gepurzelt. Die erste Woche war ohne Philipp - trotz langer Telefonate in den Abendstunden - schrecklich öde und einsam gewesen. Umso mehr hatte sich Linda gefreut, als er dann freitags abends um acht mit einer einzelnen weißen Calla und einem Rucksack fürs Wochenende vor ihrer Tür gestanden hatte und sie ihm um den Hals fliegen konnte.

Ihr erstes Live-Spiel mit Philipp zusammen am Wochenende darauf war ein denkwürdiges Ereignis gewesen. Von da an hatten sie sich regelmäßig gesehen, bis Philipp ihr eröffnete, dass er gute Aussichten hätte, in ihrer Nähe arbeiten zu können. Schon seit ihrem ersten gemeinsamen Wochenende habe er nämlich die Augen nach einer anderen Stelle offen gehalten. Nachdem er seinem Chef seine verzweifelte Lage und die dadurch resultierende, absolute Notwendigkeit erklärt hatte, hatte dieser sich für ihn eingesetzt und ihn einer Firma empfohlen, die ihren Sitz in Hamburg hatte. Zwei Wochen nach einem sehr fruchtbaren Vorstellungsgespräch hatte er die positive Antwort erhalten, auf die er gehofft hatte. Mit einem einzigen Anruf könne er Nägel mit Köpfen machen. Nun liege es an ihr. Könne sie sich vorstellen, ihn bei sich aufzunehmen wie einen streunenden Hund?

„Ich kann überall arbeiten. Aber ein quantenphysikalisches Institut gibt es nun mal nicht an jeder Ecke – vor allem nicht in meiner Nähe", war seine schlichte Antwort zu seinen Beweggründen gewesen.

Auch Betty und Simon trafen sich regelmäßig, wobei sie sich den Spaß von den Nachteilen einer Wochenendbeziehung nicht nehmen ließen. Dennoch konnte es nur noch eine Frage von Monaten sein, bis Simon einen Umzugslaster bestellte, um seine wenigen Möbel zu Bettys großzügiger Wohnung karren zu lassen.

Anna hingegen war schon seit einem halben Jahr glücklich mit Michael verheiratet und schob ein rundes Bäuchlein durch die Gegend. Dass sie im fünften Monat schwanger war, hielt sie dennoch nicht davon ab, sich mit ihren Freundinnen regelmäßig zu treffen und über die alten Zeiten zu klönen. Nicht nur einmal hatten sie der glorreichen Idee gedankt, die Betty und Anna für Lindas Überraschungsurlaub eine Kreuzfahrt buchen ließ. Diese Reise hatte das Leben von zwei Mitgliedern ihres Kleeblatts entscheidend zum Positiven verändert.

I'm Walking, das in der Drittelpause lief und die Zuschauer bei Laune hielt, ging dem Ende zu. Linda nahm noch einen Schluck von ihrer Cola und wunderte sich, dass die Lichter in der Halle gedämmt und einige bunte Strahler angeschaltet wurden, die sich in einer großen Discokugel brachen. Alle reckten die Köpfe, sobald das Maskottchen der *Freezers* über das Eis glitt.

Als die Klänge des nächsten Liedes ertönten, tat es Linda im Herzen weh, dass Philipp sich gerade jetzt in der Herrentoilette befand. Roger Cicero begann davon zu singen, wie wichtig Kompromisse in einer Beziehung seien, um wirklich glücklich zu sein. Sie liebte dieses Lied, seit sie es das erste Mal gehört hatte, und sang leise den Text mit.

Doch dann stockte Lindas Atem. Das war nicht Roger, der da sang. Überrascht stellte sie sich auf die Zehenspitzen, um gut auf das Eis sehen zu können. Und plötzlich entdeckte sie Philipp, der sich vorsichtig mit einem Mikrofon der Eismitte näherte und nun gerade beim Refrain angelangt war:

Und das Geheimnis unseres Glücks
sind keine Kniffe keine Tricks.
Man muss halt nur zu leben wissen
mit Kompromissen.
Vollkommnes Glück hält ewig an,
nur wenn man drauf verzichten kann.
Man muss halt nur zu leben wissen
mit Kompromissen. [1/3]

Dann wurde die Musik leiser gedreht und Philipp sprach ins Mikrofon: „Auf einer Reise in ein fernes Land habe ich eine ganz besondere Frau kennengelernt. Sie steht hier mitten unter uns und ist der größte Eishockey-Fan, den ich persönlich kenne." Das Publikum johlte vor Begeisterung. „Schon bei unserer ersten Begegnung wusste ich, dass ich sie näher kennenlernen musste. Dank eines vertauschten Koffers bekam ich dann auch die Gelegenheit dazu und habe mich damals Hals über Kopf in sie verliebt. Nun möchte ich dir, liebe Linda, eine Frage stellen, auf die du hoffentlich mit 'Ja' antwortest und mich damit zum glücklichsten Mann auf Erden machst." Er zog eine dunkelrote, langstielige Baccararose hinter seinem Rücken hervor. „Möchtest du mich heiraten und mit mir bis zum Ende unserer Tage auf dem Weg ins vollkommene Glück durch die Kompromisse des Lebens gehen?"

Ein Sturm von begeisterten Rufen brach los. Knapp zwölftausend Fans grölten, tobten und pfiffen, was das Zeug hielt – und Linda stand mitten unter ihnen und war wie betäubt. Er fragte sie, ob sie ihn heiraten wolle!

Als eine Frau neben ihr, die Philipp wohl vorher nicht bemerkt hatte, sie lachend anstieß und meinte: „Das ist ja so was von romantisch!! Da könnte sich mein Freund noch 'ne dicke Scheibe abschneiden. Ich beneide die Glückliche", kam Leben in sie. Sie drängte sich unter überraschten Blicken an den Zuschauern in ihrer Sitzreihe vorbei und rannte die Treppen hinunter aufs Eis. Philipp kam ihr schon freudestrahlend entgegen, schloss sie in seine langen Arme und zog sie hoch an seine Lippen.

„Ja, ich will – von ganzem Herzen", murmelte sie an seinem Mund, während das Publikum lautstark johlte und klatschte. Dann versank sie in einem tiefen Kuss untermalt von akustischen Begeisterungsstürmen. Als sie die Augen wieder öffnete, bemerkte sie, dass um sie herum die abgezwickten Köpfe von mindestens zwei

Dutzend dunkelroter Rosen auf dem schneeweißen Eis lagen. Verwirrt blickte sie sich um und entdeckte hinter sich Anna, Michael, Betty und Simon, wie sie den Rest mit vollen Händen über sie warfen und vor Begeisterung johlten.

Mit glänzenden Augen wandte sie sich wieder Philipp zu und fragte: „Wie hast du das denn geschafft, hier Gelegenheit zu dieser Showeinlage zu bekommen?"

„Ich habe einfach den Trainer der *Hamburg Freezers* angerufen und ihm die Lage erklärt." Er grinste. „Er war zum Glück ein sehr verständnisvoller Mann, der nach meiner überzeugend dargelegten Argumentation seine romantische Seite entdeckt hat."

Sie warf lachend den Kopf in den Nacken. „Ich glaube, du würdest sogar den abgebrühtesten Teppichhändler in ganz Marokko davon überzeugen, sein wohltätiges Herz zu entdecken und dir einen seiner wertvollsten Teppiche zu schenken."

„Für dich mit Sicherheit", raunte er und lächelte für sie sein allerliebstes, schiefes Lächeln.

- Ende -

Danksagung

Ein großes Dankeschön gilt meiner wunderbaren Familie, die mich in allem unterstützt und mir den Freiraum gibt, meine Geschichten „zu Papier“ zu bringen.

Tina Rösner möchte ich dafür danken, dass sie mir sehr geduldig alle meine Fragen zu Kreuzfahrten, Schiffsausstattung und Routineabläufe auf einer solchen Urlaubsreise beantwortet hat. Wenn es in diesem Roman diesbezüglich logische Fehler geben sollte, sind sie allein mein Verschulden.

Vielen Dank auch meinen geduldigen und gleichermaßen kritischen Testleserinnen Lilli Wall, Simone Wetzel und Silke Juschus, mit denen ich auch einzelne Punkte meiner Gliederung besprechen konnte. Ihr helft mir, den Wald vor lauter Bäumen zu sehen!

Ganz besonders möchte ich mich bei Ihnen als Leser/Leserin bedanken! Da Sie den Roman bis zum Schluss gelesen haben, hoffe ich, dass Ihnen die Geschichte von Linda und Philipp genauso viel Freude bereitet hat wie mir das Schreiben. ☺

Über Ihre Beurteilung bei Amazon würde mich sehr freuen. Herzlichen Dank!

Wenn Sie mir Ihr Feedback auch persönlich schicken möchten, können Sie dies sehr gerne unter *info@regina-wall.de* tun. Vielen Dank! ☺

Anhang

Roger Cicero war ein sehr erfolgreicher deutscher Sänger (gestorben am 24. März 2016), der 2006 mit seinem Album *Männersachen* eine Marktlücke bei den deutschen Swing-Fans füllte. Doppeldeutig-witzige, sogar bisweilen freche Texte gepaart mit mitreißendem Swing oder ruhigem Big-Band-Sound luden (und laden noch immer) zum Tanzen, Lachen und Nachdenken ein. Bei seinen Konzerten waren alle Altersklassen vertreten: von Grundschulkindern bis Senioren im hohen Alter. Roger Cicero pflegte einen generationenübergreifenden Musikstil.

Erste CD von Roger Cicero: „Männersachen"

1/1) Zieh die Schuh' aus
1/2) Kein Mann für eine Frau
1/3) Kompromisse
1/4) Ich atme ein
1/5) Schieß mich doch zum Mond
1/6) Wenn sie dich fragt
1/7) Fachmann in Sachen Anna
1/8) Ich Idiot ließ sie gehen
1/9) Mein guter Stern auf allen Wegen
1/10) Murphys Gesetz
1/11) Schön, dass du da bist
1/14) So geil Berlin

Zweite CD von Roger Cicero: „Beziehungsweise"

2/1) Die Liste
2/2) Nimm deinen Kerl zurück
2/3) Kein Abendessen
2/4) Sie will es nun mal
2/5) Ich hab das Gefühl für dich verlor'n
2/6) Das Experiment
2/7) Wovon träumst du nachts
2/8) Der Anruf
2/9) Schöner war's ohne
2/11) Gute Freunde
2/12) Ich hätt' so gern noch Tschüss gesagt
2/13) Bin heute Abend bei dir

Dritte CD von Roger Cicero: „Artgerecht"

3/1) Nicht artgerecht
3/2) Ich bin dabei
3/3) Boutique
3/4) Hinterm Steuer
3/6) Und sonst so
3/7) Wenn ich dich los wär
3/8) Tabu
3/9) Seine Ruhe
3/10) Zu schön, um nett zu sein
3/11) Ohne Worte
3/12) Das ist nicht das, wonach es aussieht
3/13) Internet Single Börse
3/14) Für 'nen Kerl

Eine zauberhafte Liebeskomödie mit herzerwärmender Story, witzigen Dialogen und einer gehörigen Portion Sexappeal.

Regina Wall
Sommersprossen zum Dessert

Zu geheimnisvoll, *zu* männlich und *zu* sexy - so wirkt Nikolas Wulff bei ihrer ersten Begegnung auf Yvonne. Ganz klar: Kein Mann für sie!
Denn eigentlich hat sie sich von ihrer Schwester nur zu diesem sorglosen Kurzurlaub mit deren sympathischen Freunden überreden lassen, um ihre geplatzte Verlobung zu vergessen. Dumm nur, dass sie mit diesem Prachtexemplar von Mann wegen einer Fehlbuchung für fünf Nächte ein Zimmer in einem romantischen Landhotel teilen muss. Und während die ausgelassenen Freunde noch die sorglose Studentenzeit mit alten Geschichten wiederaufleben lassen, bringt Nikolas als personifizierte Versuchung neben ihr im Himmelbett - unabsichtlich - Yvonnes Blut zum Brodeln.
Doch trotz der verwirrenden erotisch-knisternden Spannung zwischen den beiden weiß Yvonne nur eins mit Sicherheit: Sie wird nie, nie, nie etwas mit einem Frauenhelden wie Nikolas anfangen!
Aber wie jeder weiß, sollte man niemals nie sagen, denn das Leben trifft seine eigenen Entscheidungen und hat so manch eine Überraschung in petto!

Amazon-Leserstimmen:
„Dieses Buch ist für mich ein perfektes Sommerbuch. Der tolle Schreibstil, die knisternden Momente und auch die witzigen Stellen sind wirklich gelungen. Es wird einfach nicht langweilig und man fliegt nur so durch die Seiten." (Kuhni77)

„Die Autorin Regina Wall hat ein unglaubliches Talent Dialogen und Charakteren Humor zu verleihen." (Amazon Kunde)

Erhältlich bei Amazon und unter www.regina-wall.de:
ISBN 978-3-941101-23-4 (E-Book)
ISBN 978-3-941101-24-1 (Taschenbuch)

Eine hinreißende Eishockey-Romanze,
deren sympathische Figuren man sofort ins Herz schließt.
Wunderbar sinnlich und tiefgründig – einfach unwiderstehlich!

Regina Wall

Auf die Plätze, Kuss – und Tor!

(Die *Pitbulls* – heiß auf Eis! / Band 1)

Sein bester Freund aus Kindheitstagen und ehemaliger Kollege seines Mannheimer Eishockey-Teams ist tot! Ben Kowalczyk kann es immer noch nicht fassen. Während er noch seine Trauer zu bewältigen versucht, meldet sich eine aufdringliche Stimme in seinem Hinterkopf zu Wort: „Jetzt ist sie endlich frei!"
Seit Jahren schon steckt Ben in einer tückischen Zwickmühle, da er die Frau seines besten Freundes Julian liebt. Selbst seine mehrjährige berufliche Flucht nach Kanada hat nichts an seinen Gefühlen für die schöne und warmherzige Fiona ändern können, die nichts von seiner tiefen Liebe zu ihr ahnt. Deshalb quält Ben nach seiner Rückkehr in sein Heimatdorf die Frage: Wird er sich Jahre nach Julians Tod endlich aus der unliebsamen Freundezone befreien können? Oder sollte er sich doch lieber mit dieser Rolle zufriedengeben?
Während er mit seinem immer zu Späßen aufgelegten Eishockey-Team noch Jagd auf entscheidende Punkte für den Meistertitel macht, hofft er auf die Erfüllung seiner geheimsten Wünsche.

Amazon-Leserstimmen:

„Ich habe gerade dieses Buch verschlungen! Wow, war das ein Fest für die Sinne! Wer romantische Geschichten mit einer guten Portion Erotik und Humor liebt, kommt hier voll auf seine Kosten. Selbst wenn man wie ich noch kein Eishockey-Spiel gesehen hat ;-)" (Delta27)

„Die Charaktere sind authentisch, lebensecht mit vielen Ecken und Kanten und daher schlichtweg überzeugend, sodass man sie sich in einem lebendigen Kopfkino sehr gut vorstellen kann." (Pegasus)

Erhältlich bei Amazon und unter www.regina-wall.de:

ISBN 978-3-941101-21-0 (E-Book)
ISBN 978-3-941101-22-7 (Taschenbuch)

Wenn das Herz etwas anderes will als der Verstand … Eine charmante Beziehungskomödie voller Wortwitz, Sinnlichkeit und Herzenswärme.

Regina Wall

Heiße Küsse eisgekühlt

(Die *Pitbulls* - heiß auf Eis! / Band 2)

Das Geschenk Gottes an alle Frauen hat einen Namen: Kai Messner. Ein begnadeter Eishockeyspieler im Winter und - wie Nina Engelhardt erstaunt feststellen muss - kompetenter Übungsleiter einer Musikfreizeit für Jugendliche im Sommer. Nina soll nun während dieser musikalischen Woche als Ersatz für eine kranke Kollegin am Klavier einspringen, hat aber die größten Zweifel. Denn Kai und sie haben eine gemeinsame Vergangenheit: Er war damals für Nina die Liebe ihres Lebens gewesen, beging aber einen schändlichen Verrat. Daraufhin schwor sie sich, nie wieder einen Eishockeyspieler - und damit ein hirnloses Anabolikamonster - in ihr Leben zu lassen. Die sorglosen Tage im idyllischen Waldheim versprühen allerdings ihren eigenen Zauber - und Nina spürt, wie sie Kais unwiderstehlichem Charme erneut verfällt. Haben ihre tiefen Gefühle für diesen gut aussehenden, charismatischen Mann etwa all die Jahre nur auf Eis gelegen? Ist er vielleicht sogar ihr Seelenverwandter - oder doch nur ein talentierter Freizeit-Casanova?
Eins ist für Nina aber ganz sicher: Sie darf ihre brodelnden Hormone nicht von der Leine lassen, denn dieser wunderbare Mann ist verlobt …

Amazon-Leserstimmen:

„Wieder ist es der Autorin gelungen, die Gefühlsentwicklung der Charaktere nachvollziehbar darzustellen und zwischenmenschliche Begegnungen mit schlagfertigen Dialogen humorvoll zu beschreiben. Interessant fand ich dabei auch die Hintergrundinfos zu Nina und Kai, die das 'Bild' der beiden Hauptprotagonisten vervollständigt haben.“ (Tammy / Amazon)

Erhältlich bei Amazon und unter www.regina-wall.de:

ISBN 978-3-941101-25-8 (E-Book)
ISBN 978-3-941101-26-5 (Taschenbuch)